Les Catholiques français sous l'Occupation

Du même auteur

Jésus
Desclée de Brouwer / Flammarion, 1994

Jean Bart
Seuil, 1992

Saint Éloi
Fayard, 1985

Jacques Duquesne interroge le Père Chenu
Un théologien en liberté
Bayard Éditions Centurion, 1975

Les Treize-seize ans
Grasset, 1973

Dieu pour l'homme d'aujourd'hui
Grasset, 1970

Demain, une Église sans prêtres ?
Grasset, 1968

ROMANS

Laura C
Grasset, 1994
et LGF, coll. « Livre de poche », 1996

Catherine courage
la fille de Maria Vandamme
Grasset, 1992
et LGF, coll. « Livre de poche », 1993

Au début d'un bel été
Grasset, 1988
et LGF, coll. « Livre de poche », 1990

Les vents du Nord m'ont dit
chroniques, souvenirs, rêves
Albin Michel, 1989

Maria Vandamme
Grasset, 1983
et LGF, coll. « Livre de poche », 1985

Alice Van Meulen
Grasset, 1985

La Rumeur de la ville
Grasset, 1981

Une voix, la nuit
Grasset, 1979

La Grande Triche
Grasset, 1977

Jacques Duquesne

Les Catholiques français sous l'Occupation

NOUVELLE ÉDITION
REVUE ET AUGMENTÉE

Éditions Bernard Grasset

ISBN 2-02-029049-9
(ISBN de la précédente édition : 2-246-11602-3)

Préface à la nouvelle édition

La première édition de ce livre parut en 1966. La plupart des acteurs de cette histoire (plus nombreux alors qu'aujourd'hui, la mort ayant, hélas, accompli son terrible travail) voulurent bien reconnaître qu'elle était rapportée avec un souci d'objectivité et de sérieux. Les historiens également.

Si je l'indique ici, ce n'est pas pour en tirer vanité. Ni pour me cuirasser de cautions en relançant dans l'opinion un débat encore brûlant. C'est simplement afin d'expliquer pourquoi il est apparu souhaitable de rééditer, une fois encore, un livre dont le dernier tirage, de 1986, est presque épuisé.

En outre, depuis trente ans de nouveaux témoignages ont été publiés et des archives mises au jour, des historiens professionnels ont poursuivi leurs recherches et leurs analyses.

Bien entendu, j'ai tenu compte de tous ces travaux et de quelques recherches personnelles complémentaires pour préciser ici, ou ajouter là. J'en ai profité aussi pour corriger quelques détails inexacts. Je n'ai en rien touché à l'essentiel, ni aux observations que ces faits m'inspiraient.

Mais, relisant cette histoire des catholiques français sous l'occupation, j'ai été frappé, bien davantage que je ne l'avais été voici trente ans, par ce qu'elle a d'étrange. Et c'est sur ce point que je voudrais à présent insister, c'est ce qui justifie – plus que toutes les explications et précisions qui précèdent – à la fois cette réédition et cette nouvelle préface.

Je m'explique. On est toujours tenté d'aborder l'histoire de cette époque en justicier ou en examinateur, de ranger d'un côté ceux qui ont vu clair et se sont bien comportés, de l'autre ceux qui ont été aveuglés par la passion, la sottise, l'inexpérience, la naïveté, la vénération envers tel personnage d'exception, ou qui se sont révélés tout simplement lâches et couards. Je ne soutiens pas qu'il soit anormal d'opérer de telles classifications : l'histoire juge, comme on dit. Et, le temps passant, l'attitude et les déclarations de nombreux responsables de l'Église à l'époque surprennent plus encore aujourd'hui qu'hier. Même s'il faut les replacer dans leur contexte, préciser qu'on pouvait alors vénérer Pétain et haïr le nazisme, apprécier la politique intérieure de Vichy et détester sa politique extérieure, c'est-à-dire la collaboration, réelle ou prétendue telle. Même s'il faut ajouter, comme on l'a beaucoup fait (et parfois trop, au gré de l'historien), que, s'ils le pouvaient, la plupart des Français se cantonnaient, ces quatre années, dans une peureuse ou prudente expectative.

Tout cela est vrai. Mais la plupart des évêques et des prêtres français se voulaient alors des guides, hors du commun, et se prévalaient de leur autorité sans nuances. Or, certains, surtout parmi les plus élevés dans la hiérarchie, se compromirent avec un régime politique, celui de Vichy, comme ils ne l'avaient plus fait depuis la Restauration, et distribuèrent les blâmes aux chrétiens qui ne partageaient pas leur orientation politique ou leur interprétation du devoir civique, allant jusqu'à les accuser de pécher. À l'égard de lois et de règlements qui violaient les droits de l'homme, ils n'émirent pas, à la différence de la plupart des épiscopats européens, de sérieuses et nombreuses protestations. Heureusement, les cœurs, comme je l'écris dans ce livre à propos des persécutions antisémites, étaient plus chrétiens que les esprits : autrement dit, les mêmes qui s'abstenaient de protester contre les lois, et jugeaient parfois normal que le gouvernement de Vichy s'attaque au « problème juif », les mêmes, donc, se préoccupaient de sauver les hommes, les femmes et les enfants que poursuivaient pour les déporter les polices française et allemande.

Mais je le répète, à la relecture de cette histoire, ce ne sont pas seulement ce cruel rappel des manquements ni, en sens contraire, l'inventaire du discernement et des héroïsmes qui m'ont frappé. J'ai employé tout à l'heure un qualificatif : « étrange ». Et j'y viens. Oui, voici l'étrange : ces évêques qui se font photographier à Vichy entre Pétain et Laval, qui se retrouvent encore en 1944 autour du cercueil de Philippe Henriot, propagandiste de la collaboration, mais s'abstiennent d'assister aux funérailles du jeune résistant jéciste Gilbert Dru, qui ne veulent pas donner des aumôniers au maquis mais admettent presque toujours le STO, ces évêques-là ont l'audace de lancer les premiers prêtres-ouvriers et la Mission de France, décident qu'il faut réformer le vieux catéchisme national, et mettent en train la réforme liturgique. Alors que la contre-révolution catholique semble l'emporter à Vichy, c'est en réalité ce qu'on a appelé le « virage à gauche » de l'appareil de l'Église qui se prépare. Et les mêmes évêques qui bénissent et encensent Vichy commencent à prendre ce virage. Ou plutôt – il faudrait en une telle matière nuancer chaque mot – à le faire prendre par leurs prêtres, et leurs successeurs.

Étaient-ils donc, en se montrant à la fois, et au sens propre, réactionnaires et révolutionnaires, doublement inconscients ? On ne peut se satisfaire d'une telle hypothèse, que leurs noms – Suhard, Gerlier, Liénart, parmi d'autres – suffisent à démentir, même si nombre de leurs erreurs de jugement apparaissent dans ces pages de façon éclatante. Mais s'ils n'étaient pas inconscients, il nous faut tenter de comprendre. Et pour comprendre, replacer ces quatre années dans une plus longue histoire.

L'Église de France, depuis deux siècles, était nostalgique. Nostalgique du temps où elle se confondait avec la société française. Nulle part ailleurs qu'en France la rupture n'a été si brutale. Comme l'écrit Émile Poulat, l'un des meilleurs analystes du catholicisme français[1] *: « La situation française de laïcité doit être prise très au sérieux : elle fait de la France en Europe, sur le plan religieux, un pays à part, de pointe si l'on veut, mais sûrement d'exception. Le prêtre français rêve de la masse parce qu'il mesure la distance qui l'en sépare : le prêtre italien, belge ou allemand, lui, peut sans complexes s'appuyer sur cette masse. »*

Pour combler cette distance, pour reconquérir cette masse, l'Église de France a, depuis deux siècles, fait fond sur trois stratégies :

– la stratégie de « chrétienté » : grâce à de bonnes lois, et avec l'aide d'un pouvoir redevenu chrétien, l'Église pourra enfin, pense-t-on, rechristianiser la société. Elle a cru ce temps revenu sous la Restauration, un peu moins sous le second Empire, et beaucoup plus à l'époque de Vichy, les déclarations d'hommes comme le cardinal Suhard en témoignent ;

1. *Une Église ébranlée*, éditions Casterman, 1980.

*– la stratégie des « institutions chrétiennes » : il s'agit de rechristianiser la société grâce au rayonnement des institutions catholiques – écoles, patronages, organisations charitables, etc. –, tout comme, sous les Mérovingiens et au Moyen Âge, le rayonnement des monastères contribuait à christianiser les campagnes. Cette stratégie des institutions chrétiennes fut notamment utilisée dans les débuts de la III*e *République ;*

– la stratégie de la « conquête » : l'Église, alors, fait appel au militantisme de ses fidèles (l'Action catholique) ou de ses clercs (les prêtres-ouvriers, et ainsi de suite) priés de se mêler au monde comme jadis les apôtres parmi les pêcheurs et les dockers de la Méditerranée.

Sous l'occupation, l'Église va utiliser les trois stratégies à la fois. Elle demande à Vichy de faire de bonnes lois et – avec quelle insistance ! – de financer ses écoles et ses organisations de jeunesse, elle fait aussi de quelques-uns de ses prêtres des clandestins pour évangéliser les travailleurs français en Allemagne. Elle le fait avec une rare ardeur, parce que, depuis la Première Guerre mondiale, depuis qu'il a partagé la vie du peuple dans les tranchées, le clergé français a découvert l'étendue et la profondeur de la déchristianisation. 1914-1918 fut le grand choc, et 1940-1944 s'explique par ce grand choc. Les cardinaux et les évêques de 1940 sont d'anciens poilus de 1914, affolés, obsédés par la déchristianisation.

Mais ce sont aussi des isolés, des hommes enfermés dans un mode de vie désuet, des règles hiérarchiques d'un autre âge, des palais épiscopaux parfois délabrés et presque toujours coupés du monde. Alors, on va le voir dans les pages qui suivent, ils ne comprennent guère les évolutions – complexes, il est vrai, et rapides – de l'opinion.

Un épisode étonnant en témoigne. La date : le 26 août 1944, le jour où Paris fête sa libération toute neuve. Le lieu : l'archevêché de Paris, rue Barbet-de-Jouy, où le cardinal Suhard est enfermé ; les résistants (les résistants catholiques au premier rang) lui ont interdit d'aller accueillir de Gaulle à Notre-Dame. Arrive un jeune prêtre, André Depierre, futur prêtre-ouvrier.

Le cardinal : « Expliquez-moi ce qui se passe, ce que représente la Libération pour le monde ouvrier des banlieues au milieu desquelles vous vivez. Leur joie du départ des Allemands, je la partage tout à fait. Mais le reste ? Le maréchal Pétain est prisonnier. Il n'y avait plus de gouvernement en France. Le général de Gaulle assure et forme un nouveau gouvernement. Son gouvernement remplace l'ancien. »

Ainsi, alors que – fait extraordinaire – des catholiques viennent de lui interdire de se rendre dans sa propre cathédrale, ce qui aurait dû ouvrir les yeux de ce grand prélat sur le formidable ébranlement qui accompagne la Libération, celui-ci se réduit, pour lui, au remplacement d'un gouvernement par un autre. Alors le jeune prêtre explique : « Ce n'est pas un changement de gouvernement, c'est une révolution ! » Et comme il s'étend, ensuite, sur « l'espérance de plus de justice et de dignité » qui anime le peuple, le cardinal finit par répondre : « Je n'avais pas compris cela... Si c'est une révolution, bien des choses vont changer... Il faut aussi annoncer l'Évangile à une révolution : qu'est-ce que nous allons faire ? »

Une scène poignante par ce qu'elle manifeste d'incompréhension de ce qui vient de se passer la veille, d'ardeur missionnaire et de volonté d'adaptation, mais aussi peut-être d'incompréhension de ce qui va se passer le lendemain.

Ne vont-ils pas bientôt, ces prélats, adopter une image mythique ou dépassée de la classe ouvrière, plus fidèle à la réalité des années trente ou du temps de Zola qu'à celle des années d'expansion qui vont bientôt commencer ? Ils multiplieront, en tout cas, les déclarations révolutionnaires dont le ton surprend aujourd'hui : « Nous voulons délivrer la classe ouvrière de l'esclavage capitaliste », dira Mgr Théas. Mgr Saliège : « La plaie du prolétariat doit disparaître. Il faut qu'elle disparaisse. Cette plaie est due au régime capitaliste libéral. » Et le père Dillard, jésuite, dont les sermons étaient très courus à Vichy : « Nous vivons en capitalistes, malgré nous, sans le savoir, nous pensons capitaliste. Je m'en suis aperçu pour ma part maintes et maintes fois. Combien de jugements ouvriers sur les événements et sur les hommes sont au rebours des nôtres, souvent même choquants, dont on s'aperçoit à la réflexion qu'ils sont plus pénétrés que les nôtres de sens chrétien. » Autrement dit : capitalisme et christianisme ne sont guère compatibles[1]. Tous n'utilisent pas un vocabulaire

1. Le même père Dillard, le 1er février 1942, dans l'église Saint-Louis de Vichy, déclare, ce qui ne va pas sans risques : « La religion que Lénine a attaquée fut avant tout la religion des possédants, la religion des riches (...). C'est contre une forme de religion au service d'un système social que la Russie s'est révoltée. »

aussi précis et aussi révolutionnaire, mais la plupart des prélats n'éprouvent aucune difficulté à se dresser contre le capitalisme libéral, comme le fera ensuite, en termes moins forts, Jean-Paul II. Pour une raison bien simple : que le capitalisme ait été l'adversaire de l'Église catholique et l'agent de la déchristianisation, c'est ce qu'on leur a toujours appris, et c'est pourquoi un siècle plus tôt le Syllabus a condamné le libéralisme.

En vérité, l'Église et le capitalisme, l'Église et la bourgeoisie, contrairement à ce qu'on a souvent dit et beaucoup pensé, ont rarement fait bon ménage. C'est parce qu'ils détestaient le capitalisme libéral que tant de responsables catholiques se sont tournés avec tant de passion vers Vichy qui leur promettait une révolution nationale et un ordre nouveau. Et c'est pour la même raison que beaucoup prendront ensuite, sans trop de peine, des positions dites « de gauche ». René Rémond l'a justement noté : « Somme toute, ce que les chrétiens auront le moins assimilé, ce sont les pratiques de la démocratie libérale ; ce qu'ils auront le moins aimé, ce sont aussi les valeurs du libéralisme : l'acceptation du pluralisme, la reconnaissance de la relativité des choix, l'idée de s'en remettre à la règle de la majorité. Peut-être que passer de positions conservatrices à la critique socialiste de la société démocratique demandait une conversion moins radicale que le ralliement aux principes de la démocratie politique[1]*. » Il dit aussi : « Une partie du catholicisme a comme enjambé l'expérience libérale et démocratique*[2]*. »*

Sans céder aux malfaisantes et stupides caricatures qui ont présenté, dans les années soixante-dix, l'ensemble du clergé français comme un bataillon de militants marxistes, ne trouve-t-on pas, dès lors, dans l'histoire de ce qui se passa entre 1940 et 1944 une des explications, ou du moins un certain éclairage, de ce qui s'est passé ensuite ?

Mais en vérité, ce n'est pas seulement l'évolution vers la gauche d'une partie de l'appareil catholique qui trouve dans cette histoire une part de ses origines et ses explications. C'est l'autonomie politique désormais acquise des laïcs, et le rallie-

1. Conclusions du colloque « Politique et Foi », Strasbourg, Cerdic, 1972.
2. *Christianisme et Démocratie*, Éditions ouvrières.

ment définitif des catholiques à la République. C'est la crise de l'autorité dans l'Église qui annonce la rébellion future d'une partie des prêtres et des laïcs parmi les plus fidèles. C'est aussi la recherche, passionnée et passionnante, tâtonnante aussi, de nouvelles stratégies de reconquête de la société.

Dans cette période riche en lâchetés et en héroïsmes, en dramatiques bêtises et en géniales intuitions, tout est réuni et concentré, tout est en germe, tout se bouscule comme dans un film soudain accéléré. Les illusions et les désillusions du lendemain. La crise de l'Église. Son progrès peut-être.

J. D.

Introduction

De Notre-Dame à Bordeaux

19 mai 1940. Neuf *Panzerdivisionen* allemandes sont alignées entre Cambrai et Péronne. Le général George, commandant des fronts du Nord et du Nord-Est, charge la 4e division cuirassée, à la tête de laquelle vient d'être placé un certain Charles de Gaulle, d'une opération limitée sur le flanc gauche de l'adversaire. À 11 heures, le général Weygand est arrivé du Levant : le soir, le président du Conseil, Paul Reynaud, lui proposera le commandement en chef.

Mais, en cet après-midi ensoleillé, le gouvernement français est presque tout entier réuni à Notre-Dame. Depuis trois jours déjà, les Allemands ont percé le front ; et l'on a commencé à brûler les archives sur les pelouses du Quai d'Orsay. Le gouvernement, dont la plupart des membres ne croient pas plus à Dieu qu'au diable, a demandé une prière publique pour implorer la protection divine. « Cette cérémonie n'a rien d'analogue dans notre histoire depuis bien longtemps », constate dans son sermon monseigneur Beaussart, vicaire capitulaire, qui remplace le nouveau cardinal-archevêque de Paris, monseigneur Suhard (sa nomination a été annoncée le 11 mai, au lendemain de l'entrée des troupes allemandes en Belgique, et il est parti en Espagne pour présider un pèlerinage).

Aux premiers rangs de l'assistance, à côté du représentant du président de la République, ont pris place le chef du gouvernement et ses ministres. Le maréchal Pétain aussi. La réunion de tous ces hommes sous les voûtes de Notre-Dame est un spectacle étonnant : il y a là, note un journaliste, « les représentants de la France officielle, de la France catholique, de la France tout court ».

« Mes frères, priez ! adjure monseigneur Beaussart. Nul d'entre vous n'est ici pour assister à un spectacle. Vous êtes venus pour prier. »

L'ambassadeur des USA, Bullitt, arbore un gardénia à la boutonnière.

Portées en procession par des guides, des scouts, des jocistes et des jécistes, les reliques des saints de France font le tour de la nef.

« Venez, saints de France. Chassez l'ennemi qui essaye de blesser à mort cette nation qui est au Christ et qui veut rester au Christ. »

Après le *De Profundis*, les grandes orgues jouent le *Domine salvam fac rempublicam* et *La Marseillaise*.

Sur le parvis, les badauds, qui voient sortir de Notre-Dame toute la France officielle, s'inquiètent : elle ne prie, d'ordinaire, que lorsqu'elle craint la défaite.

31 mai 1940. Les troupes allemandes sont alignées sur la Somme. Plus au nord, elles encerclent Dunkerque où le corps expéditionnaire britannique et l'armée française des Flandres tentent d'embarquer à destination de l'Angleterre. Paris baigne dans un soleil éclatant. Des dizaines de milliers de personnes ont envahi la butte Montmartre. Le cardinal Suhard a pris l'initiative d'une cérémonie de consécration de la France au Sacré-Cœur. Les Parisiens sont accourus. La basilique, dont le chœur est décoré de drapeaux tricolores, est comble. Les jardins aussi.

Une fois encore, la France officielle est venue : madame Lebrun, l'épouse du président de la République, le représentant du président du Conseil, plusieurs ministres, Albert Sarraut, Louis Marin, Robert Schuman, des parlementaires. Le cardinal Suhard, en « cappa magna », fit l'acte de consécration de la France au Sacré-Cœur. Après le salut du Saint-Sacrement le cardinal prend l'ostensoir, se rend sur le parvis et, dans un grand geste, bénit Paris. La foule chante « Dieu de clémence, ô Dieu sauveur, sauvez, sauvez la France, au nom du Sacré-Cœur » et « Aux armes citoyens, formez vos bataillons ».

25 juin 1940. Depuis minuit trente-cinq, les opérations de guerre sont officiellement terminées sur le sol français. L'ennemi n'est pas à Bordeaux, mais il occupe Lyon. À Paris, sur la place de la Concorde, des pancartes allemandes sont installées pour quatre ans. C'est jour de deuil national. Bordeaux,

capitale des malheurs de la France, est encombrée d'une foule composite. Parlementaires, fonctionnaires sans archives, généraux sans troupes, industriels, aventuriers de haut vol, réfugiés, fonctionnaires qui ont suivi le gouvernement sur les routes de l'exode. On fait queue dans les restaurants. On couche dans les couloirs et les baignoires des hôtels combles. Mille intrigues se nouent, mille manœuvres s'échafaudent. Mais ce mardi est un jour de deuil et la ville enfiévrée sait trouver une apparente dignité. Les cafés, les cinémas, et les salles de spectacle sont fermés. Les drapeaux sont en berne. La radio régionale est sans chansons.

Toute la France officielle se retrouve à dix heures à la cathédrale. Des voiles noirs tombent sur les piliers. Le drapeau tricolore recouvre le catafalque. Dans le chœur, le président de la République, venu cette fois en personne, occupe un trône, côté Épître. L'archevêque de Bordeaux, monseigneur Feltin, en occupe un autre, côté Évangile. Le gouvernement, conduit par son nouveau chef, le maréchal Pétain, emplit, derrière Albert Lebrun, tout un côté du chœur. Paul Reynaud, ancien président du Conseil, est là, lui aussi. Avec la France officielle, la France catholique : des prêtres, des prélats, des dirigeants d'œuvres. Et aussi le corps diplomatique conduit par le nonce, monseigneur Valerio Valeri.

Après l'Évangile, monseigneur Feltin, de son trône, tire les leçons du sacrifice des morts : « Soyez donc unis autour du drapeau endeuillé, nous crient-ils de leur tombe et, sous l'autorité de ceux qui détiennent légitimement le pouvoir, faites trêve aux vaines disputes, aux opinions trop personnelles ou trop intéressées. »

Lisant son texte, l'archevêque de Bordeaux évoque le « nouvel ordre social » qu'il faut bâtir. « Si nous avons été vaincus, dit-il, c'est que peut-être nous n'étions plus suffisamment soutenus, au fond de nos âmes, par ce triple idéal que sont trois grandes réalités : Dieu, la Patrie, la Famille… » C'est presque une devise.

Les sentiments des assistants sont partagés. « J'ai rarement vu une cérémonie plus manquée », note François Charles-Roux qui vient d'être rappelé de son ambassade au Vatican pour occuper le poste de secrétaire général aux Affaires étrangères, et qui a pris sans doute le goût des fastes romains. Il accumule les griefs : « Pompe mesquine, contrastant avec la beauté du cadre architectural ; chants et musique au-dessous du médiocre ; froid discours de l'archevêque... Dans l'assistance ne passe pas ce courant indéfinissable, qui crée l'émotion. »

Edouard Herriot, président de la Chambre des députés, n'a pas aimé non plus ce qu'il appelle un *Te Deum* « à l'envers ». Il a même vu un officier aviateur qui, dans le piquet d'honneur, crispait les poings au passage du maréchal Pétain. En revanche, Paul Baudoin, membre du nouveau gouvernement, a entendu, lui, les murmures des officiers aviateurs au moment où passaient devant eux les présidents du Sénat et de la Chambre...

La France officielle est ainsi divisée, même quand elle emplit les églises pour entendre un prélat lui prêcher, au nom des morts, la fin de ses querelles, et lui définir les bases d'une nouvelle politique. Les quatre années qui vont s'écouler jusqu'au *Te Deum* « à l'endroit » de Notre-Dame, celui de la Libération, le 25 août 1944, fourniront aux Français bien d'autres occasions de se déchirer.

La France catholique n'évitera pas non plus la discorde et les heurts. Au contraire. Et des attitudes vont se prendre, des questions vont se nouer, des problèmes vont se poser, dont, après des décennies, on n'a pas fini d'épuiser toutes les conséquences. Des initiatives vont jaillir aussi, dont l'histoire se poursuit.

Les rapports de l'Église et de l'État vont changer, et les trois cérémonies religieuses qui ont vu la France officielle et la France catholique rassemblées en sont le premier signe. Après ces quatre années d'occupation, les catholiques n'occuperont plus la même place dans la société française. Et ils auront changé eux-mêmes, profondément. Dans le même temps, l'Église de France faisant en quelque sorte retraite, incitée par les bouleversements de l'époque à se remettre en cause, va donner le jour à des institutions nouvelles, va accepter les idées nouvelles, qui composeront son visage de l'après-guerre.

Il fallait donc écrire l'histoire de cette période décisive. Car cet hier explique aujourd'hui.

De nombreux documents inédits ont pu être consultés, et des témoignages recueillis, qui permettent de dresser un tableau aussi complet et aussi exact que possible de ce que fut, entre 1940 et 1944, l'évolution des catholiques. Des catholiques, et non de l'Église, car toutes les initiatives prises alors par des catholiques – en matière politique notamment – n'engageaient évidemment pas l'institution ecclésiale. On voudra bien se souvenir enfin que si plus de neuf Français sur dix étaient baptisés, l'indifférence religieuse était telle à cette époque qu'ils ne peuvent être considérés comme catholiques du point de vue qui nous préoccupe. Seront seuls analysés et décrits ici les faits et gestes de ceux qui portaient cette étiquette dans leur vie publique, qui appartenaient au « milieu » catholique.

Décrire et analyser, montrer quels sont les prolongements actuels des problèmes soulevés alors : tel est le but de ce livre. Il ne s'agit pas d'évaluer les responsabilités morales de tel ou tel, aussi lourdes qu'elles puissent paraître. Ce serait, selon un mot d'Alfred Fabre-Luce, « soulever une question de jugement dernier ». Mais il faut comprendre comment les choses se sont passées.

PREMIÈRE PARTIE

La tentation de Vichy

CHAPITRE PREMIER

La France repentante

Les cérémonies religieuses de mai et juin sont les premières d'une longue série. On s'en aperçoit dès le 14 juillet. Cette fête républicaine et laïque n'était guère, de coutume, célébrée dans les lieux de culte. Mais, cette fois, le chef de l'État français, Philippe Pétain, amène à l'église Saint-Louis de Vichy tout le gouvernement et le corps diplomatique. Le chanoine Polimann, député de la Meuse, et héros de la tranchée des baïonnettes pendant l'autre guerre, dit la messe, entouré de trois évêques.

On ne dit pas seulement la messe à Vichy. Dans toute la France, préfets, sous-préfets et maires – y compris de vieux socialistes et radicaux réputés « mangeurs de curés » – en uniforme ou l'écharpe sur le ventre, se sont précipités dans les églises.

Le nouveau régime serait-il clérical ? L'homme de qui l'immense majorité des Français espère le salut, et qui a tous les pouvoirs pour les gouverner, est-il un catholique fervent ? Contrairement à une légende tenace largement répandue à cette époque, ce n'est pas du tout le cas. Sans doute a-t-il été éduqué dans la religion chrétienne comme tous les enfants de son âge et de sa région – l'Artois. D'autant que deux de ses oncles sont prêtres. « Je n'ai pas connu ma mère, dira-t-il plus tard. J'ai été élevé par ma grand-mère ; elle a fait de moi un chrétien. Pendant dix ans, je suis allé à la messe tous les matins et je connais par cœur le gros livre des cantiques. Je pourrais encore les chanter. »

Mais il ne les chante guère. Dans les premiers temps de Vichy, il ne va à la messe que pour les cérémonies officielles, les grandes fêtes, ou quand son entourage l'y pousse. Autrement, un concert d'orgues à la radio suffit à apaiser son besoin de religiosité. Et il ne communie pas. Il ne renouera complètement avec la pratique religieuse que lors de sa détention. Il retrouvera alors la ferveur de son enfance.

Pétain : « Une bonne messe n'a jamais fait de mal à personne »

Philippe Pétain avait fait ses études chez les dominicains d'Arcueil mais il avait rapidement cessé de fréquenter les églises. Non par opportunisme à une époque où la lutte antireligieuse battait son plein. Plus certainement par indifférence. On ne le trouve mêlé, ni de près ni de loin, à aucune des deux crises qui secouent, avant 1914, la société militaire française : l'affaire Dreyfus, et les inventaires dans les églises dont les officiers étaient chargés. Ces événements ne le passionnent guère. Après 1918, quand les catholiques veulent lutter contre le cartel des gauches pour revendiquer ce qu'ils estiment être leurs droits, c'est un autre militaire glorieux qu'ils vont chercher pour mener le combat : de Castelnau. Personne ne songe un seul instant à Pétain.

Celui-ci, d'ailleurs, n'a pas craint d'épouser civilement en 1920, à 64 ans, une jeune divorcée de 43 ans, Alphonsine, Berthe, Eugénie Hardon, une de ses très anciennes relations. Il « régularise », ont dit ses amis en apprenant ce mariage. Alphonsine Hardon connaissait Pétain depuis 1881, et il avait déjà été question de mariage entre eux au début du siècle. Mais c'est François de Hérain, interne des hôpitaux de Paris, qu'elle avait épousé en 1902. Puis elle en avait divorcé le 5 mars 1914, après la naissance d'un fils, Pierre.

Ce mariage avec une divorcée suffit à tenir Pétain à l'écart des milieux catholiques. Pourtant, la Maréchale a obtenu de l'officialité du diocèse de Paris, le 30 janvier 1929, la reconnaissance de nullité de son mariage avec François de Hérain. Et, le 18 mars 1929, l'officialité de Versailles a confirmé. Pétain pourrait alors « régulariser » tout à fait en complétant le mariage civil par un mariage religieux. Il ne le fait pas. Cela n'a guère d'importance à ses yeux. Cependant, quand il devient chef de l'État, l'épiscopat français commence à s'intéresser à la question. Et finalement, le mariage religieux a lieu en janvier 1943 dans la chapelle de l'archevêque de Paris. Le

Maréchal ne s'est évidemment pas déplacé. C'est un mariage par procuration.

À ce moment, Pétain s'est beaucoup rapproché de la hiérarchie catholique, sans avoir apparemment retrouvé une foi très vive [1]. D'ailleurs, la Maréchale ne le pousse pas non plus dans ce sens.

Sa philosophie en la matière est simple : « L'essentiel, dit-il à des notables musulmans algériens venus le voir à Vichy, c'est d'avoir une religion, une bonne religion. » Peu importe laquelle… Comme on lui reproche le nombre des cérémonies religieuses officielles, il répond : « Une bonne messe n'a jamais fait de mal à personne. On la suit ou on ne la suit pas. J'aimerais mieux entendre la messe tous les matins que de subir les mômeries de ces dominicains qui m'accusent de totalitarisme et qui s'évertuent, sous prétexte de défendre la personne humaine – comme si je ne l'aimais pas autant qu'eux –, à saper les fondements mêmes de l'ordre. » Cette phrase est prononcée alors que le Maréchal a fait, depuis quelque temps déjà, l'expérience du pouvoir. Et si elle exprime une légère déception, c'est précisément parce que Pétain a compté, dès juin 1940, sur le concours de l'Église catholique, considérée comme une force d'ordre et de tradition. Il pense qu'une « bonne religion », avec quelques bons principes moraux, pourra servir de base au redressement français tel qu'il l'envisage. Lors de son bref séjour dans l'Espagne de Franco, comme ambassadeur de France, au début de 1940, il a aussi pu constater combien l'Église pouvait constituer un soutien solide pour un régime. Nul doute qu'il en a tiré les leçons. D'ailleurs, il admire l'organisation de l'Église catholique, sa hiérarchie. Il a beaucoup de respect pour le pape et n'hésitera pas à le consulter. Au moins deux fois.

D'abord quand il rédigera une sorte de manifeste appelé « Les Principes de la Communauté », sans doute destiné à remplacer la Déclaration des droits de l'homme, et qui exprime sa philosophie politique. « L'école, dit par exemple le 12ᵉ principe, est le prolongement de la famille. Elle doit faire comprendre à l'enfant les bienfaits de l'ordre humain qui l'encadre et le soutient. Elle doit le rendre sensible à la beauté, à la gran-

1. Une étude lexicologique des Appels et Messages du Maréchal montre que les références religieuses en sont absentes (Gérard Miller, *Les Pousse-à-jouir du maréchal Pétain*).

deur, à la continuité de la Patrie. Elle doit lui enseigner le respect des croyances morales et religieuses, en particulier de celles que la France professe depuis les origines de son existence nationale. »

Avant de publier ce texte, son auteur veut connaître l'avis de Pie XII. Et il l'obtient par l'intermédiaire du cardinal Gerlier :

« J'avais mis l'accent sur les devoirs de l'homme, dira plusieurs fois Pétain. Le pape n'a pas hésité à rétablir la notion des droits. »

Les « principes de la communauté » sont publiés dans le volume *Paroles aux Français* que le Maréchal dédicace à Pie XII avec ces mots : « À Sa Sainteté Pie XII, j'adresse mon hommage respectueux et mes vifs remerciements pour les appréciations bienveillantes et encourageantes qu'elle a bien voulu porter sur mon œuvre, en particulier sur les maximes qui figurent à la fin du livre et qui lui ont été présentées par Son Éminence le cardinal Gerlier au cours de son dernier voyage à Rome.

1er novembre 1941
Jour de la Toussaint
PHILIPPE PÉTAIN. »

Les autorités vaticanes feront savoir plusieurs années plus tard à maître Jacques Isorni, avocat du Maréchal, que le pape avait formulé des réserves explicites après la publication du volume.

Selon Xavier Vallat, qui avait été entre les deux guerres un des leaders de l'action politique de l'extrême droite catholique et qui fut à Vichy commissaire aux questions juives, Pétain a également cherché à connaître, en 1941, le point de vue du Vatican sur les mesures prises à l'égard des juifs. Nous reviendrons sur cette affaire embrouillée (voir chapitre X).

Bien qu'il manifeste ainsi son grand respect pour la hiérarchie ecclésiastique et son désir d'établir entre le nouveau régime et l'Église des liens étroits, Pétain n'aura pas beaucoup de ministres considérés par l'opinion comme catholiques. En tout cas, aucun des chefs de gouvernement de Vichy ne sera choisi selon ce critère. L'amiral Darlan, contrairement à beaucoup de marins, se tient assez loin de l'Église. Il estime que « la religion, c'est bon pour le peuple parce que ça maintient l'ordre et l'autorité ». Mais il ironise volontiers sur « les puceaux de sacristie » qui, selon lui, composent l'entourage du Maréchal. Laval, c'est bien connu, ne s'intéresse guère à ce qu'il appelle « les affaires de curés ». Pétain, sur ce point, prend donc ses précautions. Quand le 17 novembre 1942, il délègue, par acte constitutionnel, la plus grande partie de ses pouvoirs à Laval, il adresse à celui-ci une contre-lettre secrète comprenant trois réserves :

« 1° Vous n'engagerez ni ne laisserez engager la France dans la guerre.

« 2° Vous garantirez la sécurité personnelle et matérielle absolue des Alsaciens-Lorrains et détenus politiques.

« 3° Vous respecterez les traditions spirituelles de la France en protégeant de toute atteinte, notamment, les convictions religieuses et philosophiques, l'exercice du culte, les droits de la famille, les mouvements de jeunesse, le respect de la personnalité humaine. »

Le troisième paragraphe vise quasi explicitement la satisfaction des revendications traditionnelles de l'Église.

Le désir secret de Pétain, confié à quelques intimes, est de faire entrer au gouvernement Jean Lecour-Grandmaison, ancien député, vice-président de la Fédération nationale catholique [1] et chroniqueur au *Figaro*. Mais cela ne se fera pas.

Si les notables catholiques ne sont pas entrés massivement dans les gouvernements de Vichy, le cabinet du Maréchal, en revanche, est presque uniquement composé de chrétiens fervents comme le général Laure, ancien élève des jésuites, André Lavagne (qui s'occupe particulièrement de la politique religieuse), ou encore le capitaine de vaisseau Feat, décrit par tous comme un « moine laïc », qui gère une partie des fonds secrets et les affecte surtout à de « bonnes œuvres » (chapelles de secours, bibliothèques enfantines, salles de patronage) pour lesquelles le Maréchal est très sollicité.

Catholiques fervents ou non, les hommes qui entourent le Maréchal sont presque tous inspirés par les idées de *L'Action française*.

1. La Fédération nationale catholique, fondée au lendemain de la première guerre et présidée par le général de Castelnau, tendait à regrouper les hommes catholiques pour défendre, sur le plan civique, « les droits de l'Église ». D'abord nettement politique, son action s'était ensuite orientée davantage vers un domaine plus religieux.

L'Action française, depuis 1900, cherche à rénover les idées de la droite traditionnelle. Autour du journal qui porte ce nom, et que dirige Charles Maurras, toute une équipe d'écrivains et d'intellectuels critique la République, « la gueuse », qui est soumise à l'étranger, aux « métèques » : étrangers, Français à peine naturalisés, juifs et aussi francs-maçons. Poussant l'amour du pays jusqu'au nationalisme intégral, ces hommes veulent un pouvoir fort. Pour eux, la raison d'État est la valeur première ; les intérêts de l'individu, exaltés par la révolution de 1789, doivent être subordonnés à ceux du groupe, de la société. Un pouvoir fort ne peut être obtenu que s'il s'incarne dans un roi héréditaire, indépendant des partis et des intérêts privés.

Charles Maurras n'est pas, lui non plus, un homme très religieux. Mais il admire l'Église comme une puissance d'ordre et de conservation et son organisation hiérarchique lui paraît être un modèle du genre.

Bien des catholiques qui acceptent mal la République et sont à la recherche d'une doctrine politique ont été séduits par *L'Action française*. N'avaient-ils pas les mêmes ennemis ?

Certes, Pie XI a condamné *L'Action française* en 1926, lui reprochant de subordonner la religion à un intérêt partisan. Mais Pie XII a levé la condamnation quelques mois avant la guerre, à la suite de tentatives de rapprochement d'ailleurs commencées depuis plusieurs années, au temps de son prédécesseur.

Que Pétain soit entouré d'hommes d'*Action française* n'est pas un hasard. S'il admire l'Église, c'est à la façon de Maurras. Son idée suivant laquelle la religion catholique est un facteur d'ordre qui peut contribuer à la construction d'une France nouvelle est une idée maurrassienne.

Pétain, qui lit très peu les journaux, ne manque aucun article de Maurras. Le vieux « maître », qui est de plus en plus sourd, ne vient pas souvent à Vichy. Mais il arrive que les deux hommes se rencontrent ailleurs. Pétain, se rendant à Lyon en 1944, voit le cardinal Gerlier au déjeuner officiel à l'hôtel de ville et reçoit ensuite Maurras dans un salon de la préfecture. Des hommes proches de la pensée de Charles Maurras, comme Henri Massis, seront plus familiers de Vichy. On dit même dans la ville d'eau-capitale que Massis a écrit plusieurs des discours de Pétain, par exemple ceux qui traitent du problème de la jeunesse.

Un accès de ferveur religieuse

En 1940, que les officiels aillent si volontiers dans les églises et invoquent à tout propos le nom de Dieu ne choque pas grand monde dans la zone non occupée. Pourtant, cette petite France sur laquelle Vichy exerce son autorité ne se fait pas habituellement remarquer – quelques régions exceptées – pour sa ferveur religieuse. Bien au contraire. C'est dans cette partie du territoire que le chanoine Boulard, quand il établira après de longues enquêtes sociologiques une carte religieuse de la France rurale, trouvera quelques-unes des zones les plus déchristianisées. Et aux dernières élections législatives, celles du 3 mai 1936, c'est là que le Front populaire a obtenu quelques-uns de ses meilleurs résultats.

Mais le choc de la défaite a été terrible. Sous les bombardements, beaucoup ont spontanément repris les formules des prières de leur enfance. D'autres les redécouvrent lorsqu'il faut se raccrocher à quelque espoir dans l'attente des nouvelles d'un être cher : on prie pour avoir des lettres du prisonnier ou du disparu, pour que la maison restée en zone occupée soit protégée des bombardements ou des troupes allemandes, et on fait dire des messes pour la sauvegarde de sa famille ou pour récupérer ses biens. En septembre 1940 est mis en vente un recueil d'invocations à « trois cent vingt-deux saints différents selon la nature de la demande à faire à Dieu ». C'est un succès.

Du Nord au Midi, les églises sont pleines. Ars et Lourdes connaissent un éclat considérable et voient affluer les foules. Un pèlerinage s'en va même en Espagne sous les plis d'un étendard offert par Pétain, et dont les ors livrent l'image de deux rois catholiques : saint Louis et saint Ferdinand. Le culte de Notre-Dame de Fatima se répand largement. Et aussi celui de sainte Rita, « patronne des causes désespérées ».

Quelques croyances superstitieuses se mêlent à cet accès de ferveur. On se passe de la main à la main des textes de prophéties attribuées à Malachie, sainte Odile, Nostradamus, bien d'autres encore, et les autorités religieuses sont obligées de réagir, de multiplier les mises en garde.

Il semble que d'anciennes barrières se soient soudain effondrées. Dans la débâcle, bien des curés ont retrouvé un rôle de notable local que les campagnes anticléricales et l'indifférence du grand nombre leur avaient fait perdre : avec le maire, ou parfois à sa place, ils ont dû organiser des secours, prévoir le ravitaillement des populations. À Dunkerque, où la plus importante église a été détruite, on dit la messe dans le hall du palais de justice, et le collège libre, qui n'a pas été détruit, ouvre ses portes aux professeurs et aux élèves du collège municipal, qui n'a pas eu cette chance. Quand le maire et l'archiprêtre de la ville se rendront à Vichy et citeront ce fait à Pétain et à ses ministres, ceux-ci y verront un signe que les vieilles divisions sont abolies. Dans le seul diocèse d'Arras, deux cent soixante-quinze communes seront consacrées au Sacré-Cœur en 1942 : avec l'approbation du maire.

À l'autre bout de la France, à Draguignan, on organise le 11 novembre une messe pour la jeunesse des écoles. Les élèves de tous les établissements scolaires – publics comme privés – y sont conduits par les directeurs et les enseignants. Les écoles normales d'instituteurs et d'institutrices sont présentes, elles aussi.

On assiste à des élans de piété populaire qui font penser aux grands mouvements de foule du Moyen Âge. On parle beaucoup du Moyen Âge d'ailleurs : toute une littérature pieuse l'évoque, qui incite les Français à retrouver les vertus des bâtisseurs de cathédrales.

Certes, il est difficile de pénétrer les consciences et de discerner ce qui est mouvement passager et superficiel, et retour à une foi vive, profondément vécue. Les deux coexistent sans doute. Les camps de prisonniers, surtout ceux des officiers (les oflags), où les prêtres, religieux et séminaristes sont plus nombreux, sont le lieu d'une vie spirituelle intense et d'un effort de culture religieuse qui prépare le renouveau spirituel et intellectuel de l'après-guerre.

En France même, la manifestation la plus éclatante du renouveau de piété est sans conteste le Grand Retour. En 1938 avait eu lieu à Boulogne-sur-Mer un congrès marial au cours duquel avait été renouvelé le vœu de Louis XIII mettant sa personne et son royaume sous la protection de Notre-Dame. Quatre reproductions de la statue de Notre-Dame de Boulogne sur sa barque avaient alors visité quelques centaines de paroisses de la région du Nord. Pendant la débâcle, la statue elle-même avait été déposée dans un monastère de Seine-et-

Oise. En 1942, quand il est question d'organiser un pèlerinage marial au Puy-en-Velay, le R. P. Ranson, qui va être l'animateur principal du Grand Retour, décide d'aller la chercher. Il faut franchir la ligne de démarcation : on cache la statue dans un camion de légumes, et elle arrive au Puy. De là, après le congrès marial qui a réuni soixante mille pèlerins, elle gagne Lourdes. Mais le père Ranson pense qu'elle ne doit plus s'arrêter. Dans une note rédigée le 1er mars 1943, et destinée à l'épiscopat, il cite le message adressé à la France, en juillet 1940, par le pape Pie XII qui lui demandait de « mettre en œuvre, sans attendre la conclusion de la paix, ses ressources spirituelles, si nombreuses et si puissantes, pour se ressaisir dans son âme et donner au monde le spectacle d'un grand peuple, digne de ses traditions séculaires, qui trouve dans sa foi et sa charité inlassable la force de faire face à l'adversité et de reprendre sa marche sur le chemin de l'honneur et de la justice chrétienne ». Le père Ranson en tire cette conclusion : « Ces termes si formels, lorsque nous les appliquons à notre cas, nous paraissent constituer un ordre très clair de ne pas retarder le Grand Retour de la Vierge de Boulogne à travers tout le pays – symbole, extension et moyen du grand retour de notre peuple à Dieu. »

Notre-Dame de Boulogne reprend donc sa route, à partir de Lourdes. Elle va de ville en village, de paroisse en paroisse, suivie par des foules de pèlerins dont beaucoup marchent pieds nus en signe de pénitence. Autour d'elle on se réunit en longues veillées de prières, on dit le Rosaire les bras en croix, on donne des centaines et des milliers de communions. Et les formules de consécration à la Vierge, imprimées sur un papier en forme de cœur, s'accumulent, signées, dans la barque : « Pour bien montrer ma volonté d'être de plus en plus fidèle à mon Dieu et à ma Patrie, je me suis consacré au cœur immaculé de Marie… » Environ dix millions de Français se consacreront ainsi à la Sainte Vierge. Beaucoup l'oublieront et certains jeunes n'ont été attirés que par l'exploit sportif que constituent ces kilomètres à pieds nus, mais de nombreux témoignages prouvent que le Grand Retour s'est accompagné de retours individuels, réels et durables.

De mars 1943 à juin 1946, les missionnaires qui accompagnent la statue de Notre-Dame de Boulogne distribuent cinq millions d'images, un million et demi de chapelets. Les quatre copies de la statue ont été appelées en renfort. Le Grand Retour, qui traverse en tout cinquante-six diocèses, ne s'arrête pas avec la Libération. À cette époque, la statue elle-même se trouve en Bretagne et elle franchit les lignes sous la protection des maquisards en échappant de peu à la mitraille. Le Grand Retour se termine alors en action de grâces.

Il avait commencé sous le signe de la pénitence. Les pèlerins du Puy répétaient : « Notre-Dame des Douleurs, priez pour la France qui souffre, Notre-Dame des Douleurs, priez pour la France qui a péché. »

« Mea culpa » sur la poitrine des autres

Car la France a péché. Et c'est parce qu'elle a péché qu'elle a été battue en un mois de combat. Telle est la conviction qui s'est répandue au lendemain de l'armistice. Le maréchal Pétain a donné le ton dans l'un de ses premiers messages, le 26 juin, en dénonçant « l'esprit de jouissance [1] ». Notre défaite, a-t-il dit, « est venue de nos relâchements ».

Mais fallait-il vraiment que quelqu'un donne le ton ? Quasi spontanément, dans tous les secteurs de l'opinion, l'idée a surgi que la France était coupable, qu'elle a été pour cette raison abandonnée par la Providence et battue, que cette défaite est donc méritée, et même qu'elle peut être salutaire. De quoi la France est-elle donc coupable ? On dénonce pêle-mêle l'ondulation permanente, les congés payés, le pernod, la traite des Blanches, le régime des partis, les grèves, le jeu, les mauvais films, les maillots de bain, la démocratie bien sûr, la dénatalité, et l'absence de religion.

Au cours d'un Conseil des ministres, en juin, à Bordeaux, Weygand, commandant en chef, explique que « la France a mérité sa défaite ; elle a été battue parce que ses gouvernements depuis un demi-siècle ont chassé Dieu de l'école ».

La rage de battre sa coulpe – ou celle des autres, mais en tout cas celle de la France – n'épargne aucun milieu. Le député socialiste Spinasse déclare le 6 juillet lors d'une réunion de députés à Vichy que « le Parlement va se charger des fautes

1. Ce qu'André Gide a trouvé « tout simplement admirable ».

communes. Ce crucifiement est nécessaire pour éviter que le pays ne sombre dans la violence et l'anarchie... Notre fléchissement moral et intellectuel... fut la cause de notre retard technique, industriel, surtout militaire. La France s'était abandonnée, il faut qu'elle se reprenne. » Le 9 juillet, Pierre Laval, ministre d'État, se livre devant les parlementaires à une extraordinaire séance de dénigrement d'un passé auquel il a pourtant contribué. La défaite, dit-il, est la condamnation « non pas seulement du régime parlementaire mais de tout un monde qui a été et qui ne peut plus être ». La France « usait et abusait de la liberté ». Au passage, Laval égratigne « certains instituteurs » qui « avaient omis d'apprendre à nos enfants » le patriotisme. Comme si cela ne suffisait pas, un interrupteur lui crie : « Parlez-nous de la presse ! » Alors Laval, avec force, salué par de vifs applaudissements : « Ce qui a corrompu surtout l'âme de la France, c'est l'or de l'étranger. »

La mode est aux examens de conscience. Dans une déclaration commune diffusée le 15 novembre, déclaration qui tranche pourtant par sa vigueur sur le conformisme de l'époque, les dirigeants de la CGT et de la CFTC (Louis Saillant, Robert Lacoste, Christian Pineau, Albert Gazier, Jules Zirnheld, Maurice Bouladoux, Gaston Tessier, etc.) assurent que le syndicalisme « n'est pas responsable de la situation actuelle » mais ajoutent qu'il a commis des « fautes » : certains de ses membres ont trop lié l'existence du mouvement syndical à celle des partis et d'un parlement discrédité ; le mouvement syndical a préféré la satisfaction des revendications immédiates aux solutions économiques d'ensemble ; la cohésion ouvrière a été rompue par des politiques de tendances.

Au camp-école des Compagnons de France, nouveau mouvement de jeunesse né au lendemain de la défaite et qui mourra avec la victoire, la première veillée est aussi une grande séance d'autocritique : « Nous avons été des décadents, nous avons été des peureux, des velléitaires, nous n'avons pas été des citoyens, nous avons été des tièdes vis-à-vis de la France. » Et dans le journal des cadres du mouvement, *Chef compagnon*, un jeune responsable nommé Félix Gaillard écrit en 1941 : « Nous avons perdu la guerre parce que nous avons voulu entreprendre une lutte nationale avec un gouvernement de partis. Dans un gouvernement démocratique, l'homme...

devient l'homme de son parti avant d'être l'homme de son pays. Le radical fait sa guerre de radical, qui n'est pas la guerre du socialiste, le communiste continue la guerre au capital et le monarchiste combat pour le roi. Sans compter tous ceux qui se battent pour leur confort [...]. La conscience française s'est effondrée avec un bruit de chose pourrie. »

Deux thèmes dominent donc : ce sont la République et le relâchement des mœurs dû à l'absence de religion qui sont traînés au banc des accusés. Pas les chefs militaires. D'ailleurs, ils encombrent les avenues du pouvoir comme il arrive souvent – et curieusement – après les défaites.

Dès juillet 1940, François Charles-Roux, secrétaire général du ministère des Affaires étrangères, attire l'attention du gouvernement sur le fait que la presse allemande et la presse italienne s'emparent avidement de ce genre de déclarations pour les retourner contre la France. Car une telle attitude, en zone sud, correspond évidemment à ce que souhaitent les Allemands. Le 3 septembre 1940, pour l'anniversaire de l'entrée en guerre, ils donnent à la presse parisienne, qui est directement sous leur contrôle, la consigne de développer trois idées : la France est aussi coupable de la guerre que l'Angleterre ; le peuple français est aussi coupable que les dirigeants de 1939 ; s'il est durement traité, il n'a qu'à s'en prendre à lui-même. Rien ne peut rendre plus grand service à ces vainqueurs provisoires que l'acceptation résignée de leur défaite par les vaincus. Une acceptation résignée, et parfois joyeuse. Lucien Rebatet, qui occupe alors un poste à la radio de Vichy sous la direction de Jean-Louis Tixier-Vignancour, écrira dans *Les Décombres* en parlant de cette époque : « On se délectait à lire sous la plume de Déat que nous étions militairement cuits, et bien cuits pour un bon bout de temps. »

Que des catholiques en grand nombre, y compris les plus éminents, participent à ce grand mouvement d'accusation collective, n'a rien qui doive surprendre. Le relâchement des mœurs, ils l'avaient dénoncé depuis des décennies, et chaque fois qu'ils l'avaient fait, ils s'étaient fait qualifier de bigots, d'attardés.

La République, ils ne s'y étaient ralliés qu'à l'appel des papes et encore beaucoup ne l'avaient-ils fait que du bout des lèvres, n'acceptant ce régime que comme un moindre mal ou comme un expédient provisoire. Ceux d'entre eux qui avaient opté franchement pour la République critiquaient la forme qu'avait prise la IIIe.

Enfin, la quasi-unanimité se retrouve, bien entendu, pour dénoncer l'absence de religion. Depuis les luttes anticléricales de la fin du XIXe siècle, depuis la séparation de l'Église et de l'État, depuis qu'on a limité les libertés de l'Église, depuis que la société civile s'est arrachée à la société cléricale, ils n'ont cessé d'annoncer les graves conséquences qu'une telle attitude entraînerait, pour la France. Ils se trouvent donc en 1940, dans la situation de celui qui peut proclamer : « Je vous l'avais bien dit. » Ils ne se privent pas de le faire.

Peccavimus, nous avons péché. Tel est le slogan. « Le péché nous a fait perdre la paix », dit monseigneur de Llobet, évêque d'Avignon. « Trop de Français étaient dans l'incapacité de croire, c'est une des raisons de notre défaite », déclare au *Figaro*, le 4 juillet 1940, monseigneur Piguet, évêque de Clermont. Un journal d'inspiration catholique, *Le Patriote des Pyrénées*, souligne que « ce qui vient de s'effondrer si lamentablement c'est, ne l'oublions pas, une maison que l'on avait essayé de construire sans Dieu ». *La France catholique*, organe de la Fédération nationale catholique, cite même La Fontaine :

Je crois que le Ciel a permis
Pour nos péchés cette infortune.

Le cardinal Saliège, archevêque de Toulouse, écrit dans un mandement publié par *La Croix* le 28 juin 1940 :

« Pour avoir chassé Dieu de l'école, des prétoires de la nation,

« Pour avoir supporté une littérature malsaine, la traite des Blanches,

« Pour la promiscuité dégradante des ateliers, des bureaux, des usines,

« Seigneur, nous vous demandons pardon…

« Quel usage avons-nous fait de la victoire de 1918 ?

« Quel usage aurions-nous fait d'une victoire facile en 1940 ? »

Un aumônier de chars n'hésite pas à déclarer aux soldats qui vont être démobilisés au lendemain de l'armistice : « Imaginons-nous ce qui serait arrivé si la justice divine ne nous avait pas frappés. Encouragés par le succès de nos armes, nous aurions été confirmés dans notre orgueil, nous aurions oublié que ce triomphe demandé à Dieu aurait été autorisé par lui. Notre victoire eût été alors l'apothéose d'une nation pratiquement devenue *athée*. Messieurs, cette leçon nous est nécessaire. »

En janvier 1942, dix-sept dirigeants du Centre d'action des prisonniers de guerre rapatriés, parmi lesquels on trouve des intellectuels catholiques comme Jean de Fabrègues, et l'abbé Marouel, écrivent que « le prisonnier a reconnu que la défaite était méritée, qu'elle n'était pas un accident imprévisible. La défaite militaire a hâté une décomposition déjà profonde, mais non encore consacrée, du tissu social français. En un certain sens, elle a heureusement mis fin à cette décomposition ». Paul Lesourd, professeur à l'Institut catholique de Paris et journaliste, écrit le 12 septembre 1940 dans le *Mémorial de saint Étienne* qu'il y a une « noblesse certaine à accepter la situation de vaincu ». Et le 27 juin 1940, l'abbé Thellier de Poncheville a écrit dans *La Croix* : « Commençons par tomber à genoux et frappons-nous la poitrine. Nous avons bien des fautes à expier. Une entreprise officielle de déchristianisation qui a atteint dans ses sources mêmes la vitalité de notre patrie. Beaucoup d'indifférence religieuse de la foule, et pas assez de ferveur dans la minorité croyante pour faire compensation. Trop de blasphèmes et pas assez de prières. Trop d'immoralité et pas assez de pénitence. Tout cela devait se payer un jour. » Mais il ajoute : « Si graves qu'aient pu être nos défaillances, nous n'avons pas renié dans la vie internationale la grande loi d'amour qui nous est venue du ciel. C'est ce qui fait notre inflexible assurance. Soumis aujourd'hui à l'oppression de la force, nous attendons avec confiance le verdict final de Dieu. »

Certains catholiques participent d'autant plus volontiers à cette grande séance nationale d'autocritique qu'il s'agit de faire le *Mea culpa* des autres. « Le même *Mea culpa* de chaque côté ? » interroge dans *La Croix* du 2 octobre 1940 un jésuite, le père Plus. Il répond aussitôt : « Non, ce n'est pas de jeu. » Et il explique : « On va répétant : nous avions "besoin" de la défaite pour "comprendre". Pardon ! Certains, beaucoup – mais ils n'étaient pas écoutés, malheureusement ! – avaient depuis longtemps "compris" et n'avaient nul "besoin" de la défaite. Ils ont pu manquer parfois au programme. Du moins, le vrai programme, ils l'avaient et ils n'ont point, grâce à Dieu, à le modifier. »

Paul Claudel, qui est à Alger, et dîne le 27 juin au soir avec Corniglion-Molinier et Saint-Exupéry, conclut de leur conversation que les instituteurs officiers de réserve ont lâché pied les premiers. Quelques semaines plus tard, rentré en zone sud, il notera cependant dans son journal : « Les militaires qui sont responsables de notre défaite et qui ont donné l'exemple de la lâcheté et de la débandade essayent de rejeter la faute sur les autres. »

Parallèlement se développe une spiritualité de la souffrance, de l'échec. Dans les sermons et les retraites on met l'accent sur le péché plus que sur la grâce. Cette rage de pénitence conduit parfois à des attitudes extrêmes. Dans la Drôme, un ex-jésuite espagnol, le père Vallet, a fondé une maison de retraites, et il y prononce des sermons sur l'enfer dans une salle obscure. Il y prend des poses de visionnaire, comme s'il voyait les flammes de l'enfer brûler les maudits : « Je le vois... je le vois... je le vois brûler en enfer... Je vois le ci-devant cardinal Verdier brûler en enfer ! » Car la politique s'en mêle et l'on reproche au cardinal Verdier d'avoir montré trop de sympathie en 1936 à l'égard de la politique sociale de Léon Blum. On jette également l'anathème, au cours de ces retraites de style particulier, sur les religieux « d'avant-garde » : les pères de Lubac, Congar, Teilhard de Chardin, et encore d'une manière générale sur tous les démocrates-chrétiens qualifiés de « rouges ».

Chez d'autres plus modérés, deux thèmes principaux s'entrecroisent sans cesse. Selon le premier, la perte du sens civique, du sens moral, de l'énergie vitale, a contribué à la défaite. Malgré ses exagérations manifestes, ce thème correspond évidemment à une réalité ; mais le laïcisme traîné au banc des accusés est-il seul responsable de l'affaissement des vertus civiques ? L'autre thème est archaïque : c'est celui d'un Dieu vengeur qui intervient sur cette terre pour accorder ses récompenses aux bons, sous forme de victoire militaire, et punir les méchants en les condamnant à la défaite. Théologiquement, c'est très sommaire. Et cette explication de la défaite par des représailles divines choque le bon sens. Car alors, le vainqueur, le nazisme que Pie XI a condamné dans l'encyclique *Mit Brennender Sorge*, devrait-il être considéré comme bon aux yeux de Dieu ? La victoire de juin 1940 aurait-elle récompensé les vertus d'Hitler ? La plupart ne posent pas ces questions, et ne constatent pas la faiblesse du raisonnement.

Dès les premiers jours cependant, quelques-uns vont s'efforcer de la montrer.

« Si mon pays doit expier, ironise Georges Bernanos, je souhaite humblement que le souverain pontife veuille bien ne pas réserver à la France seule les mérites et les bénéfices surnaturels de l'expiation. L'Allemagne et l'Italie sont des pays chrétiens comme les autres. Pourquoi les jugerait-on indignes de s'associer à notre pénitence ? » Mais Bernanos se trouve alors en Amérique Latine et ce texte ne sera pratiquement pas connu en France jusqu'à ce qu'il soit repris dans un petit recueil que les Français libres feront parachuter dans certaines régions.

Cependant, en France même, et avec moins de vigueur, car la censure veille, d'autres protestent eux aussi. Un dominicain, le père Noble, tient dans *La Croix*, le 15 juillet, un raisonnement analogue à celui de Bernanos : « Si l'on dit que la France est vaincue par un juste châtiment, il faut en dire autant de la Pologne, de la Belgique, etc. Mais alors, d'autres nations, elles, ont mérité d'être victorieuses et de devenir les instruments de notre punition ? Qui oserait risquer une telle affirmation et la justifier ? » À cet argument de bon sens, il ajoute un développement théologique.

D'ailleurs, la note a été donnée dès le début de juillet, et elle vient de haut. On a pu lire dans *La Croix* du 5, sous la signature de son rédacteur en chef, le père Merklen, les lignes suivantes : « Une très haute autorité ecclésiastique qui prend part à nos malheurs, a recommandé à *La Croix* de ne pas parler de "vengeance divine"... Nous défendions une cause juste, celle de la dignité humaine, de la liberté des peuples, de la civilisation chrétienne. Jamais Dieu n'a pris l'engagement de faire triompher les causes justes, du moins tout de suite, et quelle que soit la vertu des champions de ces causes. » Les lecteurs du quotidien catholique, qui ont l'habitude de lire entre les lignes, ne peuvent s'y tromper : celui qui a fait cette recommandation à *La Croix* est le nonce apostolique, monseigneur Valerio Valeri.

Plusieurs thèmes concordants sont alors développés de divers côtés. D'abord celui de la justesse de la cause française et alliée. « De ce que mon adversaire ait eu raison de moi, il ne s'ensuit pas qu'il ait eu raison contre moi », soulignera Gabriel

Marcel dans *Esprit* où Emmanuel Mounier ajoutera : « La France s'est suffisamment confessée [...]. Ne nous attardons pas dans une mauvaise conscience morbide. » Et monseigneur Guerry, qui vient d'être nommé archevêque coadjuteur de Cambrai, écrit dans l'*Action catholique*, le journal qu'il dirigeait à Grenoble depuis plusieurs années : « N'ayons pas des âmes de vaincus... Nous avons pris les armes pour rester fidèles à la parole donnée, et affirmer le respect des traités. » Cet article fait réagir vivement la presse allemande.

Deuxième thème : il faut d'abord regarder vers l'avenir. Ce thème est surtout répandu – on ne s'en étonnera pas – dans les mouvements de jeunesse. « Il faut courageusement regarder en avant, avoir l'audace de penser grand et neuf, et non pas gémir sur un passé écoulé », déclare au début de juillet un appel du comité général de l'Association catholique de la jeunesse française (ACJF), le déjà vieux mouvement qui s'est rénové depuis une quinzaine d'années en accueillant dans son sein la JOC et en donnant naissance à la JAC, la JEC, la JIC (pour les milieux bourgeois) et la JMC (jeunesse maritime chrétienne). Le président national de la JAC, Pierre Lambert, dit à peu près la même chose : « Il ne s'agit pas de récriminer, de se lamenter, de discuter à perte de vue sur les recherches de responsabilité. Maintenant, il faut bâtir une France nouvelle. » L'ACJF va fonder une revue mensuelle, *Les Cahiers de notre jeunesse*, et son secrétaire général, Albert Gortais, y donnera cette consigne : « Cessons de battre frénétiquement la coulpe de la communauté française. »

D'autres enfin soulignent, comme Jean Lecour-Grandmaison dans *Le Figaro*, que tout n'était pas mauvais, que « tout n'était pas mensonge dans la France de 1939 », qu'un certain nombre d'efforts avaient été entrepris, qu'une politique familiale nouvelle avait été élaborée, que des progrès sociaux avaient été réalisés et que, du point de vue religieux, on avait pu enregistrer, avec le développement de l'Action catholique, les promesses d'un renouveau chrétien.

Mais ceux qui développent ces thèmes ne sont guère qu'une toute petite minorité. Et il leur arrive, à l'occasion, de céder eux aussi au climat général et de participer à la rage d'expiation et de pénitence qui a saisi alors la France, et surtout la France catholique. Dans un camp de JEC, qui se tient durant l'été 1940 dans le Sud-Est, on organise un long chemin de croix à travers les ronces pour marquer une volonté d'expiation. Toujours dans le même esprit, on anticipe sur le rationnement des années suivantes en supprimant le lait du matin et en réduisant sévèrement les distributions de pain ! Il n'est question, même dans les organisations neutres ou laïques, que de « rachat ». La jeunesse française de 1940 doit « racheter les erreurs et les lâchetés de la génération précédente [1] ».

Les catholiques parlent volontiers, alors, de rédemption. Beaucoup verront dans le maréchal Pétain le rédempteur désigné par la providence.

1. Éditorial de *Compagnons*, organe des Compagnons de France, juin 1942.

CHAPITRE II

L'épiscopat et Pétain

Maréchal, nous voilà !
Devant toi, le sauveur de la France,
Nous jurons, nous tes gars
De servir et de suivre tes pas.

En quelques semaines, cette chanson simplette fait le tour de la zone sud ; elle pénétrera bientôt en zone occupée et y remportera également quelques beaux succès sans toutefois s'imposer avec la même puissance.

Cette rengaine témoigne de la popularité que connaît alors le maréchal Pétain. Une popularité que les hommes des services de l'information de Vichy s'emploient à entretenir et à cultiver. Au début de 1941, on met en vente des portraits du Maréchal, par l'intermédiaire des facteurs : vingt-cinq francs la série de cinq portraits. Paris en achète un million trois cent soixante-huit mille, Rouen cent soixante-quinze mille, la Gironde cent soixante-treize mille. On installe la photo du Maréchal dans toutes les écoles, et les instituteurs, à l'occasion du 1er janvier 1941, demandent à leurs élèves d'écrire au chef de l'État. Un million cinq cent mille lettres sont ainsi reçues à Vichy. Les portraits de Pétain fleurissent dans les vitrines et aussi sur des assiettes, des cahiers, des baromètres, des mouchoirs… sans oublier les timbres. L'aiguille de Chamonix (3 507 m) est débaptisée pour prendre le nom de Pétain. En avril 1942, pour les 86 ans du Maréchal, la censure imposera aux journaux de zone sud de consacrer « deux colonnes à la une » à l'événement, accompagnées d'un portrait. Le 1er mai, on célébrera autant la Saint-Philippe que la fête du travail. Les Compagnons de France dépensent beaucoup d'énergie à inscrire des « Vive Pétain » sur les murs. Dans les Chantiers de jeunesse, la Saint-Philippe est jour de fête, prétexte à revues, double ration, veillées où l'on réapprend les airs du folklore, et… exposés sur le Maréchal. En zone occupée la popularité de Pétain n'est pas moins grande. Dans certains camps de prisonniers, bientôt soumis à une propagande intense, on utilise du papier à lettres marqué de la francisque ou d'une mention du genre « Tous dévoués au Maréchal ». A l'*Oflag* XVII A, sur quatre mille officiers prisonniers, deux cents seulement refusent de s'inscrire dans les « cercles Pétain ».

Les premiers résistants eux-mêmes ménagent le Maréchal. « Je ne peux pas lâcher Pétain », confie, presque en pleurant, Henri Frenay, le fondateur de *Combat*, à des amis rencontrés à Lyon. Les premiers journaux clandestins ne s'attaquent guère à la personne de Pétain. « Le Maréchal agit avec toute son honnêteté de soldat de France et ses sentiments personnels d'estime et d'affection ne vont pas aux collaborateurs », écrit *Liberté*, le 10 juillet 1941. Une autre publication de la Résistance, *Les Petites Ailes*, rend grâce à Pétain, le 17 août 1941, « d'avoir limité la collaboration à Montoire et d'avoir arrêté Laval le 13 décembre ». Enfin, *Vérités*, quelques jours plus tard, utilise la classique distinction entre le personnage et l'entourage : « Monsieur le Maréchal, des milliers de Français respectent votre personne, mais n'ont nulle confiance dans vos collaborateurs. » Maurice Sarraut, directeur de *La Dépêche de Toulouse* et l'un des « papes » du radicalisme, écrit le 11 mai 1941 à Du Moulin de Labarthète que le parti radical « a senti la nécessité impérieuse de soutenir le Maréchal loyalement… a vu en lui le parapet solide qui préservait la France de glisser dans l'abîme ». Le Maréchal, conclut-il, peut compter sur « notre dévouement total ».

Dans l'opinion publique non catholique, une petite fraction organisée est d'emblée hostile à Vichy. Les responsables communistes qui, le 19 juin 1940, ont demandé aux autorités allemandes de Paris l'autorisation de faire reparaître *L'Humanité*, commencent immédiatement à attaquer le nouveau régime… et très vite aussi le général de Gaulle. Ils continueront à ménager les Allemands pendant plusieurs mois. Mais une brochure pour le 20e anniversaire du Parti contiendra en décembre 1940 une (discrète) condamnation du nazisme ; celle-ci s'amplifiera peu à peu et, à partir de l'entrée en guerre de la Russie, il n'y aura bien entendu plus d'équivoque.

Cependant les communistes ne jouissent pas, en 1940-1941,

d'une grande influence. Leur participation à la vie publique, leur action sur l'opinion, pratiquement nulles, se limitent le plus souvent à l'organisation de manifestations limitées contre les insuffisances du ravitaillement. Les grèves de mineurs du printemps 1941 furent d'initiative locale.

On n'entend guère de notes discordantes dans le concert de louanges souvent emphatiques qui sont adressées à Pétain et les services officiels de l'information ne rencontrent pas beaucoup d'opposition quand ils s'efforcent de développer ce que certains de leurs responsables appellent la « religion » du Maréchal.

Le mot n'est pas si mal choisi. Spontanément, des termes religieux sont utilisés pour parler de Pétain. Dans un discours de distribution des prix, le préfet régional de Lyon, Angeli, dit aux enfants des écoles, sans doute quelque peu ébahis, qu'ils doivent « suivre le Maréchal comme les hébreux suivaient la colonne lumineuse dans le désert ». *Le Franciste*, journal collaborationniste paraissant à Paris, invente un nouvel acte de foi : « Monsieur le Maréchal, je crois fermement toutes les vérités que vous enseignez, parce que vous ne pouvez ni vous tromper, ni tromper le peuple. » Les affiches de la Légion des combattants invitent à se démettre de tout jugement devant le chef de l'État : « Seriez-vous plus Français que lui ? », demandent-elles. À l'occasion de la Saint-Philippe 1941, Pétain fait offrir aux meilleurs élèves de France un livre qui raconte quelques faits d'armes de la campagne de 1940 (y compris la défense de Dakar, en septembre, contre le général de Gaulle) ; la préface est de J.-L. Tixier-Vignancour qui cite « ce cher Péguy » et résume sa pensée en une formule lapidaire : « Rien sans le Maréchal. Tout avec le Maréchal. »

Dans un tel climat les prises de position de l'épiscopat français en faveur du nouveau régime ne surprendront pas.

La rencontre Gerlier-Suhard du 9 juillet 1940

Lorsque les Allemands, dans leur avance, avaient occupé Lyon, le cardinal Gerlier avait été pris comme otage en compagnie du préfet Bollaert et de quatre autres notables. Libéré après l'armistice, il est le seul cardinal français résidant en zone non occupée, ce qui lui confère une responsabilité particulière. Ancien avocat, ses qualités d'orateur font merveille et il se laisse parfois entraîner par l'amour des belles formules jusqu'à prononcer des mots qui dépassent peut-être sa pensée. Installé à Lyon, il connaît beaucoup moins les milieux politiques que, par exemple, le cardinal Verdier, archevêque de Paris, décédé au début de la guerre, qui les avait beaucoup fréquentés et avait obtenu d'eux, entre 1937 et 1939, une attitude nouvelle, plus conciliante à l'égard de l'Église. D'ailleurs, Pierre-Marie Gerlier n'éprouve pas un grand intérêt pour la politique. Quand il était président de l'Association catholique de la jeunesse française (ACJF) au début du siècle, il avait orienté le mouvement vers un renforcement de la spiritualité, au détriment de la recherche intellectuelle, sociale et civique.

Le 9 juillet 1940, le cardinal Gerlier est un des premiers à obtenir la permission de franchir la ligne de démarcation. Il se rend à Paris pour y rencontrer le cardinal Suhard.

Emmanuel Suhard est, en somme, un nouveau venu. Il est cardinal depuis 1935, mais c'est seulement le 11 mai 1940 qu'il a quitté l'archevêché de Reims pour être nommé à celui de Paris. Il ne sera intronisé solennellement qu'en octobre. On le connaît mal. Il n'a guère eu le temps de se faire apprécier avant que les Allemands occupent la capitale. Il est déjà hanté par l'idée de la déchristianisation des masses. Mais mal préparé sans doute au rôle politique qu'en des circonstances comme celles-là l'archevêque de Paris doit jouer, qu'il le veuille ou non. Il a suivi de loin les efforts de son prédécesseur, le cardinal Verdier, pour obtenir des hommes politiques de la IIIe République une attitude plus bienveillante envers l'Église. Mais il a toujours douté du succès de ces efforts. Il juge sévèrement le déclin de la IIIe République. Mais il est peu accoutumé à l'analyse politique, et ne pratique guère cet exercice, jugeant que ce serait sortir de son rôle. Il craint beaucoup l'extension du communisme, et le dit à tous ceux qu'il rencontre avant mai 1940. Sa préoccupation première est que les intérêts de l'Église soient sauvegardés, afin qu'elle puisse poursuivre et développer sa mission spirituelle. Parmi ces intérêts, l'enseignement libre est prioritaire à ses yeux et constitue pour lui une préoccupation de tous les instants. Enfin, ce terrien est conscient de l'importance de sa fonction mais déteste se mettre en avant – ce qui est une nouvelle raison de ne pas fréquenter habituellement les milieux dirigeants ; il n'en a donc qu'une connaissance superficielle. Il cultive la vertu d'humilité, et la vertu de patience. Six semaines après leur entrée dans Paris, exactement le 26 juillet, les Allemands vont cerner l'Archevêché, rue Barbet-de-Jouy, et y opérer pendant plusieurs jours une perquisition en règle, apparemment dans le but d'y retrouver les papiers du cardinal Verdier et des traces de ce qu'ils appellent ses « activités judéo-maçonniques ». Le cardinal Suhard va être tenu au secret dans une chambre, privé de dire sa messe trois jours de suite, et suivi dans tous ses déplacements à l'intérieur de la maison par une sentinelle en armes. Il subira cette humiliation avec une grande résignation [1].

Le 9 juillet, les Allemands ne sont pas encore venus rue Barbet-de-Jouy et c'est là que les cardinaux Gerlier et Suhard se concertent. Il leur est impossible d'entrer en contact direct avec le cardinal Liénart, qu'une autre ligne de démarcation – celle de la Somme – sépare de Paris. Le cardinal Liénart ne réussira à venir à Paris, pour rencontrer le cardinal Suhard, que le 25 juillet.

Un quatrième cardinal français, monseigneur Baudrillart, réside dans la capitale [2]. Mais ce membre de l'Académie française, recteur de l'Institut catholique, est fatigué ; son activité intellectuelle est quelque peu ralentie, sa force de caractère atténuée, et il est très soumis aux influences de son entourage. On raconte par exemple que les secrets du Conclave qui a élu Pie XII en mars 1939 ont été connus grâce à lui : il n'a pas su résister aux interrogations de ses familiers, il n'a pas su éviter les pièges qui lui étaient tendus pour connaître la vérité. Enfin, il n'a pas de responsabilités pastorales directes. Autant de raisons pour qu'il prenne une part moins grande au gouvernement de l'Église.

1. Le 27 juillet, une autre perquisition a lieu à l'évêché de Lille, chez le cardinal Liénart, à qui les Allemands reprochaient d'avoir entretenu des relations avec certains émigrés antinazis. Il leur interdit de toucher à certains dossiers personnels.

2. Le cinquième, Mgr Tisserant, est au Vatican. Selon les archives allemandes, il avait fait parvenir au cardinal Suhard, le 11 juin 1940, une lettre manifestant son esprit de résistance au nazisme. Elle est saisie lors de la perquisition du 26 juillet par la Gestapo.

C'est donc presque uniquement entre le cardinal Gerlier et le cardinal Suhard que sont évoqués, en ce mois de juillet 1940, les grands problèmes de l'Église de France. Il en sera souvent ainsi dans les premiers temps de l'occupation. Par la suite, les positions pro-collaborationnistes du cardinal Baudrillart, et son vieillissement accentué, le feront mettre de plus en plus à l'écart. Par contre, les communications devenant plus faciles, le cardinal Liénart jouera un plus grand rôle.

Les questions qu'évoquent les deux cardinaux sont nombreuses et complexes. L'Église a subi, comme le pays tout entier, le poids de la guerre. Beaucoup de prêtres sont prisonniers : deux mille huit cents. D'autres ne sont pas encore démobilisés. Certains évêchés sont désorganisés parce que leur évêque a participé à l'exode au moment de l'avance allemande – quelques-uns, il est vrai, comme monseigneur Chollet, archevêque de Cambrai, parce que l'autorité militaire les y a contraints, craignant que leur attitude antérieure ne les expose à des représailles nazies. On s'inquiète beaucoup du sort des diocèses d'Alsace-Lorraine : les Allemands ont soumis à un régime particulier les départements de l'Est que leur intention est d'annexer purement et simplement. L'évêque de Metz, monseigneur Heintz, sera d'ailleurs expulsé de Lorraine dès le mois d'août. Quant à l'évêque de Strasbourg, monseigneur Ruch, la défaite l'a trouvé dans le Midi où un grand nombre de ses diocésains avaient dû se réfugier dès le début de la guerre.

L'enseignement catholique – auquel la hiérarchie tient tant – a été privé par la guerre d'une bonne part de ses maîtres, et connaît les plus grandes difficultés matérielles. Le cardinal Suhard, pour qui c'est une préoccupation majeure, insiste pour que ce problème soit rapidement posé au gouvernement. Mais il doute, à ce moment, que celui-ci s'en préoccupe réellement.

L'Action catholique – en laquelle la hiérarchie a mis tant d'espoirs – risque de ne plus pouvoir poursuivre ses activités en zone occupée. Enfin, la grande préoccupation des deux cardinaux est d'éviter la coupure de l'Église de France en deux tronçons, de part et d'autre de la ligne de démarcation. Ils veulent à tout prix maintenir l'unité.

Sur l'attitude à observer à l'égard du nouveau régime, il n'y a guère entre eux de divergences de principe. Cependant, le cardinal de Paris est à ce moment plus réservé que celui de Lyon. Les hommes des partis lui paraissent encore trop nombreux dans le nouveau régime, et il ne les aime guère. Le cardinal Gerlier est beaucoup plus confiant. Il pense surtout à la constitution nouvelle – que l'Assemblée nationale, le même jour, à Vichy, charge Pétain de préparer – et il croit que les chefs de l'Église ont un rôle à jouer pour « éclairer » les auteurs de ce texte.

Est-ce pour s'y employer ? Le 16 juillet 1940, il est à Vichy où il rencontre le maréchal Pétain. Au début du mois, il a déjà eu l'occasion de dire son admiration pour Pétain et Weygand « si magnifiques dans le sacrifice qu'ils font à la Patrie ». Il est reçu chaleureusement à l'hôtel du Parc. Il déclare que l'Église va prendre sa part dans « l'œuvre de salut du pays ». Mais il affirme sa volonté de laisser « délibérément de côté les aspects strictement politiques du problème de la reconstruction de la France ». Il rappelle le « programme social de l'Action catholique : défense de la famille, amélioration du sort des travailleurs ». Et enfin, il lance un appel : il faut résoudre la question scolaire.

Cette visite à Vichy du seul cardinal français de zone non occupée ne choque personne, sur place. On reprochera ensuite au cardinal Gerlier d'avoir, au lendemain de la défaite, demandé sans attendre des avantages matériels pour l'Église sous la forme d'une solution de la question scolaire. Il pourrait rétorquer, de son point de vue, que la France ne se reconstruira pas sur des bases solides si elle n'est pas en même temps rechristianisée. Cela impose donc que l'on fasse toute sa place à l'Église, que l'on reconnaisse que son action est bénéfique pour le pays tout entier, et que l'on en tire toutes les conséquences, y compris matérielles, par exemple en permettant à ses écoles de vivre. Le cardinal Gerlier va d'ailleurs exprimer très clairement cette thèse le 26 octobre, à l'occasion de la fête du Christ-Roi : « Pour redresser la Patrie, comme pour pacifier le monde dans la justice et dans l'amour, bien des efforts sont nécessaires et nous ne saurions méconnaître l'urgence d'aucun d'eux. Mais l'exigence primordiale est de rendre au Christ-Roi sa place dans la vie nationale. On ne reconstruira pas sans lui cette France dont la tradition chrétienne est l'une des assises séculaires. »

Travail, Famille, Patrie : « Ces trois mots sont les nôtres »

Dans les propos du cardinal Gerlier après sa visite à Vichy, il n'y a pas de déclaration d'allégeance personnelle au maréchal Pétain, ni d'appel pressant lancé aux catholiques pour qu'ils s'unissent autour de lui. Certes, la légitimité de son pouvoir n'est pas mise en question. Mais ce n'est pas encore l'enthousiasme.

Durant tout l'été, d'ailleurs, on n'enregistrera pas beaucoup de déclarations épiscopales de ton plus chaleureux. Quelques-uns, comme monseigneur Moussaron, archevêque d'Albi, disent leur admiration pour « le grand soldat que fut et reste à jamais le maréchal Pétain » (16 juillet). Dès le 23 juin, monseigneur Caillot, à Grenoble, a comparé Pétain à Jeanne d'Arc et l'a qualifié d'« homme providentiel ». *La Croix*, le quotidien catholique national qui est replié à Limoges, et qui n'a à Vichy qu'un envoyé spécial, Marcel Gabilly, exprime sa confiance dans le nouveau chef de l'État. Bien des prêtres en font autant dans leurs sermons. Mais durant cette période les prises de position autres que religieuses ou morales sont encore assez rares : on regarde encore beaucoup vers le passé, on cherche surtout les raisons de la défaite.

Pendant ce temps, à Vichy, l'orientation du régime se précise.

Si les notables catholiques n'y occupent pas des postes de premier plan, on en trouve, bien placés, dans des secteurs auxquels l'Église attache un intérêt particulier : Pierre Goutet, un dirigeant des Scouts de France, est à la direction de la jeunesse, et il s'est assuré la collaboration de quelques-uns de ses amis ; la fondatrice de la Jeunesse ouvrière chrétienne féminine, Jeanne Aubert, ainsi qu'un dirigeant moins connu de la JOC, Émile Mithout, travaillent également dans les services officiels de la Jeunesse, où ils s'intéressent spécialement au problème du chômage ; à la direction de la Famille se trouve Louis Lafont, animateur du Groupe diocésain d'action catholique de Paris. Des réseaux de relations ont joué, et Vichy a appliqué cette règle non écrite qui veut qu'un régime nouveau demande le concours de ceux que le régime précédent écartait, surtout pour les domaines dans lesquels ils ont acquis une particulière compétence : pour les catholiques, la famille et la jeunesse sont incontestablement de ceux-là.

D'autre part, l'activité législative de Vichy s'exerce, durant l'été, dans un sens qui ne laisse aucun doute sur l'orientation de la politique religieuse du régime. En juin, à Bordeaux, Georges Mandel, encore ministre de l'Intérieur de Paul Reynaud, avait permis que les chartreux rentrent en France. Le retour de ces religieux à la Grande-Chartreuse, manifestation symbolique s'il en est, n'a eu lieu qu'après l'armistice et ce dernier acte de la IIIe République a été communément attribué au nouveau régime. « C'est le premier coup porté aux lois infâmes », écrit Paul Claudel.

Mais surtout, une loi du 3 septembre 1940 abroge l'article 14 de la loi du 1er juillet 1901 qui frappait d'interdiction d'enseigner les membres des congrégations non autorisées, et abroge également la loi du 7 juillet 1904 portant suppression de tout enseignement congréganiste. Certes, cette loi n'était plus appliquée depuis 1914, et les religieux avaient pu de nouveau enseigner en France. Mais, comme des hors-la-loi, dans l'illégalité, et donc dans l'insécurité. L'Église n'avait cessé de demander que le droit vienne reconnaître le fait, et que les dispositions législatives du début du siècle soient abrogées. Un article très remarqué, signé par l'abbé Fernand Renaud et publié dans la *Revue des Deux Mondes* du 1er août 1939, avait placé cette mesure au premier rang de celles qu'il suggérait au gouvernement de la République pour mettre fin aux querelles religieuses et rétablir la concorde. Le cardinal Verdier, en janvier 1940, l'avait rappelée dans un mémorandum remis au Quai d'Orsay. La loi de septembre 1940 satisfait donc une des revendications essentielles de l'Église. Elle est bien accueillie. « Nous ne réclamons rien de plus du gouvernement d'aujourd'hui que des gouvernements d'hier et de ceux de demain », avait écrit, le 3 septembre, le père Merklen, rédacteur en chef de *La Croix*. Quand le 4, la nouvelle loi est connue, *La Croix* l'annonce sous un titre satisfait : « la fin d'une iniquité ». Cette satisfaction, écrit le journal, « est maintenant complète et notre gratitude envers le gouvernement du maréchal Pétain peut et doit s'exprimer sans réserve ».

Un peu plus tôt, le 13 août, une autre loi a été promulguée qui n'a pas de rapport direct avec l'Église, et qui porte dissolution de « toute association, tout groupement de fait, dont l'activité s'exerce, même partiellement, de façon clandestine et secrète ». Son nom n'est pas prononcé, mais c'est la franc-maçonnerie qui est visée. L'entourage maurrassien du Maréchal la rend responsable des malheurs de la France. Pétain n'a pour les francs-maçons aucune bienveillance :

« Un juif, dit-il, n'est jamais responsable de ses origines ; un franc-maçon l'est toujours de son choix. »

Un grand nombre de catholiques éprouvent à peu près les mêmes sentiments. Ce sont les francs-maçons qu'ils rendent responsables des lois anticléricales et des malheurs de la France. C'est contre eux qu'ils ont lutté pendant des décennies. Ils ont pris l'habitude de les représenter (l'hebdomadaire *Le Pèlerin* s'est fait, dans les années vingt, une spécialité de ce genre de caricatures) comme des fourbes, des lâches, vils et grimaçants. Dans les régions qui constituent la zone non occupée, la lutte a été particulièrement âpre, et le radicalisme en a parfois fait voir de dures aux catholiques minoritaires. La dissolution de la franc-maçonnerie est donc considérée comme un autre signe de l'orientation, jugée positive, du régime [1].

Mais qui songerait encore à la nier ? Tout la prouve. Le 15 août, pour la première fois depuis des années, une grande procession a traversé Vichy, et il en a été ainsi dans beaucoup de villes de la zone sud. Ces processions ont parfois pris l'allure de revanches. Le 26 août, le maréchal Pétain a déclaré aux journalistes américains que « la France cultivera les vertus qui font les peuples forts : elle remettra en honneur les grandes vérités de la morale chrétienne qui ont formé la base solide de notre civilisation ». Le même mois, il a donné à la *Revue des Deux Mondes* un article qui expose, à propos de l'éducation de la jeunesse, des principes qui satisfont les catholiques.

À la même époque, des mesures d'exception prises spontanément par Vichy, sans aucune pression allemande, permettent de relever de leurs fonctions, par simple décret, tout magistrat, fonctionnaire, agent de l'État ou membre du bureau, interdi-

1. La même haine, si l'on peut utiliser ce terme, à l'égard des francs-maçons poussera même quelques prélats vers les Allemands. Ceux-ci, à l'automne, perquisitionnent 13 sièges épiscopaux du Nord-Est. Selon leurs rapports, l'évêque de Verdun leur a déclaré être « d'accord du fond du cœur » avec leur lutte contre la franc-maçonnerie ; et, pour la même raison, l'évêque de Nancy s'affirme partisan d'une « collaboration dirigée » par eux.

sent l'accès aux emplois publics de toute personne née d'un père étranger, prescrivent la révision de toutes les naturalisations intervenues depuis 1927. Mais elles ne retiennent pas beaucoup l'attention. L'idée que la France a trop généreusement accueilli des étrangers qui ont contribué à l'affaiblir est d'ailleurs largement répandue, dans des milieux très divers.

La Révolution nationale que veut réaliser Vichy a désormais pris figure. Elle a une devise : Travail, Famille, Patrie.

« Ce programme de rénovation française, écrit François Veuillot dans *La Croix* du 19 juillet 1940, est nettement d'inspiration chrétienne. » « Ces trois mots sont les nôtres », dit le cardinal Gerlier au congrès de la *Ligue ouvrière chrétienne*. Personne n'en doute. Il s'agit là de valeurs que les catholiques français ont toujours proposées comme un idéal national. Des centaines de prêtres les ont exaltées dans leurs sermons ; ils le feront d'autant plus, désormais, qu'elles ont acquis officiellement le premier rang.

L'homme providentiel et vénéré

À partir d'octobre 1940, le ton des messages épiscopaux devient donc extrêmement chaleureux à l'égard du régime et surtout de son chef. La première déclaration publique de ce style nouveau est due à l'archevêque d'Aix, monseigneur du Bois de la Villerabel. Au cours d'une retraite sacerdotale, le 2 octobre, il donne ses consignes à ses prêtres, comme il est de coutume en cette circonstance. Mais, en cette année 1940, il déborde largement le domaine de la pastorale : « Nous devons tous nous serrer, sans hésitation, autour de l'illustre Maréchal… Reconnaître, en principe et en acte, le seul gouvernement légal de la France, c'est faire acte de bon Français. Ce serait un véritable crime dans les circonstances actuelles d'agir autrement ou même de réserver son adhésion. C'en serait un autre beaucoup plus odieux encore que de mettre ses espoirs en ceux qui, après nous avoir entraînés dans la guerre, nous traitent de la façon que l'on sait, et c'est une suprême humiliation de constater qu'il y a, hélas, des Français qui ne l'ont pas encore compris. Parmi ceux-là, il n'y aura pas, nous le savons, un seul prêtre. » L'archevêque d'Aix ne se contente donc pas de demander le respect du pouvoir établi, il s'en prend à l'alliée de la veille, l'Angleterre, accusée d'être responsable de la guerre. Sur ce point précis, il restera plutôt isolé dans l'épiscopat.

Le ton nouveau des déclarations de la hiérarchie coïncide avec une série de voyages à travers la France non occupée qu'entreprend Pétain à partir de l'automne.

Le 11 novembre il est à Clermont-Ferrand, où l'évêque, monseigneur Piguet, qui le reçoit en sa cathédrale, reprend le thème – qui va beaucoup servir – de l'homme providentiel : « Nous demandons à Dieu, monsieur le Maréchal, de bénir votre personne vénérée et respectueusement aimée et de lui permettre de mener à bien son œuvre courageuse et magnifique de renouveau pour le bonheur de la France, dotée une fois de plus par la Providence, au milieu de ses infortunes, de l'homme capable d'atténuer son malheur, de reconstruire sur ses ruines, de préparer l'avenir. »

Le style des voyages du chef de l'État se précise une semaine plus tard, à Lyon. Le maréchal Pétain ne se contente plus d'une visite à la préfecture, ou à l'hôtel de ville, ni même d'un service à la cathédrale. Il inspecte des œuvres privées catholiques et traditionnellement fait remettre à chacune d'elles une enveloppe contenant dix mille francs. Au cours d'une réception, le cardinal Gerlier lui présente le clergé lyonnais, « si désireux de collaborer sur son terrain à l'œuvre magnifique que vous accomplissez ».

« Je le savais, répond le Maréchal, je m'en réjouis et je vous en remercie. »

Le chef de l'État français remporte un grand succès de foule – et l'enthousiasme va croissant. Quand il accueille Pétain à la cathédrale Saint-Jean, le cardinal reprend le thème de l'homme providentiel : « La France avait besoin d'un chef qui la conduise vers son éternel destin. Dieu a permis que vous fussiez là. » Mais surtout, il lancera une formule qui connaîtra une singulière fortune : « Avez-vous remarqué, monsieur le Maréchal, que les appels vibrants de la foule, d'abord multiples, se sont fondus bientôt en deux seuls cris : "Vive Pétain !" et "Vive la France !". Deux cris ? Mais non : ils n'en font plus qu'un seul. Car Pétain c'est la France ; et la France aujourd'hui, c'est Pétain ! »

Par la suite, quand on lui reprochera cette formule, le cardinal Gerlier répondra qu'il n'a pas exprimé un vœu, mais constaté un fait : « J'avais vu la foule française enthousiaste dans la rue, acclamant Pétain. Je me suis dit : ils ne font qu'un. »

Quoi qu'il en soit, les déclarations épiscopales se multiplient. De Paris, le cardinal Baudrillart demande que l'on se serre « autour du chef et du père qui incarne aujourd'hui la France ». Il évoque la Commune au lendemain de la défaite de 1870. En 1940, « les mêmes causes ne risquent-elles pas de produire les mêmes effets ? » Non, car « au ciel de la France de 1940… une bienfaisante lumière s'est manifestée ».

« Je le sais, ajoute le cardinal Baudrillart, le maréchal Pétain a prononcé de ces mots qui déplaisent à des âmes d'une sensibilité maladive… ce sont les mots de « coopération » et de « collaboration [1] »… Dans la bouche d'un homme d'honneur de tels mots ne sont pas suspects. »

On peut cependant discerner des nuances dans les attitudes épiscopales. À Toulouse, où le Maréchal se rend au début de novembre, l'accueil de l'archevêque, monseigneur Saliège, est moins chaleureux. Au début de l'été un laïc, ami de monseigneur Saliège et qui fait partie de l'équipe de *Temps présent*, Charles d'Aragon – qui vient d'être démobilisé après avoir servi dans la cavalerie sous les ordres du lieutenant Michel Debré –, s'est rendu à Vichy, « pour voir ». Les conclusions qu'il a tirées de ce premier contact ne sont guère favorables au nouveau régime, notamment en ce qui concerne la volonté de résister aux pressions allemandes. Il en fait part à l'archevêque de Toulouse. Celui-ci était, avant-guerre, un fidèle lecteur de *L'Aube*, le journal démocrate-chrétien fondé par Francisque Gay et dont Georges Bidault était l'éditorialiste. L'influence des hommes de l'Action française à Vichy l'inquiète. En outre, cet homme à demi paralysé, qui parle difficilement, et qui a gardé une vigueur intellectuelle et une verdeur d'expression peu communes, est un esprit critique, voire frondeur. Son entourage immédiat le soutient en ce sens. Enfin le climat de Toulouse est assez particulier : des intellectuels catalans, castillans, italiens y sont réfugiés depuis des années et entretiennent un esprit de méfiance ou d'hostilité à l'égard du franquisme, du fascisme et de tout ce qui de près ou de loin s'en

1. Le 24 octobre 1940, le maréchal Pétain a rencontré Hitler à Montoire.

rapproche. Tout en affichant à ce moment son loyalisme à l'égard du pouvoir, monseigneur Saliège marquera donc une certaine réserve. Mais il louera le Maréchal : « Ses réactions sont nationales, son cœur nous appartient. »

Quand le maréchal Pétain se rend à Marseille, monseigneur Delay, fils d'industriel et homme d'ordre, invoque pour lui la protection de la Vierge de la Garde, et attaque au passage le régime précédent : « ... et voici que la voix d'un père et d'un chef s'est fait entendre. La France s'est dressée, dégagée du suaire de mensonge et de paresse qui cachait son vrai visage... »

L'année s'achève, et les lettres pastorales, les déclarations d'évêques en faveur du nouveau régime, sont si nombreuses qu'on ne saurait les citer toutes. Plus tard, en 1942, des services de propagande les réuniront dans une brochure largement diffusée, pour essayer de regagner les catholiques, alors de plus en plus nombreux à s'éloigner de Vichy.

Des prises de position de la fin de 1940 ou des premiers mois de 1941, quelques-unes méritent cependant d'être retenues.

Certaines parce qu'elles marquent un climat : monseigneur Lecœur, évêque de Saint-Flour, écrit à ses diocésains avec une naïveté lyrique : « Le travail méthodique de redressement national qui s'accomplit annonce un bel avenir ; l'air se purifie autour de nous ; l'atmosphère s'embaume de ces idées de justice, d'honnêteté, de fraternité, d'idéal chrétien dont la sève qui monte dans le grand arbre de France va le faire reverdir. » Monseigneur Delay, à l'occasion de Noël, ne craint pas de comparer l'étoile de la crèche aux sept étoiles piquées sur la manche du Maréchal, lesquelles « forment une constellation brillante qui, elle aussi, montre la route ».

D'autres s'aventurent plus loin encore sur le terrain politique. Monseigneur Durieux, archevêque de Chambéry, écrit dans sa lettre pastorale de carême 1941 : « Certains, dont plusieurs, sans doute, étaient de bons Français, ont parlé d'abandonner le territoire pour continuer la lutte aux colonies ! Contre qui, avec quelles armes ? »

Monseigneur Gounot, évêque de Tunis, met en garde ses diocésains, en juin 1941, contre les « conversations dissolvantes, les critiques malveillantes, les attitudes hostiles ». Ce serait, dit-il, « une aberration de croire qu'il n'y a pas là, souvent, matière à fautes graves, et même très graves ».

À Beyrouth, à la fin de 1940, monseigneur Remi-Leprêtre accueille dans l'église des capucins le général Dentz, haut-commissaire, par ces paroles sans équivoque : « Vous nous avez dit encore, Excellence, que votre charge est de représenter ici la France nouvelle. Ah ! c'est la bonne parole que nous attendions depuis longtemps : en ces jours de Noël, cette annonciation a résonné à nos oreilles comme un écho d'évangile. La France nouvelle, c'est d'abord la France débarrassée de ce régime pseudo-démocratique… »

Quelques-uns enfin, mais ils sont rares, marquent nettement les limites du concours qu'ils entendent apporter au régime. C'est le cas de monseigneur Théas, évêque de Montauban, qui déclare à sa réception du Nouvel An 1941 : « S'il s'agit de la collaboration que nous apportons en restant sur notre terrain propre, en exerçant une action proprement spirituelle, donnons cette collaboration pleinement et de grand cœur. C'est d'ailleurs la plus efficace. »

Monseigneur Feltin écrit le 23 janvier que le « respect dû à l'autorité ne demande pas que nous déifiions celui qui la personnifie ».

Pendant les premiers mois de Vichy, il ne s'agit que de prises de position individuelles. L'épiscopat français ne se prononce pas en tant que corps. Il semble que cela soit dû aux difficultés de tenir des réunions, ou d'établir un réseau de consultations internes. D'ailleurs, l'Église de France n'a pas encore de structures collégiales précises et solides. Chaque évêque est maître dans son diocèse, et il arrive qu'il y soit assez isolé – l'évêque de Périgueux expliquera un jour à un visiteur qu'il n'a pratiquement pas de contact avec son archevêque, dont le siège est à Bordeaux de l'autre côté de la ligne de démarcation, et qu'il ne voit pratiquement personne mis à part le préfet nommé par Vichy, lequel vient l'entretenir ponctuellement, chaque semaine, des affaires de la région et du pays. Une telle situation explique en partie les différences de ton que l'on peut constater. Et beaucoup d'évêques, qui vivent très coupés du monde et même de leurs prêtres, seulement informés par de vieux vicaires généraux, seront toujours en retard sur les événements, ne percevant pas l'évolution de l'opinion publique, particulièrement rapide en cette période tourmentée.

Il apparaît bien vite cependant qu'une certaine unité est souhaitable. D'abord sur le plan pratique. Bien des prêtres sont venus à Vichy, des dirigeants d'œuvres diverses également, et ils présentent des projets ou des suppliques dans des sens parfois contradictoires. Il faut canaliser cette vague, l'endiguer.

C'est notamment le sentiment du nonce apostolique, monseigneur Valerio Valeri. Il entretient avec le maréchal Pétain et son entourage les meilleures relations personnelles, mais sa conviction profonde est que l'Église doit éviter de trop se compromettre avec ce régime qui n'est pas assuré de la durée. À de nombreuses reprises, il donne donc des conseils de prudence : « Ne vous rapprochez pas trop du maréchal Pétain, dit-il. D'ailleurs, cet homme est circonvenu. »

De leur côté, les milieux gouvernementaux souhaitent n'avoir, autant que possible, qu'un seul interlocuteur pour traiter des affaires ecclésiastiques.

Ce rôle est assuré d'abord par monseigneur Radenac, originaire du diocèse d'Orléans, qui s'était trouvé, au début de la guerre, à la direction de l'enseignement libre. Mais ses relations avec les nouveaux dirigeants ne sont pas excellentes. Dans une lettre au cardinal Suhard il dénoncera, en février 1941, les « tendances totalitaires » qui s'affirment à Vichy. Quelques mois plus tard, monseigneur Chappoulie lui succède. Il est directeur des Œuvres pontificales missionnaires, et il s'installe à Vichy à la Maison du missionnaire (réservée en temps ordinaire aux religieux qui veulent rétablir leur santé) où logent déjà monseigneur Valerio Valeri et ses adjoints. Monseigneur Chappoulie ne s'installe d'ailleurs pas à demeure ; il établit là un secrétariat permanent et vient deux ou trois fois par mois dans la capitale provisoire, assurant le reste du temps la liaison avec Lyon et Paris. Très diplomate, très intelligent, il sait très rapidement se faire admettre dans les milieux administratifs et gouvernementaux ; il professe une très vive admiration pour le Maréchal et devient le véritable pivot des relations entre l'épiscopat français et Vichy.

Il importe aussi d'établir une unité de doctrine sur l'attitude de l'Église de France à l'égard du régime. Plusieurs réunions s'y emploient au cours de l'année 1941.

Les cardinaux et archevêques de zone occupée se réunissent à l'archevêché de Paris le 15 janvier 1941. Ils adoptent le texte d'une lettre au pape :

« Absolument décidés à nous tenir sur le plan religieux, nous entendons éviter tout agissement politique ou partisan et rester uniquement appliqués au bien spirituel des âmes et au soulagement des infortunes.

« Nous professons dans le domaine social et civique un loyalisme complet envers le pouvoir établi du gouvernement de la France ; nous demandons à nos fidèles d'entretenir cet esprit.

« Nous voulons nous rapprocher de plus en plus de notre peuple qui souffre et qui est dans le besoin, partager ses souffrances, l'encourager par les enseignements d'une piété éclairée : nous voudrions lui donner l'esprit de prière, lui apprendre la valeur rédemptrice du sacrifice, l'exhorter à la patience, à la force d'âme, à la pratique de l'entraide et de la charité chrétiennes.

« Nous nous efforçons d'inculquer aux âmes cette conviction que si le redressement tant désiré dépend de Dieu, il dépend aussi de nos efforts personnels, qu'il ne sera durable et sérieux que dans la mesure où chacun y aura travaillé. »

Les archevêques de la zone non occupée, réunis à Lyon le 6 février 1941, envoient à leur tour une lettre au pape dans laquelle ils déclarent s'associer aux sentiments de leurs collègues de la zone nord.

Le 24 juillet, une nouvelle assemblée des cardinaux et archevêques de la zone occupée se réunit à Paris. Le cardinal Gerlier se joint à eux. Cette réunion élabore un nouveau texte, cette fois sous forme de déclaration. Les archevêques de zone libre adopteront le 5 septembre ce même texte, qui devient ainsi celui de tout l'épiscopat, et qui est fondamental :

« Nous voulons que, sans inféodation, soit pratiqué un loyalisme sincère et complet envers le pouvoir établi.

« Nous vénérons le chef de l'État, et nous demandons instamment que se réalise autour de lui l'union de tous les Français. L'union, toujours, est principe de force.

« Nous encourageons nos fidèles à se placer à ses côtés dans l'œuvre de redressement qu'il a entreprise sur les trois terrains de la famille, du travail, de la patrie, en vue de réaliser une France forte, unie, cohérente. Pour ce grand œuvre, nous leur demandons d'unir leurs efforts à ceux de leurs concitoyens.

« Nous renouvelons à ce sujet l'assurance déjà plusieurs fois donnée de demeurer, en tant qu'Église, aujourd'hui plus que jamais, sur le seul plan religieux, en dehors de toute politique de parti, malgré les appels qui pourraient nous être adressés de quelque côté que ce soit. »

Dans une deuxième partie, ce texte rappelle que doivent être « maintenues dans leur pureté et leur intégrité les sources où s'alimente en partie le génie de la France : le dépôt de la foi, nos écoles, l'enseignement religieux et l'Action catholique ».

Enfin, la déclaration du 24 juillet fixe une série d'objectifs : « le sens du respect de la personne humaine, de sa dignité, de ses libertés essentielles, réprouvant toutes injustices et tous excès envers qui que ce soit [1] » ; entraide, préparation du retour des prisonniers, protection de la famille ; paix sociale.

Ce texte, surtout sa première partie qui sera la plus largement diffusée, va être abondamment commenté, en des sens divers. Les évêques soutiendront qu'ils n'ont fait qu'appliquer la doctrine traditionnelle de l'Église sur le respect dû au pouvoir établi.

Cette question, qui va dominer tout le débat sous Vichy et après Vichy, mérite une analyse plus détaillée.

1° Les mots « autorité légitime » ne figurent pas dans la déclaration. Il s'agit du pouvoir établi.

Sur la légitimité du pouvoir de Vichy, le débat n'est pas encore clos aujourd'hui. Le général de Gaulle l'a formellement contestée dès le début de son entreprise et la législation qu'il a inspirée, à Alger, puis à Paris à partir de 1944, est entièrement basée sur le principe que Vichy n'était qu'un pouvoir de fait. La délégation de pouvoir à Pétain par l'Assemblée nationale, en juillet 1940, a été faite dans les règles. A-t-elle été entièrement libre ? Léon Blum le conteste. « Ce qui agissait, a-t-il dit dans sa déposition au procès Pétain, c'était la peur, la peur des bandes de Doriot dans la rue, la peur des soldats de Weygand à Clermont-Ferrand, la peur des Allemands qui étaient à

1. Le terme « qui que ce soit » est des plus vagues. Mais le cardinal Gerlier écrit aussitôt à Jacques Helbronner, président du Consistoire central des israélites de France pour lui expliquer qu'il s'agit d'une allusion au sort des juifs. « C'est volontairement, écrit-il, que nous avons été obligés de donner une forme discrète qui risquait moins de provoquer dans certains journaux des réactions dont nous aurions souffert avec vous. Mais nous faisons savoir quel est le sens de cette phrase, et vous reconnaîtrez d'ailleurs qu'il est à peine nécessaire de donner des précisions. » On notera le « nous aurions souffert avec vous ». Par ailleurs, bien que le cardinal ne précise pas à qui les prélats font « savoir quel est le sens de cette phrase », il paraît probable qu'un commentaire oral de ce texte est fait à Vichy par leur représentant. À la même époque, le pasteur Marc Boegner, président de la Fédération protestante de France, adresse à Philippe Pétain une lettre officielle de protestation contre le sort fait aux juifs (26 mars 1941).

Moulins. C'était vraiment un marécage humain dans lequel on voyait à vue d'œil se dissoudre, se corroder, disparaître tout ce qu'on avait connu à certains hommes de courage et de droiture. »

La possibilité d'un coup d'État militaire si l'Assemblée ne votait pas dans le sens souhaité a été évoquée souvent durant les journées de Vichy.

Le 10 juillet, lors de la séance privée de l'Assemblée nationale, à Flandin qui interrogeait ses collègues – « si vous ne votez pas ce projet, que se passera-t-il ? » – Laval avait rétorqué : « Je n'en sais rien ; plus exactement je sais que je suis là pour défendre le pouvoir civil. »

Mais cela était-il nécessaire ? Sans même ces pressions et cette peur diffuse, les parlementaires auraient certainement voté ce texte. La remise de pouvoirs étendus au maréchal Pétain correspondait en tout cas, de l'avis de tous les observateurs, au sentiment de la quasi-unanimité des Français, du moins en zone sud. La défaite avait créé un état de stupeur, d'hébétement. La France cherchait un sauveur.

Le gouvernement qui s'installe à Vichy bénéficie aussi d'un large assentiment international. Toutes les grandes puissances, à l'exception de l'Angleterre, sont représentées près de lui ; la Russie soviétique a même changé le titulaire du poste : Bogomoloff a été nommé chargé d'affaires puis ambassadeur à Vichy pour succéder à Ivanoff, chargé d'affaires à Paris ; or Bogomoloff était directeur de la section occidentale au Commissariat des Affaires extérieures et sa nomination a été considérée comme un signe de l'importance attachée par l'URSS à sa représentation près du nouveau régime.

2° Si la déclaration collective de l'épiscopat de juillet 1941 ne se prononce pas sur la question controversée de la légitimité du pouvoir de Vichy, c'est peut-être par un accident de rédaction. En effet, beaucoup d'évêques ne se privent pas de parler de légitimité dans leurs prises de position individuelles. Monseigneur Feltin, archevêque de Bordeaux, parle de « l'autorité légitimement établie dans la Patrie[1] », monseigneur Guerry, archevêque coadjuteur de Cambrai, déclare à ses prêtres, lors des retraites ecclésiastiques de 1941 : « Quelle est l'autorité légitime de la France actuelle ? Il n'y en a qu'une,

1. *Semaine religieuse* de Bordeaux, 28 février 1941.

celle du maréchal Pétain. » Les évêques de Reims, de Rennes, d'Amiens, d'Arras, d'Évreux, de Nantes, de Nancy, de Nevers, de Poitiers, de La Rochelle, de Saint-Dié, et d'autres encore, soulignent tous formellement la légitimité du pouvoir du maréchal Pétain. À Lille, des professeurs de l'Institut catholique ayant contesté en 1942 la légitimité de Vichy, le cardinal Liénart réplique vertement qu'il s'agit de « conclusions fausses et anarchiques [1] ».

3° La question de la légitimité du pouvoir de Vichy va évoluer avec le temps. Notamment à partir du 11 novembre 1942. La liberté de Pétain est de plus en plus réduite. Quand les Allemands envahissent la zone sud après le débarquement anglo-américain en Afrique du Nord, celle-ci est considérée comme zone d'occupation de guerre et non, juridiquement, comme territoire occupé. En fait, les Allemands contrôlent les moyens de communication, les frontières, censurent le courrier, et interrompent les relations télégraphiques ou téléphoniques avec l'étranger. Déjà, avant cette date, ils ne se gênaient pas pour fouiller les serviettes des ministres français quand ceux-ci franchissaient la ligne de démarcation pour se rendre à Paris. Dès 1940 également, le gouvernement de Vichy avait admis que le *Journal Officiel* paraissant en zone occupée soit soumis à la censure des autorités allemandes, ce qui fournit à celles-ci un contrôle sur la législation. À partir de 1942 leur pression est de plus en plus vive. Elle s'exerce d'abord en faveur du retour de Laval au pouvoir. Pétain cède et déclare le 20 avril à quelques-uns des ministres du gouvernement Darlan dont il vient d'exiger la démission : « Plaignez-moi, car, vous savez, maintenant je ne suis plus qu'un homme à la dérive. » Bientôt, après l'occupation de la zone sud, les Allemands interviendront plus directement encore dans la composition du gouvernement, demandant l'entrée de leurs hommes. Laval devra obtenir leur agrément pour les nominations des préfets. Et le 29 novembre 1943, Ribbentrop, ministre des Affaires étrangères de Hitler, écrira à Pétain pour lui demander que

1. Il ajoute que les fidèles « ne peuvent refuser obéissance à un gouvernement reconnu légitime par l'épiscopat ». Le père de Lubac, jésuite dont l'attitude sous l'occupation fut indiscutable et courageuse, écrivit, devenu cardinal (« Résistance chrétienne à l'antisémitisme », 1988, Fayard, p. 221), que parler de reconnaissance par l'épiscopat de la légitimité de Vichy est « fausser gravement les textes ». Il en ignorait donc une partie, ou l'interprétation qu'en donnaient les évêques eux-mêmes.

désormais « toutes modifications des lois soient soumises à temps à l'approbation du gouvernement du Reich ». Après avoir temporisé, le vieux Maréchal finira par accepter cette nouvelle limitation de souveraineté, par une lettre à Hitler datée du 18 décembre.

Dans la mesure où le pouvoir échappait au... pouvoir établi à Vichy pour passer entre les mains de l'occupant, la question du loyalisme qui lui était dû ne se posait plus dans les mêmes termes qu'en 1940 ou même en 1941. Or, l'épiscopat français, s'il a marqué à partir de 1942 – comme nous le verrons – un peu plus de réserve à l'égard de Vichy, et s'il a finalement admis en ce qui concerne le Service du travail obligatoire la désobéissance à ses lois, n'est jamais revenu explicitement sur les principes édictés par la déclaration du 24 juillet 1941 (un rapport du conseiller d'État Charles Blondel, remis au cardinal Suhard en juin 1942, démontrait pourtant que le gouvernement de Vichy n'était plus libre depuis l'été 1940).

Deux autres considérations importantes auraient cependant pu amener l'épiscopat à réviser sa position : d'une part, le peuple français reconnaissait de moins en moins l'autorité du gouvernement de Vichy ; d'autre part, s'était instauré à Alger, donc sur un territoire juridiquement français, un nouveau pouvoir qui se considérait comme le gouvernement provisoire de la république française. La France se trouvait donc, de fait, dans une situation de guerre civile.

4° La déclaration du 24 juillet 1941 marque bien que l'Église refuse toute « inféodation » au pouvoir établi. Elle ne cache pourtant pas sa dévotion pour le maréchal Pétain : « Nous vénérons le chef d'État, et nous demandons instamment que se réalise autour de lui l'union de tous les Français. » Au XXe siècle, une déclaration épiscopale évoquant en de tels termes l'attitude à observer envers un chef d'État français est tout à fait exceptionnelle.

Les évêques, il est vrai, ne sont pas les seuls à parler de « vénération ». L'exemple a été donné par les « sages » de la République. Le 9 juillet 1940, lors de la séance de la Chambre des députés à Vichy, le président Herriot a dit : « Autour de monsieur le maréchal Pétain, dans la vénération que son nom inspire à tous, notre nation s'est groupée en sa détresse. Prenons garde de ne pas troubler l'accord qui s'est établi sous son autorité. » Et le même jour, au Sénat, le président Jeanneney a tenu à peu près le même langage : « J'atteste à monsieur le maréchal Pétain notre vénération et la pleine reconnaissance qui lui est due pour un don nouveau de sa personne. »

Le climat général – au moins en zone sud – est favorable à l'expression de tels sentiments. Il n'en reste pas moins que, par le texte du 24 juillet 1941, l'épiscopat est allé bien au-delà de ce qu'exige la doctrine traditionnelle de l'Église sur le loyalisme dû au pouvoir établi. Et les déclarations individuelles que nous avons citées sont encore plus nettes. Beaucoup d'entre elles s'aventurent sur un terrain directement politique.

« Désobéir, c'est trahir »

5° Cette doctrine traditionnelle n'enlève pas habituellement aux catholiques le droit de prendre parti dans la vie publique tout en obéissant aux lois de l'État si elles sont justes et conformes au bien commun. Or, de nombreuses déclarations diffusent à cette époque l'idée que toute prise de position hostile à la politique du maréchal Pétain est une faute, et une faute grave.

« Désobéir, c'est trahir », écrit monseigneur Henri Vielle dans *La Semaine religieuse* de Rabat. L'évêque de Rodez, monseigneur Challiol, fait lire en chaire le 6 juillet 1941 un texte stigmatisant « le manque de discipline et de confiance à l'égard du chef de l'État ». Les indisciplinés sont de mauvais Français : « … Jeanne d'Arc, elle aussi, fut accusée d'imposture et de folie par de mauvais Français qui voulaient saboter son œuvre. » Le 15 janvier, le cardinal Gerlier, prenant la parole à l'occasion de la messe de la presse, a qualifié de crime les divergences :

« À d'autres époques, des discussions ou des divergences ont pu être possibles, légitimes, fécondes peut-être. Aujourd'hui, elles prendraient figure de crime. Nous sommes à une heure où il est vraiment indispensable, sans que cela implique d'ailleurs chez aucun homme de cœur à l'esprit loyal l'abdication de son attachement à ce qu'il croit être la vérité, que tous les Français se serrent autour de celui qui les a appelés à refaire leur union autour de lui, de la patrie dont il fut naguère le défenseur si glorieux et dont il sera aujourd'hui par cette union le restaurateur magnifique. »

En août 1941, monseigneur Chollet, archevêque de Cambrai, juge bon de consacrer à la discipline toute une lettre pastorale :

« Mais, direz-vous encore : Si nous ne pouvons discuter la personne du chef, nous avons le droit et même le devoir de discuter ses commandements, de les soumettre à notre critique et de ne les suivre que si nous les approuvons.

« La prétention ne peut être admise. L'obéissance est une opération de la volonté. La soumission de la volonté du sujet à la volonté du chef. Le jugement, l'étude, le conseil, siègent dans l'esprit du chef... Le commandement une fois émis, le subordonné le reçoit et obéit sans chercher ni demander de raison. »

Lors du carême 1942, c'est le prédicateur de Notre-Dame, le père Panici, jésuite, qui condamne les « manières frondeuses, réticentes ou désobéissantes ». « Jamais, dit-il, ces manières ne sont de mise, mais actuellement elles deviennent un crime. »

Ces déclarations, et quelques autres, sont largement diffusées par les services de l'information de Vichy, qui censurent au besoin les passages plus réservés. Elles sont reprises, parfois sous une forme plus schématique, par de nombreux prêtres. Ainsi se crée tout un climat qui peut se résumer en une phrase brutale : un catholique qui désapprouve l'action du maréchal Pétain est en état de péché.

Au capitaine Henri Frenay, officier d'active et l'un des premiers à préparer, en zone sud, la formation d'un mouvement de résistance (ce sera *Combat*), sa mère, profondément religieuse, écrit cette lettre bouleversante : « Tu trahis, Henri, et je me pose la question déchirante de savoir si je ne dois pas dire où tu es, car tu fais le mal. »

Quand Emmanuel Mounier, le fondateur d'*Esprit*, est arrêté pour la seconde fois en mai 1942, il est transféré à Vals-les-Bains où il commence une grève de la faim tout en demandant au médecin, en raison de ses convictions religieuses, de la faire cesser quand sa vie sera en danger. Il demande également qu'on lui apporte la communion. Le curé de Vals vient le voir et lui explique qu'il n'est pas très sûr de pouvoir lui donner le sacrement légitimement étant donné le caractère de rébellion contre le pouvoir établi que présente son attitude. Le curé en a référé au professeur de morale du grand séminaire et il attend la réponse de celui-ci. « Peut-être, note Mounier dans son journal, mon acte ne serait-il pas complet sans cet abandon de l'Église apparente, qui n'est même pas l'Église visible. » Deux jours plus tard, le curé revient voir le prisonnier. Il a reçu la réponse du professeur du grand séminaire, et celui-ci l'a confirmé dans son refus de donner la communion. Mounier, à qui la théologie et la morale sont familières, conteste cette position. Le curé de Vals-les-Bains se met à pleurer et dit au prisonnier qu'il souhaite la victoire de l'Allemagne pour sauver la France du bolchevisme à qui l'Angleterre veut donner l'Europe.

Le lendemain, Emmanuel Mounier est transféré à l'hôpital. Et là, le père de Lubac, jésuite, informé du refus du curé de Vals, vient lui apporter la communion. Mais les difficultés du fondateur d'*Esprit* ne sont pas terminées. La supérieure des religieuses est chargée par les autorités de le convaincre d'arrêter la grève de la faim. Elle multiplie devant lui les signes de croix. Mounier confie un cri à son journal : « Mon Église, hélas ! mêlée à tout cela. »

Les déchirements ont commencé.

CHAPITRE III

L'adhésion des catholiques à Vichy

La grande masse des catholiques suit d'autant plus volontiers ses évêques dans leurs prises de position en faveur du maréchal Pétain, qu'elle les a souvent précédés. Elle participe avec enthousiasme au culte du Maréchal.

Une carte postale éditée dans le Lot représente côte à côte deux médaillons : le premier porte les traits de Pétain ; le second – plus petit – une image du Christ[1]. L'*Almanach de la Légion des combattants* pour 1941 publie un « Credo du Français » : « Je crois en le chef aux yeux de ciel… » Pierre Taittinger dédie son livre, *Les Leçons d'une défaite*, au Maréchal « qui s'est sacrifié pour permettre, nouveau Christ, la rédemption de la France vaincue ».

« Soyez notre Bon Dieu, monsieur le Maréchal ! »

On fait prier pour le Maréchal dans de nombreuses églises. On y appose son portrait et, si les temps n'étaient pas si difficiles, on verrait probablement apparaître celui-ci sur quelques vitraux. Le curé d'Annonay, qui décore l'église Notre-Dame, fait figurer le maréchal Pétain dans la foule qui se presse devant la Vierge.

Le « culte » du Maréchal est également répandu dans l'enseignement libre ; à l'école de Saint-Jean-Lavêtre (Loire) la journée commence par cette invocation :

1. Or aucun portrait du Maréchal ne peut être édité sans le visa de son cabinet.

« Sous le regard de Dieu notre Père
avec la protection de Marie notre Mère
obéissant aux consignes du maréchal Pétain notre chef,
Enfants de France,
au travail
pour la famille et la patrie. »

On publie même un curieux *Pater* signé Georges Gérard :

« Notre Père qui êtes
À notre tête,
Que votre nom soit glorifié
Que votre règne arrive
Que votre volonté soit faite
Sur la terre pour qu'on vive,
Demeurez, sans retour,
Notre pain de chaque jour.
Redonnez l'existence à la France,
Ne nous laissez pas retomber
Dans le vain songe
Et le mensonge
Et délivrez-nous du mal
Ô Maréchal ! »

Un certain abbé Valéry, poète à ses heures, compare Pétain ressuscitant la France au Christ ressuscitant Lazare. Un autre poème, signé Francine Lorée-Privas, se termine par cette invocation : « Soyez notre Bon Dieu, Monsieur le Maréchal ! »

« Vous êtes, monsieur le Maréchal, la voie, la vérité, la vie du pays », déclare le chanoine Moncelle, consulteur ecclésiastique à l'ambassade de France auprès du Vatican, lors d'une cérémonie religieuse organisée en l'église Saint-Louis de Vichy, le 25 septembre 1941, pour l'anniversaire de la défense de Dakar contre l'expédition dirigée par le général de Gaulle. Le chanoine Moncelle, qui ne s'embarrasse pas de nuances, parle tout simplement du « triomphe de Dakar ». Il va si loin que du Moulin de Labarthète, directeur du cabinet du Maréchal, juge son enthousiasme « béotien ». La façade de l'église a été décorée d'un immense drapeau tricolore sur le blanc duquel le nom de Dakar se détache en lettres capitales.

Il est vrai que Saint-Louis de Vichy – où l'on commémore cette piètre victoire – semble avoir été prédestinée pour la célébration de cultes temporels : ne trouve-t-on pas sur ses vitraux, à côté de saint Louis, Bonaparte en « saint Napoléon », sans compter une « sancta Hortensia » et une « sancta Eugenia » au visage de second Empire. Le curé de cette église, l'abbé Chevrier, sera nommé évêque de Cahors en récompense de ses services, et plusieurs ministres de Vichy se feront représenter à son sacre.

La Croix du Lot évoque avec émotion « cette majesté paternelle (du Maréchal) qui est un reflet de Dieu ». *La Croix du Rhône* estime que l'œuvre du président portugais Salazar et celle du maréchal Pétain sont « les plus beaux hommages rendus à l'encyclique *Rerum Novarum* ». On n'oublie pas de présenter le chef de l'État comme un ancien élève de l'enseignement libre, et son âge lui-même devient un sujet d'étonnement religieux, une raison de rendre grâce à une providence assez bienveillante pour avoir préservé sa vie afin qu'il puisse une fois encore sauver la France.

Paul Claudel, qui pourtant n'apprécie pas l'atmosphère de la capitale provisoire, se décide, le jour de Noël 1940, en prévision d'une représentation à Vichy de l'*Annonce faite à Marie*, à écrire une ode au maréchal Pétain :

« France, écoute ce vieil homme qui sur toi se penche et qui te parle comme un père !

« Fille de saint Louis, écoute-le et dis : En as-tu assez maintenant de la politique ?

« Écoute cette voix raisonnable sur toi qui propose et qui explique cette proposition comme de l'huile et cette vérité comme de l'or [1]. »

Au cours d'une représentation au grand casino de Vichy le 9 mai 1941, Ève Francis, à l'entracte, s'avancera pour déclamer les vers du poète.

Dans les tout premiers jours de juillet 1940, François Mauriac, dans les colonnes du *Figaro*, a également apporté son tribut, très discret, au chef du nouveau régime : « Ce vieillard était délégué vers nous par les morts de Verdun et par

1. Selon Stanislas Fumet, chrétien et résistant, Claudel, dès octobre 1940, avait déclaré : « Je ne sais pas qui est ce Monsieur de Gaulle, mais en tout cas je suis de son parti. » Mais il croyait que Pétain et de Gaulle étaient « de mèche ».

la foule innombrable de ceux qui, depuis des siècles, se transmettent ce même flambeau que viennent de laisser tomber nos mains débiles. » Mais très vite, il jugera le régime de Vichy, et il écrira dans une publication clandestine : « Ne nous faisons pas les complices des impuissants qui, dans le grand silence d'après le cyclone, se persuadent que leur tour est enfin venu. »

L'hommage le plus étonnant est sans doute celui que rend au début de 1941 le bulletin paroissial de l'église Saint-Joseph de Pau :

« *Il a enterré la République*
Régime qui est né dans l'assassinat
qui a vécu en semant la haine
en persécutant la Religion
en trahissant la Patrie
Il a supprimé la Franc-Maçonnerie
Secte antipatriotique et antireligieuse
agissant dans les ténèbres contre les meilleurs Français
Il a rétabli la liberté d'enseignement
enlevée aux Religieux par les Francs-Maçons
Il a remis Dieu à sa place à l'école
d'où l'avaient chassé les Francs-Maçons
Il a rendu aux Religieux les droits des Français
Pour nous catholiques,
il y en a là déjà plus qu'il n'en faut
pour que debout et à pleins poumons
nous clamions
Vive le Maréchal ! »

« Vive le Maréchal », c'est aussi le cri que poussent les pèlerins de Lourdes ou de Rocamadour, qui, de plus en plus souvent, incluent dans leur itinéraire le détour de Vichy. Il arrive même qu'un pèlerinage parte de Vichy, comme celui des jeunes gens de la Ligue maritime et coloniale qui vont prier à Rocamadour, en août 1913, pour le maintien de l'unité de l'Empire, et qui sont d'abord reçus au pavillon Sévigné par Pétain. Celui-ci d'ailleurs se rend lui-même en pèlerinage à l'occasion et, quand il va au Puy, monseigneur Martin le remercie d'avoir, « cinquième chef d'État depuis Philippe Auguste, repris la tradition d'une visite à Notre-Dame de France ».

À Lourdes, l'évêque, monseigneur Choquet, le salue « au nom de Notre-Dame », et le Maréchal et le Prélat, réunis devant le micro, récitent ensemble le *Je vous salue Marie.*

Il arrive aussi que la Maréchale représente le chef de l'État. À Arles, en octobre 1942, quatorze archevêques et évêques sont réunis pour les fêtes de Saint-Césaire. Madame Pétain est présente. L'archevêque d'Aix, monseigneur du Bois de la Villerabel, la salue : « Je m'incline devant vous, madame la Maréchale, comme l'interprète de tous les chrétiens réunis dans cette vieille église, en vous chargeant de transmettre leurs hommages à celui qui travaille si heureusement à la résurrection du pays. »

Quand le Maréchal n'est pas là, on l'invoque presque comme un saint. Ainsi, en septembre 1942, au pèlerinage de Notre-Dame d'Arliquet, dans la région de Limoges, monseigneur Rastouil s'écrie : « Regardez, ô Notre-Dame, regardez notre peuple... il se convertit. Il revient au Christ. Nous crions vers vous. Montrez-nous le Christ. Montrez-le au chef de l'État qui, à cette heure, seul fait l'unité française : gardez-le-nous longtemps, la France a besoin de lui. »

À la même époque, le clergé du Sud-Est, réuni à Lérins pour fêter le XIVe centenaire de saint Sévère envoie un message de fidélité à Pétain.

Les visiteurs de Vichy

Dès les premiers jours de l'installation du Gouvernement à Vichy, on a vu beaucoup de soutanes ou de robes de religieux, parfois agrémentées d'un ceinturon et d'un calot – car bien des prêtres adoptent volontiers le style militaire – dans les rues de la capitale provisoire. Moins voyants, les notables catholiques laïcs sont venus aussi, en grand nombre.

Leur présence a été très remarquée. Elle n'est pourtant pas plus surprenante que l'attitude adoptée quasi spontanément par la masse des catholiques à l'égard du nouveau régime, et surtout de son chef.

Parmi les hommes qui se sont précipités à Vichy il y a, bien sûr, les éternels quémandeurs qui, n'ayant pas obtenu des gouvernements précédents les appuis qu'ils sollicitaient, comptent que les nouveaux ministres seront plus bienveillants. Il y a aussi les auteurs de projets divers et parfois grandioses pour la reconstruction du pays, et qui vont présenter leurs dossiers d'antichambre en antichambre, de cabinet ministériel en cabinet ministériel. Il y a enfin des hommes qui pensent que la France ne pourra se rénover qu'en s'appuyant sur les forces spirituelles et que leur concours est nécessaire en ces heures de grand bouleversement.

À tout changement de régime, les minoritaires de la veille se précipitent. Hier tenus à l'écart, et contraints d'établir des projets inutiles, d'entasser des dossiers, ils pensent que, cette fois, leurs idées acquerront peut-être droit de cité, leurs dossiers pourront servir, leurs initiatives seront acceptées.

Parmi la foule des visiteurs de Vichy on trouve ainsi des dominicains comme les pères Sertillanges, Perret et Lebret, et des jésuites comme le père Desbuquois, fondateur de l'Action populaire [1], âgé de 71 ans en 1940, qui a été l'animateur et le conseiller de tout le mouvement catholique social. Il s'installe à Vichy à demeure, pensant qu'il est possible de faire admettre par le nouveau régime quelques-uns des projets que les catholiques sociaux ont étudiés depuis des dizaines d'années mais que les assemblées de la IIIe République n'ont jamais pris en considération. Il y restera jusqu'en 1943.

Très vite, un autre jésuite bien connu est venu le rejoindre à Vichy. Comme le père Desbuquois, le père Dillard, qui approche de la cinquantaine, est une personnalité. Ses activités lui ont donné audience dans tous les milieux politiques et religieux, en France aussi bien qu'à l'étranger. Lui aussi est un animateur du catholicisme social et il a poursuivi des études d'économie politique qui en ont fait un spécialiste des problèmes monétaires. Il soutiendra d'ailleurs en 1941, à Toulouse, une thèse sur « L'Évolution de la monnaie française ». Il a beaucoup voyagé à l'étranger, et son dernier voyage, en 1938 aux États-Unis, lui a permis de rencontrer le président Roosevelt qui l'a retenu à dîner à la Maison-Blanche. En 1939, il a été nommé à l'Action populaire. Fait prisonnier pendant la bataille de France, il saute en marche du train qui l'emmenait vers l'Allemagne au début de l'été et gagne Lyon, puis, bientôt Vichy. Il est plein d'enthousiasme : « Beaucoup d'autres, je

1. Institut de recherches économiques et sociales.

crois, écrira-t-il plus tard, ont partagé à ce moment le sentiment d'une aventure magnifique à risquer... Je venais de parachever mon expérience par celle, douloureuse, de la défaite, et j'étais l'un des rares qui, sans être chenus, puissent la comparer à l'autre guerre vécue encore en pleine jeunesse... Il me paraissait que le Bon Dieu avait merveilleusement conduit mon existence pour m'amener en ce point unique, crucial, où j'étais fin prêt pour ramener en bloc ces richesses du passé et me lancer, sûr d'elles, dans l'immense bataille de la reconstruction française. »

Le père Dillard est très vite introduit dans les milieux gouvernementaux. Mais son enthousiasme de néophyte n'y résiste pas et il est très vite aussi déçu par le Maréchal et son entourage. Cependant, il continue – et continuera longtemps – à croire en l'idéal de la Révolution nationale que veut réaliser Vichy. « Nous cherchions en France, écrit-il au début de 1943[1], une mystique à notre taille accordée à nos traditions. Nous l'avons. Pourquoi chercher autre chose ?... Depuis deux ans nous en sommes restés au stade de ces messages lumineux. Tout le monde est d'accord pour penser que c'est là ce qu'il fallait dire, que la Révolution nationale serait faite si les principes étaient appliqués. Seulement, la France est la France, et le Maréchal symbolise encore ce terrible divorce entre pensée et action dont souffre notre pays... Le drame français est là : pas de cadres, pas de chefs. » Il dénonce alors avec vigueur les « parades clérico-militaires » de Vichy et les compromissions qu'elles entraînent : « L'Église n'a pas connu depuis 1940 de plus dangereux ennemis que la cohorte chamarrée des bien-pensants. »

Dans la capitale provisoire, le père Dillard accorde beaucoup d'attention aux problèmes de la jeunesse. Il devient également « aumônier » de Bourrassol, où sont internés Gamelin, Blum et Daladier. Surtout, il prononce souvent, en l'église Saint-Louis, des sermons qui sont très courus. Les uns y trouvent des appels à la résistance, d'autres l'exaltation des idéaux de la Révolution nationale. Il est vrai que le père Dillard, qui a sillonné l'Europe en tous sens – y compris l'Allemagne –, y a mesuré le danger du nazisme et le combat avec fermeté. La radio de Londres l'appelle « le seul homme

1. Dans *Cité nouvelle*.

courageux de Vichy » et il arrivera que les journaux de la Résistance le citent. Ne déclare-t-il pas, dans un sermon prononcé à Saint-Louis le 1er février 1942 à propos de l'attaque allemande contre la Russie, que le communisme est une mystique, « qu'il serait vain d'espérer en la victoire d'un paganisme sur l'autre et que nous n'avons pas, nous Français, à souhaiter ni à espérer quelque victoire de la force et de la violence, car ce n'est pas avec la force qu'on peut combattre les mystiques ».

Mais en même temps, il prend souvent « Travail, Famille, Patrie » comme thème de ses sermons et prêche un absolu loyalisme au chef de l'État. Si bien que certains de ses auditeurs sont déroutés.

Un autre jésuite, le père Doncœur, vient souvent à Vichy. C'est également un personnage. Entre les deux guerres ce héros de 1914 (7 citations) a animé, avec succès, des campagnes pour les vocations sacerdotales. Mais ce n'est là qu'un aspect d'une activité débordante qui en a fait un des promoteurs de la renaissance religieuse constatée avant 1939. Très préoccupé par les problèmes des jeunes, il a lancé un mouvement de jeunesse – les « Cadets » – assez proche du scoutisme. Avec les Cadets, et bientôt avec la branche aînée des Scouts de France – la Route – qui cherche encore sa voie, il a organisé de grands pèlerinages, des célébrations qui préparent le renouveau liturgique, et qui enthousiasment ces jeunes. Il leur a fait découvrir Péguy, rêver avec lui au Moyen Âge et aux bâtisseurs de cathédrales, et leur a lancé des slogans dont ils vivent : « splendeur humaine dans un christianisme intégral », « refaire une chrétienté ». Mais il ne leur a pas fait percevoir – les perçoit-il ? – les implications et le sens politique de cette construction d'une société nouvelle.

Quand le nouveau régime annonce la Révolution nationale, le père Doncœur s'engage à fond derrière lui – voilà l'occasion de refaire une chrétienté – et y entraîne nombre de jeunes. En 1942, il publie, aux éditions de l'Orante, un livre sur « Péguy, la révolution et le sacré », qui fera beaucoup de bruit.

Le propos en est clair dès les premières lignes : « Alors que des projets illusoires rêvaient de porter le combat hors de France, pour la première fois, au tragique conseil des ministres de Nitray, le 13 juin 1940, le Maréchal prononçait : « Le renouveau français, il faut l'attendre de l'âme de notre pays que nous préserverons en restant sur place, bien plus que d'une reconquête de notre territoire par des canons alliés. »

Pour parvenir à ce renouveau, estime le père Doncœur, il faut faire la révolution, celle que préconisait Péguy et qui est très sommairement assimilée à la Révolution nationale annoncée par Vichy : « Péguy ne sera pas mort en vain aux bords de la Marne en 1914, si la Révolution de 1940 s'engage dans la voie que son génie et son héroïsme ont marquée à la France vaincue, alors que la France victorieuse de 1919 avait été trop distraite pour l'écouter et trop légère pour la comprendre. »

De Péguy, le père Doncœur retient surtout la critique du monde moderne. Il cite des phrases comme : « Le monde moderne avilit » ; « le combat est contre les intellectuels. Contre ceux qui méprisent les héros et les saints ».

Mais, « les malheurs sont arrivés. L'heure est venue d'un monde nouveau. » Le père Doncœur prêche donc le retour à la terre et la mystique du chef. Il dénonce « les chimères du libéralisme démocratique ». Car « la masse, outre qu'elle est naturellement mêlée, participe de la condition animale » *(sic)*. Pour cette masse, la contrainte doit donc remplacer la liberté, une contrainte conçue comme une « pré-pédagogie » car le peuple « demeure toujours un adolescent ».

Il rêve, non sans idéalisme naïf, d'un pays où l'on constaterait la « propreté exquise des rues, des gares et des bureaux de poste, la courtoisie des fonctionnaires, la complaisance envers les étrangers, l'hospitalité ouverte, le respect du travail d'autrui, la conscience du métier bien fait, la fécondité des foyers, l'entraide amicale, la joie de la famille et, se concrétisant dans des actes bien précis d'accueil, de bienveillance et de sacrifice, l'amour de la France, de sa terre et de son peuple, de son héritage de gloire et de ses souffrances, la foi dans ses destinées… »

On n'y parviendra qu'en retrouvant le sens du sacré. Un sens du sacré dont le père Doncœur pense trouver l'expression chez le Maréchal : « Il y a des mots que le Maréchal prononce avec une gravité qui les fait comme neufs, tant l'usage en est sur ses lèvres redevenu pur. »

Le père Doncœur va présenter son livre au scolasticat de Fourvière, où sont réunis plus de deux cents pères jésuites, et sa conférence y reçoit un accueil glacial[1]. Mais cet ouvrage est très lu dans les séminaires, et dans les mouvements de jeunesse, notamment dans le scoutisme.

Les jeunes : enthousiasme des Scouts et réserve de l'Action catholique

Le mouvement des Scouts de France n'avait pas attendu la publication du livre du père Doncœur pour être séduit par les thèmes de la Révolution nationale. À vrai dire, tout l'y préparait. Il s'était développé à une époque où une vive réaction « anti-moderne » se développait dans le catholicisme français ; il y avait participé, parlait volontiers de chevalerie, et regardait vers le Moyen Âge comme vers un idéal. Un régime comme celui de Vichy qui prêche le retour à la terre et aux vieilles traditions provinciales, qui dénonce du même coup la perversion du monde moderne, de la civilisation industrielle, lui convient. D'autant que l'on s'est bien gardé de développer la conscience politique à l'intérieur du scoutisme. Dans les années trente, l'épiscopat, inquiet du caractère violent pris par les luttes entre les ligues et la gauche, a usé de son influence auprès des mouvements de jeunesse catholique pour détourner leurs membres de l'action politique. Il a été particulièrement entendu par le scoutisme, animé d'une préoccupation essentiellement pédagogique et non politique, dirigé souvent par d'anciens officiers, et au recrutement surtout bourgeois. Le scoutisme a développé chez ses membres, en revanche, le sens et le goût de l'obéissance, et la mystique du chef. Ceux-ci sont donc mal armés pour résister à la tentation vichyssoise. Certains vont y succomber.

Dans la revue *Le Chef*, en mars 1942, le père Forestier, un dominicain qui est aumônier général des Scouts de France, explique très bien pourquoi ce mouvement se trouve à l'aise

1. En février 1943, dans les « Cahiers de notre Jeunesse », publiés par l'Association catholique de la jeunesse française (JAC, JEC, JIC, JMC, JOC), le père de Lubac marque en termes prudents, ce qu'explique la censure, son désaveu pour une « certaine mystique du chef » qui inspire ce texte « et une tendance excessive à s'hypnotiser sur notre présent avilissement ».

dans le nouveau régime : « Les structures de l'ordre nouveau, fait d'autorité, de hiérarchie, de disparition de la lutte des classes, étaient en trop étroite harmonie avec la conception que nous avions du monde, étaient trop semblables à l'ordre qui régnait dans la petite cité scoute… » Et il répète en janvier 1943 : « Les messages du Maréchal exprimaient ce dont nous rêvions depuis longtemps. »

On trouve plusieurs dirigeants scouts, en 1940, dans les organismes officiels, notamment au Secrétariat général à la Jeunesse car, écrira Pierre Goutet dans *La Route* en février 1941, « les positions prises par *La Route* depuis des années, ses efforts pour la formation du caractère apparaissent aujourd'hui comme ceux-là mêmes qui doivent être proposés à toute la jeunesse française ».

Il arrive même que les aumôniers scouts occupent des fonctions officielles. Le père Forestier devient ainsi l'aumônier général des Chantiers de jeunesse. C'est un ami de longue date du général de La Porte du Theil à qui sont confiés, au début de juillet 1940, les jeunes du contingent qui vient d'être appelé en juin : il les rassemble à la campagne dans des groupements qui, sous le nom de Chantiers de jeunesse, réaliseront des travaux d'intérêt général et constitueront bientôt une forme originale et intéressante de service civique. Pour la tâche éducative qu'il entreprend, le général de La Porte du Theil entend s'appuyer sur l'expérience du scoutisme, spécialement du scoutisme catholique. « Je ne conçois pas une institution sans morale, et je ne conçois pas une morale sans Dieu – ou sans religion », aime-t-il à répéter.

Le père Forestier devient donc l'aumônier général et le conseiller très écouté du chef des Chantiers. De nombreux prêtres l'accompagnent : à l'automne 1940, on compte soixante-dix aumôniers pour trente-cinq groupements. Ils contribuent à y développer un certain style de « retour aux sources » et le culte du Maréchal, auquel La Porte du Theil restera fidèle jusqu'à la fin. Le père Forestier répète aux scouts et aux jeunes des chantiers que « la désobéissance est un mal ». Quand se posera le problème du travail en Allemagne ou du départ pour le maquis, il déconseillera formellement la seconde solution au profit de la première. « Nous expions, écrira-t-il en août 1943, une guerre engagée à la légère et perdue… En dehors de l'obéissance aux autorités constituées, c'est l'aventure. On ne jette pas un peuple entier dans l'aventure… Je ne sais s'ils y ont réfléchi, ceux qui préconisent la dissidence ou le « maquis ». Ce qu'ils mettent en cause, c'est la souveraineté de l'État. S'ils étaient suivis, ce serait le retour aux grandes compagnies, ce serait la substitution d'une puissance étrangère à notre administration. » On trouvera cependant dans les maquis, en 1944, de nombreux scouts et jeunes des chantiers, contrevenant ainsi aux conseils de leur aumônier général. Certains, il est vrai, continueront à proclamer, même au maquis, leur fidélité à Pétain. Ils partageront le sentiment, encore assez largement répandu, que Pétain et de Gaulle sont également nécessaires à la France, l'un comme « bouclier », l'autre comme « épée ».

Bien des dirigeants et aumôniers nationaux des Scouts de France, ainsi devenus les personnages officiels, diffusent les thèses de la Révolution nationale à l'intérieur de leur mouvement. Elles n'y sont pas toujours bien accueillies.

En mars 1941, *La Route* souhaite que les scouts coupent les émissions radiophoniques qui dénigrent « l'œuvre de redressement » entreprise par Vichy. Le général Lafont, chef scout, adjure ses troupes de suivre fidèlement et loyalement le Maréchal : « Conscients de notre incompétence en ce qui concerne les problèmes de politique étrangère, nous lui faisons confiance. »

Au début de 1943, dans *Le Chef*, le R. P. Sirot demande que la cérémonie du salut aux couleurs qui marque le début de la journée dans chaque camp scout soit enrichie « par la lecture partielle d'un message du Maréchal ».

Le 15 août 1942, le père Doncœur organise au Puy un pèlerinage de la jeunesse catholique masculine qui est présentée à Notre-Dame de France et aux statues des vierges de la zone occupée – y compris Notre-Dame de Strasbourg. Le cardinal Gerlier est présent à la cérémonie ainsi que le nonce apostolique, et de nombreux évêques. Le père Doncœur et le père Forestier souhaitent que le maréchal Pétain en personne vienne assister au pèlerinage. Ils le font inviter et le chef de l'État est bien tenté d'accepter. Mais le représentant de l'épiscopat à Vichy, monseigneur Chappoulie, fait remarquer qu'il n'est « pas prudent, ni pour les uns ni pour les autres » que le Maréchal se rende au Puy pour une telle cérémonie. Et celui-ci se contente d'adresser à tous ces jeunes un message radiodiffusé qui commence par ces mots : « Scouts de France, mes jeunes amis. » Le Maréchal y indique qu'il veut « rétablir notre pays dans l'Europe nouvelle ». Xavier Vallat, ministre et responsable du premier statut des juifs, est présent.

Parmi les pèlerins très fervents et peu politisés, les scouts ont fourni la grosse masse et l'élément moteur. Mais ils ne sont pas seuls : les mouvements spécialisés d'action catholique (JOC, JAC, JEC, etc.) les accompagnent – certains sans trop d'enthousiasme il est vrai.

Dès le début de Vichy, plusieurs dirigeants de ces mouvements ont marqué quelque réserve. On assiste certes, durant les premiers mois, à des défilés de jécistes ou de jocistes à Vichy. Leurs publications citent assez volontiers des sentences du maréchal Pétain[1]. Et quand la JOC fête, en pleine guerre, le quinzième anniversaire de sa fondation, les notables du nouveau régime sont présents aux congrès régionaux qu'elle organise. À Lyon, le préfet fait remarquer, en pénétrant sur le stade où sont réunis les jocistes, qu'aucun portrait du Maréchal ne figure au milieu des panneaux décoratifs qui ont été disposés sur le podium. Un dirigeant se hâte d'aller en accrocher un avec quelques punaises, sous les cris divers de l'assistance. Ce n'est pas l'enthousiasme.

La situation est plus confuse encore dans les mouvements catholiques d'adultes. La Fédération nationale catholique, très marquée par ses origines qui en ont fait un organisme de défense religieuse politiquement orienté à droite, va fournir au régime quelques-uns de ses dirigeants les plus en vue, notamment son orateur le plus connu, Philippe Henriot. Dans ses réunions, il arrive qu'on acclame le nom de Pétain. Ainsi, l'assemblée générale du groupement diocésain de Marseille, qui réunit huit mille personnes en mars 1942, en présence de l'évêque et des autorités civiles et militaires, adresse-t-elle un télégramme au Maréchal pour lui exprimer « la vénération des catholiques » et la « respectueuse affection » qu'ils lui portent. Mais le président national de la Fédération, le général de Castelnau, qui s'est retiré dans un village du Sud-Ouest, et qui n'éprouve pas pour le Maréchal une sympathie

1. En novembre 1940, le conseil national de la JOC considère que celle-ci « ne peut être absente de l'œuvre de reconstruction nationale » entreprise par le gouvernement de Vichy.

excessive[1] ne fera jamais acte d'allégeance à Vichy, car il désapprouve la politique de collaboration. Il mourra en mars 1944.

La Légion de François Valentin

L'une des institutions du nouveau régime à laquelle les catholiques accordent le plus volontiers leur concours est sans conteste la Légion des combattants. Il s'agit d'un regroupement des anciens combattants des deux guerres, mais l'ambition de ses fondateurs – parmi lesquels Xavier Vallat, catholique d'extrême droite, joue un grand rôle – est d'en faire le soutien du régime et si possible l'embryon d'un parti unique.

Quand elle se crée, en 1940, c'est dans un climat de quasi-unanimité. Dans certaines communes, 95 % des anciens combattants y adhèrent, et elle comptera en 1941, pour la zone non occupée et l'Afrique du Nord, un million six cent mille membres. Elle n'a pas de doctrine bien définie et son rôle, alors, se limite surtout à la diffusion des thèmes de propagande élaborés à Vichy. Peu à peu elle en viendra à dénoncer les « mauvais Français », c'est-à-dire les opposants au régime, et fera le plein de haine. Elle est surtout encadrée par des officiers que la défaite a fait mettre « en congé d'armistice », et par des notables conservateurs assez étonnés d'entendre toujours parler de Révolution mais rassurés par le qualificatif « nationale ». Tous prononcent un serment conforme à l'idéal du régime.

Dès la fondation de la Légion, les prêtres y adhèrent en grand nombre. Quelques évêques également[2]. De la même manière, après la Première Guerre, ils étaient entrés massive-

1. À un prêtre arrivé de Lyon qui le salue en ces termes : « Le cardinal Gerlier m'a chargé de vous dire... », Castelnau réplique : « Il a donc une langue ? Je croyais qu'il l'avait usée à lécher le cul de Pétain ! » (Charles d'Aragon, *La Résistance sans héroïsme*, Éditions du Seuil.)

2. En septembre 1940, à la Retraite qui rassemble ses prêtres au Grand Séminaire, le cardinal Gerlier encourage ceux d'entre eux qui viennent de combattre à y adhérer. Et comme l'un d'eux, l'abbé P. Clément, s'en étonne, il lui répond : « Mais c'est pour un mariage de raison, pas un mariage d'amour, un mariage civil. Je compte sur des prêtres comme vous pour partir en claquant la porte, le moment venu. »

ment dans les associations d'anciens combattants, estimant que leur participation aux combats leur permettait de retrouver dans la société française un droit de cité que les luttes anticléricales du début du siècle leur avaient enlevé. Ils pensent que leur adhésion à de telles associations en est le signe et en perpétue le souvenir. On les voit donc défiler avec la Légion. Certains y occupent même des postes de responsabilité, deviennent dirigeants communaux, cantonaux ou départementaux. La Légion fait sonner les cloches des églises pour ses principales cérémonies, et celles-ci commencent généralement par des messes, de préférence sur les places publiques, et en présence d'un grand concours de foule. Ainsi, à Clermont-Ferrand, le 30 août 1942, trente mille légionnaires assistent à une messe célébrée sur la place de Jaude devant les autorités religieuses et le chef du gouvernement, Pierre Laval. Ce genre de « messes légionnaires » – comme on les appelle – est très répandu et ces manifestations, qui provoquent l'agacement jusque dans les rangs des hommes de Vichy, seront un des signes sur lesquels s'appuieront ceux qui vont dénoncer le « cléricalisme » du régime.

L'un des principaux dirigeants de la Légion est d'ailleurs un catholique connu : François Valentin. Ce Lorrain a été dirigeant régional de l'Association catholique de la jeunesse française mais, à la différence de la plupart de ceux qui y ont milité avec lui, il ne s'est pas dirigé par la suite vers le Parti démocrate-populaire. Il est resté plus à droite. En 1940, il se rend à Vichy, et met ses qualités d'orateur et d'organisateur au service de la Légion. Il en devient directeur général adjoint. Le directeur général, Pierre Héricourt, vit en zone occupée. Pétain en est le président.

Dans les premiers mois de Vichy, François Valentin se révèle un propagandiste très efficace pour la Légion et le régime. Mais il s'inquiète des concessions du gouvernement aux Allemands. À la fin de 1941, celles-ci le conduisent à offrir une première fois sa démission. Valentin est un fidèle de Weygand, « délégué général du gouvernement en Afrique française ». Or, la présence en Afrique du Nord de l'ex-commandant en chef inquiète les nazis ; ils craignent qu'il n'y prépare l'armée de la revanche. L'amiral Darlan, chef du gouvernement, n'aime pas Weygand et somme Pétain de choisir entre eux. Finalement, Pétain cède aux exigences des Allemands et aux pressions de Darlan : Weygand est limogé le 18 novembre. À cette nouvelle, le général Bergeret, du Moulin de Labarthète, directeur du cabinet civil de Pétain, et Valentin décident de tenter une démarche collective auprès du Maréchal. Valentin, pour sa part, déclare qu'en sa double qualité de légionnaire et de Lorrain il ne peut consentir à ce diktat. Pétain les reçoit assez sèchement.

– Taisez-vous. Vous êtes tous des excités. Je devrais vous faire mettre aux arrêts. Mais je vous donne l'ordre de rester à votre poste.

– Nous avons le regret d'y désobéir, monsieur le Maréchal. Oui, nous avons la douleur de vous désobéir pour la première fois.

Mais ils resteront tous les trois. D'autant plus que Weygand le leur conseille.

À peu près à la même époque, Pucheu, ministre de l'Intérieur, décide de recruter au sein de la Légion une minorité plus active de combattants de choc, qui seront à la Légion ce qu'étaient les SS au parti nazi : le service d'ordre légionnaire [1] qui sera confié à la direction de Joseph Darnand. La création de cette force répressive qui jouera le rôle d'une police politique et parallèle déplaît à Valentin, qui s'y oppose en vain et offre à nouveau sa démission. Il répétera ce geste à plusieurs reprises dans les premiers mois de 1942. Pétain refuse. « J'entrais chez ce vieil homme pour donner ma démission, racontera Valentin, et il me retournait. Et je sortais honteux de mon attitude. » Valentin se maintient donc. Il lui arrive même, par exemple à Nice le 22 février 1942, de présider en compagnie de Darnand la cérémonie « d'investiture » du SOL. Deux mille hommes en chemise kaki y entendent un discours de Valentin puis, genou en terre, prêtent un serment dont la forme, disent les journaux, « est heureusement inspirée des rites de la chevalerie française ». Mais le désaccord devient de plus en plus profond, surtout après le retour au pouvoir de Laval en avril 1942, et Valentin finit par quitter, le 4 juin, la direction de la Légion où il est remplacé par un homme de Laval. Plus tard, il lancera aux légionnaires un appel à la résistance.

L'épiscopat n'avait pas attendu cette date pour marquer ses réserves à l'égard de la Légion, qui représentait à ses yeux un

1. C'est du SOL que va naître la Milice.

engagement politique trop marqué, du moins pour les prêtres. L'assemblée épiscopale de la zone non occupée avait diffusé, en septembre 1941, des consignes de prudence : « Le terrain sur lequel se place la Légion est tout autre que le terrain de l'action sacerdotale. Il est le champ d'une activité civique, qui peut avoir beaucoup de contacts avec la politique. » Tout en disant sa volonté de ne « marquer aucune hostilité contre la Légion », l'épiscopat de zone sud demande aux prêtres membres de la Légion d'y « décliner toute participation active, comme serait de faire partie du bureau local ». La même réserve est conseillée aux laïcs dirigeants des mouvements d'action catholique. Deux ans plus tard, cependant, on trouvera encore des prêtres dans les bureaux de la Légion, et même à leur tête.

L'Action française : « tous les espoirs ont été passés »

D'autres catholiques adhèrent quasi spontanément à Vichy, ce sont ceux qui prêtaient dès avant la guerre une plus grande attention à la vie politique, et qui étaient influencés par les idées de l'Action française.

Ceux-là se tenaient à l'écart de la République. Un siècle plus tôt leurs ancêtres chantaient dans les églises :

> Vive la France
> Vive le Roi
> Toujours en France
> Les Bourbons et la foi.

Cinquante ans plus tôt, leurs parents conservaient pieusement dans leurs missels des images de Louis XVI, le roi martyr, ou de Henri V, le prétendant. Les effets des appels pontificaux en faveur du ralliement au régime républicain avaient été en partie annulés par les luttes anticléricales du début du siècle, reprises en 1924 au lendemain de la victoire électorale du Cartel des gauches. Ces catholiques « campaient » seulement dans la République. Ils ne s'y sentaient pas chez eux.

Quelques-uns se jugeaient même persécutés par elle. Et

quand Xavier Vallat, commissaire aux questions juives pendant quelques mois, voudra justifier la législation de Vichy en ce domaine, il écrira qu'elle est plus respectueuse des droits de la personne que la loi sur les congrégations. C'est le premier exemple de persécution qui lui viendra à l'esprit.

Ces catholiques avaient donc naturellement adopté les idées de l'Action française qui ne les incitait pas seulement à se tenir à l'écart de la République, mais aussi à combattre « la gueuse ». Certes, l'Action française ne touchait qu'une minorité des catholiques français, mais il s'agissait d'une minorité importante. Le clergé de 1940 avait été imprégné de ces idées pendant des décennies. Le curé de campagne recevait le journal de Charles Maurras gratuitement, le châtelain lui ayant payé son abonnement – ou bien il l'avait lu au séminaire. La condamnation du mouvement par Pie XI n'avait pas empêché que ses thèses continuent à cheminer dans une bonne partie du clergé et de la bourgeoisie catholique. Même si cette condamnation avait amené des catholiques à la prudence à l'égard de Maurras, voire à la contestation de certaines de ses positions, ils avaient gardé de l'aventure une profonde nostalgie. Et la levée de la condamnation en 1939 – après que Charles Maurras eut exprimé ses regrets pour la polémique passée, et pris l'engagement de ne rien publier qui heurte la conscience des catholiques – avait été accueillie comme une libération.

Charles Maurras, après la défaite de juin 1940, installe d'abord son journal à Limoges, puis à Lyon, et partage son temps entre cette ville et la Provence qu'il aime, et où tout lui parle de Frédéric Mistral.

Bien entendu, il se réjouit de voir sa vieille adversaire, la IIIe République, mise à bas. Et il apporte au nouveau régime, outre la participation et le soutien de ses fidèles, tout l'appui de son talent de polémiste. Vichy ne lui offre-t-il pas un système qui correspond à ses vœux intimes : une monarchie avec un roi de son choix ? Dans un article du *Petit Marseillais* – le 9 février 1941 – Maurras utilisera même, à propos des événements de 1940, l'expression de « divine surprise ». On le lui reprochera vivement, et on le lui reproche encore, en pensant qu'il a ainsi qualifié la défaite qui a permis la mort de la République. Or, c'est la capacité politique du maréchal Pétain qu'il qualifie de divine surprise.

« Tous les espoirs ont été passés, comblés et débordés grand train, écrit Maurras, et les plus optimistes n'avaient rien osé concevoir de ce qui s'est révélé au premier mot du premier « acte » : – Nous, Philippe Pétain, maréchal de France, chef de l'État français. »

Et il énumère sur le mode lyrique les raisons de son admiration : « Ce qui séduisit, ce qui fascina, ce fut surtout le style d'une action politique, de son ordre, de sa règle, de sa mesure… »

Autre révélation : « Ce fut celle de l'orateur, entendu à la radio, simple, net, familier. »

Révélation encore : l'écrivain… « cette centaine de pages fait de lui le premier écrivain de son temps ».

Maurras admire sans réserve les projets du Maréchal, qui constituent « un plan de rénovation nationale sans précédent » : « … famille, travail, métier, cité, province » et tout cela – ce qui ne gâte rien – « sous le patronage de Mistral ». Car le Maréchal a parlé à Maurras de Mistral, qu'il a connu personnellement. Enfin, un chef de l'État qui connaît Mistral !

« En vérité, en vérité, s'écrie le leader de l'Action française, pouvions-nous nous attendre à ces choses ! »

Et c'est alors qu'il parle de divine surprise : « Un poète… a dit un jour que lorsque la poésie vient d'atteindre les sommets de la perfection, quand elle a abordé et même réalisé le sublime, il lui manquerait pourtant quelque chose aussi longtemps qu'elle n'aurait pas produit ce qu'il appelait « la divine surprise », celle qui couvre, passe et submerge tous les espoirs. C'est dans le même sens qu'il a été parlé des *parties divines* de l'art de la guerre. Eh bien ! une partie divine de l'art politique vient d'être touchée par les surprises extraordinaires que nous a faites le Maréchal. On attendait tout de lui, comme on pouvait, comme on devait tout attendre. À cette attente naturelle, il a été répondu de façon plus qu'humaine. Il n'y manque absolument rien. »

Cet article suscitera tant de remous que Maurras y reviendra dans *L'Action française*, le 15 avril, pour souligner qu'il n'avait voulu évoquer ni la défaite ni la guerre.

Son journal porte en manchette une devise : « La France seule. » C'est qu'il ne veut pas se jeter dans les bras des Allemands, même s'il contribuera à y jeter une bonne partie de ses lecteurs. « Aucun engagement, dit Maurras, aucune négociation. Pas plus avec l'Angleterre qu'avec l'Allemagne. La

France, la France seule. » Mais quand Pétain prône officiellement la politique de collaboration, l'enthousiasme de Maurras à son égard ne faiblit pas. Par contre, il ne peut pas supporter Laval. Son journal garde un franc-parler étonnant en un temps où sévit la censure, parce qu'il jouit de protections avouées au cabinet du Maréchal. Et il ne ménage pas Laval. Il souligne par exemple, au début de décembre 1940, que l'action de celui-ci dans ses négociations avec les Allemands a seulement abouti à l'institution des cartes de correspondance interzones. Le 13 décembre, les maurrassiens de Vichy prennent une part décisive au limogeage de Laval, à qui ils reprochent sans doute de mener seul les négociations avec l'occupant, mais en qui ils voient aussi un homme de l'ancien régime, un républicain.

Les journaux collaborationnistes de Paris – y compris et surtout les anciens de *L'Action française* nombreux à *Je suis Partout* – attaquent vivement Maurras. Ils souhaiteraient que Vichy marque beaucoup plus d'empressement à collaborer. S'il ne le fait pas, c'est, à leurs yeux, à cause de l'influence de Maurras. Déat, dans *L'Œuvre*, ira même jusqu'à l'accuser en 1942 de « pactiser » avec Churchill et de « ne vouloir faire à Staline nulle peine, même légère ».

Maurras reste insensible à ces attaques. Il a choisi d'être totalement fidèle à Vichy. Et il se préoccupe beaucoup d'y entraîner les catholiques. Son journal ne perd aucune occasion de citer les déclarations des évêques favorables au régime. Et, dans les premiers temps, il se réjouit de l'adhésion massive des catholiques à la Révolution nationale. « Ce sont de bons Français, écrit-il le 14 novembre 1940. Il n'y a pas de gaullistes dans leurs rangs. La IIIe République les avait éparpillés… droite, centre, gauche. Quelle joie, quelle délivrance d'être affranchis ! En est-il vraiment qui regrettent le régime d'hier ? » Mais s'il y a parmi eux des brebis perdues, qu'elles se hâtent de regagner le bercail. Elles y seront bien accueillies : « Ils n'ont pas fait de vœux perpétuels ; nul ne serait fondé de leur reprocher une évolution. » La vue des cérémonies « clérico-militaires », que dénonce le père Dillard, ravit d'aise Charles Maurras. C'est « le bonheur », écrit *L'Action française* en octobre 1942 : « trois grandes forces convergent » (l'Église, l'Armée et l'État). Mais le journal ne peut s'empêcher de se demander : « Est-ce bien vrai ? »

En ce qui concerne les catholiques, ce n'est plus tellement

sûr. Depuis juillet 1940, bien des divergences sont apparues dans leur attitude. Et *L'Action française* occupe une grande partie de ses colonnes à dénoncer les catholiques opposants au régime, jugés par elle mauvais catholiques, et mauvais Français, sans prendre garde – du moins on veut le croire – qu'elle les dénonce ainsi à la police de Vichy, et bientôt aux Allemands.

La presse catholique : les anciens et les nouveaux

L'Action française n'est pas seule à chercher à entraîner les catholiques dans le sillage de Vichy. Le 17 janvier 1941 est fondé à Bordeaux un hebdomadaire catholique, *Voix françaises*. À elle seule, la création de ce journal suffit à indiquer sa tendance : car Bordeaux est en zone occupée, et on ne peut y créer une nouvelle publication sans offrir à l'occupant de sérieuses garanties. Le directeur de cet hebdomadaire est Paul Lesourd, ami du cardinal Baudrillart et professeur à l'Institut catholique de Paris, homme de droite, qui s'intéressait avant-guerre aux problèmes missionnaires et donnait sur ce thème des articles au *Figaro* et à *La Croix*. Après la défaite, il aspire à pousser vers Vichy, puis vers la collaboration, une presse catholique qu'il juge beaucoup trop réservée. C'est ainsi qu'il dénonce, dans le *Mémorial de Saint-Étienne*, le 12 septembre, les « expressions regrettables » et les « articles maladroits » parus dans « un ou deux journaux de zone libre [1] » et qui laissent croire que les catholiques français et le clergé préparent une guerre de revanche contre l'Allemagne. Bientôt, il songe à fonder son propre journal, et, après avoir tenté de l'installer à Paris, opte pour Bordeaux. *Voix françaises* aura une édition spécialement destinée au milieu populaire, *Voix ouvrières*.

La liste des collaborateurs de *Voix françaises* est particulièrement brillante. On y trouve entre autres le père Sertillanges, des académiciens comme Abel Hermant et André Bellesort, Paul Morand, André Thérive, Louis-Georges Planes, Paul Mousset, C.-J. Gignoux, le chansonnier René Dorin, Pierre

1. Apparemment, c'est *La Croix* qui est visée.

l'Ermite (avant-guerre collaborateur habituel de *La Croix*). La rubrique des jeunes y est tenue, au début, par les membres du secrétariat général de la JEC de zone occupée – Paul Germain, Charles Ximenès, Jean Badelle – puis par Maurice-A. Fouquet et, jusqu'en 1943, par Michel de Saint Pierre. Semaine après semaine, *Voix françaises* attaque la franc-maçonnerie et des organisations laïques comme le Syndicat national des instituteurs. Le journal dénonce nommément certains fonctionnaires restés en place et qu'il considère comme francs-maçons. Il reproche aux enseignants laïcs d'interdire à leurs élèves le port de la francisque du Maréchal. À partir de 1942, il s'en prend au communisme, « allié de la maçonnerie ». Jean Pouzino, professeur à l'Institut catholique de Paris, qualifie les bolcheviks de « primitifs » et de « barbares » et croit pouvoir assurer en mai 1941 qu'avant l'automne leur résistance sera brisée. Quant à leurs alliés, les communistes français, un écho présente ainsi ceux qui comparaissent en juillet devant un tribunal : « Des hommes ? à peine... ces moscoutaires n'ont plus rien d'humain... le pire assassin de Cour d'assises nous paraît une créature d'une limpide simplicité à côté d'eux. » Dans ses éditoriaux, Paul Lesourd s'en prend régulièrement aux Français qui hésitent, ergotent, mettent des bâtons dans les roues, et rendent « difficile, sinon impossible, la tâche de ceux qui ont le redoutable devoir de tenir contre vents et marées le gouvernail ».

Une autre publication éditée à Bordeaux jouit à cette époque d'une assez large diffusion dans le clergé. C'est *Soutanes de France*, organe des prêtres anciens combattants, qui est dirigé par l'abbé Bergey. Avant-guerre, l'abbé Bergey, curé de Saint-Émilion, très populaire comme curé, doué d'un étonnant talent d'orateur et célèbre pour ses reparties, était devenu député de la Gironde. Il se classait politiquement parmi les catholiques de droite qui avaient des tendresses pour l'Action française. Lui aussi a bien accueilli le nouveau régime et s'il ne se rend pas très souvent à Vichy, il célèbre les idéaux de la Révolution nationale au cours de tournées de conférences, et dans *Soutanes de France*.

En zone non occupée aussi se crée un nouvel hebdomadaire catholique, au moment même où l'on impose les plus grandes restrictions de papier. *Demain* – c'est son nom – semble d'abord les ignorer puisqu'il diffuse largement ses premiers numéros (le n° 1 est daté du 1er février 1942) adressés en grand nombre à des catholiques du type démocrate-chrétien, considérés comme des opposants au régime. Les adversaires de *Demain* chuchotent alors – sans qu'on puisse vérifier le fait – qu'il a obtenu toutes ces adresses grâce à des fichiers dérobés par la police.

Demain, dont le directeur est Jean de Fabrègues, prisonnier récemment rapatrié d'Allemagne, exprime l'intention de réunir dans la fidélité au Maréchal les catholiques, quelles que soient leurs tendances. Les événements, considère Jean de Fabrègues, donnent à la France une chance d'union nationale, « et, cette fois, profonde et véridique ». Pour y parvenir, la discipline est nécessaire. Tout comme le retour à la chrétienté, qui correspond à la nature de la France : « Reprendre conscience de la France, c'est revenir à la notion chrétienne de la vie. C'est faire retour à la chrétienté. »

On trouve dans *Demain* des articles de Gustave Thibon, Jean Lecour-Grandmaison, Robert Havard de la Montagne, Louis Salleron, Jean Guitton, Jacques Madaule, Henry Bordeaux, Paul Chanson, etc.

Enfin, parmi le grand nombre de petits hebdomadaires catholiques qui paraissent en province, beaucoup, à l'exemple des évêques de leur diocèse et de leur clergé, prennent position en faveur du nouveau régime. Les plus ardents sont l'*Union catholique* de Rodez, qui ira jusqu'à la collaboration avouée avec l'occupant, et *La Croix du Rhône*. En 1943, les services vichyssois de l'information, qui éditent chaque jour une « note d'orientation » pour donner aux journaux le ton à adopter obligatoirement et indiquer les idées à développer dans leurs commentaires, décident de publier une « note d'orientation » particulière destinée à la presse catholique.

La presse enfantine elle-même publie des histoires à la louange du Maréchal. *Cœurs vaillants* ne paraît plus, mais de petites brochures intitulées *Belles Histoires de vaillance* ont pris la place de l'illustré pour enfants, et elles racontent des histoires édifiantes, à la gloire du Maréchal ou de la Révolution nationale.

Parmi les journaux, *La Croix*, souvent considérée comme le quotidien officieux de l'Église de France, ce qui confère à ses prises de position une singulière importance, occupe une place très particulière. En juin 1940, le quotidien parisien s'est réfugié à Bordeaux où tout avait été prévu depuis longtemps pour un repli éventuel, puis à Limoges. Il n'aura à Vichy qu'un envoyé spécial permanent, Marcel Gabilly. À l'égard du nouveau régime, *La Croix* adopte une attitude nuancée. Certes, le journal est un fidèle reflet des sentiments du monde catholique. Comme lui, *La Croix* professe d'abord un entier loyalisme à l'égard du nouveau régime. Comme lui, elle se réjouit hautement des premières mesures prises en faveur de l'Église. Comme lui, elle dit sa gratitude au maréchal Pétain, le plus souvent dans les articles de Marcel Gabilly. Mais les dirigeants du quotidien catholique ont, sur Vichy, une opinion plus réservée. Le père Merklen, assomptionniste, qui est rédacteur en chef du journal, a été placé à ce poste en 1927 par Pie XI : cette procédure exceptionnelle a été utilisée parce que le pape, entièrement engagé dans le conflit contre l'Action française, souhaitait avoir l'appui total de *La Croix* (or, celle-ci s'était jusque-là montrée bien tiède) ; le père Merklen lui a apporté cet appui et *La Croix* est devenue l'une des « bêtes noires » de Charles Maurras. Côté laïc, le rôle principal est joué par Alfred Michelin, qui a participé depuis de longues années aux combats des catholiques sociaux et des démocrates chrétiens. La place prise par les hommes de l'Action française dans le nouveau régime constitue donc pour eux une bonne raison de se méfier.

Ils doivent lutter contre une censure impitoyable. Celle-ci coupe chaque jour en tous sens, même les articles les plus anodins. Dans les commentaires politiques, elle exige par exemple, le 31 août 1940, que saute un membre de phrase : « maintenir l'esprit chrétien que ne tue pas le revers ». Dans une méditation religieuse, elle fait sauter, le 3 septembre : « Et les Césars sont tombés, et morts les persécuteurs. » Elle interdit la diffusion d'un message de Radio Vatican : « Que la France garde courage, le salut viendra aussi immanquablement que chaque jour le soleil revient à l'horizon. » Elle fait supprimer un appel à la charité en faveur de l'église d'Arrènes, dans la Creuse, dont le toit a été emporté plusieurs jours plus tôt par l'ouragan ; motif invoqué : renseignement météorologique. Elle tronque les commentaires de *L'Osservatore Romano* repris par *La Croix*. Elle tronque aussi parfois les messages des évêques et du pape, ou même en interdit la diffusion.

Pierre Limagne, l'éditorialiste politique de *La Croix*, prend l'habitude, dès le début de juillet 1940, de noter au jour le jour les événements les plus importants, et aussi tous les démêlés de son journal avec la censure. Ces feuillets sont ensuite enterrés dans un jardin. Par contre, à partir du 6 novembre 1940, Pierre Limagne cesse de signer dans *La Croix*. Ses derniers articles ont été tellement tronqués par la censure qu'il ne veut plus écrire sous sa signature.

Le journal joue à cache-cache avec les censeurs. Il publie les dépêches d'agence qu'ils lui imposent mais les fait suivre aussitôt de la mention d'origine. Les articles des rédacteurs du journal sont à double sens. Certains ne s'y trompent pas, et à plusieurs reprises, en août 1940, Radio Paris, contrôlé par les Allemands, dénonce les « revanchards » de *La Croix*. Mais les services vichyssois de l'information obligent tous les journaux, en décembre 1940, à publier une série d'articles en faveur de la collaboration. *La Croix*, qui jusque-là avait réussi à montrer son opposition à cette politique, les fait paraître en les signant d'initiales inconnues de ses lecteurs – N. C. – et en les plaçant dans la colonne de droite de la première page, alors que l'éditorial est habituellement placé à gauche. Tous les lecteurs comprennent-ils ce petit subterfuge ? En tout cas, ceux qui n'ont pas appris à lire entre les lignes trouvent sous la signature N. C. des textes comme celui-ci (6 décembre 1940), d'ailleurs extrait des « notes d'orientation » que les services de l'information adressent chaque jour à la presse : « Il faut enfin, disons-le d'un mot, que les Français comprennent qu'ils ont subi une lourde défaite militaire, que cette défaite leur retire le droit d'avoir certaines exigences, que la collaboration à laquelle on les convie représente, dans les conditions où ils se trouvent, une solution satisfaisante à leurs maux et à leurs difficultés. » Quand *La Croix* veut publier sur ce sujet un article de son cru, la censure le mutile. Par exemple, elle retire, en janvier 1941, ces phrases significatives d'un article de l'abbé de Lestang : « La collaboration, pour être possible, suppose donc comme condition préalable une paix conforme aux requêtes de l'équité… Pour aucun intérêt matériel, si grand soit-il, on ne peut apporter son concours à une œuvre d'injustice, et même pour assurer sa propre liberté, on n'a pas le droit d'aider à l'oppression des autres. Ce ne serait plus de la collaboration, ce serait de la complicité. »

Un jour, excédé par les tracasseries de la censure, Alfred Michelin se rend à Vichy, et demande une audience au maréchal Pétain. Il lui expose que *La Croix* a une ligne doctrinale, celle du Vatican, et que la censure mutile l'enseignement du pape.

« Vous n'avez pas à céder à ces gens-là, répond Pétain. Si les censeurs vous créent encore des difficultés, vous n'avez qu'à en appeler à moi. »

Mais ces fermes paroles n'auront pas de suites concrètes.

À l'égard de Vichy, les dirigeants de *La Croix* utilisent mille précautions de langage pour mettre en garde contre ce qu'ils appellent « le catholicisme politique », c'est-à-dire l'utilisation de la religion par le régime. C'est ainsi que le père Merklen publie en août 1942 une très longue série d'articles remplis de généralités pour arriver, au dernier chapitre, à faire passer ce qu'il veut dire : « Chaque fois que des catholiques ont voulu inféoder l'Église à un régime économique ou à une théorie politique particulière, celle-ci a été obligée de se dégager et de défendre la légitime liberté d'opinion de ses enfants. »

À plusieurs reprises, la question fondamentale est posée : malgré quelques victoires remportées sur la censure au prix de mille ruses, *La Croix* est obligée de publier des informations et même des commentaires que ses dirigeants et la majorité de ses rédacteurs désapprouvent ; ne serait-il pas préférable qu'elle se saborde ? La situation, au moins, serait claire. Le débat est difficile, mais les dirigeants de *La Croix* décident de poursuivre la parution de leur journal. Plusieurs raisons les y incitent.

Tout d'abord les victoires qu'ils remportent sur la censure. Si Radio Londres attaque *La Croix* le 18 janvier 1941, à propos de la série d'articles sur la collaboration signés N. C., les Allemands sont loin d'être satisfaits de la chronique militaire du journal, qui met en relief la résistance de l'Angleterre, et protestent par l'intermédiaire de la commission d'armistice de Wiesbaden. À Vichy également, on reproche au journal son « gaullisme ». L'équipe qui est à la tête de *La Croix* pense qu'en se maintenant, en diffusant les enseignements du pape et de l'épiscopat, elle contribue à lutter contre le paganisme nazi.

Du côté de l'épiscopat, on la pousse en ce sens. Et de Rome lui viennent les mêmes conseils, soit par l'intermédiaire du nonce Valerio Valeri, soit par celui du supérieur général de la congrégation des assomptionnistes, à qui appartient la Maison de la bonne presse, et donc *La Croix*.

Enfin, les dirigeants de *La Croix* pensent, à tort ou à raison, que si leur journal venait à disparaître, il serait rapidement remplacé par une autre feuille destinée aux catholiques, qui utiliserait éventuellement le même titre, et qui présenterait certainement moins de garanties de résistance.

Les Allemands souhaiteraient que la rédaction du journal regagne Paris où elle pourrait être plus sûrement contrôlée. Dès septembre 1940, un envoyé du quartier général allemand, ayant franchi la ligne de démarcation, se présente à Limoges et demande à rencontrer le rédacteur en chef, le père Merklen. Celui-ci étant absent, il est reçu par Alfred Michelin. La conversation est sans ambiguïté :

« Nous ne pourrons nous entendre, vous et nous, dit Alfred Michelin, que lorsque votre chef d'État, par ses actes et par ses paroles, ne tombera plus sous le coup de la condamnation que le pape Pie XI a portée contre le nazisme dans l'encyclique *Mit Brennender Sorge*. »

L'Allemand se fâche.

« Vous voulez donc que notre Führer monte en chaire pour accuser ses péchés et faire amende honorable au pape ? Vous pouvez attendre. Cela n'arrivera pas. »

D'autres démarches sont effectuées en 1941, mettant en avant le cardinal Baudrillart, sans plus de succès.

Alfred Michelin et le père Merklen y voient une confirmation de leurs craintes : les Allemands souhaitent pouvoir disposer d'un journal catholique qui soit sous leur contrôle direct et donc engagé à fond dans la politique de collaboration. Ils y trouvent donc une nouvelle raison de rester à Limoges et de poursuivre leur tâche. La création de *Voix françaises* en zone occupée et de *Demain* en zone sud les confirme dans cette position : ils pensent que si *La Croix* se sabordait, ces deux hebdomadaires qui paraissent disposer de moyens importants se transformeraient rapidement en quotidiens.

La Croix continue donc. Ce qui l'oblige de temps à autre à faire au régime les révérences qu'il exige. Mais, en 1942, dès l'entrée des Allemands à Limoges, le père Merklen, à qui les nazis reprochent son attitude durant la guerre d'Espagne et ses contacts avec le chancelier Brüning, et qu'ils veulent arrêter, est obligé de se cacher en Lozère.

*

* *

Ainsi, durant les deux premières années de Vichy, l'adhésion des catholiques paraît-elle – malgré certaines réserves – massive et spontanée. Minoritaires sous le régime précédent, ils se sont d'autant plus volontiers précipités vers celui-ci qu'il leur ouvrait largement les bras. Beaucoup ont l'impression d'un brusque renversement de l'histoire : alors que le laïcisme voulait les reléguer à la sacristie, et limiter leur influence par tous les moyens – surtout, précisément, dans les départements du Sud qui forment la zone non occupée – voici qu'ils retrouvent une position qu'ils croyaient perdue. Les prêtres et les évêques redeviennent des notables, voire des personnages officiels. Les dirigeants laïcs des mouvements catholiques croient jouir d'une influence nouvelle. Pensent-ils vraiment que ce retour à une situation ancienne, où l'Église et le pouvoir civil étaient étroitement unis, permettra à la France de se redécouvrir chrétienne ?

En tout cas, la politique du nouveau régime leur apporte des satisfactions immédiates.

CHAPITRE IV

Problème scolaire et politique religieuse

Le 14 décembre 1941 une étonnante cérémonie se déroule à Lieuran-Cabrières, petite commune de l'Hérault. Dans l'église qu'emplit une grande foule, le curé accueille le maire, ceint de son écharpe tricolore et entouré du conseil municipal. Une procession se forme, qui se rend d'abord à la mairie. La foule entonne le chant du *Parce Domine*. Et l'on appose un crucifix dans la salle de la Maison commune tandis que le maire prononce un discours pour rappeler l'histoire des luttes anticléricales entre 1880 et 1907, et saluer « le retour de Celui qui n'aurait jamais voulu partir ». La procession se rend ensuite à l'école publique où elle est accueillie par l'institutrice. Là aussi, on appose un crucifix tandis qu'un élève récite une « poésie de circonstance ». À la fin de la manifestation, toute l'assistance chante *Maréchal nous voilà*.

Pour étonnante qu'elle soit, la cérémonie de Lieuran-Cabrières n'est pas isolée. *La Semaine religieuse* du diocèse de Verdun qui tient un relevé très précis des communes de la Meuse où le crucifix a été replacé dans les écoles publiques en décompte cent cinq en novembre 1942.

Depuis 1903, il était interdit d'apposer des emblèmes religieux dans les écoles. Et la loi du 9 décembre 1905 interdisait d'élever ou d'apposer « aucun signe ou emblème religieux sur les monuments publics ou en quelque emplacement public que ce soit ».

Dans certains villages où la population était unanimement catholique, ces dispositions légales ou réglementaires n'avaient cependant jamais été respectées. À la fin de 1940 et au début de 1941 une véritable campagne se développe dans plusieurs régions rurales pour la remise en place des crucifix dans les écoles et dans les mairies. Des curés en prennent l'initiative, mais parfois aussi des élus locaux et des notables. Ces gestes provoquent ici ou là des incidents. Finalement, deux circulaires du ministre de l'Intérieur, les 15 avril et 18 juillet 1941, posent en principe que les emblèmes religieux pourraient être mis en place dans les écoles ou dans les mairies, sur décision du conseil municipal ; toutefois, celle-ci ne devient exécutoire qu'après que le préfet s'est informé qu'une telle mesure recueille la pleine approbation de la population locale. La petite cérémonie de Lieuran-Cabrières est organisée en application de ces circulaires.

Les retours du crucifix sur les murs des mairies et des écoles donnent des satisfactions locales à des catholiques.

Mais sur un plan plus général, la politique du régime présente d'abord beaucoup d'aspects séduisants pour eux. Elle s'inspire du message prononcé par le maréchal Pétain le 25 juin 1940 : « L'esprit de jouissance a détruit ce que l'esprit de sacrifice a édifié. C'est à un redressement intellectuel et moral que je vous convie. »

En application de l'orientation ainsi définie, une série de mesures sont prises. Certaines sont répressives : la loi du 24 août 1940 institue une lutte sévère contre l'alcoolisme. D'autres se veulent positives : une politique familiale – dont les bases avaient été jetées dans les dernières années de la IIIe République – se précise peu à peu. Institution de l'allocation de salaire unique et de la prime à la première naissance, création d'un enseignement ménager familial obligatoire pour les jeunes filles, répression plus sévère de l'avortement, procédure qui tend à rendre le divorce plus difficile[1]. Dès le 10 août, dans une conférence prononcée à Limoges, un dominicain très connu, le père Garrigou-Lagrange, peut constater : « Si malgré nos prières nous n'avons pas été ces mois derniers matériellement exaucés (lorsque nous avons demandé la victoire), nous devons cependant reconnaître tout ce que Dieu nous a accordé en ce moment. Il se fait actuellement un grand travail pour la famille, la jeunesse, contre les sociétés secrètes, et pour préserver le travail français. Cela nous per-

1. En sens contraire, une loi de septembre 1941 permet la légitimation des enfants adultérins : elle est imposée par Pétain, qui veut régulariser la situation de son jardinier…

met d'espérer qu'un jour le Christ reprendra sa place dans notre pays. »

C'est aussi le sentiment du maréchal Pétain. Convaincu que l'Église peut contribuer au redressement moral qu'il envisage, il est disposé à bien accueillir toutes les demandes qu'elle lui présentera. Il lui arrivera même, ou il arrivera à ses ministres, de les devancer, dans le but de s'assurer le soutien politique de la masse des catholiques. Il arrivera aussi à l'épiscopat de le mettre en garde contre des mesures trop voyantes ou trop précipitées. « Surtout, ne devenez pas clérical », lui dira un jour le cardinal Suhard. Et dans une lettre adressée le 25 octobre 1941, à propos du problème de la jeunesse, au directeur de la formation des jeunes, monseigneur Chollet, archevêque de Cambrai et secrétaire de la commission permanente de l'Assemblée des cardinaux et archevêques, précise ainsi la conception des évêques en la matière : « … Ils ne veulent, ni d'un gouvernement clérical, ni d'un épiscopat politique. Ils ne réclament aucun privilège, mais simplement les droits de la conscience religieuse et la liberté de l'Église. » C'est que la politique de Vichy a provoqué, par réaction, de multiples accusations de « cléricalisme », y compris, dès les premiers jours, celle du pasteur Boegner, chef de file du monde protestant.

Dès l'été 1940, du côté catholique, les demandes sont extrêmement nombreuses et très pressantes. Elles concernent d'abord le problème scolaire (monseigneur Gerlier l'a abordé, on l'a vu, dès sa première visite à Vichy ; et plusieurs journaux ont publié des articles d'ecclésiastiques demandant « que l'on fasse sa part » à l'enseignement libre). Elles concernent aussi le statut des congrégations : un père bénédictin fait campagne dans les bureaux de Vichy pour que la France adopte un statut analogue à celui du Portugal ; on lui répond que les rois de France les plus pieux ne sont jamais allés aussi loin que le docteur Salazar. Elles concernent enfin des questions matérielles : de toutes parts arrivent des demandes d'argent ; et certains évêchés revendiquent aussi la restitution des biens qui leur ont été pris au début du siècle.

Plusieurs de ces demandes ne sont pas nouvelles, et l'épiscopat les a formulées à diverses reprises dans les dernières années de la IIIe République. Elles ont été assez bien accueillies par les dirigeants de l'époque, préoccupés de consolider l'unité nationale pour faire face au danger extérieur, désireux de s'assurer l'appui de l'Église catholique dans la lutte contre le nazisme, et qui souhaitaient que l'influence du Vatican sur les dirigeants italiens détourne Mussolini de lier trop étroitement son sort à celui de Hitler.

Les relations entre l'Église et l'État s'étaient détendues. En juillet 1938, pour fêter l'achèvement des travaux de restauration de la cathédrale de Reims, Albert Lebrun, président de la République, avait assisté à la grand-messe en occupant la place où l'on sacrait jadis les rois de France. Dans une conférence prononcée en janvier 1939 au théâtre Marigny, le cardinal Verdier, archevêque de Paris, avait pu enregistrer un changement dans « le climat de la France ». Évoquant les doctrines de violence et de haine « nées au-delà de nos frontières », il avait conclu : « La France, en dépit d'une législation qui reste anticléricale, se retrouve à côté de l'Église, dont elle est séparée, pour défendre avec elle un patrimoine commun. »

Quelques mois plus tard, un démocrate-chrétien, Champetier de Ribes, ministre des Pensions dans le gouvernement Daladier, avait conduit la délégation française au couronnement de Pie XII. Il avait été reçu en audience privée par celui-ci. Le nouveau pape avait alors exprimé le vœu de quelques aménagements administratifs et réglementaires intéressant l'enseignement libre et l'instruction religieuse des élèves de l'école publique.

Tous ceux qui se préoccupaient des relations entre l'Église et l'État – le cardinal Verdier, qui déployait une grande habileté au service de cette cause, l'ambassadeur de France au Vatican, François Charles-Roux, plusieurs hommes politiques – pensaient que les circonstances étaient alors favorables à de telles mesures. En mai 1939, le gouvernement avait fait un nouveau geste remarqué : le cardinal Verdier, légat du pape au congrès eucharistique d'Alger, avait été accueilli dans cette ville avec les honneurs militaires. Le cardinal avait ensuite entrepris de résumer les mesures souhaitées par l'Église en un document qu'il avait présenté à quelques hommes politiques. L'abbé Ferdinand Renaud avait repris ce résumé dans le catalogue des mesures d'apaisement qu'il avait dressé le 1er août dans *La Revue des Deux Mondes*.

La guerre survenant avait à la fois ralenti l'adoption de mesures concrètes, qui nécessitaient l'approbation parlementaire, et accru le désir du gouvernement d'y parvenir. Au nom de l'épiscopat, qui éprouvait des difficultés croissantes à faire vivre l'enseignement libre, le cardinal Liénart avait demandé au gouvernement Daladier d'envisager la possibilité d'une aide financière. Par lettre du 2 mars 1940, le ministre de l'Éducation nationale, Jean Zay, avait répondu au nom du gouvernement que la « nécessité de prendre des mesures pour permettre le fonctionnement de l'enseignement privé pendant la période des hostilités n'avait pas échappé à son attention ».

L'édifice laïc en péril

Quelques mois plus tard, la question scolaire – cette pomme de discorde – est l'une des premières à retenir l'attention du gouvernement de Vichy. En septembre 1940, le philosophe Jacques Chevalier prend la responsabilité du ministère de l'Instruction publique. C'est un catholique fervent, un intellectuel ; pas du tout un homme politique. Sans s'embarrasser de précautions, il va droit au but qu'il s'est assigné : une série de lois et décrets paraissent, qui ont pour effet de mettre l'édifice laïc en danger.

Une loi du 15 octobre donne aux enfants des écoles privées le droit d'être secourus par la caisse des écoles[1]. Le 6 décembre, Jacques Chevalier annonce que désormais l'école publique enseignera, dans ses cours de morale, les « devoirs envers Dieu ». Ceux-ci avaient été inclus dans le plan d'études des écoles primaires élémentaires publié le 18 janvier 1887, supprimés le 23 février 1923 et rétablis, discrètement il est vrai, dans de nouvelles instructions signées de Léon Bérard, ministre de l'Instruction publique, et datées du 20 juin 1923. Mais, sur ce point au moins, les instructions ministérielles n'avaient guère été suivies. Jacques Chevalier entend qu'elles le soient, et que les devoirs envers Dieu soient enseignés : « Il ne s'agit pas ici d'une notion d'ordre confessionnel. Les instituteurs n'auront pas à enseigner un dogme aux enfants comme on le fait au catéchisme… L'État, en inscrivant dans ses pro-

1. Les caisses des écoles avaient été instituées en 1867 pour secourir les familles indigentes par des distributions de vêtements, de livres, d'argent. Un arrêt du conseil d'État, en 1903, en avait réservé le bénéfice aux seuls élèves des écoles publiques.

grammes les devoirs envers Dieu, en admettant ainsi la notion divine dans son enseignement, ne patronne pas une croyance ou une Église aux dépens des autres. Il ne fait que reconnaître – et c'est au fond son intérêt – l'une des acquisitions permanentes de la raison, celle que la pensée humaine a de tout temps posée comme la seule base possible de la morale… »

Cette décision fait évidemment grand bruit. D'autant plus qu'elle a été précédée quelques semaines plus tôt par la suppression des écoles normales d'instituteurs, ces foyers de la laïcité, et parfois ces temples d'un laïcisme intolérant.

Tous ceux qui croient en la laïcité sont blessés par ces décisions, et ont désormais le sentiment de se trouver dans un bastion cerné de toutes parts. D'autant que l'instituteur – présenté à la fois comme officier de réserve qui ne s'est pas bien battu, et comme une sorte de corrupteur de la jeunesse – est souvent dénoncé comme un responsable de la défaite.

Du côté catholique, en revanche, on se réjouit. Et souvent sans mesure. Marcellin Lissorgues écrit dans *La Croix* du 24 octobre que « la suppression des écoles normales primaires atteint le mal dans sa source. C'est par là que les puissances ténébreuses empoisonnent la nation ». [1]

D'autres dispositions viennent compléter cet ensemble. Une loi du 6 janvier 1941 rend aux communes la faculté d'accorder certaines subventions aux écoles privées. Elle les autorise à « participer aux dépenses d'éclairage, de chauffage, de fournitures et de cantine », de ces écoles. Elle prévoit cependant que cette aide ne peut être accordée que si les ressources de l'institution privée sont, compte tenu du nombre des enfants, inférieures à celles de l'organisme officiel correspondant.

Une loi prise à la même date introduit, dans les horaires scolaires, l'enseignement religieux à titre d'enseignement à option, suivant la volonté des parents. C'est le vieux problème du « catéchisme à l'école », qui figurait parmi les questions soulevées par Pie XII et le cardinal Verdier. La loi de 1882 avait institué les vacances du jeudi pour permettre l'enseignement religieux des enfants, en dehors de l'école. Mais pour diverses raisons pratiques, il était apparu également nécessaire

1. La campagne antilaïque était en certaines régions si violente, dès l'été 1940, que le ministre Paul Baudouin s'en inquiète auprès du cardinal Gerlier, soulignant « qu'il ne fallait à aucun prix que la situation apparaisse comme une revanche, sinon de l'Église, du moins des gens d'Église ».

de donner des leçons de catéchisme d'autres jours de la semaine, le soir ou à la mi-journée, d'où la revendication d'un aménagement des horaires qui permette de ne pas imposer aux enfants un surcroît d'efforts. Une circulaire du 27 janvier 1941, commentant la loi du 6, indique qu'il s'agit d'une « simple mesure d'humanité qui ne change rien au statut de l'école publique ». Elle précise que l'enseignement religieux doit être donné « normalement » à l'église ou dans les bâtiments annexes, mais que « dans des cas exceptionnels, par exemple dans les communes de montagne », pour éviter trop de déplacements aux enfants, l'enseignement du catéchisme peut être donné dans l'école publique, après avis du maire, sur décision de l'inspecteur d'académie.

Du côté de l'épiscopat, cette loi ne provoque pas une satisfaction sans réserve : parce qu'on la juge insuffisante. Le cardinal Suhard, par exemple, craint que cette réforme ne donne le change à l'opinion publique et ne fasse oublier le problème de la survie de l'enseignement libre. Avec le cardinal Baudrillart, il écrit au maréchal Pétain pour lui faire part de cette inquiétude.

Dernière mesure prise par Jacques Chevalier : un décret du 22 février permet à tous les enfants, quelle que soit l'école à laquelle ils appartiennent, de bénéficier des bourses nationales s'ils sont reçus à l'examen spécial organisé à cet effet et si les ressources de la famille sont minces.

Quand ce décret paraît, Vichy a déjà décidé de se séparer de Jacques Chevalier. Le 9 février, Pierre-Étienne Flandin, qui était devenu ministre des Affaires étrangères après le limogeage de Laval, a démissionné. Le 10, un acte constitutionnel n° 4 *ter* a fait de l'amiral Darlan le dauphin du maréchal Pétain. Le 21, il a été chargé de former le nouveau gouvernement. Or, il ne veut pas y revoir Jacques Chevalier. Les mesures qu'a prises celui-ci n'ont pas été partout bien accueillies : il a enregistré bien des réticences ou des signes de mauvaise volonté au sein de son propre ministère, qui demeure et demeurera le bastion de la laïcité, et une hostilité encore plus déclarée des instituteurs. Les autres membres du gouvernement ne les ont pas toujours appréciées non plus. La loi du 6 janvier sur le catéchisme n'a d'ailleurs été publiée au *Journal Officiel* que le 21 février. En effet, elle s'est heurtée à une forte opposition de Pierre-Étienne Flandin qui, à la dernière minute, l'a retirée des mains des imprimeurs du *Journal Officiel*. Jacques Chevalier a réussi à la faire paraître quand même après la démission de Flandin, alors que Darlan était à Paris pour négocier avec les Allemands.

Ceux-ci souhaitent également le départ de Chevalier. Sans doute parce que sa politique leur déplaît. Abetz, leur ambassadeur à Paris, juge le gouvernement français beaucoup trop clérical ; à la veille de Montoire, un de ses conseillers de légation, Achenbach, reproche à du Moulin de Labarthète, directeur du cabinet de Pétain, le trop grand nombre « de militaires et de curés » que l'on voit à Vichy. « Pourquoi, lui demande-t-il, vous montrez-vous si réactionnaires ? » Par ailleurs, Abetz a un candidat pour le ministère de l'Instruction publique : Abel Bonnard, un membre de l'Académie française qui s'est engagé à fond dans la politique de collaboration, qui est l'auteur d'un éloge de l'adultère, *Savoir aimer*, et que Maurice Schumann, à la radio de Londres, qualifie « d'esthète de fin de soirée, d'habit vert de fin de série, de penseur de fin de saison ». Darlan, qui veut plaire aux Allemands, est prêt à prendre Bonnard dans son gouvernement. Mais Pétain s'y oppose fermement. Et il suggère de faire appel à Carcopino, recteur de l'Académie de Paris. Celui-ci, pressenti, pose comme condition à son acceptation l'abrogation des derniers textes législatifs qui, dit-il, l'offusquent. Darlan accepte d'autant plus aisément que les cléricaux de Vichy l'agacent.

À la même époque, d'ailleurs, l'amiral – qui s'est fait accompagner pour la circonstance d'un membre de son cabinet, catholique fervent, monsieur de la Monneraye – rend visite au cardinal Suhard. Il lui dit que les décisions de Jacques Chevalier sur les « devoirs envers Dieu » et le « catéchisme à l'école » ont été hâtives et qu'il faudrait les réviser. Le cardinal en convient volontiers : « Mieux vaut ne pas parler de Dieu que d'en parler mal ! Et combien d'instituteurs publics sont-ils en état aujourd'hui de parler convenablement de Dieu aux enfants ? » La préoccupation essentielle de l'archevêque de Paris est toujours l'enseignement libre. Il faut, pense-t-il, que les catholiques comptent surtout sur eux-mêmes et n'attendent pas des autres – en l'occurrence les instituteurs laïcs – ce qu'ils ne peuvent donner.

Jérôme Carcopino, lorsqu'il débarque à Vichy, est donc considéré comme l'homme qui va revenir sur les mesures prises par Chevalier. Il est accueilli assez fraîchement dans certains milieux, y compris, lui semble-t-il, par Pétain lui-même.

Le 7 mars, il participe à son premier Conseil des ministres, dans une petite chambre de l'hôtel du Parc, que remplit une longue table recouverte d'un tapis vert. Il expose les raisons de son opposition aux textes de son prédécesseur.

À propos de l'aide des caisses des écoles aux enfants indigents de l'enseignement libre, il estime que « faire payer les galoches de ceux qui fréquentent l'école privée par une caisse fondée – et jusqu'à présent alimentée – par les amis de l'École publique est une opération d'une très contestable délicatesse ».

À propos du catéchisme à l'école, il pose la question : « Voulez-vous entretenir ou semer l'hostilité entre l'instituteur et le curé ? Alors, continuez d'immiscer celui-ci dans les classes de celui-là. Voulez-vous, au contraire, les rapprocher dans une estime naturelle ? Alors, laissez celui-ci dans son église, celui-là dans son école. »

Enfin, quant aux devoirs envers Dieu, il souligne qu'il est « ridicule de faire enseigner Dieu par des instituteurs athées ».

Il conclut que seule la neutralité de l'école permet la paix religieuse.

Parmi les ministres, un opposant se déclare : Barthélemy, le garde des Sceaux, professeur à la faculté de droit et à Sciences politiques. Pétain, lui, demande à voir les textes. Ces problèmes l'intéressent.

Pour créer un climat favorable, Carcopino prend un arrêté restituant aux élèves des établissements libres la faculté de participer au Concours général. Et il réussit à faire approuver la loi du 10 mars 1941 qui précise que l'instruction religieuse doit être « donnée en dehors des édifices scolaires » et « à titre d'enseignement facultatif ». Il s'en explique quelques jours plus tard – le 16 – dans une allocution radiodiffusée.

« Je juge impossible de refaire la France d'après-guerre, dit-il, en excluant une partie des Français d'avant-guerre. »

Coup de chapeau nuancé aux instituteurs qui, « une fois désintoxiqués du poison politique dont les avaient infectés les luttes électorales, seront dignes » de leur mission. Il faut en finir avec les vieilles querelles, ajoute le nouveau ministre qui repousse « soit la pernicieuse malfaisance d'un anticléricalisme périmé, soit le malheur d'une remise en cause de la neutralité religieuse de l'État ». Il annonce qu'il a fait remplacer, dans le programme de morale des écoles primaires, « le mot Dieu, que monsieur Léon Bérard avait fait disparaître en 1923 [1] et qu'un de mes prédécesseurs y a rétabli le 23 novembre dernier, par la formule : les valeurs spirituelles, la patrie, la civilisation chrétienne ». Quant à la question du « catéchisme à l'école », il explique que s'il est revenu sur cette mesure c'est pour satisfaire « le vœu que la majorité immense des Français exprime laconiquement dans le langage de nos paysans : l'instituteur à son école, le curé à son église, l'instituteur ami du curé ». Il ajoute que « s'il est une chance pour le curé d'attirer l'instituteur à l'église, elle s'évanouirait si l'on commençait par le faire entrer dans l'école au nom de la loi ».

Ces paroles sont accueillies assez fraîchement dans la majorité des milieux ecclésiastiques, où on souligne que l'entrée du curé à l'école n'était prévue que dans des cas exceptionnels. On chuchote dans ces milieux que le gouvernement a ainsi cédé aux injonctions de la presse collaborationniste de Paris qui avait déclenché, à propos du « catéchisme à l'école », une vive campagne anticléricale. Dans les milieux d'Action française on murmure que Carcopino est un émissaire des Loges. Sans aller jusque-là, certains évêques pensent quand même que le gouvernement a subi, dans cette affaire, l'influence des francs-maçons. L'évêque de Nancy, monseigneur Fleury, que l'on a déjà vu féliciter les Allemands de leur action contre les francs-maçons, réagit très vivement : « Jamais, même aux heures les plus sombres de la persécution religieuse, le nom de Dieu n'avait été totalement rayé comme le fait cette nouvelle loi. » Paul Lesourd en fait autant dans *Voix françaises :* « Il faut savoir si la Révolution nationale sera influencée par les athées au détriment des chrétiens ou si elle sera l'œuvre de tous. L'Église repousse avec indignation toute idée de cléricalisme, mais les catholiques ne sont pas disposés à se laisser brimer et opprimer comme au temps du combisme, par une minorité sectaire. » Ainsi, des catholiques qui sont choyés par le régime crient-ils à la persécution… Quelques-uns, au contraire, estiment que l'abrogation des textes de Jacques Chevalier ne pourra que favoriser, à l'avenir, la paix religieuse.

1. En réalité, Léon Bérard avait ensuite rétabli la formule de 1887, en y faisant référence, mais sans la citer explicitement.

Quatre cents millions pour les écoles libres

Reste la question des subventions à l'enseignement privé, qui regroupe alors un million trois cent mille élèves. Le cardinal Gerlier l'avait posée dès sa première visite à Vichy. Une nouvelle démarche a été effectuée en novembre 1940 auprès du maréchal Pétain, par un collaborateur du cardinal Baudrillart, le chanoine Tricot, qui a invoqué le droit du père de famille à placer l'enfant dans l'école de son choix sans que des questions matérielles puissent gêner l'exercice de ce droit. La loi du 6 janvier 1911, permettant aux communes d'aider les établissements d'enseignement privé, n'est pas jugée suffisante car les ressources des communes sont faibles. Deux émissaires de l'épiscopat se présentent donc à Vichy au printemps de 1941 pour soulever à nouveau le problème.

Une réunion des cardinaux et archevêques de zone occupée s'est tenue à Paris le 23 avril et a décidé de se montrer ferme dans ses exigences. Des inquiétudes se sont manifestées quant à l'attitude exacte du gouvernement [1] où les prélats ont cru discerner la renaissance de « l'esprit de parti » aussi bien du côté des laïcs que du côté de l'Action française.

Le premier émissaire est un industriel de Roubaix, monsieur Toulemonde, qui est envoyé par le cardinal Liénart, et qui sollicite l'institution d'une allocation donnée à tous, sous forme d'un bon scolaire que le père de famille remettrait à l'école de son choix. Le cardinal Liénart expliquera cette formule dans une circulaire à ses prêtres datée du 12 octobre 1941 : « Nous avons sollicité de l'État le bon scolaire qui, remis aux familles, leur eût permis de jouir de la gratuité dans nos écoles primaires libres comme dans les écoles officielles, tout en nous procurant les ressources nécessaires. Ainsi, le problème eût été résolu sous ses deux aspects… Sur le terrain social, il s'agit pour nous d'assurer à nos instituteurs et à nos institutrices libres un traitement proportionné, sinon aux services qu'ils rendent, du moins aux nécessités de leur subsistance. Sur le terrain familial, il s'agit d'obtenir que des familles fran-

1. L'arrivée de Darlan à la tête du gouvernement a, il est vrai, entraîné un recul des positions cléricales, limité pourtant.

çaises, qui veulent confier leurs enfants à l'enseignement libre, n'en soient pas empêchées par le fait qu'étant pauvres, elles ne peuvent payer la rétribution que nous sommes obligés de leur demander. »

Ce système du bon scolaire a, aux yeux de ses promoteurs, un autre avantage considérable : puisque ce bon sera attribué à tous les pères de famille, un grand nombre de Français seront intéressés à son maintien, et on peut donc espérer qu'une telle formule survivrait même à la mort éventuelle du régime.

Quelque temps après monsieur Toulemonde, un avocat parisien, monsieur Blateau, se présente chez Carcopino après avoir rencontré le cardinal Suhard. Il suggère une autre possibilité : les écoles libres drainant plus de 70 % des enfants scolarisables recevraient une subvention du Trésor ; celles qui en regroupent moins de 20 % ne recevraient rien ; les positions intermédiaires resteraient à préciser.

Le 18 juillet 1941, le maréchal Pétain écrit à ce sujet à Carcopino :

« Mon cher Ministre,

Vous savez le désir que j'ai de voir se développer en France, aux côtés d'une école publique assainie et fortifiée, un enseignement libre et protégé.

Il faut que nous trouvions ensemble la formule d'un soutien effectif à donner à cet enseignement.

J'ai reçu à ce sujet plusieurs visites, dont celle de monsieur Toulemonde qui a dû prendre également contact avec vous.

Je n'ai pas à retenir dans le détail la forme des suggestions qui m'ont été présentées, mais je veux en retenir l'esprit. Que ce soit par le moyen de la répartition proportionnelle scolaire ou par tout autre moyen, il faut que nous mettions sur pied, sans tarder, une construction équitable et pratique.

J'en ai déjà parlé à monsieur l'amiral de la flotte Darlan, et je vous invite à me soumettre pour le prochain conseil, le 26 juillet, un projet aussi étudié que possible d'aide à l'enseignement privé.

Recevez, mon cher Ministre, l'assurance de mes sentiments les meilleurs.

PHILIPPE PÉTAIN. »

Carcopino qui, sur le fond, n'est pas tellement chaleureux, trouve que le délai qui lui est accordé est trop court. Dès le lendemain, il demande donc à Darlan de dire à Pétain que, se sentant « dans l'impossibilité matérielle aussi bien que morale de déférer à ses ordres », il se voit contraint de donner sa démission. Celle-ci est refusée, et Pétain laisse à son ministre tout le temps nécessaire pour étudier l'affaire.

L'Assemblée des cardinaux et archevêques tient à cette époque une nouvelle réunion à Paris, et il est possible que le maréchal Pétain se montre si pressé parce qu'il sait que l'épiscopat reviendra sur le problème scolaire en même temps d'ailleurs qu'il définira d'une manière solennelle la position de l'Église à l'égard de Vichy [1]. Effectivement la déclaration de l'Assemblée pose à nouveau la question des subventions, en des termes assez vifs : « Une liberté consacrée par la loi ne peut plus profiter qu'aux riches et, partant, cesse d'être une liberté réelle. Dans cette situation tragique, l'équité n'a plus ses droits. »

Quoi qu'il en soit, c'est seulement six semaines plus tard qu'un conseil interministériel évoque à nouveau la question. Il s'arrête à la formule de subventions qui seraient données par les préfets, sur le budget du ministère de l'Intérieur, aux écoles libres « en difficulté d'existence » ; les évêques seraient chargés de la répartition. La dépense est évaluée à quatre cents millions environ. En contrepartie, des garanties de compétences professionnelle et pédagogique seraient exigées de ces écoles. Mais les ministres, avant d'aller plus loin, veulent connaître la réaction de l'épiscopat.

Le 17 septembre, Carcopino franchit donc la ligne de démarcation et se rend à Paris, rue Barbet-de-Jouy, chez le cardinal Suhard. Il lui remet un message du maréchal Pétain annonçant qu'il a décidé – « pour lui être agréable » – de fournir un secours massif à l'enseignement privé, de l'ordre de quatre cents à cinq cents millions par an. Carcopino ajoute qu'il craint les réactions de l'occupant, et d'une partie de l'opinion. Il demande que les catholiques soient « modérés et sages » dans l'utilisation des crédits qui vont leur être attribués, et surtout qu'ils ne s'empressent pas trop de construire de nouvelles écoles, ce qui aurait pour effet d'encourager la critique.

1. Voir ci-dessus page 53.

En réponse, le cardinal souligne que les circonstances rendent plus urgente que jamais la nécessité d'une solution. Enfin, il déclare que ces avantages accordés à l'enseignement libre ne pourront pas être considérés « comme une conquête ou une revanche sur l'école publique ». Carcopino, séduit par la personnalité de son interlocuteur et par cette dernière déclaration, lui écrira quelques jours plus tard : « C'est avec une reconnaissante émotion que je vous ai entendu répudier toute pensée de représailles ou d'hostilité envers l'enseignement d'État. » Le ministre expose les détails du projet au cardinal, mais celui-ci ne veut pas engager sa responsabilité avant d'avoir en main les textes définitifs. Carcopino les lui porte lui-même le 13 octobre. L'atmosphère, cette fois, est moins bonne. Le ministre reproche même au cardinal, qui marque quelques réticences, son manque de confiance.

L'assemblée des cardinaux et archevêques de zone occupée, qui tient sa réunion trimestrielle le 15 octobre, n'est qu'à demi satisfaite puisque le projet gouvernemental ne reconnaît pas ses positions de principe et paraît être plutôt un texte de circonstance. En outre, le fait que les crédits soient inscrits au budget du ministère de l'Intérieur et alloués directement aux évêques leur donne un caractère évident de subvention politique. Ce seul fait devrait inciter l'épiscopat à repousser le projet gouvernemental. Cependant, dans la déclaration publiée le 17 octobre, l'Assemblée exprime à Pétain – et non au gouvernement – « ses vifs remerciements pour les mesures transitoires qu'il avait bien voulu envisager en attendant que fût élaboré un statut qui rendra effectivement à toutes les familles le libre choix de l'école ». Elle exprime également le vœu que soient maintenues la loi sur la caisse des écoles et celle du 6 janvier qui habilite les communes à contribuer à certaines dépenses des écoles libres.

Ces vœux ne seront pas satisfaits. La loi du 2 novembre 1941 précise dans son exposé des motifs qu'il s'agit seulement d'accorder « une aide exceptionnelle adaptée aux circonstances ». Elle établit une subvention départementale qui sera accordée par le préfet, et supportée par un « fonds départemental pour les dépenses exceptionnelles ». Quant aux caisses des écoles, la loi du 15 octobre 1940 est également abrogée : le nouveau texte prévoit que les conseils municipaux et les préfets pourront créer, à côté des caisses destinées aux élèves des écoles publiques, des caisses sociales pour les élèves des écoles privées.

L'ensemble de ces dispositions est pourtant assez bien accueilli, et contribue notamment à attacher au régime les campagnes catholiques. Chez les chefs de l'Église, au début, l'enthousiasme ne règne pas. Cependant, après réflexion, *La Semaine religieuse* de Paris écrit le 6 décembre : « N'hésitons pas à le proclamer : il a fallu à monsieur le ministre de l'Instruction publique un grand courage pour passer outre à des préjugés plus tenaces peut-être que des motifs sérieux. » Finalement, cette loi aura largement contribué à compromettre l'Église avec le régime.

Par la suite, même si certains journaux catholiques – par exemple *La Croix du Cantal* le 19 mars 1942 – posent à nouveau le problème du bon scolaire, l'épiscopat n'y revient pas publiquement, sauf en ce qui concerne les modalités d'application. En 1942, le gouvernement verse trois cent quatre-vingt-six millions de francs aux écoles privées. L'année suivante, une centaine de millions de plus sont inscrits au budget. Mais monseigneur Chappoulie, représentant de l'épiscopat à Vichy, demande que les crédits soient doublés, en raison des difficultés financières croissantes et pour permettre d'élever les traitements des instituteurs. Laval, alors chef du gouvernement, cherche à négocier cette augmentation contre certaines nominations épiscopales qu'il souhaite. N'y étant pas parvenu, il refuse.

Le 8 février 1944, le cardinal Suhard tente une nouvelle démarche auprès de Laval, qui est installé presque en permanence à Paris, à l'hôtel Matignon. Il reçoit un meilleur accueil. Certes, Laval ne prend aucun engagement sur le réajustement des subventions. Mais il convient avec son interlocuteur que le mode de versement des subsides gouvernementaux n'est pas le meilleur et qu'il faudra en venir au « bon familial ».

À cette époque où le pouvoir de Vichy apparaît de plus en plus chancelant, cette seule promesse du président du Conseil incite l'épiscopat à envisager la création d'une commission d'études formée de quelques prélats, de juristes, et d'un représentant des associations de parents d'élèves. Mais les événements iront plus vite.

D'autres questions scolaires feront aussi l'objet de négociations. Les Instituts catholiques de Paris, d'Angers, de Lille et de Lyon obtiennent en 1941 et en 1942 la reconnaissance d'utilité publique. Le 29 octobre 1942, un déjeuner réunit chez le maréchal Pétain : Laval, le nonce Valerio Valeri, les cardinaux Suhard et Gerlier, Léon Bérard, ambassadeur de France au Vatican, et Abel Bonnard qui a enfin obtenu le portefeuille de l'Instruction publique et qui le gardera jusqu'à la chute du régime. Les cardinaux demandent des subventions pour les Instituts catholiques. Elles sont accordées, à titre exceptionnel, en même temps qu'à trois facultés protestantes, sur les budgets de 1942, 1943 et 1944.

Enfin, un arrêté du 1er janvier 1943 crée un service d'aumôneries dans les collèges modernes et techniques récemment créés. Cet arrêté se situe dans le cadre de la loi de 1905 sur la séparation de l'Église et de l'État, qui prévoit expressément la possibilité de créer des services d'aumôneries dans les établissements publics tels que lycées, collèges, hospices, asiles et prisons.

La politique scolaire de Vichy suscite de vives critiques dans les milieux collaborationnistes de Paris. *La Gerbe*, hebdomadaire fondé par Alphonse de Châteaubriant, animateur du groupe « Collaboration », écrit à propos du déjeuner d'octobre 1942 au cours duquel la question des Instituts catholiques a été évoquée : « ... diverses mises au point étaient nécessaires après la publication de certaines lettres pastorales, en zone non occupée, qui étaient apparues à quelques amis du gouvernement comme de nature à lui créer des difficultés avec les catholiques [1]. Rien n'était plus faux... toutes les questions ont été débloquées. » Et quelqu'un pouvait justement dire : « Désormais, les canons de l'Église ne tireront plus qu'à blanc. »

Comme si l'on avait échangé la discrétion de l'Église sur le problème juif contre quelques subventions... Mais si cette arrière-pensée a existé à Vichy, elle ne paraît pas avoir été formulée aux évêques.

En 1944, au congrès du Rassemblement national populaire, Albertini, qui en est le secrétaire général, proclame : « Il doit y avoir en France une école d'État unique. Pas de place pour l'école privée dans ce pays. »

En zone sud, directement soumise au contrôle de Vichy, la censure interdit toute critique. Il n'apparaît pas toutefois que

1. Il s'agit des lettres pastorales sur les persécutions antisémites. Voir plus loin.

l'opinion accueille mal cette législation, du moins au début, sauf dans les milieux très attachés à la laïcité.

Certes, l'épiscopat fait en général ce qu'il peut pour que les résultats obtenus n'apparaissent pas comme une victoire sur l'enseignement public. « Il n'y a pas de privilèges, écrit le cardinal Liénart dans une lettre pastorale, et l'Église n'en réclame pas. Elle se contente de n'être pas exclue des droits communs à tous les citoyens. Elle n'entend pas davantage, par une action politique, user de son influence pour se mêler du gouvernement du pays, car elle rend à César ce qui est à César. » Pourtant, tous les curés de campagne qui ont eu maille à partir avec les instituteurs n'ont pas le succès discret. Loin de là.

Certes, dans sa déclaration de juillet 1941, l'Assemblée des cardinaux et archevêques désire « vivement un rapprochement entre le clergé et les membres du corps enseignant public… rapprochement plus que jamais nécessaire ». Mais le 3 octobre 1942 l'évêque d'Évreux, monseigneur Gaudron, déclare souhaiter le succès du maréchal Pétain « afin que disparaissent les maîtres partisans qui introduisent à l'école l'esprit politique ».

Au début de l'année, Emmanuel Mounier, qui tient fidèlement son journal à cette époque, y note qu'il a rencontré un instituteur connu sous les armes avant l'armistice, « laïc, de gauche comme tout le monde dans son milieu avant-guerre, mais plus cultivé que la moyenne et point sectaire ».

« Une grande occasion est manquée, lui dit cet instituteur. J'étais prêt à tout sacrifier à la collaboration (avec l'enseignement libre). En octobre, on m'a entendu dire des choses dans ma classe que je n'aurais jamais dites il y a six mois. Maintenant c'est fini, la confiance est rompue. »

« Et de fait, note Mounier dans son journal, le curé a redressé la tête ; il a dit en chaire et à ses enfants du catéchisme que la guerre avait été perdue par leurs instituteurs, il a commencé la guérilla. Le même écho me vient d'un peu partout du fond des campagnes. Il fallait frapper dur à la tête de quelques meneurs fanatiques, bêtes, dangereux, et les autres les prendre par la confiance… L'anticléricalisme, en 1939, se mourait. Il a déjà sourdement repris sa virulence, comme toujours par le bel ouvrage des cléricaux. Demain, il éclatera avec une violence auprès de laquelle les débats du début du siècle paraîtront très 1900. Il faut noter la belle tenue en l'espèce, de l'élite du clergé… »

Le statut des congrégations et la restitution des biens de l'Église

La politique religieuse de Vichy ne se limite pas au problème scolaire. Dans les autres domaines, elle est d'ailleurs moins hésitante, et c'est sans doute pourquoi elle sera plus durable et subsistera, pour l'essentiel, sous les IVe et Ve Républiques.

Dès l'été 1940, Raphaël Alibert, garde des Sceaux, monarchiste d'Action française, a pris un certain nombre de mesures dans la fièvre des débuts ; il a notamment levé l'interdiction d'enseigner pour les membres des congrégations. Mais Alibert ne reste pas longtemps au gouvernement et c'est un juriste attaché au cabinet du maréchal Pétain, André Lavagne, qui prépare une nouvelle législation avec le souci d'écarter tout ce qui pourrait lui donner l'allure d'une revanche.

La pièce essentielle de cette législation concerne le statut des congrégations religieuses. Une loi de 1901 – inspirée d'ailleurs des édits de Louis XIII, Louis XIV, Louis XV et Napoléon – leur imposait l'obligation d'être autorisées par le parlement. Les religieux avaient vivement combattu cette disposition, qualifiée par eux de « loi d'exception » puisque contraire à la liberté d'association. Le parlement de la IIIe République, de son côté, n'avait jamais, en quarante ans, examiné les demandes d'autorisation qui étaient présentées. Et la loi n'était pratiquement pas appliquée. Mais les congrégations, simplement tolérées, se trouvaient en situation incertaine.

La nouvelle loi du 8 avril 1942 maintient le principe que, seule, une décision de l'autorité publique peut conférer à une congrégation la personnalité morale et la capacité juridique qui en découle. Mais elle supprime l'obligation de l'autorisation. Désormais, une congrégation peut exister, de fait, sans avoir besoin d'autorisation. C'est seulement si elle veut avoir la capacité juridique qu'elle doit demander l'autorisation : ce n'est plus le parlement, mais le Conseil d'État qui accorde celle-ci.

Ces dispositions libérales, mais modérées, ne sont pas tellement bien accueillies par les intéressés. En effet, elles maintiennent le principe de l'autorisation, qu'un grand nombre de congrégations auraient voulu voir disparaître entièrement.

Elles laissent subsister les vieux textes de la Restauration et de la Monarchie de Juillet (1817, 1825 et 1831) qui avaient pour objet de canaliser l'accroissement du patrimoine des congrégations ; un de ces textes, pris sous Charles X, interdisait notamment aux religieuses de disposer en faveur de leur établissement de plus du quart de leurs biens, à moins que la libéralité n'excède pas dix mille francs ; Vichy porte ce taux à cent mille francs, mais s'en tient là. D'où le mécontentement des congrégations qui auraient voulu échapper au contrôle.

La DRAC (Ligue pour les droits des religieux anciens combattants), organisme de combat créé après la Première Guerre mondiale pour lutter en particulier contre le statut des congrégations, trouve les nouvelles dispositions insuffisantes. En outre, elle subit fortement l'influence de la Compagnie de Jésus, qui a le souci de conserver une indépendance absolue à l'égard du pouvoir temporel. Bref, elle freine l'application de la loi et, pendant plusieurs mois, on n'enregistre aucune demande de reconnaissance. Ensuite, durant les deux dernières années de Vichy, une demi-douzaine de congrégations seulement présenteront ces demandes : il s'agit de congrégations féminines, mis à part les frères des écoles chrétiennes. Avant la libération, une seule aura obtenu l'autorisation : le Carmel de Créteil.

Une série d'autres mesures marque les dispositions favorables du régime à l'égard de l'Église. En février 1942, le gouvernement décide de payer aux missionnaires – protestants comme catholiques – une partie de leurs frais de bateaux. Des dispositions d'avril 1941 et d'avril 1942 assouplissent les formalités nécessaires pour l'entrée des religieuses hospitalières dans les établissements publics. Une loi de septembre 1942 ouvre de nouveaux crédits pour l'entretien des édifices cultuels. Des circulaires de novembre 1940 et janvier 1941 augmentent le taux des indemnités de gardiennage des églises que les communes peuvent servir aux curés.

Reste encore l'épineuse question des biens pris à l'Église au début du siècle et qui avaient été attribués à diverses collectivités. Sans perdre un instant, dès la mise en place du nouveau régime, certains évêchés ont réclamé la restitution intégrale de ce patrimoine. En fait, il existait deux catégories de biens : certains avaient été attribués, d'autres non et, après avoir tergiversé, l'Église avait créé pour les recueillir, après 1924, des associations diocésaines. Pour que le système puisse fonctionner, une nouvelle loi était nécessaire : la Chambre des députés l'avait adoptée, mais non le Sénat. Le gouvernement de Vichy adopte donc une loi, le 5 février 1941, qui permet l'attribution aux associations diocésaines des biens encore sous séquestre depuis trente-six ans. Elle autorise également – cette mesure était aussi demandée par les protestants – la remise aux associations des biens qui avaient été précédemment légués ou donnés par des particuliers.

Dans le même esprit, le domaine de la grotte de Lourdes est remis à l'association diocésaine ; tout comme dans le diocèse de Nîmes, un autre centre de pèlerinage, celui de Notre-Dame de Rochefort, dont l'origine remonte à Charlemagne. À Évreux, la commission administrative départementale accepte, sur proposition du préfet et à la demande de l'évêque, le principe d'un bail de quatre-vingt-dix-neuf ans, au loyer de un franc par an, pour l'ancien évêché dont la réparation et la moitié des impositions resteront à la charge du département. À Autun, l'ancien évêché, dont la ville était propriétaire depuis 1909, et qui est quelque peu délabré, est rendu à l'évêque.

L'ensemble de cette législation, qui frappe l'opinion et s'accompagne parfois d'allures revanchardes, ne constitue pourtant pas un bouleversement radical dans les relations entre l'Église et l'État. Plusieurs des textes pris par Vichy avaient été préparés sous la IIIe République, ou correspondaient à l'intention de ses derniers gouvernements, désireux de promulguer des mesures d'apaisement correspondant aux tolérances de fait qui avaient été accordées à l'Église après « l'union sacrée » de 1914-1918. Ces gouvernements, il est vrai, avaient été souvent paralysés en la matière par les assemblées parlementaires. Mais certains juristes considéraient en 1939 que l'Église et l'État, cessant de s'ignorer en collaborant au moins officieusement, en étaient arrivés à un régime de « séparation concordataire ».

L'affaire du Concordat

Il y a des hommes à Vichy, il y en a d'autres dans l'épiscopat, qui pensent qu'on peut faire un pas de plus, et envisager la conclusion d'un nouveau concordat. La loi sur les congrégations d'avril 1942 n'y fait-elle pas allusion dans son exposé des motifs qui précise qu'elle est prise « en attendant une solution d'ensemble étudiée en accord avec l'Église » ?

Ce souhait d'un concordat est exprimé officiellement, au nom de l'épiscopat, par monseigneur Chollet, archevêque de Cambrai, qui a la charge du secrétariat de l'Assemblée des cardinaux et archevêques. Il semble cependant que tous les membres de cette assemblée n'en aient pas été informés.

À propos de l'agrément des mouvements de jeunesse catholiques, monseigneur Chollet écrit le 25 octobre 1941 au directeur de la formation des jeunes une longue lettre qui commence par la formulation de principes très généraux. Il demande d'abord que le nom de Dieu soit « inscrit parmi les principes de la nouvelle constitution nationale ». Puis il ajoute : « L'Épiscopat français pense toujours que la nature et la gravité des problèmes religieux posés par l'heure actuelle postulent des conversations directes entre le Saint-Siège et l'État français, et la préparation d'un concordat comme ceux qui ont été, ces derniers temps, élaborés entre plusieurs États et l'Église. Si ces conversations étaient amorcées, NN. SS. les évêques ne voudraient pas prévenir les précisions prochaines et estiment que la question de l'agrément des mouvements d'action catholique devrait être réservée. »

Comme l'indique cette dernière phrase, monseigneur Chollet considère à ce moment – octobre 1941 – que l'ouverture de conversations pour un concordat peut être imminente. Du côté gouvernemental, on ne s'y refuse pas, au moins parmi les proches de Pétain. Laval également y songera un certain temps. C'est du Vatican que viendra le conseil pressant d'attendre, à la fois par l'intermédiaire de Léon Bérard, ambassadeur au Saint-Siège où il a succédé à Wladimir d'Ormesson dont les positions antifascistes indisposaient Mussolini, et par l'intermédiaire du nonce apostolique à Vichy, monseigneur Valerio Valeri, qui continue à penser que ce régime est transitoire et que conclure un accord d'ensemble avec lui, c'est bâtir sur du sable. On peut, estime le Vatican, espérer qu'un certain nombre de lois édictées par un régime instable lui survivront. Mais autre chose est de négocier un concordat avec lui. Les divergences entre Rome et l'épiscopat français dans l'appréciation de la situation d'ensemble sont ici particulièrement frappantes.

On abandonne donc le projet de concordat qui aurait pu

apparaître comme le couronnement de l'œuvre législative de Vichy en matière religieuse mais qui, conclu dans ces circonstances, aurait provoqué des remous divers, et compromis l'Église un peu plus.

En l'absence de concordat, ce qui frappe surtout l'opinion, ce sont moins les textes que les attitudes. Celles des prêtres qui font en chaire – souvent sans modération – l'éloge des nouveaux dirigeants. On voit alors des hommes se lever et quitter les églises au beau milieu des sermons. Les évêques adressent quelques rappels à l'ordre : « Il ne s'agit pas de s'inféoder à un régime ni de se répandre en éloges démesurés sur les personnes et sur les actes, mais purement de reconnaître, dans les représentants du pouvoir, l'autorité », dit le cardinal Suhard à ses prêtres réunis en retraite pastorale, en septembre 1941. Mais les attitudes des évêques eux-mêmes contribuent largement à entretenir la confusion sur la nature des rapports entre l'Église et l'État.

Le cardinal Suhard a été désigné en janvier 1941 pour faire partie du Conseil national, organisme consultatif de quelque deux cents membres créé par Vichy, et qui ne fonctionnera d'ailleurs jamais réellement. Ces deux cents membres sont des notables, et le cardinal Suhard, comme le pasteur Boegner, figure sur cette liste à titre de chef religieux. Plusieurs n'ont pas été consultés avant d'être nommés membres du Conseil ; c'est le cas du cardinal. Un seul refuse dès le début : André Siegfried. Ce qui n'empêche d'ailleurs pas son nom de figurer sur la liste officielle. Le cardinal Suhard hésite. Certes, il sait gré au maréchal Pétain – pour lequel il manifeste une très vive admiration – d'avoir été choisi. Mais il est gêné de devoir siéger dans une assemblée de style parlementaire : parce que les travaux que cela lui demandera ne lui paraissent pas pouvoir être cumulés avec les multiples charges d'un archevêque de Paris ; également parce que cette fonction, aux yeux de l'opinion, le fera sortir du domaine strictement religieux, pour entrer dans la politique. « C'est, dit-il, diminuer mon influence de 80 %. Jamais je ne servirai mieux le Maréchal qu'en restant sur le plan religieux. » Enfin, l'assemblée étant composée de diverses tendances, il craint que ses débats ne compromettent sa dignité d'archevêque.

Il demande conseil. Le cardinal Liénart est de ceux qui lui recommandent d'accepter.

Finalement, il décide de faire part de ses scrupules au maréchal Pétain lui-même, par l'intermédiaire d'un messager discret[1]. Il suggère la création d'un conseil très restreint, purement consultatif, composé de quelques notables seulement : là, pense-t-il, la présence d'un archevêque ne poserait pas de problème. Au contraire, celui-ci pourrait utilement faire entendre la voix de l'Église.

Le maréchal Pétain lui fait répondre le 15 février, en lui demandant de patienter. Et quelques jours plus tard, apprenant que le Conseil national n'aura pratiquement que des réunions de commission, le cardinal pense qu'il pourra effectivement participer à ses travaux. Finalement, en novembre 1941, il profite d'un remaniement pour se faire remplacer par un de ses auxiliaires, monseigneur Beaussart.

Les visites épiscopales à Vichy se succèdent à une cadence soutenue. Le maréchal Pétain, à qui plaît la compagnie des évêques, les retient souvent à déjeuner : on dit alors dans la petite capitale provisoire, où faute de gouverner vraiment on bavarde beaucoup, qu'il est aussi fréquent de rencontrer à sa table un évêque qu'un général. Parfois, c'est Pétain lui-même qui les appelle à Vichy : c'est sur l'invitation expresse du Maréchal, qui ne l'avait pas encore rencontré et qui souhaite faire « le tour » des cardinaux de France, que le cardinal Liénart se rend en zone non occupée où il est reçu par Pétain le 10 avril 1942.

Le cardinal Suhard va deux fois à Vichy. En septembre 1941, l'entourage du Maréchal lui a fait savoir par l'intermédiaire de monsieur Guillet, directeur de l'École centrale, que sa visite était souhaitée. Il arrive le 28 octobre et est séduit par le Maréchal : « Ce fut une éclaircie dans ma vie », note-t-il quelques jours plus tard en évoquant l'audience que celui-ci lui a accordée. Il assiste également – privilège insigne – à une réunion de ministres qui met la dernière main au projet de loi

1. L'un des arguments qu'il avance permet de mesurer son inconscience de la situation politique et du caractère foncièrement antichrétien du nazisme : « Une attitude d'indépendance loyale (de la part de l'épiscopat), dit-il […], s'est révélée d'un heureux secours dans les rapports de la France avec les autorités d'occupation. Les Allemands en effet ont manifesté un profond respect pour la conduite du cardinal Suhard et de l'ensemble du clergé français […]. Ces dispositions favorables pourraient apparaître un jour d'une grande utilité dans le déroulement général des négociations. »

d'aide à l'enseignement libre. Il retourne à Vichy en octobre 1942 en compagnie du cardinal Gerlier. Le maréchal Pétain le reçoit cette fois encore très chaleureusement et lui fait lire un message qu'il prépare sur les problèmes constitutionnels. Dans l'intervalle de leurs entretiens avec les dirigeants, les deux prélats assistent, placés entre Pétain et Laval, à un défilé des troupes de la garnison ; les services officiels de l'information profitent de l'aubaine pour faire de nombreuses photos, et les diffusent largement.

Le cardinal Gerlier, voisin de Vichy, est un habitué du lieu ; il s'y rend à plusieurs reprises. On y voit aussi des archevêques et des évêques : monseigneur Chollet, monseigneur Feltin, archevêque de Bordeaux, en février 1942, monseigneur Lefèbvre, nouvel archevêque de Bourges, et monseigneur Lebrun, évêque d'Autun, le 15 septembre 1943, monseigneur Jacquin et monseigneur Chevrier, en octobre de la même année. Les services officiels n'oublient pas d'annoncer chacune des audiences de monseigneur Chappoulie, représentant permanent de l'épiscopat, chez Pétain ou chez Laval. Elles sont surtout nombreuses chez Pétain : monseigneur Chappoulie a été séduit par le Maréchal, et celui-ci le retient fréquemment à sa table. Enfin, monseigneur Rémond, évêque de Nice, est souvent l'invité du Maréchal quand celui-ci prend quelques jours de détente dans sa maison de campagne de Villeneuve-Loubet : ils jouent ensemble aux boules.

Quels que soient les objectifs précis de ces rencontres l'opinion y voit le signe évident d'une collusion entre l'Église et le régime. Les protestations de l'Église sur sa non-inféodation, et celles du maréchal Pétain, qui déclare dès octobre 1940 qu'on ne saurait trouver dans l'ordre nouveau « les traits d'une sorte d'ordre moral », n'y changent rien. La grande masse de l'opinion, d'ailleurs, n'est pas surprise de trouver l'Église associée à un régime comme celui-là.

C'est pourquoi, malgré les entraves à la liberté d'expression, l'anticléricalisme commence à se manifester. À vrai dire, il y a plusieurs anticléricalismes.

Tout d'abord celui de la presse de Paris contrôlée par les Allemands. C'est souvent le plus virulent. Cette presse dénonce le caractère réactionnaire de Vichy. Et tout naturellement, elle y ajoute le qualificatif de « clérical ». Dès août 1940, *La France au travail* accuse le clergé de préparer « une bonne petite guerre de revanche ». En décembre 1941, Jean Luchaire écrit dans *Les Nouveaux Temps* que « la France conservatrice et puérilement cléricale n'obtiendra jamais une audience réelle auprès de la nouvelle Allemagne socialiste et sagement laïque ». En octobre 1942, René-Louis Jolivet déclare au micro de Radio Paris que « le diable, non content de se faire ermite, sait aussi se déguiser en évêque ». *Aujourd'hui* dénonce en 1943 les irruptions de l'Église dans la vie politique, une Église qui s'associe « tantôt aux abus de la Restauration, tantôt aux excès de la Révolution... Il n'est pas un mauvais cheval qui ait couru ce dernier siècle sans être joué par l'Église et perdu. Elle a tâté de tous les régimes. Elle a courtisé toutes les doctrines. » Quant à Lucien Rebatet, qui a quitté la radio de Vichy parce qu'il trouve que dans Paris occupé l'air est décidément plus respirable pour lui, il écrit dans son livre *Les Décombres* que « le haut clergé français forme depuis trente années l'une des plus remarquables collections de laquais et de chiens couchants, rampant devant le pouvoir, que puisse offrir l'histoire de la lâcheté humaine ». Et à propos du problème scolaire il ajoute : « Que l'Église fasse avec les enfants de bons latinistes, puisqu'elle s'y entend, cela doit être encore possible. Mais c'est à la nation – et à la nation seule – qu'il appartient d'en faire des Français, des hommes et des aryens. »

De l'autre côté, à la radio de Londres, le catholique Maurice Schumann fait également le procès du cléricalisme de Vichy, qui « relève les autels et éteint les étoiles ». Beaucoup plus discrètement, il s'en prend aussi, à l'occasion, à la hiérarchie épiscopale.

Il existe enfin un anticléricalisme clandestin, bien que la plupart des organes de la résistance soient assez discrets sur ce point. En juillet 1942, *Le Populaire* note que « des citoyens français, qui n'ont pas la même religion que le maréchal Pétain, sont chassés de leur travail, de leur maison ». Un petit journal, qui s'appelle *Le Coq enchaîné* et qu'on dit soutenu par les Anglais, écrit quelques semaines plus tard que les évêques travaillent à enterrer définitivement la République, et que la synarchie qui gouverne la France « a été préparée de longue date dans les officines honteuses, dont la confrérie des jésuites ne fut pas la moins agissante ». Le texte le plus rude est sans doute un tract diffusé en juin 1942 dans le Nord-Pas-de-Calais, intitulé « Ce que les travailleurs chrétiens de France attendent vainement des cardinaux et archevêques de France », et qui reproche aux prélats de « tout approuver de leur silence ».

Si les principaux organes de résistance ne se montrent pas anticléricaux, c'est que des catholiques y tiennent une place assez importante. Le débat entre les catholiques et les reproches que les résistants ont à adresser aux autres, ils n'entendent pas les confier aux colonnes d'un journal – fût-il clandestin. Mais ce débat est sans concessions, et il est décisif.

DEUXIÈME PARTIE

LA CONTESTATION
(Résistance et polémiques)

CHAPITRE V

Premiers refus et premières hésitations

Le 14 juin 1940, alors que tout s'écroule, est publié à Nantes, sur quatre pages petit format, le dernier numéro d'un hebdomadaire parisien qui va disparaître jusqu'à la Libération : *Temps présent.*

Ce numéro, rédigé et imprimé rapidement dans les tourmentes de la débâcle, contient un entrefilet qui ne retient guère l'attention :

> Les Amis de *« Temps présent » à l'honneur*
>
> « Tous les Amis de *Temps présent* se sont réjouis quand ils ont appris que l'un des leurs, le général Charles de Gaulle, un de nos plus grands et de nos plus hardis techniciens militaires, avait été choisi par monsieur Paul Reynaud pour l'assister au ministère de la Défense nationale.
>
> Le « colonel de Gaulle » – c'est ainsi qu'il signait hier encore ses articles et ses livres – est un de ceux qui avaient prévu ce que serait une guerre « moderne »... Intelligent, lucide, cœur droit, notre ami va rendre d'immenses services à la Patrie.
>
> Nous le félicitons de grand cœur et les Amis de *Temps présent* lui font confiance. »

Bien qu'il ne soit pas officiellement confessionnel, *Temps présent* est généralement considéré comme un organe de catholiques classés à gauche, de « rouges chrétiens », disent leurs adversaires. Il a été fondé en 1937 après la disparition de *Sept*, un hebdomadaire lancé par les dominicains qui avait rapidement connu le succès, mais dont les positions avancées (notamment à l'époque de la guerre d'Espagne) avaient suscité les plus violentes attaques de la droite et de l'extrême droite et les vives inquiétudes des autorités ecclésiastiques et romaines.

Temps présent, dirigé par Stanislas Fumet et fondé par des hommes comme François Mauriac et le philosophe Jacques Maritain, a en quelque sorte pris la suite. Il a obtenu des encouragements de tous les archevêques français, mais Stanislas Fumet a dû prendre l'engagement qu'aucun dominicain ne participerait à la rédaction. Et le groupe des catholiques de *Temps présent*, qui s'est prononcé pour l'Espagne républicaine, sent bien qu'il est suspecté, surveillé.

Ces hommes sont, avec d'autres, les héritiers d'une tradition déjà ancienne dans le catholicisme français, et toujours minoritaire jusque-là. Leurs aînés ont accepté la République, non du bout des lèvres mais de grand cœur. Ils ont cru en la démocratie. Ils veulent le progrès social. Ils veulent aussi la réforme intérieure de l'Église dont ils jugent les structures et la pensée trop sclérosées. Ils estiment, enfin, que cette Église ne doit pas être obligatoirement du côté de l'ordre établi, si cet ordre recouvre l'injustice.

À la vérité, et quoi que puisse laisser croire l'entrefilet paru dans le numéro publié à Nantes, les rapports entre le colonel de Gaulle et le journal n'étaient guère étroits. *Temps présent* avait publié un article de Charles de Gaulle sur l'arme blindée, qui lui avait été apporté par Daniel-Rops. Quelque temps après, le colonel de Gaulle avait adhéré à l'association des Amis de *Temps présent*, sans ignorer bien entendu l'orientation du journal que de vives polémiques opposaient alors à *L'Action française*.

Charles de Gaule avait eu une formation catholique. Son père était préfet des études dans un collège de jésuites, l'Immaculée-Conception, rue de Vaugirard à Paris, qui a compté parmi ses élèves Georges Bernanos, Pierre-Marie Gerlier, Jean de Lattre de Tassigny, et le futur maréchal Leclerc. Quand les lois sur l'enseignement congréganiste ont entraîné la fermeture de l'Immaculée-Conception, les jésuites ont transporté le collège à Antoing, près de Tournai, en Belgique, et de Gaulle les y a rejoints. Il a suivi aussi les cours du collège Stanislas, où il a eu pour professeur l'abbé Beaussart, futur archevêque auxiliaire de Paris et membre du Conseil national de Vichy.

Le père de Charles de Gaulle était royaliste, et avait obéi à contrecœur aux consignes de ralliement à la République qui étaient lancées de Rome. Dans l'affaire Dreyfus, cependant, au contraire de la majorité des catholiques, il s'était prononcé en faveur de l'officier juif injustement accusé.

Le jeune Charles de Gaulle était entré dans l'armée après les crises qui avaient secoué la société militaire : l'affaire Dreyfus et les inventaires. On dispose donc de peu d'indices pour connaître ses sentiments sur les grands débats politiques et religieux de l'époque. Un officier ne s'en mêle pas. Charles de Gaulle paraît avoir été surtout préoccupé alors de faire partager et adopter ses idées sur l'arme blindée. Pour y parvenir, il était disposé, semble-t-il, à entrer en relation avec des hommes politiques de toutes nuances, à utiliser n'importe quelle tribune. Mais il est toujours resté très exactement fidèle à la foi de sa jeunesse, et très régulier dans la pratique de sa religion.

S'installant à Londres après avoir lancé son célèbre appel, il doit bien constater que si les catholiques sont assez nombreux parmi les premiers volontaires de la « France libre » (les Bretons, les pêcheurs de l'île de Sein), par contre les personnalités catholiques qui le rejoignent sont en assez petit nombre. « La synagogue, dira-t-il un jour, m'envoie plus d'hommes que la cathédrale. » Il est vrai que les hommes de la synagogue n'ont pas tellement le choix. Et le général de Gaulle, s'il est atteint par l'attitude favorable à Vichy de la plupart des catholiques, se garde habituellement de le laisser paraître. Il écrit même le 11 mars 1941 : « Nous savons ce qui se passe dans les églises de France. Il n'est pas un seul de nos sanctuaires d'où ne montent, chaque jour, des prières pour la victoire des Alliés. » L'attitude du clergé gêne pourtant les Français libres. En France bien sûr. Mais aussi hors de France, partout où ils cherchent des soutiens. Les propagandistes du mouvement sont, paradoxalement, mieux accueillis au Canada anglais qu'au Canada français. La hiérarchie catholique du Québec semble en effet avoir été séduite par les thèses de Vichy et le cardinal de Villeneuve fait publiquement l'éloge de Pétain. De même, à Haïti, le haut clergé, d'origine bretonne, reçoit assez mal Jacques Soustelle, venu créer des comités de soutien de la France libre.

Dès les premiers jours cependant, quelques personnalités connues comme catholiques s'affirment parmi les plus fidèles.

René Pleven – ancien dirigeant de l'Association catholique de la jeunesse française où il a collaboré avec Georges Bidault, Marcel Prélot, Charles Flory et Jean Letourneau – se trouvait à Londres depuis quelques années et devient l'un des plus proches collaborateurs du général. Quand le socialiste Pierre Brossolette et le colonel Passy viennent en mission en France, Pleven leur confie des messages pour Charles Flory, avec lequel il avait étroitement collaboré avant-guerre à la rédaction de *Politique*, une revue qui voulait vaincre la répulsion des catholiques français à l'égard de l'action politique, considérée par eux depuis longtemps comme moralement détestable.

Le journaliste Maurice Schumann est, à la radio de Londres, le porte-parole officiel de la France libre, et sa voix vibrante devient vite familière à des millions de Français. Il participe à la création de la section francophone d'un mouvement d'Action catholique que le cardinal anglais Hinsley a résolu de former pour les émigrés des pays occupés, et qu'un évêque d'avant-garde, monseigneur Matthews, a pris en charge. Ce mouvement s'appelle « Gladius Spiritus », le glaive de l'esprit, et comporte notamment une forte section polonaise. Dès Noël 1940, Maurice Schumann et un jeune fonctionnaire venu des USA rejoindre Charles de Gaulle, F.-L. Closon, lancent dans la capitale anglaise une publication qui porte ce nom, *Le Glaive de l'esprit*. Puis, considérant que ce n'est pas un titre de journal, ils préfèrent bientôt l'appeler *Volontaire pour la cité chrétienne*. Il leur paraît important qu'une publication manifeste nettement la participation des catholiques à la « France libre » alors que ses adversaires qualifient ce mouvement de « juif » et de « franc-maçon ».

Volontaire pour la cité chrétienne est mensuel quand les finances le permettent. Maurice Schumann y écrit sous le pseudonyme de Sidobre qu'il utilisait déjà dans *Sept*, et le journal se réclame de *Temps présent* dont F.-L. Closon était également un fidèle. Il publie des récits de prisonniers évadés, ou de volontaires venus de France au prix de mille aventures, mais aussi, le 20 février 1942, un message du général de Gaulle :

« Ô mon Dieu, donne à chacun sa propre mort... », dit l'auteur du « livre de la pauvreté et de la mort ». « À ceux qui ont choisi de mourir pour la cause de la France, sans que nulle loi humaine les y contraignît. À ceux-là, Dieu leur a donné la mort qui leur était propre – la mort des martyrs. »

Le même numéro contient un billet signé F.-L. Courbon, pseudonyme de F.-L. Closon, qui critique amèrement l'attitude de l'épiscopat français :

« Le cardinal Gerlier, primat des Gaules, vient de déconseiller vivement la danse à ses fidèles, les pratiques chorégraphiques étant peu compatibles avec le malheur des temps.

« La mesure est excellente ; si j'étais prisonnier dans un camp en Allemagne, si j'étais juif réduit à la misère par la grâce bienfaisante d'un décret de Vichy, si j'étais enfin le fils, le père ou la femme d'un otage, j'éprouverais quelque amertume à la pensée que des gigolos dansent sur mon malheur, fussent-ils membres de l'honorable Légion chargée de faire régner en France ce désordre qu'on appelle l'ordre nouveau.

« Mais si j'étais soit prisonnier, soit un juif misérable, ou le peu intéressant parent d'un otage assassiné, je trouverais encore plus d'amertume dans le fait qu'en ces temps d'indicibles malheurs la voix de la plus haute autorité spirituelle de mon pays retentisse pour condamner quelques égoïstes ou quelques étourneaux qui dansent, et reste silencieuse à l'égard de ceux qui mènent la France à la ruine et veulent la jeter dans les bras du Nazi.

« Le vrai scandale n'est pas celui de la danse mais celui de l'infernale sarabande où est entraînée notre Patrie, avec le silence complice de ceux qui ont la charge de son salut devant le Seigneur. »

Un deuxième message de Charles de Gaulle marque à cette époque quelque amertume à l'égard de l'attitude du clergé : « Sans doute s'est-il trouvé, dans mon pays tourmenté par le drame de la capitulation, quelques représentants du clergé pour paraître se laisser prendre au mirage d'une politique dite de redressement national. Mais je me refuse à voir là un signe de défaitisme du catholicisme français. »

Outre des laïcs comme d'Estienne d'Orves ou Leclerc de Hauteclocque, ou encore le très célèbre colonel Rémy qui baptisera son réseau « Confrérie Notre-Dame », un certain nombre de prêtres ou de religieux ont en effet rejoint Londres. L'aumônerie des Forces françaises libres rassemble des prêtres et des religieux d'ordres très divers (dominicains comme le père Alby, prémontrés comme le père Godard, trappistes comme le R. P. Lacoin, séculiers comme les abbés Trentesaux [1], Prudhomme et Saint-Aubert, etc.). Ils sont douze, à la fin de 1940... Mais les Forces françaises libres sont alors infimes. L'un de ces aumôniers de la première heure, devenu commandant d'infanterie, le R. P. Savey, sera tué à Bir Hakeim, un autre en Italie, un autre encore, bien plus tard, en Alsace.

Parmi les premiers combattants de la France libre se trouve aussi un religieux très important dans son ordre : le R. P. Louis de la Trinité, carme déchaussé, plus connu sous le nom de Thierry d'Argenlieu. Supérieur majeur de la province de France de son ordre, le père Louis de la Trinité, officier de marine, a été fait prisonnier le 19 juin mais n'a pu supporter cette situation plus de trois jours. Il s'est évadé d'un convoi en route vers l'Allemagne, a trouvé des vêtements de paysan normand qui lui ont permis de gagner la côte de la Manche, s'est rendu à l'île de Jersey sur une barque de pêche, et de là a rallié l'Angleterre. Pendant quelque temps, il y porte à la fois l'uniforme de la marine et les insignes de son état sacerdotal.

Un prêtre – l'abbé Paul Lepoutre – et un religieux animent pour le compte des Anglais une émission radiophonique intitulée *La France catholique*, qui n'aura qu'une audience limitée, que ses auditeurs croient venir d'un poste clandestin situé en France même, et qui critique le nouveau régime et la collaboration en partant d'un point de vue explicitement chrétien.

Maurice Schumann, approuvé par le général de Gaulle, ne manque pas de souligner au micro de la France libre tous les gestes et toutes les paroles de résistance qui émanent des catholiques français.

Or, dès l'été 1940, les premiers refus de l'armistice, de Vichy, et de la collaboration ont commencé à s'exprimer. Leurs inspirations sont diverses. La variété des démarches qui entraînent des catholiques dans la Résistance est remarquable. Ceci est vrai, d'ailleurs, aussi bien pour les hommes qui ont rejoint la France libre que pour ceux qui sont restés sur place.

1. L'abbé Trentesaux, d'origine nordiste, s'adresse le 29 septembre 1940, sur Radio Londres, aux prêtres de France en se présentant comme « l'aumônier des proscrits, l'un de ces Français que le gouvernement de Vichy condamne, sous la dictée des nazis, nous le savons ».

Henri-Louis, Honoré, comte d'Estienne d'Orves

D'Estienne d'Orves est un marin et seulement un marin. Il n'aime guère la République. Quelques années avant la guerre, il a déclaré à des amis qu'il n'accepterait jamais d'entrer dans le cabinet d'un ministre de la Marine, car ce serait servir la République. Mais c'est un soldat qui ne peut accepter la défaite de la France. En juin 1940, il se trouve en Égypte, à Alexandrie. Il se met à la disposition du général Le Gentilhomme qui représente le général de Gaulle. Et il déclare au *Journal d'Égypte :* « Dieu, l'ami des Français, a trempé leurs âmes de telle sorte que les revers militaires ne peuvent éteindre la flamme qui les anime. Nous continuerons. On nous suivra. »

Il rejoint Londres, où l'on décide de l'envoyer en France. Il y débarque quelques semaines plus tard, ayant traversé la Manche sur la barque d'un pêcheur de l'île de Sein, en compagnie d'un agent commercial, Charles-Émile Barlier, d'un commerçant d'origine hollandaise, Jean-Louis Guillaume Doornik, et d'un radio. Sa mission : organiser un réseau de renseignements. Il en jette les fondations à Nantes. Il prend aussi contact à Paris avec quelques démocrates-chrétiens : Jean Letourneau, Charles Flory, Émilien Amaury. Mais très rapidement, à la suite d'une trahison, d'Estienne d'Orves et les membres de son réseau sont repérés par les services du contre-espionnage allemand. Ils sont arrêtés dans la nuit du 21 au 22 janvier 1941.

Le 24 mai 1941, le tribunal militaire allemand condamne à mort d'Estienne d'Orves et huit de ses compagnons. Fait extraordinaire : avant de donner lecture du verdict, le président du tribunal rend hommage aux condamnés. « Le tribunal, dit-il, se trouvait en face d'une lourde tâche. Il fallait juger des hommes qui s'étaient manifestés comme des personnes de mérite, d'une grande fermeté de caractère, et qui n'ont agi que par amour de la Patrie. »

D'Estienne d'Orves est transféré à Fresnes dans une cellule très claire, avec une grande fenêtre en verre dépoli et des murs peints, qu'il compare à un cabinet de dentiste. Elle ouvre sur un petit jardin, où il aperçoit parfois des « hommes libres ».

C'est dans ce cadre austère qu'il va vivre ses derniers jours, et effectuer une extraordinaire ascension spirituelle, dont sera témoin l'aumônier allemand de Fresnes, l'abbé Franz Stock, qui a participé avant la guerre à des rencontres de jeunes Français et Allemands désireux de bâtir ensemble la paix.

L'abbé Stock fait passer des livres à l'officier de marine, qui travaille Péguy et saint Thomas, lit les confessions de saint Augustin, et commence même à apprendre l'allemand. Il prie, il récite le chapelet, il chante de sa voix un peu fausse les vieux cantiques de son enfance figurant dans le Manuel paroissial de sa mère que l'abbé Stock a réussi à lui transmettre. Le dimanche, il participe avec ses codétenus, à travers les portes, à des discussions sur l'Évangile.

En attendant les résultats de sa demande de grâce, il se prépare à la mort. « Si je dois mourir, écrit-il, sachez que c'est dans une pleine confiance en Dieu qui me donne abondamment sa grâce. » Et pourtant, il aime la vie : « Aimez la vie comme je l'aime, écrit-il à sa femme et à ses enfants. Dans la vie, je ne me sens pas du tout en exil. » Le 18 juillet, il peut enfin voir sa famille, pendant un petit quart d'heure. C'est la première fois depuis un an : à son arrivée en France, il ne leur avait pas donné signe de vie, de peur de les compromettre.

Le 28 août, madame d'Estienne d'Orves et madame Barlier sont convoquées d'urgence à Fresnes. Malgré les démarches de leurs avocats et du président du tribunal, malgré une intervention personnelle de l'amiral Darlan, Hitler a rejeté le recours en grâce de d'Estienne d'Orves, de Barlier et de Doornik, les trois chefs du réseau ; mais il a accepté celui des six autres condamnés.

C'est l'abbé Stock qui l'annonce aux trois hommes. Ils conservent tout leur calme. Et, par l'entremise de l'aumônier, ils obtiennent la permission de passer leur dernière nuit ensemble dans la cellule de Doornik. Pendant cette dernière nuit, ils prient, discutent, et font leur courrier. D'Estienne d'Orves écrit trois lettres. La première à sa femme et à ses enfants : « Que personne ne songe à me venger. Je ne désire que la paix dans la grandeur retrouvée de la France. » La deuxième est pour l'abbé Stock : « Je prie le bon Dieu de donner à la France et à l'Allemagne une paix dans la justice, comportant le rétablissement de la grandeur de mon pays. Et aussi que nos gouvernants fassent à Dieu la place qui lui revient. »

La troisième est pour sa sœur, madame Régnier : « Dieu m'a donné ces sept mois pour me rapprocher de lui, qu'Il en soit béni. »

Maurice Barlier a suivi le même chemin spirituel. « Je vais au Bon Dieu avec confiance, écrit-il à sa femme, comme vers un Père. » Et aussi Jean Doornik : « Demain matin, à sept heures, on nous fusille. Les voies de Dieu sont impénétrables, que Sa Volonté soit faite !... Cette sorte de retraite qu'est la prison nous avait depuis longtemps préparés à cet instant. »

Voici le matin.

Doornik aide l'abbé Stock à dresser l'autel. D'Estienne d'Orves, en feuilletant le missel, fait remarquer que c'est la fête de la Décollation de saint Jean-Baptiste, et que les ornements sont rouges. Doornik sert la messe. Tous trois communient.

D'Estienne d'Orves a obtenu des autorités allemandes une dernière faveur : celle de pouvoir dire adieu à ses autres camarades du réseau et leur annoncer qu'ils étaient graciés. Adieux déchirants.

Les trois hommes montent dans le fourgon de la Wehrmacht. On les fait asseoir sur leurs cercueils. Autour d'eux, les soldats du peloton d'exécution, l'abbé Stock, et Keyser, le président du tribunal. Les condamnés chantent des cantiques. Ils récitent ensemble la prière des agonisants. Et, pendant la traversée de Paris, d'Estienne d'Orves explique à ses compagnons les monuments de la capitale.

Au mont Valérien, ils demandent encore une faveur et ils l'obtiennent : ne pas avoir les yeux bandés. Stock donne à chacun une dernière bénédiction, et ils l'embrassent. D'Estienne d'Orves se tourne alors vers Keyser : « Monsieur, vous êtes officier allemand, je suis officier français. Nous avons tous les deux fait notre devoir. Permettez-moi de vous embrasser. » Et les deux hommes s'étreignent.

D'Estienne d'Orves se place face au peloton d'exécution, crie « vive la France ! », et il tombe. Barlier crie « vive la France ! », et il tombe. Doornik, silencieux, trace de la main un très grand signe de croix et il tombe.

Il est sept heures.

Quelques jours plus tard, de grandes affiches jaunes bordées de noir, rédigées en français et en allemand, apparaissent sur les murs de Paris :

Bekanntmachung-Avis

« Le lieutenant de vaisseau Henri-Louis Honoré, comte d'Estienne d'Orves, français, l'agent commercial Maurice Charles Émile Barlier, français, le commerçant Jean-Louis Guillaume Doornik, hollandais, ont été condamnés à mort à cause d'espionnage. Ils ont été fusillés aujourd'hui. Le commandant militaire en France. »

Le premier tract

À Brive (Corrèze), « le riant portail du Midi », en juin 1940, Edmond Michelet voit s'écouler le flot des réfugiés descendu du Nord, puis de Paris, et bientôt du Val-de-Loire. Parmi eux arrive, venu d'Orléans à bicyclette, un dominicain, le père Maydieu, directeur de la revue *La Vie intellectuelle*, qui jouait un grand rôle dans les milieux intellectuels de Paris, et qui avait contribué à lutter contre l'Action française et à dénoncer le danger nazi. Parmi ses collaborateurs, la revue comptait alors les pères Delos, Chenu, Congar, et des laïcs comme François Mauriac, Paul Claudel, Gabriel Marcel et Henri Guillemin. Le père Maydieu descend chez Edmond Michelet. Celui-ci a été un fidèle lecteur et militant de *Sept* puis de *Temps présent*. Pour lui, l'alerte au danger fasciste a été donnée par l'affaire d'Éthiopie puis par la guerre d'Espagne. Il a mis sur pied, à Brive, un petit groupe de catholiques, de tendance démocrate-chrétienne, qui veulent alerter leurs concitoyens sur le danger que font courir à la civilisation occidentale les idéologies totalitaires. Ils ont organisé durant l'hiver 1938-1939 un cycle de conférences. Louis Blanckaert, un professeur de droit à la faculté catholique de Lille [1], est venu parler des « dangers qui menacent notre civilisation ». Joseph Folliet est venu parler de « l'État totalitaire », Georges Hourdin du racisme, le père Ducatillon, dominicain, de l'antisémitisme. Les groupes qui vont s'opposer à Vichy ne sont pas issus de génération spontanée.

Le père Maydieu et Edmond Michelet tombent rapidement d'accord. Il n'est pas question de s'accommoder d'une victoire

1. Résistant, puis candidat MRP à la première Assemblée constituante en 1945, de santé fragile, il mourra le soir de son élection.

allemande. Le père Maydieu se rend à Bordeaux, toujours à bicyclette, pour y voir sa sœur, au moment où se forme le gouvernement Pétain. Il est effrayé par l'atmosphère qui règne dans la capitale temporaire. Il rencontre aussi l'archevêque, monseigneur Feltin. Et à son retour à Brive, il indique à Edmond Michelet que le gouvernement qui vient de se constituer ne paraît pas présenter les caractères de la légitimité, et que l'obéissance ne lui sera pas due. C'est bien l'avis de son interlocuteur.

Celui-ci, en apprenant qu'on parlait d'armistice, et avant même d'avoir entendu l'appel du général de Gaulle, a rédigé le 17 juin le texte d'un tract – très probablement le premier tract de la résistance française – qui sera ronéotypé et diffusé dans Brive. « En temps de guerre, lit-on sur ce tract, celui qui ne se rend pas a toujours raison contre celui qui se rend. » C'est une citation de Péguy, dont Edmond Michelet est un lecteur assidu.

Le 1er juin 1940, alors que les Allemands n'étaient qu'à quelques heures de marche de Paris, la Comédie française avait donné une « soirée Péguy » en présence d'un public nombreux et choisi. Les comédiens français ne pensaient certes pas qu'ils ouvraient ainsi une véritable « saison Péguy » qui allait durer quatre ans. Car tout le monde citera Péguy : les hommes de Vichy et les résistants. Les uns retiendront surtout sa condamnation de certaines formes de la civilisation industrielle et sa nostalgie du temps des bâtisseurs de cathédrales ; les autres trouveront chez lui – en particulier dans sa *Jeanne d'Arc* – l'exaltation de l'esprit de résistance nationale.

Autour de l'héritage spirituel et intellectuel de Péguy, la confusion sera à son comble. Un de ses fils, Marcel, publiera même en 1941 un livre, *Le Destin de Charles Péguy*, où il fait de son père un sympathisant des thèses racistes, passant toute sa vie à combattre la république parlementaire, et en somme une sorte de national-socialiste français. Paul Guiraud écrira dans *Le Franciste* (7 juillet 1941) : « Tu (Péguy) es sans doute le premier Français à avoir été à la fois national – car la terre te tenait – et socialiste – car la misère te révoltait. Aussi, es-tu le maître, celui dont les générations à venir, libérées du mal de la Sorbonne et de l'Université, goûteront les fruits magnifiques, innombrables et fécondants. »

Mais à Lyon, dans la basilique de Fourvières, où l'on prie chaque dimanche pour la paix, le prédicateur, le père Varillon, dira un jour en chaire : « Puisque tout le monde cite Péguy, je vais en faire autant : « Prier pour avoir la victoire, et n'avoir pas envie de se battre, je dis que c'est mal élevé. » »

Edmond Michelet est du même avis. Il trouve dans Péguy des raisons d'espérer.

En août 1940, monseigneur de Solages lui envoie de Toulouse à Brive un groupe de quatorze réfugiés d'un genre spécial : il s'agit d'Allemands et d'Autrichiens antinazis. Ils sont conduits par un personnage de grand rayonnement : Dietrich von Hildebrand, un professeur de philosophie de Munich qui s'était opposé à Hitler dès les premiers jours, qui avait dû fuir en Autriche, puis quitter encore l'Autriche après l'Anschluss, et qui avait cru trouver en France un refuge plus sûr. L'armistice a ravivé les inquiétudes de ce groupe d'émigrés. Il faut fuir encore. Edmond Michelet les héberge et les conduit au père Perrin, un dominicain aveugle de Marseille, qui connaît une filière pour faire passer tout le groupe en Espagne.

Ainsi, peu à peu, les anciens réseaux de relations se rétablissent. Mais beaucoup d'adresses ont perdu toute valeur, les amis sont dispersés. L'été de 1940 et l'hiver de 1941 constituent l'année de la solitude.

L'appel de Beyrouth

En juin 1940, André Colin est à Beyrouth (Liban). C'est un Breton, ancien président de l'Association catholique de la jeunesse française (ACJF). Il a organisé en 1936 le congrès du cinquantenaire de l'ACJF qui a réuni cinquante mille jeunes au Parc des Princes en présence d'un grand concours de cardinaux, d'archevêques et d'évêques. Pour l'heure, il sert dans la marine. Il est lieutenant de vaisseau.

Lui non plus ne veut pas accepter la défaite. Il le dit dans une causerie à Radio Beyrouth, le 22 juin. Cette causerie est un appel à continuer le combat. Et le raisonnement d'André Colin est très proche – bien qu'il n'en sache rien alors – de celui que vient de tenir Charles de Gaulle au micro de Radio Londres :

« La France est envahie, dit-il. Des batailles ont été perdues… Mais notre flotte est intacte… De nombreuses divisions sont stationnées sur tous les points de l'Empire français... Dans tout cet empire, il y a des richesses que l'on peut employer au service de la guerre. À côté de l'Empire français, l'Empire britannique. À eux deux la moitié du monde. Près de la flotte française, la flotte britannique, la plus puissante du monde... Nous nous sommes engagés dans cette guerre, qui nous était imposée, avec toute notre volonté et notre force parce que nous savons que, défendant la France, nous luttons aussi pour tout ce qui fait que la vie vaut la peine d'être vécue. Le peuple de France, laborieux, soucieux de mener une existence de travail où soit respectée sa dignité, ne va pas maintenant remettre ses destinées entre les mains de ceux qui font des hommes des esclaves... Il nous suffit d'être fidèles à notre alliée la Grande-Bretagne à qui nous avons promis, et de manière solennelle, de ne pas faire de paix séparée avant l'anéantissement de l'hitlérisme. C'est pour cette fin aussi que la France a mobilisé ses fils, et les Français mobilisés seront fidèles à la mission que leur a donnée leur pays... Une seule résolution s'impose à nous... Pour demeurer Français, pour rester libres, pour pouvoir vivre encore, tout simplement, que tous les Français de l'Empire soient prêts, en assurant la relève des soldats des batailles de France, à soutenir tous les combats contre l'ennemi, jusqu'à la fin... Notre fidélité et notre foi dans l'Empire assureront la victoire. La bataille de France peut se terminer, il nous reste maintenant à gagner, avec nos alliés, la bataille de l'Empire français. »

Cet appel sera à nouveau publié, le 25 juin, dans un quotidien arabe de Beyrouth, *Al Bachir*. C'est, en France, le jour même du cessez-le-feu.

André Colin n'attend pas. Il veut rejoindre les Anglais en Égypte, en passant par la Palestine. On l'arrête près de la frontière. On lui dit que le haut-commissaire Puaux et le général Mittelhauser, qui commande les troupes, veulent entrer en dissidence. Ce qui est vrai : Puaux et Mittelhauser ont effectivement eu cette intention. André Colin regagne donc Beyrouth. Mais Puaux et Mittelhauser renoncent à leur projet : les contacts qu'ils ont pris avec d'autres dirigeants de l'Empire les ont convaincus que leur geste serait isolé et inefficace. Désormais, André Colin est surveillé par la police. Quelques semaines plus tard il est rapatrié en France, et démobilisé en octobre.

Il rencontre l'aumônier général de l'ACJF, le père Lambert, jésuite, et son secrétaire général Albert Gortais, qui lui demandent de reprendre la direction du mouvement en zone nord car son successeur, Alain Barrère, a été fait prisonnier. Après quelques jours passés à Vichy – pour s'informer – il s'installe à Paris et accepte un emploi de bureau au Comité d'organisation du textile, qui lui permettra de se déplacer et de faire le lien entre les deux zones. Il s'agit de maintenir dans les mouvements de jeunesse la volonté de préserver leur originalité contre les tentatives d'embrigadement, qu'elles viennent de Vichy ou des Allemands de Paris. Et très rapidement cette activité au service de la jeunesse se mêle à une activité de résistance.

« Liberté »

Un autre ancien président de l'ACJF, François de Menthon, a été blessé au cours des combats des Vosges le 19 juin 1940 : bien que père de six enfants, il avait été volontaire pour la ligne Maginot. Les Allemands le font prisonnier à l'hôpital de Saint-Dié. Il s'évade le 16 septembre, et réussit à passer en zone non occupée grâce à une filière organisée par un prêtre de Dijon, le chanoine Kir. Il prend aussitôt contact, à Royat, à Clermont-Ferrand, à Vichy, avec des professeurs de droit comme lui – Pierre-Henri Teitgen, René Courtin, René Capitant, Marcel Prélot, Alfred et Paul Coste-Floret – ainsi qu'avec Rémy Roure, et découvre chez tous la même unité de sentiments : refus du régime de Vichy (encore mêlé, chez la plupart, à un grand respect pour le maréchal Pétain) et refus de la défaite. Ils sont à la recherche de moyens d'action. Dans son château, près d'Annecy, François de Menthon rédige un texte qui sera le premier numéro du journal clandestin *Liberté*. Il paraît le 25 novembre et porte en exergue une phrase de Foch : « Un peuple n'est vaincu que lorsqu'il a accepté de l'être » – et une phrase de Pétain : « Je hais le mensonge ; on ne mentira plus à ce pays. »

Liberté se donne pour tâche de lutter contre le sentiment de culpabilité tellement répandu en zone libre à cette époque, et contre l'acceptation de la défaite. Il cite par exemple cette phrase de Hitler, qui s'appliquait il est vrai à d'autres circonstances : « Une attitude d'humble soumission chez les vaincus, loin d'inciter les vainqueurs à l'apaisement, les encourage à de nouveaux abus. » Et l'éditorialiste écrit dans le premier numéro : « Rien n'est perdu ; la guerre peut encore être gagnée. Nous pouvons contribuer à la défaite allemande et il n'est pas pour les Français de devoir plus impérieux. »

Dans les premiers temps, *Liberté* marque encore une grande confiance envers Pétain. « Le Maréchal agit avec toute son honnêteté de soldat de France et ses sentiments personnels d'estime et d'affection ne vont pas aux collaborateurs », lira-t-on dans le numéro du 10 juillet 1941. À l'époque, la plupart des journaux clandestins ont à peu près la même attitude. Mais le ton change vite. Le 1er octobre, *Liberté* parle du « malheureux gouvernement de Vichy ».

Les principaux rédacteurs de *Liberté*, comme la plupart de ses premiers lecteurs, appartenaient avant 1940 soit au Parti démocrate-populaire, soit aux Nouvelles Équipes françaises, fondées juste avant la guerre et qui avaient l'ambition de réunir, quelle que soit l'organisation à laquelle ils appartenaient, les catholiques qui croyaient en la démocratie. Ils font partie de ce que l'on pourrait appeler « la famille démocrate-chrétienne », héritière d'une tradition déjà ancienne : celle des hommes qui, spontanément ou suivant les consignes des papes en faveur du ralliement à la République, ont été à la fois catholiques et républicains, des hommes qui ont refusé de confondre leur attachement à la foi avec la fidélité au régime monarchique.

Après 1905, les jeunes gens du Sillon, Marc Sangnier en tête, chantaient :

> « On a voulu nous affranchir
> de notre foi religieuse.
> Les peureux ont maudit « la gueuse ».
> Mais nous qui voulons voir fleurir
> sur notre sol la République
> nous façonnons le lendemain
> démocrate et républicain
> qui puisera sa force en sa foi catholique. »

Tirant ses origines à la fois du Sillon et de l'ACJF, était né, après 1918, le Parti démocrate-populaire, que l'Action française accablait de ses sarcasmes, appelant ses membres les « Pédès ». Le PDP n'avait jamais réussi à percer totalement bien que ses députés, en petit nombre, aient fait parfois figure de groupe charnière indispensable à la constitution d'une majorité gouvernementale. Il n'avait jamais été totalement accepté par les catholiques et ses candidats se heurtaient souvent à des hommes de la droite traditionnelle soutenus par l'épiscopat et le clergé. En 1936, le jeune professeur d'histoire Georges Bidault, candidat démocrate-populaire à Domfront dans l'Orne, et qui proclamait être républicain, « pas seulement républicain d'étiquette, républicain de cœur et de raison », avait été battu par un homme de droite, Roulleaux-Dugage, membre de la Fédération nationale catholique, qui avait l'appui du clergé.

Tous les démocrates-chrétiens n'étaient pas au PDP. Certains groupes, notamment la Jeune République, se tenaient à l'écart de ce parti. Mais les uns comme les autres, s'ils étaient à peine tolérés par les catholiques, n'étaient guère mieux acceptés par les républicains qui leur reprochaient leur appartenance à l'Église.

À l'égard du régime de Vichy, les députés démocrates-populaires ont été d'abord divisés. Les uns ont voté pour les pleins pouvoirs à Pétain, d'autres contre – parmi ces derniers, Auguste Champetier de Ribes, ancien ministre et l'un des principaux animateurs du Parti, qui a expliqué à la sortie du Casino de Vichy : « Je n'ai pas voté contre le Maréchal. J'ai voté contre l'armistice. Il fallait lutter encore, essayer de se reprendre. » Trois de ceux qui ont voté les pleins pouvoirs, Reille-Soult, Goussus et Saudubroy ont même signé, le 9 juillet, un manifeste rédigé par Bergery, qui réclamait la création d'un « parti national unique », s'élevait contre la composition du gouvernement Pétain jugé trop semblable à ceux de la IIIe République, et prévoyait déjà l'éventualité d'une collaboration. Parmi les signataires on trouvait aussi les noms de Déat, Tixier-Vignancour, et de socialistes comme Deschizeaux ou Soufflet. Quelques-uns ne devaient pas aller très loin dans cette voie, et Reille-Soult, par exemple, devait jouer ensuite un rôle actif dans la résistance du Tarn, aux côtés de Charles d'Aragon.

Chez les militants de base, ou parmi les démocrates-chrétiens moins directement engagés dans la vie politique, donc moins soumis aux influences et aux combinaisons du Vichy des premiers jours, la réaction a été plus nette. Et le développement de *Liberté* – la diffusion du journal atteint bientôt quarante-cinq mille exemplaires – en témoigne.

Samaritains, clandestins et martyrs

Connus ou anonymes, des religieux, des prêtres ou des laïcs, un peu partout en France, au nord comme au sud, passent à l'action, ébauchent les premiers gestes de résistance.

Gaston Tessier, secrétaire général de la CFTC, participe à Paris au comité de rédaction d'un des premiers journaux clandestins : *Arc* – « Que l'Arc dont Jeanne a porté le nom soit notre signal », lit-on au-dessous du titre. *Arc* a été fondé par Jules Correard, un inspecteur général honoraire des finances, ancien professeur à Sciences Po. Le pasteur protestant Durrlemann y collabore également. Vingt numéros paraîtront entre octobre 1940 et janvier 1941.

À Saint-Saulge, dans la Nièvre, le 19 juin, le père Riquet, jésuite, cite aux officiers de son régiment la phrase de Foch : « Une bataille perdue, c'est une bataille qu'on croit avoir perdue. Une bataille gagnée, c'est une bataille dans laquelle on refuse de s'avouer vaincu. »

À Nancy, un dimanche d'août 1940, l'abbé Mansuy évoque devant un auditoire de prisonniers l'évangile du Bon Samaritain et leur dit : « Si jamais vous avez besoin d'un Bon Samaritain, voici mon adresse. » Cette adresse sera utile. À partir de ce moment, et jusqu'à son arrestation, l'abbé Mansuy recevra et hébergera près de deux mille cinq cents prisonniers venus des camps de Lorraine. Il faut les habiller, les héberger soit au presbytère, soit dans une maison de retraite appartenant aux jésuites, avant de les diriger vers la zone libre. Quand la Gestapo vient arrêter l'abbé Mansuy, qui a perdu le bras gauche et l'œil droit en 1914-1918, les policiers lui déclarent en guise d'entrée en matière que son adresse est dans tous les camps.

À Toulouse, l'abbé Naudin accueille dans son presbytère de banlieue des aviateurs anglais, des Polonais, des Hollandais, des Français qui n'ont tous qu'un seul but : passer les

Pyrénées, gagner l'Espagne et de là l'Angleterre, le pays de la liberté où l'on peut reprendre le combat. Ils attendent chez l'abbé Naudin d'être pris en charge par une filière organisée par *Combat* et animée par Pierre Dumas. Mais un jour les Allemands découvrent cette retraite. Ils viennent arrêter l'abbé Naudin qui sous les coups a un cri de tout son être : « Et puis merde après tout, vive la France ! »

À Rosendaël, près de Dunkerque, un jeune vicaire barbu, René Bonpain, personnage pittoresque et attachant, défile tous les jeudis et tous les jours de vacances en tête d'un patronage de sept cents gosses. Son enthousiasme et sa débrouillardise sont célèbres à des kilomètres à la ronde : n'a-t-il pas récupéré sur les plages de l'évacuation un avant-train de combat, des side-cars et une cuisine roulante, qui servent les uns à transporter le matériel et le ravitaillement, l'autre à cuire des kilos de pommes de terre frites, bien accueillies en ces temps de restriction ? Personne n'ignore les sentiments qui animent l'abbé Bonpain. On sait moins que dès les premiers mois de l'occupation, il a commencé à faire « passer » du courrier et des hommes. Très vite, il se lance dans une résistance plus active encore, entre en liaison avec des équipes de sabotage, puis participe au réseau « Alliance » qui travaille pour l'Angleterre et dispose, chez le concierge de l'hôpital de Rosendaël, d'un poste émetteur. L'abbé Bonpain, qui a de nombreuses relations, n'a guère de peine à obtenir des renseignements sur les entrées et sorties de bateaux au port de Dunkerque, les mouvements de troupes, les installations de défense côtière des Allemands – ce sont parfois les enfants du patronage qui les lui apportent. Il sera arrêté le 19 novembre 1942, condamné à mort le 19 mars 1943, et fusillé le 30 mars au fort de Bondues, près de Lille.

Dans la même région, des catholiques fournissent le gros de l'encadrement du mouvement « Voix du Nord », fondé par le socialiste Jules Noutour et un disciple de l'abbé Lemire et de Marc Sangnier, Natalis Dumez.

Dès les premiers jours, les maisons religieuses comme l'abbaye de Thymadeuc, près de Vannes, ou la Maison de Coat an D'Och, dans les Côtes-du-Nord, appartenant aux Salésiens, accueillent des prisonniers évadés.

À Nevers, une religieuse infirmière de l'hôpital, d'origine alsacienne, sœur Thérèse, fait réformer, grâce à des radios truquées ou de fausses déclarations, près de deux mille prisonniers malades, fabrique des fausses cartes d'identité et favorise des centaines d'évasions.

Ailleurs, d'autres diffusent des tracts ronéotypés. À Aix-en-Provence, un groupe de jécistes animé par Rémy Montagne entreprend de publier les notes d'écoutes de Radio Vatican, en pensant qu'il n'y a rien de tel pour en imposer au clergé local. Or, Radio Vatican lance quotidiennement des appels à l'espérance et des mises en garde :

« Qu'est-ce que l'ordre nouveau, l'intégration, la collaboration ? Pour qu'une intégration, une collaboration soient équitables, il faut que chaque partie en profite et garde sa personnalité ; sans cela, autant parler de l'intégration de l'antilope au lion. »

« Ne craignez rien, le salut viendra aussi immanquablement que le soleil remonte à l'horizon. »

« Ne croyons pas au loup devenu berger, surtout quand notre information est soumise à des entraves aussi évidentes. »

À Marseille, ce sont les pères dominicains de la Sainte-Baume qui diffusent *La Voix du Vatican*. Ailleurs encore, un mariste, le père Fillère. *La Croix*, qui essaye de reproduire ces textes, est généralement censurée, mais réussit quelquefois à annoncer les heures d'écoute.

D'autres encore, connus ou inconnus, s'affilient à des petits groupes locaux. Des curés qui disposent d'une ronéo pour leur bulletin paroissial se voient demander de l'utiliser pour tirer les premiers tracts de la Résistance.

À Bordeaux, le père de Jabrun, jésuite qui était avant-guerre l'aumônier des forains, des clochards et des filles perdues, fait évader des prisonniers et héberge des aviateurs anglais, des Nord-Africains, qu'il transporte dans la voiture de l'intendant de police régional, le colonel Duchon. Il sera arrêté le 25 juin 1943, envoyé à Fresnes puis à Sarrebruck et enfin à Buchenwald où on lui fera faire la « marche du crapaud » (avancer en sautant, jambes ployées, mains nouées derrière la tête), et où on lui déchirera son bréviaire. Il portera l'étiquette N. N., *Nacht und Nebel*, Nuit et Brouillard, et mourra le 25 décembre, le jour de Noël.

Dès 1941, quatre pères dominicains sont amenés à la prison de Fresnes. On reproche au père Desobry, prieur, d'avoir commenté publiquement l'encyclique *Mit Brennender Sorge*, qui condamne le nazisme.

Obstacles et détours

À Monaco, l'abbé Jean Boulier, spécialiste du droit international chrétien, est curé de la paroisse Sainte-Dévote. Le 18 juin, cherchant à s'informer, il écoute la BBC, et il est donc l'un des rares à entendre l'appel du général de Gaulle. Il n'hésite pas une seconde : il lui envoie, à Londres, une lettre d'adhésion. Il voudrait bien le rejoindre. Mais il est curé de paroisse. Il se résigne donc à rester. Et à chercher des hommes qui pensent comme lui. En ce magnifique début d'été, tout un monde international s'agite dans la Principauté ; les Anglais y sont encore assez nombreux. Il est donc relativement facile à l'abbé Boulier d'entrer en contact avec l'Intelligence Service qui se hâte d'étendre ses liaisons sur la Côte d'Azur. Il rencontre aussi un des premiers résistants français, Claude Bourdet. Et il prononce des sermons vigoureux qui déplaisent fort à son évêque, monseigneur Rivière. L'un de ces sermons va faire déborder la coupe. C'est à la fin de 1941. Dans un cinéma de Monte-Carlo, la propagande allemande fait projeter un film antisémite, *Le Juif Süss*. Le lendemain, dans la cour du lycée, les élèves se battent, pour ou contre les juifs. Le dimanche suivant, l'abbé Jean Boulier monte en chaire :

« *Le Juif Süss*, dit-il, est un film à proscrire. C'est un film qui excite à la haine entre les citoyens d'une même patrie. »

Deux jours plus tard, on lui signifie un arrêté pris par le ministre d'État, qui l'expulse de la Principauté, ainsi que des Alpes-Maritimes et de l'Hérault (où le prince Rainier fait ses études).

À la demande de l'abbé Boulier, le maire de Monte-Carlo intervient auprès du ministre d'État :

– Vous auriez dû, lui dit-il, demander au moins l'avis de l'évêque avant d'expulser le curé de Sainte-Dévote.

– L'évêque ? répond le ministre d'État. Mais il y a des semaines qu'il me demande de prendre cette mesure.

L'abbé Boulier part pour Lyon, puis pour la zone occupée.

L'itinéraire qui mène certains catholiques à la Résistance active emprunte parfois de curieux détours. En septembre 1939, le père Bruckberger, dominicain, écrivain, poète, et parfois cinéaste, a demandé à être versé dans les corps francs. Il s'y est trouvé sous le commandement d'un officier dont les exploits défraient l'actualité de cette morne « drôle de guerre », et dont la photographie en gros plan va même orner une semaine la couverture de *Match :* Joseph Darnand. Le dominicain et le baroudeur se lient d'amitié. Blessé le 11 juin 1940 à Chantilly et fait prisonnier, le père Bruckberger s'évade le 13 juillet, franchit la ligne de démarcation et rejoint à Nice à la fin du mois son ami Darnand. Celui-ci, ulcéré à l'idée de devoir cesser le combat, a voulu rejoindre le général de Gaulle. Mais il a cru bon d'aller à Vichy en demander la permission au maréchal Pétain. « Voyons, Darnand, vous ne me ferez pas ça », a répondu le nouveau chef de l'État. Quand on s'appelle Darnand, qu'on a un gros courage mais peu de sens politique et qu'on essaye de compenser cette lacune par un sens strict de l'obéissance militaire, on suit aveuglément les ordres d'un maréchal de France. Darnand est donc resté.

À Nice, le père Bruckberger et son chef de corps franc créent ensemble la section départementale de la Légion des combattants. Darnand a expliqué son but au père Bruckberger : il veut regrouper les combattants pour essayer de redresser le pays, l'enlever aux mains des politiciens et préparer enfin la revanche. Comment ? Ce dernier point n'est pas très clair dans l'esprit de Joseph Darnand. Le père Bruckberger, en tout cas, ne lui cache pas qu'il est gaulliste. Et c'est ainsi que commence leur provisoire association. Ensemble, ils prennent la parole au cours de la première cérémonie légionnaire sur la principale place de la ville.

Mais bientôt le père dominicain se sent de plus en plus mal à l'aise dans la Légion, instrument fidèle d'un régime qui prône officiellement la politique de collaboration. Voici, au printemps 1941, qu'on lui demande, comme à tous les légionnaires, de prêter un serment de fidélité au régime. Ce qui le décide à partir : « Moi, dit-il à Darnand, quand un chef d'État demande un serment, je m'en vais. »

Mais puisqu'il avait fait acte public d'adhésion à la Légion, il veut la quitter par un acte public. En mai, l'un des thuriféraires du régime, Henri Massis, lui en fournit l'occasion. Devant une large assistance, aux premiers rangs de laquelle se trouvent le préfet et monseigneur Rémond, l'évêque de Nice, Henri Massis prononce une conférence sur Péguy – toujours lui. Et comme il cite inexactement un texte de Péguy, le père Bruckberger provoque une sorte de petit scandale en lui portant la contradiction. Étant, lui aussi, un familier de Péguy, il rétablit le texte exact : « Nous ne nous abusons pas quand nous croyons que tout un monde est intéressé dans la résistance de la France aux empiètements allemands. Et que tout un monde périrait avec nous. Et que ce serait le monde même de la liberté. Jamais l'Allemagne ne referait une France. C'est une question de race. Jamais elle ne referait que de l'empire et de la domination. »

Le lendemain, le père Bruckberger est appelé par l'évêque de Nice :

– De quel droit, demande monseigneur Rémond, avez-vous fait cette intervention publique ?

– Du droit de qui a fait la guerre.

– Je dois vous demander de quitter le diocèse. Le préfet exige que vous quittiez le département.

– Monseigneur, laissez faire le préfet. S'il veut m'expulser, qu'il prenne un arrêté. Ne vous mêlez pas de cette affaire. Je n'ai rien fait contre la morale. Je n'ai pas attenté à la foi ou aux bonnes mœurs.

– Mon Père, comprenez-moi. Je ne peux pas refuser cela au préfet. D'ailleurs, le ministre de l'Intérieur lui a téléphoné spécialement à votre sujet.

L'évêque maintient sa décision. Avant de quitter les Alpes-Maritimes, le père dominicain va voir Darnand, pour lui annoncer que, décidément, ils ne sont plus dans le même camp. « Je suis trop vieux, je me range des voitures, répond celui-ci, mais si j'étais jeune, je ferais comme vous. »

Le père dominicain, désormais errant, prend des contacts avec les premiers résistants. Il sera arrêté par les Allemands en 1942, et passera cinq mois en prison. Libéré, il camouflera ses activités en réalisant un film : *Les Anges du péché* [1].

1. Quand le père Bruckberger est arrêté, le bruit court à Vichy qu'il va être fusillé. Joseph Darnand, devenu chef du service d'ordre légionnaire – la future Milice – prend immédiatement le train pour Paris où il demande à Abetz, ambassadeur d'Allemagne, la grâce de son ami. Après la Libération, quand Darnand sera condamné à mort, le père dominicain obtiendra la permission de l'assister dans sa cellule de Fresnes, jusqu'à son exécution.

Les hésitations d'*Esprit*

Certains catholiques hésitent sur la tactique à adopter à l'égard de Vichy. C'est le cas d'Emmanuel Mounier, directeur de la revue *Esprit*. Mobilisé dans les chasseurs, il a été fait prisonnier près de Saintes, dans les Charentes, avant d'être libéré et démobilisé. Durant l'été 1940, il s'est installé avec sa famille, à Lyon, dans une petite chambre envahie par le haut-parleur d'un cinéma voisin, qui sert en même temps de salle à manger, de lieu de réunion et de bureau provisoire pour la revue.

Car Emmanuel Mounier veut relancer *Esprit*. Il ne regrette guère le régime qui vient de disparaître. Il en a toujours critiqué, avec violence, les tares et les insuffisances. C'est même ce qui l'a séparé des démocrates-chrétiens. « On ne dénoncera pas assez, écrivait-il en 1931, le mensonge démocratique en régime capitaliste. » Une république formelle ne lui suffit pas. Il aspire à une révolution qui rejette l'individualisme du capitalisme libéral mais aussi l'encadrement massif du marxisme, une révolution qui soit à la fois personnaliste et communautaire. Il ne propose pas à ses contemporains de solutions toutes faites, mais il leur lance un appel à la recherche et à l'action. Aux catholiques, il demande d'abandonner cet air de « chien battu » qui est trop souvent le leur quand ils affrontent le monde moderne. Il demande de rompre la solidarité entre politique et religion. Aucun engagement, quel qu'il soit, ne doit être confondu avec la cause du Christ. Il veut briser les barrières qui enferment les catholiques dans un « ghetto ». Il veut faire de sa revue un lieu de rencontres entre croyants et incroyants. On trouve beaucoup de catholiques parmi ses collaborateurs, mais aussi des protestants comme André Philip et des incroyants comme Pierre-Aimé Touchard. Ils sont tous d'accord sur l'objectif : *Esprit* est une lutte permanente contre tout ce qui opprime la personne, et un rappel des exigences de l'esprit dans le combat politique.

Ce que Mounier ne peut supporter chez les démocrates-chrétiens, c'est une espèce d'idéalisme vague. « Nous leur reprochons précisément, écrivait-il en 1934, de n'avoir pas [...] cherché avec suffisamment de grandeur l'audacieuse trahison qui les eût poussés à l'avant-garde, au lieu de les paralyser dans les fluctuations modérées jusqu'à en faire trop souvent la dernière et malsonnante remorque de la réaction. »

Et quand il les voit s'opposer à Vichy, il pense que c'est encore, de leur part, une réaction de type « ghetto », qu'ils ont peur de l'aventure, qu'ils préfèrent les regrets stériles du passé à la recherche de solutions nouvelles. Pas plus qu'eux, il ne se satisfait de voir les hommes de l'Action française dans les avenues du pouvoir. Il ne s'attend pas que le nouveau régime puisse accorder aux hommes qui pensent comme lui beaucoup de satisfactions. Mais cela ne lui paraît pas être une raison suffisante pour s'en écarter totalement.

Les hésitations de Mounier au cours de l'été 1940 sont particulièrement significatives d'un débat qui existe alors dans bien des consciences et dans bien des groupes. Le journal qu'il tient alors fidèlement en donne un exact reflet. Il y écrit le 4 août : « Est mort ce qui était mort ; un nouveau visage est imposé à l'histoire qui nous attend, un visage autoritaire ; nous ne pouvons éluder les oscillations à grande amplitude de l'histoire, ni travailler à contre-courant de ses données élémentaires ; il ne reste qu'à assurer les mêmes fidélités, avec des gestes et des formes nouvelles, dans la matière nouvelle. » Mounier et son ami Jean Lacroix, professeur lyonnais et l'un des animateurs des Semaines sociales, ont rencontré ce jour-là Charles Blondel qui a lancé une formule à laquelle ils adhèrent entièrement : « Faire de l'armement spirituel clandestin. » C'est-à-dire profiter de ce que Vichy utilise leur vocabulaire, parle à tous échos de communauté et de droits de la personne, cite Péguy à temps et à contretemps, se réfère sans cesse aux valeurs spirituelles, pour introduire sous ce vocabulaire le contenu qu'ils désirent.

Devant cette attitude de Vichy, les démocrates-chrétiens disent : l'étiquette est la même, mais il y a tromperie sur la marchandise, donc dénonçons la tromperie.

Mounier répond : profitons de ce que l'étiquette est la même pour mettre dessous la bonne, la vraie marchandise. Ne s'illusionne-t-il pas sur ses possibilités d'action ? Il veut faire, en somme, ce qu'on appelle en politique de « l'entrisme », parfois du noyautage.

Il va faire un tour à Vichy. Il n'en revient pas enthousiaste. Pourtant, il lui semble découvrir du côté du ministère de la

Jeunesse des possibilités d'agir dans le sens qu'il désire. Il y a trouvé des hommes nouveaux qui pensent à des solutions nouvelles. Il voit dans le mouvement « Compagnons » qui vient de naître, et qui veut rassembler des jeunes de tous milieux et toutes opinions, une occasion pour les jeunes catholiques de travailler fraternellement avec d'autres, hors de leurs propres mouvements à l'égard desquels il a toujours manifesté une certaine défiance – toujours l'obsession du « ghetto ». Le maréchalisme outrancier qui est alors celui des « Compagnons » et des milieux « jeunesse » de Vichy ne l'incommode apparemment pas trop. Il donnera chaque semaine un article à l'hebdomadaire *Compagnons*, jusqu'à ce que Vichy jette l'interdit sur lui.

Ses hésitations persistent cependant. À François Perroux, qui partage son opinion sur la rupture avec le passé mais voudrait aller plus loin encore, il écrit en septembre : « D'où vient que je ne mette pas ton feu à dépoétiser la défunte troisième, et moins d'ardeur que je n'en ai placé contre le monde de l'argent ? D'un décalage d'expérience et d'ancêtres, je crois… Boursiers ou fils de boursiers […] avec nos pères, nous avons appris une république héroïque, stylisée certes, mais qui eût pu être, qui fut à l'état naissant dans les années 1880, comme dans le socialisme primitif… Nous savons, par nos origines mêmes, que nous sommes ceux qui devons sauver ce qu'il y avait d'authentique ou dans ces réalités, ou dans ces espoirs ; plus sensibles que toi peut-être à ce que, sous la pourriture et l'odieuse tromperie des comitards, le mot « républicain », ou « socialisme », conserve de valeur secrète. Ne vois dans ce léger temps d'arrêt que tu dois noter chez nous… que le désir de *sauver*, au sens religieux du mot, et non pas de préserver. Cette république-là, c'est un peu à mes yeux comme ces sanctuaires chargés de laideur, avilis de commerce, tant crasseux du siècle, et que sauvent pourtant tant de prières humbles, naïves, d'espérance totale. »

En octobre 1940, il reçoit l'autorisation de faire reparaître sa revue. C'est une nouvelle occasion de débat. Des hommes comme Marcel Prélot, professeur de droit à Clermont-Ferrand, ou le syndicaliste Paul Vignaux disent à Mounier et à Jean Lacroix : « Le seul fait de paraître vous engage dans le compromis. » Lacroix répond : « Je suis d'accord, il n'y a qu'à souhaiter le succès de l'Angleterre, non parce qu'il résout les problèmes mais parce qu'il les laisse en suspens. Mais je dresse mes batteries dans l'hypothèse du pire. »

Et Mounier, relatant cette conversation dans son journal, la commente ainsi :

« Oui, si possible succès de l'Angleterre. Non, aucune compromission avec le nazisme. Mais on ne fonde sa présence à l'histoire ni sur un futur indépendant de nous, ni sur une négation. Donc sur la réalité actuelle complexe, en opposant, faute de mieux par écrit (et beaucoup mieux par le bouche-à-bouche et dans l'influence), un silence total à ce qu'on désapprouve, peser de toute sa force dans le sens des déterminations heureuses, être présent à ce qui, indifférent en soi, est dans la ligne de l'histoire et survivra à tous les événements afin d'éviter que cela se fasse sans nous, nous rejette de l'histoire, et se fasse peut-être de manière aberrante. Se refuser, d'un mot, de livrer déjà un régime mixte comme celui de Vichy (à qui ma position de citoyen français m'attache bon gré mal gré) à ses déterminismes intérieurs, de désespérer en avance sur l'événement. Si les déterminismes internes ont le dessus, nous n'aurons le droit de jeter l'anathème, ou de nous replier définitivement, que dans la mesure où nous aurons fait effort pour les contrecarrer. » Tel est donc le sens qu'Emmanuel Mounier donne à la politique de présence au nouveau régime qui est en train de s'édifier à Vichy. On a rarement donné une aussi claire illustration de « l'entrisme ».

Esprit reparaît donc. Et comme ses confrères, Mounier apprend les interminables et irritantes luttes avec la censure. Il fait face également aux critiques, ou aux réserves de ses amis. Les anciens collaborateurs de la revue restés en zone occupée sont très réticents. Un autre ancien, Daniel Villey, prisonnier libéré, débarque à Lyon en mars 1941, et le débat recommence :

– Vichy est un gouvernement aux ordres de l'Allemagne, dit Daniel Villey, un gouvernement d'ordre moral. Nous devons donc le relayer dans la tâche à laquelle il a manqué : organiser la résistance systématique à l'Allemagne, notamment en sabotant son action. Puisque de toute façon la France n'est pas libre, ne rien laisser paraître, comme *Esprit*, qui puisse donner le sentiment qu'elle l'est.

– La France, répond Mounier, est divisée en trois ou quatre tronçons. Et tous ceux qui collaborent à *Esprit* pensent comme moi qu'il faut maintenir français ce petit tiers dont nous avons la garde, y lutter contre les intoxications subtiles, y former des hommes pour demain. Si nous nous abstenons, tout cela risque de glisser lentement au nazisme. Or, nous sommes dans une situation encore ouverte, et nous contribuons à la maintenir ouverte. Des milliers de personnes nous lisent dans cette zone sud, comme l'organe de l'indépendance et de la résistance.

Le numéro de juillet 1941 de la revue apporte un nouveau témoignage des hésitations de son directeur. La Russie vient d'entrer en guerre, et Mounier souligne qu'« il n'est personne qui ne soit prêt à saluer la chute du sombre régime stalinien le jour où elle se produira, comme une délivrance pour l'Europe, si elle ne s'accompagne pas de conséquences équivalentes dans le mal ». Staline est en effet le « vampire d'une grande espérance humaine », un « petit tyran rusé, vaniteux et sanguinaire ». « Si les vicissitudes du conflit lèvent du monde que nous préparons pour après-demain cette redoutable hypothèque », Mounier ne semble pas près de le regretter. Il demande pourtant que l'on ne se laisse pas abuser par le mot « croisade » ; pour un chrétien, le communisme signifie : devoir non rempli, tâche irréalisée du christianisme. « On peut écraser le régime de Moscou sous les orages de feu, stériliser au fer rouge la plaie politique et sociale qu'il a développée sur le corps affaibli de l'Europe, le mal renaîtra si… les conditions… subsistent, si les désordres qui l'ont entretenu participent au triomphe. »

« Il tient à l'honneur de l'Europe, conclut sur ce point Mounier, que sa « croisade » contre le communisme ne soit pas la croisade des pharisiens. »

Mais les événements se chargent de dénouer le débat sur l'existence de la revue. Ses positions déplaisent de plus en plus au pouvoir. Marc Beigbeder y a publié les *Mémoires d'un âne*, un article rempli d'allusions à Pétain : l'âne, c'est lui. On s'aperçoit des deux côtés que si l'on utilise encore parfois les mêmes étiquettes, les marchandises sont décidément trop différentes. Emmanuel Mounier est de plus en plus suspect au régime, qui lui interdit de prononcer des conférences à l'école des cadres d'Uriage. Le 15 août 1941, Darlan décide d'interdire la revue « en raison de ses tendances générales ».

Les réactions des lecteurs qui écrivent nombreux à Mounier

– parmi eux Gide, R. Martin du Gard, Brunschvicg – lui prouvent cependant que le travail de la revue n'a pas été inutile.

Les premiers refus de Vichy, de la collaboration, de la situation qui est faite à la France, suivent ainsi des itinéraires très divers. Les uns hésitent, d'autres sont spontanés.

Les uns réagissent uniquement en chrétiens : le nazisme a été condamné par l'encyclique pontificale *Mit Brennender Sorge* et cela leur suffit. D'autres en Français : l'Allemand est l'ennemi, et cela suffit. D'autres se sont retrouvés dans le camp de la Résistance sans l'avoir vraiment choisi : ils ont ouvert un soir leur porte à un prisonnier évadé, à un aviateur anglais dont l'avion a été abattu, à un homme traqué, et cela a suffi. D'autres encore font un choix politique : contre le nazisme, et contre le régime de Vichy, pour la République ; ils savent que les hommes de l'Action française occupent les avenues du pouvoir, que le gouvernement a officiellement choisi la collaboration, et cela leur suffit.

Mais les uns et les autres, dans les premiers temps, se sentent très seuls. Ils n'osent se confier. La masse est passive. Les chefs de l'Église semblent satisfaits d'avoir trouvé un « bon » régime et, très souvent, désavouent vertement les prêtres et les chrétiens qui ne pensent pas comme eux.

La Résistance, dans les premiers temps, c'est la solitude. Même quand on est rattaché à un mouvement, lointain, et de toute manière peu nombreux. C'est l'isolement. La fraternité ne viendra qu'ensuite. Avec l'organisation, le regroupement.

CHAPITRE VI

De Gilbert Dru à monseigneur Saliège : les regroupements de la Résistance

18 juin 1940, près de Saintes, dans les Charentes. Une compagnie de jeunes soldats vient d'écouter le discours du maréchal Pétain, mais ignore qu'à Londres un général de brigade a prononcé un autre discours. Ces jeunes soldats sont mal habillés, à peine armés et profondément désemparés. Ce sont des Lorrains et des Lyonnais de la classe 40 recrutés au dernier moment et que les hasards absurdes de la guerre ont jetés là, où les Allemands viendront les cueillir. Parmi eux, un étudiant lyonnais serre les dents. Mais il a le sentiment que rien n'est fini. Il l'écrira le lendemain : « Je crois plus que jamais et j'ai confiance… Battue par les armes, la France n'est pas morte si nous le voulons. »

Il s'appelle Gilbert Dru.

C'est un enfant du peuple. Il gardera toute sa vie l'empreinte de sa terre du Forez. Tellement enfant du peuple que dans le collège de jésuites où il a fait ses études, à Lyon, il a toujours étonné et inquiété les fils de bourgeois qui étaient ses condisciples. Dans la France agitée des années trente, cet adolescent a toujours pris parti, et jamais de leur côté. Qu'il s'agisse des ligues, du Front populaire, puis de Munich, il était toujours à contre-courant des « bien-pensants ». Et ceux-là le qualifiaient de communiste ou de démocrate-chrétien – les suprêmes injures. À quatorze ans, avec son ami Jean-Marie Domenach, il est devenu un lecteur passionné de *Sept*. Puis *Temps présent*. Puis *Esprit*. Et Péguy bien sûr. Il se sent de « la race socialiste de Péguy ». Toujours avec Jean-Marie Domenach – ils ne se quittent pas – il est entré à la Jeunesse étudiante chrétienne, la JEC, et il y milite avec passion. Pour lui, il ne s'agit pas d'une JEC à l'eau de rose où l'on passe quelques heures de réunion à discuter des rapports entre garçons et filles ou de la lutte contre le copiage dans les salles de classe. Impossible d'être vraiment chrétien si on ne lutte pas pour un monde plus juste.

Le 3 septembre 1939, il sent bien que ce n'est pas une guerre ordinaire qui commence là. Que la possibilité d'établir un monde plus juste, les fondements de la civilisation, les plus hautes valeurs spirituelles sont en cause. Et que c'est une sorte de défi lancé aux garçons de sa génération. « J'en place si haut l'enjeu (de ce conflit) – le vrai – que je crois qu'il n'y a que les vies de presque saints qui puissent utilement peser dans la balance » : il écrit cela en pleine drôle de guerre, le 21 octobre 1939.

Mais voilà : les Allemands qui avancent vers Bordeaux capturent au passage les jeunes recrues qui viennent d'être jetées dans le combat. Ils ne les gardent pas. Un mois plus tard, Gilbert Dru et ses camarades se retrouvent libres – dans le Gers. Désœuvrés. Et amers. Gilbert Dru remonte à Lyon, puis se fait enrôler dans les groupements de jeunesse qu'on appellera bientôt les « Chantiers » et qui ont été précisément créés pour regrouper les jeunes de sa classe qui traînent un peu partout dans la zone non occupée. Il n'y restera pas longtemps. Le caractère artificiel du système ne le séduit guère. « Je doute, écrit-il, des résultats de cette vie scoute imposée à tous dans une fusion des classes utopique. »

Il rejoint bientôt Lyon et la faculté, décidé à agir. Mais il découvre le néant. En faculté, la vie quotidienne continue, comme si la guerre n'existait pas, comme si la France n'était pas occupée aux deux tiers, et saignée à blanc. Personne ne bouge. Enfin presque : le 11 novembre, un mot d'ordre avait circulé parmi les étudiants de la faculté de lettres ; ils devaient se rendre au monument aux morts pour témoigner que la lutte continuait ; trois étudiants seulement s'y sont retrouvés, un catholique, un protestant et un incroyant.

Comment agir ? Comment réveiller cette masse inerte ? Gilbert Dru, toujours fidèle à la JEC, ne conçoit pas alors une action qui lui serait extérieure. Il pousse la JEC dans le sens de la résistance. Il faut lutter contre le « mea culpisme » comme on dit alors, contre le racisme, faire échapper la jeunesse à l'embrigadement, rappeler les valeurs spirituelles en face du paganisme nazi. Cela se traduit par quelques manifestations spectaculaires : ainsi une centaine d'étudiants lyonnais vont-ils boycotter le film *Le Juif Süss*. Pendant trois quarts d'heure ils scandent « pas de films nazis » ; ils empêchent la projection jusqu'à l'intervention de la police. Puis, un faux inspecteur de police téléphone au directeur de la salle et lui intime l'ordre de la fermer à l'heure habituelle, en laissant le spectacle inachevé.

Mais surtout, Gilbert Dru prend une part très active à la fondation des *Cahiers de notre jeunesse* (encore un titre qui évoque – volontairement – Péguy), une revue que vient de lancer l'ACJF.

Les *Cahiers de notre jeunesse*, dont le fondateur est Albert Gortais, secrétaire général de l'ACJF, veulent être « au service de la vérité et de la liberté ». Dès le premier numéro, l'éditorial d'Albert Gortais donne le ton : « Mieux vaut souffrir que trahir. » Surveillés par la censure, les *Cahiers* tentent d'y échapper en multipliant les citations. Celles de Péguy sont particulièrement fréquentes. Ainsi dans le deuxième numéro : « les vérités sont des personnes essentiellement compromettantes » ; ou dans le neuvième : « un peuple ne peut pas rester sur une injure subie ». Mais on trouve aussi Clemenceau : « une bataille perdue n'est rien quand on a des hommes, et quand ces hommes sont des Français on peut confier la France à l'avenir » ; ou encore Juvénal : « le plus grand des maux est de préférer la vie à l'honneur ». Les revues de la presse qui permettent de juxtaposer des extraits significatifs sont un autre moyen de berner les censeurs, et Gilbert Dru, qui en est chargé, y excelle. Il s'en prend avec vigueur aux « frais disciples » de Péguy. Alors que la propagande de Vichy fait le procès des intellectuels, il écrit : « Nous prenons parti pour « la défense et l'illustration » de la pensée française, pétrie de christianisme, et qui ne peut périr. »

Il arrive aussi que les articles de fond renferment – malgré la censure – des phrases comme celle-ci, écrite par Albert Gortais en novembre 1941 : « Ce que nous avons à nous reprocher, c'est notre faiblesse, non pas la cause que nous avons voulu défendre. »

Avec A. Gortais et G. Dru, l'équipe des *Cahiers* comprend Jean-Marie Domenach, Rémy Montagne, Christian Rendu, et plusieurs jésuites – les pères Fraisse, Chambre, de Lubac – lui apportent leur collaboration.

Les *Cahiers* réussiront à paraître pendant deux ans. Après quelques mois, André Mandouze succédera à A. Gortais à la tête de cette revue de jeunes. André Mandouze est un homme qui ne cache jamais ce qu'il pense, et il constitue une figure peu banale de résistant. Un résistant déclaré, qui ne comprend pas tout à fait qu'il soit nécessaire de se cacher. Professeur de lettres, il donne à ses élèves de curieux textes de thème latin, du genre « non, vous n'aurez pas l'Alsace et la Lorraine ». À Toulon, où il exerce d'abord, il se moque en pleine classe du nouveau ministre de l'Éducation nationale, Abel Bonnard. Expulsé, il est nommé à Lyon. Assistant à la faculté de lettres, il essaye lui aussi de remuer la masse des étudiants. Tout naturellement, ce jéciste d'origine participera à la rédaction des *Cahiers de notre jeunesse*.

Cette poignée de jeunes forme une équipe ardente, unanime sur quelques grands principes : patriotisme, vocation chrétienne, souci de la vérité, primat de l'intelligence. L'influence de la revue sur les jeunes, sur une partie du clergé, et même dans des milieux très divers, est incontestable.

Lyon capitale

Dans cette bataille difficile, ils ne sont pas tout à fait seuls. Les premiers regroupements s'opèrent.

Lyon a toujours été, pour le catholicisme français, une autre capitale, riche d'activités, d'initiatives, et de traditions. Elle est aussi la principale ville de zone non occupée, et beaucoup de journaux ou de journalistes parisiens s'y sont repliés. C'est ainsi que Gilbert Dru et Jean-Marie Domenach rencontrent Stanislas Fumet, le directeur de ce *Temps présent* qu'ils avaient lu avec tant de passion jusqu'en juin 1940.

Stanislas Fumet, un personnage pittoresque et attachant, tout en barbe et en frange, arborant des chemises et des cravates aux coloris extravagants, s'est installé à Lyon avec la volonté bien arrêtée d'y publier son hebdomadaire. Grâce à l'intervention d'un membre, d'origine quelque peu anarchiste, du cabinet de Laval, il a obtenu l'autorisation de reparaître, en changeant son titre. Le premier numéro de *Temps nouveau* paraît à Noël. Louis Terrenoire, un ancien de *L'Aube* qui participera à la création du journal clandestin *Libération* en est le rédacteur en chef. Il publie régulièrement des articles d'Hubert Beuve-Méry, ex-correspondant du *Temps* à Prague qui a quitté ce journal en raison de sa position sur Munich, ou de Joseph Hours, professeur de lettres à Lyon qui exerce une profonde influence sur les étudiants. Des hommes comme André Gide, Jules Isaac ou Martin du Gard se font ses propagandistes bénévoles – André Gide écrira un jour à Stanislas Fumet : « Si je suis passé du bon côté, c'est grâce à votre journal, et en particulier à vous. »

Temps nouveau, qui reçoit d'abord l'appui du cardinal Gerlier, défend les positions chrétiennes face au nazisme, à l'influence de l'Action française, en utilisant l'ironie et l'allusion. Il sert de regroupement entre la plupart des chrétiens décidés à résister. Stanislas Fumet décide d'ailleurs de créer un vaste réseau d'Amis de *Temps nouveau* à l'image des Amis de *Temps présent* qui existaient jusqu'à la défaite de juin (et dont les principaux militants, en zone occupée, sont très vite entrés dans la résistance active). Les Amis de *Temps nouveau* ne se contentent pas de diffuser le journal, ils organisent des réunions et des conférences.

Cela ne peut guère durer. Le journal est suspendu une première fois pour quinze jours, après avoir publié un écho très violent sur la manifestation des étudiants lyonnais contre le film *Le Juif Süss*. Et le 15 août 1941, Stanislas Fumet, qui se trouve à La Salette, reçoit un télégramme de Darlan l'informant que son journal est définitivement interdit « en raison de ses tendances générales ». Cette interdiction aura des effets importants : les hommes de *Temps nouveau* et tous les « Amis » comprennent qu'ils ne peuvent plus défendre leurs idées au grand jour. Ils s'initient à l'action clandestine. Quand la police française arrêtera Stanislas Fumet, un inspecteur lui dira : « Partout où nous allons nous trouvons votre nom. »

Quelques membres de l'équipe de *Temps nouveau* tentent pourtant en 1942 un nouvel essai de publication non clandestine : c'est *Positions*, qui réussira à paraître plusieurs mois et jouera un rôle actif de résistance spirituelle. *Positions* se situe d'emblée à un niveau moins politique que directement religieux. Les censeurs, ne saisissant pas toujours les appels à la résistance qui peuvent être contenus dans des études bibliques, n'interviennent pas trop. Le principal animateur de *Positions* est Roger Radisson, qui a été formé par les jésuites et a failli le devenir, et qui sera martyrisé en août 1944 par les Allemands à Saint-Genis-Laval. Il s'assure la collaboration de Gabriel Marcel, Joseph Hours, Pierre Corval, Joseph Folliet, André Mandouze, Stanislas Fumet, Charles d'Aragon, Robert Morel, le docteur Biot, le syndicaliste Marcel Poimbœuf, Marthe Tardy. Mais *Positions*, à son tour, sera interdit.

Que les journaux disparaissent n'empêche pas les hommes de se rencontrer.

La maison des Fumet, baptisée par eux Kamaalot, dans le quartier lyonnais de Saint-Just, demeure longtemps un lieu de rassemblement où se rencontrent des hommes et des femmes venus d'un peu partout, mais animés des mêmes sentiments et de la même espérance. Les locaux de la rue de Constantine, où s'était installé l'hebdomadaire, sont aussi très fréquentés. La plupart des résistants de zone sud y passent un jour ou l'autre, et même des émissaires de Londres comme Yvon Morandat qui transmet à Stanislas Fumet « les amitiés de Charles de Gaulle ». Des religieux. Des étudiants comme Dru et Domenach. Beaucoup d'écrivains. Parmi eux, Louis Aragon, le poète communiste. Le jour où la fille de Stanislas Fumet a vingt ans, Aragon vient chez lui en compagnie de Jean Prévost. À la fille, il porte un livre, au père un poème, en lui demandant de le publier dans *Le Mot d'ordre* – journal édité à Marseille par L.-O. Frossard et dont Stanislas Fumet rédige la page littéraire. Ce poème paraît en 1943, malgré les censeurs. C'est le célèbre : « Celui qui croyait au ciel, celui qui n'y croyait pas, tous deux adoraient la belle, tous deux étaient ses soldats. » Il paraît sans dédicace. Mais Louis Aragon précise à Stanislas Fumet qu'il est dédié à d'Estienne d'Orves et à Gabriel Péri, le leader communiste fusillé. Plus tard, à la Libération, il ajoutera « comme à Gilbert Dru et à Guy Mocquet », en souvenir de l'étudiant catholique qui sera assassiné en juillet 1944 sur la place Bellecour à Lyon et de l'étudiant communiste fusillé parmi les otages de Châteaubriant.

D'autres regroupements s'opèrent autour de l'équipe d'*Esprit*. Dès les premiers temps, Mounier a décidé d'organiser ce qu'il appelle des « réunions intergroupes de repliés lyonnais ». La première a lieu chez lui le 30 novembre 1940. Il y a là, au hasard des agendas libres, des hommes divers : entre autres, Jean Lacroix, Hubert Beuve-Méry, Maurice Noël (du *Figaro*), d'Harcourt, Gabriel Marcel, Joseph Hours, André Philip, Joseph Vialatoux, Stanislas Fumet, Louis Martin-Chauffier, François de Menthon, les pères jésuites Fraisse et Fessard, Maurice-René Simonnet, secrétaire général de la JEC, quelques dirigeants des « Compagnons », et Paul Vignaux. Il s'agit surtout de maintenir le contact entre les hommes qui ne sont pas d'accord sur tout – et d'abord sur l'attitude concrète à adopter à l'égard de Vichy – mais qui ont en commun d'étouffer dans le conformisme de l'époque, dans le délire de repentance, dans l'acceptation résignée de la défaite – autant de sentiments que la bourgeoisie lyonnaise qui les entoure a spontanément fait siens. Les uns sont déjà engagés dans l'action clandestine, d'autres, comme Mounier, considèrent que là n'est pas leur vocation et qu'ils sont faits pour la propagation des idées, l'analyse et la recherche. Entre eux, ils échangent des informations, des opinions.

À la fin de 1941, Mounier pense faire aboutir un vieux projet : mettre sur pied une *Déclaration des droits de la personne*. Il lui semble que cette sorte de charte permettrait de faire le bilan de toute la recherche d'*Esprit* depuis dix ans. Il réunit pour l'étudier quelques amis : Jean Lacroix et André Philip, Joseph Hours, le père Desqueyrat, Stanislas Fumet, et Jean Wahl qui est de passage. Tous sont également passionnés par ce travail. À une époque où tant d'idées sont remises en question, il leur paraît excellent de faire le point, d'écrire noir sur blanc les valeurs fondamentales auxquelles ils tiennent ensemble. Le travail commence par un exposé historique de Joseph Hours sur la *Déclaration des droits de l'homme*. Les discussions tentent d'élaborer, en trois séances d'études, une nouvelle conception du droit. Mounier commence à rédiger.

Mais le 15 septembre 1942 à quinze heures, coup de sonnette : c'est la police. Puis la succession des prisons ou des centres d'internement : d'abord Clermont-Ferrand, puis Vals-les-Bains où Mounier, François Langlade, membre du réseau « Alliance », et Bertie Albrecht, la secrétaire de Frenay, fondateur de *Combat*, font la grève de la faim, puis enfin Lyon où l'aumônier de la prison, le père Marty (que les Allemands vont ensuite fusiller), dit dans ses sermons : « Avant la guerre, la prison était un lieu de repentir où les coupables venaient payer une dette à la société. Aujourd'hui, on y trouve aussi une pléiade d'hommes honnêtes et de bons Français. Prions mes frères, pour que cesse cette anomalie. »

Mounier, à tout prendre, n'est pas mécontent de cette expérience. « Le chrétien, note-t-il, était devenu un homme qui n'allait plus en prison. Quand le chrétien, sans pour cela céder le moins du monde à je ne sais quel anarchisme naïf, considérera qu'en période troublée la prison est un de ses lieux naturels et non pas l'abomination de la désolation des familles, l'esprit chrétien aura retrouvé la station debout. »

Le 19 octobre, Mounier passe en jugement. Il n'est pas seul. Quarante-sept autres personnes sont impliquées dans la même affaire. L'acte d'accusation leur reproche : 1° d'avoir « résisté à la propagande et à la domination allemandes », 2° de s'être opposés au gouvernement et à certains de ses membres, 3° d'avoir médité et projeté l'établissement d'un nouveau gouvernement. Quelques-uns des inculpés sont en fuite : Henri Frenay, Chevance dit Bertin, Louis Cruvilier. Parmi les autres, on relève les noms de Jacques Renouvin, Michelet, le syndicaliste Maurice Guérin, le libraire Pierre Crozier. Les absents mis à part, les inculpés du « procès des 48 » ne sont pas condamnés à de lourdes peines. Mounier, par exemple, est libéré quelques jours plus tard.

Apparemment, la police ne connaissait pas entièrement les activités des hommes rassemblés dans le box des accusés. Or, il y a là des dirigeants de mouvements de résistance et de publications clandestines. Car les principaux regroupements des opposants à Vichy et à la collaboration se font désormais dans la clandestinité.

Les démocrates-chrétiens à *Combat*

En zone occupée, bon nombre de catholiques participent, on l'a vu, à des mouvements comme l'Organisation civile et militaire ou à Voix du Nord. Les militants de la Jeune République sont particulièrement nombreux à *Résistance*. D'autres travaillent pour des réseaux comme l'Alliance.

En zone sud, autour du journal *Liberté* de François de Menthon, et de son réseau de diffuseurs, se constitue peu à peu un mouvement. C'est une démarche habituelle à la Résistance.

Un des pôles de ce mouvement se situe à Montpellier, avec Pierre-Henri Teitgen, qui en est un des principaux animateurs, et dont les cours de droit attirent tous les étudiants patriotes. Pierre-Henri Teitgen, à qui un prêtre a voulu un jour refuser l'absolution pour désobéissance au Maréchal, est très vite repéré. La police de Vichy l'arrête. Lors de l'interrogatoire, il refuse de se laisser entraîner dans un débat strictement politique. « Je fais de la résistance au nazisme parce que je suis catholique et que le pape a condamné le nazisme. »

Les policiers le relâchent.

En liaison avec Pierre-Henri Teitgen, Jacques Renouvin – un ancien de l'Action française, qui y est demeuré après sa condamnation par le Vatican mais a rompu avec elle quand il a soupçonné, à tort ou à raison, quelques-uns de ses dirigeants de sympathies pro-allemandes – crée des groupes francs qui mènent des actions spectaculaires à Montpellier puis dans toute la zone sud. Au début, ces actions sont assez limitées : les hommes de Renouvin lacèrent des journaux et des affiches favorables à la collaboration, lancent des bombes lacrymogènes dans les salles où des professeurs allemands, en tournée dans la zone sud, donnent des conférences, et couvrent les murs de graffiti. Les habitants de Montpellier sont tout étonnés, un beau matin, de lire sur le socle de la statue de Louis XIV cette magnifique inscription au bleu de méthylène : « Moi, je n'aurais jamais collaboré. » C'est bien dans la manière de Jacques Renouvin, qui est surpris par ailleurs de trouver parmi les opposants à la collaboration tant de démocrates-chrétiens, ces hommes qu'il traitait avec mépris avant-guerre.

Un autre responsable de *Liberté*, dans le Languedoc, est Étienne Borne, qui deviendra, avec Léo Hamon, responsable d'une édition régionale de *Combat, Combat-Languedoc*. *Liberté* est animé à Toulouse par le docteur Parent, membre de la commission générale des Semaines sociales, cette sorte d'université itinérante qui depuis une trentaine d'années s'était installée successivement dans les principales villes de France pour diffuser les idées des catholiques sociaux. Un autre animateur toulousain du mouvement, Marcel Vanhove, d'origine nordiste, sera ensuite l'un des principaux militants du *Témoignage chrétien* clandestin.

Monseigneur de Solages, recteur de l'Institut catholique de Toulouse, met le docteur Parent en rapport avec Charles d'Aragon, qui va diffuser *Liberté* dans le Tarn. Charles d'Aragon en est déjà à son deuxième mouvement. En effet, il a participé quelque temps à une petite organisation fondée par Emmanuel d'Astier, et qui s'appelait « la dernière colonne ». L'activité principale de ses membres consistait, dans les premiers temps, à diffuser des tracts qui étaient insérés dans les journaux – d'où le nom de « dernière colonne ». Ils choisissaient de préférence les organes les plus collaborationnistes, dont les lecteurs trouvaient ainsi entre les pages des libelles du genre : « Achetez *Gringoire*, vous ferez plaisir à Hitler. » Mais cette organisation débutante n'était pas allée très loin et plusieurs de ses membres avaient été arrêtés par la police de Vichy.

Dans les Basses-Pyrénées, *Liberté* est en liaison avec l'ancien ministre de la IIIe République, Auguste Champetier de Ribes. Celui-ci inspire dans son département un journal, *Le Patriote des Pyrénées*, qui réussit malgré la censure à écrire le 29 octobre 1940 qu'« un homme né français et chrétien doit loyalisme à l'égard d'un gouvernement quel qu'il soit, mais il ne lui doit qu'un loyalisme conditionnel. Aucun gouvernement ne peut exiger plus, il n'en a pas le droit. En tant que Français, un homme de ce pays doit être loyaliste dans la mesure où le gouvernement sert les intérêts profonds du pays. »

Auguste Champetier de Ribes sera arrêté le jour même de l'entrée des Allemands en zone sud, et interné à Évaux-les-Bains, avec Léon Blum.

À Brive, le responsable régional de *Liberté* est Edmond Michelet. Il anime des activités clandestines : c'est la résistance active, celle des combattants. Mais le groupe corrézien ne dédaigne pas les manifestations spectaculaires. Ainsi, le 11 novembre 1942, trois jours après le débarquement des Anglo-Américains en Afrique du Nord, quelques milliers de personnes manifestent au monument aux morts de Brive. En tête du cortège marche madame Michelet, portant sur les bras son dernier-né ; ses six autres enfants la suivent. Les organisateurs n'avaient pas prévu que les Allemands entreraient ce jour-là en zone sud. Brusquement, les manifestants se heurtent à une colonne allemande qui pénètre dans la ville. On assiste à quelques bagarres. Le colonel allemand, antinazi et descendant de huguenots français, arrange heureusement les choses.

Durant l'année 1941, François de Menthon rencontre à plusieurs reprises Henri Frenay. C'est un autre prisonnier évadé. Militaire de carrière, Henri Frenay s'est échappé des Vosges et a rejoint la zone libre le 13 juillet 1940. Il a été nommé major de garnison à Marseille. Il s'est fixé un objectif : lutter contre la mollesse et l'acceptation de la défaite. Dans ce but, il a établi le schéma d'une organisation très structurée qui doit constituer une véritable « toile d'araignée » recouvrant tout le territoire : les membres seront groupés par six, dans des « sizaines », et cinq sizaines réunies formeront une « trentaine ». Frenay est un militaire et l'organisation qu'il crée est plus rigide que celle des démocrates-chrétiens. Mais en décembre 1940, elle compte seulement quelques dizaines de personnes. Elle a pris un nom : Mouvement de libération nationale. Elle diffuse des « bulletins d'information ». Ceux-ci sont glissés dans des magazines et envoyés ainsi à des amis qui sont priés de les dactylographier et de les répandre à leur tour.

Frenay, qui a été entre-temps nommé à Vichy au 2e Bureau de l'État-Major, donne sa démission de l'armée en janvier 1941 et s'installe à Lyon. Un capitaine qu'il a connu à Vichy, Robert Guédon, implante le mouvement en zone nord. Grâce à Bertie Albrecht, qui est assistante sociale – on dit à l'époque « surintendante d'usine » –, le Mouvement de libération nationale se développe surtout chez les assistantes sociales. La directrice de l'école des surintendantes, Jeanne Sivadon, étant protestante, le mouvement recrute aussi dans la bourgeoisie protestante. Il s'agrandit en incluant un petit groupe animé par l'abbé Armand Vallée, qui publie un journal clandestin : *Véritas*, et qui amène au MLN un jésuite, le père Riquet.

En avril 1941, les « bulletins d'information » se transforment en un véritable périodique : *Les Petites Ailes*, qui changera ensuite de nom pour s'appeler *Vérités*, et dont l'un des principaux animateurs sera Claude Bourdet.

À Lyon, Stanislas Fumet, l'ancien directeur de *Temps présent*, met en liaison Henri Frenay avec un jésuite, Pierre Chaillet. Professeur de théologie au scolasticat de Fourvière, Pierre Chaillet s'est spécialisé dans l'étude de la théologie allemande, ce qui l'a amené à faire de fréquents voyages outre-Rhin où il a pu constater l'ampleur du péril nazi. Il a publié un livre en 1938, *L'Autriche souffrante*, pour mettre en garde l'opinion. En juin 1940, il se trouvait en mission à Budapest, à l'ambassade de France. Le 14 juillet, il y a prononcé devant la colonie française et le corps diplomatique un sermon qui a fait sensation. Bientôt repéré par les agents allemands qui foisonnaient dans les Balkans, il a réussi à regagner la France, en passant par la Turquie et la Syrie, où il a été surpris de trouver les Français résignés. Cette surprise s'est muée en stupeur à son arrivée dans une France où l'on prône officiellement la collaboration. Il n'a pas eu une seconde d'hésitation : le jour même de sa démobilisation, le 2 janvier 1941, il s'est fait fabriquer une fausse carte d'identité par ses amis du 2e Bureau. En cas de besoin, il s'appellera Prosper Charlier.

Comme chrétien et comme Français, comme prêtre et comme citoyen, il faut, estime-t-il, témoigner de la supériorité des valeurs spirituelles sur la doctrine païenne du nazisme, et il faut aider les victimes de l'oppression.

À la demande d'Henri Frenay, le père Chaillet accepte immédiatement d'écrire des chroniques religieuses dans *Les Petites Ailes*, puis dans *Vérités*, sous le pseudonyme de « Testis ». Il s'attache à y démontrer que le nazisme est une doctrine fondamentalement antichrétienne et antihumaine. Le but des nazis, écrit-il, « c'est de creuser un fossé infranchissable entre les porteurs de la parole de Dieu et la jeunesse qui monte ». Il multiplie les exemples concrets. Il cite une revue SS qui a écrit « le Christ est grand, mais Hitler est plus grand encore ». Il indique qu'à Thann « l'église a été aménagée pour une cérémonie du culte national-socialiste ».

Dans le mouvement que dirige Henri Frenay se retrouvent des hommes d'origines très diverses. Les chrétiens, catholiques et protestants, y sont en assez grand nombre. C'est dans l'appartement d'Agnès Bidault, la sœur de Georges Bidault, rue Kléber à Marseille, que Frenay rencontrera pour la première fois Jean Moulin, envoyé de Londres par le général de Gaulle et qui deviendra le premier président du Conseil national de la Résistance. Henri Frenay est très désireux d'unifier les forces qui luttent contre l'ordre nouveau. Ses rencontres avec François de Menthon n'ont pas d'autre but. Elles aboutissent, au cours d'une réunion chez Charles d'Aragon dans le petit village de Soliès (Tarn), à la fusion du MLN et de *Liberté*. Le nouveau mouvement s'appellera Mouvement de libération française. Il aura un seul journal. On lui donne le nom de *Combat*, et ce nom deviendra pour tout le monde celui du mouvement. Le comité directeur comprend Henri Frenay, François de Menthon, Pierre-Henri Teitgen, Alfred Coste-Floret, Claude Bourdet, et Chevance (dit Bertin), ancien officier de l'armée coloniale. Georges Bidault y entre par la suite. Il est libéré de son camp de prisonniers au cours de l'été 1941, sa classe ayant combattu dans les derniers mois de la Première Guerre mondiale et les Allemands ayant décidé la libération de ces anciens combattants. Il devient alors le leader des catholiques résistants, à qui il répétera bientôt : « Il n'y a que deux choses qui comptent, Charles et la Nation. »

Ainsi, les démocrates-chrétiens et les syndicalistes de la CFTC, nombreux à choisir la Résistance, sortent de leur isolement : *Combat* recrute en Provence, par exemple, un assez grand nombre de socialistes et de francs-maçons. D'autres catholiques travaillent aussi pour *Combat :* Emmanuel Mounier notamment, à qui Henri Frenay demande de créer une sorte de bureau d'études, et qui fonde avec André Philip et François de Menthon les Groupes d'études de la Résistance zone sud.

Frenay aurait voulu élargir encore son mouvement. Il a proposé également la fusion à Emmanuel d'Astier qui a créé une autre organisation, *Libération*, où se retrouvent surtout des socialistes et des syndicalistes. Mais, peut-être parce que les hommes de cette tendance sont assez peu désireux de collaborer avec des démocrates-chrétiens, d'Astier se montre assez réticent.

Quelques barrières subsistent donc. D'autres se sont effondrées. Les démocrates-chrétiens, habitués à travailler entre eux, se trouvent désormais dans un ensemble plus vaste. Cette situation nouvelle entraînera par la suite bien des changements.

Témoignage chrétien

Il n'existe donc pas à cette époque de mouvement de résistance qui soit spécifiquement catholique. Mais beaucoup de catholiques résistants souhaitent que leur opposition à Vichy et à la collaboration trouve une expression originale, particulière. Ce sera l'œuvre de *Témoignage chrétien*, publication clandestine autour de laquelle vont se grouper tant d'hommes et de femmes de bonne volonté. *Témoignage chrétien* est un véritable produit lyonnais. Ce ne sont pas, pour l'essentiel, des Parisiens réfugiés qui en ont l'initiative. Ces derniers se sont assez rapidement retrouvés, ont tenté, comme Stanislas Fumet ou Emmanuel Mounier, de poursuivre sous des formes adaptées leurs efforts antérieurs. *Témoignage chrétien*, au contraire, est une entreprise toute nouvelle, fruit des circonstances, menée et montée par des hommes dont la plupart n'ont guère d'expérience de la presse. Une entreprise qui est l'aboutissement d'initiatives isolées ou des recherches de petits groupes anonymes et clandestins.

Vers la fin du printemps 1941, deux jésuites, les pères Varillon et Daniélou, alertés par un militant de la Jeunesse indépendante chrétienne (JIC), Jean Neyra, rendent visite à un troisième, le père Fessard, rédacteur aux *Études*, et spécialiste de la philosophie hégélienne, qui a publié avant la guerre de vigoureuses études sur le communisme et l'hitlérisme.

« Il faut réagir, lui disent-ils. La jeunesse est passive, particulièrement les étudiants. Il faudrait les mettre en garde car peu à peu, par les subtiles voies de la propagande, les idées nazies vont les imprégner. Il faut montrer ce que ces idées ont d'inadmissible, d'antichrétien. »

Ils suggèrent donc au père Fessard d'écrire un texte assez bref – une page – qui serait ronéotypé et distribué aux étudiants.

Le père Fessard accepte, se met au travail, mais se laisse entraîner par son sujet. Il couvre des pages et des pages. Il aboutit ainsi à un texte d'une cinquantaine de feuilles dactylographiées – les dimensions d'une véritable brochure. Dès lors, le problème de la publication se complique. Deux tentatives pour faire ronéotyper ce texte se révèlent infructueuses. Le cri d'alarme lancé par le père Fessard est-il condamné à demeurer dans un tiroir, inutile ?

À la fin de l'été, le père Fessard doit quitter Lyon pour regagner Paris : il est repéré par la police de Vichy, et il préfère l'anonymat de la capitale, même occupée ; en outre, certains de ses confrères le jugent trop « gaulliste ». Quelque temps avant de partir, il confie son texte au père Chaillet, qu'il connaît très bien, car il a appris que celui-ci voulait « lancer quelque chose ».

Depuis qu'il est rentré à Lyon, le père Chaillet n'a pas perdu son temps. Il a notamment pris en charge un vaste service d'aide aux victimes du nazisme : émigrés allemands et autrichiens, Alsaciens qui veulent échapper à la Werhmacht, juifs étrangers pourchassés, républicains espagnols. Un service de faux papiers dirigé par J. Stetten-Bernard, un dessinateur, fabrique de fausses cartes d'identité qui permettent de faire passer en Suisse ou en Espagne les hommes qui sont recherchés. Des services sociaux viennent en aide à tous ceux qui sont déjà enfermés dans les camps de la zone sud : le sinistre camp de Gurs, Rivesaltes, Récébédou, Brens, Saint-Sulpice-la-Pointe. Deux groupes sont particulièrement engagés dans cette action. Le premier est protestant : la CIMADE (Commission intermouvement auprès des évacués) a été créée en 1939, et a orienté son action après juin 1940 en faveur des internés des camps. Le deuxième est surtout composé de catholiques : Jean-Marie Soutou, fils d'un cordonnier gascon, qui épousera la fille de Jorge Semprun, et qui appartient à l'équipe *Esprit ;* Germaine Ribière, dirigeante nationale de la JECF, qui a vécu à Paris les premiers mois de l'occupation ; Donof, un juif d'origine russe, des élèves du séminaire universitaire de Lyon, et l'abbé Glasberg. L'abbé Glasberg, lui-même d'origine juive et ukrainienne, est vicaire à Saint-Alban, une paroisse « d'avant-garde » pour ce qui concerne le renouveau liturgique et le style communautaire, dirigée par l'abbé Rémilleux. Dès la fin de 1940, par l'intermédiaire de consulats étrangers, l'abbé Glasberg a pu avoir une liaison avec Londres. Il travaille avec un groupe de cheminots qui font du sabotage : avec de l'huile mélangée à de la poudre émeri, ils rendent inutilisables les essieux des wagons. D'autres, comme François Langlade et son épouse, sont membres du réseau « Alliance ». Chez ces catholiques et ces protestants, l'esprit de résistance se mêle donc à l'action charitable. Ils décident d'unir leurs efforts. Un groupe de neuf protestants et catholiques crée *L'Amitié chrétienne*, œuvre de secours aux réfugiés étrangers, dont le but presque officiellement avoué est de venir en aide aux israélites et aux victimes du nazisme. Un soyeux, Gilbert Beaujolin, frère de madame Langlade, en est le président, et l'organisation s'installe d'abord chez lui, rue du Griffon ; le secrétariat général est occupé par Olivier de Pierrebourg. Le père Chaillet en sera l'infatigable animateur. Le mouvement obtient le double patronage du cardinal Gerlier et du pasteur Boegner.

Protestants, catholiques et israélites y travaillent en parfait accord.

Ce groupe cherche des correspondants à travers la France. Peu à peu, un réseau assez étendu se constitue, qui servira à *Témoignage chrétien.*

Car la plupart des animateurs de l'*Amitié chrétienne* ne voudraient pas limiter leur action à des secours aux opprimés. « Si l'on se contente d'envoyer des colis aux gens des camps, dit l'abbé Glasberg, tout se passe comme si on acceptait le système des camps. » Il faut aider les opprimés, et en même temps lutter contre le système. Le père Chaillet est bien de cet avis. D'autant plus qu'il a reçu la visite de Robert d'Harcourt, un spécialiste des questions allemandes lui aussi, qui a été l'un des premiers à Paris à publier des tracts clandestins, et qui à son arrivée en zone sud est stupéfié par l'apathie de ses amis catholiques. « Il faut faire quelque chose, répète sans cesse Robert d'Harcourt. Que faisons-nous ? »

Peu à peu naît l'idée d'une publication doctrinale mettant en garde contre le danger nazi, et qui réunirait les efforts dispersés de ceux qui, ici ou là, polycopient « la voix du Vatican », des extraits de l'encyclique *Mit Brennender Sorge*, ou des lettres des épiscopats étrangers contre le nazisme. Il faut viser plus grand. Car tous ces efforts sont finalement très limités, et leurs auteurs isolés dans une masse passive, attachée à un gouvernement officiellement favorable à la collaboration.

Cette idée se précise au cours de plusieurs réunions. L'une, à *Esprit*, au printemps de 1941, est décevante : Emmanuel Mounier pense encore que la « politique de présence » est possible. Le père Chaillet lui répète en vain qu'il n'y aura pas résistance s'il n'y a pas d'abord rupture totale avec Vichy. Une autre réunion, au cours de l'été, chez un ingénieur lyonnais, avec plusieurs représentants de la bourgeoisie catholique, n'a pas plus d'effet : les participants sont très nombreux ; ils détestent l'hitlérisme mais font encore confiance au Maréchal ; ils répugnent donc à s'engager. Le père Chaillet est tellement déçu de cette réunion qu'il craint des fuites. Il en tire la conclusion qu'il lui faudra agir désormais dans le plus grand secret.

L'idée, cependant, fait son chemin. Elle a deux aspects. D'une part – même si leurs efforts paraissent voués à l'échec – des hommes doivent témoigner qu'ils n'acceptent pas le nazisme et tout ce qui, de près ou de loin, s'en approche. Au cours d'une des nombreuses réunions privées qui se tiennent alors à Lyon, André Philip tient à peu près ce langage : « Après tout, nous n'avons pas la certitude absolue de remporter la victoire. Mais, même dans cette hypothèse extrême, il faut que les historiens de l'avenir, quand ils écriront l'histoire de la France, puissent écrire que des Français n'ont jamais accepté. » Il faut témoigner même si, à vue humaine, c'est inutile. Et les catholiques, les chrétiens, ne peuvent être absents de ce témoignage. Un certain nombre pense au contraire qu'ils doivent être au premier rang puisque les plus hautes valeurs spirituelles sont engagées dans le combat qui déchire le monde.

Deuxième aspect : parce qu'elle a opté pour Vichy, la masse catholique ne se trouve pas en état de défense vis-à-vis de l'idéologie nationale-socialiste. Les services de la censure de Vichy veulent éviter tout ce qui pourrait déplaire aux Allemands et provoquer un incident à la commission d'armistice de Wiesbaden. La propagande nazie ne rencontre donc pas l'opposition nécessaire. Une publication qui ferait des mises au point et lancerait des mises en garde en s'appuyant sur des bases doctrinales solides apparaît indispensable. Elle se situerait sur un plan strictement religieux et non politique.

Le père Chaillet fait part de cette idée à Henri Frenay, qui l'encourage et lui promet son appui. Enfin, durant l'été 1941, le père Chaillet reçoit la visite d'un jeune laïc particulièrement actif, Louis Cruvilier. Ancien militant de l'ACJF, Louis Cruvilier avait été chargé de la propagande de *Temps nouveau*, et il avait mis en place un vaste réseau de diffusion pour le journal de Stanislas Fumet. Celui-ci vient d'être interdit. Mais le réseau subsiste, et Louis Cruvilier, désormais disponible, songe lui aussi à mettre en chantier un journal de résistance chrétienne.

Peu à peu se rencontrent ainsi les hommes qui vont lancer les *Cahiers du Témoignage chrétien*. Outre l'abbé Glasberg, et un séminariste alsacien réfugié à Lyon, l'abbé Bockel, plusieurs jésuites encouragent le père Chaillet : les pères de Lubac, Ganne, Fontoynont, et des laïcs comme Joseph Hours, Robert d'Harcourt et Alexandre Marc. Quelques jours plus tard, le père Chaillet reçoit le manuscrit du père Fessard. C'est décidé. Il va le publier, sous le titre de *France prends garde de perdre ton âme*. Ce sera le premier des *Cahiers du Témoignage chrétien*.

Le nom de la publication a été changé à la dernière minute.

Elle devait d'abord s'appeler « Témoignage catholique » et c'est pour affirmer le caractère œcuménique de l'opération que le qualificatif « chrétien » a été préféré. Le pasteur de Pury a en effet donné son accord au père Chaillet, et plusieurs pasteurs et laïcs protestants participeront à la diffusion du journal. Au début de 1942, une petite publication clandestine protestante, *La Feuille*, annoncera qu'elle cesse de paraître en soulignant que « la publication des *Cahiers du Témoignage chrétien* assemblant dans une affirmation commune de résistance chrétienne catholiques et protestants, et disposant de moyens techniques très supérieurs aux nôtres, rend inutile le maintien de notre petite feuille ».

Au début, ces moyens techniques sont fournis à *Témoignage chrétien* par *Combat*, et c'est chez un imprimeur de Villeurbanne, travaillant pour *Combat*, qu'est édité le premier numéro. Il est tiré à 5 000 exemplaires. Le texte du père Fessard est précédé d'une citation de Radio Vatican : « Il n'y a pas de doute que notre monde actuel ne soit une prison de l'esprit, avant d'être une prison du corps qu'il est aussi. »

Le père Fessard démontre que le nazisme veut détruire les plus hautes valeurs spirituelles, que sa mystique est foncièrement antichrétienne. Il donne des exemples de persécution religieuse en Allemagne, en Alsace, en Pologne. Il prouve, grâce à des textes de *Mein Kampf* ou du philosophe nazi Rosenberg, que cette persécution est une « conséquence nécessaire » de la doctrine du national-socialisme et il rappelle que cette doctrine est condamnée par l'Église.

La persécution nationale-socialiste, dit-il, est « sournoise, dissimulée et perfide ». Son application, aussi bien en Allemagne qu'en Autriche, s'est déroulée en trois temps successifs : séduire, compromettre, pervertir ou détruire. Les mêmes procédés sont employés en France, avec le concours de « plus d'un catholique – et non des moindres ».

Séduire : « On va essayer d'utiliser notre courageux effort de redressement ; l'appât sera : restauration de la nation meurtrie et avilie par cinquante ans de laïcisme démocratique, lutte contre la franc-maçonnerie et le judaïsme. »

Compromettre : « Travail, Famille, Patrie, c'est la devise de la Révolution nationale, le programme du maréchal Pétain. Comment l'Église pourrait-elle refuser son concours à un pareil programme ? »

De plus, le Maréchal a accepté le « principe de la collaboration ». Mais voici où est l'équivoque : la « collaboration » n'est en fait qu'un « esclavage que le vainqueur exerce sur le vaincu, dosant sa contrainte, sa « générosité » et ses punitions suivant que l'esclave rend plus ou moins et accepte de plus ou moins bon cœur sa situation de fait... Ainsi, l'Église et les chrétiens risquent, par l'intermédiaire de Vichy, de collaborer à l'instauration de « l'ordre nouveau », c'est-à-dire, très exactement, de reconnaître la valeur des principes spirituels du national-socialisme et de contribuer, pour leur part, à les faire régner en France et en Europe. »

Pervertir et détruire : « Pour pervertir, il faut engager de plus en plus le catholique dans la voie de la compromission. » De la même manière que l'on joue sur l'équivoque vis-à-vis du Français par l'intermédiaire de son gouvernement, on en joue vis-à-vis du chrétien par l'intermédiaire de certaines personnalités influentes du monde religieux. Le cardinal Baudrillart fait des déclarations « collaborationnistes ». Le père Gorce, dominicain, apporte dans le journal *L'Émancipation nationale* une chaude adhésion à l'ordre nouveau. Le père Bruno, carme, directeur des *Études carmélitaines*, en fait autant dans le journal collaborationniste *La Gerbe*. Des émissaires sont envoyés aux évêques ou aux prêtres que l'on juge influents. Ils disent que les Allemands ont été frappés de la puissance du catholicisme en France, « la seule institution qui soit restée debout dans l'effondrement universel ». Ils sollicitent les évêques français de dire au pape que les Allemands se montrent corrects et « compréhensifs à l'égard du catholicisme », et de lui suggérer que la condamnation portée contre le nazisme par l'encyclique *Mit Brennender Sorge* pourrait être mise en veilleuse. « L'Église de France rendrait ainsi service à la cause de la paix religieuse en Allemagne, et pour l'en récompenser, il n'est pas douteux que le gouvernement français serait amené à envisager de nouveau la conclusion d'un Concordat pour la France. »

Afin de gagner la masse des fidèles, on favorise la remise en honneur de cérémonies inoffensives : pèlerinages, processions à l'extérieur des églises, etc. Et surtout, on leur désigne des ennemis communs, rendus responsables de tous nos malheurs : la maçonnerie et le juif.

Enfin, on va plus loin et des « jalons sont posés, tendant à implanter directement la mystique antichrétienne du nazisme ». *Les Dernières Nouvelles de Strasbourg*, journal allemand, n'ont-elles pas exalté le sens germanique de la fête de Pâques, « sens plus sacré encore » que celui que lui donne l'Église ? Et J. de Lesdain n'a-t-il pas écrit dans *La Gerbe*, le journal du catholique Alphonse de Châteaubriant : « Ce Dieu qui semble évanoui, beaucoup se sont demandé s'ils ne le découvriraient pas illuminé par les cierges de Lourdes ou de Notre-Dame des Victoires… Ils ont pensé retrouver ses consolations dans les paroles que son représentant le plus exalté lancerait un jour sur le monde, du haut de la majestueuse domination de Saint-Pierre de Rome. Ils ont attendu, fervents, que la voix se fît entendre *ex cathedra* et séparât le permis du répréhensible et l'humain de l'inhumain. Cependant, toutes ces recherches, toutes ces attentes, sont demeurées vaines. »

C'est à l'apostasie, écrit le père Fessard, que la compromission veut « mener tout ce qu'il y a de lâcheté chez les catholiques français ». Quant à ce qui résiste, il reste à le détruire. En zone occupée, les mouvements catholiques sont interdits. « Le prêtre à la sacristie ! Heureux encore quand l'évêque ne se charge pas lui-même de faire cesser l'activité des militants de son diocèse ! Le cas s'est présenté. Destruction obtenue par la menace et toujours avec le fallacieux espoir d'éviter de plus grands maux. » Dans la zone sud, c'est la censure, le brouillage des ondes de Radio Vatican, l'interdiction des journaux hostiles à la collaboration.

« Tout le machiavélisme de la tactique nazie consiste à faire passer dans les faits l'identité suivante : collaboration au gouvernement du Maréchal = collaboration à l'ordre nouveau = collaboration au triomphe des principes nazis. »

Le père Fessard cite, pour terminer, une allocution de Pie XII du 29 juin 1941 : « … le triomphe du mal ne peut durer. L'heure de Dieu viendra. L'heure de la libération et de la joie, et qui permettra la résurrection de la justice et de la paix. » Et il conclut :

« En attendant l'heure de Dieu, nous ne cesserons de crier : France, prends garde de perdre ton âme ! »

Le deuxième cahier, *Notre combat*, paraît en janvier 1942, le troisième, *Les Racistes peints par eux-mêmes*, en avril. Il s'agit surtout de rassemblements de textes du pape, des évêques, de théologiens protestants, condamnant le nazisme et le racisme ;

tous ces documents sont introuvables en librairie ou dans les revues, car la censure en interdit la publication. Quelques-uns sont parvenus à Lyon par l'intermédiaire de la Suisse : l'étudiante Germaine Ribière réussit à franchir la frontière pour se les procurer.

Au total, 15 cahiers seront publiés jusqu'à la Libération. Il s'agit souvent de textes ardus, même si, à la fin de chaque cahier consacré à un problème fondamental, apparaissent quelques brefs articles d'actualité ou de polémique, écrits par le père Chaillet, Louis Terrenoire ou Stanislas Fumet. Au début, la part prise par des laïcs à la rédaction des cahiers est assez mince. Tous les articles de fond des premiers cahiers sont écrits par des jésuites : outre les pères Fessard et Chaillet, les pères Ganne et de Lubac. Ils travaillent en collaboration avec le pasteur de Pury et l'abbé Richard, directeur au séminaire universitaire de Lyon, qui sera arrêté et déporté. Le père de Lubac revoit tous les textes avant leur remise à l'impression. À partir de 1943, les laïcs joueront un rôle plus important. André Mandouze sera l'un des principaux animateurs des *Cahiers*, et ceux-ci se doubleront d'une publication plus populaire et moins doctrinale : *Le Courrier français du Témoignage chrétien*. Si le premier *Cahier* a été tiré à 5 000 exemplaires, le second atteint 10 000, et le troisième 20 000. En 1943, les *Cahiers* annonceront une diffusion de 50 000 exemplaires, *Le Courrier* atteindra un tirage de plus de 100 000. Ce qui suppose des possibilités d'impression clandestine considérables. Le principal imprimeur de *TC* est Eugène Pons, dont l'atelier, situé en plein cœur de Lyon, travaille à l'occasion pour *Franc-Tireur*. On cache des stocks de papier dans un clocher. Il faut aussi transporter les rouleaux de papier, puis les *Cahiers* imprimés, par camion. Cela suppose une organisation importante. Louis Cruvilier s'attache à la mettre sur pied jusqu'au moment où, recherché par la police, il doit s'exiler.

Cela suppose aussi de nombreux concours. Certes, des hommes et des femmes sont séduits lorsqu'ils lisent : « Comme Français et comme chrétiens, nous opposerons au combat de Hitler notre combat, car nous savons… qu'il n'y a pas de paix avec Hitler dans l'honneur français, humain, chrétien : parce que l'hitlérisme est domination, orgueil et mensonge, mais surtout mépris de l'homme. »

Ou encore :

« Nous voulons donc montrer à tous les chrétiens, et tout autant à ceux qui, sans être croyants, sont attachés plus qu'ils ne le pensent aux principes d'une civilisation chrétienne que, *sur ce plan de l'esprit*, le devoir est de résister et d'organiser la résistance au nazisme. »

Mais cet appel à la résistance est surtout entendu d'abord par les catholiques sociaux et les démocrates-chrétiens, ainsi que par le « petit peuple catholique » qui, spontanément, réagit souvent mieux que ses chefs. À Lyon, ce sont les militants de la *Chronique sociale*, un centre de recherche des catholiques sociaux animé à l'époque par Sylvie Mingeolet, Joseph Folliet étant prisonnier. Ce sont des hommes comme le libraire Pierre Crozier, chez qui on peut trouver un véritable dépôt de *Cahiers*, des militants des mouvements d'action catholique, des syndicalistes. Dans toute la zone sud, c'est le réseau des Amis de *Temps nouveau* composé d'hommes venant des mêmes horizons, des étudiants alsaciens réfugiés à Clermont-Ferrand et regroupés autour d'Alfred Coste-Floret, des prêtres et des pères jésuites, des pasteurs, des Compagnons de Saint-François, mouvement de spiritualité créé en 1927 par J. Folliet, des jécistes et des jocistes, des syndicalistes de la CFTC.

La plupart du temps, les mêmes hommes sont diffuseurs de *TC* et membres de *Combat*. Car *TC* étant un appel à la résistance, ses propagateurs sentent naturellement le besoin de s'y engager eux-mêmes activement. Et ceux qui résistent n'ont pas toujours la possibilité de choisir : si un journal clandestin n'est pas arrivé, on en diffuse un autre. Des communistes ou des instituteurs anticléricaux vont ainsi diffuser des *Cahiers*, à la demande de leurs camarades chrétiens, et à charge de revanche !

Mais cette diffusion est pratiquement limitée à la zone sud, si l'on excepte quelques dizaines d'exemplaires distribués à Paris par des jécistes. Il faudra attendre l'été 1943 pour que la diffusion de *TC* devienne importante également en zone nord. Après l'occupation de la zone sud par les Allemands (11 novembre 1942) le Toulousain d'adoption Marcel Vanhove remonte vers son Nord d'origine, les valises chargées de *Cahiers*. Des relais de diffusion s'installent à Bordeaux, avec le père Dyeusaide, dans la région de Poitiers avec mademoiselle de Saint-Seine et le père Hamel. C'est seulement au milieu de 1943 que de nouveaux centres d'impression se créent à Paris et – épisodiquement – à Besançon et à Bordeaux.

La plupart des catholiques résistants – à quelque mouvement qu'ils appartiennent – trouvent dans les *Cahiers du Témoignage chrétien* un « aliment » intellectuel et spirituel. Mais leur dynamisme et leur héroïsme ne peuvent faire oublier qu'ils sont peu nombreux. L'influence des *Cahiers* sur les milieux catholiques plus « traditionnels », attachés au régime de Vichy, est très limitée.

À Lyon, on se demande quelle est l'origine de la publication. Quelques-uns soupçonnent que « ça vient de Fourvière », sans plus. Malgré les imprudences des militants dans les premiers temps, la source exacte ne sera jamais repérée exactement : le père Chaillet, qui a travaillé au 2e Bureau, connaît l'art du camouflage [1]. Mais en dehors de Lyon, beaucoup de prêtres pensent qu'il « n'est pas possible » que *Témoignage chrétien* soit rédigé par des catholiques ; pour eux, il s'agit d'une opération communiste camouflée, destinée à égarer les chrétiens. Ce sentiment est assez largement répandu également dans la bourgeoisie catholique.

Dans les premiers temps, l'attachement à Vichy et au Maréchal est encore trop fort pour pouvoir être efficacement combattu. Ceci est particulièrement net dans l'épiscopat où la publication clandestine rencontre beaucoup de réserves – notamment du cardinal Suhard – et parfois même une hostilité déclarée. Monseigneur Delay, évêque de Marseille, ira jusqu'à la réprimande publique. Le cardinal Gerlier, pour sa part, ne sera jamais mis au courant officiellement. Il sait, bien entendu, que la publication clandestine a sa source dans son diocèse. Il lui arrivera même d'avoir, en privé, des mots assez sévères pour ses auteurs à qui il reproche de créer des difficultés au gouvernement du Maréchal. En revanche, il lui arrive de se porter garant de la foi de ces rédacteurs. De son côté, l'archevêque de Toulouse encourage les animateurs du journal, et les principaux militants de sa région : Marcel Vanhove et le docteur Parent. Une poignée d'évêques : monseigneur Théas (Montauban), monseigneur Terrier (Moutiers), et monseigneur Vansteenberghe (Bayonne), expriment également leur sympa-

1. Louis Cruvilier, recherché par la Gestapo, devra pourtant, fin 1942, se réfugier en Suisse d'où il assurera des liaisons avec le Vatican.

thie. Au moins pour la zone sud, il est possible de dresser un tableau des attitudes de l'épiscopat à l'égard du régime et de son orientation, en partant de l'attitude des évêques à l'égard de *Témoignage chrétien*.

Autour de *Temps nouveau*, de *Positions*, des *Cahiers de notre jeunesse*, de l'équipe d'*Esprit*, de *Combat*, de *Témoignage chrétien*, Lyon se trouve être ainsi un centre – le principal centre – de la résistance chrétienne. Les Parisiens qui franchissent la ligne de démarcation et arrivent jusqu'à Lyon sont frappés par l'activité et le rayonnement de ces groupes, certes limités, mais extrêmement dynamiques. Et les « Lyonnais », qu'ils soient d'origine ou réfugiés, reprochent aux Parisiens – à tort – d'être repliés dans le seul approfondissement spirituel, dépolitisés, et quelque peu apathiques. Ce qui ne les empêche pas de « faire du spirituel » eux aussi. Le père Ganne prêche un jour de 1942 à la maison du Chatelard (à Francheville, près de Lyon) une véritable « retraite pour résistants » à laquelle participent la plupart des catholiques devenus responsables de la Résistance dans des secteurs divers de la zone sud. Une retraite du même type sera prêchée par un dominicain, le père Serrant.

Toulouse : monseigneur Saliège

Un autre centre se situe à Toulouse. Très vite, les catholiques engagés dans la Résistance ont appris à regarder vers les bords de la Garonne. Là, en effet, c'est l'archevêque, monseigneur Saliège, qui entretient la flamme de la résistance spirituelle. *La Semaine religieuse* du diocèse atteindra vite un tirage très important. Des gens qui jamais, en temps normal, n'auraient lu une publication de ce genre s'y abonnent. Elle est lue dans toute la zone sud. Car elle publie – non sans démêlés avec la censure – les déclarations de l'archevêque, et des « menus propos », sortes d'échos presque toujours écrits de sa main, qui témoignent du même esprit de résistance.

« La force, écrit-il le 8 février 1942, ne crée pas le droit. Le fort ne peut pas tout se permettre. Il y a des limites morales à son action ; s'il les franchit, individu ou peuple, il finira par sombrer. » Et le 17 mai 1942 : « On est surpris d'entendre des catholiques affirmer béatement et sans réplique des erreurs énormes, par exemple celle-ci, que le vainqueur a tous les droits. »

Monseigneur Saliège a gardé de ses ancêtres paysans auvergnats l'entêtement proverbial. Parce qu'il est rusé comme eux, il ne se « découvre » jamais complètement : après une déclaration particulièrement vive, il lui arrive de se « contre-assurer » par un geste ou une parole de signification quelque peu différente. Ainsi, apparemment, se contredit-il. Seuls ses intimes savent qu'il agit ainsi par ruse. Lui-même est gêné du retentissement de ses moindres déclarations : « On veut prendre tous mes mots comme des dogmes », dit-il. C'est qu'il a le sens de la formule frappante, qui porte : sans doute parce qu'il est atteint depuis 1932 d'une paralysie qui gêne beaucoup son élocution ; ne pouvant pas parler beaucoup, il est obligé de concentrer sa pensée en de brèves formules. Encore ses auditeurs ne sont-ils pas certains de toujours les bien comprendre. « Est-ce que vous comprenez le saliège ? » demande-t-il parfois. Ce grand infirme dont les membres inférieurs refusent tout service est doué d'une énergie peu commune. Il plaisante de ses misères : « Je ne peux plus marcher, c'est vrai. Mais grâce à Dieu, ce n'est pas avec ses pieds qu'on dirige un diocèse. »

Il a toujours eu l'esprit frondeur, à l'égard de tous les pouvoirs. Et la dent dure. Pendant les années sombres de l'occupation, il portera à plusieurs reprises des jugements sévères sur les principaux chefs de l'Église de France, à qui il reproche de manquer d'énergie. Il aura toujours le souci de ne pas se désolidariser d'eux officiellement. Pourtant, il écrira en juillet 1942 ces lignes allusives, que la censure – on ne sait trop par quel hasard – laissera publier par *La Croix :* « … les impudences des uns et les compromissions des autres créent des situations confuses et équivoques qui ne reflètent ni la clarté ni la fierté des Évangiles, des Actes des Apôtres et des Épitres de saint Paul. »

Le 22 juin 1940 il avait lancé un cri dans *La Semaine religieuse :* « Nous sommes sous le pressoir et la souffrance déchire nos cœurs. Mais l'espérance demeure plus forte que la crainte, plus forte que la douleur. » Depuis – et bien que, dans les premiers temps, le prélat ait eu des mots aimables pour Philippe Pétain – il arrive à des hommes inquiets, désespérés, ou fatigués d'être seuls, de prendre le chemin de Toulouse. Ils sont certains d'être bien accueillis, dans la vieille demeure de la rue Perchepinte, par l'archevêque et son équipe. Car monseigneur Saliège est entouré d'une équipe qui partage ses sentiments sur la situation présente et les devoirs qu'elle impose aux chrétiens. Entre ses collaborateurs directs, les abbés Garail et Gèze (qui sera arrêté en mai 1943) et l'archevêque, il y a une totale communauté de pensée.

Il en va de même pour monseigneur Bruno de Solages, le recteur de l'Institut catholique de Toulouse. Avant-guerre déjà, monseigneur de Solages entretenait des liens étroits avec les démocrates-chrétiens et les catholiques sociaux, et aussi avec des réfugiés espagnols, allemands et autrichiens antinazis. Les contacts se poursuivent tout naturellement après la défaite. Mieux, ils se multiplient. Si les Allemands et Autrichiens antinazis doivent rapidement chercher d'autres refuges, plus sûrs, d'autres réfugiés les remplacent, des Français de zone occupée, des juifs, des hommes de toutes conditions traqués par les polices.

Monseigneur de Solages rencontre fréquemment et soutient des hommes comme le docteur Parent, du mouvement *Liberté*, Marcel Vanhove, de *Témoignage chrétien*, ou le syndicaliste chrétien Jean Brodier qui mène la lutte contre la Charte du Travail. Bientôt la bibliothèque de l'Institut catholique, dirigée par le chanoine Martimort, devient un centre de résistance intellectuelle : on y trouve des publications clandestines, on y tient des réunions restreintes auxquelles participent, à l'occasion, Jean Cassou et Georges Friedmann, animateurs du mouvement « Libérer et fédérer ». Car le cercle ne se limite pas aux seuls catholiques.

On n'ignore pas à Vichy les sentiments du haut clergé toulousain. À la fin de l'été 1940, quelques semaines avant la visite de Pétain à Toulouse, monseigneur de Solages reçoit la visite de madame Doumergue, la veuve de l'ancien président de la République. Elle lui rappelle que son mari était très lié avec le Maréchal. Or, elle vient de se rendre à Vichy où elle a rencontré notamment le ministre Alibert et celui-ci lui a fait part de ses inquiétudes à l'égard du clergé toulousain. On prête même à un membre éminent de ce clergé des paroles très vives. « Je préfère, aurait-il dit, une France victorieuse gouvernée par Léon Blum et les francs-maçons à une France défaite gouvernée par le Maréchal. » Et cette phrase a scandalisé.

– Vous devriez, implore la présidente Doumergue, aller à Vichy pour vous expliquer.

Monseigneur Bruno de Solages pense d'abord qu'une telle phrase est bien dans la manière de l'archevêque. Il apprendra quelques semaines plus tard que lui-même en est l'auteur – ce qu'il avait oublié : étant allé à Vichy dans le courant de l'été pour essayer d'obtenir que l'armée lui rende les locaux de l'Institut catholique transformés en hôpital, il avait rencontré par hasard le chanoine Moncelle, consulteur à l'ambassade de France auprès du Vatican et fougueux prédicateur du culte maréchaliste à l'église Saint-Louis ; celui-ci l'avait exaspéré par son optimisme béat, et c'est alors que monseigneur de Solages avait proféré la phrase « scandaleuse », aussitôt répétée par son interlocuteur et répandue dans la capitale provisoire.

D'être ainsi repéré n'empêche pas monseigneur de Solages de continuer à entretenir l'esprit de résistance par des contacts privés, des réunions, et des conférences. En 1942, lors de la cérémonie de rentrée de l'Institut catholique, il choisit « la vérité » comme thème du discours d'usage : « Ne devons-nous pas plus que jamais nous cramponner à la vérité de toute notre âme, en ces temps douloureux où une marée de mensonges cherche à nous submerger ? » La censure de Vichy s'opposera à la publication de ce passage. Son auteur s'opposera, lui, à une publication tronquée du discours : « Ce n'est pas au moment où je m'élève, au nom des droits de la vérité, contre les falsifications de tous genres, que je vais accepter de m'en rendre complice. »

Le thème du discours de rentrée de 1943 ne sera guère plus facile. Monseigneur de Solages choisit de parler de la doctrine de l'Église à l'égard du respect dû au pouvoir établi. Il rappelle la doctrine de saint Ambroise : « Il vaut mieux obéir à Dieu qu'aux hommes. » Et il ajoute : « La souveraineté de l'État est limitée par la loi morale ; toute décision contraire à la loi morale est, par nature, nulle et non avenue. » Voici la conclusion : « Bienheureux, a dit le Christ, ceux qui souffrent persécution pour la justice. »

Si une équipe ardente et fervente entoure ainsi l'archevêque de Toulouse et le soutient dans sa volonté de résistance, il n'en va pas de même de tout le clergé toulousain. Un certain nombre de curés de la ville partagent les sentiments de la bourgeoisie locale, qui a opté pour le nouveau régime. Ils supportent assez mal l'autorité de l'archevêque qui, ancien directeur de grand séminaire, a tendance à les traiter parfois comme des séminaristes : « Je sais très bien, leur dit-il, que vous ne lisez pas les papiers que je vous envoie. » Mais personne ne s'oppose directement à monseigneur Saliège. Quelles que soient les convictions intimes, c'est un silence respectueux qui s'établit autour de lui.

Et c'est à lui, tout naturellement, que le général de Gaulle adresse un message, le 27 mai 1942, par l'intermédiaire d'un agent clandestin : « Je souhaite de toute mon âme, écrit-il, que tandis qu'il en est temps encore, la voix de Messeigneurs les évêques s'élève assez clairement et fortement pour que le peuple de France perde l'impression qu'il a d'une sorte de solidarité entre les préférences du clergé et l'entreprise des gens qui ont proclamé, accepté et aggravé la défaite de la France. Si je m'adresse à vous, Monseigneur, c'est qu'il y a, me semble-t-il, des raisons de croire que Votre Grandeur a discerné ce que je me permets de lui exprimer et qu'ainsi quelque accord pourrait s'établir entre nous. »

Le porteur ne sera pas reçu et la lettre, parvenue à son destinataire, n'obtiendra pas de réponse. Mais elle ne sera pas sans effets.

À ce moment, comme à Lyon, et malgré les différences de situation, les hommes qui s'opposent au nouvel état de choses sont peu nombreux à Toulouse. Mais les uns et les autres, désormais regroupés, engagent avec vigueur le débat avec la grande masse du « milieu catholique ». Un débat qui peut ainsi se résumer : quelles sont les valeurs essentielles que les catholiques ont à défendre sur cette terre et, en conséquence, quelle doit être leur attitude dans la conjoncture présente, à l'égard du régime de Vichy et de la collaboration avec l'Allemagne ? C'est un débat fondamental – que nous allons maintenant analyser – et qui aura d'importantes conséquences par la suite, à l'intérieur de l'Église et aussi en ce qui concerne l'attitude politique des catholiques.

CHAPITRE VII

Polémiques et débats sur Vichy et la collaboration

François Mauriac est une « fielleuse hyène ». Bernanos, un « aberrant et lugubre pochard ». Maritain, un « chien ». Ces qualificatifs peu amènes leur sont décernés par Lucien Rebatet, journaliste à *Je suis partout* et collaborationniste de choc, dans son livre *Les Décombres.* La presse publiée à Paris et financée par les Allemands est coutumière de ce genre de propos. Ainsi, *Jeunesse* en janvier 1941 : « Cette tête d'épingle sous le bicorne, ce corps dégingandé de collégien sous l'habit vert, c'est monsieur François Mauriac, admirateur des déterreurs de carmélites, soutien des rouges d'Espagne et collaborateur du *Figaro.* » *Le Cri du peuple*, en novembre 1940, comparait déjà François Mauriac à « un sacristain polisson qui, après les vêpres, s'en irait trafiquer des cartes postales obscènes ».

Mauriac est la cible préférée de ces feuilles qui ne travaillent pas dans la dentelle. Il est vrai que Bernanos et Maritain sont loin. Mauriac, lui, s'est enfermé dans le silence à Malagar, se refusant à s'exprimer sous le contrôle allemand. Plus tard, il préférera l'anonymat de la capitale, plus sûr. Sous le pseudonyme de Forez, il publie aux Éditions de Minuit le *Cahier noir* dans lequel il fustige la politique sans morale des Machiavels de l'époque et aussi la soif d'humiliation qui saisit certains Français. « Nous avons fait notre choix ; nous parions contre Machiavel. » Et Machiavel supporte mal ce défi. Dès juin 1941, une conférence au théâtre des Ambassadeurs est consacrée à « Mauriac, agent de la désagrégation française ». Le père Maydieu, Jean Guéhenno, et d'autres intellectuels, chahutent le conférencier.

Francisque Gay, le fondateur de *L'Aube*, n'a pas essayé de

faire reparaître son journal après juin 1940 et, s'il a conservé très discrètement une activité intense, il ne publie plus une seule ligne. Mais Maurras, qui s'inquiète de ce que peuvent bien faire dans l'ombre ces démocrates-chrétiens qu'il exècre, n'abandonne pas facilement un tel adversaire. Autour de Francisque Gay, dit-il, se nouent « tous les fils de la conspiration gaulliste. Les bons Français ont le devoir de lui mettre la main au collet et de le conduire aux autorités compétentes. » « Nous savons où il se cache, écrit encore *L'Action française* et nous irons le fouailler jusque dans les latrines. »

Un autre adversaire favori de Maurras est Stanislas Fumet, le directeur de *Temps nouveau* : « *Temps nouveau* accomplit une œuvre de division… Il exalte la république défunte, il essaie de ramener vers elle une fraction de l'opinion catholique. Il y a des prêtres, il y a des jeunes groupes chrétiens qui, à défaut de *L'Aube* éclipsée, lisent *Temps nouveau* : on a le devoir d'en signaler le danger… Attention aux pêcheurs en eau trouble dont l'influence, si on ne les surveillait pas, pourrait devenir plus que fâcheuse. » Cet article est du 23 juillet 1941. *Temps nouveau* sera interdit trois semaines plus tard par Vichy. *L'Action française* n'aura pas eu le temps de s'impatienter…

Il arrive que des organes officiellement catholiques participent à ces attaques contre les chrétiens qui refusent le nouveau régime ou sa politique. « Pourquoi des journaux catholiques comme *Temps nouveau* sont-ils si réservés à l'égard de la Révolution nationale et du Maréchal ? » demande *La Croix du Rhône* (21 mai 1941). Et ce journal qui est publié sans désaveu de l'archevêché, s'en prend, par la plume de Paul Joatton, aux « bons chrétiens qui sont mauvais citoyens ». *Témoignage chrétien* s'étonnera que la hiérarchie catholique ne prenne pas de sanctions contre cette feuille, et l'appellera « la Croix gammée du Rhône ».

Les agressions contre les catholiques résistants ne sont pas uniquement verbales et littéraires. Une équipe du service d'ordre légionnaire attire François de Menthon dans un guet-apens à Anneçy, au début de mai 1942. Ces hommes malmènent le professeur de droit fondateur de *Liberté* et finalement le jettent à l'eau, d'où il sort cependant sans trop de mal. Laval, alors chef du gouvernement, fera quand même suspendre le Conseil local de la Légion.

Les violences et les polémiques sont l'écume du débat fondamental qui agite alors les milieux catholiques engagés, et qui concerne l'attitude à observer à l'égard de Vichy et de la politique de collaboration.

Faut-il obéir au pouvoir établi ?

À l'égard de Vichy, la quasi-unanimité des prélats prône – on l'a vu – une attitude très positive : désobéir c'est trahir, ce gouvernement est légal et légitime. Les opposants, eux, ne posent guère le problème de la légalité constitutionnelle du gouvernement : c'est une question trop complexe et, après tout, en ces temps de bouleversement, on peut considérer qu'elle est secondaire. Jean Lacroix écrira même en 1944[1] : « La légalité républicaine se trouvait du côté de Pétain, et en fait Vichy n'a été que la IIIe République, avec la publicité en moins et la trahison en plus. »

Les opposants ne sont pas tous d'accord sur la question de la légitimité de Vichy. Quelques-uns la posent ainsi : si Vichy est un usurpateur, où est le gouvernement légitime ? Après tout, en 1941, Charles de Gaulle n'est encore officiellement que le chef du mouvement des Français libres. D'autres sont sensibles à la personnalité du vieux Maréchal, symbole d'une gloire passée ; il ne faut pas le confondre, pensent-ils, avec son gouvernement ; on peut accepter le Maréchal et refuser de confier le sort du pays à Darlan, Laval ou de Brinon. Certains estiment que l'on peut attendre de Vichy des réformes heureuses – pour la correction des défauts du parlementarisme, ou la politique sociale et familiale – mais que, pour la politique extérieure, ce régime n'est qu'un vassal, un esclave. D'autres encore poussent l'analyse plus loin : le gouvernement de Vichy, disent-ils, n'est venu au pouvoir que parce qu'il a consenti à signer l'armistice ; par cet acte, il a assuré l'existence et la sécurité des Français qui sans lui eussent été livrés sans protection à l'arbitraire du vainqueur ; il remplit donc une fonction utile et sert le « bien commun » de la nation ; mais en consentant à l'armistice ce gouvernement a

1. Dans le numéro d'*Esprit* daté de décembre.

renoncé à la défense d'une cause juste; par là, il se trouve dans l'impossibilité d'atteindre un « bien commun supérieur », celui de la communauté mondiale que le nazisme met en danger. Aussi, convient-il d'obéir à Vichy pour tout ce qui est positif dans son action, et de lui désobéir dans tout ce qui est dicté par l'ennemi. Mais souligner que ce gouvernement est légitime – comme le font tant de prélats – c'est pousser les citoyens à obéir indistinctement à tous ses ordres, y compris ceux qui rendent service à l'ennemi.

Il y a aussi ceux – une petite minorité – qui pensent que tous les actes positifs de Vichy, à supposer qu'il y en ait, sont complètement annulés par sa soumission à l'ennemi, et qu'il faut donc rompre totalement avec lui, ne lui accorder de collaboration en aucun domaine. Pétain, soulignent-ils, n'est pas libre, et lui-même le reconnaît. Quand il reçoit le cardinal Liénart en avril 1942, il est en conflit avec les Allemands qui veulent lui imposer deux ministres de leur choix. « Des deux noms proposés, dit-il, j'écarterai le plus dangereux et je subirai l'autre. » D'ailleurs, Pétain, pendant toute l'occupation, connaît ses plus grands succès populaires quand il avoue qu'il n'est pas libre. Ce qui limite considérablement le devoir d'obéissance envers lui.

Tous les opposants sont à peu près d'accord pour rappeler la doctrine traditionnelle de l'Église sur l'attitude à l'égard du pouvoir établi : il faut obéir aux lois justes; il faut contribuer aux charges publiques; il faut participer à l'œuvre gouvernementale sous la double réserve de la conscience et des convenances. *Témoignage chrétien* cite cette phrase de Péguy : « Je désobéirai si la justice et la vérité l'exigent. »

Mais qu'est-ce qu'une loi juste ? Un autre débat s'engage.

La collaboration

Une loi juste est celle qui sert le bien commun de la nation, disent les moralistes et les théologiens. Quel est le bien commun, comment l'apprécier ? C'est alors que le problème de la collaboration intervient.

Trois réponses s'opposent :

– Certains pensent que le bien commun national, l'intérêt de la France, est de s'engager hardiment et sans arrière-pensée dans une collaboration avec l'Allemagne nazie.

– D'autres n'adhèrent pas à la collaboration et se défient des intentions allemandes. Mais ils jugent que la politique de Vichy à l'égard de l'Allemagne représente un moindre mal, que le réalisme commande de céder à certaines exigences du vainqueur – même si sa victoire est provisoire – pour préserver l'essentiel des intérêts français.

– Enfin, les résistants pensent qu'agir comme le fait Vichy pour préserver des intérêts matériels, c'est faillir à l'honneur.

Le premier groupe – les collaborationnistes déclarés et engagés – est sans doute assez faible numériquement. Mais il est le seul à pouvoir s'exprimer librement en zone occupée comme en zone sud. Le cardinal Baudrillart en est évidemment le porte-parole le plus remarqué. Depuis la guerre d'Espagne, le recteur de l'Institut catholique de Paris, qui avait écrit un ouvrage sur ce pays, voyait des communistes partout. Il était influencé par un entourage très conservateur. Et il avait très mal vieilli. Durant l'été 1940, il avait exprimé son adhésion au régime de Vichy en l'expliquant par la crainte d'une nouvelle Commune. Après juin 1941, quand l'Allemagne entre en guerre contre la Russie, il justifie sa prise de position solennelle en faveur de la collaboration par le danger communiste. C'est le sens de sa déclaration au journal *Toute la vie :*

« Voici qu'un grand appel d'air s'élève, tourbillonne, commence de balayer et d'assainir. Le temps de la colère est enfin venu. Le monde chrétien et civilisé se dresse dans un élan formidable pour défendre et sauver notre antique société chrétienne.

« Quelle sera l'attitude de la France, son attitude effective et définitive ? Ne nous occupons pas de contingences politiques d'intérêt particulier. N'envisageons que le bien général.

« Prêtre et Français, dans un moment aussi décisif, refuserais-je d'approuver la noble entreprise commune, dirigée par l'Allemagne, susceptible de délivrer la France, l'Europe, le monde, des chimères les plus dangereuses, d'établir entre les peuples une sainte fraternité renouvelée du Moyen Âge chrétien ?

« Voici les temps d'une nouvelle croisade. J'affirme que le tombeau du Christ sera délivré. À travers les tristesses de l'heure, l'aube luit. »

Le 14 décembre 1941, *L'Émancipation nationale* prête au cardinal de nouveaux propos qui témoignent, à propos de la minuscule Légion des volontaires français contre le bolchevisme, partie combattre sur le front russe sous l'uniforme allemand, de la même triste naïveté lyrique :

« Péguy a prophétisé la croisade, le temps de la colère, le moment que nous vivons, où les puissances du bien et du mal s'affrontent dans un combat décisif.

« Comme prêtre et comme Français, j'oserai dire que les Légionnaires de la croisade antibolchevique se rangent parmi les meilleurs fils de France. Placée à la pointe du combat définitif, notre Légion est l'illustration agissante de la France du Moyen Âge, de notre France des cathédrales ressuscitées, et je dis, parce que j'en suis sûr, que ces soldats contribuent à préparer la grande renaissance française.

« En vérité, cette Légion constitue à sa manière une chevalerie nouvelle. Ces légionnaires sont les croisés du XXe siècle ; que leurs armes soient bénies ! Le tombeau du Christ sera délivré ! »

Orchestrés par la propagande, ces textes font grand bruit. Les *Cahiers du Témoignage chrétien* répondent sèchement : « Éminence, si les vieillards ne savent plus rougir, ils peuvent songer à la mort. » Mais jusqu'à sa mort, en 1942, à 83 ans, le cardinal Baudrillart restera membre du Comité d'honneur du groupe « Collaboration », groupement « de l'énergie française pour l'unité continentale », en compagnie d'hommes comme Abel Bonnard, Abel Hermant, Pierre Benoit, Drieu La Rochelle et Georges Claude. Les positions du cardinal inquiètent jusqu'au maréchal Pétain. Recevant une délégation d'étudiants de l'Institut catholique, il leur dit : « Je l'aime beaucoup. Il est si spirituel ! Mais on me dit qu'il se laisse entraîner plus loin qu'il ne faudrait. »

Dès le lendemain de Montoire, un autre prélat, monseigneur Dutoit, évêque d'Arras, a écrit une lettre pastorale sur la collaboration. Ce sera la seule. Il s'agit, écrit-il « de créer une atmosphère nouvelle favorable au rapprochement et à la réconciliation des peuples ». Mais il ne s'agit pas « de devenir en tout les auxiliaires du vainqueur et de porter avec lui la responsabilité de toutes ses entreprises… Je collabore : donc je ne suis plus l'esclave à qui l'on interdit toute initiative de parole et d'action et qui n'est bon qu'à enregistrer des ordres. Je collabore : donc, j'ai le droit d'apporter une pensée personnelle et un effort original à l'œuvre commune : je puis dire non et même je puis dire mieux. » Il souligne enfin que les Allemands « se tromperaient fort s'ils venaient à croire que la France a purement et simplement changé de camp ».

Ce texte ambigu d'un disciple de Marc Sangnier, qui prêchait la réconciliation franco-allemande dans les années vingt et qui n'a sans doute pas perçu la différence de situation, est très utilisé par la propagande qui l'interprète dans le sens qui lui est le plus favorable : l'évêque d'Arras, dit-elle, « recommande la collaboration ». Cette interprétation n'est pas démentie.

Moins connue, la position du cardinal Suhard est plus ambiguë et, si l'on en croit les archives allemandes, assez nettement favorable à la collaboration, même s'il arrivera à l'archevêque de Paris de protéger des résistants. Ainsi, un rapport adressé à Berlin par l'ambassadeur Otto Abetz fait état d'une conversation avec monseigneur Suhard au cours de laquelle celui-ci aurait indiqué que « le clergé était disposé à faire sentir son influence en faveur de la collaboration ». Un autre rapport de même origine, en janvier 1941, croit pouvoir distinguer deux tendances dans le haut clergé, l'une incarnée par monseigneur Suhard, favorable à la collaboration et soucieuse de développer l'action pastorale de l'Église en la tenant hors du champ politique, l'autre derrière monseigneur Gerlier, anti-allemande et voulant faire de l'Église le pilier de l'État français de Vichy. Après l'entrée en guerre de l'Allemagne contre l'URSS, un rapport de Knochen, chef SS, à Abetz indique que Suhard et Baudrillart auraient proposé à leurs « collègues », sans succès, d'approuver publiquement cette guerre. Il est de fait, en tout cas, que le cardinal Suhard, le 27 août 1942, donne l'absoute au cours d'une messe solennelle à l'intention des membres de la Légion des volontaires français contre le bolchevisme (LVF) tombés sur le Front de l'Est. Il est de fait également que le bras droit du cardinal, monseigneur Beaussart, souvent présent aux réceptions données par l'ambassade d'Allemagne, formule, dans ses vœux à Abetz, en janvier 1942, le souhait que « les événements se déroulent de manière à rapprocher de plus en plus nos deux pays dans une compréhension meilleure et qui sera la condition d'une complète réconciliation ».

Il est difficile, au total, d'interpréter clairement l'attitude du cardinal Suhard. N'écrit-il pas dans son journal, en avril 1941 : « Une collaboration n'est point aujourd'hui possible puisque « subir ne peut être collaborer », or, nous subissons. » Mais il est clair qu'il ne perçoit pas le caractère radicalement antireligieux du nazisme, moins dangereux à ses yeux que le communisme, « négation radicale, dit-il, de toutes les forces spirituelles ».

Comme pour le cardinal Baudrillart, la peur du communisme inspire un curé de la banlieue lyonnaise qui écrit, sous le nom de L. Donnas, dans *La Croix du Rhône*, pour applaudir aux propos du maréchal Pétain affirmant aux légionnaires partant pour le front russe : « Vous tenez une part de l'honneur militaire. » Le Maréchal n'en pense pas un mot, dit-on à Vichy. Le rédacteur de *La Croix du Rhône* juge, lui, que ce sont « des paroles de soldat et de chef qui prend ses responsabilités, une fois de plus, dans la clarté et dans l'honneur ». Il applaudit à « cette croisade dont l'Allemagne a pris la tête ». C'est, conclut-il, « la seule politique et la seule mystique ».

La fidélité au Maréchal incite un certain nombre de catholiques à prendre des positions favorables à la collaboration. Ainsi, l'abbé Rodhain, aumônier général des prisonniers, qui adresse en août 1942 une lettre circulaire à tous les prêtres prisonniers, estime qu'il faut « suivre » Pétain en ce qui concerne les relations franco-allemandes, et il pense que les prêtres auront un rôle éminent à jouer dans la collaboration : « Créer ce climat favorable aux relations paisibles entre ennemis d'hier, mais qui donc saura mieux, dans tous les pays, l'établir que le prêtre, représentant de Celui qui est mort par amour pour tous les hommes ? Pourquoi craindre que l'Église de France boude la construction d'un monde nouveau dès lors qu'il serait établi sur des bases de justice et de charité ? Elle a trop de jeunesse et de vitalité pour rester en arrière. »

Une atmosphère assez favorable à la collaboration semble régner dans certains secteurs du clergé parisien. Le directeur de l'école Sainte-Croix de Neuilly, l'abbé Gouget, reçoit solennellement des officiers allemands devant ses élèves. Fait qui scandalisera les résistants : loin de le blâmer, l'archevêché lui accorde une « promotion » en le nommant curé d'une des principales paroisses de Paris, Saint-Germain-des-Prés.

Si quelques-uns sont séduits par la mystique nationale-socialiste, si quelques autonomistes bretons ou flamands se laissent prendre aux pièges allemands, si d'autres pensent que l'Allemagne étant assurée de vaincre il importe de « passer aux barbares », la crainte du péril communiste joue un grand rôle pour pousser vers la collaboration active une poignée de prêtres, de religieux, de religieuses et de laïcs. Un prélat de Sa Sainteté, qui n'est pas évêque mais que l'on essaye de faire passer pour tel, monseigneur Mayol de Lupé, est aumônier de la Légion des volontaires français contre le bolchevisme. Ancien aumônier militaire, il n'a jamais été officiellement nommé à ce poste par l'autorité ecclésiastique, mais celle-ci ne le désavouera jamais officiellement non plus. Il ne limite pas son rôle au soutien spirituel de ses ouailles. On le voit, au Palais de Chaillot, célébrer en compagnie de Paul Chack l'héroïsme des volontaires français. On le voit aussi, au Vel'd'Hiv', avec Doriot, participer en tenue d'officier allemand à une grande manifestation en faveur de la collaboration.

Le journal allemand *Signal* expose un jour sur sa page de couverture la photo du prélat avec cette légende : « De la Légion d'honneur à la croix de fer... Sa poitrine est couverte de seize décorations françaises et étrangères, mais il est particulièrement fier de deux d'entre elles : la rosette d'officier de la Légion d'honneur obtenue en 1938 et la croix de fer allemande gagnée sur le front de l'Est. »

Il y a aussi des prêtres pour dénoncer des résistants. Mais quelques-uns seulement. Le cas de ce prêtre hollandais de la banlieue de Paris qui, en 1944, demandera de l'argent aux jeunes pour les faire passer au maquis, les dénoncera à la Gestapo, et touchera ainsi de l'argent des deux côtés, est isolé.

En général, les cœurs réagissent mieux que les esprits. Des prêtres acquis en principe à l'idée de collaboration par peur du bolchevisme, et bien placés pour connaître des résistants, ne les dénonceront jamais, et parfois au contraire, les protégeront.

Parmi les laïcs catholiques, Philippe Henriot joue le rôle le plus actif dans les milieux dirigeants de la collaboration.

Professeur dans l'enseignement libre, puis viticulteur en Gironde, il a adhéré en 1925 à la Fédération nationale catholique du général de Castelnau, dont il est vite devenu, avec l'abbé Bergey, curé de Saint-Émilion, l'un des principaux et des plus talentueux orateurs.

C'est un « défenseur ardent de la religion, de la famille et de la société », a écrit de Castelnau à son propos, en 1936, dans *L'Écho de Paris*. Philippe Henriot était député depuis 1932 et collaborait à divers journaux d'extrême droite, de *Gringoire* à *Je suis partout*. Après la défaite, il s'est mis au service du maréchal Pétain. D'abord réservé à l'égard de la politique de collaboration, il y adhère progressivement jusqu'à devenir l'un de ses plus fervents propagandistes, soit dans des tournées de conférences, soit dans la presse et bientôt à la radio. Il sera finalement nommé secrétaire d'État à l'Information et prononcera chaque jour au micro de Vichy deux éditoriaux qui seront écoutés avec ferveur, avec agacement, avec haine, mais écoutés, par des millions de Français. « Les Français, dira Laval, adorent le bavardage politique, ils raffolent des séances de la Chambre. Henriot a institué pour eux une interpellation biquotidienne avec les gens d'Alger. » Il écrit ses articles en une demi-heure, sans hésitation ni rature, après avoir pris connaissance des dernières informations.

Dans ses éditoriaux, Philippe Henriot – qui a été l'un des premiers à adhérer à la Milice – s'en prend régulièrement aux catholiques trop tièdes à l'égard de la collaboration, et plus violemment encore à ceux qui sont entrés dans la résistance active.

L'Église hiérarchique et l'occupant : « réalisme »

Moins farouchement collaborationnistes, des hommes comme le chanoine Polimann, ancien héros de la « tranchée des baïonnettes » et ancien député, ou l'abbé Bergey, estiment dans leurs conférences ou dans des articles de presse qu'il faut suivre en cette affaire – comme dans toutes les autres – le gouvernement du Maréchal. Ils s'en prennent volontiers à ceux qui expriment des réticences, et que l'abbé Bergey, dans son journal *Soutanes de France*, organe des « prêtres anciens combattants », appelle des « lâcheurs ».

Soutanes de France les dénonce vigoureusement en janvier 1942 par la plume de Léon Habault, qui ne manque pas de style.

« Il faudra bien, écrit-il, laver notre linge sale en famille… Nous dresserons alors le réquisitoire :

– contre les catholiques qui se sont dérobés aux directives de leurs pasteurs,

– contre les confrères dont l'attitude réticente favorise les manœuvres des adversaires de l'Église,

– contre les petits snobs de nos œuvres de jeunesse qui prétendent donner à leurs anciens maîtres des leçons de patriotisme,

– contre cette 6e Colonne composée d'insuffisants, de faux braves, de m'as-tu-vu, de Cadets sans Alcazar, qui s'arroge insolemment le monopole de toutes les vertus civiques… »

Soutanes de France n'a pas tout à fait tort de craindre que le clergé ne s'engage pas franchement dans la collaboration.

Au cours d'une conversation, en septembre 1941, avec le pasteur Boegner, le cardinal Gerlier lui indique très nettement que l'Église ne saurait admettre la collaboration avec l'Allemagne nazie. Il lui répète un propos que Pie XII lui a tenu lors de sa visite au Vatican : « Je considère que si l'Allemagne remportait la victoire ce serait le plus grand malheur qui aurait atteint l'Église depuis de longs siècles. »

L'épiscopat supporte assez mal les prises de position de monseigneur Baudrillart. Au cours d'une réunion de l'Assemblée des cardinaux et archevêques, le cardinal Liénart proteste contre ses déclarations… Mais sans le nommer. Il nous faut, dit-il en substance, éviter de prendre des engagements temporels aussi précis. Qu'il y ait des laïcs et des prêtres partout, c'est bien. Mais nous, évêques, nous devons rester en dehors.

Monseigneur Baudrillart ne répond pas à ce que tous considèrent comme un blâme voilé.

Moins voilée est la mise en garde adressée à ses prêtres par monseigneur Petit de Julleville, archevêque de Rouen : « Surtout que les prêtres ne tombent pas dans l'erreur d'un prélat illustre pour l'Église de France, dont la bonne foi a été surprise, ses forces déclinant. » Ce qui vaut à l'archevêque de Rouen les attaques de *Je suis partout* à qui un prêtre a rapporté ce propos [1].

Les prêtres ne peuvent oublier que le nazisme a été condamné par l'encyclique *Mit Brennender Sorge*. Il est vrai que celle-ci devient introuvable. L'étudiante Germaine Ribière, dirigeante de la JECF, se fait repérer à la bibliothèque de l'Institut catholique de Paris en faisant sortir trop souvent ce texte pour en recopier des extraits. Finalement, il disparaît.

On reprochera beaucoup aux évêques, par la suite, de n'avoir pas rappelé publiquement cette condamnation du nazisme, à la différence de certains épiscopats étrangers, Belges et Hollandais notamment [2]. Du moins, la plupart n'oublient-ils pas cette condamnation. Et l'attitude pratique des occupants manifeste nettement, en plusieurs circonstances, que ceux-ci ne sont pas – à la différence de Vichy – disposés à laisser une grande place à l'Église. Bien au contraire.

En Alsace et en Lorraine, les Allemands ont déclenché contre l'Église une lutte ouverte. Les évêques ont été expulsés dès les premiers jours, suivis, dans la première année d'occupation, par plus de trois cents prêtres, dont les deux vicaires généraux de Strasbourg. Au total, pour la seule Lorraine, plus

1. Les obsèques du cardinal Baudrillart, au printemps 1942, provoqueront cependant un beau rassemblement de soutanes, de mitres, et d'uniformes allemands. Si bien que Paul Claudel écrivit au cardinal Gerlier, le 26 mai 1942 : « J'ai lu avec grand intérêt le récit des splendides funérailles, officielles et religieuses, faites à Son Éminence le cardinal Baudrillart. Sur le cercueil du défunt figurait une couronne offerte par les Autorités d'occupation. Un tel hommage était bien dû à ce fervent collaborateur. Le même jour, j'écoutais le récit de l'exécution des vingt-sept otages de Nantes. Quand les collaborateurs les eurent mis sur des camions, ces Français se mirent à chanter *La Marseillaise*. De l'autre côté des barbelés leurs camarades leur répondaient. On les fusilla par groupes de neuf dans une sablonnière [...]. Quand le cardinal abordera à l'autre rivage, les vingt-sept fusillés, à la tête d'une armée dont le nombre s'accroît chaque jour, se mettront au port d'armes et lui feront une escorte d'honneur. Pour l'émule de Cauchon, l'Église de France n'a pas eu assez d'encens. Pour les Français immolés, pas une prière, pas un geste de charité ou d'indignation. »

Il s'agit bien entendu des fusillés de Châteaubriant.

On ignore ce que répondit le Cardinal Gerlier... s'il répondit.

2. En août 1942, monseigneur Théas, évêque de Montauban, en zone sud, parvient à en publier des extraits dans le *Bulletin catholique* du diocèse.

de quatre cents prêtres sont expulsés pendant l'occupation, ainsi que les pères jésuites.

La cathédrale de Strasbourg, fermée, est destinée à être transformée en musée de la guerre. Les sœurs de Ribeauvillé et les frères de la Doctrine chrétienne se voient signifier l'interdiction d'enseigner. Les facultés de théologie protestante et catholique sont fermées elles aussi. Les biens des congrégations sont saisis. Le clergé ne peut plus prêcher en français, et l'Oberkomissar de Colmar, Manny, demande à tous les fonctionnaires de surveiller les sermons des curés et des pasteurs. La plupart des fêtes d'obligation – Ascension, Assomption, Toussaint – ne sont plus fériées mais reportées au dimanche suivant. Tout contact des prêtres avec les enfants en dehors de l'enseignement religieux et de l'Église est strictement interdit. Les crucifix sont supprimés dans les écoles religieuses et remplacés par des portraits d'Adolf Hitler. Les leçons d'instruction religieuse doivent commencer non par la prière mais par le salut *Heil Hitler*. Toutes les associations religieuses sont dissoutes.

Ailleurs dans la zone occupée, la lutte contre l'Église est moins ouverte. Quelques profanations ont eu lieu dans les premiers jours de l'invasion : à Guitry, dans l'Eure, le soldat de bronze du monument aux morts a été descendu de son socle et transféré à l'Église pour un service religieux sacrilège pour lequel des artilleurs avaient revêtu les ornements sacerdotaux, puis il a été brisé en petits morceaux dispersés aux alentours de la place. Après l'armistice, de telles manifestations deviennent extrêmement rares.

L'autorité occupante s'en prend surtout à l'Action catholique et aux mouvements de jeunesse. En principe interdites, leurs activités sont en fait tolérées. Mais cela ne va pas sans accrocs – arrestations de dirigeants et d'aumôniers, fermeture temporaire de bureaux – qui provoquent évidemment l'inquiétude et les protestations de l'épiscopat. Généralement, c'est le cardinal Suhard qui intervient auprès d'Otto Abetz, l'ambassadeur d'Allemagne. Au cours de l'un de ces entretiens, le 27 mai 1941, Abetz reproche au clergé français ce qu'il appelle son « chauvinisme national ». Il n'accorde généralement à son interlocuteur que des satisfactions de détail. Le cardinal Suhard n'intervient d'ailleurs pas seulement pour protéger les intérêts de l'Église. Ses démarches en faveur de personnes arrêtées ou condamnées sont discrètes mais assez fréquentes. Et parfois efficaces.

La dernière visite du cardinal à l'ambassade d'Allemagne pour défendre les droits de l'Église revêtira une certaine solennité : le 7 février 1944, en effet, le cardinal se fera accompagner de monseigneur Courbe, secrétaire général de l'Action catholique française et évêque auxiliaire, et de l'abbé Rodhain, aumônier des prisonniers. Le cardinal interviendra en faveur des déportés, qui ne donnent plus signe de vie à leurs familles, et des femmes et jeunes filles menacées de réquisition ; enfin, il exposera à Abetz que, depuis trois ans, l'Église a joui d'une liberté relative, sinon dans les textes du moins en fait, et il demandera le « statu quo ». Il n'obtiendra pas d'assurances très précises. D'ailleurs Otto Abetz n'a plus tellement d'influence en 1944. Et les Allemands se méfient de plus en plus du clergé.

Il semble qu'il n'y ait pas, de la part des Allemands, une politique unique et précise à l'égard de l'Église. Abetz, très anticlérical pourtant, est partisan, comme pour tout ce qui concerne la France, du gant de velours. Et quelques dirigeants partagent cette opinion. Ce qui vaut à l'Église quelques accommodements. Ainsi, en novembre 1912, dix-huit séminaristes prisonniers, répartis dans divers stalags d'Allemagne, sont regroupés à Trèves et envoyés en permission exceptionnelle en France, après avoir signé une promesse de retour. À Reims, ils font retraite et le dimanche 13 décembre, quatorze d'entre eux [1] sont ordonnés dans la cathédrale qu'emplit une foule émue. L'avant-veille de Noël, après que chacun a célébré sa première messe dans sa paroisse d'origine, un train les ramène vers l'Allemagne.

Mais ce conte de Noël n'a pas d'équivalent. Les relations sont assez froides. Au début de l'occupation, des intellectuels catholiques allemands ralliés au nazisme sont venus faire de la propagande en France, mais ils ont été plutôt mal reçus. Les autorités allemandes n'apprécient pas l'attitude du clergé et de l'épiscopat. Un rapport de la Gestapo de Bordeaux (référence VA 238/41), du 16 février 1942, souligne que « le clergé est très actif. Il est sans aucune équivoque contre la collaboration. L'archevêque Feltin est gaulliste et très actif. Des pères de divers ordres se signalent par leur activité ».

1. Les quatre autres n'avaient pas encore reçu les ordres mineurs.

L'épiscopat n'ignore pas ce qu'il aurait à craindre du nazisme triomphant, et, bien que certains prélats considèrent le danger communiste comme plus immédiat, il évite dans l'ensemble de s'engager davantage aux côtés des nazis.

Mais le refus d'entrer directement dans la voie de la collaboration n'implique pas la condamnation de Vichy quand celui-ci la prône officiellement. Chez un certain nombre, même, elle s'accompagne d'une condamnation formelle des gaullistes et d'une opposition déclarée à l'Angleterre. En octobre 1941, paraît à la librairie Paillard un petit opuscule, dont l'auteur, Maurice Lesaunier, est directeur au séminaire universitaire de Paris. Cette brochure, intitulée « La conscience catholique en face du devoir civique actuel », est munie de l'imprimatur signé : A. Leclerc, vicaire général, ce qui, étant donné les questions traitées, lui confère une sorte de « label » officiel. Sous forme de lettre, l'auteur s'adresse à un catholique résistant : « Je reconnais sans réticence l'autorité et le gouvernement du maréchal Pétain, je ne suis ni gaulliste ni anglophile, je me soumets sans récriminer aux autorités occupantes : tout cela vous choque… Vous serez encore plus surpris quand je vous dirai que, chez moi, cette attitude est commandée par la plus pure doctrine catholique. » M. Lesaunier reprend alors, sans nuance, toutes les thèses sur l'obéissance à l'autorité légitime rappelées déjà par tant d'évêques. Son originalité, qui lui vaut d'être cité ici, c'est qu'il va plus loin : il en tire très ouvertement une condamnation du général de Gaulle ; il n'applique pas seulement la doctrine à la politique intérieure, mais à la politique étrangère. Rappelant les propos de Léon XIII sur la réprobation de l'Église à l'égard des rebelles à l'autorité légitime, il écrit : « Est-il besoin de longs raisonnements pour montrer que de Gaulle tombe sous le coup de cette réprobation ?… Il en résulte que ceux qui se déclarent ses partisans opposent la même résistance à l'ordre divin… » Il reproche à l'Angleterre de s'opposer « au libre exercice de l'autorité du chef de l'État » (par sa propagande, ses visées sur la Flotte et les colonies) sans prendre garde que, s'il est un pays pour tenir en échec la souveraineté française, c'est l'Allemagne qui occupe les deux tiers du pays. D'ailleurs, il ajoute qu'une soumission absolue est due aux autorités occupantes, notamment par les catholiques : « parce que catholiques nous devons être les premiers à donner le bon exemple ».

Il s'agit évidemment d'une théologie sommaire, et la réalité qu'elle veut éclairer est analysée bien sommairement elle aussi[1]. Mais la plupart de ceux qui admettent l'engagement public de Vichy dans la collaboration sans s'y engager en même temps ne le justifient pas par la théologie. La politique de Vichy à l'égard de l'Allemagne, disent-ils, est peut-être déplaisante. Mais elle se justifie par le réalisme.

Réalisme devient alors un maître-mot. Les réalistes citent Talleyrand : « L'indignation n'est pas un état d'esprit politique. » Et ils en tirent cette conclusion : quels que soient nos sentiments intimes, il faut bien constater que nous sommes à la merci des Allemands ; nous n'avons rien à espérer qu'en nous accommodant avec eux. Certes, on pourrait rêver d'une France indépendante et souveraine. Mais ce n'est pas le cas. Nous nous trouvons en face d'un vainqueur puissant et exigeant. Si nous lui cédons un peu, si parfois même nous devançons ses désirs, c'est pour éviter de lui voir prendre directement des mesures plus déplaisantes encore. Ainsi, le 10 septembre 1940, le conseil des ministres à Vichy évoque pour la première fois le problème juif. Les Allemands le soulèvent en zone occupée et une lettre du général de La Laurencie, qui représente le gouvernement à Paris, a informé Vichy des mesures qu'ils viennent de prendre. Le ministre Paul Baudoin note : « Si nous continuons de nous abstenir, les Allemands vont prendre des décisions brutales. »

Après Montoire, la radio de Vichy justifie la politique de collaboration par « l'instinct de conservation de notre peuple », « sa volonté de vivre ». Il s'agit, disent les réalistes, d'empêcher la mise à sac de la France, même si cela doit entraîner quelques compromissions. Au prix d'une politique peut-être pas très glorieuse mais habile, la France peut se retrouver à l'issue de la guerre le seul pays encore à peu près en bon état alors que tous les combattants seront épuisés. Quelle que soit l'issue du conflit, elle pourra ainsi jouer un grand rôle. Et

1. Le texte de M. Lesaunier provoque de telles réactions que le cardinal Suhard demande au père Fessard de rédiger une réponse. Ce sera un texte d'une centaine de pages intitulé « La conscience catholique devant la défaite ». Après la guerre, le père Fessard déclarera : « J'ai eu la triste surprise de constater que mon travail n'avait servi à rien, puisque, après novembre 1942 comme avant, la légitimité du pouvoir établi continua d'être affirmée, sans les distinctions nécessaires, par l'ensemble de la hiérarchie. »

même, sa position particulière lui permettra peut-être de s'interposer entre les belligérants pour imposer une paix de compromis quand ceux-ci, suffisamment affaiblis, auront compris que personne ne peut prétendre à la victoire.

Tandis que si la France n'avait pas un gouvernement capable de ruser avec les Allemands pour éviter de leur livrer trop de la substance du pays, elle serait aux mains d'un *gauleiter* qui la pillerait, ferait de ses hommes et de ses femmes des esclaves au service exclusif de l'Allemagne, la ruinerait pour longtemps.

Contre le « réalisme »

Les résistants s'opposent à la fois aux collaborationnistes fervents et aux « réalistes ». Mais c'est surtout avec les « réalistes » qu'ils engagent le débat. Un débat que peut résumer une phrase de Jacques Maritain dans *À travers le désastre*[1] : « Sauvegarder l'âme de la patrie est plus essentiel que tenter de sauver – vainement d'ailleurs – quelque chose de son corps. » Or, c'est l'âme de la patrie qui est ternie par les compromissions et par les ruses. C'est la France qui est avilie puisqu'elle fait fi de l'honneur pour quelques avantages matériels. C'est l'esprit du peuple français qui est souillé puisqu'on lui fait préférer les valeurs matérielles aux valeurs spirituelles. Il y a donc « un devoir chrétien de résister ». Si le *Courrier de Témoignage chrétien* porte en sous-titre la mention : « Lien du front de résistance spirituelle », si le terme « front de résistance spirituelle » est employé par de nombreux tracts, ce n'est pas pour indiquer l'origine religieuse de ces documents, c'est pour définir une attitude : il s'agit d'une résistance de l'Esprit contre un matérialisme pratique, d'une résistance menée au nom des valeurs spirituelles.

Tous ces thèmes sont repris à l'envi par les intellectuels catholiques dans les publications de la Résistance.

1. Exilé en Amérique du Nord, le grand philosophe a écrit *À travers le désastre* en novembre 1940. Il y dénonce la politique de collaboration et lance un magnifique cri d'espérance. Ce texte, introduit en France, y est d'abord ronéotypé, puis imprimé par les Éditions de Minuit, éditions clandestines de la Résistance.

Bernanos, dans ses écrits d'exil diffusés clandestinement, le dit avec sa vigueur coutumière. Ainsi, dans sa *Lettre à une religieuse canadienne :* « Ce sont les médiocres qui, pour sauver le reste, vendent morceau par morceau l'honneur de mon pays, qui empruntent à la petite semaine sur l'honneur de mon pays. » Il dénonce les « chrétiens médiocres, prêtres médiocres » que « l'écroulement de la France a brusquement sortis de l'ombre ». Il faut, conclut-il « que ce soient les chrétiens qui sauvent l'honneur. Il faut que l'honneur soit de nouveau chrétien ». Georges Bernanos le répète encore dans le bulletin *Pour la France libre* paraissant à Buenos Aires : « L'honneur d'un peuple est le capital des morts dont les vivants n'ont que l'usufruit... Un peuple n'engage pas son honneur comme un pauvre diable porte sa montre au mont-de-piété, afin d'obtenir du créancier – c'est-à-dire du vainqueur – un petit sursis de quelques mois ou de quelques années. »

Emmanuel Mounier, alors même qu'il hésite encore sur la tactique à adopter à l'égard de Vichy, note dans son journal le 15 mai 1941 : « On vend la chair et l'âme de la France contre le sentiment des Français ; pour faire le marché, une tête de paysan rusé sous un costume d'amiral. »

Les groupes lyonnais participent à ce grand débat par l'intermédiaire des *Cahiers du Rhône*, animés par Albert Béguin et publiés à Neuchâtel en Suisse par les éditions de La Baconnière. Jouissant de la liberté d'expression, ces *Cahiers* jouent un grand rôle dans la résistance intellectuelle et spirituelle. Ils comprennent une « série blanche », plus littéraire, qui édite des textes d'Étienne Borne, Jacques Maritain, du père Bruckberger, et des poèmes de Louis Aragon. La « série bleue » est plus politique. Deux de ses cahiers ont un grand retentissement : le huitième, *Politique divine*, réunit des articles du père jésuite Ganne, du pasteur de Pury, du théologien suisse Charles Journet, de Stanislas Fumet, de Daniel-Rops et de Georges Cattaui. Si ce cahier est publié en Suisse, la plupart de ses auteurs vivent en France, et pour que leurs textes puissent y pénétrer, ils doivent procéder par allusion. C'est ainsi que Georges Cattaui évoque saint Louis pour poser la question : quel était le roi le plus saint, de ceux qui sont restés en France quoi qu'il arrive ou de celui qui pour répondre à la mission spirituelle de la France a quitté le sol national, et a trouvé la mort devant Tunis ? Tous les articles ont le même sens : chaque nation a une vocation spirituelle, la France a la sienne : « Il faut qu'un pays qui veut vivre s'interroge sérieusement, reste fidèle à lui-même et sache discerner dans ses traditions authentiques ce qui peut servir la volonté de Dieu, qui est la libération spirituelle de l'humanité. »

Le neuvième *Cahier* s'intitule « Le vrai réalisme », et il est plus polémique. Il s'en prend directement au réalisme politique. Jacques Bénet oppose le vrai réalisme, « celui qui reconnaît les valeurs spirituelles », au faux réalisme, qui n'est « compatible qu'avec un athéisme négateur lui-même de toute éthique transcendante ». Et plusieurs articles utilisent des exemples tirés de l'histoire pour démontrer, comme l'écrit Albert Béguin, « l'échec du prétendu réalisme sur son propre plan ».

Ainsi, le réalisme se trouve-t-il attaqué sur deux fronts. Sur le plan de la politique concrète, de la tactique, parce qu'il ne conduit à aucun résultat appréciable. Également à un autre niveau, parce qu'il nie des valeurs fondamentales : « Toute paix conclue sur la souffrance des autres, sur des larmes ou du déshonneur, lit-on dans le *Courrier du Témoignage chrétien* (n° 7), toute paix basée sur une oppression quelconque ou un parjure n'est plus pour les hommes que la tentation même du Démon. Le droit et la justice, un égal respect de la dignité et de l'honneur de toute créature sont devenus la condition *absolue* de toute paix pour un chrétien. »

Les résistants reprennent inlassablement ces thèmes. Mais ils se heurtent au scepticisme. Le préfet régional de Toulouse, Chesneaux de Leyritz, rétorque à l'archevêque, monseigneur Saliège : « Le peuple français n'est pas prêt à la politique que vous préconisez, qui exigerait de l'héroïsme. » Une religieuse qui soigne Emmanuel Mounier, gréviste de la faim à Vals-les-Bains, le sermonne en ces termes : « On sauve d'abord son âme ; on pense après à l'âme de son pays ou à celle des autres. » À chaque instant, les résistants rencontrent dans l'Église des hommes qui pensent qu'il vaut mieux composer, pour sauver ce qui peut l'être.

Il y en a aussi qui portent sur la situation une appréciation radicalement différente. Alors qu'Henry de Montherlant vient de déclarer la guerre au christianisme au nom de l'Europe Nouvelle – « Je crois que l'Europe a besoin de rompre pour un long temps avec le christianisme… Il ne fait que contrarier, paralyser cette Europe qui cherche à être » – Paul

Lesourd écrit : « Je crois pouvoir assurer qu'il se trompe complètement quand il voit dans la victoire de l'Allemagne sur la France une victoire du paganisme sur le christianisme. L'Allemagne n'a jamais donné un tel sens à la guerre et à la victoire »...

Un débat qui prépare les lendemains

Les conséquences de ce débat sur l'évolution du catholicisme français sont évidentes et multiples :

1° Il contribue à préciser une certaine notion du patriotisme. Barrès et – autrement – Maurras avaient exalté une notion charnelle du patriotisme : la patrie, c'est la terre et les morts. Cette notion avait été largement diffusée dans les milieux catholiques. Or, les résistants chrétiens, à la fois dans leur réaction instinctive de refus de l'armistice et dans les thèses qu'ils développent, mettent en lumière une autre conception de la patrie : la patrie, c'est une mission spirituelle assignée à une communauté d'hommes [1]. Ce qui explique l'attitude d'une bonne partie des catholiques français hostiles, dans les années cinquante, aux guerres qui ont marqué la décolonisation : elles leur semblaient contraires à la mission spirituelle de la France. Ce qui les avait poussés au combat contre l'Allemagne devait leur faire refuser – du même mouvement – le combat contre les peuples d'outre-mer réclamant leur indépendance.

2° Parce que ce débat est mené côte à côte avec une partie des protestants – le pasteur de Pury, bientôt obligé de s'exiler en Suisse, y joue un grand rôle – il contribue à renforcer le mouvement œcuménique, dont on avait connu les prémisses avant-guerre, mais qui va prendre par la suite un essor bien plus large, les uns et les autres ayant constaté leur accord pour la défense des valeurs fondamentales.

3° Depuis des dizaines d'années, les catholiques français se comportaient plutôt comme des spectateurs de l'histoire. Refuser de se soucier des affaires de ce monde était presque

1. Alban Vistel qui fut chef des Mouvements unis de Résistance à Lyon l'a bien montré dans « Fondements spirituels de la Résistance », revue *Esprit*, numéro d'octobre 1953.

considéré comme un comportement vertueux – malgré les efforts de l'ACJF et de ses mouvements d'Action catholique spécialisée, des catholiques sociaux, des démocrates-chrétiens et de quelques journaux ou revues. Ce débat les incite à se jeter en pleine mêlée. Il souligne la nécessité de l'*engagement* du chrétien dans le monde, dont on entendra tant parler par la suite. Sous le pseudonyme de Forez, François Mauriac écrit dans *Le Cahier noir :* « Même les chrétiens, ce n'est pas ce détachement-là qui leur est proposé. Le Dieu qu'ils servent est si peu détaché de la sanglante histoire des hommes qu'il s'y engouffre. De sorte que, bien loin qu'ils aient le droit de fuir les hommes en Dieu, il leur est enjoint de retrouver Dieu dans les hommes. Qu'ils le cherchent d'abord et qu'ils le trouvent dans ceux qui souffrent persécution pour la justice, chrétiens ou païens, communistes ou juifs, car de ceux-ci la ressemblance avec le Christ est en raison directe des outrages qu'ils endurent : le crachat sur la face authentifie cette ressemblance. Se tenir au-dessus de la mêlée ? Regarder de haut les multitudes torturées ? En tout cas, pas plus haut que la Croix. Il faut demeurer à la hauteur du gibet. En pleine mêlée. »

4° Les résistants constatent que l'épiscopat dans son ensemble ne partage pas leur analyse de la situation et leurs craintes, et qu'il est suivi par une bonne partie des prêtres et des fidèles. Au contraire, il paraît se satisfaire d'un gouvernement qui affirme son respect des valeurs spirituelles et qui se dit en même temps favorable à la collaboration. Monseigneur Saliège souligne les ambiguïtés de l'esprit nouveau : « C'est l'avenir de l'esprit chrétien qui se joue en ce moment et peut-être pour des siècles, dit-il le 15 juin 1941. Beaucoup de prêtres, beaucoup de catholiques ne le voient pas. Voilà pourquoi je les préviens, je les avertis qu'ils prennent garde à ne pas se laisser imprégner par des erreurs condamnées ou impressionner par des mots dont le sens demeure vague et imprécis. » Mais il est presque seul à le faire. Et le deuxième *Cahier du Témoignage chrétien* dénonce, avec mesure, ce qu'il appelle « les équivoques du silence ». Il indique que certains milieux qui se reprenaient à aimer l'Église, en 1938-1939, « quand elle leur apparaissait comme la plus sûre amie de l'homme et la gardienne des droits de l'âme contre les tyrannies matérialistes et totalitaires », s'en détournent désormais et que « plus que de la désaffection, il y a chez plus d'un renaissance de vieilles hostilités, de vieux préjugés ». Conclusion de *Témoignage chrétien :* « Nous en sentirons les effets si les équivoques durent plus longtemps. »

Analysant l'attitude de l'épiscopat, les résistants constatent que celui-ci pense jouer son rôle de gardien des valeurs spirituelles en défendant les structures de l'Église et le bon fonctionnement des institutions chrétiennes (écoles, œuvres diverses, etc.). Bien entendu, personne ne conteste que c'est le rôle de l'épiscopat de se soucier de la vie de ces institutions. Il est légitime que le gouvernement de l'Église se préoccupe d'assurer la survie de ses structures et de ses institutions et qu'il s'en sente responsable. C'est là une partie de sa mission. Mais ce n'est pas la principale. Et si l'épiscopat était tellement obnubilé par la défense de ces institutions qu'il soit incapable de discerner les dangers les plus sournois qui menacent l'Esprit chrétien ? Et si, bien plus, la défense des institutions chrétiennes l'amenait à accepter des compromissions qui, à son insu, sont dangereuses pour l'Esprit chrétien ? Ces questions sont bientôt posées dans des conversations, dans de nombreuses réunions privées. Elles ne sont généralement pas écrites. Car si la réponse est positive, il faut en conclure que les institutions chrétiennes, non seulement ne suffisent pas à garantir la défense des valeurs spirituelles, mais encore entravent à l'occasion la liberté d'action de l'Église, l'alourdissent. Certains franchissent ce pas. Ils remettent donc en cause les institutions chrétiennes. Après la Libération, ce mouvement de pensée va connaître une assez grande ampleur. Par exemple, avant 1939, les catholiques les plus « avancés » ne contestaient généralement pas la nécessité de l'école catholique. Il n'en sera plus de même après 1945.

5° Dans les premiers temps, c'est surtout le danger d'une paganisation, accompagnant la nazification, qui provoque la volonté de résistance chez les catholiques. Et ceux qui condamnent Vichy, le font plus au nom de sa volonté supposée ou affirmée de collaboration que de la forme non républicaine de ce régime.

Certes, ce sont presque toujours des hommes hostiles à l'Action française, et ils se défient du totalitarisme. Ils se répètent, pour le réfuter, un propos de Pucheu, ministre de l'Intérieur de Vichy : « Nous adopterons les notions d'ordre et de force des régimes totalitaires en y ajoutant cette « note chrétienne » de notre héritage spirituel. » Ils sont en désaccord total avec Gustave Thibon, devenu une sorte de penseur officiel, et qui estime que le peuple, s'il a des réserves de force et de vie, n'est souvent que caprice et folie et a besoin d'être protégé contre sa bassesse et sa cécité naturelles ; ainsi les masses, loin de pouvoir prétendre au pouvoir, ne doivent avoir qu'un rôle subordonné ; elles doivent être informées et guidées.

Mais, dans les polémiques des premiers temps de l'occupation, les résistants catholiques n'abordent que rarement ces questions.

Cette attitude évoluera avec les événements. La critique du régime prendra bientôt une place presque aussi importante que l'opposition à la collaboration.

L'évolution va se produire à partir de problèmes précis auxquels vont successivement se trouver affrontés, comme toute la Nation, les catholiques.

Il s'agit du problème de la jeunesse, des questions sociales (Charte du Travail et Corporation paysanne), de la persécution des juifs, du Service du travail obligatoire. Il s'agit aussi des questions soulevées par l'évolution de la situation intérieure ou de la guerre : retour de Pierre Laval au pouvoir en 1942 et occupation de la zone sud (ces deux événements ont des répercussions importantes sur le style et la nature du régime de Vichy), préparation de l'insurrection armée en liaison avec le débarquement des Alliés pour la Libération.

Sur le débat général qui vient d'être esquissé, des débats particuliers, correspondant à chacune de ces questions, vont venir se greffer. Et chacun d'eux aura des conséquences importantes pour l'évolution du catholicisme français.

TROISIÈME PARTIE

DES CHOIX ET DES DRAMES

CHAPITRE VIII

La jeunesse : un enjeu

Août 1940. Dans Paris surchauffé, de grandes affiches font leur apparition sur les murs : « L'Allemagne vous offre du travail. » Des bureaux de placement s'installent, d'abord discrètement, qui cherchent surtout à recruter de jeunes chômeurs pour les envoyer outre-Rhin. Les journaux collaborationnistes ouvrent des rubriques « jeunesse » et publient des articles sur la Jeunesse hitlérienne : Si l'Allemagne a gagné c'est parce qu'elle avait su former, encadrer, discipliner sa jeunesse, lui donner un idéal. Que n'en fait-on autant pour la jeunesse française ?

À Vichy, le 12 juillet, a été créé un ministère de la Famille et de la Jeunesse. Le mot « jeunesse » a été soufflé à Paul Baudoin, alors influent ministre des Affaires étrangères, par Henri Dhavernas, à la fois inspecteur des finances et dirigeant des Scouts de France, très bien introduit dans l'entourage du nouveau pouvoir. Dès que le nom du nouveau « ministre de la Jeunesse » – Ybarnegaray – est connu, Henri Dhavernas prend une bicyclette et s'en va le voir à Charmeil, à cinq kilomètres de Vichy. Le bâtiment « ministériel » est complètement vide, mais Dhavernas trouve Jean Ybarnegaray, naguère militant du Parti social français du colonel de La Rocque, seul et rêveur, dans un champ de marguerites.

Le ministre est plutôt enthousiaste :

– S'il y a une étincelle dans la jeunesse, j'en ferai un brasier, dit-il en roulant les r.

Mais à la question :

– Quelles sont vos idées ? Quels sont vos hommes ?

Il réplique :

– Je n'ai pas d'idées. Je n'ai pas d'hommes.

Reprenant le chemin de Vichy, Henri Dhavernas se promet bien de lui fournir les deux.

Il n'est pas le seul à avoir cette préoccupation. Dans ces mois de trouble, et alors qu'un nouveau régime tente de s'édifier, ils sont nombreux ceux qui pensent que son action sur la jeunesse ou pour la jeunesse sera décisive pour son avenir, et son orientation.

Pour l'heure, la jeunesse française est dans un assez triste état. Des dizaines de milliers de jeunes réfugiés séparés de leurs familles traînent sur les routes, au sud et au nord de la ligne de démarcation. Ils constituent une force inemployée, et se trouvent en danger matériel – très souvent ils sont démunis de tout – et moral. Les premières plaintes des préfets dans leurs rapports au ministère de l'Intérieur, dès que les communications sont rétablies, visent des « jeunes qui commencent à faire des dégâts ». Les jeunes réfugiés ne sont d'ailleurs pas seuls à vagabonder. En avril, le gouvernement avait procédé à l'appel du premier contingent de la classe 1940, qui devait rejoindre les dépôts les 8 et 9 juin, alors que le front se disloquait. Beaucoup n'ont pas réussi à rejoindre. Mais ils avaient pris la route. Et ils errent.

Ceux qui n'ont pas bougé de chez eux posent un autre problème. Ils ont assisté à une déroute dont les scènes affreuses leur ont laissé beaucoup plus de souvenirs que les actes d'héroïsme. Ils sont moralement désemparés.

Certes, il existe des mouvements de jeunesse. Et parmi eux, les mouvements confessionnels sont les plus florissants : le scoutisme, l'Association catholique de la jeunesse française avec ses cinq mouvements (Jeunesse agricole catholique, Jeunesse étudiante chrétienne, Jeunesse indépendante chrétienne, Jeunesse maritime chrétienne, Jeunesse ouvrière chrétienne), les mouvements féminins correspondants, les associations protestantes ou israélites. Quelques mouvements laïcs également, mais c'est un fait qu'en France aucun mouvement de jeunesse laïc n'a jamais réussi à égaler en développement les mouvements confessionnels.

Tous ces mouvements, cependant, ont été désorganisés par la guerre. Leurs cadres ont été mobilisés, certains faits prisonniers. Leurs secrétariats nationaux ont pris le chemin de l'évacuation. Ils sont éparpillés. De plus, ils se demandent quel sort les circonstances vont leur réserver.

Leurs premières craintes viennent des Allemands. Les nazis n'ont-ils pas, chez eux, étouffé toutes les activités de jeunesse qui risquaient de faire concurrence à la *Hitlerjugend ?* Et, sans aller aussi loin, n'est-ce pas l'intérêt de l'occupant, pour maintenir l'ordre, que de dissoudre tous les groupements et partis ? On s'attend donc, dans les milieux catholiques, que les mouvements de zone occupée se mettent en veilleuse. Au point que monseigneur Chollet, archevêque de Cambrai, qui a connu l'occupation allemande en 1914-1918, donne au chanoine Féron, aumônier de la JAC, ces conseils qui surprendraient à une autre époque : « Tâchez de faire connaître mon expérience passée à vos aumôniers et curés : continuer les réunions, mais uniquement à l'église, donner à ces réunions l'allure d'un office protestant : un prêche, un cantique, une prière. Que les curés réunissent les militants ou les militantes dans une chapelle de l'église paroissiale, qu'ils prennent le surplis, qu'ils entremêlent le cercle d'études ou leur causerie d'un chant et d'une prière. »

Le problème de la jeunesse se trouve ainsi, pour les uns et les autres, une charge, l'objet des plus grandes ambitions ou des plus grandes craintes, une grave responsabilité. Il est au centre de l'un des premiers débats que la situation née de juin 1940 suscite chez les catholiques.

Les mouvements catholiques « tolérés » en zone occupée

Côté allemand, on est assez vite fixé : le 28 août 1940 paraît une ordonnance du chef de l'administration militaire en France, concernant les « associations, réunions, marques distinctives et pavoisement ». Elle interdit l'activité de toutes les associations, sauf celles fondées sur le droit public ou ayant des buts purement économiques, ainsi que le port de costumes distinctifs et d'insignes. En cas d'infraction à cette ordonnance sont prévues des peines de prison et la confiscation des biens des associations coupables.

C'est réduire les mouvements de jeunesse, en particulier, à une sorte de clandestinité. Le scoutisme – peut-être à cause de ses apparences paramilitaires – est le premier visé : des policiers allemands ferment le quartier général des Scouts de France et y apposent des scellés.

Les Allemands prévoient cependant à partir de décembre une procédure d'autorisation pour les associations qui demanderaient à poursuivre leurs activités ; les autres reçoivent du commandant du *Gross Paris* la sommation de se dissoudre. Mais présenter une demande d'autorisation est évidemment se compromettre avec l'occupant et, à l'exception de quelques individualités, ni les dirigeants laïcs des mouvements de jeunesse, ni l'épiscopat, n'envisagent sérieusement cette éventualité.

L'Assemblée des cardinaux et archevêques formule trois règles aux mouvements d'Action catholique : « Il importe d'agir (l'action apostolique des laïcs ne doit pas se ralentir), d'être prudent (s'adapter aux possibilités du milieu et du temps, s'en tenir à une action d'ordre spirituel), de s'intéresser au service social (prisonniers, chômage, soupes populaires, camps de travail). » En même temps, à l'intention de l'occupant, elle souligne que l'Action catholique « est une activité essentielle de l'Église... Toucher à l'Action catholique, c'est donc toucher à l'Église. L'épiscopat s'opposerait toujours à cette violation d'une des libertés essentielles de l'Église, sa vie apostolique. Porter atteinte aux mouvements d'Action catholique, ce serait déchaîner en France la persécution religieuse. »

Ainsi, la hiérarchie est-elle conduite à souligner fortement le fait que les mouvements de jeunesse sont des mouvements d'Église, afin de leur assurer une relative protection, dans la mesure où les occupants ne veulent pas s'en prendre trop directement à l'Église. Les dirigeants laïcs en font souvent autant. Dans une note de novembre 1940 sur « les initiatives actuelles en faveur de la jeunesse », le secrétariat général de la JOC souligne que les autorités « ne se rendent pas compte que les mouvements d'Action catholique ont reçu leur mandat de la hiérarchie, que ces mouvements relèvent d'abord de l'Église ».

La dépendance des mouvements de jeunesse à l'égard de l'épiscopat se trouve ainsi affirmée plus nettement par la notion de « mandat » donné par la hiérarchie aux mouvements, notion qui était à peine apparue avant la guerre [1], qui va se pré-

1. En juin 1939, le chanoine Guerry, vicaire général du diocèse de Grenoble (et futur archevêque de Cambrai), avait publié dans le mensuel *L'Action catholique*, qu'il dirigeait, un article sur « le mandat d'action catholique ».

ciser pendant l'occupation, être vivement contestée ensuite par de nombreux dirigeants laïcs et certains aumôniers, et provoquer après la guerre de nombreuses crises dans les mouvements de jeunesse.

Les Allemands, cependant, s'accommodent à peu près de cette thèse. Les mouvements de jeunesse, au prix de certaines précautions et d'une grande discrétion, maintiennent bon nombre de leurs activités. Ils sont tolérés, en fait sinon en droit [1].

La hiérarchie ne cesse de répéter qu'ils représentent l'une des activités essentielles de l'Église. Ainsi, le 23 avril 1941 : « Nos activités doivent être maintenues... Mandatés par la hiérarchie pour collaborer à son apostolat d'une manière organisée dans les milieux divers où ils vivent, les laïcs catholiques ne sauraient renoncer à cette mission. »

Pourtant, le mois suivant, une circulaire du Secrétariat général de la Jeunesse de Vichy donne l'ordre aux dirigeants des mouvements d'obéir à l'ordonnance allemande : « Veuillez noter que l'inobservation de ces règles (interdiction d'activités) constituerait une faute grave à l'égard du pays ; ce serait faire œuvre de mauvais Français que de risquer d'entraver l'œuvre de rénovation nationale et d'expansion européenne qu'a entreprise le maréchal Pétain, chef de l'État. » Les diri-

1. L'existence de la ligne de démarcation les contraint à avoir deux directions, l'une en zone occupée, l'autre dans la zone dite « libre ». Et leurs dirigeants franchissent souvent cette ligne, clandestinement. Un rapport de Marcel Montcel, dirigeant fasciste qui a ainsi visité la zone occupée au printemps de 1941, est particulièrement intéressant en ce qu'il révèle de l'état de l'opinion publique ouvrière à cette époque, en Bretagne, dans le Nord et en région parisienne notamment. Il a constaté une vive hostilité à la collaboration due surtout, estime-t-il, aux difficultés matérielles : « Bien peu, je crois, voient les raisons profondes et spirituelles d'une résistance aux doctrines nationales-socialistes [...]. Notre devoir n'est-il pas alors d'entretenir cet esprit de résistance en l'orientant sur les raisons véritables et profondes qui peuvent seules le justifier : la nécessité de maintenir à tout prix notre esprit français, la défense de la dignité de la personne humaine, les richesses spirituelles de la France. » Les ouvriers, note encore Marcel Montcel, considèrent le gouvernement de Vichy comme « la revanche du capital et des curés sur le Front Populaire ». Et il pose cette question : « N'y a-t-il pas lieu de reconsidérer notre position, de nous montrer plus fermes et plus intransigeants que jamais [...] d'éviter jalousement tout ce qui, aux yeux de la masse, pourrait nous faire apparaître comme les alliés et les complices du gouvernement actuel, vomi par tout le pays ? »

geants de l'Association catholique de la jeunesse française (ACJF) ripostent vivement et reçoivent d'ailleurs de certains fonctionnaires des apaisements en sens contraire.

Mais, toujours en avril 1941, les scellés sont apposés par la police allemande aux locaux du secrétariat général de la JAC réfugié à Rennes, le matériel des bureaux est enlevé, et les comptes en banque saisis (en octobre 1940, un aumônier national, le R. P. de Bigu, et un dirigeant, P. Lucas, avaient été arrêtés alors qu'ils tentaient de franchir clandestinement la ligne de démarcation près d'Orthez ; puis le président du mouvement, Pierre Lambert, considéré comme « responsable de son subordonné », avait été également incarcéré). Au cours de la perquisition dans les bureaux, une comptable fait remarquer à un policier allemand :

– Nous ne faisons pas de politique, mais de l'action catholique.

– L'Action catholique, nous voulons la détruire. C'est du catholicisme politique. En Allemagne nous l'avons supprimé.

Deux comptables, arrêtés, sont mis en cellule.

Monseigneur Roques, archevêque de Rennes, intervient près des autorités allemandes locales pour faire valoir que « l'activité de la JAC ne tombe pas sous le coup de l'ordonnance du 28 août 1940, car elle fait partie de la vie de l'Église ». Le cardinal Suhard, prévenu, se rend chez Otto Abetz le 27 mai. Celui-ci, assez sévère dans ses jugements sur le clergé, indique à l'archevêque de Paris que ce sont les autorités militaires qui veulent la disparition de tous les mouvements. Lui, Abetz, représente en France le pouvoir politique, et ce pouvoir politique, dit-il, souhaite que l'activité des mouvements se poursuive afin de préserver la jeunesse du communisme. Il faut donc trouver un « modus vivendi » dans une situation de tolérance.

L'entretien s'arrête là, mais la tolérance promise par Abetz va être de règle pendant deux années. Les scellés apposés sur les bureaux de la JAC sont levés, l'argent rendu, et les deux comptables libérés. Prudente, l'Assemblée des cardinaux et archevêques, reprenant un mot de Pie XI, répète le 24 juillet que l'Action catholique lui est chère « comme la prunelle de ses yeux » et que cette action doit « s'intensifier pour le plus grand bien de l'Église et de la France elle-même ».

Quelques incidents surviennent pourtant localement. Telle

Kommandantur cherche à connaître les noms des dirigeants locaux des mouvements. À Montceau-les-Mines, le 1er novembre 1942, les Allemands internent dix jeunes ouvriers pour « activité jociste » et font comparaître leur aumônier, l'abbé Masse, devant la cour martiale de Dijon. L'intervention de monseigneur Lebrun, évêque d'Autun, permet de faire libérer les uns et l'autre. Dans le diocèse de Quimper, plusieurs aumôniers sont questionnés et menacés.

Les plus grandes difficultés commencent au printemps de 1943. Le 31 mars, les Allemands perquisitionnent au secrétariat du mouvement d'enfants Cœurs vaillants-Âmes vaillantes et enferment à Fresnes pour trois mois deux aumôniers, les abbés Pihan et Maussion, pour « reconstitution de mouvement interdit ».

Puis ils s'en prennent surtout à la JOC (à cette époque, le problème du travail en Allemagne est brûlant et la JOC se préoccupe d'encadrer les jeunes qui y partent – il est certain que ce motif a été déterminant pour les Allemands). Le 3 août 1943, ils perquisitionnent pendant plusieurs heures dans les bureaux du mouvement, avenue de la Sœur Rosalie à Paris. Ils arrêtent l'abbé Guérin, aumônier de la JOC qu'il avait fondée en 1927 à Clichy. « L'Action catholique, dit un officier à l'abbé Guérin, est interdite par ordre de l'autorité militaire allemande. »

Le cardinal Suhard installe les dirigeants et les bureaux de la JOC dans la maison de campagne de l'archevêché, à Bagneux dans la banlieue parisienne, et reprend ses démarches auprès des autorités allemandes. Il souligne que le problème de l'abbé Guérin n'est pas isolé et qu'il s'agit de savoir si oui ou non on tolérera en France que l'Église soit libre dans l'exercice de son activité religieuse et sociale. Le « chef suprême des SS et de la police », le général Oberg, répond en invoquant l'ordonnance du 28 août 1940 et dit accueillir avec « le plus grand scepticisme » l'assertion selon laquelle la JOC se limite exclusivement au domaine religieux. Il fait notamment allusion à ses positions en ce qui concerne le Service du travail obligatoire et ajoute : « Comme l'abbé Guérin l'a reconnu lors de son arrestation, l'ordre de cesser ses activités n'était pas ignoré de lui, mais il a prétendu que Votre Éminence lui avait donné pour mission de reconstituer la JOC et de la diriger. Avant que je prenne une décision définitive concernant l'abbé Guérin, je prie Votre Éminence de me confirmer l'exactitude de cette affirmation de l'abbé Guérin, en faisant remarquer d'avance à Votre Éminence que la responsabilité de la violation de l'ordonnance retomberait sur elle. »

Le cardinal réplique aussitôt : « En ce qui concerne l'abbé Guérin, j'atteste qu'il n'a agi qu'en vertu de mes instructions formelles. »

Dans ces conditions, une lettre d'Abetz informe monseigneur Suhard, le 6 septembre, que la décision de la police doit être considérée comme définitive.

Le cardinal envisage alors pour obtenir la libération de l'abbé Guérin divers moyens de pression – par exemple, une protestation publique appuyée par l'Assemblée des cardinaux et archevêques unanimes – et aussi, en décembre 1943, une sorte de troc : il ferait un « geste » en faveur des Allemands en publiant dans *La Semaine religieuse* un appel contre le « terrorisme ». Mais la manière dont ce texte est rédigé déplaît aux occupants qui refusent le permis d'imprimer. Finalement, l'abbé Guérin est libéré le même mois.

Il n'est plus question du « modus vivendi » dont avait parlé Abetz. Le pouvoir de celui-ci semble d'ailleurs avoir diminué. À nouveau cependant, l'Assemblée des cardinaux et archevêques revendique en octobre 1943, par une note du cardinal Suhard à l'ambassade, le maintien de la tolérance dont ont joui jusque-là les mouvements. Elle renonce, en leur nom, aux réunions de masses ainsi qu'au port des insignes. Et elle leur demande de se cantonner aux domaines spirituel, apostolique et social.

La réponse allemande, signée Kurt Reichl, ne parvient que six mois plus tard. Elle contient des propositions très détaillées : l'évêque du lieu devra « informer » les autorités occupantes pour toute réunion de 200 à 600 personnes, et demander leur « autorisation » pour toute réunion de plus de 600 personnes ; insignes et uniformes sont interdits ; toute immixtion des mouvements sur le plan politique doit être évitée ; enfin, les mouvements doivent s'engager à ne pas fonder de sections parmi les travailleurs requis en Allemagne.

L'épiscopat refuse de signer un tel accord, d'autant plus qu'il tient à l'encadrement des jeunes partis en Allemagne.

Au printemps de 1944, les Allemands ont d'autres préoccupations, et le débat s'arrête là.

Les interventions de la hiérarchie pour la défense des droits de l'Église ont ainsi permis de sauvegarder l'existence des mouvements de jeunesse en zone occupée. Dans le même temps, la dépendance des mouvements à l'égard de l'épiscopat et leur caractère ecclésial (alors que certains voudraient être mouvements de jeunes catholiques *dans l'Église* et non *mouvements d'Église*) ont été renforcés, ce qui posera d'autres problèmes après la guerre.

Les Chantiers de jeunesse : une aventure

Du côté de Vichy, les choses sont beaucoup moins claires. On voit surgir une floraison d'initiatives fondées sur cette idée que pour reconstruire la France et construire le nouveau régime, il faut commencer par le commencement : les jeunes.

Trois d'entre elles retiennent d'abord l'attention. Et les catholiques, parce qu'ils s'intéressent naturellement à ce qui concerne la jeunesse et parce qu'on leur reconnaît une particulière compétence pour le faire, y jouent un rôle notable.

Le 2 juillet 1940, le général Joseph de La Porte du Theil, ancien commandant du VIIe corps d'armée qui vient d'être dissous en vertu des clauses de la convention d'armistice, reçoit mission de prendre en charge les jeunes de la classe 1940 qui devaient être incorporés en juin, et qui errent, désœuvrés.

– Que voulez-vous que j'en fasse ? demande La Porte du Theil à Picquendar et au général Colson, secrétaire d'État à la Guerre.

– Ce que vous voudrez. Du scoutisme si vous voulez.

– Du scoutisme ? Pas question. Le scoutisme s'adresse à des volontaires, à de très jeunes gens, à des adolescents. Ces hommes-là ne se présenteront pas de leur plein gré… Et ils ont passé l'âge.

Ce que va en faire La Porte du Theil s'inspirera pourtant fortement de son expérience scoute, assez longue : lieutenant-colonel en 1928, il est devenu chef de troupe scoute parce que celle de ses enfants, à la paroisse Saint-Sulpice de Paris, se trouvait soudain privée de cadres ; il avait franchi les échelons de la hiérarchie du mouvement jusqu'à devenir Commissaire de la province de l'Ile-de-France, forte de quinze mille adolescents.

Il commence par demander conseil à l'aumônier général des Scouts de France, le père Forestier. Celui-ci le presse d'accepter et devient lui-même aussitôt aumônier général de l'organisation qu'on appelle provisoirement « Groupements de jeunesse » – c'est un jociste qui, au cours d'une réunion au Secrétariat général de la Jeunesse, estimant que « Groupement » fait trop militaire, proposera le nom de « Chantiers ».

Le 7 juillet, La Porte du Theil présente son plan au ministre :

– Je les ferai camper loin des villes, en pleine nature, au milieu des bois, loin de toute cause de troubles ou d'agitation. Ils travailleront pour le pays et s'instruiront.

Il attache une particulière importance à la formation morale :

– Je ne conçois pas une institution sans morale, et je ne conçois pas une morale sans Dieu – ou sans religion.

Les débuts sont difficiles. Les jeunes sont démoralisés, peu disposés à vivre loin des villes, de leurs bistrots et de leurs cinémas, n'ayant guère l'expérience des travaux qu'on veut leur faire effectuer : abattre des arbres, aider aux vendanges, construire des baraques dans les forêts. Ils manquent de matériel, d'habits, de ravitaillement. Ils revendent parfois à des receleurs les vêtements ou les outils qu'on leur donne.

Il faut recruter rapidement des cadres parmi les officiers que l'armistice rend disponibles. Il faut lutter contre le scepticisme qui entoure cette expérience nouvelle. Bref, il faut tout faire à la fois. Cependant, le 31 août 1940, 5 Groupements de 2 500 hommes chacun sont définitivement constitués. Il y en aura 9, le 2 septembre ; 24, le 14 septembre… Par la suite, tous les huit mois, 90 000 garçons passent par les « Chantiers de jeunesse ».

Ils y connaissent un style de vie à la fois militaire (défilés, revues, uniforme, salut aux couleurs) et scout (veillées, feux de camps). La plupart s'y adaptent assez bien. Les indisciplinés, les délinquants – et les communistes – sont expédiés dans un chantier disciplinaire établi près de Murat. Mais la majorité tire, semble-t-il, profit de cette forme nouvelle de service civique où on lui impose une vie active et sportive, très différente du désœuvrement des casernes de l'armée d'armistice.

Les Chantiers ne constituent pas – bien que certains s'en

méfient – l'embryon d'une armée camouflée. Certes, les cadres les plus importants rêvent de revanche, on célèbre le culte du drapeau, on y exalte l'amour de la patrie, on y parle beaucoup de redressement et de renaissance. Mais, on n'y pratique pas de préparation militaire (sauf, à partir de 1943, l'entraînement clandestin à l'usage des armes, dans certains chantiers). On y dissimule parfois du matériel. Et les Allemands s'inquiètent de ce que pourrait faire contre eux, un jour, une organisation aussi fortement hiérarchisée.

Pour le nouveau régime, les Chantiers de jeunesse représentent un point d'appui solide. La « religion du Maréchal » y est très en vogue, ses portraits fleurissent dans les baraquements, d'immenses francisques de fleurs, de bois, ou de pierres colorées jaillissent entre les tentes et les baraques. Le Maréchal, d'ailleurs, rend plusieurs visites aux Chantiers où il est accueilli avec enthousiasme. La Porte du Theil, dans ses messages aux jeunes des Chantiers, fait souvent référence à ceux de Pétain. Il restera fidèle au Maréchal jusqu'à la fin, y compris dans le texte d'adieu qu'il écrit le 4 janvier 1944, au moment de quitter la direction des Chantiers, à la demande des Allemands auxquels Vichy a fini par céder : « Gardez toujours une foi indéfectible dans les destinées de notre Patrie et, quoi qu'il arrive, une inébranlable fidélité au Maréchal, parce qu'il incarne vraiment cette Patrie à laquelle il s'est donné, parce qu'il en est le seul chef légitime, parce que, tant qu'il demeure à la tête de l'État, nous sommes assurés de rester dans la ligne de nos traditions nationales. »

Bien des cadres chargés de la formation des jeunes sont, confusément, à la recherche d'une idéologie, la fidélité à un seul homme ne pouvant en tenir lieu. Pour un certain nombre d'anciens officiers, cette idéologie doit tout simplement être conservatrice : à des jeunes de 20 ans qui n'y peuvent rien, ils reprochent les « méfaits » du Front populaire de 1936. D'autres, montrant les bienfaits de la vie d'équipe, en arrivent à la notion de « communauté ». La Porte du Theil lui-même utilise le terme : « À la caserne on vit dans la promiscuité ; au camp, on vit en communauté, la différence est immense. »

L'influence des catholiques est évidente. Certes, La Porte du Theil souligne que « nul ne doit sentir l'ombre même d'une pression, encore moins d'une obligation. La liberté la plus entière sera respectée ; les aumôniers, les chefs, doivent montrer la discrétion la plus absolue. » Mais, comme il y a des « messes légionnaires », il y a des « messes des Chantiers ». Au cours de l'une d'entre elles, le 31 janvier 1943, dans la cathédrale de Clermont-Ferrand, le père Forestier place les Chantiers « sous le patronage et même sous l'inspiration de Notre-Dame du Port ». Catholique, La Porte du Theil n'est pas homme à « mettre son drapeau dans sa poche ». Dans ses éditoriaux du *Bulletin périodique officiel des Chantiers*, il invoque souvent Dieu. Les aumôniers, de qualités diverses, jouent un grand rôle dans la plupart des groupements. Les publications des Chantiers, comme *Sources* où le « maréchalisme » s'accompagne souvent d'une nette résistance au totalitarisme, reçoivent les signatures des pères Doncœur et Sertillanges, de Jacques Chevalier, Henri Marrou, Jacques Madaule, Robert Garric, et Robert Barrat, parmi d'autres. À partir de 1943, les difficultés se multiplient : les Chantiers ne constituent-ils pas un magnifique réservoir de jeunes aptes au travail en Allemagne ? Le gouvernement va y puiser. Le vendredi 28 mai, on apprend que les jeunes des Chantiers sont « démobilisés »... pour être expédiés outre-Rhin. La Porte du Theil leur adresse un message : « Le gouvernement seul est bon juge de ce qu'il faut faire : obéissez. » Aussitôt, ses amis font dire qu'il n'en pense rien. Le 16 juillet cependant, La Porte du Theil accepte encore de lancer un appel pour que des jeunes « démobilisés » du printemps qui ont été défaillants au départ en Allemagne se mettent en règle. Les Chantiers contribuent ainsi au départ de nombreux jeunes pour le STO. Mais leur chef résiste à de nouvelles pressions, y compris lors d'un entretien dramatique avec le consul allemand Krug von Nidda qui demande cent mille jeunes des Chantiers pour le travail en Allemagne. Et les Allemands obtiennent de Laval son départ, qui est officiel le 4 janvier 1944. Le même jour, La Porte du Theil est arrêté ; le lendemain il est embarqué pour l'Allemagne où il est mis en cellule.

C'est le commencement de la dislocation des Chantiers, qui seront officiellement dissous le 9 juin.

Ainsi se termine une aventure qui aura profondément marqué toute une génération de jeunes Français, en des sens très divers, et qui sera jugée très diversement. Par la voie de la fidélité à Pétain elle a conduit quelques hommes à la collaboration, mais par la voie du patriotisme elle en a fourni beaucoup à la Résistance. Expérience originale de service civique, elle représente sans doute, par là, un des chapitres positifs du bilan de Vichy. On reprochera vivement à ses dirigeants et à ses inspirateurs d'avoir employé la jeunesse française à organiser des feux de camp et à fabriquer du charbon de bois alors que la jeunesse du monde se battait contre le totalitarisme, d'avoir bandé les énergies des jeunes et de leur avoir donné la mystique de la Patrie sans leur dire finalement dans quelle direction utiliser cette énergie.

Les catholiques, qui ont joué dans l'aventure un rôle important, y ont du moins appris à travailler avec d'autres, ce qui n'était pas chez eux, avant-guerre, tellement fréquent.

Les Compagnons de France : un bouillon de culture

Les jeunes de la classe 40 ne sont pas seuls à errer sur les routes, après la défaite. Dans son bureau de Vichy, Henri Dhavernas songe aux adolescents réfugiés, et plus généralement à tous ceux que l'effondrement de juin a laissés désemparés devant une sorte de « vide ». Il rêve à la création d'un nouveau mouvement de jeunesse, qui les rassemblerait, donnerait du travail et un encadrement à ceux qui en manquent. Dirigeant des Scouts de France, Henri Dhavernas consulte d'abord le père Forestier, puis fait appel à André Cruiziat, dirigeant de la Route et grand meneur de foules. Ils tombent vite d'accord : il faut se soucier des jeunes qui ne sont pas encore engagés dans les mouvements existants, pour leur donner une formation morale et civique ; le mouvement à créer doit être neutre, puisqu'il s'adressera à tous les jeunes. Ils trouvent un appui solide en la personne d'un avocat, autre dirigeant de la Route, nommé directeur de la Jeunesse à la fin de juillet : Pierre Goutet. Ils s'entendent rapidement avec d'autres hommes que les hasards des événements ont amenés aux environs de Vichy : Jean Gastambide, fils d'un pasteur protestant et dirigeant des Scouts unionistes, Emmanuel Niedrist, un autre protestant, Francis Lemarque et Paul Delouvrier.

Le mouvement s'appellera « les Compagnons de France », et, pour l'encadrer, ses initiateurs songent à faire appel aux mouvements existants. Ils pensent d'ailleurs que c'est le meilleur moyen d'éviter l'hostilité de ceux-ci et le reproche de vouloir créer une « jeunesse unique ». Ils lancent des invitations à tous les dirigeants de mouvements dont ils ont pu retrouver la trace, et en rassemblent finalement quarante-six, du 1er au 4 août, dans la forêt de Randan, à douze kilomètres de Vichy. Il y a là vingt-cinq laïcs et vingt et un représentants des mouvements confessionnels. Albert Gortais, secrétaire général de l'ACJF, côtoie Marcel Audegond, des Jeunesses socialistes ; André Basdevant, des Éclaireurs de France, et le libre penseur Louis-Émile Galey y rencontrent de jeunes protestants. Le seul fait de ce rassemblement constitue une nouveauté, un événement. Ensemble, ces hommes si différents adoptent la « Charte de Randan » qui exprime leur volonté de travailler au redressement français et formule trois décisions :

– les associations existantes doivent continuer leur tâche, l'État doit reconnaître leur autonomie et leur accorder son soutien ;

– la création du mouvement autonome et indépendant « les Compagnons de France » est approuvée. Ses buts sont : « service de la France, formation de la personnalité dans le respect et l'approfondissement des convictions de chacun » ;

– les mouvements existants s'engagent à fournir des cadres aux Compagnons et à favoriser leur développement.

Étonnant accord, pour qui connaît les difficultés qu'éprouvent généralement les mouvements de jeunesse à s'unir, et qui s'explique par le sentiment commun qu'il faut se regrouper pour faire face à l'adversité. Il prélude à une non moins étonnante aventure.

Les Compagnons de France, qui reçoivent de l'État un appui important, se développent rapidement. Ils voient passer dans leurs rangs ou à leur tête des hommes très différents ; on relève au hasard les noms de Paul Noddings, venu de la JOC, Maurice Clavel, Félix Gaillard, Pierre de Chevigny, Pierre Poujade, Michel Dupouey, ancien fonctionnaire du secrétariat général de la Jeunesse, André Aumônier, Jean-Marie Despinette, Marcel Barbu, Georges Lamarque, Georges Rebattet, le futur général Huet qui sera l'un des chefs du maquis du Vercors. Le journal *Compagnons*, très nettement opposé aux Allemands, est rédigé par des hommes comme

Pierre Courtade, Louis Gabriel-Robinet, Georges Ravon, Pierre Corval, Jean Reynaud (dit Treno) et Roger Salardenne du *Canard enchaîné*. Des troupes artistiques du mouvement surgiront « les Compagnons de la chanson ». Cette organisation est décidément un prodigieux bouillon de culture, rassemblement provisoire d'hommes d'origines différentes qui repartiront ensuite vers des horizons divers. L'expérience qu'ils auront acquise chez les Compagnons de France sera ensuite utilisée par les Centres d'apprentissage, les Foyers de jeunes travailleurs, les Maisons de jeunes, les Mouvements d'éducation populaire.

D'abord dirigé par son fondateur Henri Dhavernas, le mouvement l'est ensuite par Guillaume de Tournemire, jeune officier qui fut le compagnon de Lyautey et d'Henry de Bournazel au Maroc, et qui entend manifester au maréchal Pétain une fidélité sans faille.

Sur ce point, il n'y a guère, dans les premiers temps, de grande discussion. Le mouvement a adopté un style à la fois inspiré du scoutisme et de l'armée ; sa structure – il est divisé en Cités et Bailliages, Commanderies, Pays et Provinces – trahit la nostalgie du Moyen Âge et de la chevalerie, et elle est significative de la réaction « antimoderne » fréquente dans la France de Vichy ; il cultive la mystique du chef ; il est enfin très étroitement lié à l'État, qui le finance et intervient dans le choix de ses dirigeants. « Notre âme, lit-on, dans une de ses publications, *Métier de Chef* [1], est la Révolution nationale. Elle a un chef, le Maréchal, et une ébauche de charte : ses messages aux Français. » La « religion du Maréchal » est très célébrée dans les rassemblements « Compagnons ».

Ces jeunes adultes sont à la recherche d'une doctrine. Préoccupés surtout d'éducation avant 1939, ils ont découvert en 1940 que l'on ne pouvait former un jeune dans l'abstrait sans tenir compte des conditions concrètes, sociales, économiques, politiques, dans lesquelles il vit ; ils ont pris conscience, comme ils disent, de la « dimension politique des problèmes ». Cette doctrine qui leur manque, ils vont en grappiller des éléments un peu partout.

La Révolution nationale, pour eux, signifie d'abord le refus du capitalisme et de la démocratie libérale. Ils rejettent celle-ci

1. Mai 1941.

parce que son image est liée à celle de la défaite de juin 1940, et que son individualisme leur paraît destructeur. Ils rejettent du même mouvement le gaullisme qui leur paraît être une tentative de résurrection de ce passé. Parce qu'ils croient en la valeur de la personne, ils repoussent aussi la tentation fasciste et totalitaire. Ils accrochent au passage le mot « communauté », très utilisé par le nouveau régime, d'autant plus facilement qu'Emmanuel Mounier est, dans les premiers mois, leur conseiller et l'un des collaborateurs de leur journal. « Notre conception du monde, écrit Guillaume de Tournemire, consiste à introduire le primat de l'intérêt de la communauté sur l'intérêt des particuliers, à restaurer dans les esprits et dans les cœurs le souci du bien commun supérieur et antérieur à celui des individus. Nous sommes éducateurs parce que nous sentons le devoir de donner aux générations nouvelles des réflexes communautaires. »

Il s'agit donc de créer, à tous les niveaux, y compris dans la profession, des communautés. Un Compagnon, Marcel Barbu [1], qui dirige une petite usine de fabrication de boîtiers de montres à Valence, en fait ainsi dès 1942 une communauté, la communauté Boimondau, qui réunit quatre-vingt-dix ouvriers participant à la gestion de l'entreprise, faisant ensemble de la gymnastique et des cercles d'études, chantant ensemble…

Comme dans les Chantiers, on pense beaucoup à l'avenir chez les Compagnons. Mais le présent impose des choix plus brûlants : le problème juif, le STO, bientôt l'engagement dans la Résistance. Du côté de la Résistance comme du côté de la collaboration on reprochera beaucoup aux Compagnons d'éluder ces choix. Pourtant, leurs publications y font allusion de temps à autre. Après les attentats du 3 octobre 1941 contre les synagogues parisiennes, *Métier de Chef* écrit : « Exercer des brimades et des brutalités sur des personnes à cause de leur race et de leur religion nous révolte. » Par contre, le mouvement accepte sans trop rechigner le Service du travail obligatoire et pousse même au départ : « Tu dois quitter la France. Pas de lamentations inutiles. Redresse-toi. Affirme durant cette période difficile ta fierté de Français. Ton combat continue. Il s'agit plus que jamais de la France et de ses fils. »

En fait, il s'agit de travailler pour l'Allemagne mais la fidé-

1. Futur candidat à la Présidence de la République.

lité sans faille à Vichy conduit à ne pas en avoir une nette conscience. Dans le même temps cependant, Guillaume de Tournemire et Georges Lamarque prennent contact avec le réseau de renseignements « l'Alliance », dirigé par Marie-Madeleine Fourcade. Ils conviennent bientôt d'utiliser les cadres des Compagnons dans un sous-réseau autonome, « les Druides », qui aura ses héros et ses martyrs.

En janvier 1944, le mouvement est finalement dissous par Pierre Laval et Abel Bonnard. Il aura trouvé le moyen de déplaire, en quatre années d'existence, à tout le monde – ou presque. Du côté de Vichy, si le maréchal Pétain prodigue ses encouragements, Laval manifeste à l'égard des Compagnons une défiance qu'ils lui rendent bien ; Marion, directeur de l'information, trouve dans leurs publications tous les signes d'une « opposition larvée ». La résistance intérieure n'apprécie pas, dans sa majorité, le maréchalisme du mouvement. Les gaullistes de Londres puis d'Alger éprouvent les mêmes sentiments et n'ignorent pas que, même entré dans la Résistance, de Tournemire a préféré Giraud et les Alliés anglo-saxons à la France libre. La presse collaborationniste de Paris ne les ménage pas. Ni *L'Action française*.

Les autres mouvements de jeunesse, associés aux débuts de l'entreprise – mais dont certains, comme l'ACJF, la considéraient dès cette époque comme un « pis-aller provisoire » – se défient bientôt pour la plupart de cette organisation en qui ils voient une amorce de mouvement unique. Les principaux cadres du mouvement ont toujours résisté à cette tentation. André Cruiziat l'a écrit dans *Le Chef compagnon* en janvier 1941 : « Le mouvement unique, selon la pensée qui l'inspire, peut ne pas être totalitaire, comme il peut être une étape dans ce sens. À cause de la tentation qu'il offrira, nous le croyons dangereux. » Il reste que la tentation existe, que l'État fournit des moyens importants au mouvement et que celui-ci, ne demandant pas aux jeunes un engagement politique ou confessionnel, risque de concurrencer dans leur recrutement les mouvements traditionnels plus nettement orientés. Ceux-ci tiennent donc les Compagnons à l'écart et leur reprochent bientôt les obscurités de leur doctrine et leur conformisme à l'égard de Vichy.

L'influence catholique au sein du mouvement est évidente. Pourtant l'épiscopat et une bonne partie du clergé sont réticents. *La Semaine religieuse* de Nîmes l'exprime en mars

1941 : « De tous côtés, on nous signale que des mouvements récents, qui se placent sur le terrain de la neutralité, cherchent à absorber les membres de nos divers groupements de jeunesse catholique – notamment les Compagnons. Pas de confusionnisme… Que chaque mouvement fasse son propre travail. »

Pour les catholiques qui y ont participé, le mouvement Compagnons aura été du moins l'occasion de la rencontre des autres et du travail avec eux, l'occasion aussi d'une recherche politique encore confuse mais qui les fera passer, du scoutisme dont la plupart venaient, à « la gauche » du catholicisme français. Car ils approfondiront l'idée de « communauté », rejoindront bientôt les idées d'*Esprit*, et adopteront le « personnalisme communautaire » d'Emmanuel Mounier. Cette doctrine va être également découverte par nombre de jeunes hommes qui fréquenteront entre 1940 et 1942 une institution nouvelle : l'École des cadres d'Uriage.

Uriage : de la Révolution nationale à la Résistance

En juillet 1940, un chef d'escadron de chars de 34 ans, Pierre Dunoyer de Segonzac, aristocrate catholique du Sud-Ouest, se retrouve en Dordogne, abasourdi par la défaite, sans chars, mais après s'être bien battu. Il quitte l'armée car il pense avoir mieux à faire et il se rend à Vichy. Non qu'il soit animé d'ambitions politiques. Mais il est préoccupé par les raisons morales et spirituelles de la défaite. Le 6 février, cet homme proche de l'Action française a vu « les gens de son bord » malmener le service d'ordre policier et cela lui a paru être le signe d'un grave dérèglement des esprits ; jeune officier, il a souffert avant 1939 de la révolte des réservistes refusant d'accomplir leurs périodes militaires alors même que le danger de guerre se précisait ; capitaine à la mobilisation, il a constaté que celle-ci ne suscitait pas un sentiment profond et unanime de patriotisme. La défaite l'a confirmé dans l'idée que pour refaire la France, il faut former une élite, dans une optique pluraliste, sans distinction d'opinions religieuses ou politiques. Il faut donc fonder une École de cadres.

À Vichy, l'heure est aux improvisations et, par l'intermédiaire d'un officier qu'il connaît, le commandant de La Chapelle, Dunoyer de Segonzac obtient l'accord du ministre de la Famille et de la Jeunesse, Ybarnegaray. Il s'installe d'abord au château de la Faulconnière, près de Gannat, propriété de l'avocat Raymond Hubert, avec une dizaine d'instructeurs, presque tous des jeunes officiers, et un aumônier, l'abbé de Naurois qui, ayant vécu à Berlin, a pu apprécier les forces destructrices du nazisme, et qui jouera dans l'École un rôle capital. Mais Gannat est trop près de Vichy, et l'École émigre bientôt pour le médiéval château d'Uriage, ayant appartenu à la famille de Bayard et adossé aux premiers contreforts du massif de Belledonne, près de Grenoble. À ses débuts, Uriage reçoit surtout des jeunes officiers démobilisés et destinés à devenir les cadres des Chantiers de jeunesse. Mais La Porte du Theil, qui n'apprécie pas tellement l'esprit d'Uriage, crée bientôt ses propres écoles. Uriage reçoit alors des cadres des institutions de jeunesse créées par Vichy, puis, bientôt, des volontaires de tous bords et de toutes conditions. Ils y mènent une vie rude et studieuse faite de sport, cercles d'études, travaux manuels, conférences et corvées.

L'équipe de direction est également faite d'hommes de tous bords : Joffre Dumazedier, le professeur de droit international Paul Reuter, Gilbert Gadoffre, agrégé d'anglais, le géographe royaliste J.-F. Gravier, Bertrand d'Astorg, et Hubert Beuve-Méry qui résidait à Lyon lorsque l'abbé de Naurois lui demanda de faire une conférence à Uriage. Collaborant sous le pseudonyme de Sirius à l'hebdomadaire *Temps nouveau* de Stanislas Fumet, Hubert Beuve-Méry se défiait de cette institution nouvelle qu'il croyait entièrement acquise à Vichy. Mais il est séduit par Uriage et la liberté d'esprit qui y règne, demande à rester, et devient directeur des études.

En dehors de l'équipe permanente, les conférenciers et les professeurs sont également d'origines diverses : Jean-Jacques Chevalier, Robert Mossé, Jean-Marie Jeanneney, le recteur Sarrailh, Paul-Henry Chombart de Lauwe naguère proche de l'Action Française. L'école organise également des colloques où se retrouvent André François-Poncet, le syndicaliste Robert Bothereau, le philosophe Jean Lacroix, etc. L'un d'eux, où se rencontrent le maurrassien Henri Massis et Emmanuel Mounier, suscite des oppositions si violentes que l'expérience n'est pas reprise.

Dans les premiers temps, l'esprit d'Uriage est très marqué par celui de la Révolution nationale. La mystique du chef y est très prisée. Comme beaucoup d'officiers de sa génération, Pierre Dunoyer de Segonzac éprouve une immense admiration pour le « vainqueur de Verdun », et, persuadé que celui-ci ne peut trahir son pays, il le défendra toujours envers et contre tous. Dans un message diffusé par Radio Jeunesse le 11 mai 1941, il le compare à Jeanne d'Arc qui, « autrefois, accomplit cette merveille de rendre vivante tout d'un coup une communauté nationale qui s'ignorait ou était dispersée. Nous, nous avons cette chance unique d'avoir le Maréchal. Grâce à lui, notre communauté surgira avec force dès qu'il y aura en France assez de vrais hommes pour la composer. Nous voulons à Uriage travailler à cela. » On trouve dans les *Cahiers d'Uriage* beaucoup des poncifs vichyssois, comme en témoigne ce poème exprimant la nostalgie du temps jadis :

« On avait l'âme fière, on regardait droit
On croyait à la France et à la bonne foi
On haussait les épaules aux complications
On méprisait les discours et les intellectuels
C'est qu'on avait l'âme fière et qu'on marchait droit. »

Les intellectuels sont pourtant nombreux à Uriage. Et c'est l'esprit de libre confrontation entre eux, toujours maintenu par Dunoyer de Segonzac, qui amène progressivement Uriage à se séparer de Vichy.

L'influence déterminante est celle d'Hubert Beuve-Méry, et aussi de l'abbé de Naurois. Au cours de conversations, de cercles d'études, d'exposés, celui-ci fait comprendre que l'adversaire n'est pas seulement l'Allemand, mais l'idéologie nazie. Grâce à ses souvenirs, il peut évoquer dès 1940 l'organisation policière de l'Allemagne hitlérienne, les persécutions raciales, le culte de la force, les camps de concentration. Il fait inviter à Uriage des opposants au régime, comme son cousin monseigneur Bruno de Solages, de Toulouse, à qui Vichy fait interdire de prononcer la conférence prévue et qui doit se contenter de parler en privé aux cadres de l'école.

Des professeurs de l'université de Grenoble, qui est un foyer de résistance, des hommes comme Hubert Beuve-Méry, les pères Maydieu et de Lubac, montrent aux stagiaires et aux dirigeants d'Uriage les ambiguïtés et les faiblesses des thèses de la Révolution nationale. L'équipe d'*Esprit* – Jean Lacroix et Emmanuel Mounier – y exerce une influence bientôt prépondérante, et sa philosophie personnaliste ne peut s'accommoder longtemps du maurrassisme de la Révolution nationale. Au nom de cette philosophie, Uriage condamne le fascisme, le nazisme, le communisme. Parce que la IIIe République s'est effondrée, Uriage rejette la démocratie libérale, dont la liberté fait la grandeur mais l'individualisme la faiblesse. Il faut donc chercher ailleurs, édifier – par l'éducation populaire, les écoles de cadres, des Maisons de la culture, la réforme de l'Université – un type d'homme nouveau vivant dans des communautés. Les hommes d'Uriage parviennent à la vision – quelque peu idéale et irréelle par certains aspects – d'un État démocratique fondé sur des communautés, socialisé, planifiant l'économie, faisant participer les ouvriers à la gestion des entreprises et à leurs bénéfices.

Très vite, une partie de la direction entre en contact avec les premiers résistants : Henri Frenay, le fondateur de *Combat*, est un camarade de promotion, à Saint-Cyr, de Dunoyer de Segonzac et il vient à Uriage.

Très vite aussi commencent les ennuis avec Vichy. Au cours de l'hiver 1940-1941, Dunoyer de Segonzac prononce à la faculté des lettres de Grenoble une conférence dans laquelle, sous les applaudissements de la salle, il exalte l'esprit de revanche et dit son espoir d'une victoire de l'Angleterre – ce qui lui vaut un avertissement du préfet. Dès l'arrivée au pouvoir de Darlan (février 1941) les tracasseries se multiplient. En mars, « le vieux chef » (c'est ainsi qu'on appelle Dunoyer de Segonzac à Uriage) reçoit l'ordre de limoger l'abbé de Naurois et d'écarter Mounier. Il est convoqué devant la commission « jeunesse » du Conseil national de Vichy où les généraux Lafont, chef scout, et La Porte du Theil lui reprochent le « personnalisme » d'Uriage. Mais l'ancien député Gaston Bergery, qu'il ne connaît pas, prend sa défense, et l'affaire se termine là.

Les pressions se poursuivent cependant. Vichy demande à Segonzac d'organiser une conférence de Doriot. « Vous pouvez l'ordonner, répond-il, mais je précise que le jour où Doriot sera à l'école, je serai absent. » Au cours de l'été, Darlan s'annonce à Uriage. Il est bien renseigné par ses espions et des mouchards – au nom du code d'honneur des officiers, « le vieux chef » a expulsé l'un d'eux, officier de marine – mais il veut juger par lui-même. On lui organise une grande réception de style militaire, et il repart plutôt séduit, après avoir prononcé un discours collaborationniste et sans avoir remarqué parmi les assistants le résistant Henri Frenay. Plutôt que de supprimer l'école, il pense l'utiliser à son profit et commence par y envoyer des jeunes gens reçus au concours des Affaires étrangères, de l'inspection des Finances et autres grands corps de l'État. Mais l'expérience n'est pas concluante.

En novembre 1941, le limogeage du général Weygand, en qui il voyait le créateur clandestin de l'armée de la revanche, plonge Dunoyer de Segonzac dans la perplexité. Sur le conseil d'Hubert Beuve-Méry, il veut s'informer aux sources et demande une audience au maréchal Pétain. Celui-ci le reçoit mal, lui demande de ne pas faire de politique et d'obéir aux ordres.

De plus en plus, Uriage passe de la Révolution nationale à la Résistance, et les relations avec Vichy se dégradent. Après son retour au pouvoir, en avril 1942, Pierre Laval appelle le « vieux chef » à Vichy, et lui fait un grand exposé de sa politique pour tenter de le séduire et de le convaincre. Les convocations à Vichy deviennent de plus en plus fréquentes – on menace Dunoyer de sanctions, voire d'arrestation, ou on lui offre un beau commandement dans l'armée d'armistice – et finalement, après l'entrée des Allemands en zone sud, Pierre Laval signe le 27 décembre 1942 le décret de dissolution d'Uriage.

Quelques semaines plus tard, un mandat d'amener est lancé contre Pierre Dunoyer de Segonzac. Mais, avec quelques-uns de ses cadres, rejoints par Jean-Marie Domenach il s'est établi dans la clandestinité au château de Murinais, au pied du Vercors, que l'on appelle « La Thébaïde ». Sous le commandement de Gilbert Gadoffre, les hommes d'Uriage créent alors des groupes d'encadrement des maquis voisins, tout en poursuivant leurs recherches sur le régime de l'après-guerre. Les Allemands et la police attaquent le château de Murinais en décembre 1943, et l'équipe doit se disperser ; plusieurs de ses membres se regroupent cependant dans la Résistance parisienne.

Entre-temps, Pierre Dunoyer de Segonzac avait rencontré le socialiste Pierre Brossolette, rallié depuis longtemps à de

Gaulle, qui se trouve en mission en France, et le franc-maçon Émile Bollaert. Ils forment le projet de se rendre ensemble à Alger. Toujours soucieux d'unité, le « vieux chef » voit une sorte de symbole dans cette démarche collective. Mais Brossolette et Bollaert ayant été arrêtés, Dunoyer de Segonzac part seul et traverse l'Espagne avec l'aide d'anarchistes espagnols. Alger le déçoit. Il y retrouve dans les milieux dirigeants et ceux de l'Assemblée consultative une atmosphère « IIIe République » qui ne correspond nullement à ce qu'avait rêvé Uriage. Il le dit au général de Gaulle qui lui répond : « Que voulez-vous, la France est radicale-socialiste. » Le « vieux chef » préfère regagner le pays occupé. Un de ses amis, commandant de sous-marin, le prend à son bord et le laisse près des côtes d'Espagne. Désormais clandestin, il retrouve à Paris ses anciens cadres engagés dans la Résistance en liaison avec Paul Delouvrier, Henri Bizot (par ailleurs militant du *Témoignage chrétien* clandestin), Bloch-Lainé. À Toulouse, monseigneur Bruno de Solages le met en rapport avec Charles d'Aragon qui lui offre le commandement des maquis de la Montagne Noire, dans le Tarn. À leur tête, il libérera en août 1944 Mazamet et Castres.

Ainsi se termine l'aventure d'Uriage. Critiquée par certains dirigeants de mouvements de jeunesse, comme André Colin, parce que, par sa valeur même, l'expérience tournait indirectement à la gloire du régime qui la laissa se poursuivre pendant deux ans, elle est significative d'une évolution qui fut alors celle de bien des intellectuels, catholiques notamment. D'Uriage sont issus bien des cadres de l'après-guerre, bien des idées neuves en matière d'éducation populaire, de politique économique et sociale. Le personnalisme communautaire de Mounier y a trouvé une nouvelle occasion de diffusion.

Vichy : jeunesse unie ou jeunesse unique ?

Si le problème de la jeunesse suscite ainsi au cours de l'été 1940 des initiatives nouvelles, les mouvements traditionnels n'en continuent pas moins. L'un d'eux, les Scouts de France, prend d'ailleurs une part importante à deux de ces entreprises – les Chantiers et les Compagnons. À tel point que Pierre

Goutet, à la fois dirigeant de la Route des Scouts de France et haut fonctionnaire pendant quelques mois au secrétariat général à la Jeunesse, écrit dans *La Route* en février 1941 : « Il est évident que la guerre a mis le scoutisme en vedette. Les positions prises par *La Route* depuis des années, ses efforts pour la formation du caractère apparaissent aujourd'hui comme ceux-là mêmes qui doivent être proposés à toute la jeunesse française. »

Les mouvements de l'ACJF – JAC, JEC, JIC, JMC, JOC – sont d'abord beaucoup plus réservés à l'égard des nouvelles structures. Inspirés par l'esprit démocrate-chrétien de leurs aînés, marqués par des années de lutte contre l'Action française, ils se méfient des nouveaux dirigeants. Accoutumés à traiter des problèmes institutionnels, ils craignent que la direction de la Jeunesse, bientôt appelée secrétariat général à la Jeunesse, ne devienne un organisme totalitaire chargé de surveiller et de régenter les mouvements de jeunesse, voire de promouvoir une « jeunesse unique » inspirée des régimes fascisants. À des degrés divers, les autres mouvements – en particulier les Guides de France, beaucoup moins engagées que les Scouts à l'égard de Vichy – partagent la crainte d'être « chapeautés » par le nouvel organisme, ou fusionnés en un seul. Ils le font savoir.

Les milieux gouvernementaux s'emploient à les rassurer. Le maréchal Pétain lui-même annonce le 13 août que « tous les mouvements de jeunesse existants seront maintenus : leur originalité sera respectée, leur action sera encouragée, étendue et complétée par des initiatives nouvelles. À tous, je demanderai les mêmes efforts, ceux qui feront de la jeunesse française une jeunesse forte, saine de corps et d'esprit, préparée aux tâches qui élèveront leur âme de Français et de Françaises. »

La volonté de rassurer explique en partie la nomination au poste de secrétaire général à la Jeunesse, en septembre, de Georges Lamirand, qui avait été membre de l'Union sociale des ingénieurs catholiques et avait publié sur « le rôle social de l'ingénieur » un livre préfacé par Lyautey.

Vichy sait combien l'Église tient à l'existence des mouvements de jeunesse d'action catholique et en novembre, à Lyon, Paul Baudoin, ministre des Affaires étrangères, répète qu'il n'est pas question de grouper tous les jeunes Français dans une seule organisation.

Les dirigeants des mouvements ne sont pas tout à fait convaincus. Bien des indices les inquiètent. Certains délégués régionaux du secrétariat général à la Jeunesse (SGJ) ne disent-ils pas que l'adhésion à un mouvement va être obligatoire pour tous les jeunes Français, et que, puisque les mouvements traditionnels trop exigeants ne peuvent convenir qu'aux élites, un mouvement de masse va être créé pour les autres ? Et certains mouvements qui acceptent alors de participer au lancement des « Compagnons » le font pour éviter, par leur présence, que le mouvement ne devienne l'organisation de masse obligatoire.

Surtout, le 23 novembre, Georges Lamirand et Pierre Goutet réunissent les dirigeants des mouvements de jeunesse pour leur présenter un projet de « charte de la jeunesse » sous forme de loi. Cette charte repousse l'organisation unique mais, pour éviter un trop grand morcellement, prévoit que les mouvements devront se grouper en fédérations suivant les méthodes éducatives qu'ils emploient. Ils recevront des subventions, à condition de prouver leur vitalité. « Si vous ne vous développez pas, le mouvement sera suspendu. Si vous ne suivez pas la politique du Maréchal, vous serez brisés comme du verre. » Les délégués régionaux du SGJ auront le pouvoir de contraindre, obliger, punir et suspendre les mouvements de jeunesse. Ils seront assistés de délégués départementaux et même cantonaux. Des Maisons de la jeunesse seront créées partout et il est possible que l'on oblige tous les jeunes à s'y inscrire. Enfin, un service civique sera institué pour les garçons de 14 à 20 ans qui devront y effectuer vingt jours par an.

Les dirigeants des mouvements présents réagissent vigoureusement. « Cette loi ne constitue qu'une gendarmerie des mouvements de jeunesse », dit un représentant des Scouts de France, approuvé par ceux de la JAC et de la JOC. Tous voient planer l'ombre du mouvement unique. Finalement, le projet sera abandonné.

Démobilisé par la marine et ayant accepté de reprendre en l'absence d'Alain Barrère, prisonnier, la direction de l'ACJF, André Colin arrive à cette époque à Vichy où les dirigeants des mouvements, ainsi que des syndicalistes chrétiens, ont leurs habitudes dans un petit restaurant, proche de l'église Saint-Blaise. Après s'être informé, il s'enferme quelques jours dans une chambre pour préciser dans un texte ce que pourrait être une politique de la jeunesse. Bien sûr, dit ce texte, le problème de la jeunesse est aussi un problème d'éducation. Mais il n'est pas seulement cela. La jeunesse n'est pas seulement un avenir, c'est un présent. Les jeunes ouvriers, les jeunes paysans, connaissent les mêmes difficultés que leurs aînés. Il n'est donc pas question de créer une « communauté des jeunes » séparée du reste de la Nation, une sorte de « cité des jeunes » artificielle, qui ne serait qu'un moyen pour l'État de prendre en main la jeunesse. Le rôle de l'État est différent : « Une action menée en faveur de la jeunesse doit avant tout se préoccuper de toutes les conditions de vie des jeunes. » Évoquant l'attitude du SGJ, André Colin proteste parce que « les délégués régionaux se considèrent volontiers comme les chefs des mouvements existant dans la région ».

Il refuse l'engagement dans la Révolution nationale : « L'œuvre des mouvements de jeunes devient impossible s'ils se trouvent entraînés sur le terrain de la révolution politique et si, au regard des masses, ils apparaissent comme des instruments politiques. » Or, « il faut bien constater que l'intervention de l'État aux divers échelons des mouvements, que les consignes données sans respect de la mission et des difficultés propres à chaque mouvement créent cette compromission politique ». Ce texte – dont la première partie inspirera les positions de l'ACJF et d'autres mouvements en matière de politique de la jeunesse, bien après la guerre – est remis au SGJ.

Il contribue à faire classer dans les dossiers les projets trop audacieux.

Les dirigeants des mouvements restent cependant vigilants, et alertent l'épiscopat qui, faisant confiance à Vichy, semble à ce moment beaucoup moins inquiet. Au cours d'une réunion des mouvements de jeunesse catholiques féminins à Lyon, le 2 décembre 1940, le cardinal Gerlier estime que « toutes ces mesures qui semblent parfois être prises contre nous le sont en réalité contre les autres ». Il faut avoir à cœur, dit-il, de faciliter la tâche des fonctionnaires de la jeunesse, « de ne pas être en arrière de la main, tout en sauvegardant nos libertés essentielles ». Les mouvements d'action catholiques féminins soulignent qu'il n'est pas question d'accepter les projets gouvernementaux, notamment les maisons de jeunes auxquelles l'adhésion serait obligatoire. La représentante des Guides de France partage ce point de vue : « Il ne faut pas céder sous prétexte que les gens qui nous gouvernent sont bien ; que se passerait-il le jour où ils seraient moins bien ? »

Le danger n'est d'ailleurs pas écarté. Le 15 janvier 1941, la *Revue universelle*, assez bien en cour à Vichy pour avoir publié le mois précédent un éditorial du Maréchal, reprend la thèse de la jeunesse unique sous la plume d'Édouard Lavergne : « Dans l'état actuel de la France et jusqu'au jour où nous ne serons plus des hommes qui s'appuient à des murs chancelants, nous croyons qu'il n'y aura de jeunesse française que lorsque les deux principes de l'obligation et de l'unité auront triomphé et l'auront emporté sur le dilettantisme et la multiplicité des mouvements. Les mouvements de jeunesse qui existaient avant juin 1940 ont fait la preuve de leur impuissance. »

Parce que les inquiétudes subsistent, l'Assemblée des archevêques et évêques de la zone sud déclare s'opposer le 6 février 1941 « à toute tentative susceptible d'aboutir, directement ou indirectement, à un mouvement unique de la jeunesse » tout en approuvant la collaboration des mouvements « aux tâches communes dès lors que le devoir de servir la patrie est manifeste ».

Vichy s'emploie toujours à apaiser l'épiscopat. Le même jour, une circulaire du SGJ ne précise-t-elle pas que ses délégués locaux n'ont pas à se considérer comme les chefs des mouvements de jeunesse ? Une nouvelle nomination est de nature à rassurer : celle de Louis Garrone, ancien directeur de l'école des Roches, et frère d'un ecclésiastique pour lors prisonnier[1], qui devient directeur de la formation des jeunes au SGJ. Enfin, un arrêté du 8 mai 1941 donne le droit aux membres des mouvements catholiques, protestants, et du scoutisme français, de porter en zone sud leurs insignes distinctifs.

L'Assemblée des cardinaux et archevêques de zone occupée, le 24 juillet, juge pourtant nécessaire de réaffirmer son opposition : « On parle de plus en plus de jeunesse unique : si cette expression signifie qu'on demande la suppression de nos mouvements de jeunes, de leur esprit, de leurs méthodes de formation, nous ne saurions l'accepter. Jeunesse unie au service du pays ? Oui. Jeunesse unique ? – Non ! »

Les campagnes en faveur de la jeunesse unique n'en continuent pas moins. La plupart partent de Paris. Une nouvelle revue, abondamment illustrée, *Jeunesse*, s'y est fondée en

1. Le futur cardinal.

décembre 1940 et publie de multiples articles en ce sens. Elle obtient même le concours d'un dominicain, le R. P. Gorce, qui veut démontrer[1] la nécessité d'une « jeunesse hiérarchisée, avec des décenniers, des centeniers, etc., des consignes rapides partant du Chef de la jeunesse et obéies sans délai par les derniers exécutants... Peut-être même une jeunesse en uniforme. L'uniforme efface la lutte des classes... En attendant de pouvoir faire notre fraternelle jeunesse française comme il existe une jeunesse allemande et une jeunesse italienne, appliquons-nous à ne pas accentuer les disparités, à fusionner ce qui peut être fusionné... » *Nouveau Temps* estime[2] que « ce qui nous manque, c'est essentiellement une organisation correspondante, sinon parallèle, à celle des jeunesses du Reich ». Le journal de Marcel Déat, *L'Œuvre*, estime que la « lutte engagée » entre l'Église et le SGJ rappelle « le temps où les rois et les empereurs de France avaient à se défendre contre les empiétements de Rome[3] ». Installé à Paris, le directeur de la propagande du SGJ, Georges Pelorson, fait campagne lui-même en faveur de la jeunesse unique : « Quand bien même, écrit-il dans *Jeunesse* en juillet 1941, l'unité de la jeunesse française devrait se faire au sein d'un mouvement unique, ce mouvement unique n'exercerait son commandement suprême que dans le domaine de la réalité et de la discipline nationale, dans le domaine temporel... Pour parler franc, je ne vois pas qu'aucune religion puisse avoir à souffrir de l'unité de la jeunesse française lorsque cette unité est l'expression d'une nécessité dominante : celle de l'intérêt de la communauté française, celle de la conscience de la nation. »

La Semaine religieuse de Paris riposte, au mois d'octobre, en qualifiant, contre toute vérité (du moins en ce qui concerne les gens de Vichy), les auteurs de cette campagne de « meneurs de naguère qui n'ont assagi et assoupli (provisoirement sans doute) que leur vocabulaire politique : anciens animateurs des « Jeunesses laïques », des « Faucons rouges », des « Pionniers », des « ajistes » de l'obédience de ce pauvre Léo Lagrange. Ces rescapés, ces revenants du marxisme et de la franc-maçonnerie, partisans de la coéducation, de la promis-

1. 21 décembre 1941.
2. Février 1942.
3. 10 septembre 1941.

cuité, du naturisme et du short permanent, vaticinent depuis peu sans retenue dans les chroniques dites « éducatives » de certains journaux où l'on respire à nouveau l'atmosphère « Front populaire ». »

Vichy paraît alors avoir définitivement renoncé à l'idée de fusionner tous les mouvements en un seul. Au début de juin, Louis Garrone a réuni à Uriage les dirigeants des mouvements pour leur annoncer la mise en place d'une nouvelle procédure : l'agrément. L'État, reconnaissant la valeur de l'éducation civique donnée par les principaux mouvements les « agréera », c'est-à-dire reconnaîtra officiellement leur existence et leur apportera son aide financière ; en échange, il exercera sur eux un certain contrôle moral et financier. Ce système[1] semble d'autant plus acceptable aux mouvements qu'il leur permet de bénéficier d'une reconnaissance légale et écarte ainsi pour l'immédiat le danger d'une dissolution. Les mouvements protestants, les mouvements scouts, et les Compagnons, sont rapidement agréés. Pour les mouvements de l'ACJF, l'affaire est réglée par une convention entre l'épiscopat et le SGJ, négociée entre monseigneur Chollet et Louis Garrone. Une lettre de monseigneur Chollet, du 25 octobre 1941, explique dans quel esprit l'épiscopat conçoit l'agrément : « Toute collaboration à l'État des membres de ces mouvements reçoit leurs encouragements (des évêques) pourvu que cette collaboration n'enlève rien ni aux personnes ni aux mouvements d'Action catholique de leur dynamisme religieux. Persuadés aussi de la nécessité d'une ferme distinction du temporel et du spirituel ils (les évêques) entendent exclure tout ce qui amènerait la confusion des deux pouvoirs. » La même lettre demande, en incidence, que « quelque contrôle » soit accordé à l'Église pour vérifier que dans les Écoles de cadres, Maisons de jeunes, et Auberges de la jeunesse, « il n'y ait jamais rien de contraire à sa doctrine ou à la morale ».

Dans sa réponse, le 10 décembre, Louis Garrone ne fait pas allusion à cette dernière demande, mais précise l'esprit dans lequel le SGJ considère l'agrément et les craintes qu'il éprouve à propos des mouvements catholiques : « L'acte même de l'agrément signifie, pour le secrétariat général, qu'il s'engage à ne pas s'immiscer dans les questions d'ordre spirituel et

1. Repris par la IVe République.

apostolique, pour l'Église, qu'elle assure une fidélité active et une participation réelle à l'œuvre de relèvement national dont l'État a pris l'initiative. Or, s'il apparaît que l'épiscopat français a toujours recommandé un entier loyalisme à l'État et à son chef, certains dirigeants, ecclésiastiques ou laïques, se sont départis d'une attitude aussi franche et, trop souvent, les consignes données aux militants de l'Action catholique ont été si réticentes à l'égard des initiatives de l'État, qu'elles ont pu passer pour des blâmes implicites. »

Les dirigeants de l'ACJF sont bien de cet avis, et s'ils ne refusent pas l'agrément, ils décident de ne pas demander de subvention à un régime auquel ils sont opposés.

D'ailleurs, la convention d'agrément n'ouvre pas une période sans histoires. Deux mois après l'avoir signée, Louis Garrone est obligé de quitter son poste. Il est remplacé à partir de juin 1942 par Georges Pelorson, considéré par tous comme un partisan de la jeunesse unique. Pelorson veut d'abord rassurer : il indique qu'il appliquera la politique définie en mars par le maréchal Pétain. Celui-ci, en effet, a adressé à la commission « jeunesse » du Conseil national un message qui a apporté certaines satisfactions aux mouvements. Il a précisé que les problèmes de jeunesse « ne sauraient, en aucune façon, être isolés de l'ensemble des problèmes nationaux, mais doivent au contraire y être incorporés ». Il a réaffirmé que la diversité des mouvements de jeunesse doit être maintenue, ajoutant cependant qu'il doit y avoir entre tous « une partie commune d'ordre civique et patriotique, qu'il appartient à l'État de définir ». Il a repris, presque mot pour mot, la formule lancée par l'épiscopat : « Pas plus que nous ne voulons d'une jeunesse d'État, nous ne voulons d'une jeunesse unique. Mais nous voulons, dans les limites que je viens de préciser, une jeunesse unie. »

Tandis que les mouvements retiennent surtout de ce texte ce qui a trait à leur diversité, Georges Pelorson s'attache surtout à développer la « partie commune ». En août 1942, il convoque à Paris tous les responsables de mouvements pour leur exposer, au cours d'une réunion présidée par Pierre Laval, un projet de création d'Équipes nationales. Il s'agit d'une sorte de service civique rassemblant tous les jeunes Français pour venir au secours des victimes de la guerre ; les Équipes nationales auront leur propre hiérarchie ; les membres des mouvements devront y adhérer ; tout équipier national devra prêter serment de « faire comme le Maréchal le don de sa personne à la France et de se soumettre sans réserve à la discipline et à l'honneur des Équipes nationales » ; il devra aussi jurer « être français par le sol, par la race et par l'histoire ». Tous les mouvements repoussent ce projet. Les responsables des mouvements catholiques avaient pris contact avec le cardinal Suhard qui leur avait conseillé de « ne pas s'abstenir, mais concourir avec un loyalisme éclairé au travail de reconstruction de la France, par le rassemblement général de la jeunesse ; se dérober, c'est abdiquer ». En septembre, cependant, ils reviennent dire au cardinal qu'on veut, par le biais des Équipes nationales, les engager dans une politique partisane. Il est d'accord avec eux pour l'abstention. C'est qu'ils ont pu lui montrer une circulaire du SGJ datée du 31 août et précisant que le but des Équipes nationales est d'« amener la grande masse de la jeunesse française à participer activement à l'esprit et à la volonté de la Révolution nationale, à pratiquer en action la pensée et la doctrine du Maréchal, alors qu'elle n'a pas pu ou pas voulu le faire jusqu'ici ».

Une nouvelle réunion se tient autour de Lamirand et Pelorson, le 3 octobre, à Écully, près de Lyon. Pelorson fait quelques concessions, mais les mouvements continuent à exprimer leurs réserves. Dans les Équipes nationales qui se créent, ils voient l'amorce d'un mouvement unique. En outre, ils ne peuvent admettre l'esprit qui les anime et que traduit le serment, notamment sa référence à la race dans laquelle le général Lafont, chef du scoutisme français, voit une « inspiration étrangère ». Réuni à Lyon le surlendemain, le comité général de l'ACJF demande à ses comités départementaux, s'ils sont sollicités pour les Équipes nationales, de réserver leur position jusqu'à ce qu'il soit « suffisamment éclairé » pour trancher.

Ces réticences des mouvements amènent le SGJ à renforcer sa mainmise sur eux. Une circulaire du 21 octobre 1942 permet aux responsables des Équipes nationales et aux délégués régionaux de la jeunesse d'assigner aux mouvements des tâches « dans le domaine civique et social ».

La plus dure bataille a lieu en 1943. Félix-Olivier Martin remplace Georges Lamirand à la tête du SGJ. Le 2 juin, il dénonce sans préavis la convention d'agrément des mouvements. Puis il remet à l'État la gestion des centres de lutte contre le chômage des jeunes que les mouvements – notamment la JOC – avaient créés et pris en charge. Enfin, il veut renforcer les Équipes nationales qui, jusque-là, n'avaient connu qu'un développement limité. Il reconnaît qu'il s'agit de créer un mouvement nouveau avec uniforme, insigne, hiérarchie, formation et activités physiques, intellectuelles, morales, sociales et civiques, et décide que tout jeune Français peut être requis d'y participer.

La position des mouvements traditionnels est d'autant plus délicate que les Équipes nationales se constituent en principe pour apporter les secours aux victimes des bombardements. « Les Équipes nationales se construisent sur des cercueils », constate un dirigeant de l'ACJF. Et dans l'été 1943, le comité général de l'ACJF décide d'interdire à tous ses membres d'y participer. Il leur recommande de travailler avec la Croix-Rouge pour venir en aide aux victimes de la guerre.

L'ACJF est le seul mouvement à refuser aussi nettement sa collaboration aux Équipes nationales. Cette fois, l'épiscopat ne la soutient plus. Dans plusieurs diocèses, l'évêque donne ordre aux dirigeants jocistes, jacistes, jécistes de passer outre aux consignes du comité général et de participer aux Équipes nationales, soit parce que le chef local est un « bon catholique », soit parce qu'il ne faut pas se refuser à une action civique demandée par le gouvernement. La tension est alors très vive. Le chef des Équipes nationales, tirant argument de l'attitude de l'épiscopat, déclare : « Le comité général de l'ACJF peut dire ce qu'il veut, il n'a plus la signature. » Ce désaveu implicite de l'épiscopat à l'ACJF aura bientôt de lourdes conséquences : alors que la hiérarchie, s'appuyant sur la notion de « mandat » donné par elle aux mouvements, va s'efforcer de renforcer leur dépendance à son égard, les dirigeants laïcs et des aumôniers, tirant notamment argument de l'attitude de l'épiscopat dans cette affaire, vont remettre en cause le « mandat ».

Finalement, à l'automne, le SGJ recule : les Équipes nationales limitent leurs activités aux secours et, en cas de sinistre, l'ACJF met à leur disposition des équipes de secouristes formés et encadrés par ses propres membres.

Ces luttes contre les empiétements du SGJ ont, pour les mouvements catholiques, une autre conséquence : ils les rapprochent des autres. Le 5 novembre 1942 s'est créé un « directoire des grands mouvements » : après la réunion d'Écully du 3 octobre, Georges Pelorson a voulu former un « Conseil » des mouvements de jeunesse dans lequel il fait entrer diverses organisations politiques plus ou moins engagées dans la collaboration : les Francistes, la Jeunesse de France et d'outre-mer, la Jeunesse légionnaire, etc. Refusant de leur être associés, l'ACJF, le Scoutisme français, le Conseil protestant de la jeunesse, les Compagnons de France et les Camarades de la route se sont groupés dans le « Directoire », ensuite appelé Conseil privé des mouvements. Les mouvements féminins créent un organisme similaire à la fin de décembre. Ces deux institutions nouvelles tiennent de nombreuses réunions pour élaborer une politique de la jeunesse de l'après-guerre, mais aussi pour définir autant que possible une ligne commune en face des questions d'actualité les plus brûlantes. C'est ainsi qu'une réunion du « Directoire » tenue les 1er et 2 juillet 1943, rassemblant notamment Maurice-René Simonnet pour l'ACJF, Eugène Dary pour les Scouts de France, et Emma Gounot pour les mouvements féminins catholiques, constate : « 1° Le gouvernement est absolument dominé, n'est plus souverain ; nous ne lui devons pas obéissance ; 2° la France est partout où les Français se battent ; 3° l'Allemagne a perdu toute chance de gagner la guerre ; 4° la libération du territoire s'accompagnera de changements du gouvernement, des hommes au pouvoir, des tendances politiques. » Le conseil en tire la conclusion qu'il faut de plus en plus se séparer de Vichy, informer Alger de ce qu'il a fait et veut faire, mais ne pas engager les mouvements en tant que tels – ils sont éducatifs et non politiques – dans la « dissidence ». Il se demande aussi s'il doit envoyer un émissaire au gouvernement provisoire du général de Gaulle.

L'ACJF vers la Résistance

En fait, l'ACJF a déjà établi pour sa part ses liaisons avec Alger, et ses dirigeants sont, à des titres divers, engagés dans la Résistance.

Dans sa lettre du 10 décembre 1941 à monseigneur Chollet, Louis Garrone avait déploré l'attitude de « certains dirigeants, ecclésiastiques ou laïcs » des mouvements de l'ACJF à l'égard de Vichy. Il était bien informé. Ces mouvements ne se contentent pas, en effet, de lutter contre les empiétements du SGJ. En mai 1941, Albert Gortais, secrétaire général de l'ACJF, souligne que l'on ne peut entreprendre une action sur la jeunesse « en faisant abstraction du problème français ». Il le dit pour les hommes de Vichy, mais aussi pour des laïcs, des aumôniers et des évêques qui pensent que les jeunes d'action catholique doivent témoigner de leur christianisme à temps et à contretemps sans tenir compte des circonstances.

Les mouvements, ici ou là, pratiquent pourtant la « religion du Maréchal », sans enthousiasme excessif. C'est pour mettre en garde tous leurs membres contre le nouveau régime et les idées qu'il répand, qu'Albert Gortais et le père Lambert, aumônier de l'ACJF, lancent en juin 1941 les *Cahiers de notre jeunesse* [1]. Des cours sur le nazisme sont organisés dans les sessions de militants pour mettre ceux-ci en garde. À Pâques 1941, le secrétariat général de la JEC envoie à ses responsables fédéraux une note pour préciser sa position : « Non, nous n'avons pas déclaré cette guerre pour obéir aux juifs et aux Anglais... Nous avons suivi notre idéal de fidélité à la parole donnée et peut-être même notre intérêt, car après l'Autriche, la Tchécoslovaquie, la Pologne, notre tour serait certainement venu. » Le journal des militants de la JEC, *Messages*, a inauguré dès l'été 1940 une rubrique intitulée « ligne chrétienne » qui s'en prend au racisme et au nazisme. Il sera supprimé en 1943 pour avoir protesté contre le Service du travail obligatoire.

Le secrétariat général de l'ACJF, à Lyon, où se retrouvent Albert Gortais, Rémy Montagne, le jéciste Maurice-René Simonnet, les jocistes Villette et Cartayrade, le jiciste Dubrœucq, ainsi que l'équipe des *Cahiers de notre jeunesse*, devient un foyer de résistance en zone sud, prolongé en zone nord par l'action d'André Colin, Georges Le Brun-Keris, le jaciste Colson, le jociste Bourdais, le jéciste André Rauget.

En janvier 1942, une assemblée générale, appelée « Conseil national », entend un rapport de Maurice-René Simonnet sur « notre patriotisme de chrétiens et de Français » qui s'en prend à la conception maurrassienne de la patrie. Mais les positions se durcissent et le Conseil national clandestin qui se tient dans

1. Voir ci-dessus, chapitre VI.

un collège d'Avignon en mars 1943 est dramatique. L'ACJF a décidé de protester contre le Service du travail obligatoire et déclare, la première, que s'y soumettre n'est pas un devoir de conscience pour le jeune catholique. Dans un long rapport, Rémy Montagne stigmatise les « faux dieux » : l'État, la race. Maurice-René Simonnet, en quelques phrases, réfute les thèses de la Révolution nationale : « Les opinions politiques de certains catholiques ? Elles sont simples. Ils sont *contre :* contre les juifs, contre les communistes, contre les francs-maçons, contre les gaullistes, contre les Anglais, etc. Ce n'est pas avec de telles dispositions que l'on fait une révolution. Les vraies révolutions ne sont pas celles qui détruisent, mais celles qui construisent. Nous vivons encore des créations de la Révolution de 89. » Il conclut en souhaitant que le prochain Conseil national se tienne à Paris, « dans un Paris où ne flottera plus qu'un seul drapeau, celui de la France, où ne régnera plus qu'une seule croix, la vraie, celle du Christ ». Au terme de cette réunion, l'archevêque d'Avignon, monseigneur de Llobet, venu en visiteur, prononce une courte allocution favorable au régime, qui est accueillie par un silence glacial. Quelques instants après, comme une riposte, les deux cents garçons présents chantent à tue-tête : « Vous n'aurez pas l'Alsace et la Lorraine. »

À Montmartre, en novembre, ils chantent *La Marseillaise*. Contrairement au souhait exprimé à Avignon, les Allemands sont toujours là. Si bien que cette nouvelle réunion est plus clandestine encore que les précédentes. Rémy Montagne, juriste de formation, y présente, en se référant au dernier message de Noël du pape Pie XII, un rapport sur « l'ordre juridique » opposé à l'ordre nouveau, qui est à la fois une condamnation de l'arbitraire et du totalitarisme et une préparation aux tâches de l'après-guerre. Mais, à Montmartre, c'est dans la coulisse que se tient l'une des réunions les plus importantes : une trentaine de jeunes hommes y participent autour de Maurice-René Simonnet, lui-même réfractaire au STO, et de Gilbert Dru. Ils constituent en somme l'état-major des Jeunes chrétiens combattants (JCC), mouvement de résistance dont Gilbert Dru est la cheville ouvrière. Des mouvements d'action catholique ne peuvent s'engager en tant que tels dans une action à la fois militaire et politique ; il importe d'apporter un soutien intellectuel et spirituel aux jeunes des mouvements engagés dans les diverses organisations de résistance ; enfin, il est nécessaire que les jeunes chrétiens de la Résistance soient représentés en tant que tels au sein des Forces unies de la jeunesse patriote (FUJP) qui constituent une sorte de « Conseil national de la Résistance » des jeunes. Pour ces trois raisons, les dirigeants de l'ACJF créent donc les JCC, qui n'est pas une organisation de résistance autonome mais un lien entre les membres de l'ACJF engagés dans la résistance sous des étiquettes diverses. Gilbert Dru écrit l'essentiel de son journal clandestin *Jeunesse nouvelle*. Le jociste Francis Chirat en est le responsable national pour la zone sud. Les structures habituelles de l'ACJF servent de canaux pour faire parvenir matériel et ravitaillement aux jeunes des maquis. Un jéciste de Valence, P. Gauthier, part pour Alger où il représentera les JCC au sein de l'Assemblée consultative.

1943 est l'année de l'engagement total dans la Résistance : les policiers allemands qui arrêtent l'abbé Guérin lui disent que « trop de résistants ont la carte de la JOC ». Il est vrai que des centaines de jeunes catholiques jocistes, jécistes, jacistes, jicistes, sont arrêtés et déportés. Et des milliers sont engagés dans la résistance active, les réseaux et les maquis. Ils ont le sentiment que la masse catholique, dans sa majorité, ne partage pas leur engagement, et même qu'une minorité le condamne. Mais leur influence sur les destinées de l'Église de France sera considérable.

CHAPITRE IX

La Charte du Travail et la Corporation paysanne : séduction

Le mouvement de tempête qui brasse la population française en juin 1940 laisse Gaston Tessier, secrétaire général de la Confédération française des travailleurs chrétiens, à La Possonnière, dans le Maine-et-Loire. C'est de là qu'au début de juillet il écrit à son homologue de la CGT, Léon Jouhaux, et l'avertit qu'il s'est adressé aux nouveaux dirigeants de Vichy pour demander une audience. « Nous avons insisté, lui dit-il, sur l'importance que nous attachons au maintien de la liberté syndicale et à la coordination des efforts par le moyen de la convention collective ou d'ententes paritaires analogues. Nous serions heureux de nous concerter avec vous sur l'ensemble de la situation et, en particulier, sur la défense des intérêts ouvriers dans la période actuelle. »

Le 12 juillet, Léon Jouhaux, qui est à Toulouse, lui répond par une lettre aussi cordiale : « Comme vous, nous avons fait les mêmes démarches. Jusqu'ici, aucun renseignement sur ce que sera demain… Je désirerais vivement, pour ma part, que nous puissions nous rencontrer, mais cela ne me paraît guère possible dans le moment présent, à moins que vous ayez la possibilité de venir à Toulouse. Autrement, il faut nous contenter de nous savoir en communion d'idées… »

En communion d'idées, et d'inquiétudes. Qu'ils soient de la CFTC ou de la CGT, les syndicalistes français se demandent quel sort le nouveau régime va réserver à leurs organisations. À la suite du vote de l'Assemblée nationale lui remettant les pleins pouvoirs, le maréchal Pétain a adressé au pays un message dans lequel il a condamné à la fois le capitalisme international et le socialisme internationaliste, et s'est prononcé pour la collaboration des classes : « Nous supprimerons les dissensions dans la cité. Nous ne les admettrons pas à l'intérieur des usines et des fermes. » Qu'est-ce que cela va signifier concrètement ? Les dirigeants syndicaux ne tarderont pas à l'apprendre, comme les autres Français – mais pas plus tôt qu'eux – quand la radio de Vichy annoncera le 16 août 1940 la promulgation d'une loi sur « l'organisation provisoire de la production industrielle » dont le premier article annonce la fin des « groupements généraux rassemblant à l'échelle nationale les organisations patronales et ouvrières ». La CGT et la CFTC sont donc dissoutes. Mais René Belin, ministre du Travail, précise qu'il ne s'agit que des confédérations ; les unions locales, les syndicats de base ne sont pas atteints. La loi a frappé à la tête.

Président de la CFTC, Jules Zirnheld, qui en a été le fondateur, se trouve alors en zone sud. Il proteste auprès du ministre contre « une décision erronée dans son principe et, à notre égard, particulièrement injustifiée ». Puis, sur le mode virulent, il annonce la dissolution à toutes les organisations de base : « La CFTC vient d'être dissoute ! Elle succombe sous le poids des vieilles inimitiés, des vieilles erreurs qui veulent à tout prix subsister, des palinodies des politiciens d'aujourd'hui qui sont les mêmes que ceux d'hier… » Vichy, juge-t-il, veut rétablir l'ordre social « à la manière qu'on employait autrefois à Varsovie ».

Le premier effet de la dissolution est de rapprocher les leaders de la CFTC et de la CGT. Rapprochement d'autant plus facile que la direction de la CGT ne comprend alors – on le sait – aucun communiste. Un « Comité d'études économiques et syndicales » se crée, dont Christian Pineau, de la Fédération CGT des employés, est la cheville ouvrière. Il s'affirme avec éclat, le 15 novembre 1940, en publiant un manifeste signé par neuf dirigeants de la CGT, parmi lesquels Albert Gazier, Robert Lacoste, Christian Pineau et Louis Saillant, et trois dirigeants de la CFTC : Maurice Bouladoux, secrétaire général adjoint, Gaston Tessier et Jules Zirnheld. Ce très long texte se termine par une phrase sans ambiguïté : « Pour sauver leurs libertés, les travailleurs français se grouperont. » Il affirme la volonté de ne pas avoir une « mentalité de vaincus » – ce qui est assez original dans la France de 1940 – et de rester fidèles à un certain nombre de principes essentiels : « Il est faux de prétendre que la défaite de notre pays soit due à l'exercice de la liberté des citoyens. » Les « douze » pensent surtout à la liberté syndicale et affirment que les ouvriers « ne pourront reconnaître comme authentiquement ouvrières des organisations qui ne seraient pas librement choisies par eux et dont l'activité s'exercerait sous la tutelle de l'État ». Certes, le syndicalisme français a commis des fautes – « certains de ses membres ont trop lié l'existence du mouvement syndical à celles des partis politiques et d'un parlement discrédité » – mais aucune des solutions et réformes qu'il a préconisées n'a été appliquée par un gouvernement en temps utile ; il n'est donc pas responsable du désastre. Conscients de ce que les libertés ouvrières sont solidaires de l'indépendance nationale, les « douze » assurent enfin qu'il ne faut pas « désespérer de l'avenir de la France » et de sa place dans le monde. Ils soulignent aussi que le syndicalisme français ne peut admettre l'antisémitisme, les persécutions religieuses, les délits d'opinion, les privilèges de l'argent.

Ce manifeste annonce déjà l'entrée des syndicalistes dans la Résistance. Ronéotypé, il est assez largement diffusé. Il sera repris le 1er mai 1941, dans une nouvelle déclaration annonçant que « les ouvriers français ne fêteront pas dans leur cœur le 1er mai 1941 » devenu très officiellement Fête du Travail et Saint-Philippe.

Cependant, à l'égard de l'ensemble des projets gouvernementaux en matière sociale, les syndicalistes chrétiens n'observent pas une attitude d'hostilité systématique. Comme la quasi-totalité des catholiques, ils sont même plutôt séduits par le triptyque « Travail, Famille, Patrie ». Ils retrouvent une bonne partie de leur vocabulaire dans les propos du maréchal Pétain quand celui-ci déclare : « L'homme tient de la nature ses droits fondamentaux. Mais ils ne lui sont garantis que par les communautés qui l'entourent : la Famille qui l'élève, la Profession qui le nourrit, la Nation qui le protège. » Les idées de « corporation » et d'organisation de la profession leur sont chères. Les Semaines sociales, dont le syndicalisme chrétien a subi l'influence en même temps qu'il participait à l'élaboration de leur doctrine, ont contribué à diffuser, tout en émettant un certain nombre de réserves, l'idée de la « corporation », corps intermédiaire entre les entreprises privées et l'État, géré à la fois par toutes les parties prenantes – patrons, cadres, ouvriers –, qui organiserait la production et les relations entre les groupes au sein de chaque profession. Des députés catholiques, Reille-Soult puis Xavier Vallat, avaient déposé en 1937 des propositions de loi qui auraient abouti à un système corporatif. L'Entente interfédérale des pêcheurs de France – inspirée par les idées du secrétariat social de Saint-Malo fondé par un dominicain, le père Lebret – avait réussi à obtenir un décret-loi du 24 mai 1938 sur l'organisation des pêches maritimes qui lançait une expérience corporative dans ce secteur particulier.

Or, sous le régime de Vichy, le mot et l'idée de « corporation » connaissent une particulière faveur. L'idée inspire la création, dès les premiers mois, d'un ordre des architectes et d'un ordre des médecins. Elle est abondamment expliquée, et commentée chaleureusement, par le professeur Henri Denis dans l'un des tout premiers livres publiés en 1941 par la nouvelle collection « Que sais-je ? » des Presses universitaires de France. Bientôt se crée un « Institut d'études corporatives et sociales » dont Pétain est président d'honneur, et que dirige l'un de ses fidèles, Maurice Bouvier-Ajam.

Il y a là de quoi séduire beaucoup de catholiques qui voient dans le système qui s'élabore une application de la doctrine sociale de l'Église. Une formule habituellement employée par les syndicalistes chrétiens, comme par la plupart des catholiques sociaux, va marquer cependant le point de départ de leurs réserves. C'est un slogan : « Le syndicat libre dans la profession organisée. » Ils estiment qu'à l'intérieur de la profession il existe des intérêts particuliers à chaque catégorie sociale : les ouvriers, les employés, etc. Ces intérêts doivent-ils tout attendre du bon vouloir de la Corporation ? Les catholiques sociaux ne le pensent pas. À la différence des « Corporatistes inégaux », ils estiment que ces intérêts doivent être défendus par des syndicats librement constitués. C'est à partir de là qu'ils vont être amenés à marquer leurs réticences, puis leur hostilité à la Charte du Travail.

Dans les derniers mois de 1940, deux pôles d'opposition s'affirment : ce sont encore Lyon et Toulouse. À Lyon se réunissent en octobre un certain nombre de dirigeants de fédérations et d'unions départementales. Ils décident de continuer – provisoirement sous une autre forme – la CFTC dissoute en créant un « Comité interrégional de liaison des organisations syndicales chrétiennes de la zone sud » dont Marcel

Poimbœuf sera la cheville ouvrière. Ils marquent leur volonté de défendre le syndicalisme libre. À Toulouse, Jean Brodier, qui vient de Valenciennes, anime l'Union départementale de Haute-Garonne, laquelle prend dès l'origine une position hostile à l'égard des futures institutions. Jean Brodier est en contact avec Paul Vignaux, l'un des fondateurs du Syndicat général de l'Éducation nationale, et quelques-uns des premiers résistants : Pierre Bertaux, Léo Hamon, etc. Le 15 décembre, il fait adopter par les militants syndicalistes chrétiens de la région du Midi une motion déclarant que la participation de ces syndicalistes à un éventuel syndicalisme d'État « se fera sous la responsabilité personnelle de chaque militant ». Autrement dit, c'est déjà la rupture : l'organisation, en tant que telle, ne participera pas ; mais les adhérents gardent la liberté de le faire.

Certains d'entre eux, il est vrai, sont déjà engagés à Vichy. Ainsi Jean Pérès, secrétaire délégué de la Fédération de la métallurgie, qui a accepté d'être codirecteur de l'Institut ouvrier que veut créer le gouvernement. Comme il est le seul dirigeant de la CFTC à pouvoir franchir la ligne de démarcation, il joue un grand rôle de coordination entre les syndicats que la guerre et la dissolution de la Confédération ont dispersés. La réunion du 15 décembre à Toulouse examine longuement son cas, et conclut qu'en acceptant une telle fonction il renie son passé et abdique toute indépendance intellectuelle. La Fédération de la métallurgie, dont il est secrétaire, décide en conséquence que son action, depuis juin 1940, « ne saurait engager le mouvement ». Mais l'affaire rebondit car le gouvernement de Vichy envisage de nommer Pérès, comme représentant de la tendance syndicale chrétienne, à la Commission de l'organisation professionnelle qui doit examiner les dispositions de la future Charte du Travail. Réuni à Lyon le 16 mars 1941, le Comité de liaison des organisations syndicales chrétiennes de zone sud décide de demander le remplacement de Pérès par Marcel Poimbœuf, de la Fédération des employés. Or, Marcel Poimbœuf est un opposant résolu au syndicalisme unique et aussi un homme lié aux premières tentatives de résistance qui s'ébauchent alors à Lyon. En zone sud, les leaders syndicalistes chrétiens sont donc, pour le moins, réservés à l'égard des projets gouvernementaux.

Au sein du « Comité d'organisation professionnelle » qui

prépare à Vichy la Charte du Travail, Marcel Poimbœuf défend la même position. Mais il est à peu près isolé. Et, au début de juin 1941, ce comité prend position en faveur de la constitution de syndicats uniques. La protestation de la CFTC survient le 25 du même mois. Le syndicat unique, s'il jouit d'une certaine liberté, sera, dit-elle, très vite « colonisé par les communistes » ; ou bien ce syndicalisme ne jouira d'aucune liberté et alors il sera une « organisation d'État, principe d'une fonctionnarisation contraire à la dignité ouvrière ». Les dirigeants du syndicalisme chrétien annoncent donc qu'ils n'y participeront pas et recommandent au contraire « un syndicalisme à forme *plurale* ». Ce texte est signé par Gaston Tessier pour la zone occupée, Marcel Poimbœuf pour la zone sud, et Alexandre Chaulet pour l'Afrique du Nord. Mais l'unanimité qu'il paraît manifester n'est qu'une façade. Une forte minorité, au moins en zone occupée, est décidée à accepter la future Charte : séduite par la Corporation, elle admet en échange de sacrifier l'existence du syndicalisme chrétien. Elle fait valoir que le nouveau régime paraît prêt à reconnaître le bien-fondé des revendications ouvrières : Pétain a prononcé au printemps à Saint-Étienne, Commentry et Vichy, des discours « sociaux » dans lesquels il a imputé au patronat une « part de responsabilité dans la lutte des classes ».

Le débat est désormais ouvert, non seulement à l'intérieur du syndicalisme mais dans tout le milieu catholique. En octobre paraît à Genève, dans la *Revue internationale du travail*, un article du père Le Roy, jésuite, qui, à propos du cinquantième anniversaire de l'encyclique sociale *Rerum Novarum*, rappelle que Léon XIII avait revendiqué « la liberté d'association comme un droit sacré des travailleurs » et prend parti sans ambage contre le syndicat unique : « Non seulement l'organisation professionnelle ne détruit pas la liberté syndicale, mais elle ne se conçoit pas sans elle. »

Cet appui autorisé vient trop tard. Le 4 octobre 1941, après de longues délibérations, le gouvernement adopte la Charte du Travail. Elle consacre le principe du syndicat unique à chaque échelon et pour chaque catégorie. À l'intérieur de chaque profession, les décisions doivent être prises par des organismes professionnels mixtes, à la fois ouvriers et patronaux. Pour abolir la lutte des classes, le droit de grève est refusé aux ouvriers comme le droit de lock-out aux patrons. « Un chrétien, écrit Octave de Roux dans *Construire*, revue des pères jésuites, y découvre (...) un esprit qui rappelle étonnamment celui des encycliques... »

Au sein de la CFTC le débat va encore se prolonger pendant deux années. En novembre 1941 se tient à Paris une réunion des organisations syndicales de zone occupée. Gaston Tessier se montre favorable au rejet pur et simple de la Charte. Mais il constate qu'une partie importante des délégués présents est décidée au contraire à participer. Pour éviter la rupture, aucune décision ferme n'est donc prise.

Vichy n'a tenu aucun compte des thèses de Gaston Tessier et Marcel Poimbœuf[1]. Mais il leur faudra deux ans pour amener leurs camarades à en tirer la conséquence logique : refuser de participer aux nouvelles institutions. Et, en réalité, un petit groupe s'y engagera à fond.

Il est vrai qu'au sein de l'Église de fortes pressions jouent en faveur de la Charte du Travail. Or, si la CFTC est organiquement indépendante de la hiérarchie, elle en est encore très proche et subit son influence.

Dans sa réunion du 23 décembre 1941, l'Assemblée des cardinaux et archevêques « applaudit à la pensée généreuse qui inspire la Charte du Travail » et souligne avec chaleur que son dessein « est trop conforme à la doctrine sociale de l'Église pour ne pas rallier les suffrages de tous les catholiques ». Elle souhaite cependant « que le droit de libre association soit sauvegardé » et « déplore la disparition projetée des syndicats chrétiens » ; elle demande donc que les décrets d'application de la Charte assouplissent certaines mesures prévues, de façon à sauvegarder l'existence de ces syndicats. Ces nuances trahissent donc les hésitations et les divisions de l'épiscopat. Celles-ci deviennent bientôt patentes, alors même que les premiers décrets d'application de la Charte, le 28 août 1942, montrent que le gouvernement n'a pas déféré aux vœux de l'épiscopat et tient à la constitution des syndicats uniques.

En octobre 1942 paraît une lettre pastorale de monseigneur Feltin, archevêque de Bordeaux, à laquelle les services de l'information de Vichy assurent une très large diffusion. Monseigneur Feltin considère en effet comme un devoir de sa charge « d'inviter tous les catholiques, employeurs et

1. Jules Zirnheld est décédé à la fin de 1940.

employés, à ne pas refuser leur concours individuel, chacun à son plan providentiel, dans l'organisation professionnelle en cours ». L'Église, expose-t-il, « n'a jamais considéré la liberté syndicale comme tellement essentielle que tout régime social qui en suspendrait l'exercice doive par le fait même être taxé d'abus de pouvoir ». Elle pose seulement deux conditions : que le syndicat unique respecte, dans ses statuts et dans son action, les principes de la morale chrétienne ; que la faculté soit donnée aux ouvriers de se réunir en dehors du syndicat, dans un but d'éducation morale et religieuse. Certes, l'archevêque de Bordeaux regrette la disparition des syndicats chrétiens, mais lorsque l'Église avait recommandé leur constitution c'était « sous un régime social libéral, capitaliste, et pénétré, dans ses classes populaires, par une intense propagande marxiste ». La situation a changé, « l'état actuel des choses n'est plus celui de jadis ». La nécessité des syndicats chrétiens n'est donc plus tellement évidente.

Cette lettre pastorale est très mal accueillie par les syndicalistes hostiles à la Charte. D'autant plus qu'avant sa publication Marcel Poimbœuf s'était rendu à Evian, où l'archevêque de Bordeaux suivait une cure, pour lui exposer les raisons de leur opposition. Ils multiplient les démarches, notamment auprès du cardinal Gerlier, qui leur répond que la hiérarchie ne donne en la matière que des conseils et qu'il leur appartient, en tant que militants ouvriers, de prendre leurs responsabilités sur le plan temporel et de décider en dernier ressort de l'attitude qu'ils doivent adopter. Monseigneur Saliège va plus loin et les encourage à persévérer dans le refus de la Charte. Enfin, le cardinal Liénart se fait leur défenseur. L'évêque de Lille avait déjà pris parti pour les syndicats chrétiens, bien avant la guerre, dans une affaire célèbre qui les opposait au patronat du Nord – et le Vatican avait approuvé avec éclat son attitude. En outre, les syndicats affiliés à la CFTC sont fortement implantés dans le Nord, et très proches des structures ecclésiales. Leurs dirigeants trouvent toujours bon accueil auprès du cardinal et, tout en reconnaissant qu'il y a de « bonnes choses » dans la Charte puisqu'elle tend à éliminer la lutte des classes, celui-ci approuve leur attitude. Il va s'en faire l'écho à Vichy, où le maréchal Pétain l'invite au printemps 1942. Le cardinal en parle au chef de l'État dès leur première rencontre et celui-ci lui ménage une entrevue avec Henry Moysset, président de la

Commission de l'organisation professionnelle et principal rédacteur de la Charte.

– En supprimant les syndicats libres, dit monseigneur Liénart, vous favorisez le communisme. Dans le Nord, c'est la puissance des syndicats socialistes qui a limité l'expansion du communisme.

– Les syndicats constituent une force de lutte des classes, et nous voulons comme vous supprimer la lutte des classes, rétorque Henry Moysset.

Le cardinal fait valoir que le gouvernement n'a pas touché profondément à l'organisation patronale, qui peut être considérée également comme une force de lutte des classes.

– Et puis, conclut-il, le syndicat représente un début d'organisation. C'est de loin préférable à l'anarchie.

Mais il ne parvient pas à convaincre son interlocuteur.

Le débat qui se poursuit au sein de l'Église n'est pas moins vif. Le père Villain, jésuite, directeur de l'*Action populaire*, se prononce en faveur de la Charte du Travail, en développant des arguments semblables à ceux de monseigneur Feltin. Monseigneur Hoguet, vicaire général d'Arras, qui a pris une part importante à l'extension de la CFTC dans le Pas-de-Calais, lui adresse, le 29 septembre 1942, une lettre plutôt sèche : « Je n'ai pas, dit-il, à intervenir dans le débat qui est du ressort exclusif des syndiqués… Mais j'avoue avoir lu avec étonnement et peine le paragraphe des pages 50 et suivantes, sur le syndicat unique, de votre brochure. » Monseigneur Hoguet oppose à la thèse du père Villain l'encyclique *Rerum Novarum* et conclut : « … Nous devons rallier toutes nos forces pour empêcher l'État de commettre une mauvaise action… Si le peuple avait l'impression que nous, les catholiques, après avoir conquis toutes nos libertés, et souvent grâce à son concours, nous faisons bon marché des siennes, et que nous travaillons même à les supprimer, un mal immense serait fait. Nous rejetterions bien loin de nous la classe ouvrière, et il faudrait bien des années pour réparer le désastre que nous aurions causé. »

Le 12 octobre, le vicaire général d'Arras revient à la charge en exposant que l'Église a toujours revendiqué la liberté syndicale quand celle-ci était pratiquement niée par les marxistes et que, « s'il fallait maintenant enseigner le contraire de ce que nous avons dit, non seulement nous perdrions toute autorité à leurs yeux, mais nous jetterions du discrédit sur l'enseignement des encycliques ». Il veut éviter que l'on puisse taxer l'Église d'opportunisme.

Pourtant, un homme comme l'abbé Godin, qui sera à l'origine du mouvement missionnaire [1] et qui est aumônier fédéral de la JOC, approuve également la Charte.

À l'intérieur des syndicats chrétiens – notamment en zone occupée, la zone sud étant quasi unanimement opposée à la Charte – le débat est plus vif encore.

Les opposants à la Charte emploient quatre séries d'arguments :

– La Charte place le monde ouvrier en situation d'infériorité vis-à-vis des employeurs et de l'État. L'organisation patronale, en effet, n'a pratiquement pas été touchée, et les employeurs peuvent se retrouver sur le plan économique où ils ont accès par les « Comités d'organisation ».

– Le syndicat unique et obligatoire signifie en fait la suppression du syndicalisme, mouvement ouvrier indépendant, caractérisé par des organisations créées et administrées librement par les intéressés. Or, l'encyclique *Rerum Novarum* a indiqué que les syndicats, « associations privées et libres », doivent pouvoir participer à l'organisation professionnelle.

– Il y a de sérieuses raisons pour craindre que l'institution des syndicats uniques ne fasse que précéder l'unification scolaire et celle des mouvements de jeunesse.

– Enfin, le pluralisme syndical est pour les catholiques l'unique moyen d'imprégner l'action professionnelle des principes sociaux du christianisme.

À ces arguments, les partisans de la Charte répondent que celle-ci consacre précisément les principes sociaux du christianisme, ce qui impose de participer à son élaboration, quels que soient les regrets sentimentaux que peut provoquer la disparition des syndicats chrétiens qui étaient un moyen, non une fin. Ils soulignent aussi que refuser la Charte, c'est saboter la politique de relèvement entreprise par le maréchal Pétain.

Tandis que ce débat se poursuit, l'application de la Charte commence, très lentement. Des « comités sociaux provisoires d'entreprise » se mettent en place en attendant que les institutions de la Charte (comités sociaux, syndicats uniques obliga-

1. Voir ci-dessous, chapitre XIV.

toires, etc.) soient créées. La manière dont les représentants ouvriers sont choisis pour ces comités sociaux provisoires confirme les opposants dans leur suspicion. Mais il est de fait que d'assez nombreux militants de la CFTC y entrent, et que les organismes centraux le tolèrent. Le débat ne peut plus être longtemps académique. Il faudra se résigner à trancher.

Les positions se durcissent. Sous l'impulsion de deux dirigeants de la Fédération des employés, Jules Mennelet (qui est membre du Conseil national de Vichy) et Paul Hibout (ancien dirigeant jociste qui occupe en même temps un poste de responsabilité au secrétariat de la Jeunesse), les partisans de la Charte créent une « Commission générale d'étude et d'information pour l'application de la Charte du Travail ». Celle-ci reçoit – procédure assez extraordinaire – l'appui de l'Assemblée des cardinaux et archevêques de zone occupée, qui publie le 22 octobre 1942 un communiqué : « Mise en présence du fait du syndicat unique, l'Assemblée sans renoncer pour autant à la thèse de la pluralité syndicale, mais soucieuse avant tout d'assurer le maintien de l'influence chrétienne dans la vie professionnelle, souhaite que tous les catholiques, employeurs et employés, apportent leur concours individuel, chacun à sa place providentielle, dans l'organisation professionnelle en cours. Au surplus, elle encourage l'initiative prise par la Commission d'études et d'information pour l'application de la Charte du Travail… »

Ainsi assurée de l'appui de la hiérarchie, cette commission déploie une intense activité de propagande. Mais les opposants à la Charte contre-attaquent, notamment près de l'épiscopat. Le cardinal Liénart leur assure que l'Assemblée des cardinaux et archevêques laisse toute liberté aux syndiqués : si elle a approuvé la Commission d'études et d'information pour l'application de la Charte, dit-il, c'est qu'elle la considérait comme un organisme issu du Comité national de liaison des organisations syndicales chrétiennes ; elle n'entendait nullement donner par-là sa préférence à la tendance « participationniste ».

Ayant reçu ces apaisements, les opposants interviennent encore à Vichy, mais en vain, pour proposer une solution de compromis. Enfin, ils provoquent une réunion où ils feront décider que les syndicalistes ne pourront plus participer à la mise en œuvre de la Charte. La CGT en fait autant, à peu près à la même époque.

En 1943, les communications sont devenues plus faciles entre les deux zones, et il est possible de tenir une réunion véritablement « nationale ». Cette réunion décisive a lieu à Paris le 27 juin 1943. Dès le début, les adversaires de la Charte du Travail sont assurés de la majorité : ils rassemblent presque toutes les organisations de zone sud, et une bonne partie de celles de la zone nord, appuyées sur les solides bastions du Nord et du Pas-de-Calais. Néanmoins, l'atmosphère est tendue. Les syndicalistes chrétiens tiennent habituellement à se sentir une « âme commune ». Or, ils craignent que la décision qu'ils vont prendre ne provoque une rupture. Ceux du sud sont arrivés à Paris avec un projet de motion très dur et sans ambiguïté considérant la nouvelle organisation comme « un simple embrigadement pour faciliter la transmission des décisions de l'État » et excluant du syndicalisme chrétien tous ceux qui par leurs paroles, leurs écrits ou leur conduite auraient admis de participer aux syndicats uniques.

Les « participationnistes », eux, cherchent d'abord à limiter l'objectif de la réunion à un simple échange de vues, sans décision. Ayant échoué, ils proposent un texte dans lequel ils émettent quelques réserves et décident que les syndicats chrétiens « continueront d'apporter leur concours » à l'application de la Charte.

Finalement, un troisième texte est adopté qui reconnaît l'existence, dans la Charte, de certaines « dispositions heureuses » mais constate qu'elle « porte atteinte à la liberté d'association et tend à anéantir en fait le syndicalisme véritable ». Il indique que le syndicalisme chrétien « s'abstiendra de toute participation à la mise en place des syndicats uniques et à leur fonctionnement ». En conséquence, les syndicalistes doivent s'abstenir de participer, ou se retirer, de toutes les commissions ou organismes dont l'un des objets est de créer des syndicats uniques. Ceux qui ne respecteront pas cette directive ne pourront plus se réclamer de la qualité de syndicaliste chrétien. Cette motion recueille un nombre de voix correspondant à 63 % des effectifs de la CFTC. Elle provoque bien des remous.

Les partisans de la Charte refusent de se soumettre à cette décision et continuent. Paul Hibout, animateur du Comité d'études pour l'application de la Charte, lance une campagne de presse. « Dieu veuille, écrit-il dans *Voix françaises*, que l'Église et la France n'aient pas trop à souffrir de l'abstention sociale et civique d'un certain nombre de catholiques à des heures si graves pour notre avenir religieux et patriotique. »

La dernière disposition de la motion, qui prévoit l'exclusion de fait de tout syndiqué participant à l'application de la Charte, suscite de vives réactions de la hiérarchie catholique. Les cardinaux Liénart et Gerlier font savoir à Gaston Tessier que cette disposition est contraire à la décision d'octobre 1942 des cardinaux et archevêques, qui encourageait au contraire les catholiques à participer individuellement à la Charte. Monseigneur Guerry, à Cambrai, n'approuve pas non plus la décision de la CFTC, et le dit.

Les dirigeants de la CFTC décident de passer outre. Ils s'efforcent au contraire de réduire l'importance de la minorité en s'appuyant sur les militants favorables à l'abstention. C'est ainsi que la Fédération des cheminots, qui avait d'abord prétendu n'être pas concernée par la décision du 27 juin (les cheminots étaient régis par une Charte particulière), connaît un renversement de majorité et décide, le 19 décembre, de quitter les organismes de la Charte. Les cheminots cégétistes prennent la même décision le même jour.

Les syndicalistes chrétiens dans la Résistance

Le refus de la CFTC porte un coup très dur à la Charte du Travail : la mise en place de ses organismes est de plus en plus lente. Paul Hibout en est très conscient qui écrit le 17 décembre dans *Voix françaises* que « la Charte du Travail est en péril ».

Elle l'est en effet. D'autant plus qu'en 1944 le pouvoir de Vichy s'étiole et se montre bientôt incapable de créations nouvelles. Ce qui n'empêche pas monseigneur Mathieu, évêque de Dax, de dire encore, en février 1944, son espoir dans la Charte du Travail.

Les syndicalistes opposés à la Charte ont désormais d'autres préoccupations. La plupart sont engagés dans la résistance active. En zone occupée, Gaston Tessier a participé à la fin de 1940 à la création de « Libération-Nord » qui réunit surtout des militants socialistes, cégétistes, et syndicalistes chrétiens. Pierre Brossolette établit les relations avec Londres.

En zone sud, Marcel Poimbœuf est d'abord en rapport avec « Combat ».

Bientôt, il rencontre Léon Morandat, dit « Yvon », qui arrive de Londres. Yvon Morandat, jeune syndicaliste chrétien à l'accent bressan, était en 1939 permanent de la CFTC en Savoie. Mobilisé, il combat en Norvège en 1940 avec le 6e chasseurs. Rapatrié en Bretagne, il fait le coup de feu contre les Allemands à Dinant. Au soir du 18 juin, avec quelques camarades, il prend de force un bateau et traverse la Manche. Le lendemain, il apprend par la presse anglaise l'appel du général de Gaulle et s'enrôle aussitôt dans les Forces françaises libres. Il est affecté à la formation et à l'entraînement des jeunes volontaires arrivés de France et regroupés dans le camp de Camberley. C'est là que Maurice Schumann le rencontre un jour. On décide de faire parler à la radio de Londres ce responsable syndical. Mais Yvon Morandat voudrait aller en Afrique, rejoindre les éléments qui s'y forment sous les ordres de Leclerc afin de prendre part au combat.

Le général de Gaulle le fait appeler et lui demande de rentrer en France, pour prendre contact avec les milieux syndicaux. Il lui dit qu'il compte plus sur les travailleurs que sur la bourgeoisie pour se rebeller. Après avoir suivi l'entraînement spécial destiné aux agents clandestins, Morandat est parachuté en octobre 1941 sur un terrain proche de Toulouse, où l'attend Marcel Vanhove. À Toulouse, il se met au travail avec Jean Brodier, Marcel Vanhove et l'équipe de militants qui se réunit autour d'eux. Quelques jours plus tard, il est à Lyon où il déploie rapidement une vive activité dans les milieux syndicalistes.

Il fait valoir aux cégétistes et à ses amis de la CFTC qu'il ne suffit pas de lutter contre la Charte du Travail car les libertés ouvrières sont liées à l'indépendance nationale. Il les fait entrer dans le mouvement « Libération » qu'a créé Emmanuel d'Astier. À la fin de l'année le Comité exécutif de Libération comprend donc des hommes comme Robert Lacoste et Georges Buisson pour la CGT, Marcel Poimbœuf pour la CFTC, André Philip pour le Parti socialiste. Yvon Morandat y entre lui aussi et devient même responsable du journal clandestin, dont la dernière page est consacrée aux questions syndicales. Le développement de « Libération » en Haute-Savoie et en Savoie, régions où Yvon Morandat a gardé de nombreux contacts, se fait surtout dans les milieux catholiques à partir de militants de la CFTC (Lucien Rose, qui deviendra président du Comité départemental de Libération, Périer, Morisot, Savouillan, Fontaine), et de la « Jeune République » de Marc Sangnier. Ils organisent des grèves et des sabotages.

Parallèlement, Yvon Morandat, Marcel Poimbœuf, Lucien Rose, Jean Brodier et, pour la CGT, Robert Lacoste et Vivier Merle créent le « Mouvement ouvrier français ». À base uniquement syndicale, le MOF s'emploie à diffuser l'esprit de résistance en milieu ouvrier. Il combat la participation à la Charte du Travail, puis la « Relève ». Le 1er mai 1942 – c'est sa première manifestation publique – le MOF adresse à la Fédération syndicale internationale une motion dans laquelle il salue les « travailleurs de tous les pays et particulièrement les ouvriers anglais, américains et russes sur lesquels repose le plus lourd fardeau dans la tâche de la délivrance ». À ces ouvriers, le MOF déclare : « Nous sommes prêts à tout pour vous aider : à saboter, dans la mesure de nos moyens, les fabrications pour l'ennemi, à subir les bombardements justifiés des usines qui travaillent pour l'Allemagne, à suivre les mots d'ordre que vous pourrez nous faire parvenir… »

Bientôt des conversations s'engagent entre les représentants du MOF et du Parti communiste pour coordonner l'action engagée. La création de « bureaux de résistance ouvrière » est décidée. Mais cette action commune n'ira jamais très loin. Les syndicalistes chrétiens regardent avec quelque méfiance les communistes tard venus à la Résistance. Ceux-ci, de leur côté, observent dans la clandestinité des règles très strictes de cloisonnement. Les contacts sont très nombreux avec les cégétistes (socialistes), mais pratiquement inexistants avec les communistes.

Bientôt, la CFTC aura un représentant à Londres. Au début de 1943, Marcel Poimbœuf rencontre à Paris Gaston Tessier qui lui annonce qu'un cégétiste, Georges Buisson, est parti rejoindre le général de Gaulle. La CFTC est sollicitée d'envoyer également un délégué.

– Je ne vois que vous pour y aller, dit Gaston Tessier. Voulez-vous partir ?

Convoyé par un représentant de « l'agence de voyage » clandestine, Marcel Poimbœuf quitte quelque temps plus tard Lyon pour Bordeaux puis la Charente, où il retrouve dans une ferme un officier de renseignement, un jeune scout qui assure des liaisons, et le socialiste Viénot. Deux petits avions « Lysander » les embarquent pour Londres dans la nuit du 20 au 21 avril 1943.

Marcel Poimbœuf arrive dans la capitale anglaise « avec des réticences ». Malgré l'action d'Yvon Morandat, la plupart des syndicalistes engagés dans la résistance intérieure sont, les premiers temps, assez réservés à l'égard du général de Gaulle. Ils se demandent quelles peuvent être les conceptions sociales de ce militaire, et craignent qu'il ne soit seulement un nationaliste peu soucieux du rétablissement de toutes les libertés.

Certains militants chrétiens, d'ailleurs, refuseront toujours de se rallier à lui. C'est le cas de Paul Vignaux, du Syndicat général de l'Éducation nationale, et de Joseph Botton, de la Fédération de la métallurgie. Tous deux arrivent en 1941 aux États-Unis et nouent des relations avec les syndicats américains qui, jusque-là, ignoraient la CFTC. Des USA, ils adressent plusieurs notes à leurs camarades de métropole pour les dissuader de se rallier à de Gaulle, au nom de l'indépendance du mouvement ouvrier et du refus d'un État autoritaire. Leurs efforts sont vains puisque la résistance syndicale, comme toute la résistance intérieure, se regroupe progressivement autour du général de Gaulle. La CFTC pour sa part crée un « Comité de résistance des syndicats chrétiens » qui coordonne l'action de ses militants engagés dans les différents mouvements et celle de ses propres organismes qui ont choisi la clandestinité. Gaston Tessier entre au Conseil national de la Résistance.

En 1944, la CGT et le Comité de résistance des syndicats chrétiens créent un « Comité d'entente » qui lancera en août l'appel à la grève générale insurrectionnelle pour la Libération. En juillet, ce comité a adressé aux travailleurs français une proclamation : les deux centrales syndicales y disent leur satisfaction de se trouver enfin réunies « dans un organisme qui, tout en garantissant l'autonomie de chacun, est le gage d'une action féconde pour l'avenir de la classe ouvrière ». Elles annoncent aussi, avec enthousiasme, que cette unité d'action se poursuivra après la libération, « jusqu'à la disparition définitive du capitalisme fauteur de guerre ».

En réalité, l'unité au sein du Comité d'entente ne va guère durer. Le 15 septembre 1944, la CGT propose à la CFTC de remplacer cette unité d'action par la fusion organique.

La CFTC n'hésite pas un instant : elle refuse de disparaître. D'autant que la CGT, depuis 1943, a bien changé : les ex « -unitaires », en majorité communistes, y sont rentrés et y ont pris bientôt une place prépondérante.

Cependant, l'action menée en commun avec la CGT a eu une grande influence sur la CFTC. Conjuguée avec l'expérience malheureuse de la Charte du Travail, elle amène bon nombre de syndicalistes chrétiens à se dégager des tendances corporatistes de certains catholiques sociaux pour adopter les idées du Conseil national de la résistance, surtout inspirées par les idéaux socialistes.

La lutte contre la Charte du Travail et le débat qu'elle a suscité dans les milieux catholiques ont d'autres conséquences, d'ordres divers. Elle contribue à faire prendre conscience de l'importance du problème ouvrier. Les propos de monseigneur Saliège à des dirigeants jocistes, le 4 août 1943, en témoignent : « Cette guerre marque l'arrivée du 4e État. Le 4e État c'est vous. Aucun pouvoir ne pourra se maintenir s'il ne travaille pas avec vous et par vous. Comme prêtre, comme Français, comme évêque, je suis tout à fait avec vous, vos aspirations, votre avenir. »

Une « revanche » : la Corporation paysanne

– Le Maréchal aime-t-il les paysans ?

– Oui, le Maréchal aime les paysans. Dans ses messages, dans ses appels aux Français, dans ses discours, partout il a proclamé à maintes reprises son amour de la terre et de ceux qui la cultivent. Comment ne les aimerait-il pas, puisqu'il est lui-même fils et frère de paysans ?

Le style naïf de ces question et réponse ressemble beaucoup à celui du catéchisme tel qu'on l'enseigne alors aux petits enfants des paroisses. Ce n'est pas pure coïncidence. Ce texte est en effet tiré d'un « Petit catéchisme corporatif paysan » publié en 1943 à Paris.

Le 7 décembre 1940 a été créée une « Corporation paysanne » qui a l'ambition d'organiser l'agriculture comme la Charte du Travail organise l'industrie. Les catholiques vont s'y engager massivement, car cette création satisfait une de leurs plus anciennes revendications. Or, l'engagement dans la Corporation paysanne a une grande signification politique. Il s'accompagne d'une adhésion entière à la personne et à la politique du Maréchal.

Henri Dorgères – leader paysan d'extrême droite qui avait créé avant-guerre des comités de défense paysanne de style fascisant pour lutter contre la fiscalité et résister à l'application de la loi sur les Assurances sociales – est délégué à la propagande de la Corporation et, parallèlement, chargé par Vichy de la « propagande paysanne » en milieu rural. Il fait signer un serment de fidélité au Maréchal par les cultivateurs de huit mille communes : « Je jure obéissance et fidélité à la personne du Maréchal, à sa doctrine d'une inspiration si profondément chrétienne… » Le 13 mai 1941, Pétain reçoit à Vichy les délégués départementaux porteurs de dizaines de milliers de signatures :

– C'est bien cela, leur dit-il. Les Français ne seront sauvés que par l'esprit chrétien, c'est-à-dire le devoir et le sacrifice.

Religion, politique, et organisation professionnelle sont ainsi étroitement mêlées. C'est que la lutte politique et religieuse a été vive autour de l'agriculture, depuis un demi-siècle. Le ministère de l'Agriculture a été presque constamment aux mains des radicaux qui ont voulu faire de la paysannerie française l'infanterie de la République laïque. Sous leur inspiration s'est créée une Fédération nationale de la mutualité et de la coopération agricoles. En face, s'est formée une Société des agriculteurs de France, dirigée par les grands propriétaires fonciers, et que l'on appelle familièrement « la rue d'Athènes » parce que son siège y est situé. Prise en main ensuite par de gros exploitants – le plus souvent anciens élèves des écoles catholiques d'agriculture tenues par les pères jésuites – la Société des agriculteurs de France s'est transformée en Union nationale des syndicats agricoles et a transféré son siège rue des Pyramides. Mais elle a gardé la même hostilité foncière au régime républicain à qui elle reproche, lors de son congrès de 1934, de « donner à l'homme isolé, au célibataire, au désœuvré, à l'ignare, au dégénéré, le même pouvoir sur la direction des affaires publiques et, pour tout dire, la même souveraineté qu'au père de famille, au savant, au philanthrope, à l'homme chargé de responsabilités que lui vaut la confiance de ses pairs ; de subordonner les intérêts vitaux aux hasards périlleux des consultations électorales, trop souvent aveugles ; de supporter la tyrannie des majorités sur les minorités ».

Parce que la République c'est l'anarchie, parce qu'elle construit la société comme si elle n'était composée que d'individus, et perd de vue « les grands intérêts collectifs ou professionnels », l'Union nationale des syndicats agricoles élabore en 1935 un projet de création d'une Corporation agricole chargée de réglementer et d'organiser la profession et de la représenter devant l'État. « Les groupes sociaux, pensent les promoteurs de la Corporation, ont un droit naturel à se gouverner », l'État ne doit intervenir que comme arbitre entre les groupes.

Les hommes de l'Union nationale des syndicats agricoles sont également imprégnés de l'esprit « antimoderne », si vivace à cette époque au sein du catholicisme français. Considérant la ville comme le lieu de la perdition par excellence, ils veulent protéger la paysannerie de ses tentations. Il faut donc la maintenir à la terre et la refermer sur elle-même. Louis Salleron, l'un des principaux doctrinaires et propagandistes de la Corporation, souhaite ainsi qu'il y ait « des journaux agricoles, une TSF agricole, un cinéma agricole, des bibliothèques agricoles ».

Politiquement, les dirigeants de l'UNSA ont des relations suivies avec Dorgères, qui a participé en 1934 à la création d'un éphémère *Front paysan*. Ils sont également très proches de L'*Action française*.

Presque tous sont catholiques. Leurs idées s'inspirent des doctrines de La Tour du Pin et du Belge Henri de Man. Ils les diffusent largement dans les milieux catholiques : en 1937, aux journées d'études sociales de la Fédération nationale catholique du général de Castelnau, Louis Salleron présente un rapport sur la Corporation agricole. Ils les répandent aussi au sein de l'Union catholique de la France agricole, qui réunit les agriculteurs sur un plan religieux. La Jeunesse agricole catholique, de création récente et qui est encore dirigée surtout par des fils de gros exploitants, en est elle aussi imprégnée. Dans certaines régions au moins, elle est née dans un climat de lutte politico-religieuse. En Charente, par exemple, ses adversaires ont lancé le slogan : « jacistes = fascistes. »

Quand la IIIe République s'écroule en juin 1940, les dirigeants de l'UNSA se réjouissent. Ils étaient minoritaires et avaient toujours proclamé que ce régime ne pouvait mener qu'à la décomposition. Les faits, apparemment, leur donnent raison. Et le moment paraît venu de faire adopter leurs propositions. D'autant plus que les premiers messages du maréchal Pétain semblent être le fidèle reflet de leurs propres idées. Il prône le retour à la terre qui « elle, ne ment pas » et « n'est pas moins riche de promesses que de gloire ». Le paysan de France, dit-il encore, « a été assez longtemps à peine : qu'il soit aujourd'hui à l'honneur ».

Dès le début de septembre 1940, les chefs de la droite paysanne remettent au ministre de l'Agriculture, Pierre Caziot, une note où sont indiqués leurs principes : la famille, la religion, et la propriété doivent être les bases du nouvel ordre social. Puis, comprenant qu'il ne suffit pas d'énumérer des principes, ils présentent un projet de loi. Pierre Caziot leur oppose un contre-projet. Finalement, après de nouvelles délibérations, paraît au *Journal Officiel* la loi du 2 décembre 1940 créant la corporation paysanne. C'est le maréchal Pétain lui-même qui a imposé le mot « corporation » auquel Pierre Caziot ne tenait pas. Toutes les organisations agricoles existantes sont dissoutes. « Désormais, dit Caziot en présentant la loi, il ne pourra exister qu'un seul syndicat corporatif pour une même circonscription. La deuxième caractéristique, c'est le groupement au sein des syndicats agricoles de tous ceux qui vivent de la terre, ouvriers, chefs d'exploitation, propriétaires exploitants ou non. C'est pourquoi ce syndicat est dit corporatif. »

Pour l'essentiel, la loi respecte le projet des leaders de l'UNSA. Aussi ne tardent-ils pas à en féliciter le gouvernement, avant même la publication du texte au *Journal Officiel*. « La loi du 2 décembre, écrira bientôt Louis Salleron, consacre la revanche de ceux qui, depuis tant d'années, luttent contre l'individualisme, l'asservissement de la paysannerie à la politique. » Mais il estime qu'il ne s'agit encore que d'une revanche fragile car l'appareil administratif de l'agriculture reste le même et les parlementaires de la IIIe République continuent à « travailler » dans les départements. Il importe de contrecarrer leur influence. Louis Salleron, qui devient secrétaire général de la Corporation, Rémy Goussault, autre dirigeant de l'UNSA, et Henri Dorgères, envoient dans les départements des « missi dominici » qui se préoccupent d'éliminer les hommes de gauche et de mettre en place des « bien-pensants » dans les nouveaux organismes qui se créent. Ces organismes sont essentiellement les syndicats corporatifs locaux ou régionaux. L'adhésion n'y est pas en principe obligatoire mais seuls les membres de ces syndicats peuvent bénéficier des coopératives, caisses de crédit, caisses d'assurances mutuelles agricoles... Il est donc difficile de rester à l'écart. Aussi la Corporation paysanne regroupe-t-elle la presque totalité des agriculteurs sous la direction des catholiques de droite.

Les syndicats corporatifs jouissent de pouvoirs très étendus. Ils peuvent réglementer « le régime du travail, les conditions juridiques d'exploitation du sol, et généralement tous les rapports professionnels des membres de la profession entre eux, adhérant ou non au syndicat... » La loi leur donne en outre mission de promouvoir et de gérer les intérêts communs des familles paysannes « dans le domaine moral, social et économique ».

C'est sur ce dernier point que va naître un conflit entre les dirigeants de la Corporation et les organisations d'action catholique : la JAC et surtout la LAC – Ligue agricole catholique, mouvement familial[1] fondé par d'anciens jacistes devenus adultes et mariés, qui a pris la suite, non sans tiraillements, de l'ancienne Union catholique de la France agricole. Les leaders de l'UNSA, devenus tout-puissants au sein de la corporation, soupçonnent les jacistes et les lacistes de ne pas partager entièrement leurs conceptions de droite. Ils se préoccupent donc de limiter leur influence. La loi, disent-ils, nous confie les intérêts de toutes les familles paysannes. Les mouvements familiaux n'ont donc plus de raison d'être ; nous allons tout prendre en charge, y compris la formation de la jeunesse. Louis Salleron et ses amis ont de grandes ambitions : ils veulent former, sous leur direction, un véritable « peuple paysan » et se soucier de « tout l'homme ».

Louis Leroy, spécialement chargé de la jeunesse au sein de la Corporation, déclare : « Nous devons nous intéresser à la fois à la formation physique, et spirituelle, et professionnelle du jeune paysan. Nous devons nous intéresser à tout ce qui concerne la formation de l'individu. »

Catholiques, ils se heurtent sur ce point à l'Église. Certes, la

1. À cette époque la LAC commence à s'intituler Mouvement familial rural (MFR).

Corporation paysanne a été bien accueillie par la hiérarchie qui y voit une application heureuse de la doctrine sociale de l'Église. Les agriculteurs catholiques – y compris les plus jeunes – la considèrent avec bienveillance soit qu'ils adhèrent pleinement à la doctrine corporative, soit que, las des divisions du syndicalisme agricole, ils trouvent dans le nouveau système les promesses de l'unité. Mais les dirigeants et les aumôniers de la JAC et de la LAC, comme la hiérarchie, tiennent à l'existence de leurs mouvements et n'acceptent pas de voir ceux-ci limités à une action purement spirituelle, « confinés à la sacristie ».

Des échanges de vues assez vifs ont lieu au début de 1941 entre les dirigeants de la Corporation et ceux de l'Action catholique rurale. Mais les premiers ne tiennent pas à s'opposer trop nettement à l'Église. Les seconds admettent, pour l'essentiel, la Corporation qui leur paraît être le couronnement des efforts déployés par leurs aînés [1]. Un accord est donc rapidement conclu – le 12 juillet 1941. Les dirigeants de la Corporation reconnaissent la nécessité de mouvements familiaux distincts. La Corporation et la LAC créent une nouvelle organisation, la Confédération nationale de la famille rurale, « qui fonctionnera d'une manière autonome, tout en restant en liaison avec la Corporation ».

D'autres raisons de divergences vont surgir. À la fin de 1941, la Corporation annonce la création d'un « Groupe national des jeunes paysans », nouveau mouvement de jeunesse. C'est une nouvelle occasion pour les mouvements d'Action catholique de dénoncer les « tendances totalitaires » de la Corporation, ce que fait le père Foreau, jésuite, fondateur de la JAC.

Mais, là encore, les difficultés sont assez rapidement aplanies. Le 3 juin 1942, un premier accord est conclu entre la JAC et le Groupe national des jeunes paysans, accord qui délimite les secteurs d'action respectifs et envisage d'éventuelles réalisations communes. Et le 24 février 1943, quelques semaines avant que les syndicalistes chrétiens ne disent définitivement « non » à la Charte du Travail, une sorte de contrat est signé entre la Corporation paysanne, le Centre national de la famille rurale et l'Action catholique rurale « représentant l'Église » –

1. C'est ce qu'écrit notamment le père Drogat, jésuite, dans la *Corporation paysanne* (Collection France Vivante, 1942).

les trois organisations interviennent, précise le texte, « en tant que communautés professionnelle, familiale et spirituelle ». Elles créent un comité de coordination pour la jeunesse rurale, tripartite, chargé de fonder, de gérer des foyers ruraux, et aussi d'organiser des journées rurales et des rencontres de jeunes. Chaque partie prenante conserve son autonomie puisque toute décision doit être prise à l'unanimité. Mais la présidence est donnée au délégué de la Corporation, et, par l'intermédiaire du secrétariat général à la Jeunesse, l'État intervient dans le fonctionnement du comité, où il dispose d'un droit de veto. C'est le président de la JAC, Jean Fribault, qui signe l'accord au nom de l'Action catholique rurale.

Il ne semble donc plus y avoir aucune divergence. Une plaquette éditée par l'Action catholique rurale, *Devoirs des chrétiens envers la corporation paysanne*, largement diffusée, le manifeste nettement. Elle se termine par ces trois consignes :

« 1. Devoir grave de participer à la vie corporative ;

2. Devoir d'imprégner cette vie de justice, de paix et d'amour ;

3. Devoir, pour la LAC, de préparer ses membres à cette action. »

Mais une certaine méfiance subsistera toujours. En 1943, l'Action catholique organise six « journées sociales rurales » qui atteignent chacune entre deux cents et trois cents personnes dans divers centres de la zone nord et de la zone sud, et qui veulent étudier l'action des chrétiens au sein des nouvelles institutions du monde rural. Le rapport préparatoire à ces « journées » reproche encore une fois à la Corporation « sa tendance au totalitarisme » qui consacre une idée fausse, « celle que la profession doit prendre en charge l'homme tout entier ». Il faut « réprouver la tendance à faire de la profession un véritable État dans l'État ». En outre, « si la profession est chargée de résoudre les grands problèmes intéressant la famille et la jeunesse, il est certain que ses solutions seront très matérielles, qu'il leur manquera une âme, même si (et c'est le cas actuel avec la Corporation paysanne) elle a à sa tête de véritables chrétiens ». Cependant, le rapport ne conclut pas à l'abstention : « Nous ne pouvons ni ignorer ni bouder ces corps intermédiaires, mais cherchons à leur donner une âme. » Les réticences ainsi exprimées, même si elles n'ont guère de conséquences pratiques, sont souvent mal accueillies à la base où beaucoup d'aumôniers régionaux et locaux sont entièrement engagés dans l'action corporative. Elle leur paraît en effet correspondre à l'enseignement de Léon XIII, elle est dirigée le plus souvent par des militants catholiques, et elle constitue pour eux aussi une revanche sur les politiciens radicaux qui dominaient avant-guerre le syndicalisme paysan.

L'accueil réservé à la Corporation par les masses paysannes n'est pourtant pas enthousiaste. Contre le vœu de Louis Salleron et de ses amis, l'État s'attribue des droits de contrôle et d'intervention de plus en plus grands au sein de la Corporation, qui apparaît ainsi comme une simple courroie de transmission entre le pouvoir et les paysans. Or, le gouvernement fusionne les ministères de l'Agriculture et du Ravitaillement. En cette période de disette, où les paysans sont sollicités de tous côtés pour nourrir le pays et où s'épanouit naturellement une réglementation tracassière destinée à combattre le marché noir, le syndic de la Corporation apparaît bientôt aux agriculteurs de sa commune comme le responsable des réquisitions et des impositions désordonnées. René Bousquet, secrétaire général à la police de Vichy, constate en 1943 que « la Corporation est à l'agriculture ce qu'est la Légion sur un autre plan : elle a fait le plein de haine ».

L'abolition de la Corporation par une ordonnance d'Alger le 26 juillet 1944, avant même la libération totale du territoire métropolitain, ne soulève donc pas beaucoup d'émotion. Cependant, l'expérience ne laisse pas que de mauvais souvenirs. Dans certaines régions, les dirigeants locaux de la Corporation se retrouvent élus – contre les plus connus des leaders de gauche – à la tête du nouveau syndicalisme agricole qui se met en place en 1946. Ce nouveau syndicalisme est unique – et la Corporation a ainsi mis fin aux divisions d'avant-guerre. En outre, au sein du nouveau syndicalisme, la tendance de droite, représentant les gros producteurs de blé et de betteraves du Nord de la Loire, est prédominante.

L'épisode éphémère de la Corporation paraît donc se terminer par une relative victoire de la droite catholique.

Pourtant, un événement important s'est produit, qui est passé presque inaperçu mais qui aura bientôt une influence déterminante sur l'évolution des agriculteurs catholiques : un jeune paysan est arrivé en 1941 à l'équipe nationale de la JAC, René Colson. Il est issu du milieu populaire, alors que la JAC était surtout dirigée par des jeunes issus de la bourgeoisie rurale. Il est gauche, se présente mal, ne sait pas parler en public et il est à peine capable d'écrire. Mais il a des intuitions de génie et connaît, par la base, la vie paysanne. Alors que la Corporation, l'Action catholique rurale, et les catholiques sociaux, célèbrent à l'envi les mérites de l'exploitation familiale agricole, présentée comme seule capable d'assurer la promotion et l'épanouissement des agriculteurs, René Colson sait par expérience qu'elle peut signifier « l'esclavage » des paysans dont toute la vie est axée sur ce seul effort : la survie de l'exploitation. Il presse aussi que « l'action sociale », si chère aux catholiques, ne suffit pas et qu'il faut étudier, afin de peser sur elles, les conditions économiques de la production et de la commercialisation des produits de la terre. Avec une équipe de pères dominicains il crée donc le Centre national d'études rurales (CNER). Les recherches économiques sont pour lui chose entièrement nouvelle, mais il perçoit vite qu'on ne peut résoudre le problème agricole en refermant le monde paysan sur lui-même, comme tente de le faire à ce moment la Corporation. Naturellement hostile à tout paternalisme, il répète que « c'est le jeune qui doit éduquer le jeune », et s'attache à dégager la JAC de bien des influences adultes. Devenu secrétaire général de son mouvement, il attire autour de lui toute une équipe de jeunes, venus pour la plupart de petites exploitations agricoles. Ils remettent en cause les idées reçues et cette nouvelle JAC, qui se révèle peu à peu, forme les hommes qui, à partir de 1958, interviendront massivement dans le syndicalisme agricole pour le pousser vers une plus grande ouverture et un nouveau dynamisme.

CHAPITRE X

Le drame juif, le retour de Laval au pouvoir, l'occupation de la France entière : refroidissement

« J'ai vu passer un train. En tête, un wagon contenait des gendarmes français et des soldats allemands. Puis venaient des wagons à bestiaux plombés. Des bras maigres d'enfants se cramponnaient aux barreaux. Une main au-dehors s'agitait comme une feuille dans la tempête. Quand le train a ralenti, des voix ont crié : « Maman ! » Et rien n'a répondu que le grincement des essieux. »

Dans le numéro clandestin d'octobre 1942 des *Lettres françaises*, Édith Thomas décrit ainsi les déportations d'enfants juifs. Elles soulèvent l'indignation de la grande majorité des Français.

C'est en juillet 1942 que commence la persécution ouverte, sans aucune retenue. Elle a été précédée, dès l'été 1940, d'une série de mesures discriminatoires et ségrégationnistes, aussi bien en zone sud qu'en zone occupée.

Dès le début d'août 1940, Alibert, ministre de la Justice de Vichy, s'adjoint un jeune auditeur au Conseil d'État pour mettre au point les premières dispositions antisémites. Le 27 août paraît une loi sur la presse annulant un décret-loi du 21 avril 1939 qui punissait la diffamation ou l'injure « envers un groupe de personnes qui appartiennent par leur origine à une race ou à une religion déterminée ». Présentée comme un retour à la liberté de la presse, alors que la censure sévit plus que jamais, ce texte a évidemment pour but de permettre aux journaux d'attaquer les juifs et d'apporter ainsi leur appui aux décisions projetées par le gouvernement. D'ailleurs, depuis le

15 août, deux journalistes de *Je suis partout*, Alain Laubreaux et Lucien Rebatet, travaillant dans deux chambres de l'Hôtel du Parc sous la direction de Jean-Louis Tixier-Vignancour, ont commencé à diffuser sur les ondes de Radio Vichy des émissions antijuives.

Le 27 septembre, en zone occupée, les autorités allemandes promulguent une ordonnance relative aux mesures contre les juifs. Elle définit comme juives les personnes appartenant à la religion juive ou ayant plus de deux grands-parents juifs. Il est interdit à ces personnes de regagner la zone occupée si elles l'ont quittée (un bon nombre de juifs, sachant quel sort les nazis leur réservaient, ont effectivement fui devant l'avance de l'armée allemande). Les juifs vivant en zone occupée doivent se faire recenser. Tout fonds de commerce dont le propriétaire ou le gérant est juif doit porter une affiche spéciale le désignant comme entreprise juive.

Le gouvernement français proteste auprès des autorités allemandes parce qu'elles ont ainsi violé la Convention de La Haye interdisant à l'occupant de légiférer. Mais il se hâte de promulguer sa propre législation, peut-être dans l'espoir d'éviter ainsi des mesures plus sévères encore de la part des Allemands, et aussi parce qu'il estime nécessaires des mesures contre les juifs rendus responsables de l'effondrement français. Le conseil des ministres du 1er octobre est presque entièrement consacré au statut des israélites. Selon Paul Baudoin, c'est le maréchal Pétain qui se montre le plus sévère, insistant en particulier pour que l'enseignement et la justice n'emploient plus aucun juif.

Le nouveau statut est signé le 3 octobre et publié au *Journal Officiel* le 18. Son exposé des motifs indique que « partout, et spécialement dans les services publics, si réelles que soient d'honorables exceptions dont chacun pourrait fournir un exemple, l'influence des juifs s'est fait sentir, insinuante et finalement décomposante... Notre désastre nous impose l'obligation de regrouper les forces françaises dont une longue hérédité a fixé les caractéristiques. Il ne s'agit pas de facile vengeance, mais d'indispensables sécurités. » La loi considère comme juive toute personne issue de trois grands-parents de race juive, ou de deux grands-parents si son conjoint lui-même est juif. Elle élimine les juifs des fonctions publiques (avec quelques dérogations en faveur des anciens combattants qui pourront demeurer dans des emplois subalternes), du journalisme, du cinéma, du théâtre et de la radio. En adoptant un critère purement racial, cette législation, qui n'a pas été imposée par les nazis, est plus rigoureuse que celle de pays satellites du Reich, comme la Hongrie. Sa promulgation ne suscite aucune protestation publique [1]. Dans un article signé*** et consacré à l'Algérie, *Construire*, revue publiée par les pères jésuites, range même le statut des juifs parmi les « mesures d'assainissement moral aussi utiles à l'Algérie qu'à la France ».

Abetz, qui a été informé par le ministre de l'Intérieur, Peyrouton, dès le 8 octobre, adresse aussitôt un télégramme de satisfaction à Berlin.

Ce premier statut des juifs rencontre quelques difficultés d'application, car le droit français ne comporte aucune définition de la race. Un nouveau texte est donc promulgué le 2 juin 1941, qui comporte une nouvelle définition du juif faisant intervenir en outre le critère religieux. Est désormais regardé comme juif celui qui appartient à la religion juive, ou y appartenait le 25 juin 1940, et qui est issu de deux grands-parents de race juive. C'est à l'intéressé de prouver l'adhésion de ses grands-parents à une autre religion. Aggravant le premier texte, ce nouveau statut prévoit que l'accès des juifs aux professions libérales, industrielles ou commerciales, sera limité. Toute activité industrielle ou commerciale par le truchement de sociétés anonymes leur est interdite.

Entre le 8 octobre 1940 et le 16 septembre 1941, le *Journal Officiel* publie vingt-six lois, vingt-quatre décrets et six arrêtés concernant les juifs. Cette volumineuse législation antisémite est due pour l'essentiel, depuis mars 1941, à Xavier Vallat, qui a été nommé commissaire général aux Questions juives.

Ancien parlementaire d'extrême droite, célèbre à la Chambre avant 1939 pour ses discours antisémites, et ami de Maurras, Xavier Vallat veut lutter contre les juifs pour des raisons à la fois nationales et religieuses. Nationaliste, il consi-

1. Les cardinaux et archevêques des deux zones, réunis séparément, ont évoqué le problème mais considéré – prétexte ou confiance encore aveugle envers Petain ? – qu'il s'agissait d'un problème « politique » dans lequel l'Église n'avait pas à intervenir. Le nonce, lui, monseigneur Valerio Valeri, rappellé au gouvernement, indiquera dans un rapport au Vatican le « point de vue chrétien ». Divers journaux régionaux considérés comme « cléricaux » ou officiellement catholiques applaudissent hautement.

dère que le juif est inassimilable dans la communauté française et proclame sa « volonté de défendre l'organisme français du microbe qui le conduisait à une anémie mortelle ». La France, écrit-il encore, « était atteinte d'un transport au cerveau, dont elle a failli mourir ».

Catholique, il estime néfaste que les ressortissants d'une religion minoritaire exercent leur influence dans des pays de civilisation chrétienne. Il est héritier d'une tradition assez vivante d'antisémitisme « chrétien », qui s'est manifestée notamment en France lors de l'affaire Dreyfus. À cette époque existait, certes, un « Comité catholique pour la défense du droit », dreyfusard. Mais son influence sur la masse des catholiques était pratiquement nulle et ceux-ci s'étaient engagés en foule dans les rangs de la « Ligue pour la Patrie française », antisémite. Le 15 février 1898, la *Civilta Catholica* avait écrit que « le juif a été créé par Dieu pour servir d'espion partout où la trahison se prépare... D'économique, l'antisémitisme deviendra ce qu'il doit être, politique et national. » Mais, le 14 juillet 1906, à la fin de l'affaire, *L'Osservatore Romano* s'était déclaré « enchanté » de la sentence et avait adressé ses félicitations à Dreyfus. Et Pie XI notamment avait lutté avec vigueur contre l'antisémitisme chrétien. « Le Siège apostolique, déclarait le Saint-Office le 21 mars 1928, condamne de la façon la plus nette la haine contre le peuple qui était autrefois le peuple élu de Dieu, cette haine que l'on désigne aujourd'hui en général sous le nom d'antisémitisme. » Le pape avait repris cette condamnation en 1938 alors que l'antisémitisme provoquait de sombres ravages dans l'Allemagne nazie : « Par le Christ et dans le Christ, nous sommes de la descendance spirituelle d'Abraham. Non ! il n'est pas possible aux chrétiens de participer à l'antisémitisme. Nous reconnaissons à quiconque le droit de se défendre, de prendre les moyens de se protéger contre tout ce qui menace ses intérêts légitimes. Mais l'antisémitisme est inadmissible. Nous sommes spirituellement des sémites. »

Les objurgations de Rome n'ont cependant pas réussi à déraciner tous les sentiments antisémites. On s'en apercevra quand le vieil évêque de Grenoble, monseigneur Caillot, félicitera dans son allocution pascale d'avril 1941 le maréchal Pétain d'avoir frappé, outre les francs-maçons, « cette autre puissance non moins néfaste des métèques dont les juifs offraient le spécimen le plus marqué ». Ce sentiment semble partagé par une partie du clergé et des laïcs de droite. Un homme comme Xavier Vallat rend les juifs responsables de la séparation de l'Église et de l'État et pense que le statut qu'il leur réserve est moins sévère que le statut des congrégations. *L'Action française* considère qu'il ne s'agit que d'une « suite moderne donnée aux vieilles précautions médiévales ». Xavier Vallat est bien de cet avis, et il l'écrit dans la luxueuse revue *La Légion :* « Toutes les mesures que contient la législation française de l'État nouveau et bien d'autres plus draconiennes ont été prises jadis à la demande de ces autorités religieuses dont les juifs de 1942 prétendent aujourd'hui qu'elles désapprouvent tacitement en cette matière les actes du gouvernement du Maréchal. »

Il est vrai que la désapprobation à laquelle Xavier Vallat fait allusion a commencé à se manifester.

Protestations : les premières remontrances de l'épiscopat à Vichy

Dans les premiers mois, les juifs étrangers ou naturalisés de fraîche date sont les plus menacés. Isolément ou en groupe, des bonnes volontés leur viennent en aide.

À Lyon notamment, des équipes de catholiques et de protestants se préoccupent de les prendre en charge, pour faire passer en Suisse ceux qui sont encore libres, ou fournir des secours à ceux qui sont déjà internés. À l'automne 1940, l'un des animateurs de ce groupe, l'abbé Glasberg, attire l'attention du cardinal Gerlier sur le sort des milliers de juifs enfermés au camp de Gurs (Basses-Pyrénées) dans de sommaires abris.

Le cardinal Gerlier ne nie pas l'existence d'un problème politique posé par la communauté juive – recevant un jour des représentants de la communauté israélite de Lyon il évoquera devant eux l'action jugée par lui néfaste de Léon Blum, et parlera « d'expiation » – mais il ne peut accepter que des personnes soient placées dans une telle situation. Il devient président d'honneur de « l'Amitié chrétienne » dont le père Chaillet sera bientôt la cheville ouvrière et dont toute l'action vise bientôt à protéger les juifs. Quant au problème particulier de Gurs, le cardinal décide de s'adresser directement à Vichy. Ayant constitué un solide dossier, il le remet à monseigneur Guerry en le priant de transmettre sa protestation à Peyrouton, ministre de l'Intérieur. Reçu par le chef de cabinet de celui-ci, monseigneur Guerry souligne que les conditions de vie des vingt mille israélites de Gurs sont « une violation flagrante des règles les plus élémentaires du droit humain ». Nous, évêques, dit-il, « nous faisons complètement abstraction de l'aspect politique du problème, et nous ne sommes mus que par un sentiment de charité chrétienne pour ces êtres humains qui souffrent, pour ces familles qui sont désespérées ». Appelé par le chef de cabinet du ministre, le médecin chargé de l'inspection du camp reconnaît l'exactitude des informations du cardinal Gerlier, argue du fait que le centre de Gurs vient seulement d'être rattaché au ministère de l'Intérieur, et donne l'assurance que des ordres vont être donnés pour l'amélioration du sort des prisonniers.

L'aggravation de la législation antijuive amène, au printemps 1941, un groupe de professeurs de la faculté de théologie de Lyon, animé par l'abbé Chaîne (lequel était soutenu notamment par le père de Lubac, jésuite), à rédiger un projet de protestation. Mais les responsables de la Faculté font valoir qu'aucun journal ne publiera un tel document, car la censure s'y opposera. Et l'argument porte. Ce texte, de ton pourtant modéré – « une pareille discrimination, qui est contraire à la tradition française établie depuis un siècle et demi, ne l'est pas moins au principe que nul ne peut être inquiété pour ses opinions religieuses » –, ne sera donc guère répandu, et ne portera pas de signature[1].

Mais il n'y a toujours pas de protestation publique émanant de l'épiscopat – pas plus que de personnalités ou groupements appartenant à d'autres fractions de l'opinion et conservant, du moins en zone sud, certaines possibilités de se faire entendre – et Xavier Vallat s'en prévaudra plus tard. Il soulignera (notamment lors de son procès d'épuration) que la hiérarchie catho-

1. Dans la première édition de mon livre, en 1966, j'avais indiqué qu'il s'agissait d'une protestation officielle de la faculté de théologie de Lyon, et je l'avais fait sur la foi du témoignage de monseigneur Guerry, dans son livre *L'Église en France sous l'occupation*, publié chez Flammarion au lendemain de la guerre, qui est un plaidoyer sans nuances pour l'épiscopat. Il indiquait même une date : 17 juin 1941. Les recherches des historiens, depuis, ont montré que rien ne prouvait l'existence de ce texte.

lique n'a pas contesté la législation, mais s'est élevée uniquement contre la déportation et la dispersion cruelle des familles.

Pourtant, de divers côtés, les évêques avaient été alertés. C'est ainsi que, dans une note adressée à l'Assemblée des cardinaux et archevêques le 11 juillet 1941, le père Michel Riquet, jésuite, a indiqué que le statut des juifs est « un scandale pour la conscience chrétienne », soulignant qu'il était appliqué « en zone occupée avec une brutalité scandaleuse ». Il a suggéré que l'épiscopat proteste. Ce qui n'eut aucun effet immédiat (à l'exception, on l'a vu, dans la longue déclaration épiscopale du 24 juillet 1941 sur le respect de l'autorité de Vichy d'un paragraphe très vague sur le respect de la personne humaine). Une nouvelle note datée du 13 octobre 1941 n'eut pas plus de résultat.

La vénération envers le maréchal Pétain est-elle si vive encore qu'elle interdit d'adresser à Vichy le moindre reproche ? C'est probable, et plus d'un évêque chuchotera en privé qu'il ne veut pas, en « troublant les esprits », gêner le chef de l'État.

Ou bien ces prélats ne trouvent-ils rien à redire, en fin de compte, à la législation de Vichy ? C'est également probable, et l'étude attentive des protestations qu'ils finiront par émettre montre que leurs reproches ne visent pas les textes. Sur ces textes, d'ailleurs, les hommes de Vichy se prévalent d'un accord, ou plutôt d'une neutralité, autorisé : celui du Vatican. Pétain avait écrit le 7 août 1941 à son ambassadeur au Saint-Siège, Léon Bérard, afin de connaître l'avis du pape sur les mesures antijuives (ce qui paraît indiquer que le vieux Maréchal craignait une réaction catholique). Bérard répondit, le 2 septembre : « Il n'apparaît point que l'autorité pontificale se soit à aucun moment occupée ni préoccupée de cette partie de la politique française. » Il poursuivait en rappelant que l'Église était fondamentalement opposée aux théories racistes et dissertait longuement avant de conclure que le statut des juifs du 2 juin se trouvait « en opposition avec un principe professé par l'Église romaine » sur « un point unique » : pour l'Église, un juif baptisé cessait d'être juif. Mais pour le reste, écrivait Berard, « il n'y a rien dans ces mesures qui puisse donner prise à la critique, du point de vue du Saint-Siège ». Et l'ambassadeur terminait, rassurant : « Comme quelqu'un d'autorisé me l'a dit au Vatican, il ne nous sera cherché aucune querelle pour le statut des juifs. »

Cette conclusion, Pétain allait s'empresser de la répéter quelques jours plus tard, au cours d'un dîner de diplomates auquel participait le nonce Valerio Valeri. Lequel, embarrassé, répliqua que le Maréchal devait avoir mal compris les intentions du Saint-Siège. Et s'empressa d'écrire à Rome au cardinal Maglione, alors secrétaire d'État, pour souligner que les lois antisémites étaient entachées de « graves défauts » et demander qui avait bien pu donner de telles assurances à Léon Bérard. L'enquête du cardinal Maglione montra qu'il ne s'agissait en aucun cas de Pie XII (certains ont avancé les noms de monseigneur Tardini et de monseigneur Montini, le futur Paul VI, qui ont démenti). Et le cardinal répondit au nonce que Pétain avait tiré des « déductions excessives » du rapport Bérard et que le Vatican jugeait « malheureuse » la loi portant sur le statut des juifs.

Le cardinal Maglione félicita le nonce d'avoir réagi aussi vivement. Ainsi appuyé par le Vatican, monseigneur Valerio Valeri rédigea une note de protestation qu'il chargea le cardinal Gerlier de remettre à Vichy, si l'on en croit les mémoires d'Henri de Lubac (« Résistance chrétienne à l'antisémitisme », Fayard, 1988). On peut se demander pourquoi le représentant du Vatican à Vichy n'a pas remis lui-même ce texte, comme il eût été naturel. Une seule hypothèse se présente : il espérait compromettre un peu l'épiscopat français, l'associer à sa protestation. L'épiscopat, en effet, persistait à se montrer d'une rare discrétion en la matière. Les responsables avaient pourtant reçu, entre autres, le 15 avril 1941, une note du père de Lubac critiquant les « lois arbitraires » et soulignant à propos de l'antisémitisme : « Outre ce qu'il a de dégradant pour ceux qui s'y abandonnent, il est déjà de l'antichristianisme. C'est à la Bible qu'il en veut, c'est à l'Évangile aussi bien qu'à l'Ancien Testament. » Or, la réunion des cardinaux et archevêques du 31 août 1941, examinant « les dispositions graves » qui allaient être prises contre les juifs, avait estimé qu'il existait un vrai problème, lié à l'existence d'une communauté internationale « inassimilable par nature ». Hostiles à toute mesure violente, ces prélats considéraient que l'État avait « le droit et le devoir de protéger ses nationaux ». Dans toute cette triste affaire, les responsables de l'Église de France ont toujours été en retrait sur Rome. Or, ils ne pouvaient, quelle que fût leur pensée propre, ignorer les directives romaines.

L'attitude du Vatican, en effet, pour qui voulait la connaître, ne faisait, en son principe, pas de doute. Radio Vatican avait ainsi déclaré le 1er août 1941, à propos de l'Allemagne il est vrai : « Il y a, à l'heure présente, un grand scandale, et ce scandale c'est le traitement qu'on fait subir aux juifs. » Le 13 avril, le pape avait dit : « L'histoire ne donne aucun exemple d'une telle barbarie, que nous blâmons publiquement et condamnons. » La presse clandestine reprenait ces propos et citait les protestations des évêques d'Allemagne, de Hollande, de Belgique. Mais l'épiscopat français gardait le silence.

Se taisait-il – dernière hypothèse – parce que Vichy lui accordait de substantiels avantages ? Rien ne permet de l'affirmer. Pourtant, cette mentalité a existé dans une partie du clergé, au témoignage de G. Ribière, responsable de la JEC féminine, qui, en mai 1941, au lendemain de l'arrestation d'enfants juifs dans des écoles parisiennes, demanda à son équipe dirigeante d'organiser une veillée de prières dans l'église Saint-Étienne-du-Mont en signe de protestation. À quoi l'aumônier de cette équipe, l'abbé Lallier, futur évêque, et alors secrétaire de l'archevêque de Paris, répliqua : « Mademoiselle, j'admire votre charité, elle est débordante. Évidemment, il y a le problème juif, il y a aussi le problème alsacien. Mais il faut que vous compreniez : nous avons aussi nos écoles. »

Quoi qu'il en soit, l'épiscopat français garde longtemps le silence – à la différence des responsables protestants qui se font très vite entendre à Vichy. Ce qui n'interdit pas à tel évêque d'intervenir ici ou là pour un cas particulier. Ce qui n'empêche pas non plus les bonnes volontés de s'organiser un peu partout pour sauver ceux qui peuvent l'être. Jusqu'au printemps de 1942 (Darquier de Pellepoix prend à cette époque la relève de Xavier Vallat au Commissariat aux questions juives), les réseaux de solidarité vont se structurer et se renforcer. La propagande antisémite également : à Paris, douze cinémas ont projeté chaque semaine pendant des mois le film antisémite allemand *Le Juif Süss*, également diffusé en zone sud où sa projection a suscité souvent les premières manifestations d'opposition. Mais surtout, en zone occupée, les Allemands sont passés à l'action. Le 14 mai 1941, mille soixante et un juifs étrangers demeurant à Paris ont été convoqués au gymnase Japy et envoyés, de là, au camp de Beaune-la-Rolande. Le 20 août, vers quatre heures du matin, policiers français et allemands ont cerné le XIe arrondissement pour la première grande rafle de juifs. Le 12 décembre 1941, ils se sont présentés surtout chez des israélites connus ou riches : universitaires, financiers, artistes, médecins. Les spoliations de biens sont devenues de « droit ». Et tous les juifs sont astreints, au printemps de 1942, au port de l'étoile jaune.

La plus grande rafle, on le sait, a lieu les 16 et 17 juillet de la même année. Par milliers, hommes, femmes, enfants sont arrêtés au petit matin et enfermés à Drancy et au Vélodrome d'Hiver. Après quelques jours, les enfants sont arrachés à leurs parents, ce qui provoque des scènes d'une brutalité inimaginable. Très rapidement, la nouvelle se répand dans la France entière. Dès le 16 juillet, le cardinal Suhard écrit à Laval pour se dire « vivement affecté par les drames familiaux qui accompagneraient les déportations ». L'Assemblée des cardinaux et archevêques de la zone occupée qui tient à Paris sa session de juillet la semaine suivante décide de protester sur-le-champ. Elle demande au cardinal Suhard d'adresser au maréchal Pétain une déclaration :

« Profondément émus par ce qu'on nous rapporte des arrestations massives d'israélites opérées la semaine dernière et des durs traitements qui leur ont été infligés, notamment au Vélodrome d'Hiver, nous ne pouvons étouffer le cri de notre conscience.

« C'est au nom de l'humanité et des principes chrétiens que notre voix s'élève pour une protestation en faveur des droits imprescriptibles de la personne humaine. C'est aussi un appel angoissé à la pitié pour ces immenses souffrances, pour celles surtout qui atteignent tant de mères et d'enfants.

« Nous vous demandons, monsieur le Maréchal, qu'il vous plaise d'en tenir compte, afin que soient respectés les exigences de la justice et les droits de la charité. »

Chaque évêque est chargé de faire connaître à son clergé le texte de cette déclaration, qui n'est pas publiée. En zone sud, par contre, on en arrive très vite à la protestation ouverte. Car la déportation des juifs étrangers a également commencé.

Le 20 août, Jules-Géraud Saliège, archevêque de Toulouse, déjeune au grand séminaire à l'occasion de la retraite sacerdotale. Au cours du déjeuner, il fait part à ses collaborateurs, monseigneur de Courrèges, les abbés Gèze et Garail, des scènes qu'on vient de lui rapporter et qui se sont déroulées aux camps de Noé et de Récébédou : des départs de trains de déportés, la séparation des parents et des enfants, des maris et des femmes (tout cela, il faut le souligner, dans une zone non contrôlée par les Allemands et soumise au seul régime de Vichy). Il ne cache pas sa colère. Avec ses collaborateurs, il décide que sa protestation sera immédiate. Il rentre à l'archevêché, rue Perchepinte, sonne sa secrétaire, mademoiselle Buisson, et de sa voix rauque et mal assurée lui dicte vingt-trois lignes :

« Il y a une morale chrétienne, il y a une morale humaine, qui impose des devoirs et reconnaît des droits. Ces devoirs et ces droits tiennent à la nature de l'homme ; ils viennent de Dieu. On peut les violer... Il n'est au pouvoir d'aucun mortel de les supprimer.

« Que des enfants, des femmes, des hommes, des pères et mères soient traités comme un vil troupeau, que les membres d'une même famille soient séparés les uns des autres et embarqués pour une destination inconnue, il était réservé à notre temps de voir ce triste spectacle.

« Pourquoi le droit d'asile dans nos églises n'existe-t-il plus ?

« Pourquoi sommes-nous des vaincus ?

« Seigneur, ayez pitié de nous.

« Notre-Dame, priez pour la France.

« Dans notre diocèse, des scènes d'épouvante ont eu lieu dans les camps de Noé et de Récébédou. Les juifs sont des hommes, les juives sont des femmes. Tout n'est pas permis contre eux, contre ces hommes, contre ces femmes, contre ces pères et ces mères de famille. Ils font partie du genre humain ; ils sont nos frères comme tant d'autres. Un chrétien ne peut l'oublier.

« France, Patrie bien-aimée, France qui portes dans toutes les consciences de tous les enfants la tradition du respect de la personne humaine, France chevaleresque et généreuse, je n'en doute pas, tu n'es pas responsable de ces horreurs. »

Aussitôt polycopié, ce texte est donné aux prêtres participant à la retraite sacerdotale, pour qu'ils l'emportent avec eux le lendemain en rentrant dans leurs paroisses. Des cyclistes en transmettent d'autres exemplaires dans les paroisses de la ville. Quelques-uns, enfin, sont confiés à la poste.

Le préfet apprend l'existence de cette lettre pastorale. Il fait convoquer monseigneur de Courrèges.

– C'est vrai, lui dit-il, on a emmené des juifs, c'est regrettable. Mais il n'est pas exact qu'il y ait eu des scènes d'épouvante et d'horreur. S'il le faut, je ferai saisir la lettre.

Monseigneur Saliège, à qui cette conversation est rapportée, refuse de renoncer à la diffusion de son texte. Il consent seulement à changer deux mots : « d'épouvante » devient « émouvantes », « horreurs » devient « erreurs ». Mais ces modifications ne satisfont pas le préfet. Il fait signifier à tous les curés par la police l'interdiction de lire la lettre. Des curés se présentent le samedi soir à l'archevêché pour demander si l'ordre est maintenu. L'abbé Gèze va poser la question – à travers la porte – à l'archevêque déjà couché. Pour toute réponse, il reçoit un rugissement :

– Qu'ils la lisent !

Le préfet fait télégraphier aux maires de toutes les communes rurales pour qu'ils interdisent la lecture. Ce qui donne lieu, le dimanche, à quelques scènes cocasses ou tristes. Quelques curés « ignorent » le texte de leur archevêque, qui le leur reprochera avec sa vigueur coutumière. La semaine suivante, dans *La Semaine religieuse*, il s'en prend vivement aux prêtres trop ouvertement ralliés au régime : « J'admire la quiétude de beaucoup de prêtres sur l'avenir. Je ne la partage pas… Que les prêtres, en chaire, prêchent un évangile nouveau dont certaines parties sont opposées aux enseignements de l'Église, cela est inadmissible. Ils sortent de leur domaine. Ce n'est pas pour cela qu'ils ont été ordonnés prêtres. » Il écrit personnellement aux curés qui n'ont pas lu sa lettre en chaire pour les obliger à le faire le dimanche suivant. Reproduite à la main, dactylographiée, polycopiée, la lettre circule partout et déplaît fort à Vichy, qui se préoccupe de riposter. On rédige donc un article – attribué alors à Simon Arbellot, chef du service de la presse au ministère de l'Information, et qu'Arbellot lui-même dira avoir été écrit par un « abbé théologien » – qui, à coups de citations de Benoît XIV et de saint Thomas, entend démontrer que l'antisémitisme fait partie de la doctrine chrétienne traditionnelle. Sans nommer l'archevêque de Toulouse, l'auteur anonyme s'en prend à « certains chefs responsables de la conduite des hommes et de la direction des consciences » qui fournissent « à des adversaires, trop heureux de les trouver si bien forgées, des armes contre le gouvernement de la France, contre la Révolution nationale, contre l'unité française ».

Un émissaire de Vichy demande à Maurice Sarraut, directeur

de *La Dépêche du Midi*, de publier cet article dans son journal :

– Nous pensons que vous accueillerez favorablement notre demande puisque vous êtes anticlérical.

– D'abord, répond Sarraut, nous ne le sommes plus, si nous l'avons jamais été. Nous n'avons jamais attaqué l'Église, nous avons toujours défendu la liberté de penser, la justice, prôné les sentiments de charité et d'humanité générale que l'Église aujourd'hui entend incarner. Nous ne choisirons pas ce jour-là pour nous ranger parmi ses adversaires. Je veux pouvoir regarder en face l'archevêque de Toulouse.

Finalement, c'est *Le Grand Écho du Midi*, journal conservateur et « bien-pensant » créé pour contrecarrer l'influence de *La Dépêche*, qui insère l'article sous le pseudonyme de « Saint-Julien », habituellement utilisé par son rédacteur en chef, Julien-A. Catala. Aussitôt, les services de l'information s'efforcent de lui assurer la plus large diffusion. Leur consigne 692 *bis* « demande instamment » aux journaux de publier une dépêche reprenant l'essentiel de l'article de « Saint-Julien ». Le 4 septembre, une « note d'orientation » ayant la même origine « prie instamment » les journaux non seulement de publier la dépêche mais encore de la commenter. La note précise dans quel sens doit être écrit le commentaire : l'étude du *Grand Écho du Midi*, dit-elle, « rappelle opportunément la doctrine générale et traditionnelle de l'Église catholique devant le problème juif… Une propagande sournoise, dont le seul but est de compromettre l'œuvre du Maréchal et de son gouvernement, a réussi à gagner le monde catholique. Il convient d'opposer à d'hypocrites lamentations la sûre doctrine de saint Thomas et des papes. On notera aussi que ceux-là mêmes, qui, aujourd'hui, se font les défenseurs des juifs expulsés sont les mêmes qui ne trouvèrent pas un mot de compassion pour les milliers de catholiques suppliciés et expulsés par les rouges espagnols. On soulignera enfin que toute cette agitation est entretenue dans la coulisse par les adversaires de la Révolution nationale. C'est là une manœuvre politique qu'il convient de déjouer… »

Le 6 septembre, la consigne 695 rend le commentaire obligatoire dans les journaux du lundi 7 septembre pour ceux qui ne l'auraient pas encore publié. Une telle consigne pose évidemment un problème particulier à *La Croix*. Les dirigeants du journal, Alfred Michelin et le père Merklen, rédigent à l'intention de Vichy une note disant en substance : « Dans une matière comme celle-ci qui est essentiellement religieuse, c'est à la hiérarchie catholique qu'il appartient de donner des directives ; si vous obtenez d'elle un texte nous le publierons immédiatement ; sinon, nous demeurerons silencieux : nous ne pouvons faire la leçon au Saint-Siège et aux évêques. » Le lendemain, Vichy recule, plusieurs journaux ayant adopté la même attitude : une consigne n° 696 annule la consigne n° 695.

Cependant, fidèle à sa tactique qui consiste à toujours se contre-assurer, l'Auvergnat rusé qu'est l'archevêque de Toulouse publie le 27 septembre 1942 dans *La Semaine religieuse* un bref communiqué dans lequel – sans rien retrancher de ce qu'il avait dit – il entend limiter la portée de sa lettre au seul problème juif : « L'archevêque de Toulouse s'élève avec force contre l'usage indécent que certains ont fait de sa récente lettre. Il n'oublie pas la condamnation du communisme par l'Église. Il affirme à nouveau son parfait loyalisme à l'égard du Maréchal et du pouvoir du pays. L'affirmation d'un principe chrétien n'a jamais impliqué la négation d'un autre principe chrétien. »

Trois mois plus tard, il évoquera à nouveau la question juive pour s'en prendre à l'une des sources de l'antisémitisme chrétien : « Ce sont les péchés des hommes qui ont été la cause de la mort de Notre-Seigneur. L'infidélité d'Israël n'est pas plus coupable que l'infidélité des nations modernes. »

La voix de monseigneur Saliège n'est pas la seule à s'élever en zone sud. Le 28 août, Pierre-Marie Théas, évêque de Montauban, informe le préfet François Martin qu'il va faire lire une lettre pastorale de protestation sur le problème juif à toutes les messes du dimanche suivant. Le préfet (qui démissionnera en janvier 1944) doit précisément assister, à titre officiel, à l'une de ces messes, la « messe du dimanche de la Légion », qui aura lieu en plein air devant le monument aux morts de la ville. L'évêque accepte finalement que sa lettre ne soit pas lue à cette messe-là. Mais, dans toutes les églises et chapelles du diocèse les fidèles entendent une protestation vigoureuse :

« Des scènes douloureuses et parfois horribles se déroulent en France, sans que la France en soit responsable. À Paris, par dizaines de milliers, des juifs ont été traités avec la plus barbare sauvagerie. Et voici que dans nos régions on assiste à un spectacle navrant : des familles disloquées, des hommes et des femmes traités comme un vil troupeau et envoyés vers une destination inconnue avec la perspective des plus graves dangers.

« Je fais entendre la protestation indignée de la conscience chrétienne et je proclame que tous les hommes, quelles que soient leur race et leur religion, ont droit au respect des individus et des États.

« Or, les mesures antisémites actuelles sont un mépris de la dignité humaine, une violation des droits les plus sacrés de la personne et de la famille.

« Que Dieu console et fortifie ceux qui sont indignement persécutés, qu'il accorde au monde la paix véritable et durable fondée sur la justice et la charité. »

Les protestations épiscopales paraissent alors se succéder de dimanche en dimanche. Le 6 septembre, c'est au tour de monseigneur Delay, évêque de Marseille – qui quelque temps plus tôt avait adressé une lettre de sympathie au rabbin après l'explosion d'une bombe à la synagogue –, de faire lire une protestation à la messe principale de chaque paroisse. Mais son texte est beaucoup plus nuancé. L'évêque de Marseille, de tempérament conservateur et très attaché personnellement au nouveau régime, ne nie pas la nécessité de mesures contre une partie des juifs :

« ... Nous n'ignorons pas que la question juive pose de difficiles problèmes nationaux et internationaux. Nous reconnaissons bien que notre pays a le droit de prendre toutes mesures utiles pour se défendre contre ceux qui, en ces dernières années surtout, lui ont fait tant de mal, et qu'il a le devoir de punir sévèrement tous ceux qui abusent de l'hospitalité qui leur fut si libéralement accordée. Mais les droits de l'État ont des limites.

« Arrêter en masse, uniquement parce qu'ils sont juifs et étrangers, des hommes, des femmes, des enfants qui n'ont commis aucune faute personnelle, dissocier les membres d'une même famille et les envoyer peut-être à la mort, n'est-ce pas violer les lois sacrées de la morale et les droits essentiels de la personne humaine et de la famille, droits qui viennent de Dieu ?... »

Le même dimanche, le cardinal Gerlier publie lui aussi une protestation, comme il en était convenu avec monseigneur Saliège.

« L'exécution des mesures de déportation qui se poursuivent actuellement contre les juifs donne lieu sur tout le territoire à des scènes si douloureuses que nous avons l'impérieux devoir d'élever la protestation de notre conscience. Nous assistons à une dispersion cruelle des familles où rien n'est épargné, ni l'âge, ni la faiblesse, ni la maladie. Le cœur se serre à la pensée des traitements subis par des milliers d'êtres humains et plus encore en songeant à ceux qu'on peut prévoir.

« Nous n'oublions pas qu'il y a pour l'autorité française un problème à résoudre et nous mesurons les difficultés auxquelles doit faire face le gouvernement.

« Mais qui voudrait reprocher à l'Église d'affirmer hautement, en cette heure sombre et en présence de ce qui nous est imposé, les droits imprescriptibles de la personne humaine, le caractère sacré des liens familiaux, l'inviolabilité du droit d'asile et les exigences impérieuses de cette charité fraternelle dont le Christ a fait la marque distinctive de ses disciples ?... »

Le 20 septembre, enfin, c'est monseigneur Moussaron, archevêque d'Albi, qui fait lire une lettre de protestation.

Dans cet ensemble, on relève cependant une note discordante en zone occupée : *La Semaine religieuse* du diocèse d'Évreux accepte de publier, à la demande des responsables régionaux de la *Propagandastaffel*, un communiqué justifiant par l'exemple du pape Paul IV les mesures prises contre les juifs. Un article du bulletin diocésain de Rouen ayant repris ce thème le 25 septembre, l'archevêque, mécontent, suspend la publication de cette feuille. L'opinion publique est frappée par les protestations épiscopales qui – pour la première fois – marquent un désaccord avec le gouvernement de Vichy, même quand elles excusent celui-ci. Et même si elles sont suivies de protestations de fidélité au Maréchal que certains, à l'Action française par exemple, interprètent comme une approbation dissimulée des mesures antisémites.

Ils ne sont pas les seuls à juger trop moderées les protestations épiscopales. Dans un rapport au Vatican, monseigneur Valerio Valeri juge le communiqué de l'ACA « plutôt platonique ». Il est de fait que le pasteur Boegner, par exemple, s'adressant à Pétain au nom du protestantisme français se montrait plus explicite : « La vérité est que viennent d'être livrés à l'Allemagne des hommes et des femmes [...] dont plusieurs savent d'avance le sort qui les attend. » Et il demandait que la France ne s'inflige pas à elle-même « une défaite morale dont le poids serait incalculable ».

Personne, parmi les plus hauts prélats, ne pouvait douter du sort qui attendait les juifs ainsi déportés, et le cardinal Gerdier moins que tout autre, informé par les résistants lyonnais et à qui le grand rabbin Kaplan avait indiqué, le 17 août, que « ces milliers d'êtres humains » seraient « exterminés ». C'était aussi ce que répétait la presse clandestine. Ainsi *Libération* (où les syndicalistes chrétiens étaient nombreux) avait évoqué le 24 juin 1942 un slogan nazi suivant lequel « tous les juifs devaient être égorgés quelle que soit l'issue de la guerre ». Et le 25 décembre 1942, *J'accuse* parlera d'un « plan tracé à l'avance par le gouvernement hitlérien » en évoquant l'existence des chambres à gaz.

Pour modérées qu'elles puissent paraître, les remontrances épiscopales ont pourtant été mal accueillies par Vichy. En l'absence, accidentelle, du nonce, Pierre Laval convoque l'un de ses adjoints, monseigneur Rocco, pour lui dire que le gouvernement n'autorisera pas « une immixtion de l'Église dans les affaires de l'État français. Du moins, c'est ce qu'il indique à Abetz qui en fait rapport à Berlin. Le même Pierre Laval expliquera un peu plus tard, le 8 octobre 1942, en recevant quelques journalistes : « Des prélats ont récemment élevé la voix pour prendre la défense des juifs. Je n'y vois aucun inconvénient. C'est leur affaire d'être charitables mais la question juive doit être examinée par le gouvernement sur un autre plan que celui de la morale. »

L'opinion publique, elle, éprouve alors le sentiment que les catholiques se détachent du régime, d'autant plus vivement que les déclarations de la hiérarchie ne sont pas isolées. Dans l'église Saint-Louis de Vichy, le 14 juin, avant que ne commencent les déportations massives, le père Dillard a invité les fidèles à prier non seulement pour les prisonniers mais aussi pour « les quatre-vingt mille Français que l'on bafoue en leur faisant porter une étoile jaune ». En mai, on a annoncé la condamnation à mort par un tribunal allemand de Paris du père Guilhaire, dominicain du couvent de la Glacière, coupable d'avoir écrit un an plus tôt dans le journal clandestin

Vérité française, un article sur la persécution des juifs : transféré en Allemagne, le père Guilhaire y sera fusillé. En mai également, *La Croix* publie des extraits d'un discours antisémite de Darquier de Pellepoix en les faisant précéder d'un avertissement que la censure laisse passer : « Nos lecteurs connaissent les pensées de l'Église sur le problème juif, et n'ont pas oublié les enseignements de Pie XI à ce sujet. Voici ce que communique l'agence Havas-OFI à propos des déclarations de M. Darquier de Pellepoix. » À la Noël 1941, Paul Claudel – à qui l'on reprochera plus tard d'avoir conservé pendant toute la guerre son siège d'administrateur à l'usine Gnome et Rhône, travaillant pour l'Allemagne – adresse au grand rabbin de France une lettre ainsi conçue : « Monsieur, je tiens à vous écrire pour vous dire le dégoût, l'horreur, l'indignation qu'éprouvent à l'égard des iniquités, des spoliations, des mauvais traitements dont sont actuellement victimes nos compatriotes israélites, tous les bons Français et spécialement les catholiques. » *Temps nouveau*, l'hebdomadaire de Stanislas Fumet, a été suspendu au printemps de 1941 pour avoir protesté contre la projection du film *Le Juif Süss*. Il sera bientôt définitivement interdit. *Témoignage chrétien* publie au printemps de 1942 un cahier spécial sur l'antisémitisme qu'il annonce ainsi : « Les antisémites interprètent le silence forcé de la Nation comme un acte d'acquiescement. Français et chrétiens, nous venons rompre solennellement ce silence. »

Sous le pseudonyme de Forez, François Mauriac, s'adressant aux hommes de Vichy, écrit dans *Le Cahier noir :* « … Seriez-vous de bonne foi, l'histoire vous accusera d'avoir servi la vengeance de vos maîtres. D'avoir cherché à les gagner par une hécatombe… Mais n'espérez pas que les juifs crucifiés par votre police vous dispensent de payer le vainqueur jusqu'à la dernière obole. »

Le 21 février 1943, à la chapelle des Maristes, rue de Vaugirard, un prêtre évoque dans son sermon l'intolérance raciale et ajoute qu'il est « regrettable qu'un sombre vieillard ait ajouté au déshonneur de son pays une flétrissure de cet ordre ». Le fait est rapporté à un journaliste du *Pilori* qui se hâte de dénoncer « la trahison des clercs ». De nombreux prêtres évoquent ainsi spontanément en chaire le problème juif.

À Toulouse, apprenant que le professeur Jankélévitch vient de perdre sa chaire à la faculté d'État parce qu'il est juif, le recteur de l'institut catholique, monseigneur de Solages, revêt sa tenue d'apparat et va lui rendre visite. C'est l'époque où Daniel-Rops écrit pour les Éditions Fayard une histoire d'Israël, *Le Peuple de la Bible*, précisément parce qu'il est indigné par les persécutions contre les juifs : la censure allemande de Paris autorise le livre, mais celle de Berlin, moins naïve, le fait saisir et fait détruire le plomb à l'imprimerie.

On relève pourtant, dans cet ensemble, des notes discordantes. L'hebdomadaire catholique *Voix françaises*, de Paul Lesourd, ignore résolument les protestations de l'épiscopat en la matière. Pour Paul Lesourd, « nier qu'il y ait un problème juif, c'est rendre plus difficile sinon impossible la tâche de ceux qui ont le redoutable devoir de tenir contre vents et marées le gouvernail ». *Voix françaises* présente « le juif » comme un trait d'union entre le bolchevisme et la haute finance internationale, unis pour renverser l'ordre nouveau européen.

Un directeur au grand séminaire de Montpellier, l'abbé d'Aussac, est placé en résidence surveillée en janvier 1943 pour « prosémitisme ». Le prosémitisme s'exprime de diverses manières. Il y a des hommes et des femmes qui portent l'étoile jaune alors qu'ils ne sont pas juifs, par solidarité. Certains y brodent ou y peignent la croix du Christ. Il y a des prêtres qui portent l'étoile jaune ou la font porter à l'enfant Jésus de la crèche. Certains sans y être obligés comme monseigneur Chaptal, évêque auxiliaire de Paris, qui avait un ascendant juif, mais était dispensé du port de l'étoile. D'autres parce qu'ils y sont tenus, aux termes de la loi. Interrogé par le préfet de Toulouse sur la nécessité pour un prêtre d'origine juive de remplir la déclaration exigée par le statut, le directeur régional aux Questions juives répond le 2 août 1941 avec une grande délicatesse : « Si Ponce Pilate avait ordonné un recensement des juifs, Jésus-Christ lui-même s'y serait conformé ; le plus humble de ses représentants sur la terre doit donc se soumettre aux obligations de la loi, surtout quand ces obligations n'ont aucun caractère vexatoire, et aussi parce que l'humilité est une vertu chrétienne. »

Solidarité : les cœurs plus chrétiens que les esprits

Le prosémitisme s'exprime surtout par l'aide apportée aux juifs pourchassés. Puisque Xavier Vallat a fait intervenir le critère religieux dans la définition du juif, des curés falsifient les registres de baptême et délivrent aux juifs de faux certificats. L'abbé Pézeril, de la paroisse Saint-Étienne-du-Mont à Paris, qui donne aux juifs faux certificats et fausses cartes d'identité, peut « fêter », en octobre 1943, la millième fausse carte. Les policiers prennent l'habitude de venir vérifier dans les sacristies, d'où on les chasse parfois, ou interviennent auprès des évêques. Certains juifs ont de vrais certificats de baptême. Ainsi Marc Zamansky, « cacique » des scientifiques à l'École normale supérieure, membre avant-guerre du groupe catholique des étudiants en sciences et qui sera déporté d'autant plus facilement que ses activités de résistance ont été découvertes. Condamné à mort à Berlin, il n'est pas exécuté ; le cardinal Suhard était intervenu en sa faveur.

Le problème délicat des juifs convertis au catholicisme depuis l'occupation, et dont on se demande si la conversion est sincère, se pose parfois. Dans le camp d'Écrouves près de Toul, un prêtre, l'abbé Rousselot, rencontre plusieurs jeunes gens qui demandent la communion pour le lendemain.

– Nous sommes catholiques, disent-ils. Nous avons été baptisés et confirmés par monseigneur Blanchet, l'évêque de Saint-Dié.

– Prouvez-le-moi.

– Interrogez-nous.

Quelques questions de catéchisme ayant reçu une réponse satisfaisante, l'abbé Rousselot donne son accord.

– Entendu, communion demain à la chapelle.

– Pourriez-vous plutôt nous faire communier ici, dans un coin, en cachette de nos parents, car ils ignorent notre conversion. Si elle était connue, nous serions peut-être gardés en France, et nous tenons à les accompagner dans leur malheur.

Le surlendemain, ayant communié, ils sont embarqués pour l'Allemagne.

Les faux papiers ne sont pas toujours des certificats de baptême. Le juif Éric Noth, réfugié en France avant la guerre, est recherché en 1941 par la police de Vichy, sur l'ordre de la Gestapo. Pour le sauver, ses amis envisagent de le faire partir aux USA. Il faut un visa. D'autorité, Pierre-Henri Teitgen pénètre dans les bureaux de la préfecture de Montpellier et, avec la complicité d'une dactylo, appose les cachets nécessaires sur le passeport d'Éric Noth.

D'autres se font passeurs. Les bénédictins de l'abbaye de Ligugé font franchir la ligne de démarcation à des juifs de zone occupée en espérant qu'en zone sud du moins ils seront protégés. Les pères rédemptoristes de Livron, près d'Annemasse, font passer d'autres juifs en Suisse.

L'une des entreprises les plus étonnantes est montée par un capucin de Marseille, le révérend père Marie-Benoît. La Côte d'Azur, dès l'été 1940 s'est peuplée de juifs. À la fin de 1942, la zone d'occupation italienne constitue pour eux un refuge, car les autorités italiennes sont libérales à leur égard – souvent plus que celles de Vichy. Mais la crainte de voir les Allemands pénétrer dans cette zone se précise bientôt. Le père Marie-Benoît commence à faire passer les juifs en Suisse ou en Espagne. Puis, au cours d'un voyage à Rome, il conçoit le projet de les transférer massivement en Italie. Il présente son projet en France au rabbin Kaplan, et aux autorités du Consistoire général. Il souhaite être reçu par Pie XII, afin d'obtenir de Mussolini, par l'intermédiaire du pape, la permission d'entrée en Italie pour ces milliers de juifs. L'audience pontificale lui est accordée le 16 juillet 1943. Pie XII paraît très surpris de l'action de la police de Vichy contre les juifs et exprime sa désapprobation. Le père Marie-Benoît lui présente quatre requêtes : que le Saint-Siège obtienne des nouvelles des juifs déportés de France en Allemagne ; qu'il obtienne un traitement plus humain pour les juifs internés en France ; qu'il facilite le rapatriement des juifs de nationalité espagnole qui se trouvent en France ; enfin, qu'il obtienne du gouvernement italien la permission d'entrée en Italie pour les juifs de la zone italienne d'occupation.

Sur les deux premiers points, le Vatican se déclare impuissant. Pour le troisième, il reçoit une réponse favorable du gouvernement espagnol. Pour le quatrième, des pourparlers sont engagés avec le gouvernement italien. Il est même question que celui-ci loue, au prix de cinq mille cinq cents dollars par jour, quatre bateaux qui transporteraient ces réfugiés en Afrique du Nord – dans les périodes tragiques, les hypothèses les plus folles paraissent réalisables. Mais, le 8 septembre 1943, survient l'armistice italo-allié ; les Allemands envahissent la zone italienne d'occupation, ce qui porte un coup fatal au projet du père Marie-Benoît. Un groupe assez important de juifs de France parvient cependant à entrer en Italie et à s'installer à Rome.

L'aggravation de la situation des juifs dans l'ancienne zone italienne pose un problème particulier à Nice, où ils sont très nombreux. Une organisation de sauvetage des enfants s'établit alors dans les bureaux de l'évêque, monseigneur Rémond. Son personnel est recruté sous le couvert de l'enseignement libre diocésain. Elle cache environ trois cents enfants dans des colonies de vacances, des pensionnats, des orphelinats, des presbytères de montagne, et leur fournit cartes d'identité et tickets de ravitaillement. Deux jeunes filles et plusieurs jeunes gens de cette organisation sont arrêtés et déportés. Mais tous les enfants sont sauvés, à cinq exceptions près.

Plusieurs diocèses ont mis sur pied dès 1942 des organisations semblables. À Paris, des enfants juifs sont accueillis dans deux cents écoles libres[1]. À Toulouse, monseigneur Saliège demande aux supérieurs et supérieures des communautés d'accueillir les israélites. Une vingtaine d'évêques de la zone sud reçoivent la visite d'un monsieur Garel, pour eux un inconnu, mais qui est muni d'une lettre d'introduction de l'archevêque de Toulouse. Avec leur concours, monsieur Garel met sur pied une œuvre d'assistance aux enfants, chargée de les placer. Les parents ignorent, pour des raisons de sécurité, l'adresse de leurs enfants ; mais ils peuvent leur écrire ; des assistantes sociales transmettent les lettres. Plus de mille cinq cents enfants sont ainsi sauvés par le « circuit Garel ».

À Lyon, le groupe de l'Amitié chrétienne, qui est à l'œuvre sous des formes diverses depuis 1940 et sert de couverture à la direction des centres d'accueil, donne en 1942 toute sa mesure. Il s'agit de sauver des centaines d'hommes, de femmes, et sur-

1. En Seine et Marne, à Avon, le père Jacques, supérieur du petit collège Sainte-Thérèse abrite plusieurs jeunes juifs et même une famille. À la suite d'une dénonciation, la Gestapo les arrête tous en janvier 1944. Déporté à Mauthausen, le religieux mourra peu après sa libération. De cet épisode, le cinéaste Louis Malle tirera un film : *Au revoir les enfants.*

tout d'enfants. Ses animateurs reçoivent heureusement l'aide de nombreuses bonnes volontés, sans distinction d'opinions. C'est ainsi qu'un banquier entièrement acquis à Vichy cache dans son coffre-fort des listes d'enfants juifs recherchés par la police. Les cœurs réagissent mieux que les esprits.

Des presbytères servent de relais, tel celui du Saint-Nom de Jésus, à Villeurbanne, dont le curé, l'abbé Bourcier, sera fusillé par les Allemands en 1944. La Grande Chartreuse ouvre ses portes à des hommes pourchassés. Les sœurs de Notre-Dame-de-Sion recueillent un grand nombre d'enfants : leur maison de Grenoble hébergera successivement huit cents familles.

L'Amitié chrétienne avait obtenu la permission de sortir des camps de la zone sud un certain nombre de juifs, malades ou infirmes. Des maisons d'accueil avaient été créées pour les accueillir, avec l'aide financière de juifs de l'étranger. Mais, à partir de l'été 1942, se pose de façon dramatique le problème des enfants, qui vont être déportés massivement avec leurs familles. L'abbé Glasberg et Jean-Marie Soutou parviennent à en faire sortir un grand nombre. Le cardinal Gerlier demande aux communautés religieuses de lever leurs « clôtures » pour les accueillir. Les familles ont accepté de se séparer de leurs enfants pour leur assurer la vie sauve, et le père Chaillet leur a fait signer un acte par lequel elles les confient à l'Amitié Chrétienne.

Les enfants sont à peine dispersés dans des couvents et des familles que Vichy les fait réclamer pour les joindre à un nouveau convoi en partance pour l'Allemagne. Le père Chaillet et le cardinal Gerlier refusent. De nouvelles précautions sont prises pour cacher les enfants. L'intendant de police et le préfet régional Angeli rendent successivement visite au cardinal pour obtenir les adresses des lieux d'hébergement. Monseigneur Gerlier refuse. Mais il convoque Jean-Marie Soutou et l'abbé Glasberg. « J'ai pris, leur dit-il, un engagement envers le Maréchal : vous allez me donner les adresses actuelles de ces enfants. Je vous garantis qu'on ne les communiquera pas à la police allemande, le Maréchal a donné sa parole et je lui fais confiance. Donnez-moi ces adresses. » Prudents et rusés, ils lui donnent des adresses fausses… où la police française se présentera le lendemain, au témoignage de l'abbé Glasberg, et ne pourra bien sûr les trouver.

Le même cardinal Gerlier, alors que Jean-Marie Soutou et

l'abbé Glasberg lui avaient demandé de protester contre des déportations de juifs, les avait rappelés deux jours plus tard pour leur dire : « Chers amis, nous avons obtenu quelque chose : à partir de maintenant, ces juifs ne seront plus déportés de la zone sud dans des wagons à bestiaux mais dans des wagons de troisième classe. Nous sommes très fiers de ce résultat. Évidemment, hélas ! seulement jusqu'à Paris, car, à partir de Paris, le Maréchal ne peut plus rien faire, ce sont les Allemands qui commandent… »

En représailles contre l'activité de l'Amitié chrétienne, Pierre Laval demande au préfet Angeli de prendre une mesure d'internement administratif contre le père Chaillet qui est enfermé dans l'asile psychiatrique de Privas (Ardèche) pendant trois mois. Quand il en sort, les Allemands sont entrés en zone sud. Le père Chaillet, qui n'attend d'eux rien de bon, se rend d'abord en zone d'occupation italienne, dans l'Isère, sous son nom de guerre. Puis il rentre à Lyon en janvier 1943. C'est pour y être arrêté par la Gestapo en même temps que Jean-Marie Soutou, et cinq autres animateurs de l'Amitié chrétienne. Ils sont accusés de dissimulation de juifs et de résistance. Germaine Ribière et madame Langlade alertent le Tout-Lyon résistant et le cardinal Gerlier. Celui-ci intervient près des autorités allemandes en assurant que les personnes arrêtées ne sont pas engagées dans la Résistance… La Gestapo qui, malgré ses perquisitions, n'a rien trouvé, relâche le père Chaillet, Jean-Marie Soutou et la plupart de leurs amis.

L'Amitié chrétienne qui poursuit et étend ses activités – elle a même une pouponnière à Limoges – décide de quitter Lyon et de s'installer à Grenoble dans la zone italienne. Mais ses dirigeants sont obligés de se cacher, voire de se disperser. Jean-Marie Soutou part pour la Suisse. Le père Chaillet s'enfonce dans la clandestinité. Quant à l'abbé Glasberg, recherché par les Allemands dès leur entrée en zone sud, le cardinal Gerlier lui donne la permission de quitter le diocèse, en lui accordant toutes les autorisations de costume et de lieu, mais en lui demandant toutefois de ne pas quitter la France. Avant de se rendre dans le Tarn-et-Garonne près de monseigneur Théas et de devenir clandestin, l'abbé Glasberg tente de sauver encore quelques juifs. Il se rend à Vichy, pénètre chez Bousquet, secrétaire général à la police.

– Que faites-vous ? On devrait vous arrêter. Votre rôle est connu. Et que voulez-vous ?

– Une signature. Signez l'ordre d'élargissement du camp de Gurs de trente-deux personnes dont voici les noms.

– Vous êtes fou.

Bousquet signe quand même, puis :

– Je vous donne vingt minutes. Disparaissez.

L'abbé Glasberg ne se le fait pas répéter. Il quitte Bousquet et Vichy. Les époques tragiques sont fertiles en épisodes incroyables.

L'action des catholiques – le plus souvent associés aux protestants [1] – leur vaut des témoignages de gratitude de la part de nombreux Israélites, et des autorités religieuses du judaïsme français.

Le 13 mars 1942, dans le discours d'ouverture de l'Assemblée générale du rabbinat français, le président du consistoire central s'écrie : « Jamais le judaïsme ne pourra être assez reconnaissant de tout ce que font pour nous sans aucune arrière-pensée, prélats, prêtres, pasteurs et fidèles, catholiques et protestants. Et ma gratitude s'adresse spécialement au prince de l'Église, compatissant et charitable à toutes les infortunes, qui exerce avant tant de grandeur aujourd'hui en fait comme en titre le primatiat des Gaules. » Le cardinal Gerlier, ainsi désigné, reçoit des lettres de reconnaissance du Grand Rabbin de France, du président du consistoire de Lyon. Monseigneur Saliège, monseigneur Théas, le cardinal Suhard reçoivent également des témoignages de gratitude.

L'action en faveur des enfants juifs pose pourtant certains problèmes. Une délégation de l'aumônerie générale israélite inspectant une « Maison d'accueil chrétienne pour enfants » s'émeut des crucifix et des inscriptions religieuses sur les murs, alors que rien ne rappelle leur propre religion aux petits juifs. Après avoir visité plusieurs maisons catholiques et protestantes elle conclut : « En résumé, ces œuvres, si méritoires soient-elles, ne sont qu'un moyen ; le but est la propagande

1. Les réactions de ceux-ci ne sont pas moins vives, bien au contraire. Le 20 août 1942, on l'a vu, le pasteur Boegner a adressé à Pétain, au nom de la Fédération protestante de France, une lettre vibrante d'indignation. Peu après, il a rencontré Laval pour lui demander : « Consentez-vous à ce que nous sauvions les enfants ? » Et Laval lui a répondu : « Pas un ne doit rester en France… »

religieuse et le prosélytisme. » Conclusion injuste, certes : il y aurait eu danger à placer des symboles juifs sur les murs des maisons, et la plupart des établissements qui accueillent les enfants avaient une autre destination, religieuse. On ne peut assurer pourtant qu'il n'y eut aucune pression, sans doute bien intentionnée mais maladroite, pour obtenir conversion et baptême. Quelques affaires douloureuses germent à cette époque.

Cependant, encouragé par les témoignages de gratitude qu'il a reçus, l'épiscopat paraît se considérer, après l'été 1942, comme le protecteur naturel des israélites. En août 1943, monseigneur Chappoulie, qui le représente en permanence à Vichy, apprend que Pierre Laval a déjà apposé sa signature sous un texte de loi qui retire en bloc la nationalité française aux juifs naturalisés depuis 1927 – devenus apatrides, ils seront presque automatiquement déportés. Il adresse à Jean Jardel, secrétaire général du chef de l'État, une lettre de mise en garde : « … de nouvelles déportations provoqueraient parmi les catholiques une vague accrue d'émotion et de tristesse et il est probable que les évêques se croiraient tenus de faire une fois encore entendre leur voix. » L'Église catholique, expose-t-il, se considère comme tenue de prendre la défense des faibles et des opprimés, se tient pour la gardienne du droit naturel, et pense que la morale chrétienne vaut non seulement pour les individus mais aussi pour les gouvernements. Or, l'un des principes de cette morale consiste dans le respect de la parole donnée. Retirer la nationalité française aux juifs naturalisés depuis 1927 serait faillir à ce principe. À titre personnel, monseigneur Chappoulie suggère de retirer seulement la nationalité française à tel ou tel individu s'ils ont causé un tort au peuple français, « et non pour le motif général de la race ». La loi ainsi mise en cause restera dans les cartons.

Le gouvernement de Vichy, en effet, est soucieux de ne pas voir s'élargir le fossé qui s'est creusé entre la masse catholique et lui. À mesure que les mois passent, l'opinion publique se détache de plus en plus de Vichy. Une rupture avec les catholiques qui ont compté jusque-là parmi les soutiens les plus fidèles du régime pourrait avoir les plus graves conséquences.

On multiplie donc les bonnes manières à l'égard des évêques. Ainsi réserve-t-on un accueil chaleureux aux cardinaux Suhard et Gerlier quand ils viennent à Vichy le 29 octobre 1942 (séjour au cours duquel, on l'a vu, on leur fait assister avec Pétain à un défilé militaire). On parle à cette occasion des subventions à l'enseignement catholique, et des auteurs comme Paxton et Marrus[1] suggèrent que ce n'était pas par hasard. Près de deux mois auparavant, Bousquet, secrétaire général de la police, proche de Laval, avait évoqué le projet d'utiliser les subventions aux écoles catholiques pour faire taire les protestations de l'Église. Et Laval avait écrit à Bérard, au Vatican, qu'il espérait que ces manifestations de bonne volonté « rencontreraient » dans certains milieux religieux « une bonne volonté réciproque ».

Le chef du gouvernement de Vichy, en effet, veut réagir. Dès septembre 1942, il a réuni les délégués régionaux de l'information et ne leur a pas caché que les prises de position de l'épiscopat en faveur des juifs lui causaient une gêne considérable. Il a même envisagé de faire prononcer des conférences sur le problème juif à Radio Vichy par un certain « abbé Jacques » et Radio Vichy a annoncé le 27 août que ces conférences auraient lieu tous les soirs à 22 heures. Mais, un mois plus tard, « l'abbé Jacques » est encore silencieux.

Les délégués régionaux de l'information reçoivent, en tout cas, la consigne de surveiller attentivement les publications catholiques, et l'appliquent strictement. L'abbé Hourcade, directeur de *L'Écho du Jurançon*, un journal catholique local, ayant soumis à la censure un article rappelant l'enseignement de l'Église sur le problème juif, reçoit du délégué régional Henry Peyre, le 10 avril, une longue diatribe : « Dans la presse démocrate-populaire, le couplet sur le respect de la personne humaine tend à devenir une « scie » (j'emploie le mot scie au sens que lui donne le café-concert). Lorsque les rouges d'Espagne étripaient et pendaient leurs curés, pas un des amis de monsieur Champetier de Ribes n'a protesté contre ces marques extérieures d'irrespect données *tra los montes* à la personne humaine de vos collègues. Mais, si d'aventure, le doigt d'un petit Hébreu est pincé dans une portière au cours d'un transport d'évacuation, ces témoins passifs d'atrocités encore proches dans le temps et l'espace multiplient par la parole et par la plume leurs apostrophes indignées à l'adresse d'un gouvernement responsable de telles horreurs. On dirait que dans la littérature ecclésiastique l'expression « personnes

1. *Vichy et les juifs*, éd. Calmann-Lévy, 1981.

humaines » est devenue récemment synonyme de juifs... »

La presse de Paris, elle, se déchaîne contre l'épiscopat. *Le Pilori* réclame le 10 octobre 1942 « la tête de Gerlier, cardinal, talmudiste délirant, traître à sa foi, à son pays, à sa race » et le qualifie de « nouveau Cauchon ». Le même journal s'en prend le 8 avril suivant à monseigneur Feltin, coupable d'avoir prononcé une conférence sur l'un de ses prédécesseurs, monseigneur Peyberland, qui aurait eu une lointaine ascendance juive : monseigneur Feltin devient donc « l'archevêque judéo-gaulliste de Bordeaux ». *Paris-Soir* publie en octobre 1942 une série d'articles sur le thème « comment les juifs de la zone non occupée abusèrent de la crédulité du haut clergé » et attaque notamment monseigneur Saliège à qui Brasillach, de son côté, reproche de vénérer « le prépuce en conserve de Léon Blum ». *L'Œuvre* souligne que « l'alliance des grands arrivistes de l'Église catholique avec la communauté juive demeure totale, absolue ». Mais Marcel Déat, qui dirige le journal, est moins virulent et plus politique que la plupart de ses confrères. Il se montre inquiet : « Une entrée en lutte de l'Église contre l'ordre totalitaire, en Europe, serait une affreuse aventure. »

C'est aussi ce que pense Pierre Laval, en ce qui le concerne. Et c'est sans doute pourquoi le gouvernement ne publie aucune réponse officielle aux mises en garde des évêques, jugeant plus sage de ne pas envenimer le débat.

Il est d'autant plus prudent que son retour au pouvoir, il le sait, a imperceptiblement altéré le climat. Depuis avril, il est devenu en fait, sinon en titre, le véritable chef de l'État : l'acte constitutionnel n° XI lui a donné « la direction effective de la politique intérieure et extérieure de la France » et il a fait rapidement comprendre qu'il entendait l'assumer. Les hommes d'Action française, rendus par lui responsables du « coup du 13 décembre » qui l'avait éloigné du pouvoir, ont été pour la plupart écartés. Le renouvellement quasi total du personnel politique de Vichy s'est traduit en particulier par l'élimination d'un bon nombre de catholiques.

Pierre Laval – que les maurrassiens présentent comme un républicain, un défenseur sournois des francs-maçons – est tout à fait étranger au milieu catholique. Il a gardé un souvenir ému du curé de Chateldon, son village natal, qui lui a fait faire des études : « Grâce à un curé, dit-il, j'ai travaillé l'instruction comme qui laboure. » Mais ses contacts avec l'Église paraissent s'être bornés là, du moins jusqu'au moment où ses responsabilités ministérielles l'ont amené à avoir des rapports officiels avec ses dignitaires. Il les a considérés sous un angle strictement politique et utilitaire : « J'ai été voir Staline et j'ai été voir le pape, dit-il ; j'irais vers le diable s'il le fallait. » Il admire l'organisation de l'Église mais a toujours peine à comprendre les mobiles de ses prises de position. Ainsi dans l'affaire du Service du travail obligatoire, quand l'épiscopat français finira par prendre une position un peu gênante pour Vichy, on lui montrera le texte de la protestation, bien plus vigoureuse, des évêques hollandais, pour le convaincre que celle des évêques français n'est pas dirigée contre lui mais est inspirée par des considérations de principe : « Vous voyez bien, répondra-t-il, ils se passent des mots d'ordre entre eux. »

Fin politique, Laval mesure la place qu'a prise l'Église dans la France de Vichy, et il ne tient pas à voir cette puissance se tourner contre lui. À Félix Olivier-Martin qu'il nomme secrétaire général de la Jeunesse pour succéder à Georges Lamirand, il donne pratiquement une seule consigne : « Soyez prudent. Surtout ne me faites pas avoir d'embêtements avec les curés. » C'est pour lui une règle d'or, au nom de laquelle il interviendra auprès des Allemands en faveur d'évêques qui ont des ennuis avec l'occupation (monseigneur Vansteenberghe, de Bayonne ; monseigneur Rastouil, de Limoges). Quand en 1944, Gessler, chef de la Gestapo pour la zone sud, fait arrêter monseigneur Piguet, évêque de Clermont-Ferrand, Pierre Laval lui dit : « Vous avez tort. Et puis, je tiens à vous le déclarer, ça porte malheur d'arrêter un évêque. » Laval se trouve confirmé quelques jours plus tard dans cette croyance superstitieuse : Gessler est tué à Murat où il dirige une opération contre le maquis du Cantal.

La masse des catholiques ralliés à Vichy ne considère pas avec faveur le retour de Laval au pouvoir. En dehors même de toute considération d'affinités politiques ou religieuses, sa personne ne provoque pas le même attachement sentimental que celle du Maréchal. En outre, il servira bien vite de repoussoir : pour conserver intacte et vierge de toute souillure la grande figure du Maréchal, on fera supporter à Laval la responsabilité de tous les actes de Vichy qui heurtent la conscience et le droit. Le préjugé favorable ne lui a été accordé, dès 1940, que par le cardinal Baudrillart qui a chargé Abel Bonnard de lui transmettre « l'expression de son admiration et de sa confiance ». Mais le vieux cardinal, dont l'influence est d'ailleurs très limitée, meurt un mois après le retour de Laval. Celui-ci assistera aux obsèques en compagnie d'Abel Bonnard, de Jacques Doriot, et d'une délégation de la Légion des volontaires français contre le bolchevisme. Un autre prélat éprouve quelque estime pour Laval : le cardinal Suhard. Il considère avec bienveillance le retour de Laval au pouvoir car, pense-t-il, celui-ci comble un vide dans le gouvernement « où ne figure aucun homme d'État ». La détermination de Laval de lutter contre le communisme est également appréciée par l'archevêque de Paris. Mais la plus grande partie de l'épiscopat ne partage pas cette estime pour Laval, et le cardinal Suhard lui-même évoluera sensiblement par la suite.

Pierre Laval est conscient de cette réticence quasi unanime à l'égard de sa personne et de sa politique. Ayant entamé une « campagne d'explications » – il expose ses difficultés et ses objectifs aux mouvements de jeunesse, aux instituteurs, aux dirigeants des groupements d'anciens prisonniers, aux industriels – il souhaite pouvoir en faire autant avec l'épiscopat. Il exprime au cardinal Suhard, en novembre 1942, son désir de faire un exposé devant l'Assemblée des cardinaux et archevêques. Il aurait même voulu réunir tous les évêques de France ; le chanoine Renaud, curé de Saint-Charles de Montceau à Paris, avec qui il a quelques contacts, lui explique qu'une telle réunion est une affaire grave exigeant une autorisation du pape.

Le cardinal Suhard refuse d'accéder au désir de Pierre Laval. Celui-ci se résigne. Il continue à recevoir souvent le délégué permanent de l'épiscopat, monseigneur Chappoulie. Mais, à mesure que les mois passent, il est conscient que la méfiance à son égard s'accroît et qu'elle rejaillit sur tous les actes du régime.

Novembre 1942 : fidélité toujours, mais réserves parfois

Le refroidissement que l'observation attentive permet de déceler dans les relations entre l'Église et l'État est accentué par deux autres événements : le 8 novembre 1942 les Anglo-

Américains ont débarqué en Afrique du Nord, et le 11 novembre les troupes allemandes ont occupé la zone sud. Certes, le statut de celle-ci n'est pas, en principe, celui de la zone occupée, mais aux yeux de la plupart cette distinction paraît désormais toute théorique. Un coup est porté à la souveraineté de Vichy. Un autre coup est porté à la « figure » du Maréchal : beaucoup de Français avaient pensé que, dans une telle éventualité, il aurait pris l'avion pour l'Afrique du Nord. Au cours de ces journées dramatiques, monseigneur Chappoulie, qui est devenu un familier du chef de l'État, lui donne d'ailleurs personnellement, à deux reprises, le conseil de renoncer à l'exercice de ses fonctions et de se considérer comme prisonnier.

Le Maréchal s'y refusant, quelle va être l'attitude de l'épiscopat ? À l'hôtel du Parc, on ne tarde pas à être fixé. Pétain reçoit en effet une lettre du cardinal Suhard qui, jugeant admirable sa décision de partager le sort des Français occupés, a décidé de lui écrire pour le « consoler ». Si cette lettre reste confidentielle, d'autres messages de fidélité sont bientôt publiés par les services de l'information de Vichy. Ils émanent de monseigneur Choquet, évêque de Tarbes et de Lourdes, de monseigneur Gounot, archevêque de Carthage, de monseigneur Ricard, ancien archevêque d'Auch, et surtout de l'archevêque d'Aix, monseigneur Du Bois de la Villerabel, qui n'hésite pas à s'en prendre à Darlan et aux généraux d'Afrique du Nord, coupables à ses yeux de s'être rangés aux côtés des Anglo-Américains :

« Dans l'immense tristesse où nous plongent les trahisons qui vous affligent en ces heures cruelles que nous vivons depuis quelques jours, je me sens pressé de vous crier mon admiration pour la façon magnifique de courage et de fermeté avec laquelle vous défendez les destins de la France… L'heure d'affreuse détresse qui sonne pour la patrie que vous avez sauvée deux fois déjà est l'heure de Dieu. Par vous, il sauvera une fois encore la France en péril. »

Il ne s'agit encore que de prises de position individuelles. Au début de décembre, les cardinaux et archevêques sont convoqués rue Barbet-de-Jouy, à l'archevêché de Paris, pour une réunion exceptionnelle. Sept seulement peuvent s'y rendre. Ils étudient minutieusement des rapports établis notamment par monseigneur Chappoulie et relatant heure par heure le déroulement des faits. Ils parviennent très rapidement à trois conclusions unanimes :

1° Il faut demeurer fidèles au Maréchal qui représente la seule autorité légitime. Certes, le pouvoir de ce gouvernement est limité, mais il conserve sa vigueur.

2° Vouloir se soustraire à l'autorité de ce gouvernement, c'est se vouer à l'anarchie. Au contraire, l'extrême gravité des menaces qui pèsent sur le pays fait un devoir à l'Église de ne pas compliquer la tâche de l'État.

3° Il faut éviter de compromettre l'Église en l'inféodant au pouvoir et donc s'abstenir de toute déclaration sensationnelle d'attachement. Dans le même sens, il faut également éviter de donner au gouvernement du Maréchal « un aspect trop clérical ».

Aucun communiqué officiel ne suit cette réunion. En janvier 1943, la hiérarchie catholique se trouve confirmée dans cette neuve volonté de réserve, par le Vatican. Le cardinal Suhard se rend en effet à Rome, pour la première fois depuis la guerre, et le pape lui accorde deux audiences de quatre-vingt-dix minutes. L'archevêque de Paris constate que Rome ne se fait plus aucune illusion sur l'issue de la guerre. Tout en affirmant son estime pour le Maréchal, Pie XII conseille à son interlocuteur de ne pas demander l'impossible au gouvernement et de se contenter du raisonnable. Vichy ne lui semble pas voué à une grande stabilité. Le pape souhaite que soit évitée toute compromission [1].

On n'enregistre plus, dès lors, de déclaration collective d'allégeance au régime. Sans doute, l'épiscopat français continue-t-il d'affirmer la légitimité de Vichy – même après la constitution à Alger d'un gouvernement provisoire de la République française – mais, collectivement, il s'en tient là. Quelques évêques iront plus loin, et même beaucoup plus loin. La majorité cependant se conforme désormais à l'attitude définie par les chefs de l'Église. Ce qui permet à la maréchale Pétain de lancer un mot, à propos de l'un d'eux : « Sa réticence le cardinal Gerlier ».

L'évolution de l'attitude de l'épiscopat a été accompagnée, et souvent précédée, d'une évolution parallèle de la masse

1. Au cours de ce voyage, monseigneur Suhard a une entrevue assez froide avec le seul cardinal français à Rome, monseigneur Tisserant, très hostile au gouvernement de Vichy et qui juge avec défaveur l'attitude de l'épiscopat français à son égard.

catholique que la déportation des juifs avait déjà écartée du gouvernement. Elle se détourne de plus en plus de lui.

Le chanoine Polimann s'en plaint dans *La Croix meusienne* au début de 1943 : « La faiblesse des Français tient à ce qu'ils ne croient pas à la sincérité des messages du Maréchal. Ils s'obstinent à opposer la pensée du chef à ses discours. « S'il était libre, disent-ils, il agirait autrement. » C'est bien mal connaître la droiture de ce soldat qui est incapable de forfaiture… »

Il existe des exceptions notoires. Ainsi, le 20 novembre 1942, *Voix françaises* regrette que l'on n'ait pas fait appel aux jeunes de la France métropolitaine pour défendre l'Afrique du Nord contre les Anglo-Saxons. Dans un appel lancé de Châtelguyon en janvier 1943, le père Forestier, aumônier général des Chantiers de jeunesse, évoquant la résistance opposée, les premiers jours, au débarquement anglo-américain, écrit : « Les héroïques marins qui, dans une ruée géante, se sont élancés sur l'escadre américaine et qui reposent par le fond, ne sont pas morts pour rien. Ils sont les martyrs de la parole tenue. Ils ont sauvé l'honneur de la France. Dans la suite des siècles, leur mémoire sera vénérée à l'égal des pères et fondateurs de la patrie… » Il qualifie de « défaillances graves », « d'anarchie des subalternes » et « d'anémie du sens de l'honneur » l'attitude de ceux qui ont repris le combat aux côtés des Alliés. Il faut, estime-t-il, rester unis autour du Maréchal, car « le chef, quand il est loyal et de bonne volonté, a droit aux illuminations d'en haut ». Et cette unité doit être maintenue, même si le chef se trompe : « Ce serait à peine un paradoxe de dire que, dans l'ordre pratique, il vaudrait mieux se tromper ensemble, que d'avoir raison contre les autres et de ruiner l'action commune. »

Mais, comme la majorité des Français, la plupart des catholiques regardent de plus en plus vers Londres et Alger. Ceux qui étaient déjà engagés dans la Résistance voient grossir leurs rangs et doivent en même temps multiplier les précautions de sécurité à mesure que le régime d'occupation se fait plus pesant.

Dans une telle situation, la reconnaissance par l'épiscopat de la légitimité du pouvoir de Vichy, qui implique l'obligation de conscience d'obéir à ses lois – obligation réaffirmée à de nombreuses reprises – va provoquer quelques débats dramatiques, en particulier à propos du STO et de l'engagement dans la résistance active.

CHAPITRE XI

Le Service du travail obligatoire : crise

« L'ordre nouveau ? C'est le *travail* forcé, loin de la *famille*, contre la *patrie.* »

De tels slogans font plus de mal à un régime que bien des discours. Celui-là se répète de bouche à oreille dans la France de 1943. Le divorce entre l'opinion et Vichy est devenu patent depuis que les jeunes sont soumis au Service du travail obligatoire en Allemagne, au travail forcé. Les catholiques participent au mouvement général de l'opinion. Le problème juif avait provoqué un refroidissement dans les rapports avec Vichy. Pour beaucoup, le STO amène la rupture. Mais il entraîne aussi, à l'intérieur du monde catholique, un débat violent, le plus violent certainement de tous les débats du temps de l'occupation. C'est sur ce problème : faut-il encourager les jeunes à se soumettre au travail obligatoire ? faut-il les inciter au refus ? ou faut-il les laisser libres du choix ? que les camps vont se compter.

Tout commence avec l'arrivée en France, en juin 1942, d'un ancien débardeur du port de Hambourg devenu haut dignitaire du Parti nazi, le *Gauleiter* Sauckel. Depuis trois mois il est plénipotentiaire général du service de la main-d'œuvre allemande, chargé à ce titre de recruter, dans les pays occupés, des millions d'ouvriers qui remplaceront dans les usines du Reich les hommes partis au front. Il exige de la France, immédiatement, trois cent cinquante mille travailleurs. Laval, à son habitude, finasse, tente de ruser. Pour obtenir quand même une compensation de la part des Allemands, et faire accepter plus facilement ce nouveau coup par l'opinion française, il invente le système de « la Relève » : pour trois départs en Allemagne, les Allemands libéreront un prisonnier. Sauckel accepte d'autant plus facilement que parmi les prisonniers ainsi libérés les Allemands pourront compter les malades : ils auraient dû les renvoyer de toute manière.

Une intense propagande se déclenche aussitôt pour convaincre les Français de tous les avantages de la Relève : salaires, ravitaillement, assurances, etc. À l'usage des catholiques on précise en outre que les ouvriers catholiques ont et auront toutes facilités pour accomplir leurs devoirs religieux. En août 1942, l'*Union catholique* de Rodez, hebdomadaire local, publie les déclarations d'un ouvrier parti à Hambourg avec sa femme, laquelle a eu le droit de porter au cou, en allant travailler, des médailles religieuses... Et les services de Vichy s'empressent de rendre obligatoire pour tous les journaux de la zone sud la reproduction de cet article.

Le même mois, la radio gouvernementale annonce que, « de toute la France, des trains spéciaux de volontaires partent pour les usines allemandes ; les demandes d'emploi affluent dans les bureaux d'embauche ». En réalité, malgré la propagande et les pressions de toutes sortes, les départs ne suivent pas le rythme prévu. Si bien que l'on commence à craindre des mesures plus sévères.

Sauckel est en effet très mécontent : douze mille volontaires seulement sont partis en juin, vingt-trois mille en juillet, et dix-huit mille en août. Les Allemands menacent d'appliquer en France l'ordonnance qu'ils ont prise le 22 août et qui leur permet de décréter la mobilisation de toute la main-d'œuvre masculine et féminine des pays envahis. Au lieu de les laisser faire, le gouvernement de Vichy décide de prendre sa propre loi. Il entend ainsi démontrer que sa souveraineté est entière. L'inconvénient pratique de la formule est évidemment de faire supporter en même temps à la zone sud des mesures que les Allemands n'auraient pu exécuter qu'en zone occupée. La loi, promulguée le 4 septembre 1942, crée un service national obligatoire. Tous les Français de 18 à 50 ans, toutes les Françaises de 21 à 35 ans doivent être recensés et pourront être mobilisés pour ce travail forcé. Les opérations de recensement commencent le 2 octobre. Elles sont longues, elles traînent, et Sauckel se plaint toujours de ne pas recevoir les contingents demandés, bien que des réquisitions de main-d'œuvre aient été effectuées dans les entreprises en application de la loi. Il réclame en outre, au début de 1943, un contingent supplémentaire de deux cent cinquante mille travailleurs. Si le gouvernement de Vichy ne les leur fournit pas, les Allemands les prélèveront eux-mêmes. Toujours décidé à conserver les apparences de la souveraineté, bien que depuis novembre la zone sud soit également occupée, Laval préfère s'en charger et transformer ainsi son gouvernement en agent recruteur du IIIe Reich. Le 16 février, après un mois de palabres, le Service du travail obligatoire est institué pour les jeunes gens nés en 1920, 1921, 1922. En échange, les Allemands accordent quelques concessions limitées : rattachement du Nord et du Pas-de-Calais à l'administration allemande de Paris et non à celle de Bruxelles ; suppression de la ligne de démarcation (qui n'a d'ailleurs plus sa raison d'être depuis novembre) ; libre correspondance dans toute la France, etc.

C'est donc en vertu d'une loi française que les jeunes Français sont soumis à l'obligation du travail en Allemagne. Mais il s'agit d'une loi édictée sous la contrainte, par le chef du gouvernement d'un État que l'on peut considérer comme un simple « satellite ». Ces deux observations sont importantes, car elles commandent en partie le débat qui s'instaure chez les catholiques. À ceux qui disent : « Il faut obéir car il s'agit d'une loi du gouvernement légitime », d'autres répondent : « Il n'est pas sûr que ce gouvernement soit légitime ; il est certain, en tout cas, qu'il n'est pas souverain. »

Les silences de la hiérarchie

Une réunion des cardinaux et archevêques de zone nord se tient à Paris, les 20 et 21 janvier 1943, alors que les réquisitions de main-d'œuvre ont commencé depuis plusieurs mois et atteignent uniquement le milieu ouvrier, mais avant l'institution du STO proprement dit. À la surprise de beaucoup, elle n'aborde pas ce problème.

Une quinzaine de jours plus tard, les archevêques et évêques de zone sud sont réunis à Lyon. Ils publient un communiqué dans lequel ils soulignent la « tristesse » que leur cause la dure séparation à laquelle sont astreints les foyers ouvriers. « Émus des atteintes au droit naturel familial qui, sur ce terrain encore, sont la douloureuse conséquence de la guerre et de la défaite, ils ont à cœur de dire à tous ceux qui sont dans la peine leur sympathie profonde. » Ils demandent aux mouvements d'action catholique d'encadrer les partants et annoncent qu'ils feront leur possible pour leur assurer le service d'aumôniers.

Si ce texte proteste contre l'atteinte au droit naturel que constituent les réquisitions, il n'évoque même pas la possibilité d'autres solutions que le départ et il semble regretter seulement l'éclatement des familles – comme si le départ des isolés ne posait pas de problèmes. Or, le refus du départ est déjà envisagé par certains jeunes dans des réunions privées. D'autres, que l'on commence à appeler les « réfractaires », ont déjà adopté cette attitude, spontanément, sans se poser de grands problèmes. Et à Lyon, des grèves ont éclaté le 16 octobre 1942 lorsque ont été placardées dans les usines les premières listes d'ouvriers requis. Des ouvriers ont été arrêtés. Les mouvements de solidarité qui ont suivi ont permis qu'ils soient libérés, et les listes enlevées. En janvier 1943 les premiers éléments de réfractaires maquisards commenceront à s'implanter dans les Alpes.

La censure de Vichy, quoi qu'il en soit, veille. Elle interdit la publication du texte épiscopal dans *La Croix*. Il réussit à passer dans *Jeunesse ouvrière*, le journal de la JOC, et dans plusieurs *Semaines religieuses*. Celle du diocèse d'Agen ne publie d'ailleurs qu'un texte modifié : l'allusion à une atteinte au droit n'y figure pas.

Le 16 février est promulguée la loi créant le STO. C'est l'annonce de réquisitions massives. Le débat rebondit et prend plus d'acuité.

Ceux qui sont directement visés, les jeunes, vont prendre position les premiers. Au matin du 17, Maurice-René Simonnet pénètre dans la chambre qu'occupe Rémy Montagne, rue du Plat à Lyon, et lui annonce la création du STO. Les deux dirigeants de l'Association catholique de la jeunesse française tombent rapidement d'accord : il n'est pas possible d'accepter cela. Reste à connaître l'opinion des cinq mouvements – JAC, JEC, JIC, JMC, JOC – sur l'attitude à observer.

Du côté de la JEC, André Mandouze, Gilbert Dru et Jean-Marie Domenach mènent une active campagne contre le STO.

À la JOC, la situation est plus complexe. En raison même du fait qu'il s'adresse aux jeunes ouvriers, ce mouvement a fait un choix depuis longtemps. Il s'est préoccupé, dès 1942, d'encadrer et de soutenir spirituellement les jeunes travailleurs qui, bon gré mal gré, sont partis en Allemagne, et qui s'y trouvent isolés, privés de tout soutien et de toute organisation, livrés à la propagande nazie ou à celle de la « Délégation française » en Allemagne – celle-ci envisagera d'ailleurs de regrouper les jeunes requis dans un nouveau mouvement de jeunesse conçu spécialement pour eux, mouvement contre lequel les mouvements traditionnels lutteront de toutes leurs forces. Dans cette perspective, la JOC a commencé à envoyer en Allemagne en novembre 1942 plusieurs permanents nationaux et dirigeants départementaux volontaires. L'un d'eux, Paul Léon, qui sera déporté à Dachau, exprime ainsi ses sentiments : « Avant mon départ… j'ai protesté contre les réquisitions d'ouvriers pour l'Allemagne. Dès le premier instant, j'étais résistant, non par nationalisme mais par idéalisme social, international et chrétien. Cet esprit de résistance, je l'ai gardé lors de mon départ avec le STO. Une grande masse de jeunes travailleurs partait en déportation. Je n'ai pas voulu me désolidariser de la classe ouvrière souffrante. Des chefs ouvriers, il en faudrait là-bas aussi. Lorsqu'on a consacré sa vie à la classe ouvrière, on ne l'abandonne pas ainsi dans les moments difficiles. »

En d'autres termes peut-être, ce sont ces sentiments qu'expriment des dirigeants de la JOC à leurs camarades de l'ACJF. « Nous sommes tout aussi opposés que vous au STO, disent-ils. Mais si un militant de la JOC voit partir tous les camarades de son quartier, peut-il se défiler sous prétexte qu'il est plus malin, ou qu'il a plus de relations qu'eux ? Il doit les accompagner, par solidarité ouvrière et par fidélité à sa mission apostolique. Là où sont les travailleurs, là doit être la JOC. »

Rude débat. Quel est l'ordre des valeurs ? La mission apostolique prime-t-elle tout ? Un certain nombre d'aumôniers le pensent et conseillent donc le départ. Mais doit-on pour accomplir cette mission apostolique accepter d'aller travailler – au moins en partie, même si l'on est résistant dans l'âme, et résolu à saboter si possible – contre son pays, au service en outre d'une idéologie paganisante et dont les tenants persécutent l'Église chaque fois qu'ils le peuvent ? Où est le devoir ? Où est le bien et où est le mal ?

On ne peut pas, répondent les dirigeants de l'ACJF, envisager une action apostolique désincarnée, hors de son contexte politique et social ; car cette action s'adresse à des hommes qui sont modelés par ce contexte. La première des valeurs est la justice. Ces mesures sont injustes. Il ne faut donc pas s'y soumettre. Des théologiens jésuites sont consultés – les pères de Lubac, Ganne, et Fraysse, notamment. On leur demande si, dans ce cas précis, la désobéissance à une loi est permise. Ils répondent affirmativement. Mais certains aumôniers de mouvements continuent à répéter : « Vous n'êtes pas apostoliques. Vous faites de la politique. N'introduisez pas la politique dans les mouvements de jeunesse. » Ils présentent les opposants au départ comme des politicards, et les autres comme de véritables apôtres.

Au cours de réunions très difficiles, le principe d'une protestation solennelle contre le STO est adopté. Maurice-René Simonnet et Rémy Montagne la rédigent et, accompagnés du père Lambert, jésuite, aumônier général de l'ACJF, et d'André Mandouze, ils vont la présenter au cardinal Gerlier, sur la colline de Fourvière. Celui-ci estime, lui aussi, qu'il s'agit d'une prise de position politique pour laquelle l'ACJF n'est pas qualifiée. Ses interlocuteurs n'entendent pas reculer. La protestation solennelle de l'ACJF s'exprime sous la forme d'une motion adoptée par le Conseil national de l'Association réuni à Avignon le 6 mars. Ce texte qualifie la réquisition d'« atteinte au droit naturel et au droit international positif ». L'ACJF proteste aussi – et ceci sera très rare – « contre le fait que l'administration française ait collaboré à l'exécution d'une telle mesure » et « contre les termes par lesquels certains ont essayé parfois de couvrir ou de commenter cette réquisition ».

Bientôt, elle ira plus loin et mènera campagne pour que les jeunes ne partent pas. Cette prise de position est la première et la plus ferme. Elle est évidemment étouffée par la censure. Seul, *Messages*, le journal des militants de la JEC, réussira à la publier, et sera pour cette raison définitivement interdit par Vichy. Mais elle est ronéotypée et diffusée de multiples manières.

De même sera largement diffusé un texte rédigé à Paris par le père Riquet et signé par Paul Milliez et Louis Bertagna pour la médecine, Charles Verny pour la faculté de droit, d'autres étudiants aussi, qui, sur un ton très vif, oppose « un refus absolu » au départ pour l'Allemagne. Les mêmes annoncent leur volonté de prendre place « dans l'armée française de la libération nationale ».

Cependant, les jeunes s'inquiètent du silence de la hiérarchie sur une question aussi controversée et aussi lourde de conséquences. Certes, au lendemain d'Avignon, les évêques de la province de Besançon ont fait lire une lettre sur ce sujet dans toutes les églises de leur diocèse. Mais elle s'en prend surtout à la manière dont les réquisitions sont effectuées : « … Nous n'oublions pas que la guerre a des lois sévères et que le vaincu est dans la nécessité de subir le malheur qu'il n'a su éviter. Mais la manière dont, en maints endroits, les réquisitions ont été opérées a eu une répercussion particulièrement douloureuse dans nos cœurs. Nous ne pouvons pas ne pas compatir avec vous. Il est de notre devoir le plus impérieux d'affirmer que des mesures aussi exceptionnelles ne peuvent se concevoir sans que soient garantis les droits imprescriptibles de la morale chrétienne en ce qui concerne la personne humaine et la famille. Nous voulons croire que c'est à l'insu des autorités supérieures que certains agents ont fait preuve de tant de dureté, et nous ne doutons pas que des mesures soient prises pour éviter le retour de semblables tristesses. »

Huit jours plus tard est lue dans toutes les églises une lettre de l'épiscopat signée des trois cardinaux Gerlier, Liénart et Suhard, annonçant la consécration de la France au Cœur Immaculé de Marie. Elle évoque le problème de la réquisition et rappelle que « si elle est soumise à des devoirs, la personne humaine… a en même temps des droits auxquels il n'est permis à aucune puissance ici-bas d'attenter ».

Dans le même temps, pourtant, *La Croix de Savoie* justifie le STO et les *Semaines religieuses* de plusieurs diocèses indiquent qu'il faut s'y soumettre.

À la radio de Londres, à cette époque, André Philip exhorte les jeunes Français à se disperser dans les campagnes, à « prendre le maquis » plutôt que de se laisser emmener en Allemagne. Mais ceux – peu nombreux peut-être – qui interrogent leurs curés pour savoir s'ils ont le droit, en conscience, d'entrer ainsi dans une rébellion de fait, trouvent des interlocuteurs hésitants, ou qui leur répondent à titre personnel : sur cette question brûlante, l'épiscopat en tant que corps garde encore le silence. Certes, quelques privilégiés commencent à connaître la protestation vigoureuse de l'épiscopat hollandais. Dans une lettre du 17 février 1943, on a souligné à propos des réquisitions que « personne ne peut accorder sa collaboration à des actes d'injustice sans que, par là, il se rende complice de cette injustice ». Malheureusement, ceux qui ont eu écho de cette lettre sont très peu nombreux. Certains d'ailleurs ne manquent pas de souligner que la situation de la Hollande, où les mesures de réquisition ont été prises directement par l'occupant, est tout à fait différente de celle de la France, où il s'agit d'une décision de l'autorité légitime.

Le cardinal Liénart intervient

Le silence persistant de la hiérarchie inquiète donc. Il est dû, en partie semble-t-il, à une question de calendrier : une réunion de l'Assemblée des cardinaux et archevêques est prévue pour avril. Mais la rapidité des mesures de réquisition rend particulièrement urgente une prise de position.

C'est alors que le cardinal Liénart intervient. L'évêque de Lille (qui n'avait pas protesté après une rafle de juifs – peu nombreux dans cette ville – effectuée le 11 septembre 1942) estime que la responsabilité de parler lui incombe à un titre particulier parce que le Nord constitue l'un des points de rassemblement des jeunes partant pour l'Allemagne et aussi un grand réservoir de main-d'œuvre dans lequel les officines du STO puisent largement. Autour de lui certains font campagne contre le STO par réaction patriotique. Par contre un prêtre lui rapporte qu'au départ de trains de requis, des militants communistes ont pris la parole pour dire à leurs camarades : « Comptez-vous : il y a ici combien d'ouvriers ? Et combien de curés, combien de séminaristes, combien de bourgeois ? Encore une fois, on tape sur les mêmes. » Ce fait le convainc que les catholiques ne doivent pas sembler refuser leur part du fardeau commun. Il prend donc une position nuancée, le lundi 15 mars, au cours d'une veillée de prières réunissant dans l'église Saint-Martin de Roubaix environ quatre mille jeunes, invités surtout par la JEC et la JIC. À cet auditoire, tendu parce que l'affaire le concerne directement, le cardinal Liénart expose ainsi sa pensée : l'occupant outrepasse ses droits, mais le devoir de charité peut inciter à partir : si je ne pars pas, un autre partira à ma place.

La presse s'empare aussitôt de ces déclarations, en les tronquant. « Si c'est vous qui êtes désigné pour le travail, acceptez, en pensant que, si ce n'est pas vous, ce sera un autre. Et vous dérober deviendrait de la lâcheté », écrit par exemple le *Journal de Roubaix* le 17 mars. « Acceptons le STO, il y aurait de la lâcheté à se dérober. » Tel est le titre que les services de l'information de Vichy imposent à toute la presse pour rendre compte du discours de l'évêque de Lille. Si bien que des lettres de protestation, de toutes origines, affluent à l'évêché de Lille, parfois accompagnées d'injures. Des dirigeants de mouvements de jeunesse, parmi lesquels le jociste Eugène Descamps, interviennent auprès du Cardinal pour lui demander de prendre une attitude plus nette.

Une autre veillée de prières étant organisée le dimanche suivant 21 mars, le cardinal Liénart décide de s'y rendre pour préciser à nouveau sa pensée [1]. Il le fait savoir, si bien que sept mille personnes, surtout des jeunes gens et jeunes filles, remplissent ce jour-là l'église Saint-Maurice, la plus vaste de Lille. Le discours du cardinal commence par une protestation très vive :

« ... Me taire serait manquer à mon devoir d'évêque. Et pourtant, si je parle, je m'expose à ce que mes paroles, détournées de leur sens, soient exploitées par la propagande à des fins étrangères... Je proteste de toutes mes forces contre l'usage qu'on a fait de mes paroles dans la presse, sachant bien que je ne pourrai faire insérer le moindre démenti. On a trahi ma pensée sur le Service obligatoire du travail... Je n'ai pas parlé pour « crever des baudruches » ni pour proclamer comme un « devoir patriotique contre le péril bolcheviste le Service

1. On ne connaît aucun compte rendu authentique du discours du 15 mars. Par contre, celui du 21 a été abondamment diffusé. Il est possible que le cardinal ait été plus net dans le second que dans le premier. Il avait eu connaissance entre-temps de la lettre très vigoureuse, datée du 15 mars, de l'épiscopat belge : « Ces mesures de réquisitions humaines sont absolument injustifiables. Elles violent le droit naturel, le droit international et la morale chrétienne... » Or, il existait à l'époque une sorte d'osmose entre le Nord – jusqu'en février administrativement rattaché à Bruxelles par l'autorité occupante – et la Belgique. En outre le problème du STO avait un aspect commun : celui des nombreux travailleurs frontaliers qui le subissaient.

obligatoire du travail ». Je n'ai pas non plus cité l'exemple de Jeanne d'Arc pour « galvaniser le sentiment national contre les Anglais »... Nous assistons depuis quelque temps à une véritable campagne pour essayer de solidariser l'Église, au moyen de citations anciennes ou modernes, à la guerre contre le bolchevisme – je dis : la guerre – alors que visiblement elle s'abstient avec dignité de se mêler à ce sanglant conflit. Je n'entends à aucun titre me prêter à de telles manœuvres... »

Le cardinal précise alors son opinion, en débordant d'ailleurs le problème strict du STO pour évoquer l'attitude de l'Église à l'égard de la lutte anticommuniste, et à l'égard de l'Allemagne :

« La vérité, c'est que je ne suis à la remorque d'aucune propagande. J'ai dit, au contraire, et je le répète ce soir, que nous ne trouvons dans aucune de celles qui se disputent l'opinion la réponse française et chrétienne au douloureux problème dont il s'agit. Je ne souscris ni à la propagande anti-allemande qui nous dit : C'est mal pour un Français d'aller travailler en Allemagne, ni à la propagande antibolcheviste qui nous dit : C'est bien d'y aller car il faut détruire la Russie bolcheviste. Toutes deux sont des propagandes de haine et nous sommes des apôtres de la charité... Malgré le danger certain que représente le bolchevisme et la menace de ruine qu'il fait peser sur ce que nous avons de plus cher – notre civilisation chrétienne – nous avons l'esprit chevaleresque pour ne pas haïr des hommes soumis au bolchevisme et pour trouver juste qu'un peuple, même dangereux, défende le sol de sa patrie. Nous ne croyons pas d'ailleurs que ce soit par les armes que l'on tue les idées. De même, malgré le joug du travail que les autorités occupantes nous imposent au mépris de la liberté de la personne humaine, des droits de la famille et des justes exigences de notre patriotisme français, nous avons assez de grandeur d'âme pour ne point nous abaisser à haïr, ni à semer l'esprit de révolte qu'on voudrait nous inspirer. Avec toute l'indépendance de notre liberté chrétienne, j'ai quelque chose de plus élevé à vous proposer... »

L'évêque de Lille expose alors les directives qu'il donne aux jeunes de son diocèse :

« Je ne dis pas que ce soit un devoir de conscience d'accepter le Service obligatoire du travail. Non, car il s'agit d'exigences qui dépassent la limite de nos justes obligations. On peut donc s'y dérober sans péché. Je n'ai pas davantage à conseiller le départ. Nous sommes sous la contrainte. Alors je dis : si vous êtes obligés de partir, vous ferez preuve d'un véritable esprit social et national en ayant l'attitude que je vais indiquer. »

Cette attitude est caractérisée par deux directives que donne le cardinal :

1° Il ne faut pas se dérober par intérêt personnel : « Faut-il sous un beau prétexte de patriotisme, qui cache très mal des égoïsmes, que les plus malins se dérobent et laissent retomber tout le poids de la tâche ingrate sur les petits et sur les faibles ? Car enfin, qu'on le veuille ou non, celui qui, désigné, ne part pas, fait qu'un autre part à sa place. Ne serait-il pas plus beau, au contraire, que dans un sentiment d'union sociale et nationale chacun prît noblement sa part de l'épreuve commune ? »

2° Il faut poursuivre la tâche apostolique : « Reste l'amour du Christ. Je sais les merveilles dont il est capable. Grâce à lui, j'ai vu partir des jeunes catholiques, non point avec des âmes de vaincus, mais avec des âmes de conquérants... Ils se sentent, là-bas, responsables de tous leurs frères et, en vrais militants de l'Action catholique, ils apportent le réconfort de leur amitié et le secours de leur foi religieuse à une masse jetée sans autre soutien moral dans une épreuve déprimante. Eux aussi sont là-bas contre leur gré, mais l'amour du Christ les soutient et les inspire... Sachons les admirer sans réserve, les imiter si telle est un jour notre situation... »

Les jours suivants, le cardinal Liénart répète le même discours lors de semblables veillées de prières, dans les villes de la périphérie lilloise : Tourcoing, Armentières, Wattrelos. Son texte est ronéotypé, imprimé et bientôt répandu dans la France entière.

Certes, il n'apporte pas aux opposants au STO que des satisfactions sans réserves. Mais ils y trouvent la phrase clé, qui sera mille fois répétée : Ce n'est pas un devoir de conscience d'accepter le service obligatoire du travail ; on peut s'y dérober sans péché.

Au micro de Londres, Maurice Schumann, à qui un radio clandestin a fait part aussitôt de cette phrase, la répète le soir même. La presse de la Résistance la reprend. La presse soumise à Vichy n'en souffle mot, et *L'Action française* va même, le 29 mars, jusqu'à présenter comme prise de position de l'évêque de Lille sur le STO la version tronquée de ses propos, celle du 15 mars.

À la même époque, à l'autre bout de la France, monseigneur Vansteenberghe, évêque de Bayonne, dit dans un discours sa « douleur » et son « émoi », sans aborder cependant le problème du refus d'obéissance, et s'étonne « que l'on s'obstine à refuser » aux travailleurs en Allemagne la présence d'aumôniers. À quoi Marcel Déat répond dans *L'Œuvre* du 2 avril : « De grâce qu'on les lui concède ; comme cela un certain nombre de prêtres français finiront peut-être par avoir sur l'Europe des idées un peu plus saines. » Les paroles de l'évêque de Bayonne, pour Déat, ne sont que « sottises » et « divagations ».

Pendant ce temps, les cardinaux et archevêques préparent leur réunion. Ils ont consulté eux aussi des théologiens. Dès la fin de 1942, monseigneur Courbe, évêque auxiliaire de Paris, a demandé en leur nom au père Jules Lebreton, un jésuite âgé de la revue *Études*, une « consultation » sur les cas de conscience posés aux catholiques par l'occupation allemande, en particulier au sujet des réquisitions de main-d'œuvre. Dans sa réponse le père Lebreton a mis en évidence quatre points :

– Ce ne sont pas seulement les autorités françaises qui requièrent notre obéissance, mais aussi le pouvoir occupant. Nous ne devons obéir à celui-ci que dans la limite des obligations souscrites par l'État français dans la convention d'armistice. Or, les autorités allemandes demandent davantage : « Une collaboration qui exigerait de notre part dès ce moment une alliance, et dans l'avenir une assimilation chaque jour plus profonde à leurs conceptions morales et politiques. » Nous n'avons pas le devoir, « bien plus nous n'avons pas le droit » de nous prêter ni à l'alliance ni à l'assimilation.

– Toute participation à la lutte de l'Allemagne contre nos anciens alliés est non seulement une infidélité mais une injustice. « Il est pervers d'abandonner une cause que l'on sait juste pour soutenir une agression que l'on condamne. La guerre soutenue par l'Allemagne est-elle une guerre juste ? Si elle ne l'est pas, la question est tranchée : autant qu'il dépend de nous, nous devons refuser notre concours. » C'est notamment le cas en ce qui concerne les réquisitions de main-d'œuvre qui, en outre, ont manifestement violé le droit international.

– On peut objecter que ce refus ne dépend pas de nous, mais

du gouvernement de la France. Il lui appartient d'évaluer la limite du possible dans la résistance aux sollicitations du vainqueur. Dans cette résistance, cependant, la résolution de l'opinion peut lui être d'un grand secours. De toute manière, « il n'a pas le droit de se laisser entraîner à une collaboration qui apporterait à une cause injuste une aide indispensable à son triomphe ». Seule une nécessité impérieuse rend licite une coopération matérielle.

– Il ne faut pas perdre de vue que le but de l'Allemagne est de façonner la France selon l'idéologie nationale-socialiste, de la soumettre à « une vassalité spirituelle qui mettrait en péril non seulement notre indépendance nationale, mais notre foi chrétienne ». La résistance est donc commandée comme un devoir indispensable.

Ainsi, le père Lebreton, sans trancher la question de la légitimité du pouvoir de Vichy, avance un autre argument, à un niveau élevé : si la guerre de l'Allemagne est injuste, on n'a pas le droit d'y apporter son concours, quand on peut s'y dérober.

Désireux de s'éclairer sur la possibilité de désobéir au gouvernement légitime [1] le cardinal Gerlier prend, lui, l'avis de professeurs de la faculté de théologie du séminaire universitaire de Lyon. Ceux-ci soulignent que le catéchisme lui-même prévoit la désobéissance aux ordres injustes.

L'Église refuse d'affronter la persécution

Les 6 et 7 avril, l'Assemblée des cardinaux et archevêques se réunit à Paris, pour la première fois au complet puisque la ligne de démarcation a été supprimée. Elle est, écrira le cardinal Suhard, consciente qu'il faut « donner satisfaction à l'opinion sur quelques points de droit indiscutables ». Elle entend aussi tracer une ligne directrice, afin d'empêcher que les

1. Des décennies plus tard, qu'une telle question ait suscité de tels débats peut paraître, à bon droit, étrange dans la mesure où le respect de la loi morale prime tout devoir d'obéissance. Mais il faut replacer cette question dans le climat de l'époque où la nécessité de l'obéissance était d'autant plus rappelée avec insistance que la désobéissance s'étendait en de nombreux domaines, et pas toujours, d'ailleurs, pour de bonnes raisons.

évêques ne prennent des initiatives individuelles en des sens divers.

Elle ne tient pas compte des consultations théologiques qu'elle a demandées. La ligne directrice qu'elle adopte est celle qu'avait définie le cardinal Liénart, le 21 mars, à Lille : « Il n'est pas en notre pouvoir de mettre un terme à cette épreuve qui afflige notre pays, mais il dépend de nous tous que nous la dominions en chrétiens et en Français fidèles à notre tradition nationale. » Montrant dans le Christ le vivant modèle de la force nécessaire, le texte poursuit : « Cet exemple du Christ, tous les travailleurs chrétiens l'auront sous les yeux. Soumis à une contrainte, contrainte que le gouvernement s'efforce de rendre plus humaine, mais qui ne constitue pas pour eux une obligation de conscience, s'ils veulent être forts, ils donneront à leur épreuve toute sa valeur rédemptrice, ils seront les soutiens de leurs frères. Que cette nouvelle souffrance imposée à notre patrie soit, pour ceux qui s'en vont avec la pensée et la volonté de servir ainsi la communauté nationale, une occasion de plus de s'unir, de s'aimer et de préparer, dans un sursaut des âmes, la résurrection prochaine de la France. »

Ce texte, qui prendra la forme d'une lettre signée par les trois cardinaux, est rendu public seulement le 9 mai. La publicité qui lui est accordée est d'ailleurs limitée. Bien entendu, la censure en interdit toute publication. Et elle n'est pas lue dans un grand nombre d'églises.

À Paris, monseigneur Suhard la lit lui-même à la grand-messe de Notre-Dame :

– Je ne vois pas, a-t-il dit la veille à un religieux qu'il consulte de temps à autre, ce que je pourrais faire d'autre.

Et comme son interlocuteur lui faisait remarquer que lire ce texte à la grand-messe de Notre-Dame est peu efficace, celle-ci étant peu fréquentée, le cardinal a répliqué :

– Il y a une convention tacite entre l'occupant et moi, grâce à quoi nos activités sont à peu près normales. Si je fais plus, je cours le risque de déclencher une persécution. Est-ce que le peuple chrétien est de force à l'accepter ? Je n'en suis pas sûr.

C'est une véritable question, en effet. Mais que faut-il penser d'une Église que ses chefs estiment incapable d'affronter la persécution ?

Dans d'autres diocèses, à Évreux par exemple, l'évêque se contente également de lire la lettre des cardinaux à la grand-messe. Mais à Évreux, quelques membres du clergé rural hostiles au STO prendront ensuite l'initiative, controversée, d'envoyer à tous les curés une circulaire faussement signée de l'évêque ordonnant la lecture du message des trois cardinaux dans toutes les paroisses. On commence à désobéir dans l'Église.

Pour peu diffusé qu'il soit, ce message provoque l'ire des Allemands et des milieux collaborationnistes. Le 30 août 1943, Oberg, chef suprême des SS et de la police en France, écrit au cardinal Suhard : « Il ne vous a pas échappé que la majorité des évêques français, et un grand nombre de prêtres qui leur sont subordonnés, ont tout mis en œuvre pendant ces derniers mois pour empêcher la jeunesse française confiée à leur sollicitude pastorale d'aller travailler en Allemagne. » Quelque temps plus tard, les autorités allemandes répondent définitivement « non » à la demande présentée par le cardinal Suhard, dès la fin de 1942, d'envoyer des aumôniers aux travailleurs en Allemagne : bien qu'elles ne l'aient pas dit, il est possible que la prise de position de l'épiscopat français ait été à l'origine de ce refus.

La presse collaborationniste de Paris, elle, déverse son torrent habituel d'injures. Pour *Le Pilori* (13 mai 1943) le cardinal Liénart est un « prêtre rouge, silloniste, gaulliste et attentiste », ce qui fait beaucoup d'épithètes quelque peu contradictoires. Marcel Déat se demande dans *L'Œuvre :* « Depuis quand l'Église est-elle devenue une école d'anarchie ? » Et au micro de la BBC, Maurice Schumann le remercie aussitôt pour la publicité qu'il donne ainsi à un texte interdit par la censure.

Pour *Je suis partout*, le cardinal Liénart – il est généralement le seul visé, même après la déclaration commune du 9 mai, dont il est apparu comme le principal responsable – a « si bien parlé que son allocution a été inspirée par l'Intelligence Service et la Guépéou. Elle circule maintenant avec l'imprimatur de Churchill, de Staline et de Roosevelt, dans beaucoup de milieux catholiques… » *Je suis partout* se demande avec angoisse « où nos éminentissimes seigneurs mènent l'Église de France ». Et le journal accuse les cardinaux d'ingratitude : « Ces messieurs ont vite oublié ce qu'ils doivent au chef du nouvel État et à M. Pierre Laval… Est-ce ainsi qu'ils entendent user de l'influence qui a été rendue au clergé sur la jeunesse ? Veulent-ils rendre indispensable un nouveau concordat qui mettrait enfin de la discipline dans ce haut clergé oublieux, ingrat et infidèle au point de travailler pour l'étranger et contre le régime qui, depuis la Révolution, se montra vis-à-vis de l'Église de France le plus confiant et le plus généreux ?... La mitre et encore moins le chapeau rouge ne protègent donc pas nos éminentissimes seigneurs du vent de folie qui semble souffler par instants sur notre pauvre pays... Après des généraux et des amiraux, voici maintenant que trahissent les cardinaux. Cela se passe en France seulement. »

« Jamais, sous le règne de Léon Blum, un archevêque n'eût osé dire le quart de ce qu'il profère aujourd'hui », écrit Georges Suarez dans *Aujourd'hui.*

Signe des temps : pour la première fois, Radio Vichy attaque l'épiscopat français. Dans sa « causerie à bâtons rompus », le 18 mai, Paul Demasi lui reproche – reprenant curieusement, mais en sens inverse, le problème posé par le père Lebreton – de ne pas avoir protesté quand on engageait, en 1939, la jeunesse française dans une guerre injuste et de se plaindre désormais parce que les ouvriers contribuent à la défense de l'Europe.

Si le message des cardinaux provoque tant de colère, il déçoit aussi beaucoup de ceux qui attendaient de lui une position plus nette. Ceux-ci relèvent que, dans la longue déclaration épiscopale, l'idée que le départ pour le STO ne constitue pas une obligation de conscience n'est évoquée qu'au détour d'une phrase. Le ton du message leur apparaît fort peu vigoureux, surtout quand ils le comparent aux lettres des évêques belges et hollandais. À la radio de Londres, Maurice Schumann s'écrie le 23 mai : « En prenant la tête de la lutte collective contre ces crimes, qui ne se commettent pas seulement en Hollande, les Églises néerlandaises risquent peut-être de porter plus durement encore les marques de la bataille. Mais elles savent, elles, que les marques de la bataille seront aussi les signes de la victoire... Voici (puissent les pasteurs le comprendre comme le troupeau), voici l'heure des chrétiens ! »

Sans doute l'épiscopat peut-il arguer du fait que les situations sont différentes puisque la Belgique et la Hollande n'ont pas de gouvernement légitime sur place, et peut-il soutenir qu'il a posé un acte d'une gravité exceptionnelle en « pratiquant l'objection de conscience en face d'une loi d'un État décrétant une mobilisation[1] ». Mais cette objection de conscience semble n'être considérée comme valable par l'épiscopat que dans des cas tout à fait rares. La plus grande partie de ses textes est faite de conseils aux partants afin que se soumettant – non, certes, à leur conscience – mais à une contrainte, ils fassent sortir le bien du mal.

L'évêque d'Arras, monseigneur Dutoit, ne s'appuie-t-il pas sur le discours du cardinal Liénart pour conseiller nettement, dans *La Semaine religieuse* du 25 mars 1943, la soumission au STO ? Dans le même sens, l'hebdomadaire *Le Foyer*, qui a pris la suite du *Pèlerin*, écrit le 28 mars, sous la signature « *Le Père* » qui est celle de son rédacteur en chef, le père Guichardan : « Tu pars... Tu ne peux empêcher ces choses. Tires-en le meilleur parti. » Et l'évêque du Puy, monseigneur Martin, reconnaissant que le STO est une « dure épreuve » pour les jeunes, estime que « leur devoir est pourtant de partir courageusement... Savoir que rien ne dure : tout passe. Savoir aussi que tous les malheurs ont du bon. »

La déception créée par l'attitude de l'épiscopat est sensible même en dehors des frontières françaises. Le théologien suisse Charles Journet[2], dans un article publié en mars 1943, se demande après avoir analysé l'attitude des épiscopats allemand, hollandais et belge : « Pourquoi l'Église de France, enfin réveillée par la persécution antisémite, s'est-elle de nouveau tue, du moins trop de ses chefs ? » Et il ajoute en post-scriptum : « Voici que nous parviennent quelques échos de la tardive protestation des évêques de France. Oserons-nous l'écrire ? Oui, certes, avec une tristesse empreinte d'un respect immense : on la dirait affaiblie par quelque secrète blessure, et résignée d'avance à la défaite. » Il qualifie l'attitude de l'épiscopat de « douloureuse impuissance spirituelle ». À cette époque, cependant, l'abbé Journet ne connaît encore que la déclaration des évêques de la province de Besançon et ignore le discours du cardinal Liénart ainsi que la lettre des trois car-

1. C'est notamment la thèse qui sera défendue à posteriori par monseigneur Guerry dans *l'Église catholique en France sous l'Occupation* (Flammarion, 1947), d'où est tirée cette citation.
2. Qui deviendra cardinal en 1965.

dinaux, textes qui sont postérieurs à son article. Mais ces nouvelles protestations ne le feront pas changer d'avis : au début de 1944, il parlera de l'épiscopat français, dans le neuvième *Courrier français du Témoignage chrétien*, comme « du plus facile, on peut le dire, des épiscopats en pays occupés ».

Il est vrai que l'abbé Journet écrit dans un autre article : « Un père qui sent qu'il a parmi ses enfants beaucoup de pusillanimes ne parle pas comme s'il savait pouvoir compter sur leur clairvoyance et leur fermeté [1]. »

La déception provoquée par le message des cardinaux provoque des réactions diverses. À Paris, Robert d'Harcourt, qui est un familier des pères jésuites, connaît l'existence et le sens de la « consultation théologique » du père Lebreton. Étonné et un peu amer, en constatant qu'aucun des arguments qu'elle comprenait n'a été invoqué par les cardinaux, il persuade le père Lebreton de la rédiger en termes plus succincts et plus accessibles au grand public, et la fait imprimer. De nombreux exemplaires de cette déclaration sont entreposés dans les locaux de la revue *Les Études* quand la police allemande se présente pour perquisitionner. Un collaborateur laïc de la revue, le journaliste Joseph Brandicourt, emporte tous ces papiers sur sa bicyclette avant que les Allemands aient eu le temps de s'en inquiéter. Le texte du père Lebreton commence alors à circuler dans la France entière. Il n'est pas le seul. D'autres « consultations » – dont plusieurs avaient été réservées auparavant à l'usage de l'épiscopat – commencent à circuler sous le manteau.

Débat : l'ACJF, l'épiscopat et l'affaire des « théologiens anonymes »

« Nous ne sommes pas obligés de partir ; mais n'est-il pas mieux pour les chrétiens de partir ? » Cette question posée par un étudiant à son confesseur résume assez bien le débat que la déclaration du 9 mai a, d'une certaine manière, fait rebondir. Beaucoup ont l'impression que les évêques considèrent le

1. Les articles de l'abbé Journet parus pendant la guerre ont été repris dans « Exigences chrétiennes en politique » (LUF, 1945).

refus du STO comme une tolérance, mais non comme l'attitude préférable pour un chrétien. Si bien que les prises de position en sens contradictoires se multiplient.

Dans l'église Saint-Antoine des Quinze-Vingts, à Paris, le père abbé de l'abbaye cistercienne de Notre-Dame de Bellefontaine, Dom Sortais, aborde dans un sermon le problème de la réquisition et déclare possibles pour un chrétien trois éventualités : répondre à l'appel, pour combattre l'influence nazie sur son propre terrain ; rester en France pour être plus utile à son pays ; passer en Afrique du Nord. Il reçoit peu après une lettre de Georges Suarez, directeur du quotidien *Aujourd'hui*, lui reprochant ses « propos infâmes » et menaçant de le dénoncer en cas de récidive. Il se trouve des prêtres, par contre, pour refuser l'absolution aux réfractaires. Certains – c'est le cas dans le diocèse de Montpellier – affirment qu'ils agissent ainsi sur l'ordre de leur évêque.

Le débat est surtout vif dans les mouvements de jeunes. Il en est dont les dirigeants ne semblent guère connaître d'hésitations. Ainsi le scoutisme qui présente le départ en Allemagne comme un « service ». « En face de l'inévitable (...), a écrit *La Route* le 1er mars 1943, tel sera votre service dont vous n'avez choisi ni le lieu ni les conditions. » Le père Forestier, aumônier général des Scouts de France et aussi des Chantiers de jeunesse, écrit : « En dehors de l'obéissance aux autorités constituées, c'est l'aventure. » Le 10 mars 1943, la Fédération française des Étudiants catholiques a pris, dans son journal *Étudiants*, une position insistant sur l'aspect apostolique du départ en Allemagne : « Il ne s'agit pas de se planquer, il s'agit de témoigner. »

Les dirigeants de l'ACJF, qui ont été à l'origine de la protestation d'Avignon du 6 mars, ne sont pas restés inactifs. Ils estiment insuffisant de protester. Encore faut-il faire partager leur sentiment à tous les échelons des mouvements qu'ils regroupent et, au-delà, au plus grand nombre possible de jeunes. Or, ils se heurtent à des résistances. Ainsi, au comité diocésain d'ACJF de Versailles, qui se réunit quelque temps après la réunion nationale d'Avignon, les conclusions de celle-ci sont présentées de bien curieuse manière : « Le chrétien est un homme d'ordre et non de désordre, un exemple de loyalisme envers le pouvoir légal et officiellement reconnu par l'Église et non un agent de révolte et de haine partisane... Il est néfaste et en dehors de l'esprit chrétien de toujours critiquer le pouvoir établi, de semer à son égard la méfiance et même le mépris ; quand de telles attitudes proviennent de dirigeants ayant de l'influence, c'est une faute grave qui peut engager leur conscience. »

À Lyon, au début du printemps 1943, une réunion rassemble tous les jécistes de la ville atteints par la loi du STO. Les partisans du départ sont en majorité, surtout parmi les étudiants en sciences. Jean-Marie Domenach y prêche le refus du STO, mais il se heurte à une vive opposition. Alors qu'il tente de ramener le débat à une question simple : « Oui ou non, irons-nous aider l'ennemi de notre patrie ? », on lui répond en parlant de mission apostolique, et de nécessité pour les étudiants, issus en général du monde bourgeois, de « suivre le sort de leurs frères ouvriers ». Il leur rétorque : « Allez donc voir à la gare des Brotteaux partir les ouvriers qui n'ont pas pu fuir. Ils sont encadrés de gardes mobiles. Ils chantent *La Marseillaise, L'Internationale* et même, par dérision, *Maréchal nous voilà !* Ce qu'ils attendent de vous c'est que vous preniez, si vous le pouvez, le chemin du maquis. »

Mais il a peine à se faire entendre, et quitte bientôt la réunion avec deux ou trois camarades.

Cette situation est telle – et les incertitudes qui planent encore après le message des trois cardinaux l'aggravent – que les dirigeants de l'ACJF et l'équipe qui publie la revue de l'organisation, *Les Cahiers de notre jeunesse*, décident d'aller plus loin. Ils provoquent une réunion générale de dirigeants et aumôniers nationaux des mouvements membres de l'ACJF, à Lyon, chez André Mandouze. Celui-ci y expose, avec sa fougue habituelle, la décision qu'ils ont prise en commun : il faut lancer une consigne générale de résistance à la déportation pour des raisons patriotiques évidentes ; dans certains cas exceptionnels, on pourra donner l'autorisation à des militants particulièrement formés de partir en Allemagne pour y accomplir une double mission de résistance au nazisme et d'apostolat. Le père Dillard, jésuite, qui vient de passer deux ans à Vichy et qui, pour des raisons apostoliques, est volontaire pour le STO, conseille au contraire le départ. Hanté par le spectre du bolchevisme, il expose que si de nombreux chrétiens ne se rendent pas en Allemagne, il se constituera là-bas une masse prolétarienne athée, plus ou moins encadrée clandestinement par les communistes qui, après la victoire de l'armée Rouge, refluera sur l'Europe occidentale pour y être le fer de lance de la révolution bolchevique. Il finit par admettre, mais avec bien des réserves, que les raisons de son interlocuteur sont peut-être valables pour de jeunes laïcs. « Mais, ajoute-t-il, moi, je suis prêtre. Je pars pour être l'aumônier de ceux qui n'ont pas d'aumôniers. »

Les participants à la réunion décident en fin de compte de laisser à André Mandouze le soin de rédiger un document sur le STO qui serait diffusé clandestinement dans tous les mouvements. Le père de Lubac l'aide à rédiger ce texte, simplement appelé « Éléments d'information » qui, en juir est adressé à tous les comités diocésains de l'ACJF et diffusé inégalement – des réticences s'étant manifestées – à l'intérieur des mouvements membres. Il sera aussi longuement cité à la radio de Londres, et repris, pour l'essentiel, par le 17e *Cahier du Témoignage chrétien*. L'intérêt de ce texte est que, sans s'en prendre directement à l'épiscopat, il réfute certains arguments utilisés par celui-ci, ou en limite la portée.

Rappelant d'abord la protestation d'Avignon, il cite aussi quelques extraits de messages épiscopaux : une ligne de la lettre des trois cardinaux, cinq lignes du discours du cardinal Liénart, onze lignes de la lettre de l'épiscopat belge, sept lignes de la lettre de l'épiscopat hollandais. Puis vient la critique des arguments avancés en faveur de la soumission : « Avant l'altruisme, l'apostolat, la solidarité sociale et nationale, il y a la justice… Où est le juste et où est l'injuste, voilà ce qu'il faut se demander en premier lieu. Ce n'est qu'après avoir résolu cette question, et si nous estimons en conscience être libres de choisir entre plusieurs solutions, que nous pouvons nous demander par exemple : « Où me semble-t-il que mon apostolat sera le plus fécond ? » Car une question de conscience ne doit pas se résoudre par des considérations d'utilité surnaturelle. L'appel aux sentiments généreux qui feraient fi d'un devoir plus élémentaire est un appel trompeur. La spiritualité qui ne tient pas compte de la morale est suspecte. »

Le principe général étant ainsi affirmé, tous les arguments en faveur du départ sont réfutés l'un après l'autre :

1° Il serait injuste de laisser les ouvriers partir seuls : « La vérité est que les ouvriers ont tout fait – même la grève – pour ne pas partir… Ils attendent que ceux qui sont encore libres fassent tout pour ne pas partir. »

2° Si je ne pars pas, un autre part à ma place : « On n'a pas le droit d'accepter une injustice pour en éviter (qu'ils disent) une autre. Vais-je donner dix mille francs à quelqu'un qui les exige de moi indûment en me menaçant, si je ne les lui donne pas, de les voler à mon voisin moins fortuné que moi ? Que faire ? Refuser, et aider mon voisin à refuser, lui aussi cette injustice. »

3° Il faut des apôtres au milieu de cette masse : « Il y en a déjà et il y en aura, hélas ! encore. Car il serait bien extraordinaire que tous nos dirigeants et tous nos militants échappent à la déportation. » De plus, « n'y a-t-il pas présomption de notre part à conseiller le départ à des garçons que nous croyons solidement formés ?... Tiendront-ils, coupés presque entièrement de tout contact avec le mouvement, devant une propagande qui a, hélas, déjà fait ses preuves... Ils partent en conquérants. Ne reviendront-ils pas renégats ? »

4° La défaite de l'Allemagne serait le triomphe du bolchevisme, la ruine de la civilisation européenne. À cet argument l'ACJF répond en citant les propos du cardinal Liénart – « Nous ne croyons pas d'ailleurs que ce soit par les armes qu'on tue les idées » – et ceux de l'épiscopat belge.

Il ne suffit pas de conseiller l'insoumission. Il faut aussi aider les réfractaires. André Mandouze le souligne au cours d'une réunion : « L'épiscopat a toujours le pied sur la même pédale. Il nous dit : occupez-vous de ceux qui partent. Moi, je m'occupe de ceux qui restent. »

Ceux qui restent commencent à former des maquis. Il faut leur fournir des moyens, du ravitaillement, et aiguiller vers la clandestinité les réfractaires qui ne savent pas où se diriger. À Lyon, Jean-Marie Domenach et Gilbert Dru créent à cet effet le Comité Inter-facs, qui prend particulièrement en charge les étudiants. Ils montent quelques opérations spectaculaires. Au début de l'année scolaire 1943-1944, une douzaine de garçons entrent ainsi dans l'amphithéâtre de la première année de faculté de droit, où la tendance générale est plutôt défavorable à la Résistance. Une autre équipe garde les issues. L'un d'eux, un jeune khâgneux surnommé « Bamako », monte en chaire à la place du professeur et, devant trois cents étudiants et étudiantes d'abord médusés, il lance un appel à l'insoumission, entame l'éloge du maquis et annonce une quête pour les maquisards. Les quêteurs passent entre les bancs, serviettes ouvertes, recueillant à la fois coups de poing, argent et tickets de ravitaillement. Ils disparaissent rapidement. L'opération n'a duré que quelques minutes : il faut éviter de mauvaises rencontres.

L'ACJF dispose d'un moyen d'expression public : *Les Cahiers de notre jeunesse*, la revue qui est parvenue à subsister en rusant avec la censure, qui a déjà été suspendue puis autorisée à nouveau, mais dont l'existence surveillée paraît bien précaire. Ses dirigeants décident de l'utiliser une dernière fois pour lancer un appel contre le STO André Mandouze écrit lui-même l'éditorial : « Sommes-nous donc tous devenus un peuple de bagnards que nous trouvions chez les Français si peu de ressort ?... Qu'on n'aille pas nous objecter la parole du Christ recommandant de tendre la joue gauche lorsque la droite a été frappée. Le résigné se contentera d'accuser le coup, mais ne tendra jamais la joue gauche... Ce serait avoir le cran de montrer au bourreau qu'il n'a fait son métier qu'à moitié. Ce serait lui faire la suprême injure de lui signifier qu'on ne le craint pas... Nous pensons que le Français ne saurait être un résigné. C'est lorsqu'il a oublié sa raison d'être qu'il se replie dans la déroute et que, devant l'ennemi qui n'en croit pas ses yeux, qui n'aurait pas compté sur une telle dose de lâcheté, il n'a plus qu'un mot à la bouche : « ON PART [1]... » Nous ne voulons pas croire que la France ait dit son dernier mot... Nous ne serons pas des résignés, et s'il ne nous est pas permis de faire plus, nous saurons au moins avoir le courage de dire « NON [1] ».

Conformément aux prévisions, Vichy, après la parution de cet éditorial, interdit définitivement la revue. Ses rédacteurs se dispersent. Sous des formes diverses, ils s'engagent plus directement dans la Résistance. La crise du STO fait basculer beaucoup de jeunes vers l'action directe, la clandestinité, la résistance armée.

Dans cette attitude ferme, l'ACJF ne reçoit pas beaucoup de soutien de la masse des catholiques. *Les Semaines religieuses* – du moins celles qui continuent à paraître [2] – insistent en général sur les possibilités d'action apostolique qui

1. En capitales dans le texte.

2. Neuf y ont renoncé : Bayonne, Beauvais, Cambrai, Lille, Metz, Nice, Rouen, Troyes, Strasbourg.

s'offrent aux requis. Dans la Drôme, où presque tous les dirigeants de la JOC ont été touchés par le STO, *La Semaine religieuse* souligne le 3 avril qu'ils envisagent le départ comme « un moyen d'atteindre d'autres milieux de travail, que le partage des mêmes épreuves rendra sans doute plus accessibles à leur conquête chrétienne ». La plus grande partie de la presse catholique avait célébré la « pensée généreuse » de la relève ; après l'institution du STO elle est moins enthousiaste mais elle prêche souvent l'acceptation joyeuse. *Demain* publie le 27 juin les impressions très positives d'un jeune qui part pour l'Allemagne : « Une belle expérience est possible : aurai-je le courage de la faire ?... C'est tout un résumé de nos villes de France qui part avec moi. Que de découvertes à faire parmi eux ! Un terrain d'exploration d'une richesse insoupçonnée ! »

L'Union catholique de Rodez, dont les articles sont repris par toute la presse quotidienne sur l'ordre de Vichy, publie une lettre édifiante d'un jeune parti outre-Rhin : « Nos chefs, des militaires allemands, sont très gentils. Aussi ferons-nous le nécessaire pour les contenter... Je ne croyais pas tomber si bien. » Et l'éditorialiste qui cite cette lettre, P. Fau, de souligner la « compréhension », la « bonne volonté », voire la « sympathie certaine pour nos concitoyens » qui animent les autorités allemandes. Moins enthousiaste, Paul Lesourd, rédacteur en chef de *Voix françaises* reconnaît que les départs sont « extrêmement pénibles ». Mais il les justifie : « C'est la contribution demandée à notre pays pour la lutte contre le communisme qui, si les armées européennes ne résistaient pas, il ne faut pas nous le dissimuler, s'imposerait sur notre sol. » Dans *La Croix du Rhône*, madame Delastre va plus loin encore. Elle s'en prend à ceux qui disent aux jeunes de suivre leur conscience : « ... la conscience d'un adolescent de 18 ou 20 ans, à une époque où les vieux lutteurs de 50 ans et plus se sentent parfois troublés et incertains, voulez-vous me dire surtout ce qu'on peut, sans paraître y toucher, lui suggérer ? Ah ! quelle n'est pas l'aberration générale pour que les meilleurs, ceux qui devraient guider nos enfants se livrent – en toute bonne foi sans doute – à pareil jeu ? »

La Croix, qui publie le 12 juillet un article de l'abbé Thellier de Poncheville intitulé « On demande des volontaires du sacrifice » plutôt réservé à l'égard du STO, est suspendue pour quinze jours sur l'ordre de Pierre Laval. Celui-ci convoque Alfred Michelin, le directeur du journal, à Vichy.

« Ce sont les Allemands, dit Laval, qui m'ont imposé cette mesure. J'ai rencontré, il y a quelques jours, le ministre Schleier, qui a élevé de violentes critiques contre *La Croix*, en particulier au sujet de cet article qu'il trouve inadmissible. Comme il demande une sanction grave, j'ai dit que je ne lisais jamais les journaux et je lui ai demandé un rapport. Ce rapport est arrivé. Moi, je trouve maladroit de suspendre votre journal au moment où les catholiques commencent à comprendre la gravité du péril bolchevique. Je sais bien, le cardinal Gerlier me parle aussi du péril nazi : je n'irai pas jusqu'à le nier, mais le péril bolchevique est plus pressant... En tout cas, après une pareille mise en demeure, je n'avais qu'à m'incliner. »

Cependant, Pierre Laval, marchandant comme toujours, réduit la durée de la suspension à huit jours.

La presse traduit assez bien les débats qui agitent alors tous les milieux, surtout en zone sud – en zone nord, après trois années d'occupation, on se fait moins d'illusions et on se pose moins de problèmes. On discute dans les familles, dans les facultés et les écoles, dans les séminaires et les presbytères. Certains ne se contentent pas de discuter : au nom du service de l'Église et de la Patrie, un industriel catholique des Bouches-du-Rhône décide de licencier les ouvrières dont le mari, le fils ou le frère a refusé de partir pour l'Allemagne, et qui subviennent à ses besoins.

On enregistre encore, à la fin du printemps et au début de l'été, de nouvelles déclarations épiscopales. Celle du cardinal Gerlier, le 18 mai, reprend le thème du message qu'il a signé en compagnie des cardinaux Liénart et Suhard : « La contrainte peut courber les volontés... Elle ne saurait pourtant ni effacer l'injustice ni absoudre la méconnaissance du droit. »

Le ton de cinq autres déclarations est très différent et scandalise les résistants. Non contents d'encourager formellement les jeunes à partir, leurs auteurs condamnent en termes très vifs ceux qui leur donnent le conseil d'obéir à leur conscience.

Sous le titre « Lettre à un jeune catholique », monseigneur Martin, évêque du Puy, souligne que « la plus belle attitude chrétienne n'est pas de gémir ou de se dérober, mais d'essayer de dominer l'épreuve, d'en tirer tout le bien possible ». Et il ajoute en invoquant l'autorité légitime du maréchal Pétain :

« … Vous savez bien que ce sont les chefs mis en place par la Providence qu'il faut suivre ; et s'il y a des erreurs, des fautes ou des impuissances dans leur gouvernement, mieux vaut encore suivre le chef que de s'émanciper du respect de l'autorité. Il y a beaucoup de sagesse dans le proverbe arabe que je livre à votre méditation : La grande route, même si elle fait des tournants.

« Dans un texte récent publié par *La Semaine religieuse*, j'ai déjà dit ce que je pensais des théologiens anonymes qui font circuler sans mandat des billets de consultations. Ils sont ordinairement qualifiés d'« éminents ». Comme si les évêques n'étaient pas des théologiens eux aussi, choisis même de préférence parmi ceux qui font la preuve qu'ils possédaient une saine théologie et qui ont sur tous les autres l'avantage d'être des théologiens de l'Église enseignante – et non de l'Église enseignée – choisis par Dieu pour être, chacun dans son diocèse, les guides spirituels de leur troupeau. Faut-il ajouter que j'ai eu de la peine en constatant que vous allez chercher des directives dans des textes de ce genre ou même dans des textes d'évêques étrangers, comme si Dieu n'avait pas préposé chacun pour ses diocésains à la garde personnelle de son troupeau, et Pierre seul à la garde universelle du troupeau.

« Plus de foi vous éclairerait mieux. Ne laissez pas s'obscurcir en vous la notion de l'*autoritas a Deo !* Quelle que soit la faiblesse personnelle des chefs, dans le chaos contemporain, c'est toujours de la part de Dieu que toute autorité légitime résonne… « C'est si simple d'aimer », dit un chant scout. Volontiers je dirais : « C'est si simple aussi d'obéir aux autorités constituées. » C'est plus simple que de commander et plus prudent que de s'affranchir. »

Ce texte étonnant n'est pas le seul de son espèce. L'évêque de Clermont-Ferrand, monseigneur Piguet, s'en prend aussi, le 27 juin 1943, aux théologiens anonymes :

« Vos évêques ont parlé, mes frères… Qu'on oppose leur attitude à celle d'évêques d'autres pays, c'est une audace malhonnête, étant donné les différences radicales des situations comparées. Ce qui est plus étrange encore, c'est que des prétendus théologiens, sans mandat, au nom de leurs principes, osent donner des consultations circulantes, différentes des directives des évêques. Voilà qui situe l'absence de toute autorité de pareils avis dissidents, par ailleurs si pauvres en théologie et en rupture avec le bon sens. »

L'évêque de Nîmes, de son côté, se contente de faire publier qu'il « condamne » ceux qui encouragent les requis à prendre le maquis.

Monseigneur Auvity, évêque de Mende, se place, lui, sur le terrain du réalisme : « Je me contente simplement, écrit-il aux jeunes Lozériens, d'envisager en "réaliste" et selon votre intérêt cette mesure, telle qu'elle se présente, dans le concret, sur le plan de la défaite totale et devant une contrainte que les autorités françaises s'efforcent d'ailleurs de rendre plus humaine... Votre intérêt et la sagesse demandent que vous partiez. »

Citant ces propos dans une lettre à ses prêtres, monseigneur Challiol, évêque de Rodez, estime qu'ils sont « lumineux », empreints d'une « sagesse des plus clairvoyantes et aussi des plus françaises ». Dès lors, juge-t-il, la question est tranchée : « À la lumière de cette doctrine, vous penserez assurément qu'il y a lieu de ne point prêter l'oreille à ces prétendus théologiens ou à ces juristes anonymes... Vous penserez qu'il faut en finir avec ces interminables discussions, soulevées par des esprits étroits et affligés d'un inguérissable aveuglement. »

Ces esprits étroits, si pauvres en théologie et en rupture avec le bon sens, ce sont le plus souvent les théologiens que les cardinaux et archevêques avaient consultés eux-mêmes avant de prendre position ! Peut-être les évêques du Puy, de Rodez, et de Clermont-Ferrand l'ignorent-ils à ce moment. Mais l'Assemblée des cardinaux et archevêques ne peut invoquer la même ignorance. Or, le 4 octobre, revendiquant pour la hiérarchie seule « la charge et la responsabilité de la direction des consciences », elle s'en prendra elle aussi aux « papiers anonymes, rédigés par des personnes sans responsabilités ni mandat [1] ».

Commentant cette déclaration dans son journal intime, un prêtre du diocèse de Marseille, militant de *Témoignage chrétien*, le père Lepp, écrit : « C'est en vain que nous tâchons de convaincre les évêques qu'un gouvernement aussi peu libre de sa volonté ne saurait être considéré comme légitime, que l'ordre du STO émane de l'occupant et ne comporte aucun devoir d'obéissance. Comment ces hommes, généralement

1. En octobre 1944, monseigneur Saliège rendra un hommage éclatant « aux théologiens, tant séculiers que réguliers, dont tout le monde connaissait les noms » et qui « sont l'honneur de la pensée chrétienne en France ». Aux noms déjà cités dans ce chapitre, il faut ajouter, sans que la liste soit limitative, ceux des pères de Montcheuil, Chenu et Fessard.

d'une grande expérience dans les choses de Dieu, peuvent-ils être tellement ignorants des réalités élémentaires dans les affaires de ce monde… À l'exception de monseigneur Saliège, le très courageux archevêque de Toulouse, et de quelques autres, presque tous les évêques ont donné la consigne d'obéir au pouvoir légitime. Même les séminaristes interrompent leurs études pour aller tourner des obus en Allemagne. »

Prêtres et militants clandestins en Allemagne : la naissance des prêtres-ouvriers

Par l'intermédiaire de Léon Bérard, ambassadeur de France au Vatican, le Saint-Siège avait demandé au maréchal Pétain que les élèves des grands séminaires soient exemptés du STO. Mais ce n'était pas possible et, de l'avis des plus avertis parmi les évêques français, peu souhaitable : un tel privilège légal eût suscité de vives réactions dans l'opinion.

Trois mille deux cents séminaristes partent donc pour l'Allemagne. Il y a des réfractaires dont on dit qu'ils ont pris une décision « moins généreuse » et plus « politique ». Les séminaristes d'Évreux montent dans le train qui doit les conduire vers Ratisbonne, en Allemagne, où ils devraient, selon les promesses faites à leur évêque, être tous affectés. Mais à deux exceptions près, ils descendent au premier arrêt pour aller grossir la cohorte des réfractaires. Les bénédictins de La Pierre-qui-Vire, les capucins du Mans sont tous réfractaires. Les soixante-dix séminaristes des missions étrangères de Paris sont invités par leurs supérieurs à ne pas partir. Des maisons religieuses, des presbytères, s'ouvrent aux séminaristes – et aux laïcs – qui doivent désormais se cacher.

Ceux qui partent insistent en général sur la mission apostolique qu'ils vont pouvoir accomplir :

– Je pars heureux et fier, dit à son passage à Marseille, en route pour l'Allemagne, un jeune dominicain du couvent d'études de Saint-Maximin. Ce départ est pour nous une occasion providentielle de porter, au milieu de nos frères dont nous partagerons étroitement la vie de travail, la présence et le témoignage du Christ.

Ces paroles reflètent les consignes qui sont données aux séminaristes par leurs supérieurs : être des missionnaires, des apôtres au milieu de cette masse déportée et démunie de tout secours spirituel. À ces séminaristes, l'abbé Rodhain, aumônier général des prisonniers de guerre, à qui l'épiscopat a confié également la responsabilité des travailleurs déportés, écrit : « Malgré les demandes répétées de l'épiscopat, les autorités allemandes n'ont pas encore autorisé – comme en bénéficient les prisonniers – la présence d'aumôniers français parmi vous. C'est donc sur vous seuls que repose la responsabilité de la vie religieuse. C'est donc officiellement que l'Église vous confie cette tâche… »

Dès la fin de 1942, en effet, l'épiscopat s'est préoccupé de fournir des aumôniers aux requis. Il a chargé l'abbé Rodhain d'organiser l'aumônerie, et s'est préoccupé d'obtenir les autorisations nécessaires. Le cardinal Suhard, par l'intermédiaire de monseigneur Chappoulie, a fait une démarche près de Pierre Laval, mais elle n'a pas abouti. Le cardinal s'est alors tourné vers les autorités allemandes.

Celles-ci ont répondu par un refus puis, à la suite d'une nouvelle démarche, ont fait savoir qu'elles accepteraient de « libérer » pour cette tâche un certain nombre de prêtres prisonniers en *oflag*. Au début de 1943, l'abbé Rodhain leur fournit dans ce but une liste de quarante noms. Le docteur Brandt, qui traite cette question pour les Allemands, déclare alors – changeant à nouveau de position – que l'hypothèse de prêtres venus de France peut encore être envisagée. En février 1943, l'abbé Rodhain en informe tous les évêques français et leur demande de lui donner les noms de prêtres qu'ils consentiraient à envoyer outre-Rhin. À cette époque de nombreux requis sont déjà partis, et aussi un prêtre originaire de l'Aveyron, l'abbé Bousquet, qui en 1939 avait travaillé pendant quelques mois aux Forges d'Ivry, et qui s'est mis à la disposition de l'aumônerie générale dès novembre 1942, en offrant de s'embaucher clandestinement comme travailleur. Le cardinal Suhard a estimé que « ce serait peut-être la formule », a félicité l'abbé Bousquet, et l'a béni dans la sacristie de la basilique de Montmartre avant son départ pour Berlin, où il est arrivé le 15 janvier 1943.

En février, l'abbé Bousquet donne de ses nouvelles : il faut des prêtres. C'est aussi ce que disent des centaines de lettres, venues des usines d'Allemagne et signées généralement de militants de la JOC ou de scouts. C'est aussi ce qu'a constaté à Berlin, le 6 janvier, l'abbé Rodhain qui, en sa qualité d'aumônier général des prisonniers, peut se déplacer en Allemagne. Il a réussi à réunir quelques militants et ceux-ci ont réclamé des aumôniers : « Nous devenons de plus en plus responsables de milliers de jeunes. Ils nous demandent conseil… Nous avons à réagir contre les idées nazies, à discuter avec des nazis, à répondre aux jeunes du PPF. »

Mais les Allemands laissent traîner les pourparlers, alors que les départs sont de plus en plus nombreux. À la suite de la circulaire aux évêques, bien des volontaires se sont fait connaître. En se basant sur le triple critère de la solidité physique, morale et spirituelle, l'abbé Rodhain en a sélectionné quarante-quatre et transmis cette liste au docteur Brandt qui n'a pas donné de réponse précise. On commence à envisager de faire suivre aux prêtres l'exemple de l'abbé Bousquet. Au cours de trois sessions de formation organisées en mars à l'intention des prêtres sélectionnés, on les informe de l'éventualité d'un départ à titre ouvrier, clandestinement. Le cardinal Suhard y est à peu près résolu, mais au sein de son conseil archiépiscopal et ailleurs il rencontre des oppositions. Des prêtres pouvaient-ils être ouvriers, changer d'habit ? Pour lever cet obstacle une consultation est demandée au père Le Blond, professeur de théologie à la Grégorienne à Rome, qui est de passage à Paris. « Il est difficile d'admettre, répond le père Le Blond, que le travail manuel est une occupation inconvenante : cela irait contre la pratique actuelle d'un certain nombre d'ordres religieux, contre la tradition de ces ordres, contre l'exemple de saint Paul et même contre l'exemple plus haut encore de Notre-Seigneur. »

En ne cachant pas leur qualité de prêtres, certains de ceux qui ont été sélectionnés se présentent à cette époque dans les bureaux d'embauche allemands pour se faire engager comme ouvriers. Mais ils sont éconduits. Informée de l'ensemble de cette situation, l'Assemblée des cardinaux et archevêques, dans sa réunion du 7 avril 1943, donne son accord au projet du cardinal et décide que ces prêtres-ouvriers seront placés sous la juridiction de celui-ci. Il s'agit d'un projet audacieux, d'une formule toute nouvelle. Le 23 mars 1943, par l'intermédiaire du nonce, l'archevêque de Paris a reçu du Vatican la permission de donner juridiction aux aumôniers français sur les travailleurs français en Allemagne, précisant que « les prêtres partant comme travailleurs » seraient assimilés, de ce point de vue, aux aumôniers – mais le Vatican n'avait pas pensé à des clandestins.

Au début d'avril, l'abbé Rodhain opère une nouvelle sélection : des quarante-quatre volontaires, il en retient seulement vingt-cinq et les convoque à Paris par un télégramme conventionnel : « Si vous êtes toujours décidé à imiter Paul fabricant de tentes, venez à Paris, nous nous chargeons de tout. » Le premier à partir, le 12 avril, est un assomptionniste au visage de boxeur, le père Santu, qui a obtenu un contrat de charpentier pour l'Opéra de Munich. « Vous y resterez peut-être, lui a dit l'abbé Rodhain, et si vous revenez, ce ne sera pas sans passer par le camp de concentration. » Les autres départs s'échelonnent jusqu'en octobre. On compte parmi les partants quatorze prêtres séculiers, quatre jésuites, trois dominicains, deux assomptionnistes, un oblat de Marie-Immaculée et un prêtre du Prado de Lyon.

À cette équipe de clandestins s'ajoutent quelques jeunes religieux non volontaires mais requis au titre du STO sans que leur qualité ait été repérée. C'est le cas, par exemple, de douze franciscains de Poissy. À partir de septembre, en outre, deux cent soixante-treize prêtres prisonniers sont transformés sur leur demande – comme cela est devenu possible – en « travailleurs libres ». Avec eux, et souvent avant eux – quand l'abbé Bousquet arrive le premier à Berlin il trouve déjà toute une organisation existante – dix mille militants (dont les trois mille deux cents séminaristes) mettent sur pied une action catholique clandestine.

Clandestine, car les Allemands n'ont évidemment pas changé d'avis. Vers la fin de mai, le docteur Brandt a fait savoir que les pourparlers en vue de la création d'une aumônerie étaient définitivement clos. Sans doute s'agit-il de représailles à la suite de la protestation des cardinaux du 9 mai. Peut-être aussi les Allemands ont-ils été impressionnés par une messe célébrée à Berlin le 16 mai, dans l'une des plus grandes églises de la ville, à l'intention des catholiques français : ceux-ci ont rempli le vaste bâtiment, et cette manifestation a beaucoup impressionné non seulement le clergé local – « Où est la France païenne telle qu'on nous la dépeint ici ? » a demandé un prêtre allemand à l'abbé Bousquet – mais aussi les milieux politiques.

En juin 1943, les autorités du Reich font parvenir au clergé allemand une circulaire concernant le « secours religieux aux travailleurs étrangers ». Ceux-ci, précise-t-elle, peuvent assister aux offices et manifestations religieuses des fidèles allemands, mais il est interdit d'organiser pour eux des offices et réunions de piété spéciaux. Les prêtres des territoires occupés ne peuvent entrer en principe dans le Reich et ne peuvent y exercer aucune activité sacerdotale. « Il n'y a pas d'objection à l'emploi dans le Reich d'ecclésiastiques de ces territoires et États comme travailleurs, à condition qu'ils s'abstiennent de toute activité spirituelle et ecclésiastique. »

Tout est donc clair. Dès le mois d'août, d'ailleurs, l'un des prêtres-ouvriers clandestins, l'abbé Pel, de Valence, est arrêté et envoyé à Dachau, d'où une pétition des ouvriers de son usine réussira à le faire sortir. Revenu à Augsbourg, il s'évadera en mars 1944. De retour à Valence il jouera plusieurs fois le rôle de remplaçant d'un ouvrier désigné pour l'Allemagne, prenant le train sous son nom puis, la frontière passée, s'évadant pour rentrer en France.

Des dénonciations et des imprudences provoquent d'autres arrestations. En septembre 1943, toujours à Augsbourg, c'est le père Evrard, dominicain, venu de Hambourg, qui est arrêté : il sera expulsé au début de décembre. Les prêtres de la Ruhr se sentent également repérés. Le 28 août, le père Morelli, dominicain, est arrêté à Düsseldorf sous l'inculpation d'avoir pénétré en fraude dans le territoire du Reich ; il est aussitôt envoyé à Dachau. L'abbé du Jeu est également arrêté à Essen. Il sera expulsé d'Allemagne.

Désormais, les arrestations se succèdent. En novembre le père Nicod, jésuite, est arrêté à Hambourg et enfermé en prison au secret jusqu'en février 1945, date à laquelle il sera remis aux autorités suisses. En décembre 1943 sont arrêtés à Leipzig : l'abbé Cotte, de Clermont-Ferrand, qui sera ensuite relâché, repris en mars 1944 et envoyé à Dachau ; le père Henri Perrin, jésuite, qui sera expulsé en France cinq mois plus tard.

À ce moment, le docteur Kaltenbrunner, chef de la sécurité du Reich, adresse à tous les fonctionnaires de la Gestapo une longue note (VI B, 1255/43) sur « l'Action catholique parmi les travailleurs français en Allemagne ». Il dénonce « l'attitude ouvertement anti-allemande des cardinaux, évêques et prêtres français » et le « sabotage croissant par ceux-ci de l'envoi de travailleurs civils français dans le Reich ». Il souligne la volonté de l'Église de France « non seulement de gagner, par des voies illégales, les travailleurs civils français du Reich aux idées catholiques, mais aussi de les influencer dans le sens anti-allemand ». L'Action catholique française, explique le docteur Kaltenbrunner, cherche à atteindre son but : « 1° par la mise en place de nombreux prêtres et séminaristes français, arrivés dans le Reich camouflés en travailleurs volontaires – 2° par l'Association des jeunes ouvriers catholiques (JOC). »

Le chef de la sécurité du Reich donne à ses hommes les consignes suivantes :

– recherche des prêtres et séminaristes venus en Allemagne camouflés en travailleurs civils ;

– expulsion de ces prêtres et séminaristes des postes de responsabilité qu'ils peuvent tenir dans les camps, en attendant que soit parvenu leur ordre d'expulsion d'Allemagne ;

– en cas de faute (parole ou acte), emprisonnement ou mise en accusation des prêtres et séminaristes coupables ;

– dissolution des groupes de JOC et interdiction de manifestation ultérieure sous peine de sanction grave. Emprisonnement pendant 21 jours pour les militants JOC les plus actifs ou transfert en camp de concentration pour ceux qui ont agi ou parlé contre l'Allemagne ;

– sanctions pour les prêtres allemands complices.

Cette circulaire entraîne un redoublement des mesures contre les prêtres et les militants catholiques. Ils sont arrêtés, expulsés, emprisonnés, mis en camp de concentration. Sur les vingt-cinq prêtres-ouvriers clandestins du début, douze sont déportés en camp de concentration (presque toujours Dachau) et trois y trouvent la mort (le père Dillard, l'abbé de Porcaro, originaire du diocèse de Versailles, et l'abbé Giraudet, de Luçon, qui, enfermé au camp de Bergen-Belsen, mourra dès son retour à Paris, après la capitulation de l'Allemagne). Six autres sont expulsés, trois sont arrêtés puis relâchés après un temps d'emprisonnement plus ou moins long, quatre échappent aux recherches de la Gestapo [1].

1. Il est malheureusement impossible de dresser un bilan analogue pour les militants laïcs : ils étaient beaucoup plus nombreux et n'ont fait l'objet d'aucun recensement. Mais à Berlin, par exemple, dix militants laïcs ont été signalés comme ayant laissé leur vie.

L'Action catholique, cependant, continue. Les groupes se font et se défont, se recréent, au gré des arrestations, des mutations, des bombardements qui détruisent des camps et imposent des déménagements. Mais, en gros, ils tiennent. Magnifiquement. La JOC comptera au total un millier de groupes, d'importances diverses, répartis dans quatre cents villes allemandes et regroupés en soixante-dix fédérations. Des clans scouts se forment également. Les uns ou les autres organisent des réunions dans les cafés, sur les places, dans des chambres privées, dans des caves, dans des couvents ou presbytères. Ils participent à des cérémonies religieuses – à Berlin, on dit la messe dans les bois de la ville. C'est une « Église des catacombes ». Tous ont le sentiment de vivre comme les premiers chrétiens. Ils se confessent en pleine rue au milieu de la foule, ou sur un banc d'usine ; ils communient dans les escaliers, les cabines téléphoniques, les jardins publics. Pour beaucoup, c'est l'occasion d'une montée spirituelle. Ils créent des « groupes d'amitié » qui prennent en charge la visite des hôpitaux et le secours aux malades, l'aide aux nécessiteux, l'organisation des loisirs : bibliothèques, théâtre, sport, jeux, excursions. Ils s'insèrent aussi dans les services officiels, souvent pour y lutter contre l'influence des jeunes du Parti populaire français de Jacques Doriot.

L'abbé René Fraysse, originaire du diocèse de Viviers où il était aumônier jociste, arrive à Francfort à la fin d'avril 1943, après avoir fait à Paris un rapide apprentissage de perceur. Il est affecté à l'usine d'aviation Adler où l'on travaille douze heures par jour. Il constate que le milieu des jeunes Français qu'il veut évangéliser est « très dur », travaillé par le marché noir et l'immoralité, mais uni par l'esprit anti-allemand. Avec quelques jocistes et quelques scouts il pense que pour transformer ce milieu il faut « porter témoignage, vivre intensément notre christianisme, et le vivre en communauté ». Ils créent donc une communauté – à laquelle s'adjoignent bientôt quelques protestants. Tout est mis en commun : l'argent, les vivres, les vêtements. Mais la communauté ne vit pas repliée sur elle-même. Elle organise des « services » : loisirs, aide aux malades. Bientôt ses dirigeants représentent leurs camarades auprès des Allemands. Leur influence est telle qu'ils déclenchent une grève de tous les travailleurs français de l'usine Adler. L'abbé Fraysse est arrêté le 24 avril 1944 et accusé d'avoir mis sur pied une organisation s'étendant à toute la Rhénanie. Pendant trois mois et demi il sera enfermé dans une « cage à poules », sorte de cube blindé ayant les dimensions d'un homme debout. Quand il sera envoyé à Dachau, ce camp de la mort lui apparaîtra, par comparaison, comme un « paradis ».

Quelques-uns mêlent à leur activité apostolique une action de résistance directe. À Munich, le père Santu est officiellement machiniste à l'Opéra. Il célèbre sa messe dans la sacristie du couvent des franciscains et même – une fois – dans un coin du foyer de l'Opéra. Bientôt l'action catholique connaît un développement considérable : sept secteurs jocistes, un groupe de scouts routiers, un groupe d'étudiants, un groupe de séminaristes. Elle prend en charge les camps, les hôpitaux, tente de susciter une organisation semblable parmi les jeunes travailleuses françaises – des volontaires, qui constituent un milieu particulièrement difficile. Des « services » sont organisés là aussi. Le père Santu, qui coordonne cette action avec l'aide de quatorze prêtres prisonniers transformés en travailleurs civils, obtient bientôt un emploi chez un tailleur pour hommes, qui lui permet de disposer de beaucoup plus de temps et de s'organiser.

Avec ses équipes, il s'engage dans une action de résistance. Ils servent de relais aux évasions de prisonniers et nouent des relations avec les déportés du camp de Dachau (qui est situé à vingt-deux kilomètres de Munich) : ils leur font passer des vivres et des informations. Ils mettent sur pied à la fin de 1944, dans la perspective de l'occupation de l'Allemagne par les Alliés, une organisation clandestine très structurée chargée de l'encadrement, du ravitaillement et de la sécurité des Français. Par l'intermédiaire d'un évadé, Jean Maurer, étudiant en sciences politiques, ils entrent en contact avec le ministère de la Guerre du gouvernement provisoire à Paris. En février 1945, le père Santu accueille à Munich deux officiers français parachutés avec un matériel radio qui leur permet de transmettre des renseignements sur l'activité des usines du Reich, les chantiers de fortification et les transports ; il les héberge. Jusqu'à l'entrée des Américains dans la ville, le 30 avril, cette activité de résistance se poursuit. Jamais la Gestapo n'inquiète le père Santu, alors que, de tous les clandestins, il est celui à qui elle aurait le plus à reprocher.

En juin 1945, le père Santu et les autres prêtres qui ont échappé à la police allemande rentrent en France, avec les prisonniers, les requis et les déportés. Dans la foule de ce grand retour, ils ne sont que des unités. Mais l'aventure qu'ils viennent de vivre, l'expérience que viennent de faire les prêtres clandestins, est décisive pour l'Église de France. En Allemagne, ces hommes ont découvert la classe ouvrière, mesuré tout ce qui la sépare de l'Église. Ils sont stupéfaits. Comme s'ils s'étaient avancés en terre inconnue, comme s'ils avaient été des explorateurs. Leur découverte d'un monde ignoré est tellement surprenante pour eux qu'ils éprouvent le besoin d'en faire part à toute l'Église ; presque tous les survivants écriront leurs mémoires, ou les confieront à des journalistes. Ils vont ainsi contribuer au courant d'opinion lancé par le livre *France, pays de mission ?* Et leur expérience va servir de base à celle des prêtres-ouvriers, en France cette fois [1].

Les menaces de réquisition des femmes et des jeunes filles

Tandis que les aumôniers clandestins se mettent à l'œuvre en Allemagne, l'affaire du STO provoque encore des remous en France. Car les réquisitions se poursuivent et la menace de réquisition des femmes et des jeunes filles s'y ajoute.

La loi du 4 septembre 1942 a prévu le recensement des Françaises de 18 à 35 ans, mais les réquisitions du STO frappent uniquement des hommes, si bien que l'opinion publique n'est pas très sensibilisée à la menace de mesures analogues visant cette fois des femmes. Certes, quelques-unes partent, mais comme volontaires. Un incident se produit cependant au début de 1943 : dans le Finistère, dix jeunes ouvrières – surtout originaires de Concarneau – sont obligées de signer un contrat de travail. Un vicaire de Douarnenez, l'abbé Cadiou, prend leur défense et intervient vainement à la Feldkommandatur de Quimper. Les jeunes filles sont envoyées dans la région d'Essen. L'évêque de Quimper, monseigneur Duparc, proteste près des autorités allemandes et françaises ; quelques jours plus

1. Voir en quatrième partie.

tard, le préfet lui fait savoir que, désormais, plus aucune jeune fille ne sera requise.

C'est ainsi que l'épiscopat est alerté. Il est particulièrement sensible à une telle menace. Aussi l'Assemblée des cardinaux et archevêques, dans sa réunion d'avril, décide-t-elle de s'opposer catégoriquement à toute mesure de ce genre. « Nous ne pouvons supposer un instant, dit un texte qu'elle adopte unanimement, qu'on procède un jour à la réquisition de la main-d'œuvre féminine. Contre une telle menace à la vie de notre pays, à la dignité des femmes et des jeunes filles de France, à leur vocation providentielle, nous nous élevons d'avance de toutes nos forces. »

Cette vigoureuse protestation ne sera jamais rendue publique. En effet, elle est d'abord portée au maréchal Pétain par monseigneur Chappoulie. Pétain lui déclare qu'il vient d'opposer un refus formel à une demande des Allemands concernant la mobilisation féminine. Soucieux de l'effet que produirait sur l'opinion cette protestation épiscopale, le Maréchal souligne qu'il est peut-être préférable, puisque la menace est écartée, de ne pas accroître les angoisses des familles en publiant un texte qui leur ferait croire à la réalité du danger. L'épiscopat se range à cet argument.

En fait, la menace n'est que momentanément écartée. Les besoins de main-d'œuvre des Allemands sont toujours plus pressants. Le nouveau gouvernement Laval, constitué dans les derniers jours de 1943, comprend presque uniquement des hommes qui leur sont favorables ou qui ne sont pas décidés à leur résister : Darnand et Philippe Henriot y sont entrés sur la demande de l'occupant, après que Pétain eut tergiversé quelques jours. Une loi du 1er février 1944 décide donc que les célibataires et les femmes mariées sans enfant, âgées de 18 à 45 ans, peuvent être requises. Il ne s'agit pas, il est vrai, de déportation en Allemagne, mais de travail en France.

L'Assemblée des cardinaux et archevêques, qui se réunit quelques jours plus tard, le 17, élève une protestation, dont le texte n'évoque pas la possibilité de se dérober à cette nouvelle obligation.

« … Voici, dit ce texte, que les femmes et les jeunes filles de France sont menacées d'être appelées pour un travail obligatoire. Certes, nous n'ignorons point les dispositions par lesquelles les pouvoirs établis s'efforcent de limiter les conséquences sociales de pareilles mesures. Mais quelles que soient les conditions, c'est le fait lui-même de cette mobilisation qui porte une atteinte grave à la vie des familles et à l'avenir de notre pays, à la dignité et à la délicatesse morale des femmes et des jeunes filles, à leur vocation providentielle. »

C'est devenu une coutume : la protestation à peine rendue publique (d'une manière très limitée d'ailleurs, la censure de Vichy s'y opposant) la presse collaborationniste de Paris se déchaîne : « Nous ne voyons là rien, écrit Marcel Déat dans *L'Œuvre*, qui, même de loin, ressemble à un scandale. Il est nécessaire, il est salutaire, il peut être décisif pour l'unité morale du pays, et pour la qualité des jeunes générations, que toutes les jeunes filles françaises accomplissent en effet leur temps de travail obligatoire… Quand nous aurons un État vraiment fort – et cela pourrait arriver plus tôt qu'on ne le pense – ces fantaisies épiscopales et cardinalices ne seront certainement pas tolérées. »

Vichy ne revient évidemment pas sur sa position. Une circulaire de Pierre Laval aux préfets, le 17 mars, précise les conditions d'application de la loi. Des réquisitions ont lieu à Paris et dans quelques villes de province. Mais elles ne sont pas très importantes ; le pouvoir de Vichy est de plus en plus nominal, et les Allemands ont bientôt des soucis plus immédiats.

La protestation épiscopale sur cette question fait partie d'un très long texte adopté par l'assemblée du 17 février, et dans lequel les cardinaux et archevêques s'en prennent aux diverses « violations de cette morale naturelle et chrétienne dont notre ministère évangélique nous a confié la garde ». Ces violations sont au nombre de quatre : le principe de la guerre totale ; la réquisition de la main-d'œuvre masculine « qui a atteint des centaines de milliers de familles et jeté l'angoisse dans le cœur des mères » ; la menace du travail obligatoire des femmes et des jeunes filles ; le bombardement des villes ouvertes. Ce dernier point vise les Anglo-Américains – le premier les vise en même temps que les résistants et sans doute la Milice. La déclaration ajoute d'ailleurs : « Toutes les injustices, d'où qu'elles viennent, quels qu'en soient les victimes et les auteurs, nous les condamnons au nom de la morale et du droit. » Le problème du STO est donc considéré dans un ensemble, à propos duquel l'épiscopat déclare : « On ne sauvera la civilisation chrétienne qu'en revenant aux principes qui la fondent :

le respect de la personne humaine, la sauvegarde du foyer familial, la fidélité à une règle de droit, supérieure à l'autorité de l'État et aux intérêts immédiats de chaque nation, l'entente pacifique entre les peuples. »

Comme on pouvait s'y attendre, les services de l'information de Vichy, désormais dirigés par Philippe Henriot, ne retiennent de ce texte balancé que ce qui va dans leur sens. Leur consigne n° 1465 oblige tous les journaux à publier une dépêche intitulée « l'Assemblée des cardinaux et archevêques de France condamne les bombardements aériens et le terrorisme ». Les journaux s'exécutent, sauf *La Croix*, qui a eu connaissance du texte intégral. Le directeur de *La Croix*, Alfred Michelin, téléphone au cardinal Gerlier, à Lyon, pour l'informer. « Publiez tout ou ne publiez rien », répond le cardinal. Il charge monseigneur Chappoulie de protester près du gouvernement et de demander, afin que la vérité soit rétablie, la permission pour *La Croix* et *La Semaine religieuse* de publier le texte intégral. Le 26 février, Pierre Laval répond à monseigneur Chappoulie que la dépêche truquée a été imposée par les Allemands ; cette dépêche est d'ailleurs datée de Paris. Il s'engage néanmoins à transmettre aux Allemands de la capitale française l'autorisation demandée pour les journaux catholiques. Dès le lendemain, ayant ou non effectué cette démarche, il fait savoir que l'autorisation est refusée. Aucun texte n'est inséré dans *La Croix* ni, sauf très rares exceptions, dans *La Semaine religieuse*.

Cette déclaration du 17 février 1944 constitue la dernière manifestation publique du débat sur le STO. Extrêmement violent, même quand ses manifestations étaient voilées, il a profondément divisé le monde catholique. Tant qu'il s'agissait de l'attitude à observer à l'égard de Vichy, les différences d'appréciation semblaient encore pouvoir être admises, des deux côtés. Cette fois, il s'agit de bien plus, d'apporter son aide à l'entreprise nazie. Certes, beaucoup de jeunes Français n'ont pas le choix. Mais une minorité, au moins, a la possibilité de se dérober. C'est autour de cette minorité que se livre le débat, et le fossé qu'il creuse ne sera jamais tout à fait comblé.

L'épiscopat apparaît dans cette affaire comme quelque peu ligoté par sa reconnaissance de la légitimité de Vichy : dans la mesure où il la reconnaît, déclarer qu'on peut désobéir sans pécher lui paraît très grave. Il s'y résout, assez tardivement – et seulement quand les étudiants sont aussi visés, ce qui lui sera reproché – parce qu'il s'agit dans ce cas d'un point de droit indiscutable, et parce qu'il est sensible à la pression de l'opinion. Mais son attitude générale encourage plutôt au départ – cet encouragement étant formel de la part de quelques évêques.

Par contre, il ignore totalement le problème de fond : si la guerre de l'Allemagne est injuste, on n'a pas le droit d'y contribuer. À ceux qui le posent, on rétorque, au nom de la distinction du spirituel et du temporel, que c'est faire une option politique qui n'est pas du ressort de l'Église – alors qu'il s'agit d'une question de morale chrétienne, souvent traitée dans l'enseignement des papes et des théologiens.

Ce débat ayant été vif, et les faits ayant donné ensuite raison aux opposants, l'autorité de l'épiscopat se trouve gravement atteinte. Et pour longtemps.

Dans le même temps, pourtant, en décidant la création d'une aumônerie clandestine – principalement sous l'impulsion du cardinal Suhard – l'épiscopat prend une mesure audacieuse. Le souci pastoral qui l'anime prime la considération du contexte politique. Sans en avoir peut-être une claire conscience il donne son appui, par cette mesure, à une orientation missionnaire de l'Église de France qui façonnera son visage de l'après-guerre, profondément différent de son visage ancien. Il l'engage dans la voie du renouvellement, de « l'aggiornamento ».

CHAPITRE XII

La résistance active, la lutte antibolchevique, l'enterrement de Philippe Henriot, l'aumônerie des maquis : déchirements

Chers parents,

Ma lettre va vous causer une grande peine, mais je vous ai vus si pleins de courage que, je n'en doute pas, vous voudrez bien encore le garder, ne serait-ce que par amour pour moi…

Je meurs pour ma Patrie, je veux une France libre et des Français heureux, non pas une France orgueilleuse et première nation du monde, mais une France travailleuse, laborieuse, honnête. Que les Français soient heureux, voilà l'essentiel. Dans la vie, il faut savoir cueillir le bonheur.

Pour moi, ne vous faites pas de souci, je garde mon courage et ma belle humeur jusqu'au bout… Mon écriture est peut-être tremblée, mais c'est parce que j'ai un petit crayon ; je n'ai pas peur de la mort, j'ai la conscience vraiment tranquille.

Papa, je t'en supplie, prie, songe que si je meurs, c'est pour mon bien ; quelle mort sera plus honorable pour moi ? Je meurs volontairement pour ma Patrie. Nous nous retrouverons bientôt tous les quatre, bientôt au ciel…

Adieu, la mort m'appelle, je ne veux ni bandeau, ni être attaché. Je vous embrasse tous. C'est quand même dur de mourir…

Cette lettre déchirante et anonyme que publient les journaux de la Résistance est le dernier message envoyé à ses parents par un jeune condamné à mort de 16 ans, exécuté par les Allemands le 26 septembre 1943.

La même année, dans le Doubs, un maquis de vingt-quatre garçons âgés de 17 à 19 ans tombe entre les mains des occupants. Leur chef était le secrétaire de la section jociste de la paroisse de Pugey, près de Besançon. Ils sont presque tous catholiques pratiquants. Seize d'entre eux sont fusillés, par groupes de quatre, à un quart d'heure d'intervalle. « Je meurs en véritable Français et en véritable chrétien », a écrit l'un d'eux à ses parents. Un autre : « Sachez que ma dernière pensée fut pour vous, ma Patrie, pour Dieu, pour la Vierge. » Un autre encore : « Cela ne m'effraie pas outre mesure car j'ai Dieu avec moi. » Ils refusent qu'on leur bande les yeux et chantent *La Marseillaise* devant le peloton d'exécution.

Sur les murs des cellules de la prison de Fresnes sont gravées des croix. Ou des inscriptions : « cas jugé, départ pour destination inconnue (Gloire au Sauveur) ».

L'abbé Stock, l'aumônier allemand de la prison, accompagne les condamnés à mort jusqu'au poteau d'exécution à Romainville, à Vincennes, à Fresnes même, mais le plus souvent au mont Valérien. Il recueille leurs dernières volontés, leurs derniers mots, et les note sur ses carnets. Il y a des catholiques :

« Il m'a embrassé et mourut en priant pour sa femme et pour ses enfants… »

« S'est confessé et a communié. Tout jeune encore. A refusé de se laisser bander les yeux. On le fit quand même. Au dernier moment a arraché le bandeau et se mit à sourire. J'ai prié avec lui et il m'a dit : « Vous êtes un chic type », et il m'a embrassé. C'est en souriant qu'il a regardé la mort en face. »

Il y a des communistes :

« Le Français que j'ai tenu dans mes bras, que j'ai accompagné jusqu'au poteau, est resté insensible à ma tentative de le convertir. Dans le crépitement des coups de feu, il cria : « Vive l'Union Soviétique, vive le Parti communiste ! » »

Mais pour les affiches allemandes – « Bekanntmatchung-Avis » – qui annoncent les exécutions, il s'agit presque toujours de communistes. Et *La Gazette de Lausanne* écrit le 29 décembre 1943 : « Sait-on en Suisse que des cinquante-six mille personnes qui, depuis l'armistice à ce jour, ont été exécutées jusqu'ici à Paris par les autorités allemandes sous l'étiquette « communistes », il n'en est que mille cinq cents seulement qui n'aient pas demandé les secours de la religion ? » Le chiffre de cinquante-six mille et pour Paris seulement, est évidemment exagéré. Et la proportion des catholiques est invérifiable. Ce serait d'ailleurs une recherche assez vaine.

Mais une chose est certaine : celui qui croit au ciel et celui qui n'y croit pas sont désormais engagés ensemble, dans le même combat.

Vers l'insurrection armée. Vers l'unité ?

1943 est l'année tournante en France, où elle marque le commencement d'une guerre civile, et en Europe. La plus formidable coalition que le monde ait jamais connue est en guerre contre les nazis. L'URSS attaque à l'est. Au sud, les Allemands et les Italiens perdent leur tête de pont africaine, et bientôt les Anglo-Américains débarquent en Sicile, l'Italie capitule.

Comme tous les pays occupés, la France est soumise au pillage. Réquisitions de main-d'œuvre qui atteindront au total un million d'ouvriers. Réquisitions de matériel : 65 % des locomotives françaises, 50 % des wagons, 60 % des camions sont enlevés ; un tiers des usines travaillent pour le Reich ; la moitié de la production française de charbon brûle pour son compte ; plus de la moitié de la viande est envoyée outre-Rhin. Jusqu'en août 1943, trois cents milliards sont versés à l'Allemagne par le Trésor français.

À Vichy, chacun prépare son dossier, met en sécurité les archives ou les lettres qui prouveront qu'il a sauvé des juifs, des résistants, des travailleurs requis. Ceux qui croient encore à la victoire de l'Allemagne sont de plus en plus isolés.

La Résistance, qui voit maintenant les bonnes volontés se présenter plus nombreuses, s'organise et change de rythme. Sa presse est de plus en plus développée et atteint des tirages considérables. Mais la Résistance n'est plus seulement une affaire de presse, de tracts, de conciliabules, ou même de renseignements et de sabotages. Il s'agit d'une résistance armée, avec groupes francs, maquis, forces d'intervention. Les communistes y tiennent désormais une place importante. Ils veulent créer dans l'opinion un état d'esprit propice à l'insurrection nationale. Ils multiplient les attentats individuels. En mai 1943, des membres du Parti populaire français de Doriot sont exécutés ; en juillet vient le tour de syndicalistes passés à l'ennemi ; en août, attentat contre des officiers allemands dans la région parisienne : le maréchal von Rundstedt échappe de peu à la mort.

Pour faciliter le ravitaillement du maquis, la Résistance organise des expéditions dans les mairies, où elle rafle des cartes d'alimentation, dans les bureaux de tabac, dans les dépôts. Pour saboter la mise en œuvre du STO, elle attaque ses bureaux. L'un d'eux, rue des Francs-Bourgeois à Paris, reçoit en octobre la visite d'un corps franc qui ligote le concierge, s'empare de soixante mille fiches de travailleurs, et va les jeter dans la Seine. À Lyon, au début de 1944, un groupe de jeunes pénètre dans les bureaux de la faculté où l'on rédige les fiches des étudiants en instance de départ pour l'Allemagne, et brûle celles-ci. À Paris, un peu plus tard, un autre groupe fait de même à la Sorbonne mais, au lieu de brûler les fiches, il les envoie, de la part de la Résistance, à chacun de ceux qu'elles concernent.

Au printemps de 1943, trois grands mouvements de résistance – *Combat, Franc-Tireur et Libération* – décident de coordonner désormais leur action pour former les MUR (Mouvements unis de Résistance). Bientôt, le 27 mai, Jean Moulin, qui a été envoyé en France par le général de Gaulle le 1er janvier 1942, préside à Paris, 48, rue du Four, la première réunion du Conseil national de la Résistance. Il y a là des hommes représentatifs de toutes les tendances de la Résistance et de l'opinion, de la droite à l'extrême gauche. L'unité de la résistance intérieure – unité qui ne va pas sans à-coups ni sans arrière-pensées – est réalisée.

Parmi les hommes qui sont rassemblés rue du Four : Georges Bidault, chef de file des démocrates-chrétiens engagés dans la Résistance. Son prestige d'ancien éditorialiste de *L'Aube*, son talent, son caractère, le fait aussi qu'étant célibataire il peut se déplacer plus facilement, l'ont fait reconnaître par tous comme le chef. Il mène une vie un peu bohème, prend de multiples contacts, a de temps à autre des altercations avec des évêques – par exemple, en 1942, publiquement, avec le cardinal Gerlier –, est bientôt obligé de se cacher. Dans *L'Action française* Maurras l'attaque et demande qu'on lui enlève son poste de professeur. Ce qui n'empêche pas « Xavier » ou « Rousseau » – ce sont quelques-uns de ses noms de guerre mais ses amis l'appellent plus souvent « Bid », Albert Bayet dira même « le roi Bid » – de se rendre, souvent clandestinement, à Vichy, où il loge chez Alphonse Juge, un ancien dirigeant du parti démocrate-populaire qui est fonctionnaire.

En avril 1942, Jean Moulin a créé un bureau d'information et de presse dont Georges Bidault a pris la direction. Il publie trois fois par semaine, à destination de Londres et des dirigeants de la Résistance, un *Bulletin d'information de la France combattante*, sorte de lettre confidentielle où sont relatés les événements de Vichy – grâce en particulier aux journalistes André Sauger et Jean Oudinot – et des principales villes de France. Le « bulletin » est transmis à Londres par radiotélégrammes chiffrés. Il est ronéotypé pour les destinataires français – son tirage finira par atteindre deux cent cinquante exemplaires – dans un faubourg de Lyon, chez l'abbé Bourcier : des membres de la Gestapo pénétreront chez lui et le tueront sur place.

Autour de Georges Bidault, toute une équipe travaille au Bureau d'information et de presse de la Résistance, notamment Pierre Corval, Louis Terrenoire, Rémy Roure, Yves Farge, Pierre-Louis Falaize. Au printemps de 1943, le BIP quitte Lyon pour Paris, où il publie à partir de juin une édition « Zone Nord » du Bulletin – qui sera à partir d'octobre la seule édition nationale. Grâce à Pierre Corval, ancien du « patronage Championnet », Georges Bidault installe le plus souvent son quartier général dans les grands locaux de cette paroisse du XVIIIe arrondissement, où se tiennent bientôt d'étranges réunions regroupant des hommes dont beaucoup n'ont jamais mis les pieds dans un patronage, ou sont des adversaires résolus de ce genre d'institutions.

En 1942, Jean Moulin a également créé un « Comité général des études » chargé de préparer les mesures à prendre après la libération. Le secrétaire général en est Pierre-Henri Teitgen (« Tristan »). Avec lui : Paul Bastid (« Primus »), ancien député radical, le syndicaliste Robert Lacoste (« Secundus »), François de Menthon (« Tertius »), et Alexandre Parodi, maître des requêtes au Conseil d'État (« Quartus »). René Courtin et Michel Debré travaillent également avec cette équipe, qui envoie à Londres notes et rapports et publie à partir d'avril 1943 une revue clandestine, *Les Cahiers politiques*, à laquelle collaborent Jean Dannenmuller, Francisque Gay, René Brouillet, Albert Bayet, Léo Hamon, Emmanuel Mounier, Edmond Vermeil.

Les démocrates-chrétiens occupent donc des postes de premier plan dans les états-majors politiques de la Résistance. Le 21 juin 1943, à Caluire, près de Lyon, Jean Moulin doit présider une réunion très importante de chefs de la Résistance. La Gestapo les arrête : il mourra bientôt, après avoir été torturé. Le Conseil national de la Résistance n'a plus de président. Le général de Gaulle, qui est maintenant à Alger, voudrait lui en désigner un. Il songe à Émile Bollaert et à Pierre Brossolette, mais tous deux sont arrêtés par les Allemands. Le CNR décide donc de se choisir un président en son sein, parmi les dirigeants de la résistance intérieure – certains de ses membres ne sont pas mécontents de marquer ainsi leurs distances à l'égard du gaullisme. Ils élisent Georges Bidault. Les démocrates-chrétiens retrouvent ainsi, mais de façon beaucoup plus éminente, la position « charnière » qu'ils occupaient parfois sous la IIIe République. Georges Bidault, catholique connu comme tel, ne suscite pas de réserve à l'aile droite du CNR... Les démocrates-chrétiens ayant été parmi les premiers résistants à se rallier nettement au gaullisme, il n'y a pas d'objection majeure de ce côté, sinon sur le principe de l'élection d'un président. Ayant combattu Munich avec vigueur, Georges Bidault est accepté dans les milieux de gauche. Il connaît les communistes depuis longtemps : avant-guerre, *L'Aube et L'Humanité* utilisaient la même imprimerie et il arrivait souvent que rédacteurs et dirigeants des deux journaux se retrouvent aux petites heures du matin, l'édition terminée, dans un bar voisin. Les communistes tiennent compte, en outre, du fait que Georges Bidault est le leader d'un groupe politique relativement peu important : ils espèrent pouvoir le manœuvrer plus facilement.

Effectivement, la collaboration avec les communistes ne va pas sans difficultés. Ils multiplient les pressions pour faire prévaloir leurs points de vue, et une bonne partie du temps de Georges Bidault est consacrée à limiter leurs exigences.

Les mêmes attitudes se retrouvent dans la plupart des comités ou organismes unitaires de la Résistance, notamment au sein du Front national, vaste mouvement dont les communistes ont pris l'initiative dès 1941 et qui voudrait rassembler toutes les tendances en son sein. Le Front national, dont les Francs-

Tireurs et Partisans (FTP) représentent l'aspect militaire, s'adresse à tous les milieux, mais vise notamment ceux que ne touche pas l'action syndicale : professions libérales, commerçants, intellectuels et artistes, femmes... L'atmosphère de fraternité de la Résistance y facilite l'entrée de catholiques éminents : Georges Bidault, François Mauriac, monseigneur Chevrot, curé de la paroisse Saint-François Xavier à Paris, le révérend père Philippe, provincial des Carmes, qui a succédé à ce poste à Thierry d'Argenlieu. Seuls sont exclus du Front national, expliquent ses initiateurs, « les capitulards et les traîtres, les vichystes et les collaborateurs ».

Mais les communistes s'intéressent surtout aux catholiques. C'est à la suite d'une démarche personnelle de Pierre Villon, qui dirige le Front et le représente au CNR, que monseigneur Chevrot accepte, sans hésitation d'ailleurs, d'entrer dans le Comité directeur du mouvement. Le Front, dans ses publications, rappelle aux ecclésiastiques que le nazisme est la négation du christianisme et que « la chrétienté est née dans la lutte contre le pouvoir temporel de César ». Un tract adressé particulièrement « aux catholiques françaises » souligne que « hâter la défaite de Hitler, c'est aider à sauver la France, à sauvegarder le catholicisme ». Citant des exemples de persécution religieuse par les nazis, il invite les femmes catholiques à former des groupes de femmes patriotes, collecter des vêtements et des vivres pour les Francs-Tireurs et Partisans et tous les combattants de la Résistance ainsi que leurs familles, démasquer les traîtres, devenir marraines de maquisards, fournir des renseignements, manifester, faire grève, saboter, adhérer aux milices patriotiques, et enfin « devenir partisanes dans les rangs des FTP, faire avec eux le coup de feu, assurer pour eux des liaisons, des missions dangereuses ».

Cette propagande obtient des résultats. D'autant plus que les exigences de la clandestinité empêchent presque toujours l'adhérent de base à un mouvement de connaître exactement sa tendance. On voit entrer dans le Front national non seulement des socialistes, des radicaux et des démocrates-chrétiens, mais aussi d'anciens membres de l'Action française et du Parti social français ; non seulement des ouvriers, des artisans et des cultivateurs mais aussi des aristocrates, des prêtres et des bourgeois. Dans l'Eure, le secteur le plus important du département est ainsi dirigé par Lucien Delaunay, un architecte républicain de gauche, l'abbé Lefrançois, vicaire au Neubourg, et Marcel Leclerc, un électricien. Ils quitteront d'ailleurs le « Front » avant la Libération, l'accusant de propagande communiste. Mais, dans la plupart des cas, l'unité ainsi créée se maintiendra jusqu'à la Libération. Des hommes qui ne s'étaient jamais rencontrés se réunissent, travaillent ensemble, se découvrent réciproquement et s'estiment. Unis par la lutte contre le nazisme, ils font fi de leurs différences. C'est ainsi que les pères barnabites de Melun donnent asile à des communistes, à des juifs, à des réfractaires et diffusent pêle-mêle *Front national, Libération, Résistance*, et *Témoignage chrétien*. Telle est, du moins, la situation à la base. Car au sommet, où l'on ne songe pas seulement à la lutte contre l'envahisseur mais aussi à la préparation de l'avenir, les attitudes sont plus complexes. Et les démocrates-chrétiens, accusés d'un côté de donner des gages aux communistes, ont fort à faire pour empêcher que ceux-ci n'acquièrent, dans la Résistance, une situation de quasi-monopole.

La même tendance à l'unité, avec les mêmes difficultés, se traduit chez les intellectuels par la création du Comité national des Écrivains. En 1941, un jeune professeur agrégé d'allemand, également romancier, Daniel Decourdemanche, dit Jacques Decour, a pris l'initiative de créer un organe de résistance des écrivains français. Il avait obtenu la collaboration de François Mauriac, Jean Paulhan, Jacques Debu-Bridel. Mais les Allemands l'ont arrêté en février 1942 et il a été fusillé comme otage trois mois plus tard. Claude Morgan et Édith Thomas, qui avaient travaillé avec Jacques Decour à la préparation du journal clandestin, reconstituent peu après le groupe initial auquel s'adjoignent Jean Guéhenno, Charles Vildrac, Paul Eluard, et l'ancien directeur de *La Vie intellectuelle*, le père Maydieu, qui dit à ses frères dominicains : « Je ne vais pas là en tant que représentant d'une tendance politique quelconque, je vais là pour assurer la présence de l'Église. »

Ils publient un manifeste en septembre 1942 : « Représentants de toutes les tendances et de toutes les confessions : gaullistes, communistes, démocrates, catholiques, protestants, nous nous sommes unis pour constituer le Front national des écrivains. »

Un tract de 1943 manifeste le même souci d'unité : « Voici le temps où la France de nouveau rayonne pour l'humanité tout entière comme aux jours des cathédrales, comme à l'heure où chantait Racine, comme au matin de Valmy. »

Bientôt, le mouvement, qui publie le journal clandestin *Les Lettres françaises*, d'abord ronéotypé puis imprimé, enregistre de nombreuses adhésions. En zone sud, où le CNE est dirigé par le romancier-poète communiste Louis Aragon, Albert Camus y fait entrer le père Bruckberger. Les débats d'ordre purement politique y prennent moins de place qu'au Front National, et bien entendu qu'au CNR, de sorte que le CNE réussira à maintenir plus aisément son unité – du moins jusqu'à la Libération. Il éclatera peu après.

Que l'on enregistre au sommet – et aussi, éventuellement, à d'autres niveaux – des luttes de tendances parfois très vives et quelquefois impitoyables, n'empêche pas que se multiplient à tous les échelons des actes de résistance souvent héroïques.

Il y a ceux qui s'efforcent de gagner l'Afrique du Nord afin de s'y enrôler dans l'armée française qui se constitue pour délivrer le pays : tels ces trois séminaristes du séminaire universitaire de Paris, qui se baptisent eux-mêmes « les Preux » en souvenir de Roland et de Roncevaux, et dont le passage à travers les Pyrénées et l'Espagne est marqué d'épisodes tragi-comiques parce que la police du général Franco ne comprend rien à l'aventure de ces séminaristes « communistes ». Bien d'autres, catholiques, laïcs, connaissent une semblable aventure.

Il y a ceux qui répandent les journaux clandestins. Depuis 1943, *Témoignage chrétien* est devenu une publication à diffusion véritablement nationale. À Paris, ses diffuseurs – parfois de hauts fonctionnaires comme Henry Bizot ou Georges-Picot – se réunissent tous les jeudis dans les locaux de l'Institut catholique. Deux étudiants en médecine, appelés Barthelemy et Petrus, se chargent du transport dans Paris et de la livraison dans les gares, utilisant des triporteurs, et prenant des risques immenses. L'un d'eux, Petrus, déclare un jour au père Chaillet que cette mission n'est pas assez dangereuse, et gagne le maquis. On le retrouve, quelques semaines plus tard, fusillé au bord d'une route. Un militant de la première heure de *Témoignage chrétien*, l'imprimeur Eugène Pons, de Lyon, est arrêté et mourra en déportation. La presse clandestine ne compte plus ses martyrs : ainsi Jacques Grou-Radenez, imprimeur rue de Sèvres à Paris, qui imprime

Défense de la France, arrêté lui aussi, mourra au camp de Flossenburg (Tchécoslovaquie).

Le père Chaillet – vêtements civils, chapeau mou rabattu sur les yeux qui lui donne l'allure d'un conspirateur – s'est installé à Paris. Il ne se contente pas d'animer *Témoignage chrétien*, il « fait du renseignement ». En outre, Alexandre Parodi, que le général de Gaulle a nommé délégué général en France, et qui a appris l'aventure de « l'Amitié chrétienne » à Lyon et dans le Sud-Est, lui demande de coordonner l'action sociale clandestine. À la tête du Comité des œuvres sociales de la Résistance (COSOR), le père Chaillet organise les secours aux familles des fusillés, des déportés, des combattants, avec l'aide de Marcelle Bidault, Marie-Hélène Lefaucheux, et du père Pierre, du docteur Milliez et du professeur Vallery-Radot pour l'action médicale.

Autre action de presse, celle du démocrate-chrétien Émilien Amaury. Sous couvert de l'Office de propagande générale, installé 37, rue de Lille, qui édite des publications gouvernementales et dispose donc de papier malgré la pénurie, il organise avec Roger Meusnier, André Régnier et Jean Sangnier un véritable pool d'imprimeries pour les journaux de la Résistance, qu'il s'agisse des *Lettres françaises* ou de *Défense de la France*. Le « groupe de la rue de Lille », comme on l'appelle, utilise notamment les services de l'imprimerie « la démocratie » de Marc Sangnier, dont Émilien Amaury a été l'un des collaborateurs. Marc Sangnier est arrêté le 18 février 1944. Émilien Amaury est également membre du comité directeur de l'Organisation civile et militaire (OCM).

Il y a ceux qui organisent des sabotages. Vicaire à Montbéliard, le père Schwander a commencé par faire passer en Suisse des aviateurs anglais avant de devenir chef de l'OCM pour la région. Il reçoit des armes, prépare les combats de la Libération, et fait sauter les trains. Arrêté en juillet 1943, à la suite de la dénonciation d'une Hollandaise qu'il devait faire passer en Suisse, il est torturé et envoyé au camp de Compiègne. Il mourra dans un wagon à bestiaux surchauffé où les Allemands ont littéralement entassé les prisonniers pour les envoyer outre-Rhin. Dans le même wagon le chanoine Tachaux et l'abbé Jean Leblanc, d'Amiens, trouveront également la mort.

Il y a les maisons religieuses qui accueillent des résistants ou servent de dépôt à leur matériel. Le couvent des rédemptoristes de Sousceyrac, dans le Lot, devient un camp d'entraînement pour les membres de l'armée secrète. La cave de l'abbaye des trappistes de Thymadeuc se transforme dès avril 1943 en salle d'entraînement au tir. Celle de Notre-Dame des Dombes recèle un dépôt de vingt mille litres d'essence à l'usage des maquis. Le 19 mai 1944, au cours d'une perquisition allemande, deux religieux y seront abattus. La maison de Lyon des sœurs de Notre-Dame de Sion devient également boîte aux lettres et dépôt pour la Résistance : on y cache des vivres... et des sous-vêtements masculins. Le couvent des sœurs de la Sainte Agonie, dans le quartier de la Glacière à Paris, devient le PC du réseau Vade, dirigé par un personnage de légende, le colonel Arnould.

Jusqu'au martyre

Il y a enfin, ceux, très nombreux, si nombreux que l'histoire ne retiendra pas tous leurs noms, qui donnent leur vie dans les réseaux, les coups de main, qui s'engagent dans les maquis. Ainsi, l'étudiant parisien Jean Gay qui au matin du 6 juin 1944, le jour du débarquement, écrira son testament : « Où que ce soit, j'espère bien participer à la bagarre pour mettre les Allemands hors de France. » Arrêté quelques semaines plus tard en allant participer à un coup de main pour prendre des armes, il sera fusillé à la cascade du Bois de Boulogne, après dix heures de tortures.

Il y a le jéciste lyonnais Gilbert Dru, débordé par mille activités, et s'y donnant toujours tout entier. Il a participé, à la fin de 1943, à la création du mouvement de résistance des Jeunes chrétiens combattants. À la même époque, il lance avec d'autres dirigeants de l'ACJF les Équipes chrétiennes, à la fois mouvement d'action catholique des chrétiens entrés dans la Résistance, lieu de réflexion sur le sens de leur engagement, et pôle d'attraction pour amener les jeunes chrétiens à s'y engager. « Ces équipes, dit le manifeste qui annonce leur création, sont un lien entre les chrétiens, jeunes ou aînés, engagés dans quelque mouvement de Résistance que ce soit. Elles ne constituent donc pas un mouvement de Résistance à côté des autres… mais sont au service de tous les chrétiens engagés où qu'ils soient. »

Conformément à cette inspiration se constituent à Paris et dans les principales villes de France au cours de l'hiver 1943-1944, des petits noyaux aux tâches multiples : diffusion de la presse, de tracts et de brochures, orientation des jeunes vers les maquis, participation aux activités des Forces unies de la jeunesse patriote, côte à côte avec des jeunes de tous bords, principalement communistes.

Au printemps de 1944, à l'approche de la Libération, Gilbert Dru qui, après un séjour à Paris, est revenu à Lyon quelque peu écœuré de la foire d'empoigne à laquelle il a assisté dans les milieux de la Résistance, crée le Comité de coordination d'action chrétienne, plus connu à Lyon sous les initiales de CCAC… Les chrétiens, constate-t-il, sont engagés dans des mouvements très divers, et c'est très bien ainsi. Mais cela « ne doit pas faire oublier l'existence d'une communauté de doctrine et d'intérêt, qui exige une liaison organique des forces chrétiennes ; cette liaison, utile en tout temps, s'avère plus nécessaire encore dans la période révolutionnaire qui s'ouvre, où notre mystique doit prendre toute sa place ». Le CCAC regroupera donc les animateurs des mouvements clandestins chrétiens (Jeunes chrétiens combattants, Équipes chrétiennes, Témoignage chrétien) et des dirigeants qualifiés des grands mouvements non clandestins (jeunes ou aînés, catholiques et protestants), particulièrement des mouvements populaires « qui atteignent la quasi-totalité des chrétiens et la masse des futurs militants révolutionnaires ». L'action du CCAC consistera surtout à représenter les résistants chrétiens dans tous les organismes qui se mettent en place (comités de libération, milices patriotiques, comités ouvriers intersyndicaux) et à coordonner les attitudes des chrétiens qui y sont déjà. Mais elle ne se limitera pas là : le CCAC fera de la propagande en faveur de la Résistance, il préparera l'insurrection nationale en recrutant des chrétiens pour les milices patriotiques, il préparera aussi l'épuration (« liquidation de la presse chrétienne », établissement de dossiers en vue de poursuites judiciaires contre les « personnalités chrétiennes compromises »).

Le CCAC s'est créé d'abord à Lyon sous la présidence du syndicaliste Maurice Guérin, libéré après quelques mois de prison ; mais peu à peu, il essaime dans le Sud-Est : des comités semblables se créent dans les principales villes. Il se heurte à des réticences : certains considèrent qu'il s'agit là d'une action politique – et le vieux réflexe de peur des catholiques à l'égard de la politique resurgit. Dans des circulaires adressées aux comités de base, Gilbert Dru répond : « Ce caractère politique n'est pas à considérer comme un mal, mais comme une chose normale qu'on ne saurait négliger sans erreur grave. En effet, l'insurrection nationale ne peut être séparée de la révolution politique qui doit la suivre. La libération à poursuivre doit être une libération totale, non seulement de l'occupant, mais de toutes les servitudes politiques, économiques et sociales qui écrasent le peuple. » Il donne ses directives : « En face des forces d'extrême gauche, surtout des communistes : ne pas surestimer leur attraction populaire ni pour cela nous mettre à leur remorque ; rester nous-mêmes, ouverts à une collaboration sur les points communs d'action révolutionnaire ; se refuser à toute alliance anticommuniste qui fait le jeu de l'ennemi actuel ainsi que de la réaction bourgeoise et ploutocratique ; avoir conscience de notre mystique, de notre force propre, qui coïncide avec la ligne du gouvernement provisoire de la République et de son chef actuel. » « Pour la première fois dans l'histoire contemporaine, conclut-il avec joie, les chrétiens peuvent être présents et influents dans une révolution nationale et populaire. »

Mais la faiblesse et la crainte des chrétiens à l'égard de l'action politique inquiètent et irritent toujours Gilbert Dru. Il décide d'organiser des cours de formation politique pour les jeunes Lyonnais et en réunit une quarantaine dans un grenier, puis dans les locaux de la *Chronique sociale* que leur prête Joseph Folliet. Le professeur de khâgne Joseph Hours donne des cours d'histoire consacrés à la IIIe République, Maurice Guérin s'attache à la formation économique, le jociste Francis Chirat, responsable des jeunes chrétiens combattants pour le Sud-Est, fait des exposés sur le marxisme, Gilbert Dru précise les perspectives politiques de l'après-guerre. Une sorte d'université clandestine se crée ainsi, recrutant surtout de jeunes ouvriers et des étudiants, qu'elle n'enlève pas à l'action mais y pousse.

Avec le CCAC, les Jeunes chrétiens combattants, les Équipes chrétiennes, Gilbert Dru, Francis Chirat et leurs amis, préparent les combats et les échéances de la Libération. Activité fiévreuse, de plus en plus fiévreuse à partir de juin, alors que les Anglo-Américains ont débarqué en Normandie. Mais cette libération qu'ils attendent, et pour laquelle ils combattent, ils ne la verront pas.

Le 17 juillet dans l'après-midi se tient une réunion du CCAC, à laquelle participent des dirigeants de la Savoie, dans l'appartement que Maurice Guérin occupe sous un nom d'emprunt, rue Molière, en compagnie de sa femme, de sa fille aînée et, parfois, du mari de celle-ci, ancien prisonnier de guerre parti au maquis et toujours en mouvement. À la fin de la réunion, chacun se disperse, mais Gilbert Dru et Francis Chirat restent sur place afin d'examiner quelques documents. Maurice Guérin lui-même les quitte pour participer à une autre réunion destinée à préparer la mise en place des municipalités de la Libération. Cinq minutes plus tard, la Gestapo se présente à la porte de l'appartement. Elle recherche Maurice Guérin, dont elle a démasqué le pseudonyme, et son gendre, qui se trouve alors dans la région de Clermont-Ferrand. Elle trouve Dru et Chirat, mais aussi les documents qu'ils examinaient et qui ne laissent aucun doute sur leurs activités. Quelques instants plus tard, les deux jeunes gens, les bras en l'air, descendent l'escalier suivis par trois policiers revolver au poing. Ils sont conduits au local de la Gestapo, place Bellecour, puis au fort de Montluc. Gilbert Dru demeure très confiant, et, par l'intermédiaire d'un gendarme français pris dans une rafle puis relâché, il fait dire aux siens de ne pas s'inquiéter. Dans les cellules de Montluc, en ce mois de juillet surchauffé, ses camarades et lui, presque nus, passent leur temps à jouer aux cartes et à discuter.

Le 26 juillet, dans la nuit, la Résistance fait exploser une bombe au café du « Moulin à vent », place Bellecour, qui est un lieu de plaisir de la Gestapo.

Le lendemain à midi, la foule, comme chaque jour, circule sur la place Bellecour, la plus grande de Lyon, quand un camion bâché s'arrête devant le « Moulin à vent ». Des soldats allemands ont pris place en face du café. Un à un, cinq jeunes gens en descendent : Francis Chirat, Gilbert Dru, Didier, chef régional FFI, Pfeffer, militant communiste, et un inconnu, Bernard, pris par hasard. Deux catholiques, un communiste, un franc-maçon, et un inconnu, donc. Dès qu'ils ont posé le pied à terre, un civil les abat à coups de mitraillette.

La foule regarde stupéfaite, retenue par les soldats allemands. Une infirmière qui veut intervenir est repoussée. Quarante minutes plus tard, un prêtre parvient à donner l'absolution. Les corps sanglants restent étendus sur le trottoir. À une femme qui veut s'approcher, un agent de police français répond : « Mais non, Madame, ce sont des juifs. »

Les corps resteront exposés sur le trottoir, en plein soleil, jusqu'au milieu de l'après-midi.

Le lendemain, *Le Nouvelliste*, le journal catholique de Lyon, annonce comme les autres quotidiens que les cinq terroristes coupables de l'attentat du « Moulin à vent » ont été fusillés sur les lieux de leur crime... Les Allemands, du moins, savaient qui ils avaient assassinés : Dru et Chirat avaient été condamnés à mort en tant que « dirigeants de la Résistance chrétienne ».

Pour la messe de funérailles, une foule immense se presse dans l'église Saint-Alban, la paroisse de l'abbé Remilleux, et déborde sur l'esplanade. La famille de Gilbert Dru et sa fiancée, Denise Jouve, ont demandé au cardinal Gerlier de dire la messe. Il a refusé... Puis il a fait connaître aux Allemands sa violente protestation.

« Il n'y a que les vies de presque saints qui puissent peser dans la balance », avait écrit Gilbert Dru aux sombres jours de 1940.

À mesure que la Résistance se développe et devient plus audacieuse, la répression se renforce. Les arrestations se multiplient. Le 25 février 1943, Edmond Michelet est arrêté à Brive, et déporté à Neue Bremen, près de Sarrebruck, puis à Dachau.

Bientôt, la liste s'allonge. Des laïcs : Charles Flory, Stanislas Fumet, Louis Terrenoire. Des prêtres : le père d'Ouince, le père Riquet, le père Sommet, le père Pierre à Paris, le père de la Perraudière à Tours, le père Frossard à Poitiers, le père Couturier, pionnier de l'œcuménisme, qui déclare aux policiers allemands qui l'arrêtent dans la rue à Lyon : « J'aime les Allemands, mais je hais la Gestapo », l'abbé Bailly, de Besançon, l'abbé Barthelet, de Saint-Claude, l'abbé Bunel, de Meaux, l'abbé Casse, de Châlons-sur-Marne, l'abbé Dufay, de Bayeux, l'abbé Mantz, de Versailles ; d'autres encore, nombreux[1]. Certains – parce que l'on n'a rien pu prouver contre

1. Au total, pendant les quatre années d'occupation 481 prêtres auraient été incarcérés en France et 494 déportés. Il y aurait eu 160 exécutions ou morts en déportation. La proportion de prêtres victimes de la répression allemande serait donc de 1 sur 45 environ.

eux – sont libérés quelques semaines plus tard. La plupart sont déportés. Beaucoup trouveront la mort, comme l'abbé Derry, vicaire à Saint-François-Xavier de Paris, décapité à Cologne, et qui est monté à l'échafaud en disant : « *Introibo ad altare Dei.* » Ou comme l'abbé François Basset, de Paris aussi, vicaire à Saint-Étienne-du-Mont, mort à Mauthausen, qui avait dit : « Pour que la France reste fidèle à l'Église malgré ce qui se passe actuellement, il faudra que des prêtres aussi aient donné leur vie pour la France. » Ou comme cinq oblats de Marie torturés et fusillés au scolasticat de la Brosse-Montceaux (Seine et Marne). Ou comme l'abbé Fleury, membre de l'équipe dirigeante de la Résistance dans les Côtes-du-Nord, fusillé avec seize personnes dans un bois proche de Guingamp. Ou comme le père Corentin Cloarec, franciscain, que les hommes de la Gestapo poursuivent en tirant dans les couloirs de son couvent parisien de la rue Marie-Rose. Ou comme cet étudiant de l'Institut catholique de Paris, Pironneau, qui écrit avant d'être fusillé : « Je nage dans la sérénité. Surtout aucune haine contre ceux qui m'ont condamné ; aimez-vous les uns les autres, a dit Jésus. » Un autre jeune, fusillé lui aussi, Roger Ogor, 19 ans et demi, laisse échapper ce regret : « Je n'aurai jamais 20 ans… Dieu m'appelle. Je vais mourir en criant vive la France. »

La répression, comme toujours, suscite de nouvelles vocations de combattants. C'est vraiment la guerre totale qui s'installe en France, à la fois guerre civile et guerre étrangère. Les équivoques se dissipent à mesure. Bien des catholiques qui avaient d'abord soutenu Vichy de toutes leurs forces passent dans l'autre camp. Parmi les plus connus d'entre eux, le Lorrain François Valentin, qui a été l'un des dirigeants les plus actifs de la Légion des combattants. Il choisit le 29 août 1943, troisième anniversaire de la Légion, pour lancer un appel à la résistance :

« Jusqu'au retour au pouvoir de Pierre Laval, j'ai été directeur général de la Légion. À ce titre, et quelles qu'aient été mes intentions, j'ai pu contribuer à tromper sur leur devoir de bons Français, légionnaires ou non. C'est à eux spécialement que je veux adresser cet appel pour libérer enfin ma conscience. Et puisque mon action passée s'est exercée en France et publiquement, c'est aussi en France et publiquement que je dois aujourd'hui encore prendre position.

« Un cri de colère monte de nos cœurs quand nous jetons un regard sur le chemin parcouru depuis trois ans et que, nous rappelant les espérances d'alors, nous constatons à quelles réalités nous avons été conduits de chute en chute, de combinaison en combinaison, de mensonge en mensonge, de lâcheté en lâcheté.

« Pourtant, il ne pouvait en être autrement : notre erreur a été de croire qu'on pourrait relever un pays avant de le libérer. On ne reconstruit pas une maison pendant qu'elle flambe.

« La France nous supplie de nous unir dans la Résistance afin que nous soyons unis dans la victoire... Préparons maintenant l'heure où, contre tous les totalitarismes et toutes les dictatures, nous ferons revivre une France libre et fraternelle dont nos fils pourront être fiers ! »

François Valentin est entré dans la clandestinité et, à la radio de Vichy, Philippe Henriot lui reproche d'avoir trahi la confiance du Maréchal en prétendant savoir mieux que lui où était l'intérêt de la France : « Vous avez disparu, happé par les ténèbres opaques qui baignent les dissidences larvées... »

Vains efforts du général de Gaulle pour faire entrer un prélat dans son gouvernement

Si les dissidences de catholiques, agissant individuellement, sont de plus en plus nombreuses, qu'en pense l'Église en tant que corps ? Beaucoup espèrent une manifestation spectaculaire, qui marque sa sympathie pour la Résistance. Au premier rang de ceux-ci, le général de Gaulle.

Face aux Anglais et aux Américains qui ne lui accordent qu'une confiance mitigée, le chef de la France libre entend démontrer que son autorité morale s'étend sur de vastes secteurs de l'opinion. Quand Pierre Brossolette, arrivé à Londres pour la première fois en avril 1942, est reparti clandestinement le 7 juin pour la France occupée, il lui a demandé de provoquer et d'organiser la venue à Londres de personnalités représentatives de toutes les tendances. Débarqué en France, Pierre Brossolette s'en est ouvert à son épouse, lui disant notamment ses hésitations en ce qui concernait les milieux catholiques, qu'il ne connaissait guère. Madame Brossolette avait entendu prêcher monseigneur Chevrot, des années auparavant, alors qu'il était missionnaire diocésain de Paris, et ne doutait pas de ses sentiments : depuis le début de l'occupation, les sermons de monseigneur Chevrot étaient très courus, car ils étaient imprégnés du plus vif esprit patriotique. Madame Brossolette a donc tenté une première démarche et, ayant reçu un accueil plutôt positif, a ménagé une entrevue entre le prélat et son mari.

Monseigneur Chevrot s'est montré disposé à accepter. Dès le premier jour, en effet, il a opté pour de Gaulle et contre Vichy. Le 13 décembre 1940, il a même écrit au cardinal Suhard une lettre très sèche pour lui dire combien il était en désaccord avec lui « au sujet du rassemblement des Français autour du Maréchal », ajoutant qu'il ne lui paraissait plus possible, dans ces conditions, d'assurer les conférences de carême à Notre-Dame. L'archevêque et son célèbre curé ne se sont pas revus avant la fin de mai 1941, date à laquelle, au cours d'un bref entretien, monseigneur Chevrot a promis au cardinal son « concours effectif sur un plan purement pastoral » – la réserve est sensible. Monseigneur Chevrot a pris également des contacts avec la Résistance. Avec Robert d'Harcourt et Geneviève de Gaulle, il a collaboré à *Défense de la France*.

Dans ces conditions, il n'a pas opposé de refus à Pierre Brossolette. Mais il lui a fait part de ses craintes. « Je ne suis, a-t-il dit en substance, qu'un curé de paroisse. Un curé qui abandonne sa paroisse peut subir des sanctions disciplinaires. Je cours donc le risque d'être désavoué publiquement par la hiérarchie. Si cela était le cas, vous n'auriez plus en moi un personnage représentatif, mais simplement un prêtre sanctionné et désavoué. Vous n'auriez donc pas atteint votre but. »

Pierre Brossolette ne s'est pas avoué battu pour autant. Circulant à travers les deux zones, il a rencontré André Colin, à Brive, chez Edmond Michelet. André Colin, a-t-il pensé, peut m'ouvrir les portes de ce monde catholique. Tous deux se sont rendus à Toulouse chez monseigneur Saliège. Mais celui-ci – chaque évêque étant maître dans son diocèse – n'a pu donner la garantie que monseigneur Chevrot ne ferait pas l'objet de sanctions et ne serait pas publiquement désavoué.

L'affaire a donc échoué [1].

1. Une de ses conséquences, on le sait, a été de faire entrer monseigneur Chevrot au Front national, d'obédience communiste. Mais cette adhésion, étant clandestine et n'obligeant pas le prélat à quitter sa paroisse, ne posait pas les mêmes problèmes.

Les sentiments personnels de monseigneur Saliège à l'égard de Londres ne font pourtant plus de doute. En 1943, il reçoit un autre émissaire de la France libre, Francis-Louis Closon. Celui-ci est venu, en avril, rejoindre Jean Moulin. Il se préoccupe de prendre contact avec des personnalités catholiques : s'il a rallié la France libre en 1940 c'est par patriotisme, mais c'est aussi parce qu'il était conscient de l'opposition totale entre le christianisme et le nazisme. Cependant, peu introduit jusque-là dans le milieu catholique, il se présente souvent de la part de Maurice Schumann. Et ses interlocuteurs sont prudents devant cet inconnu ; ils craignent les provocations. À Toulouse, F.-L. Closon rencontre d'abord monseigneur Bruno de Solages, qui commence par lui faire passer un « examen » d'une heure et demie avant de lui accorder décidément sa confiance et de l'amener chez monseigneur Saliège. Celui-ci le charge d'un message oral destiné au général de Gaulle et lui exprimant son accord total.

En 1943, le général de Gaulle accueille à Alger François de Menthon, personnalité catholique connue comme telle, et le fait entrer comme garde des Sceaux dans son gouvernement. Mais il pense toujours que la présence d'un prélat compléterait utilement l'éventail des familles d'esprit qui y sont représentées et marquerait l'adhésion du monde catholique à la France libre. Il jette son dévolu sur monseigneur Hincky. Directeur général des œuvres diocésaines de Strasbourg, curé doyen de Colmar, monseigneur Hincky s'était fait remarquer avant la guerre par ses prises de position contre les « autonomistes » alsaciens. La guerre survenant et entraînant la dispersion des Alsaciens et des Lorrains, il a été nommé représentant des évêques de Strasbourg et de Metz auprès de ceux d'entre eux qui s'étaient réfugiés en Afrique du Nord. Le débarquement anglo-américain l'a trouvé en Algérie. Il est donc sur place, et les choses devraient être plus faciles. Mais là encore, divers contacts laissent prévoir que son entrée au gouvernement se heurtera à un désaveu explicite de la hiérarchie.

Le général de Gaulle doit donc renoncer à son projet.

Dans la vie publique qui recommence à Alger, des chrétiens, certes, se manifestent. Outre François de Menthon, il y a là Paul Coste-Floret, Paul-Émile Viart, professeur à la faculté de droit d'Alger, le syndicaliste Marcel Poimbœuf, Robert Prigent, ancien jociste et jeune responsable de la Ligue ouvrière chrétienne, qu'Émilien Amaury a envoyé représenter l'OCM.[1] à l'Assemblée consultative, Eugène Claudius-Petit, etc. Quelques-uns d'entre eux, de la tendance démocrate-chrétienne, se réunissent de temps à autre chez François de Menthon. Paul Coste-Floret, Paul-Émile Viart et Marcel Poimbœuf éditent un hebdomadaire, *La IVe République*. Ils publient aussi un petit opuscule, intitulé *Des Chrétiens prennent position*, qui évoque les principaux problèmes politiques de l'après-guerre, et à la rédaction duquel le père Delos, dominicain – qui assure par ailleurs des liaisons entre Alger et le Vatican – prend une grande part. Un autre dominicain occupe une position éminente : le père Carrière, qui dès 1940 a pris la tête du Comité de la France libre en Égypte et a organisé des hôpitaux, des ambulances, des institutions de secours aux combattants et aux prisonniers, est élu à l'unanimité vice-président de l'Assemblée consultative.

Mais la présence de religieux et de laïcs – quelque précieux que puisse être leur concours – ne constitue pas la manifestation éclatante qu'aurait été l'entrée au gouvernement d'un prélat.

Le général de Gaulle se heurte toujours à la réserve officielle de l'Église. Quand, à la fin de juin 1944, il se rend en Italie, où les troupes françaises ont pris une part décisive à la bataille pour Rome, il demande, par l'intermédiaire du cardinal Tisserant, qui a toujours été son avocat auprès du Saint-Siège, à être reçu par le pape. Le Vatican a encore un nonce à Vichy auprès du Maréchal et, éternellement prudent, il n'entend pas reconnaître le gouvernement du général de Gaulle plus rapidement que les alliés américains, anglais ou russes de celui-ci. Les diplomates de la cité pontificale, soucieux des questions de protocole, se demandent avec quel cérémonial ils vont accueillir le chef des Français libres, et optent finalement pour celui qui est réservé d'ordinaire aux... princes héritiers – ce qui est faire preuve d'esprit.

Cependant, le cardinal Maglione, secrétaire d'État, qui reçoit d'abord le général de Gaulle, est convaincu de la disparition prochaine de Vichy et déclare à son interlocuteur qu'il voit en lui, en fait, le chef du gouvernement français. Il se soucie des conséquences qu'aura pour l'Église de France le changement

1. Organisation civile et militaire.

de régime. Son interlocuteur lui répond que le gouvernement espère éviter de trop graves secousses, bien que certains milieux ecclésiastiques français aient pris à son endroit une attitude qui ne lui facilitera pas les choses.

Le souverain pontife, lui, évoque surtout devant le général de Gaulle l'avenir de l'Europe. Il craint que le communisme ne représente bientôt un très grave danger pour l'Europe chrétienne et souhaite pour y parer une union étroite des États européens inspirés par le catholicisme : l'Allemagne, la France, l'Italie, l'Espagne, la Belgique, le Portugal. Le chef du gouvernement provisoire d'Alger se retire. Soucieux, en ce domaine comme en d'autres, de l'indépendance nationale, il n'a pas abordé [1] au cours de cette audience la question des relations entre l'Église et l'État français.

Les Résistants en appellent en vain à la hiérarchie

Le général de Gaulle n'est pas seul à attendre une prise de position spectaculaire de la hiérarchie ecclésiastique. Les catholiques résistants la souhaitent ardemment, sans trop y croire. Elle serait particulièrement nécessaire étant donné la confusion régnant dans beaucoup d'esprits qui voient bouleverser toutes leurs idées reçues, confusion que marque par exemple cette confidence du général Giraud à un religieux (lors de son passage en zone libre après son évasion d'Allemagne) : « Je n'y comprends rien : les patriotes d'autrefois sont antipatriotes, et les communistes et les antipatriotes d'autrefois sont patriotes. » Plus qu'une simple analyse de la situation, bon nombre de catholiques souhaiteraient disposer de quelques principes directeurs, théologiquement fondés.

Dans sa déclaration d'octobre 1943, d'ailleurs, l'Assemblée des cardinaux et archevêques, s'en prenant aux « théologiens sans responsabilité ni mandat », a revendiqué pour elle seule la responsabilité de la direction des consciences et demandé aux fidèles de rester unis derrière leurs chefs religieux,

1. Du moins, les informations dont nous disposons permettent de le croire.

estimant que la liberté de choix de conscience personnel conduirait à l'anarchie.

Mais quelles directives donne-t-elle aux fidèles ? Les mêmes qu'en 1940 ou 1941, auxquelles elle se réfère : le gouvernement de Vichy est légitime, il est seul bon juge de l'intérêt du pays, il n'est pas question de lui désobéir. Très applaudie par des journaux comme *Demain* ou *Voix françaises*, cette prise de position provoque la consternation de nombreux résistants. Fait nouveau : ils vont souvent voir leur évêque pour leur dire leur sentiment.

La cassure provoquée par l'affaire du STO produit ici son effet. Naguère, à une déclaration épiscopale de style trop « maréchaliste » les résistants n'opposaient qu'un silence navré. Désormais ils répondent. Ainsi, le 23 octobre 1943, quinze jours après l'Assemblée des cardinaux et archevêques, l'évêque de Saint-Brieuc, monseigneur Serrand, adresse à ses prêtres une lettre pastorale sur le respect dû à l'ordre établi. Les services vichyssois de l'information imposent à tous les journaux la reproduction des principaux extraits de cette lettre. « Je ne renie pas, y écrit en effet l'évêque, ce que j'ai écrit en 1940. Je maintiens au contraire intégralement les termes... sous peine de me mettre en désaccord flagrant avec le souverain pontife d'abord, avec l'épiscopat français ensuite. » Monseigneur Serrand ne méconnaît pas les objections qu'on peut lui faire : le Maréchal ne représente plus qu'une minorité de Français, car l'opinion publique s'en est détournée, il n'est pas libre dans l'exercice de ses fonctions. L'évêque répond : « Ces raisons sont connues du souverain pontife et de l'épiscopat français, ils restent fidèles au Maréchal. C'est donc qu'ils les jugent sans valeur ; et, de fait, peut-on me dire quand et par qui le Maréchal a-t-il été dépossédé du pouvoir qu'il possédait ? Peut-on me dire qui, à sa place, a été régulièrement investi de ce pouvoir et a droit à notre soumission ? » Conclusion de l'évêque de Saint-Brieuc : « Respectons les principes ; ils assurent, et eux seuls, la solidité de la maison, la maison France comme les autres. N'aidons pas à l'indiscipline et à l'anarchie : nous en serions les premières victimes. »

Ce respect de l'ordre établi dans la maison France, révérentiel et comme marqué d'un caractère sacré, provoque parfois le désordre à l'intérieur de la maison Église. Un tract – anonyme bien entendu, car le signer équivaudrait à se signaler à l'attention de la Gestapo – circule alors dans les Côtes-du-Nord. Présenté comme émanant de catholiques engagés dans la Résistance, il constitue une vigoureuse riposte à l'évêque : « Qu'on ne laisse pas aux citoyens catholiques l'entière liberté de résister aux envahisseurs nazis et aux collaborateurs actifs, ainsi qu'aux lois et aux décrets injustes de Vichy... c'est ce qu'aucun catholique résistant ne saurait admettre. L'épiscopat de l'Afrique du Nord et de la Corse n'est pas en rébellion contre de Gaulle et Giraud au nom de la fidélité à Vichy, au nonce et au Saint-Père. Quand de Gaulle débarquera, aucun évêque ne demandera qu'on lui résiste au nom de la fidélité au gouvernement « légitime ». Les citoyens ont le droit et le devoir de préparer ce débarquement qui marquera la Libération... Les catholiques font leur devoir de Français. »

La lettre de l'évêque de Saint-Brieuc ne constitue pas une prise de position isolée. En novembre, monseigneur Béguin, archevêque d'Auch, demande à ses diocésains de ne pas se laisser entraîner dans des « querelles partisanes ». Serrons-nous, dit-il, « autour de notre drapeau et de celui qui le porte ». Le cardinal Liénart adopte un thème analogue, en novembre, lors d'un sermon prononcé à l'occasion d'une messe pour les victimes des deux guerres : « Pourquoi ces listes noires, pourquoi ces attentats et ces menaces de guerre civile ? Au nom du patriotisme, dit-on. On croit rêver quand on entend cela... Je vous assure que les morts ne comprendraient pas ces choses. Autour du chef qui, à Verdun, les commanda, ils se sont serrés et ils ont marché sans discuter. Le chef a vieilli mais il est toujours là. Les morts nous diraient encore : pensez ce que vous voulez, mais que ces pensées ne vous jettent pas les uns contre les autres, dans une guerre plus atroce que celle que vous avez connue. »

Au cours d'une autre messe en mémoire des victimes des deux guerres, monseigneur Piguet, évêque de Clermont, tient des propos analogues devant les autorités locales et ce qui reste de la Légion : « À l'heure actuelle... toute désunion trahit nos morts... Si aujourd'hui, nous Français, nous étions un seul peuple obéissant à son chef au lieu de prendre des mots d'ordre intéressés, suspects et criminels de l'étranger, bien que vaincus tous les espoirs nous seraient permis. »

En janvier 1944, dans l'organe diocésain *Notre Journal*, l'archevêque de Reims, monseigneur Marmottin, donne deux consignes : 1° Obéir : « Notre division est si funeste, notre union derrière le chef serait si utile au pays. » 2° Se taire : on n'a pas besoin de connaître « les élucubrations des gens sur les événements » ; seul le Maréchal a raison.

Quelques-unes de ces déclarations peuvent à la rigueur s'interpréter en partie contre les Allemands. On peut y trouver sous-jacent le thème de la « France seule », indifférente aux mots d'ordre de l'étranger quel qu'il soit. Mais il faut pour y parvenir, solliciter quelque peu les textes. Pour les Français de l'époque, ceux-ci signifient simplement que les évêques s'en prennent aux opposants à Vichy, aux résistants, coupables à leurs yeux de vouloir déclencher la guerre civile.

L'Assemblée des cardinaux et archevêques le précisera elle-même bientôt. Dans sa déclaration du 17 février 1944 – qui s'en prend également au STO et au travail forcé des femmes et des jeunes filles – elle utilise le mot « terrorisme », vocable habituel par lequel Vichy et les Allemands qualifient les activités de la Résistance, ce qu'elle ne peut ignorer : « Nous condamnons, dit-elle, ces appels à la violence et ces actes de terrorisme qui déchirent aujourd'hui le pays, provoquant l'assassinat des personnes et le pillage des demeures. »

Sans doute pourrait-on, là aussi, trouver dans le texte une condamnation implicite de la Milice de Darnand, dont les actes de violence sont fréquents, surtout dans l'ancienne zone sud. Mais la Milice et la Résistance se trouvent ainsi, pour le moins, renvoyées dos à dos.

Cette condamnation du « terrorisme » est tirée d'un très long texte qui évoque d'autres problèmes et porte aussi des condamnations dans l'autre sens. Vichy, évidemment, impose aux journaux de titrer sur la condamnation du terrorisme, et l'effet produit sur l'opinion publique est généralement mauvais. Ces coupures étant habituelles de la part des services gouvernementaux, il eût été prudent de le prévoir.

L'épiscopat et le « juste milieu »

Pour apprécier le sens de cette prise de position, il faut cependant tenir compte de plusieurs données de fait :

1° Il est indéniable que, sous le couvert de la Résistance, des hommes mal encadrés ou tout simplement des gangsters commettent des actes, tels que vols, pillages et parfois règlements de comptes, qui relèvent du droit commun et peuvent à bon endroit être appelés criminels ou terroristes. La plupart des Français résistants les désapprouvent eux aussi, de même que les exécutions sommaires de collaborateurs ou présumés tels, qui iront en se multipliant.

On pourrait certes attendre que l'épiscopat s'attache à distinguer dans les actes de la Résistance, entre ce qui est permis et légitime, étant conforme à la morale naturelle, au droit de la guerre, et ce qui ne l'est pas. Mais ce serait reconnaître du même coup que la guerre faite par la Résistance à Vichy et surtout aux Allemands et à leurs complices, peut être admise, peut être considérée comme juste. Ce pas, la hiérarchie ne peut le franchir puisqu'elle s'en tient à la thèse de l'obéissance au pouvoir établi et persiste à recommander l'union derrière le maréchal Pétain, vieillard à qui le pouvoir a échappé et qu'un diplomate allemand, M. Renthe-Fink, surveille désormais en permanence. « Une fois pour toutes, dira après la Libération monseigneur Saliège en parlant de ses pairs, ils ont considéré la Résistance comme un péché mortel. » Jugement qui porte la marque de l'archevêque de Toulouse, dont les boutades sont le plus souvent d'une extrême violence. Il est de fait, néanmoins, que, « ligotée » par son respect du pouvoir établi, la hiérarchie ne peut donner aux catholiques engagés dans la Résistance les directives morales et spirituelles qu'ils seraient en droit d'attendre d'elle. Ils ont le sentiment d'être des « enfants perdus », rejetés par l'Église, en infraction avec ses consignes.

2° Cette attitude quasi générale de l'épiscopat s'accompagne le plus souvent d'une certaine compréhension à l'égard des prêtres engagés dans la Résistance. Ceux-ci sont généralement « couverts » par leurs évêques, même quand ils sont désapprouvés. De même, les prêtres qui, recherchés par la police française ou la Gestapo, sont obligés de quitter leur diocèse, trouvent dans les diocèses voisins une hospitalité assez large. Bien des évêques interviennent en outre près des autorités en faveur de résistants emprisonnés ou condamnés, quelles que soient leurs opinions. Le cardinal Suhard, qui est déjà intervenu en faveur des otages de Châteaubriant, de neuf jeunes gens condamnés à mort à Nancy, et de divers prisonniers, adresse, à ce sujet, en 1943, plusieurs lettres aux autorités allemandes. Le 19 février 1943, il écrit au général von Stüpnagel : « Un grand nombre de Français sont fusillés sans qu'ils soient responsables des attentats. On annonce de nouvelles applications de la peine de mort. Un certain nombre de détenus ignorent ce dont ils sont accusés et même quelle est l'autorité allemande qui a ordonné leur arrestation. » Le 20 octobre 1943, il revient à la charge : « Je réprouve au nom de la morale et en dehors de toute immixtion politique tous les actes attentatoires aux personnes et aux biens qui se multiplient à l'heure actuelle sur le territoire français. Je réprouve de la même manière les exécutions d'otages irresponsables, les déportations de juifs contre lesquels on n'a d'autre grief à formuler que leur appartenance à une race déterminée. » Enfin, le 18 février 1944, il proteste « contre le grand nombre d'arrestations non suivies d'interrogatoires, la brutalité des procédés, l'absence de nouvelles, et l'impossibilité d'envoyer des colis ». Ces trois interventions – on peut le remarquer – suivent à quelques jours de distance des réunions de l'Assemblée des cardinaux et archevêques. Elles ont été approuvées par celle-ci, peut-être même demandées, le cardinal Suhard étant considéré, en vertu d'un accord tacite, comme le représentant de la hiérarchie auprès des occupants.

Ces protestations, en quelque sorte collectives, s'accompagnent d'interventions individuelles des cardinaux Liénart, Gerlier, d'archevêques et d'évêques en faveur de communistes et de résistants emprisonnés. Individuellement encore, le cardinal de Paris adressera à Abetz le 13 août 1944 – à la veille de la Libération – une lettre le mettant en garde contre l'éventualité de massacres de prisonniers « en cas d'événements graves ».

3° L'épiscopat n'est pas seul à condamner la désobéissance à Vichy et l'insurrection. Une fraction non négligeable de l'opinion catholique, non seulement l'approuve mais encore le presse d'aller plus loin encore. Elle s'en prend aux catholiques résistants.

Le 28 juin 1943, Charles Maurras écrit dans *L'Action française* qu'il serre dans ses mains – « je dirai presque dans mes doigts » –, sans se résoudre à « l'en laisser glisser », une « étonnante circulaire » communiquée à des jécistes par un aumônier de section. « Il semble bien, dit cette circulaire, qu'à l'heure actuelle il n'existe plus aucun devoir de loyalisme certain envers Vichy. » C'est « un sale conseil », s'exclame Maurras et il pose la question : « Y a-t-il dans les souterrains du monde ecclésiastique quelque formidable machine à explosion contre la France ? » Cet article suscite aussitôt un afflux de courrier au journal. D'abord une réponse du secrétaire général de la JEC et de l'aumônier général précisant que le texte incriminé n'est pas de leur fait, mais n'en désavouant pas les auteurs, ni la substance. Surtout arrivent des dizaines de lettres publiées ensuite par *L'Action française* – la plupart émanant de prêtres qui félicitent Maurras et apportent de nouveaux faits à l'appui, sans prendre garde – peut-être – qu'ils attirent l'attention de la Gestapo non sur des clandestins mais sur un mouvement qui a pignon sur rue. « La scandaleuse circulaire que la JEC a répandue, écrit l'un d'eux, n'a pas étonné ceux qui, dès le début, connaissaient l'étrange esprit de ce mouvement. » Un autre suggère que l'on force la JEC à faire amende honorable. D'autres étendent l'accusation à la JOC, au jeune clergé « avancé », à des religieux. Du moins ces délateurs par voie de presse ont-ils la chance de voir leur anonymat préservé par le journal. À ces mauvais prêtres, ils opposent l'attitude de « bons prêtres », qui pratiquent, eux, une loyale obéissance à l'autorité légitime du gouvernement.

Dans *Voix françaises*, Paul Lesourd multiplie les condamnations du terrorisme. Il écrit le 5 novembre 1943 que « les Français les plus calmes, les plus républicains et parfois les plus démocrates arrivent à réclamer une répression sévère et l'établissement d'un régime d'autorité qui, par la force, mettra ces terroristes à la raison. Personne ne les défend, personne ne les admire, personne ne les approuve. » Le seul moyen d'éviter le chaos, écrit-il encore le 1er mai 1944, c'est l'union derrière le Maréchal auquel « l'histoire rendra grâce d'avoir, bravant l'impopularité, sauvé les Français malgré eux ». Un autre collaborateur du journal, Maurice Dejan, s'en prend « au prêtre oublieux de sa mission sacrée ».

Le père Gillet, supérieur général des dominicains, adresse de Rome un message au maréchal Pétain pour l'assurer de son dévouement et souligner que « l'attitude à Alger du père Carrière, dominicain et vice-président de l'Assemblée provisoire dissidente, est formellement désapprouvée, tant par le général de l'ordre, que par ses supérieurs directs à Jérusalem ».

Par contre, l'abbé Bergey, le directeur de *Soutanes de*

France, qui avait été longtemps un des plus ardents soutiens du régime, prend une position beaucoup plus nuancée. Après la mort de Philippe Henriot, il lance le 1er juillet 1944 un appel aux « vrais patriotes, des deux côtés de la barricade » pour qu'ils « s'unissent fraternellement en ayant pour seul but le salut de la Patrie ». C'est reconnaître le patriotisme des résistants[1]. Mais il s'agit d'une prise de position isolée, et le 1er juillet 1944, le fracas de la bataille est trop grand pour qu'elle soit entendue.

Ces prises de position de l'épiscopat et de catholiques ne suscitent pas dans la presse de la Résistance un anticléricalisme très virulent. Probablement parce que des catholiques sont présents dans la Résistance et dans cette presse.

Il est vrai aussi que, dans la guerre civile qui s'est déclenchée en France, les débats ne sont plus seulement des confrontations d'idées. Ils se règlent à coups de mitraillette. La Gestapo et la Milice tuent et emprisonnent. En janvier 1944, par exemple, le chanoine Kir, résistant de la première heure, est attaqué par la Milice et grièvement blessé.

De leur côté, des résistants procèdent à des exécutions sommaires de prêtres considérés par eux comme collaborateurs.

Le 20 décembre 1943 est tué, alors qu'il sortait de la cathédrale de Toulouse, l'abbé Sorel : venu du Sillon, ce curé de la campagne toulousaine s'était fait connaître par des causeries religieuses à Radio Toulouse ; il s'était ensuite sensiblement rapproché de l'Action française, avait spontanément adhéré au régime de Vichy et était entré au Conseil national ; il donnait de nombreuses conférences en faveur du régime – sauf à Toulouse où monseigneur Saliège lui avait interdit de prendre la parole – conférences au cours desquelles il prétendait avoir vu une auréole autour de la tête du maréchal Pétain dans une salle de cinéma où ce dernier assistait à la projection d'un film. Après sa mort, l'archevêque, qui n'a pas assisté aux obsèques très officielles, fait publier dans *La Semaine religieuse* une note précisant avec justesse sa position : « ... l'abbé Louis

1. Condamné à l'indignité nationale après la Libération par la Cour de Bordeaux, en raison de ses articles, l'abbé Bergey en sera aussitôt relevé : il a, disent des témoins, remis des fonds à la Résistance, et invité le grand rabbin Cohen à se réfugier le cas échéant dans son presbytère de Saint-Émilion. Deux des collaborateurs de *Soutanes de France* ont été fusillés par les Allemands.

Sorel était partisan convaincu et fervent de la politique du Maréchal. Souvent, sous sa responsabilité personnelle, il avait pris la parole dans des réunions de propagande. Cela ne saurait justifier le crime… »

D'autres prêtres sont victimes d'attentats : la plupart dans le Sud-Ouest, où une bonne partie du clergé s'est prononcée pour Vichy avec enthousiasme, et où la participation des chrétiens à la Résistance est la plus faible. Mais dans d'autres régions, plusieurs prêtres sont également tués, dans les mêmes circonstances.

Il en est qui échappent de peu à la mort. Ainsi, dans le Tarn-et-Garonne, diocèse de monseigneur Théas, un curé de village qui a assisté à un parachutage près d'une ferme s'empresse-t-il de le dénoncer, ordonnant aux gendarmes français de prévenir les Allemands, et restant à la gendarmerie pour vérifier qu'ils le font bien. Les Allemands pendent le fermier. En représailles, le responsable local de l'armée secrète veut exécuter le prêtre. Monseigneur Théas, prévenu, lui demande de ne pas le faire. « Si c'était un autre évêque, dit le chef de la Résistance, je n'en aurais pas tenu compte. Mais c'est monseigneur Théas. » Avec son accord, l'évêque de Montauban fait partir le curé qui se cache en Espagne.

4° L'épiscopat est évidemment impressionné fâcheusement par ces morts que les uns qualifient d'assassinats, et les autres d'exécutions capitales. Il est possible qu'elles contribuent à son raidissement en lui faisant craindre une longue période de troubles dont pâtiraient principalement les membres du clergé liés à Vichy – et Dieu sait s'ils sont nombreux. Il le craint d'autant plus que la presse gouvernementale ne cesse de rappeler la récente guerre d'Espagne pendant laquelle les « rouges » ont tué de nombreux prêtres.

Mais une autre raison incite la hiérarchie à condamner le « terrorisme » : elle est tiraillée en tous sens, et les Allemands qui lui reprochent sa tiédeur, voire son opposition, voudraient l'amener à pencher nettement de leur côté. C'est ainsi qu'Abetz écrit au cardinal Suhard, en mars 1944, pour se plaindre du haut clergé. Celui-ci, dit-il, « justifie l'attitude des milieux de la Résistance ». Il demande la collaboration du cardinal pour prêcher la lutte contre le bolchevisme.

Dès l'entrée en guerre contre la Russie, baptisée aussitôt « croisade antibolchevique », les Allemands ont pensé avoir trouvé un excellent argument de nature à leur rallier les catholiques. Ceux-ci ne sont-ils pas naturellement anticommunistes ? Et leur anticommunisme n'explique-t-il pas en partie leur adhésion à Vichy ?

La propagande allemande a enregistré au début quelques succès. Un hebdomadaire comme *Le Foyer*, paraissant en zone sud, s'est réjoui le 13 juillet 1941 de ce que la croisade antisoviétique ait rassemblé tant de nations : « Bref, c'est presque toute l'Europe qui prend tardivement conscience du péril bolcheviste et se coalise pour le combattre [1]. » Dans ses déclarations, le cardinal Baudrillart a justifié la collaboration par le danger communiste. Mais l'ensemble de l'opinion catholique n'a pas emboîté le pas. Entre l'ennemi inconnu et l'occupant trop connu, entre un danger lointain et aléatoire et un danger réel et présent, elle a spontanément choisi. Ainsi, en juin 1942, lorsque l'exposition allemande « Le Bolchevisme contre l'Europe » s'installe à Lille, le secrétaire administratif du comité d'action antibolchevique fait savoir au Sonderführer Eggert « l'hostilité du clergé ».

Sans doute l'argument de l'anticommunisme a-t-il lourdement pesé sur les attitudes de certains. Cependant, l'occupant n'a jamais obtenu de l'épiscopat une déclaration favorable à la « croisade ». Bien plus, le cardinal Liénart a précisé dans sa déclaration sur le STO que ce n'est pas avec les armes qu'on tue les idées.

La presse de Paris, dirigée par la propagande allemande, n'a jamais apprécié ces réserves de l'Église. « Pour combattre le bolchevisme, pouvait-on lire dans *Aujourd'hui* le 21 mai 1943, monseigneur Suhard et monseigneur Liénart prient pour les bolcheviks. C'est bien. Mais pour les convaincre, de bons et solides canons ce n'est pas mal non plus. » Et Marcel Déat se demandait le 29 mars 1943 « combien de catholiques en Europe, combien de prélats et des plus haut placés dans la hiérarchie, ont depuis la guerre manifesté de secrètes ou d'évidentes sympathies pour le bolchevisme et pour le capitalisme ? »

1. Quelque temps plus tard, cet hebdomadaire prendra des positions moins tranchées. « Le vrai moyen de barrer la route au communisme, écrit-il en mars 1943, citant *La Croix d'Auvergne*, c'est de fournir la preuve que notre idéal chrétien peut faire mieux que le bolchevisme. Cette preuve, on peut la fournir si les chrétiens veulent bien se décider à vivre en chrétiens. »

Pierre Laval lui-même s'est étonné, dans des confidences à un journaliste, publiées par *Le Petit Parisien* du 3 juillet 1943, de « l'alliance du communisme et de la religion ».

À la fin de 1943 et dans les premiers mois de 1944, la pression sur l'Église pour qu'elle appelle à la croisade se fait plus insistante encore. Le cardinal Gerlier, qui demande au chef de la Gestapo lyonnaise, Knapp, la permission d'envoyer des aumôniers dans les prisons emplies de détenus politiques, se voit répondre quelques jours plus tard que cela est possible, à condition qu'il publie une déclaration solennelle contre le communisme. Il répond que l'Église s'est déjà prononcée sur cette question par une grande encyclique contre le communisme, et aussi à l'époque où l'Allemagne et l'URSS étaient alliées pour se partager la Pologne. Il souligne que l'encyclique contre le communisme était accompagnée d'une autre encyclique, contre le nazisme celle-là, et qu'il est difficile de rappeler l'une en ignorant l'autre. « Un archevêque français, conclut-il, n'acceptera jamais de jeter l'anathème sur d'autres Français, même si des divergences doctrinales l'en séparent, sous l'occupation et surtout sous l'inspiration de l'occupant. »

Quelques mois plus tard, en avril 1944, l'archevêque de Lyon, invité officiellement à un meeting organisé par la LVF, en présence de Jacques Doriot, à la Bourse du travail, refuse de s'y rendre. Ce qui lui vaut d'être férocement attaqué par les orateurs. « Des généraux ont trahi l'armée française comme certains prélats indignes trahissent l'Église, s'écrie l'un d'eux, Bassompierre. Malgré ces prélats indignes, la cause de Dieu triomphera du bolchevisme. »

La presse de Paris, à cette époque, est particulièrement déchaînée. Les relations de l'Église et de l'État, écrit Alain Janvier dans *Le Cri du peuple*, le 9 mai, en sont arrivées à un tournant tragique : « Alors que la chrétienté est en péril de mort, alors que le communisme, ennemi déclaré de Dieu et de toute religion, investit un peu plus chaque jour l'Europe chrétienne, on oppose réprobations ou réserves, réticences ou refus… » Dans toutes les cathédrales, conclut-il, on devrait appeler les chrétiens au combat : « Nos chefs spirituels vont-ils enfin comprendre que l'heure est venue de mobiliser les consciences ? » *Nouveaux Temps* se demandait encore le 25 janvier « que penser de ceux qui, tenant par toutes leurs fibres au catholicisme français, donc à la chrétienté européenne dont l'armée allemande représente si virilement les traditions héroïques, refusent de comprendre quel duel est engagé et quel est l'enjeu de ce duel ?... Que penser des trop nombreux princes de l'Église qui font des vœux pour la victoire des armées russo-anglo-américaines, alors que le sort de l'Église même et de tout ce qu'elle signifie de spiritualité est suspendu à la résistance de l'Europe ? » Mais, le 3 mars, ce journal ne se pose plus tant de questions. Il estime que « l'Église se range du côté qu'elle croit être le plus fort ».

Entre-temps a été publiée la déclaration des cardinaux et archevêques de février qui, aux arguments ainsi avancés sur la défense de la chrétienté, répond – sans citer ces arguments, mais l'allusion est transparente : « On ne sauvera la civilisation chrétienne qu'en revenant aux principes qui la fondent. »

Jusqu'à la Libération, la hiérarchie s'en tiendra là et on n'enregistrera aucune déclaration d'adhésion à la « croisade ».

L'épiscopat peut donc estimer qu'en condamnant le terrorisme mais en refusant d'approuver la guerre – « je dis : la guerre » avait bien précisé le cardinal Liénart dans son discours de Lille – contre le communisme, il occupe un juste milieu et affirme son indépendance.

L'affaire des bombardements aériens

Dans leurs efforts pour trouver de nouveaux alliés et rallier à eux la hiérarchie catholique, les Allemands et leurs amis utilisent un autre argument : la barbarie des bombardements anglo-américains, qu'il faut dénoncer.

Dès les premiers jours de l'occupation allemande, des avions de la RAF ont bombardé les côtes de la Manche et de la mer du Nord mais personne, apparemment, ne s'en est beaucoup ému dans les milieux politiques. À mesure que les moyens des Anglo-Américains se renforcent, les bombardements destinés à préparer le débarquement deviennent plus intenses et frappent au cœur de la France les usines qui travaillent pour l'Allemagne, les nœuds ferroviaires et les ponts. Or, ils s'accompagnent souvent de pertes en vies humaines, qu'un peu plus de précautions aurait sans doute permis de réduire. Il est vrai que les Alliés peuvent répondre qu'il s'agit pour eux de préserver le plus possible la vie de leurs pilotes en évitant de leur faire courir les risques supplémentaires que comporterait une plus grande précision de leurs visées. Ils pourraient également mettre en regard le nombre des victimes françaises et celui des soldats de toutes nations qui tombent alors dans le combat contre l'Allemagne nazie. Mais au total, de 1941 à 1944, leurs bombardements feront un peu plus de soixante-cinq mille morts et de soixante-quinze mille blessés. Malheureuses victimes, trop nombreuses. Après chaque attaque de l'aviation alliée, leur décompte suscite l'émotion, voire l'indignation. Et la propagande va immédiatement s'emparer de ces victimes, va utiliser cette indignation pour essayer de dresser l'opinion publique contre les Anglo-Américains. Dans cette opération, le concours de l'Église peut être précieux. Il semble assez facile de l'obtenir. Pour une raison concrète : les funérailles des victimes sont presque toujours religieuses et un prélat y prend généralement la parole. Et aussi pour une raison plus fondamentale : les bombardements de populations civiles, s'ils sont volontairement pratiqués (ce dont les Allemands, pour leur part, ne se sont d'ailleurs pas privés), constituent une atteinte à la morale naturelle et aux lois de la guerre.

Le premier grand raid en dehors des côtes a eu lieu le 3 mars 1942, sur Boulogne-Billancourt. Deux cents bombardiers ont attaqué les usines Renault, qui fabriquent des chars pour les Allemands. On a cité le chiffre de trois cents morts. Vichy a décrété une journée de deuil national. Aux obsèques des victimes, Darlan a envoyé l'un de ses ministres, Barthelemy, et celui-ci a lu un message gouvernemental flétrissant « la criminelle agression de l'ancienne alliée qui n'a laissé nos soldats entrer dans la mort que pour y jeter, deux ans plus tard, avec la plus froide résolution, nos civils innocents ». Sur feuilles blanches encadrées de noir, le texte de ce message a été affiché dans toutes les communes de France.

Or, la lettre pastorale publiée par le cardinal Suhard à cette occasion était d'un ton tout différent : « Une douloureuse conséquence de l'état de guerre vient de jeter la consternation dans la banlieue parisienne… » La presse parisienne lui a reproché de n'avoir pas autrement désigné les « assassins » et condamné leur acte. Depuis lors, toutes les déclarations épiscopales lors des obsèques des victimes des bombardements ont été très « épluchées ».

Paul Chack, écrivain de marine, devenu chantre de l'antisémitisme et de la collaboration, s'est chargé pour sa part de la surveillance de l'archevêque de Rouen, monseigneur Petit de Julleville. Dans *Aujourd'hui*, il lui avait adressé le 20 mai 1941 une première *Lettre à un prélat*, reprochant au clergé rouennais de « s'abstenir des commentaires qui s'imposent actuellement lorsqu'on parle de Jeanne d'Arc, qu'Anglais brûlèrent à Rouen, en attendant de brûler en leurs demeures les femmes et les enfants des ouvriers français ». « Je ne croyais pas si bien dire », s'est-il exclamé en faisant allusion à cette première lettre, plus d'un an après, alors que les Anglo-Américains ont bombardé Rouen le 5 septembre 1942 : « Hélas ! l'événement m'a bien vite donné raison... Votre métropole a commencé d'être cruellement frappée... Mais vous n'avez pas fait d'allusion aux assassins dans votre allocution... Permettez-moi de vous dire, en toute déférence, que vos fidèles attendaient de votre haute autorité morale autre chose que le silence gardé sur les meurtriers. »

Le 31 août 1943, Paul Chack est revenu à la charge dans une *Troisième Lettre à un prélat*. Après avoir rappelé les bombardements d'églises et de Rome, la Ville Éternelle, il a élargi le débat, regrettant que l'Église tienne en suspicion les gouvernements qui constituent le seul rempart capable d'empêcher son écroulement : « Vous déplorez certainement avec moi qu'aucune grande voix catholique ne s'élève en France pour appeler les fidèles à se joindre à la 9e croisade entre mer Noire et mer Blanche. »

Pourtant, à cette époque, ceux qui tenaient tant – après avoir applaudi aux exploits des aviateurs allemands sur Londres ou Coventry – à voir dénoncer la barbarie des bombardements alliés, avaient déjà enregistré quelques satisfactions. En février 1943, monseigneur Duparc, évêque de Quimper, avait qualifié un bombardement de Brest de « nouvelle page de sang que la barbarie vient d'ajouter au tableau de ses exploits ». Le mois suivant, dans une circonstance aussi douloureuse, monseigneur Roques, archevêque de Rennes, avait parlé des « monstres aériens (qui) ont semé la ruine et la mort » avec « un acharnement furieux » et exprimé son « indignation ». Mais si la « barbarie » était flétrie, les « barbares » n'étaient toujours pas nommément désignés. Il en était de même dans la déclaration de février des cardinaux et archevêques qui condamnait le bombardement des villes ouvertes.

C'est seulement le 25 mai 1944, dans sa *Quatrième Lettre à un prélat* que Paul Chack peut se dire satisfait. Dans un message du 1er mai, rendu public le 14, les cardinaux ont « désigné clairement les responsables des atroces massacres ». Et Paul Chack espère bien que certains prêtres vont faire maintenant leur examen de conscience.

La campagne sur l'affaire des bombardements s'était amplifiée depuis le début de l'année, à mesure que les bombardements gagnaient en intensité. Le 1er mai encore *Paris-Soir* reprochait au cardinal Suhard d'avoir « omis de flétrir le crime » et de n'avoir pas « non plus désigné les assassins » lors des obsèques des victimes du bombardement de La Chapelle. Il dénonçait la « prodigieuse habileté de certains princes de l'Église qui voudraient placer la chrétienté au-dessus de la mêlée ».

Or, ce même jour, les trois cardinaux français de Lille, Paris, Lyon, et monseigneur Chollet, secrétaire de la Commission permanente de l'ACA, adressaient un appel aux cardinaux, archevêques et évêques de l'Empire britannique et des USA à propos des bombardements qui font des « ravages cruels » dans la population civile.

Il s'agit d'un très long texte, dont les termes sont soigneusement pesés :

« … Spectacle infiniment et partout douloureux que certains d'entre vous ont déjà contemplé dans leur propre pays ! Spectacle que connaît aujourd'hui la plus grande partie de l'Europe, et jusqu'à la ville de Rome elle-même ! Aussi, croyons-nous, frères vénérés, qu'il est de notre devoir devant cette misère croissante de vous adresser un appel.

« Au nom de tant de victimes qui crient pitié, nous osons vous demander instamment d'intercéder auprès de vos gouvernements respectifs pour que les populations civiles de France et de l'Europe soient épargnées dans toute la mesure du possible. Nous sommes convaincus en effet que l'on pourrait s'efforcer de distinguer avec plus de soin les objectifs militaires des humbles demeures peuplées de femmes et d'enfants qui les avoisinent. »

Après avoir demandé que l'on tente également de ménager les monuments et les églises, le message des trois cardinaux conclut :

« Agissez, nous vous en supplions fraternellement, auprès des chefs responsables pour que ne soient plus employés des procédés de guerre qui, en frappant aveuglément des foules innocentes, en mutilant le visage de la patrie, risquent d'engendrer entre les nations des haines que la paix elle-même sera impuissante à calmer.

« Frères vénérés, nous demandons à Notre-Seigneur Jésus-Christ que votre cœur s'émeuve à la pensée des souffrances que nous évoquons. Nous voulons croire que votre parole sera efficace pour que soient adoucies les misères endurées par des milliers d'innocents, qui attendent ardemment de la Providence et de la bonne volonté des hommes et de leurs chefs l'heure bénie de la paix [1]. »

Cette déclaration rend évidemment service à l'occupant par la publicité qui lui est donnée. Elle peut d'ailleurs être interprétée, en partie, comme une concession aux campagnes de la presse parisienne. Cependant les trois cardinaux y ont introduit quelques membres de phrases qui déplaisent aux Allemands. Ils ont fait allusion aux bombardements de l'Angleterre : « Spectacle infiniment et partout douloureux que certains d'entre vous ont déjà contemplé dans leur propre pays. » Ils ont reconnu que les nécessités de la guerre imposent le bombardement des objectifs militaires, demandant seulement qu'on les « distingue avec plus de soin » des habitations afin que les populations civiles « soient épargnées dans toute la mesure du possible ». Ce texte n'est donc pas entièrement satisfaisant pour les Allemands et, le 13 mai au soir, un émissaire de leur ambassade vient protester contre la phrase qui fait allusion aux bombardements de villes anglaises. Celle-ci étant maintenue, ils ne s'embarrassent guère de scrupules : comme on pouvait s'y attendre, ils la suppriment dans les textes diffusés par la presse et la radio. La version publiée est donc une version tronquée, faisant supporter tous les torts par un seul côté. Le jour même, le cardinal Suhard proteste dans une lettre à l'ambassade d'Allemagne : « Acceptant la diffusion de ce texte, dit-il, on s'engageait implicitement à le donner dans son intégrité ; la pensée des signataires exigeait les mots supprimés dont l'importance est égale à celle du reste de leur texte ;

1. À la même époque, le cardinal belge Van Roye élève lui aussi une protestation contre les bombardements.

les destinataires eux-mêmes avaient droit à recevoir la version intégrale. » Mais cette protestation reste sans effet.

À Londres, par contre, on mesure ce qu'un tel message peut avoir comme répercussions dans une guerre où le choc des propagandes a tant d'importance. Quelques heures après la publication du message des cardinaux, la BBC diffuse un message en vingt-quatre langues à l'adresse de tous les peuples de l'Europe. « Nos pilotes, dit-elle, se rendent compte que la vie et les foyers de nos amis sont en jeu. Ils prendront en conséquence le plus grand soin possible, mais l'échelle de ces attaques ajoutera inévitablement aux souffrances que vous – nos amis loyaux – avez si courageusement endurées au cours de cette guerre. »

Cependant, les attaques aériennes se poursuivent. Si bien qu'en juin, après un bombardement de Lyon, le cardinal Gerlier élève une protestation plus vigoureuse encore : « Pourquoi tant de sang brutalement versé ? Notre raison se déconcerte devant une telle régression de l'humanité. Nous pouvions cependant attendre autre chose à un mois du jour où les cardinaux et archevêques adressaient à l'épiscopat des nations alliées un message pour que soient humanisés les procédés de la guerre aérienne. »

Le message aux épiscopats anglais et américain ne semble donc, malheureusement, avoir eu d'effet que sur l'opinion publique.

Évêques protestataires et évêques emprisonnés

Pour défendre les droits de la personne humaine dans cette France de 1944 où s'enchevêtrent guerre civile et guerre étrangère, l'épiscopat a fort à faire. Au printemps de 1944, les Allemands et la Milice multiplient les représailles contre les populations civiles.

Le 2 avril 1944, à Ascq, dans le Nord, un train militaire allemand ayant déraillé, les soldats se répandent dans la commune. Ils assassinent sur-le-champ quatre-vingt-dix hommes et jeunes gens, dont le curé et le vicaire. Le cardinal Liénart adresse une lettre de protestation à l'Oberfeld-Kommandantur de Lille et va la porter en personne. Le général allemand qui le reçoit lui répond simplement qu'il devrait plutôt s'employer à calmer les esprits. Le cardinal rétorque que le seul moyen de calmer les esprits serait de châtier les soldats allemands coupables du massacre.

Le 10 juin 1944, le bourg d'Oradour-sur-Glane (Haute-Vienne) est entièrement détruit par les hommes de la division SS « Das Reich ». Les femmes et les enfants sont tués dans l'église, les hommes dans les granges où ils ont été rassemblés. Le 16 juin, monseigneur Rastouil, évêque de Limoges, monte en chaire dans sa cathédrale. « Ces atrocités, dit-il, n'ont jamais eu leurs pareilles sur la terre de France, soit en 1914-1918, soit en 1939-1944. Elles sont condamnées au nom de la simple morale naturelle, proclamant qu'il n'est jamais permis de tuer des innocents parce qu'ils sont incapables d'injures. J'ai le devoir de faire connaître à mes diocésains que j'ai exprimé à monsieur le Général commandant les forces d'occupation à Limoges ma douloureuse indignation du fait que l'église d'Oradour-sur-Glane a été souillée par l'exécution dans ses murs de centaines de femmes, de jeunes filles et d'enfants, et profanée par la destruction du tabernacle et l'enlèvement de la Sainte Eucharistie, et j'ai demandé qu'une enquête soit menée et conclue dans le sens de la justice et de l'honneur. »

Le lendemain, un officier transmet à l'évêque de Limoges les excuses et les regrets du général allemand.

Le 20 août, à Saint-Genis-Laval, près de Lyon, plus de cent Français de tous âges et de toutes conditions, des hommes, des femmes, des prêtres et un enfant, sont enfermés par la Gestapo dans un petit bâtiment et abattus à coups de mitraillette et de grenades. Pour être sûrs de les avoir tués, les Allemands les arrosent de pétrole, et mettent le feu.

Le cardinal Gerlier se rend sur les lieux puis écrit au commandant Knapp, chef de la Gestapo lyonnaise, pour lui exprimer son « indignation », sa « protestation solennelle contre l'abominable cruauté de l'exécution faite là-bas, le 20 août, et qui fait suite, hélas ! à beaucoup d'autres non moins douloureuses ». Ceux qui portent la responsabilité de ces raffinements de sauvagerie, dit-il, « sont à jamais déshonorés aux yeux de l'humanité ».

Le 2 mai 1944 à Montpezat (Tarn-et-Garonne), les Allemands ont incendié plusieurs bâtiments, dont le presbytère, et tué plusieurs personnes. L'évêque de Montauban écrit le 6 mai à la Kommandantur une lettre de protestation : « Défenseur de la justice, gardien du droit naturel, je manquerais gravement à mon devoir si en face de tels actes de terrorisme et de barbarie je ne faisais entendre la protestation indignée de la conscience humaine et chrétienne. L'occupation d'un pays ne supprime ni les devoirs du vainqueur, ni les droits du vaincu... »

Le commandant allemand lui répond le 14 mai que des « terroristes » ont attaqué les soldats allemands et se sont réfugiés dans l'église et autour de l'église. Monseigneur Théas réplique que le presbytère, pas plus que l'église, « n'a jamais caché ni terroristes, ni armes, ni munitions, ni objets militaires d'aucune sorte ». Le 27 mai, il revient à la charge : à Aucamville, près de Verdun-sur-Garonne, plusieurs sous-officiers allemands qui logent au presbytère ont transformé en cible pour le tir au revolver un tableau représentant le Christ en croix et fait de ce presbytère une maison de tolérance.

Cette fois, le commandant allemand ne répond pas. Mais le 9 juin à deux heures du matin, des policiers allemands arrêtent l'évêque de Montauban, l'enferment dans une cellule à la caserne Pomponne jusqu'au lendemain matin. Il est alors transféré à Toulouse, puis au *Stalag 122* à Compiègne. Il y restera jusqu'au 24 août, date à laquelle il sera libéré en compagnie des quelques prisonniers que les Allemands n'ont pu envoyer dans les camps d'outre-Rhin avant l'arrivée des troupes alliées. Le motif de l'arrestation de monseigneur Théas n'est pas précisé. Il est vrai que, du point de vue allemand, on peut faire de nombreux reproches à l'évêque de Montauban : outre ses protestations vigoureuses sur le problème juif ou la répression, il est en liaison avec des réseaux de passage en Espagne et avec les maquis[1]. Il est probable cependant que les Allemands l'ont toujours ignoré. Ils ont seulement voulu frapper cette fois les trois prélats qui symbolisent dans cette région la résistance des chrétiens. En effet, le même jour, à neuf heures du matin, monseigneur Saliège, archevêque de Toulouse, reçoit la visite de policiers de la Gestapo venus pour l'arrêter. Constatant qu'il s'agit d'un

1. Il a accueilli dans son diocèse, à la fin de 1942, l'abbé Glasberg, qui y a vécu sous un faux nom puis s'est engagé dans l'Armée secrète où il prendra part aux combats de la Libération.

grand infirme, ils repartent sans lui. Le 9 juin encore, ils arrêtent monseigneur Bruno de Solages, le recteur de l'Institut catholique de Toulouse, ainsi que trois de ses professeurs, monseigneur Carrière, l'abbé Decahors et le chanoine Salvat. Ils sont amenés à Compiègne, en compagnie d'une autre personnalité toulousaine, Albert Sarrault, puis envoyés en Allemagne au camp de Neuengamme.

Ces arrestations de membres du haut clergé ne sont pas les premières, ni les dernières. Le 28 mai 1944, jour de la Pentecôte, a été emmené par la Gestapo, après sa messe pontificale, monseigneur Piguet, l'évêque de Clermont-Ferrand, celui-là même qui avait qualifié d'« esprits étroits » les « théologiens anonymes », recommandé le départ pour le STO, et affirmé en maintes circonstances sa totale fidélité au régime de Vichy. On lui reproche d'avoir donné un « celebret » (c'est-à-dire une pièce administrative permettant à un prêtre de dire la messe partout où il passe) à un ecclésiastique étranger au diocèse, muni d'une fausse carte d'identité civile et qui est employé comme vicaire dans la commune de Saint-Genès-Champanelle.

Emprisonné à Clermont, monseigneur Piguet est ensuite transféré au camp de Struthof (Alsace) où il est particulièrement insulté et frappé. À la place de ses vêtements épiscopaux, il porte désormais un pantalon rayé, une veste civile bariolée de couleurs et frappée au dos des lettres K. L. (*Konzentration Lager*) et des sandales de bois. Le 4 septembre, il est envoyé à Dachau où il est enfermé d'abord au block 28 occupé par huit cents prêtres polonais, puis au block 26 où il retrouve des prêtres allemands et de diverses nationalités, parmi lesquels des Français représentant cinquante-six diocèses. On compte donc parmi les Français du block 26 : un évêque, un abbé mitré, cent dix prêtres séculiers ou réguliers, trente et un séminaristes, sept frères des écoles chrétiennes, deux novices jésuites, six frères franciscains, un frère dominicain, un frère coadjuteur lazariste. Le matricule 103.001 – c'est monseigneur Piguet – sera ensuite transféré au « bunker d'honneur », pavillon de cellules individuelles bien aménagées, réservées aux personnalités. Quelques mois après son arrivée, il ordonnera prêtre – clandestinement – un jeune diacre allemand également enfermé et qui va mourir tuberculeux. À son retour, en 1945, monseigneur Piguet sera accueilli triomphalement par la population clermontoise.

Deux autres évêques sont encore arrêtés par les Allemands au printemps de 1944. Monseigneur Rodié, d'Agen, sera interné quelques semaines. Monseigneur Moussaron, d'Albi, est arrêté le 15 juin et maintenu en prison pendant huit jours ; motif : il a refusé de prendre les mesures demandées par la Gestapo contre un curé doyen qui avait présidé les funérailles d'un officier de l'Armée secrète tué par les Allemands.

Des maquis sans aumôniers

Le rédacteur politique de *La Croix*, Pierre Limagne, qui, faute de pouvoir écrire librement dans les colonnes de son quotidien, continue à consigner les événements et ses réflexions dans son journal personnel, note le 7 juillet 1944[1] : « Les arrestations d'évêques effectuées ces jours derniers sont une bénédiction pour l'Église de France. Elles ouvrent les yeux à nombre de catholiques jusqu'ici aveugles. Elles manifestent aux incroyants que la religion n'est pas inféodée à l'ordre nouveau. »

En effet.

Ces arrestations, comme les protestations après les massacres et les représailles massives, rapprochent l'épiscopat de l'opinion publique – qui a presque unanimement abandonné Vichy et ne vit plus que dans l'attente de la libération – et des résistants catholiques.

Cependant, deux faits vont contribuer à l'en tenir écarté. Le premier n'est connu que des initiés, c'est la question de l'aumônerie des maquis. Le second est spectaculaire : c'est l'affaire des obsèques de Philippe Henriot.

Jusqu'à la création des maquis, le problème d'une aumônerie de la Résistance ne s'était posé que dans des cas tout à fait exceptionnels, par exemple quand un résistant voulait se marier sous un faux nom et sans être passé au préalable par la mairie. À Paris, monseigneur Chevrot avait marié dans ces conditions Guillain de Benouville. D'autres mariages clandestins avaient été célébrés dans la crypte du couvent des dominicains, rue du Faubourg-Saint-Honoré.

1. À cette époque, il sert comme officier dans le maquis de l'Ardèche.

L'existence de troupes organisées dans les maquis pose un autre problème. Dans leurs rangs se trouvent bon nombre de jeunes chrétiens. Ils souhaitent avoir des aumôniers, comme en a normalement l'armée, et ils en réclament. Certes, il y a parfois des prêtres parmi eux. Ainsi, dans le Vercors, le père Chambre, jésuite. Mais il s'y trouve comme combattant. Ou encore le curé de Labatie-Rolland, qui avait caché des juifs et des clandestins, et qui a fini par prendre le maquis. Ce qui lui a valu d'être suspendu par son évêque, monseigneur Pic, pour avoir quitté sa paroisse. Certains maquis se « débrouillent » : l'abbé Truffy, curé du Petit-Bornand, sur le plateau des Glières, voit arriver un dimanche un chef maquisard, nommé Clovis, qui lui annonce que certains de ses hommes, pratiquants, veulent des secours religieux ; il lui ordonne donc de monter dire la messe au maquis. Mais une telle formule n'est pas applicable partout. De toute manière, pour pouvoir donner les sacrements hors de son diocèse d'origine, un prêtre doit recevoir l'autorisation de l'évêque du lieu. Par contre, les aumôniers militaires sont considérés comme faisant partie du « diocèse militaire », indépendant de toute notion géographique.

Aucun prêtre ne peut donc s'instituer aumônier de maquis, avec tous les « pouvoirs nécessaires » pour accomplir cette tâche, s'il n'a pas été nommé à ce poste par la hiérarchie.

Il en est bien entendu de même pour la Milice. Celle-ci, le 2 juin, fait apparaître au cours d'une cérémonie officielle – l'anniversaire de la Franc-Garde, sa troupe de choc, vivant en caserne, portant un uniforme bleu et un brassard orné du signe du bélier – un abbé Bouillon, qualifié « d'aumônier de la Milice ». Il s'agit d'un prêtre du diocèse de Nice, docteur en théologie, et ami personnel de Joseph Darnand, chef de la Milice et secrétaire d'État à l'intérieur. C'est seulement le 19 juin que, s'avisant de la situation irrégulière de l'abbé Bouillon, Darnand écrit au cardinal Suhard pour lui demander de désigner un aumônier. « Non pas, écrit-il, de la Milice en général, ce qui pourrait prêter à confusion, mais de la Franc-Garde, considérée comme organisation officielle et gouvernementale, vouée à la défense de l'ordre français. Je devais cette satisfaction à mes hommes, à leurs familles, à leurs amis. J'ai pressenti à ce sujet… monsieur l'abbé Bouillon. »

La hiérarchie n'aime pas être placée devant le fait accompli, surtout en une matière aussi délicate. Informé par le cardinal

Suhard, l'évêque de Nice, monseigneur Rémond, convoque l'abbé Bouillon et lui signifie qu'il n'accepte pas cette nomination, qu'il lui retire le droit de prêcher dans le diocèse et ne lui donnera pas le « celebret » pour voyager. D'ailleurs, ajoute-t-il, une telle nomination, se situant à l'échelle nationale, ne pourrait venir que de la commission permanente de l'Assemblée des cardinaux et archevêques, à supposer qu'elle y consente. Ce n'est pas le cas.

Cachées dans les montagnes et dans les bois, les troupes du maquis ont un besoin d'aumôniers bien plus urgent que les hommes de la Milice qui, s'ils le désirent, peuvent toujours recevoir les sacrements et l'assistance d'un prêtre dans les villes et les villages où ils sont cantonnés.

Il y a des volontaires pour ces fonctions. Mais c'est à la hiérarchie de trancher.

Le 2 juin, à Rome, le cardinal Tisserant écrit au Pape pour lui poser cette question de « l'assistance spirituelle aux hommes du maquis ». Le 13, monseigneur Tardini lui répond au nom de la Sacrée congrégation des affaires ecclésiastiques extraordinaires que « Sa Sainteté a examiné avec un paternel empressement ce que Votre Éminence lui exposait. Elle a daigné disposer que l'épiscopat français pourvoie à l'assistance spirituelle en question… Le nonce apostolique en France a été aussitôt informé de cette souveraine disposition. » Décision peu surprenante : depuis longtemps, Rome avait en effet donné les « pouvoirs canoniques » aux aumôniers de la France libre…

Le Vatican prend donc une position formelle, qui ne comporte aucune réserve, et elle est portée à la connaissance de l'épiscopat par l'intermédiaire du nonce. Cependant, après comme avant cette disposition souveraine du Saint-Siège, il n'y a guère d'aumôniers nommés par l'épiscopat pour le maquis.

On prend parfois des demi-mesures. Dans la Drôme, l'évêque a délégué, au printemps, ses pouvoirs à l'archiprêtre de Die qui peut ainsi accorder à des prêtres de passage l'autorisation de donner les sacrements : l'évêque s'en remet à lui du soin de décider s'il les accorde ou pas.

Mais les FFI de la région Rhône-Alpes, qui demandent l'organisation d'une aumônerie pour tout ce secteur, n'obtiennent pas satisfaction. L'évêque de Cahors, lui, refuse formellement de donner « les pouvoirs » à un jeune dominicain qui le sollicite. Le chef d'un maquis de Bourgogne, en quête d'un aumônier, s'adresse d'abord à l'abbé Pézeril, du diocèse de Paris, qui est d'ailleurs recherché par la police. L'abbé Pézeril, qui a pris d'autres engagements, lui conseille de demander aux jésuites ou aux dominicains, dont les supérieurs sont plus « larges » que les évêques. Le père provincial des jésuites désigne pour cette fonction le père Klein, aumônier de Polytechnique, qui sera tué quelque temps après la Libération alors qu'il accompagnera les hommes de son maquis désormais enrôlés dans des unités normales. Un jeune prêtre de Nice qui veut apporter son assistance aux combattants du maquis, s'adresse directement au nonce pour lui exposer son cas de conscience : « Il me semble, répond celui-ci, que les maquis constituent les troupes régulières de votre gouvernement. » L'évêque de Besançon, monseigneur Dubourg, nomme trois aumôniers. Mais d'autres répondent que les maquisards n'ont pas besoin d'aumôniers et qu'ils n'ont qu'à s'adresser « au curé de campagne le plus proche », sans tenir compte des risques qu'ils courraient ainsi. On répète un peu partout que les prêtres qui iraient au maquis n'auront pas « les pouvoirs ».

Un religieux, le père d'Ouince, signale au cardinal Suhard que de toute manière les prêtres qui se trouvent dans les maquis, ou proches d'eux, peuvent administrer les sacrements même s'ils n'ont pas reçu les « pouvoirs » : en effet, en raison de la situation dangereuse dans laquelle ils se trouvent, les maquisards peuvent être considérés comme *in articulo mortis* – à l'article de la mort – et le droit canon prévoit que tout prêtre peut donner les sacrements à quelqu'un qui se trouve dans cette situation. Satisfait de cette formule qui permet de ne pas s'engager plus avant, le cardinal Suhard la répète. Elle va faire le tour de la France des maquis.

Mais il n'y aura jamais d'aumônerie des maquis organisée ou reconnue par l'épiscopat. Il y aura un aumônier général des FFI – le père Bruckberger – mais c'est Alexandre Parodi, délégué général du gouvernement d'Alger en France, qui le nommera à ce poste…

Au printemps 1944, d'anciens dirigeants de la JEC parisienne montés au Vercors écrivent au père de Montcheuil, théologien réputé, collaborateur de *Témoignage chrétien*, qu'ils connaissent bien puisqu'il a été leur aumônier à la JEC : « Nous avons besoin d'aumôniers. Venez voir ce qui se passe ici. Vous pourrez ensuite témoigner de cette nécessité. » Sous couvert de prêcher une retraite, le père de Montcheuil part pour le Vercors. Il a l'intention d'en ramener un rapport destiné à convaincre l'épiscopat. Mais les Allemands attaquent bientôt le Vercors. Le père de Montcheuil est arrêté dans un hôpital de fortune installé par le maquis. Il sera exécuté le 10 août…

Grand concours d'évêques autour du cercueil de Philippe Henriot

Le matin du 28 juin, à 5 h 50, trois voitures stoppent devant le ministère de l'Information à Paris. Leurs occupants se présentent comme miliciens et pénètrent dans la cour. Ils maîtrisent alors les trois gardiens de la paix. Deux d'entre eux se dirigent vers l'appartement du secrétaire d'État, Philippe Henriot, l'homme qui, sur les ondes de la radio, dénonce chaque jour, avec un rare talent, les résistants, les juifs, les communistes, les gaullistes – dans cette tâche il a à la fois séduit l'opinion et fait le plein de haine. Ils frappent à la porte en indiquant qu'ils viennent de la part de Darnand pour prévenir un coup de main terroriste. Philippe Henriot ouvre la porte. L'un des deux assaillants lui décharge son revolver dans le corps. Henriot tombe, tué sur le coup. Les deux hommes saluent militairement et disent à madame Henriot : « Ne craignez rien, Madame, nous sommes des officiers français chargés d'une mission. Nous l'avons accomplie et nous nous retirons. » Puis, rejoignant le gros de leur troupe, ils montent en voiture et disparaissent.

Une semaine plus tard, au micro de la BBC, André Gillois annoncera que le meurtre de Philippe Henriot a été exécuté par une équipe des « corps francs de la Libération » constitués par le Mouvement de libération nationale (MLN) avec des éléments détachés des Mouvements unis de Résistance (MUR), « qui avaient reçu du Conseil national de la Résistance l'ordre d'accomplir cet acte de guerre et de justice ».

Pour l'heure, la mort de Philippe Henriot pose des problèmes difficiles aux autorités civiles… et religieuses.

Pétain refuse de prononcer à la radio l'allocution funèbre qu'on lui demande en faveur de son ministre. C'est Pierre Laval qui le fera. Le Maréchal envoie quatre lignes de condoléances à madame Henriot, et s'en tient là. Une messe étant célébrée à Saint-Louis de Vichy pour l'âme de Philippe Henriot, il s'y rendra sans uniforme pour bien montrer qu'il y assiste seulement à titre privé.

Le gouvernement Laval, réuni à Paris, décide de faire des obsèques nationales à Philippe Henriot. Fernand de Brinon demande qu'en attendant les obsèques, le corps du ministre éditorialiste soit exposé à l'intérieur de l'hôtel de ville, entouré d'une garde d'honneur formée de miliciens. Le conseil municipal de Paris refuse – plus personne n'a de doute sur l'issue de la guerre. L'hôtel de ville, estime-t-il, doit rester un symbole de pureté nationale. Il ne doit pas être mêlé à une manifestation qui peut apparaître partisane. Pierre Taittinger et Jacques Ramazotti, président et vice-président du conseil municipal, se rendent à l'hôtel Matignon, chez Pierre Laval. « Nous n'avons pas à juger, disent-ils, de l'opportunité des honneurs à rendre à Philippe Henriot, mais il n'y a pas de précédent dans l'histoire de la capitale. Jamais l'hôtel de ville de Paris n'a été utilisé pour une cérémonie de ce genre… » Ils menacent de démissionner. Laval cède. « Qu'on laisse l'hôtel de ville tranquille », conclut-il. Mais Laval n'est pas le seul maître. Pour régler le problème, une réunion rassemble donc, avec Laval et Taittinger, de Brinon, Darnand, Otto Abetz et Oberg, le chef des SS. La discussion est extrêmement violente. Finalement Laval, comme toujours, propose un compromis, et le fait accepter : on dressera un cénotaphe sur la place de l'hôtel de ville. Il n'y aura aucune cérémonie à l'intérieur du bâtiment.

Le problème du service d'ordre pendant les obsèques est également difficile à résoudre. Amédée Bussière, préfet de police, ne veut pas que ses hommes y soient mêlés aux miliciens : « Ou bien, dit-il, la Milice assurera seule le service d'ordre, ou bien la police l'assurera seule. » On décide que ce sera la Milice seule.

À l'exception de quelques fidèles, personne ne tient apparemment à se compromettre avec ce cadavre.

Le gouvernement et la Milice veulent que les obsèques aient lieu à Notre-Dame. En réalité, le fait qu'elles soient « nationales » n'implique pas l'obligation d'utiliser la cathédrale de Paris : les obsèques nationales de Thiers – « libérateur du territoire » – avaient été célébrées à l'église de sa paroisse.

Que l'Église accepte de célébrer une messe pour un mort

n'implique pas de sa part ni canonisation ni même approbation de son action passée. Mais l'attitude que les dignitaires de l'Église adoptent à l'occasion de ces obsèques peut avoir une signification politique, ou être ainsi interprétée.

Philippe Henriot a été avant-guerre l'un des orateurs catholiques les plus écoutés et s'est acquis de multiples sympathies dans les milieux ecclésiastiques. Cependant, quand il s'est rendu à Lille, en janvier 1944, pour y prononcer une conférence, le cardinal Liénart a refusé d'y assister, malgré l'invitation pressante qui lui était adressée par le préfet du Nord : « Loyal envers monsieur le maréchal Pétain, chef de l'État, et envers son gouvernement, je ne saurais en aucune manière m'inféoder, en tant que cardinal-évêque de Lille, à une politique quelconque. » À quoi Philippe Henriot avait répondu dans sa conférence : « Je regrette que certains aient cru devoir représenter cette manifestation comme une manifestation de parti. Je représente la pensée officielle de la France. Les excuses des absents sont sans valeur. »

Dans des circonstances analogues, monseigneur Saliège a également refusé d'assister à une conférence du secrétaire d'État à l'Information.

Les relations entre Philippe Henriot et une partie au moins de l'épiscopat étaient donc singulièrement mauvaises. Cependant, apprenant la mort d'Henriot, le cardinal Suhard écrit : « J'ai été profondément attristé de cet événement qui s'est déroulé à Paris même. C'est le mépris de la personne humaine poussé jusqu'au mépris de la vie. »

Non seulement les obsèques ont lieu à Notre-Dame, mais le cardinal qui, la veille, est allé prier devant la dépouille du père Corentin Cloarec, franciscain, assassiné par la Gestapo, décide de s'y rendre, puisqu'il s'agit d'obsèques nationales, et de donner lui-même l'absoute. Georges Bidault, prévenu, se présente à l'archevêché pour tenter de le dissuader. On lui répond que le cardinal, occupé, ne peut pas le recevoir. Abetz de son côté insiste, par téléphone, pour que monseigneur Suhard prononce une allocution. Mais celui-ci s'y refuse.

Les obsèques de Philippe Henriot ont lieu le samedi 1er juillet. Le chanoine Brot procède à la levée du corps. Le cardinal Suhard donne l'absoute. On remarque dans le chœur la présence de monseigneur Beaussart, de monseigneur Chappoulie, ainsi que de nombreux prêtres. Dans la cathédrale les uniformes vichyssois et allemands – y compris celui du commandant du *Gross Paris* – sont très nombreux. Le cercueil est ensuite descendu dans la crypte en attendant d'être transféré à Bordeaux.

La ville de Bordeaux fait célébrer, le 4 juillet, un service solennel à la cathédrale Saint-André, sous la présidence de monseigneur Feltin qui prononce une allocution. Quelques jours plus tard, c'est l'inhumation. L'abbé Bergey dit la messe, et l'archevêque donne l'absoute.

Les messes pour le repos de l'âme de Philippe Henriot, demandées par les officiels, qui y exhibent quantité d'uniformes français et allemands, se multiplient. Monseigneur Petit de Julleville y assiste à Rouen, le cardinal Gerlier à la cathédrale Saint-Jean de Lyon ; monseigneur Delay à Marseille prononce une oraison funèbre.

Un évêque refuse d'assister à une cérémonie de ce genre : monseigneur Rastouil, de Limoges. « Tout groupement, répond-il aux autorités, a le droit de faire célébrer une cérémonie funèbre pour un de ses membres ou chefs décédés. » Mais il ajoute qu'il ne juge pas sa présence nécessaire. Les pressions se succèdent, émanant du préfet ou des chefs de la Milice, mais monseigneur Rastouil persiste dans son refus : « Avant tout, je tiens à sauvegarder l'autonomie, l'indépendance, la liberté de ma mission spirituelle. » Le 7 juillet, sur l'ordre du chef départemental de la Milice, monseigneur Rastouil est placé en résidence surveillée à Châteauroux où il est conduit, escorté de six voitures de policiers en armes. Une quinzaine de jours plus tard, il est libéré après une démarche du nonce auprès de Pierre Laval. Son cas montre que l'épiscopat n'est pas unanime quant à l'attitude à adopter.

Cette triste affaire d'obsèques clôt le débat sur la Résistance. Elle le clôt mal, et suscite beaucoup d'amertume. Ce grand concours d'évêques autour du cercueil d'Henriot fait mal aux jeunes chrétiens qui meurent au maquis sans le secours de prêtres. Dans quelques jours, quelques semaines au plus, les cloches de la Libération sonneront à la volée dans la plupart des villes et villages de France. Mais l'affaire Henriot, s'ajoutant à beaucoup d'autres, aura créé un profond malaise au sein du catholicisme français.

QUATRIÈME PARTIE

L'APRÈS-GUERRE SE DESSINE

CHAPITRE XIII

L'évolution politique des catholiques de l'Action française au progressisme ; le MRP

Avril 1944. Un autocar poussif, équipé d'un gazogène, monte lentement de Valence jusqu'à Vernoux-en-Vivarais (Ardèche). Quand il s'arrête, deux jeunes hommes en descendent, petites valises à la main. Ils hésitent un instant puis pénètrent dans un hôtel de la bourgade. Ils demandent deux chambres pour quelques jours. Sur leurs fiches d'identité le premier inscrit « Poisson », et le second « Sandrard ».

En réalité, le premier s'appelle André Colin, et le second Maurice-René Simonnet. Durant trois jours, enfermés à Vernoux, ils rédigent les « lignes d'action pour la libération », manifeste d'un nouveau mouvement « large et populaire qui aura assez de jeunesse et de dynamisme pour prendre l'opinion à bras-le-corps ». Il s'agit du « Mouvement républicain de libération » qui deviendra peu après le Mouvement républicain populaire, le MRP.

Cette création est le résultat d'une lente maturation. Depuis le début du siècle, sous diverses appellations et sans trouver un très large écho dans le pays, des démocrates-chrétiens s'étaient mêlés à la vie politique française. Ils étaient divisés. Les uns, avec Marc Sangnier, appartenaient à la Jeune République, les autres, avec Champetier de Ribes, au Parti démocrate populaire. Les efforts pour les rassembler, comme ceux de Francisque Gay qui avait diffusé en 1935 un « mémoire confidentiel pour un rassemblement des forces démocratiques d'inspiration chrétienne », étaient restés vains. La création de *L'Aube* avait été une autre tentative pour les regrouper. Et Francisque Gay, qui n'adhérait lui-même à aucun parti, avait également lancé, en 1938, les Nouvelles Équipes françaises, dans le même but ; un certain nombre de jeunes qui n'étaient attirés ni par la Jeune République, ni par le PDP avaient adhéré aux NEF.

Mais, divisés sous la IIIe République, ces hommes se retrouvent ensemble dans la Résistance. Spontanément, ils se regroupent. Quand François de Menthon lance *Liberté* et cherche des correspondants dans la zone sud, il se tourne vers les membres de la famille démocrate-chrétienne. De Londres, Maurice Schumann envoie des messages et des émissaires à ses amis.

Quand Georges Bidault rentre de captivité, presque toute l'équipe de *L'Aube* – Louis Terrenoire, Pierre Corval, Jean Dannenmuller – se retrouve bientôt autour de lui. Francisque Gay diffuse un bulletin clandestin, *La France continue*, dont les correspondants, sélectionnés dans les fichiers des abonnés de *L'Aube*, sont des démocrates-chrétiens de toutes nuances.

Devant l'ampleur des problèmes soulevés par la lutte contre l'Allemagne, les querelles d'avant-guerre paraissent bien vaines. D'autant qu'il ne s'agit pas seulement d'une résistance patriotique, mais d'une lutte contre l'idéologie nazie, contre un système de pensée, un mode de gouvernement, un style d'action politique. Sans doute, la plupart des catholiques engagés dans la Résistance accordent-ils la priorité à l'action immédiate et ne se soucient pas outre mesure de la forme du gouvernement de l'après-guerre. Mais les démocrates-chrétiens qui ont déjà tâté de l'action politique sont naturellement portés à s'en préoccuper, et leur engagement dans la Résistance donne à leurs réflexions une dimension plus large et un cours nouveau. Et ces réflexions ne s'effectuent plus en vase clos. Leurs opinions, ils les confrontent à celles d'autres hommes, qu'ils n'avaient pas eu tellement l'occasion de rencontrer jusque-là.

Chez un professeur de gymnastique du lycée Ampère de Lyon, M. Langlade, Georges Bidault et François de Menthon retrouvent à intervalles réguliers Robert Lacoste et Paul Bastid, avec qui ils forment le Comité général des études de la Résistance. Ils publient ensemble les *Cahiers politiques* dont le deuxième numéro, en 1942, contient un article « Pourquoi je suis républicain : réponse d'un catholique » qui précise le contenu de leurs réflexions et manifeste bien que s'ils se sont d'abord opposés à Vichy par réflexe patriotique, ils lui ont bientôt reproché aussi son antirépublicanisme.

François de Menthon, qui est l'auteur anonyme de cet article, reconnaît que « la conscience républicaine est en crise chez certains catholiques » à la suite des échecs des démocraties contemporaines et de l'effondrement de la IIIe République. « Les arguments hitlériens, adaptés à notre usage par la succursale de Vichy, ont fait leur chemin obscur dans certaines consciences non assurées. » Certes, la IIIe République s'est déconsidérée. La Résistance, d'ailleurs, ne travaille pas à « la restauration des désordres révolus ». La République, c'est autre chose ; c'est un régime populaire : « tout pour le peuple, beaucoup par le peuple ». L'histoire des régimes populaires commence à peine. Les mépriser est anti-évangélique.

Bien entendu, souligne François de Menthon, les structures proprement politiques sont du domaine du relatif, et d'un point de vue uniquement religieux on peut en admettre de très diverses. Mais l'esprit républicain rencontre très souvent les idées chrétiennes :

« À vrai dire, les décadences contemporaines nous encombrent d'un trop grand nombre de chrétiens chlorotiques qui ont simplement *peur* de la liberté et de ses surprises. Car la liberté innove là où on voudrait bien dormir, la liberté éveille là où on voudrait bien dormir, la liberté dérange là où on voudrait bien stationner, la liberté pour tout dire est créatrice, tandis que la servitude peut s'arranger pour être doublement confortable, dans l'immobilité commune des asservis et de leurs maîtres. Que l'on cesse de regarder le christianisme à travers les morts vivants qui en portent la marque en tuant l'esprit... Que la liberté exige le soutien d'une série de règles, qui ne l'accorde ? Mais que tout l'appareil politique doive être construit de manière à lui donner le champ d'exercice le plus vaste qui soit possible sans désordre mortel, c'est là un des principes de l'idée républicaine, c'est aussi, dans son ordre, un des principes de l'idée chrétienne. »

À l'époque où François de Menthon émet cette vigoureuse profession de foi républicaine, les perspectives de l'action politique future des démocrates-chrétiens sont encore très imprécises.

À la fin de 1942, cependant, ceux-ci se réunissent pour la première fois en tant que tels, dans un café de la Croix-Rousse, à Lyon. Il s'agit d'honorer la mémoire de Robert Cornilleau, un « ancien », fondateur, en 1912, du journal *Le Petit Démocrate*, qui, médecin, vient de mourir en Algérie au cours d'une épidémie de typhus. Il y a là toute l'équipe de *L'Aube*, et Maurice Guérin, Pierre-Henri Teitgen, Jacques Fonlupt-Esperaber, Marcel Poimbœuf, Gaston Tessier venu de Paris, Charles d'Aragon, et aussi Stanislas Fumet. On ébauche quelques projets d'avenir. Mais il s'agit encore d'élargir le vieux Parti démocrate populaire. D'autres réunions ne font guère progresser le débat. En avril 1943, cependant, l'une d'entre elles, autour de Georges Bidault, envisage la création d'un cartel, qui réunirait les groupements d'avant-guerre. Car la plupart de ceux-ci ne veulent pas disparaître et souhaitent ressusciter à la Libération.

Le projet de Gilbert Dru

Or, dans la même ville de Lyon, et dans le même temps, Gilbert Dru pense lui aussi à l'avenir. Lutter contre la servitude à l'égard de l'étranger lui paraît insuffisant ; il faut encore lutter contre toutes les servitudes qui accablent la nation. Il ne faut pas seulement se libérer de l'Allemagne et du nazisme, mais aussi de « l'argent-roi », des trusts, de la propriété capitaliste, de l'esclavage prolétarien, de « l'État centralisateur et fin en soi », du cléricalisme et du laïcisme, des nationalismes autarciques, des formules politiques périmées et de « l'équivoque des partis ». Pour Gilbert Dru, l'entrée dans la Résistance n'est que la forme immédiate d'un engagement politique plus large et plus durable. Il commence à rêver d'un grand mouvement « construit sur la base du personnalisme ».

En août 1943, pendant les vacances universitaires, il rédige un « projet d'introduction à une action révolutionnaire des jeunes Français », texte assez long, plusieurs fois remanié, dans lequel il expose ses vues. Il s'agit de remplacer les anciens partis par des « mouvements » correspondant aux grands courants, aux grandes traditions spirituelles françaises, qui dépasseraient le champ de la politique pure, de l'action parlementaire et seraient en même temps des écoles de pensée. Le « mouvement » auquel songe plus précisément Gilbert Dru devrait rassembler deux grandes tendances : les démocrates d'inspiration chrétienne et les héritiers de la tradition laïque des droits de l'homme. Dans la géographie politique de l'après-guerre il voit place, à côté de ce mouvement, pour un « groupement des forces traditionnelles de la droite » et pour le communisme qui « par l'attitude de ses militants dans le drame présent a incontestablement acquis ses droits de cité » – il n'en reste pas moins, ajoute Gilbert Dru, que si le communisme « s'affirmait comme le seul mouvement révolutionnaire de notre pays, il en résulterait une regrettable atteinte à l'intégrité du génie français si nuancé et si riche de possibilités nouvelles. Sa présence, qui s'impose de fait et de droit, appelle elle-même la formation d'un mouvement puissant, susceptible de lui servir de « contrepoids » et de venir « confluer » avec lui. »

Autrement dit, Gilbert Dru et ses amis – n'ayant guère semble-t-il l'occasion de rencontrer des socialistes SFIO ou des représentants du radicalisme dans la Résistance – envisagent un grand mouvement de gauche. Il y aura, pensent-ils, « les communistes et nous ».

Son texte mis au point, Gilbert Dru s'emploie à le faire connaître et adopter. Il le présente d'abord à André Mandouze qui, après la disparition des *Cahiers de notre jeunesse*, a pris une part de plus en plus grande à la rédaction des Cahiers et du Courrier de *Témoignage chrétien.* Celui-ci est d'autant plus rapidement d'accord avec Gilbert Dru qu'il envisage lui-même, pour l'après-libération, un vaste rassemblement autour de *Témoignage chrétien* de tous les catholiques partageant le même souci de « rénovation chrétienne ». Les deux projets se rejoignent au moins en partie. Par l'intermédiaire d'André Mandouze, Gilbert Dru rencontre aussi le père Chaillet qui l'encourage également.

Pour lui, août 1943 est le mois de l'enthousiasme. Tout semble se dérouler de manière inespérée. Son projet rencontre partout un accueil favorable. Rémy Montagne, dirigeant de l'ACJF, mis au courant, lui offre de « monter à Paris » à la fin de septembre comme permanent de l'ACJF, ce qui lui permettrait de prendre tous les contacts nécessaires. Joseph Hours, son professeur d'histoire en khâgne et son maître à penser, lui promet de transmettre son « papier » à Georges Bidault : « Vous avez, lui dit-il, une place, une mission irremplaçable. » Maurice Guérin, pionnier du syndicalisme chrétien, l'aide à remanier certains passages de son texte. Gilbert Dru est alors presque effrayé par ce « trop beau » succès. Mais, écrit-il, « il en restera assez pour que nous soyons contents ».

À la fin d'octobre – avec quelques semaines de retard dues à un projet de départ pour Alger où on l'avait appelé pour siéger à l'Assemblée consultative, projet qui n'a pas eu de suite pour des raisons obscures – Gilbert Dru, son texte en poche, « monte à Paris », redevenu le centre, la capitale de la Résistance.

Il y retrouve Rémy Montagne, Maurice-René Simonnet et André Colin. Leurs préoccupations sont voisines. Depuis quelque temps déjà les dirigeants de l'ACJF songent à tous les jeunes hommes qui sortent, ou vont sortir de leurs rangs, préparés à une action civique mais ne sachant pas clairement dans quel cadre l'exercer. Cette préoccupation des dirigeants nationaux est d'ailleurs partagée dans bon nombre de régions.

À partir de ce moment, les rencontres s'enchevêtrent. L'une d'elles est particulièrement importante pour le jéciste lyonnais : celle de Jean Gilibert, âgé de 20 ans, originaire de Brive, engagé lui aussi dans la Résistance puisqu'il est responsable du NAP (Noyautage des administrations publiques) pour tout l'Est de la France. Tous deux se mettent rapidement d'accord et c'est ensemble qu'ils prennent contact avec Francisque Gay, Marc Sangnier, et enfin, en décembre, avec Georges Bidault. Ils rencontrent partout, et surtout chez Georges Bidault, un accord total. Gilbert Dru exulte : c'est plus qu'il n'avait espéré puisque celui qu'il considère spontanément comme le chef l'approuve et sera le dirigeant du futur « mouvement ».

Faut-il un parti confessionnel ?

Reste à rassembler et à convaincre les diverses factions qui pensent alors à l'action politique.

Il y a les anciens du PDP qui pensent toujours à continuer ce qu'ils avaient entrepris avant-guerre.

Il y a le « groupe de la rue de Lille », avec Émilien Amaury, Robert Buron, Georges Hourdin, Raymond Laurent, Ernest Pezet – dont certains sont d'anciens PDP, d'autres, plus jeunes, très engagés dans l'action familiale – et qui publie de petits fascicules appelés les *Cahiers du travaillisme français.* « Notre conception du travaillisme français, dit le deuxième cahier, en décembre 1943, est une conception de chrétiens et nous tenons pour certain que rien ne peut être construit de durable dans la France de demain qui ne respecte pas les principes essentiels de la civilisation chrétienne. Mais les solutions que nous voulons exprimer sont des solutions éminemment pratiques et concrètes, que tout Français peut accepter en dehors de toute foi religieuse. »

Il y a les anciens de *L'Aube :* Francisque Gay, Jean Letourneau, Louis Terrenoire.

Il y a enfin la nouvelle génération, celle de Dru, Gilibert, Simonnet et Montagne.

Entre ces groupes, Georges Bidault va servir de catalyseur et va trancher. Il décide que l'action politique des démocrates-chrétiens se fera à l'avenir dans un mouvement nouveau, que l'on appelle alors tout simplement « le mouvement ». Cette décision est entérinée au cours d'une réunion chez l'ancien député démocrate populaire Raymond Laurent, le 16 janvier 1944. La pièce est glaciale. La fumée des cigarettes que Georges Bidault a apportées et qu'il distribue généreusement est épaisse.

Les anciens du PDP regrettent sa disparition. Mais André Colin, soutenu par Georges Bidault, leur dit : « Si vous voulez avoir les syndicalistes et les jeunes, ne refaites pas un parti de la IIIe République. » Les plus jeunes reprochent en outre au PDP, formation minoritaire, d'avoir dispersé ses votes avant 1939 et de n'avoir pas exercé une action politique cohérente.

Ils l'emportent, et les participants à la réunion décident qu'André Colin, ancien président de l'ACJF, ayant « repris du service » à la faveur des circonstances, et donc « intermédiaire » tout désigné entre les diverses générations, sera le pivot, l'organisateur du nouveau Mouvement, dont Bidault sera le chef.

L'accord s'est réalisé d'autant plus rapidement que ces hommes ne sont pas seulement unis par la Résistance. À des époques différentes, ils ont presque tous été dirigeants de l'ACJF : après 1922, les présidents successifs de l'ACJF ont été Charles Flory, François de Menthon, André Debray, André Colin ; dans les années vingt le comité général de l'ACJF que présidait Charles Flory comprenait des hommes comme Georges Bidault, René Pleven, Jean Letourneau. Le nouveau « Mouvement » n'est donc pas de génération spontanée. De Georges Bidault à Gilbert Dru, on retrouve une même filiation.

Tandis que d'autres réunions se poursuivent à Paris, André Colin, Maurice-René Simonnet et Jean Gilibert commencent à ratisser la province pour annoncer la naissance du Mouvement. Tout naturellement ils se rendent surtout chez les hommes qu'ils ont connus à l'ACJF...

« Pour constituer ce Mouvement, a dit Georges Bidault, il ne faut pas pêcher à la ligne, il faut pêcher par bancs. » Ses promoteurs entrent donc en contact avec de grandes organisations – par exemple le tout nouveau Mouvement populaire des familles, dirigé par Paul Bacon, qui vient de prendre la suite de la Ligue ouvrière chrétienne – et ces organisations sont en général catholiques. Cependant, pour éviter de donner un aspect trop confessionnel à la nouvelle formation, ses dirigeants font appel à des hommes comme Max André ou Léo Hamon. Le pasteur Emmanuel La Gravière participe également aux premières réunions.

Le morcellement des réunions interdit les grands débats doctrinaux, si bien que l'une des questions essentielles – le nouveau mouvement sera-t-il ou non confessionnel ? – n'est jamais traitée entièrement et clairement.

Gilbert Dru qui, à cette époque, fait la navette entre Paris et Lyon et qui, à mesure que le temps passe, est de plus en plus inquiet en voyant son projet s'effilocher, se déformer au gré des tractations, ne voulait pas – on l'a vu – d'un parti confessionnel. Il n'avait cessé de le souligner à tous ceux qu'il avait rencontrés. Pour lui et ses camarades, le « Mouvement » allait réconcilier la tradition chrétienne et la tradition jacobine et laïque de la révolution. Profitant du vide laissé par la disparition escomptée du parti socialiste et des radicaux, il serait la seule force révolutionnaire à côté du parti communiste.

Roger Radisson, autre Lyonnais, donne encore ces consignes en avril 1944 aux équipes départementales qui se mettent en place : « L'effort le plus persévérant doit être tenté pour intéresser dès le départ des non-chrétiens, des hommes de gauche et d'extrême gauche, gardant toute leur volonté révolutionnaire, mais reconnaissant le primat de la liberté en même temps que celui de la justice. »

Dès 1943, cependant, Gilbert Dru avait rencontré les objections d'Emmanuel Mounier qui, au cours d'un congrès clandestin des amis d'*Esprit* à Dieulefit, dans la Drôme, en septembre, lui avait dit : « Vous allez hériter de la masse catholique qui est conservatrice et vous en serez prisonnier. »

D'autres songent à un travaillisme aux contours imprécis. Le groupe de la rue de Lille par exemple. Mais aussi des hommes comme Marcel Poimbœuf ou Robert Prigent, qui se trouvent à l'Assemblée consultative d'Alger. Ces derniers, il est vrai, se sont rapidement rendu compte que les anciens clivages tendaient à se reconstituer au sein de cette Assemblée. Et ils en ont éprouvé une vive déception.

Sous le titre « Libres réflexions d'un catholique de la Résistance », Joseph Hours exprime un souci voisin dans les *Cahiers politiques* en janvier 1944. Il voit, lui, se constituer autour du général de Gaulle un « grand parti républicain » composé d'éléments divers : hommes venus des anciens partis de gauche, syndicalistes, protestants et catholiques. Mais il ajoute : « Le grand parti républicain dont nous parlons ne comprendra malheureusement pas tous les catholiques, ni même peut-être leur majorité. Beaucoup d'entre eux et des plus influents, beaucoup des membres de la hiérarchie eux-mêmes se seront au contraire compromis avec Vichy… »

Un grand nombre d'hommes de la Résistance sont favorables à une disparition des vieux partis. Mais le blason de ceux-ci a été redoré par un biais. Pour prouver à ses alliés réticents, et notamment au président Roosevelt, que l'opinion française tout entière soutient son mouvement et son gouvernement, le général de Gaulle a besoin de garants. Ces garants ne peuvent pas être des hommes nouveaux, par définition inconnus à Londres et à Washington. Il faut donc trouver des personnages connus, portant des étiquettes également connues, familières parce que anciennes. Il est nécessaire, dans cette optique, que le CNR comme le gouvernement d'Alger comportent des représentants du parti socialiste, de l'Alliance démocratique, de la Fédération républicaine, etc. Quoi qu'il en pense, et quoi qu'il veuille pour l'avenir, le général de Gaulle est ainsi conduit à donner une sorte de prime aux anciens partis, à faciliter leur reconstitution. Les mêmes hommes qui protestent contre la « pénalisation » de la Résistance au profit des vieux partis sont obligés de redonner vie à ceux-ci. Depuis quelque temps déjà, Daniel Mayer a commencé à recréer les structures du parti socialiste. Tous ceux qui, parmi les chrétiens prêts à s'engager dans l'action politique, pensent se trouver dans une situation radicalement nouvelle font une erreur d'analyse. Dès la Libération, tous les anciens partis vont reparaître au grand jour. À l'exception de l'UDSR, assemblage assez disparate, un seul parti est neuf : le leur, le « Mouvement ». Mais du même coup, sa base se trouve réduite.

Au début de 1944, certaines tentatives d'élargissement se poursuivent. Divers contacts privés sont pris par André Colin, Gaston Tessier, avec des syndicalistes de la CGT, des laïcs. Ils n'aboutissent pas.

À défaut d'une union organique avec les socialistes, va-t-on créer un parti officiellement confessionnel, ou non ?

Jacques Maritain avait lancé, avant-guerre, la distinction entre l'action temporelle « en tant que » chrétien, et l'action temporelle « en » chrétien.

Presque tous les hommes qui participent à la création du mouvement sont décidés à agir « en » chrétiens dans les affaires politiques. Assez peu nombreux sont ceux qui souhaitent porter l'étiquette chrétienne pour le faire. Ils tiennent à distinguer les domaines.

Presque tous sont d'accord pour que le « Mouvement » ne porte pas d'étiquette confessionnelle. Cependant, Georges Bidault tient à l'orienter dans ce sens. Peut-être a-t-il constaté plus rapidement que les autres, au poste d'observation privilégié que constitue la présidence du Conseil national de la Résistance, la renaissance des anciens partis et des anciens clivages ? Toujours est-il qu'il est persuadé que, pour être efficace et avoir une base électorale suffisamment large, le futur mouvement devra s'appuyer sur les masses catholiques. Il ne croit pas à la possibilité d'alliances très étendues avec d'autres. Il le dit nettement à André Mandouze au cours d'une réunion à laquelle participent également Francisque Gay et Maurice-René Simonnet. « Ne mêlez pas, avait demandé Mandouze, le christianisme à votre action. Ne prenez pas d'étiquette chrétienne. »

Georges Bidault répond :

« Appelez-le comme vous voudrez, mais il faut faire un parti chrétien. »

Il le répète sous une forme imagée à Charles d'Aragon, avec

qui il a rendez-vous le 14 juillet 1944 à l'église Saint-Pierre de Montrouge.

« N'oubliez pas que, demain, les femmes vont voter. Alors, quand vous ferez votre campagne électorale, n'oubliez pas : Au nom du Père, du Fils, et du Saint-Esprit. »

À ce moment, Georges Bidault trace plusieurs grands signes de croix successifs. Et il conclut :

« Ainsi, nous aurons cent députés… »

À ceux qui objectent que, lié à un électorat de tempérament plutôt conservateur, le Mouvement risque de se détourner de ses idéaux révolutionnaires, celui qui en est déjà le leader répond :

« Nous ferons une politique de gauche avec un électorat de droite. »

Un autre argument emporte les réticences. Tous craignent à ce moment que l'attitude d'une bonne partie de l'épiscopat et des fidèles à l'égard de Vichy ne suscite dans l'opinion, après la Libération, un anticléricalisme virulent, un réveil des vieilles querelles religieuses. Pour l'éviter, y a-t-il un meilleur moyen que de créer un mouvement dont l'inspiration chrétienne sera nettement reconnue, et qui sera composé d'anciens résistants ? Ainsi sera-t-il manifesté hautement que les catholiques n'étaient pas d'un seul côté. Pour laver l'Église de France de sa compromission avec Vichy, le « Mouvement » va la compromettre avec la Résistance et la République.

Sur tout ce débat, un débat décousu, qui ne prend jamais sa vraie dimension car ces hommes de la Résistance ont d'autres soucis et d'autres activités, la hiérarchie épiscopale n'est jamais consultée. Elle n'en est même pas informée. Au cours de leurs tournées en province pour créé les échelons départementaux et locaux du mouvement, André Colin et ses amis ne prennent contact à ce sujet avec aucun évêque. Les quatre années qu'ils viennent de vivre ont créé, dans le domaine politique, un fossé profond entre eux et l'épiscopat. Ils entendent bien garder, sur ce plan, leur entière indépendance.

Le mouvement ne porte donc pas d'étiquette chrétienne. Au printemps, le nom est choisi : Mouvement républicain pour la libération. Libération est un mot clé qui catalyse alors tous les espoirs des Français. Comme dans le projet de Gilbert Dru, il est entendu ici non seulement au sens immédiat de fin de l'occupation étrangère, mais aussi au sens global de libération de toutes les servitudes politiques, économiques, sociales, culturelles. Le qualificatif « républicain » est un peu discuté. Certains préféreraient : « démocrate ». Georges Bidault, une fois encore, tranche :

« Pas démocrate, les gens ne savent pas ce que c'est. C'est la République qui a été renversée, et c'est elle qu'il faut restaurer. »

C'est à ce moment qu'André Colin et Maurice-René Simonnet partent pour l'Ardèche où ils vont rédiger le premier manifeste du MRL, afin de donner une réponse précise à tous ceux qui les interrogent sur la nature et les orientations du Mouvement…

Ce texte de sept pages dactylographiées comporte une déclaration de principe et une ébauche de programme intitulée « lignes d'action ».

Il s'agit, dit la déclaration de principe, de construire une « France nouvelle rompant avec les méthodes et les mœurs politiques du passé qui réduisirent le pays à l'impuissance… rompant délibérément avec un régime qui, sous le couvert d'une prétendue « Révolution nationale », se faisait le fossoyeur des libertés françaises, abdiquait devant l'ennemi et, sous le prétexte du « moindre mal » pour la France, sacrifiait son esprit et son honneur. France nouvelle restaurée dans sa grandeur et son indépendance, se refaisant étroitement unie, en construisant dans l'ordre, les structures sociales nouvelles qui libéreront les masses… » Cela est possible grâce à la fraternité née de la Résistance entre des hommes autrefois « divisés par de vaines querelles politiques ou des luttes religieuses ». C'est la volonté des jeunes.

Cependant, ajoutent A. Colin et M.-R. Simonnet, cet appel « ne signifie pas la création d'un nouveau parti. On ne peut parler de parti avant de savoir exactement comment pourra s'organiser, à la Libération, la vie politique en France. Il signifie essentiellement qu'il s'agit de créer dans le pays un courant, une mystique au service de la libération totale de la France… C'est en se référant à la tradition française et, pour lui être fidèle, à un idéal de *justice* et de *liberté* que s'attachera le « Mouvement ». En dehors de toute question de foi religieuse pour tous ceux qui participent ou participeront à son action, le « Mouvement » entend ainsi se référer essentiellement, pour son effort de reconstruction française, aux *prin-*

cipes essentiels d'une civilisation chrétienne[1] : ils sont inscrits dans notre tradition française : pour lui être fidèles, ils doivent être à la base de notre idéal de libération de la France. »

Les lignes d'action prévoient notamment :

– le rétablissement du régime républicain. « *Nous sommes pour la République*[2], parce qu'elle remet aux hommes, dont elle reconnaît ainsi l'égale dignité, la responsabilité de se diriger eux-mêmes et parce qu'au-delà de toute discussion doctrinale elle est le régime le plus communément accepté des Français et le mieux adapté à la France actuelle. »

– une politique familiale dans laquelle on retrouve les idéaux des catholiques sociaux ;

– la « rupture avec le système capitaliste ». Ce qui suppose notamment « un nouveau droit de propriété » permettant « l'accession de tous à la propriété personnelle et familiale ». L'État, ou les organismes habilités par lui, a le droit de contrôler l'usage que les propriétaires font de leurs biens. Dans les entreprises, le « Travail » devra être associé à la gestion et au profit ;

– l'établissement d'un plan de développement économique, auquel participeront les différentes organisations syndicales ;

– la nationalisation des « entreprises qui, par leurs dimensions ou leurs fonctions, sont devenues des services d'intérêt national (eau, gaz, électricité, transports, mines, assurances) » ;

– la « socialisation du crédit » ;

– l'établissement d'un « vaste système coopératif en agriculture[3] ».

Le texte d'André Colin et Maurice-André Simonnet est accepté par leurs amis. Il sera entériné officiellement le 3 septembre, après la Libération, avec quelques modifications. La plupart sont de circonstance et tiennent compte simplement du fait que la libération du territoire est désormais presque acquise. Une suppression a plus d'intérêt : elle concerne le paragraphe de la déclaration de principe disant qu'il ne s'agit pas de créer un nouveau parti, mais « un courant, une mystique au service de la libération totale de la France ». Autrement dit,

1. Souligné dans le texte initial.
2. Souligné dans le texte initial.
3. Les « lignes d'action » ne font aucune allusion au problème scolaire, qu'il s'agisse de la réforme de l'enseignement ou du statut des établissements privés.

les possibilités d'élargissement qui semblaient exister encore à l'époque de la rédaction du texte, en avril, ont disparu. Par contre, la référence aux « principes essentiels d'une civilisation chrétienne » subsiste. Enfin, le « programme » élaboré par le Conseil national de la Résistance est intégré dans les « lignes d'action » dont il est d'ailleurs très proche.

La réunion du 3 septembre 1944 au cours de laquelle ces décisions sont prises est euphorique. Dans les locaux de l'ancien journal collaborationniste *Je suis partout*, au 186, rue de Rivoli, une cinquantaine de personnes se retrouvent. Tous les fondateurs du « Mouvement » sont là – à l'exception de Gilbert Dru, fusillé à Lyon – et Pierre-Henri Teitgen fait une entrée spectaculaire : il avait été arrêté par la Gestapo le 6 juin, jour du débarquement, près du Bon Marché, et on le croyait déporté outre-Rhin comme son frère Paul et son père. Mais, s'aidant d'un débris de fourchette, il a réussi à faire un trou dans les parois du wagon qui l'emmenait vers l'Allemagne et à s'évader. Il s'est même payé le luxe de participer pendant une dizaine de jours à l'avance des troupes américaines avant de regagner Paris. Les hommes qui avaient rejoint de Gaulle à Londres dès la première heure, Maurice Schumann et René Pléven, sont également présents. Et aussi ceux qui avaient gagné Alger : François de Menthon, Marcel Poimbœuf, Robert Prigent. Et enfin, Pierre Brisson, directeur du *Figaro*, venu en spectateur.

Il n'est pas le seul dans ce cas. René Pleven n'adhérera pas au Mouvement. Sans doute le trouve-t-il trop catholique, trop structuré, et veut-il garder sa liberté de manœuvre. Il prend une part décisive à la formation de l'Union démocratique et socialiste de la Résistance (UDSR), dans laquelle se retrouvent aussi des anciens de la Jeune République, comme Eugène Claudius-Petit ou Antoine Avinin, et de nouveaux venus, comme François Mitterrand. Robert Prigent, avant d'opter décidément pour le MRL, participe également aux premières réunions constitutives de l'UDSR. La Jeune République, qui tient congrès quelque temps après la Libération pour décider de son attitude à l'égard du nouveau Mouvement, est très divisée. Malgré les efforts de Marc Sangnier et de Maurice Schumann, il faudra attendre août 1946 pour que la majorité de la commission exécutive de la Jeune République lance un appel demandant à ses membres d'entrer au MRP. Ces hésitations traduisent souvent des déceptions.

Le rêve d'un travaillisme français hante encore quelques esprits. À défaut de pouvoir fusionner avec les groupes issus des anciens partis, qui viennent de renaître, n'eût-il pas été possible d'associer au Mouvement, dès le départ et en plus grand nombre, des hommes de la Résistance n'appartenant à aucun parti, que les démocrates-chrétiens avaient rencontrés à *Combat*, mais aussi parfois à *Franc-Tireur* ou à *Libération* ? Il n'apparaît pas que les tentatives en ce sens aient été très nombreuses. Sans doute peut-on l'expliquer par le fait que les promoteurs du Mouvement, généralement issus de l'ACJF et habitués à travailler ensemble, ont tout naturellement poursuivi dans l'action publique ce travail en commun. La pesanteur des habitudes a joué. Mais l'on a pu parler à ce propos d'« occasion manquée ». Le regret subsistera toujours et les républicains populaires iront longtemps « jouer la sérénade » sous le balcon socialiste.

Dans l'euphorie de la Libération, on n'y prend pas trop garde. Une grande partie des catholiques résistants se retrouvent au sein du Mouvement. Celui-ci tient le 24 novembre 1944 son congrès constitutif, précédé le matin d'une brève réunion au cours de laquelle le PDP décide de disparaître. Parce que le foisonnement des organismes portant dans leur titre le mot « libération » risque de créer des confusions, le MRL décide de se transformer en Mouvement républicain populaire, MRP.

Maurice Schumann est élu président. André Colin devient secrétaire général et René Guyomard secrétaire général adjoint. Georges Bidault est ministre des Affaires étrangères dans le nouveau gouvernement de Gaulle, François de Menthon, ministre de la Justice, Pierre-Henri Teitgen, ministre de l'Information. Une nouvelle histoire commence.

À la découverte de « l'autre »

Le congrès du MRP a adopté le programme élaboré dans les montagnes de l'Ardèche par André Colin et Maurice-René Simonnet. À lire ce texte on mesure le chemin parcouru en quatre années par les catholiques engagés dans la Résistance, notamment en matière économique et sociale. En 1936, la plupart avaient été, pour le moins, réservés à l'égard du Front populaire. Ils font leurs, aujourd'hui, les principales dispositions de son programme. Au Conseil national de la Résistance, et aussi au gouvernement ils siègent à côté des communistes, ils collaborent avec eux. Pour les anciens démocrates-populaires une telle collaboration eût été impensable quelques années plus tôt. L'un des phénomènes déterminants de ces quatre années est sans aucun doute la découverte des communistes par les catholiques.

Cette découverte fait partie d'un phénomène beaucoup plus général : les brassages de la guerre, et plus encore de la Résistance, entraînent les catholiques à la rencontre de « l'autre ».

L'autre, c'est d'abord le protestant. Des protestants collaborent à *Témoignage chrétien*, créent avec des catholiques « L'amitié chrétienne » pour venir au secours des persécutés. Le père Maydieu lance à Paris, sous l'occupation, une collection de livres au titre significatif : « Rencontre », et des protestants y participent, des incroyants également.

L'autre, c'est aussi le juif, que l'on essaye de sauver, avec qui l'on se retrouve dans les prisons ou les camps. À Neue Bremen, près de Sarrebruck, Edmond Michelet fait la connaissance d'un jeune juif de 18 ans, élève de philosophie, déjà résistant, qui, après avoir subi une journée durant les sévices des gardiens allemands, récite la « Vierge à midi » de Paul Claudel :

> « Il est midi. Je vois l'église ouverte. Il faut entrer.
> Mère de Jésus-Christ, je ne viens pas prier.
> Je n'ai rien à offrir et rien à demander.
> Je viens seulement, Mère, pour vous regarder.
> Vous regarder, pleurer de bonheur, savoir cela
> Que je suis votre fils et que vous êtes là. »

L'autre, c'est enfin l'athée. Georges Bidault et Albert Bayet collaborent dans la Résistance. Et dans le petit village, le curé et l'instituteur s'entraident parfois. Dans telle ville, des francs-maçons ou des socialistes se trouvent à *Combat* et des catholiques à *Franc-Tireur* ou à *Libération* alors que la composition des équipes dirigeantes des mouvements permettrait de penser que le contraire était plus probable. Cette rencontre de l'incroyant se fait aussi dans le syndicalisme, et encore à Uriage, chez les Compagnons de France, dans la collaboration des mouvements de jeunesse pour résister à Vichy. Elle laisse espérer la disparition des anciens clivages, de l'anticléricalisme et du cléricalisme également bornés. François de Menthon dit cet espoir à Jean Moulin, au cours d'une conversation à bâtons rompus sur les bords de la Saône, à Lyon, et Jean Moulin, laïc, lui répond qu'en effet l'anticléricalisme est désormais passé de mode, que les vieilles querelles peuvent cesser. À l'Assemblée consultative d'Alger, en novembre 1943, un délégué s'écrie : « La France de la tradition chrétienne et la France de la tradition révolutionnaire se sont réconciliées. Il faut que cette réconciliation survive au conflit. »

Cette rencontre n'est pas seulement politique : les catholiques découvrent les « valeurs » que comportent les philosophies laïques et athées. Du même coup, ils s'interrogent sur la réponse chrétienne aux grands appels de l'homme moderne, et sont moins tentés d'observer à l'égard de ces idéologies une attitude de mépris et de rejet pur et simple, sans examen préalable. Cela ne signifie pas pour autant qu'ils soient disposés à abandonner leur foi, ni à la mettre sous le boisseau. Dans une circulaire du début de 1944 exposant ses projets pour l'avenir, l'équipe de *Témoignage chrétien* écrit par exemple : « L'œuvre que se propose demain de réaliser le *Témoignage chrétien* dans une France libérée est de montrer que le christianisme, loin d'être périmé, est la seule chance d'assurer son salut spirituel (nous disons bien spirituel et non politique)... La question qui nous est posée est de savoir si nous croyons encore assez à la vertu de la lumière chrétienne pour pouvoir en éclairer le monde et si, le croyant, nous sommes capables d'accepter tous les sacrifices personnels pour que la lumière soit. » Mais dans la présentation de *Témoignage chrétien*, les catholiques de la Résistance entendent désormais pratiquer plus de compréhension à l'égard des athées.

L'autre, l'athée, c'est surtout le communiste. Il y a, certes, des réticences. Ainsi, dans la Résistance parisienne, surtout dans les XVIe et XVIIe arrondissements, l'arrivée des communistes entraîne la disparition des militaires, qui préfèrent partir prendre un commandement au maquis. Mais, le plus souvent, le militant catholique découvre chez le militant communiste, bien que celui-ci soit parfois plus tard venu à la Résistance, un patriote, un homme tout entier donné à une cause, jusqu'à la mort. Et il admire ce don de soi, même s'il n'approuve pas toujours ses mobiles. Ce qui les rapproche, c'est qu'ils ont l'un et l'autre une *foi*.

Pendant l'occupation, les communistes représentent, aux yeux de bien des résistants chrétiens, l'élément sacrificiel de la nation. Dans les prisons, ce sont eux, plus que d'autres, que l'on choisit comme otages pour les fusiller, alors que les catholiques sont l'objet parfois de la part de la police de Vichy – moins souvent des Allemands – de certains égards. Ils se montrent souvent les plus fraternels. À Dachau, Edmond Michelet devient l'ami d'un vieux militant communiste, Germain Auboiroux. Quand il tombe malade, Auboiroux décide de lui-même de le remplacer une demi-heure à la chapelle tous les matins, pour assurer l'intérim. À Dachau encore, Cyprien Quinet, ancien député communiste du Pas-de-Calais, refuse toujours son supplément de soupe parce qu'il trouve un « cas » plus intéressant que le sien. À Mauthausen, ce sont des communistes qui donnent au père Riquet des vêtements convenables, un chapelet et un missel ; il évoquera ensuite « ces amitiés rouges que j'espère bien n'avoir jamais à renier ». À Neuengamme, le chanoine Parguel, curé d'une paroisse de Montpellier et résistant actif, retrouve les communistes du camp de Voves (Eure-et-Loir) internés par le gouvernement Daladier au début de la guerre et livrés à la Gestapo par celui de Vichy. « C'est parmi ces communistes, dira-t-il ensuite, que j'ai pu voir quelques-uns des plus beaux exemples de fraternité vécue. Ils avaient poussé très loin, en effet, la conscience d'appartenir à une communauté dont tous les membres étaient dans le malheur étroitement dépendants les uns des autres. Leur solidarité était magnifique… L'un d'eux, qui travaillait à la forge de l'usine, voulut comme marque de son amitié me donner un souvenir : il me façonna une petite croix en aluminium que je garde précieusement. »

Il existe certes des rivalités, des luttes sourdes entre les groupes, des dénonciations, et des soupçons – même dans les camps de la mort, dont plusieurs sont contrôlés par l'organisation communiste clandestine qui choisit, suivant ses critères propres, ceux qu'il faut aider. Mais, à la plupart des catholiques, la découverte de « l'homme communiste » fait oublier le reste. Et les discussions qui les rassemblent ouvrent aux catholiques des horizons nouveaux.

L'abbé Folliet, vicaire savoyard, a été bouleversé par la défaite et l'instauration du régime de Vichy : « Que va être cette horrible paix des barbares et des charognards ? On rougit d'y penser... Pourvu qu'on ne nous oblige pas à un christianisme à la Franco. » Devenu aumônier fédéral jociste à Annecy, il participe à l'organisation de la Résistance : renseignements, placement ou évasion des juifs pourchassés, aide aux réfractaires et création des maquis. Il est arrêté le 10 juin 1943 par la Gestapo italienne, l'OVRA, et transféré en Italie dans les camps de Cuneo puis de Fossano. Il y rencontre dix-sept résistants communistes italiens avec qui il a des discussions passionnées. « Nous faisions, écrira-t-il, une communauté des plus fraternelles parce que sans confusion, sans sacrifier de ce que nous étions les uns et les autres. Nous essayions de nous comprendre à fond et de voir – plus loin que parti ou boutique, même cléricale – la marche en avant de nos patries et l'établissement d'une véritable fraternité entre les peuples. »

Envoyé à Padoue, au milieu des Yougoslaves partisans de Tito, il est libéré par hasard : après la capitulation italienne, les Allemands ferment le camp, et comme l'abbé Folliet est le seul détenu de nationalité française, ils le relâchent, ne sachant qu'en faire. Après un bref passage à Lisieux, au séminaire de la Mission de France, il s'embauche à la BMW d'Argenteuil, une usine allemande installée dans d'anciennes carrières, qui travaille pour la guerre. Ce contact brutal avec la vie ouvrière lui permet de mieux comprendre ce que lui disaient ses camarades de captivité italiens, et le révolte :

« Vraiment, on ne peut plus accepter un monde comme cela, c'est une infamie. Ce n'est pas seulement une haine à atténuer, un amour à prêcher à contretemps, des WC à faire arranger, un wagon à moraliser, un désir de culture à éveiller : tout cela ne sont que des épiphénomènes. C'est tout un monde à bousculer sous l'explosion de toute cette fureur de justice que l'on a baptisée du nom de haine... Sinon les chiottes seront toujours sales, la haine toujours au fond des cœurs, la culture en restera à Tino Rossi et l'amour le plus brutal le seul moyen d'évasion de cette vie stupide.

« Et pourtant, derrière toute cette vie idiote qu'ils sont condamnés à mener, on sent l'homme qui aspire à autre chose pour celui qui sait l'éveiller, à l'amour vrai. Et moi je suis tellement incapable, empoté dans tout le moralisme de notre action et de nos théories. Nous avons tellement peu vécu d'une vie réelle. Comme la masse est terriblement simple et brutale ! Et encore, là comme pour l'attitude actuelle des communistes, il s'agit de voir par le dedans, et ce qui nous paraît objectivement faux est tellement vrai par le dedans ! »

L'abbé Folliet participe ensuite aux combats de la Libération de Paris, accepte au 13ᵉ bataillon de chasseurs alpins un poste d'aumônier de ses jeunes gars du maquis, maintenant enrôlés dans une unité régulière, est blessé sur le front des Alpes le 31 mars 1945 et meurt le 9 avril. Dans le chœur de l'église où sont célébrées ses funérailles, les drapeaux de la section communiste, de la section socialiste, et de la CGT d'Annecy, prennent place à côté de ceux des organisations catholiques.

À l'instar de l'abbé Folliet, des prêtres et des laïcs commencent à regarder le communisme, non à travers le marxisme et le matérialisme dialectique, mais comme un élan spirituel qui soulève une masse opprimée par un ordre injuste. Ils ne se dissimulent pas ce qui les sépare du communisme, ils sont généralement bien placés pour apprécier la volonté de puissance du parti et son manque de scrupules quant aux moyens, mais ce qu'ils découvrent et retiennent surtout, c'est cet élan.

Les communistes, surtout ceux de la base, découvrent eux aussi les catholiques, les accueillent avec amitié, et admirent ces hommes et ces femmes capables de se faire tuer avec désintéressement. Or, ces catholiques, surtout les plus jeunes, se sentent parfois des « enfants perdus », abandonnés par leur milieu, leur Église, souvent même peu soutenus par Londres avec qui ils ont peu de contacts et où l'on se montre parfois méfiant à l'égard de ceux qui ont, dans la Résistance, des perspectives politiques. Cela est vrai des groupes urbains, mais aussi des maquisards qui ont le sentiment d'être coupés du pays, abandonnés par ce qu'ils appellent « la plaine ». Et cela aussi pousse au rapprochement.

La résistance du peuple russe à l'attaque allemande, les sacrifices qu'il consent contribuent à cette évolution des mentalités. Dès le 1ᵉʳ février 1942, dans l'église Saint-Louis de Vichy, fréquentée par les notables du régime, le père Dillard s'est interrogé : « Quelle est cette foi, quelle est cette mystique capable de susciter de tels sacrifices ? Et comment un tel dévouement, comment un tel don de soi peuvent-ils s'allier avec un athéisme officiel, avec un refus de toute valeur divine... mais pourquoi cette haine, pourquoi cette persécution, pourquoi cette mystique ? Il me semble, mes frères, qu'il y a eu là-bas, en Russie, une sorte de sursaut, de révolte contre tout ce que notre pensée religieuse comportait chez nous de déformations, de faiblesses, de compromis... La religion que Lénine a attaquée fut avant tout la religion des possédants, la religion des riches, et l'une, chez lui, n'a jamais été séparée de l'autre. C'est contre une forme de religion au service d'un système social que la Russie s'est révoltée. Elle n'a pas voulu, elle a refusé de toutes ses forces une religion de résignation, une religion d'opium du peuple qui serait un instrument de domination sociale d'une classe sur l'autre. Et c'est alors qu'après l'autre guerre un immense sursaut de haine a enveloppé du même coup une conception sociale et une conception religieuse. En vérité, la mystique communiste est à la fois et du même coup une mystique anticapitaliste et une mystique antireligieuse... Peut-être maintenant, avec le recul qui nous sépare des premiers temps de la révolution russe, peut-être maintenant comprendrons-nous davantage, et peut-être pouvons-nous tirer de ces événements quelques leçons... »

À partir de 1942, ces catholiques commencent à observer avec intérêt tous les signes de libéralisation, notamment en matière religieuse, qui viennent de Russie, où Staline veut réaliser l'union sacrée contre l'envahisseur.

L'admiration pour la résistance des Soviétiques s'amplifiera ensuite à mesure de leurs victoires et atteindra un degré extrême à la fin de la guerre. À ce moment, par exemple, Michel de Saint Pierre – pourtant ancien collaborateur de l'hebdomadaire *Voix françaises* – célébrera dans les *Études*[1] « ce peuple superbe de l'URSS qui n'a pas fini d'étonner le monde ». Mais dès 1943, Jacques Maritain peut résumer les sentiments éprouvés par les catholiques de la Résistance en évoquant, dans *Christianisme et Démocratie*, « la situation nouvelle créée, d'un côté, par l'héroïsme du peuple russe et par ses sacrifices inouïs, d'un autre côté par l'action que les communistes, à côté des autres groupes de résistance, mènent contre l'oppresseur dans tous les pays envahis et par la rage de persécution des gouvernements pro-nazis qui font des commu-

1. Novembre 1945.

nistes des martyrs de la patrie et appellent communistes tous ceux qui combattent pour la liberté ».

De cette situation nouvelle, les jeunes chrétiens de la Résistance ne tirent pas la conclusion qu'il faut abandonner une foi pour une autre, ni tenter dans un effort désespéré de les concilier, ni participer d'abord à la révolution communiste en se réservant de proclamer ensuite le message chrétien, ni même s'allier inconditionnellement jusqu'à l'instauration d'un ordre plus juste. Ils n'ont d'ailleurs pas le temps d'étudier le marxisme. C'est l'homme communiste qu'ils découvrent et apprécient. Les thèmes de ce que l'on a appelé « le progressisme » seront surtout développés après 1945 et pas toujours par les hommes et les femmes de la Résistance.

En 1943 et 1944, ces catholiques tirent surtout la conclusion qu'il ne sera pas possible de gouverner la France d'après-guerre sans les communistes ou contre les communistes. Joseph Hours l'écrit en janvier 1944 dans les *Cahiers politiques :* « Pour former, dès aujourd'hui, un personnel capable de diriger demain la France, force nous est d'envisager les ressources existantes. Elles sont faibles dans ce pays où presque tous les milieux en place vont se trouver demain compromis par leur adhésion publique et durable au gouvernement de Vichy et, par suite, à la domination allemande. Parmi ceux qui auront échappé à cette souillure, le parti communiste figure au premier rang... Il est la seule force organisée, en France, à posséder aujourd'hui une doctrine, une conviction ardente, un esprit de sacrifice devant lequel on doit s'incliner sans discussion. Son expérience politique est incontestable et quant au nombre, il le possède déjà et l'aura bien plus encore dès qu'il apparaîtra parmi les vainqueurs. Tout cela suffit pour interdire à tout gouvernement futur non seulement de se former contre le parti communiste, ce qui reviendrait à imposer à ce pays ruiné une guerre civile nouvelle, mais encore pour lui interdire d'ignorer ce parti... Nous pensons donc que le pouvoir de demain devra inclure comme un de ses éléments le parti communiste. »

À peu près à la même époque, l'équipe de *Témoignage chrétien*, dans le numéro 5 du *Courrier*, définit ainsi sa position : « Il est bien clair qu'un chrétien ne peut pas accepter la doctrine communiste... Sur chacun des points où sa foi chrétienne s'oppose à la doctrine communiste son opposition sera irréductible. Ni promesses ni menaces ne pourraient obtenir qu'il accepte un monde où seraient méconnues les valeurs pour lesquelles il a mission de témoigner… Nous ne nous opposons pas à tout dans ce mouvement complexe qu'est le communisme. Nous ne nous opposons pas à sa volonté de sortir la classe ouvrière d'une misère imméritée, de supprimer certains privilèges que rien ne justifie plus. Nous accueillons l'immense aspiration qui le traverse, parfois en dépit de la doctrine, à la justice et à la fraternité. Si nous n'hésitons pas à marquer les points essentiels sur lesquels nous sommes irréductibles, parce qu'ils impliquent une méconnaissance des valeurs spirituelles, il ne s'ensuit pas que nous considérions le communisme comme le mal pur, comme une sorte d'incarnation de Satan… Tel qu'il vit dans la conscience de beaucoup de nos contemporains, nous y voyons moins quelque chose à détruire que quelque chose à sauver de lui-même… Il nous faut comprendre assez profondément le communisme, non seulement en ses thèses, mais d'abord en ses intentions, pour y découvrir les valeurs authentiques à dégager, à rendre à elles-mêmes, à séparer de tout ce qui les défigure. Alors, nous les ferons apparaître plus resplendissantes et plus attirantes aux cœurs qui ont vraiment faim et soif de justice. »

De la droite à la gauche

D'autres catholiques – moins engagés dans la Résistance et parfois même pas du tout – suivent un itinéraire différent qui les amènera progressivement, eux aussi, à virer vers la gauche.

C'est le cas d'un certain nombre d'hommes qui ont d'abord été séduits par la Révolution nationale. Le plus souvent, ils s'étaient uniquement préoccupés avant la guerre de problèmes pédagogiques ; ils voulaient « former des hommes », c'est-à-dire des caractères, sans trop se préoccuper du contexte politique et économique dans lequel ceux-ci allaient vivre, ce qui aboutissait généralement à une attitude conservatrice. Ou bien, certains s'intéressaient aux questions « sociales », sans prendre garde qu'on ne peut séparer le social de l'économique. Or, les « éducatifs », au premier rang desquels il faut placer la plupart des hommes issus du scoutisme, prennent conscience du contexte politique au moment de la défaite. À travers des expériences diverses – les Compagnons de France et Uriage notamment – ils se mettent en quête d'une idéologie, d'une explication du monde moderne. Refusant à la fois le communisme, le fascisme, le capitalisme, ils sont tentés de conclure « soyons tout simplement chrétiens, refaisons une chrétienté ».

C'est alors que certains rencontrent le mouvement Jeunesse de l'Église qui prend son essor à partir de 1942. Depuis 1936, deux pères Montuclard – l'un, mariste : Paul ; l'autre, dominicain : Maurice – travaillant avec un groupe d'une vingtaine de personnes, qu'ils avaient connues surtout pendant leurs études, ont commencé à réfléchir sur le thème : l'Église a abandonné sa grande tradition communautaire. L'individualisme atteint la spiritualité, la liturgie, les mœurs, il fait du prêtre un séparé du monde. Il faut donc restaurer le christianisme comme réalité communautaire. Il faut recréer les communautés chrétiennes. Joignant les actes à la pensée, les deux pères Montuclard sont allés s'installer avec un groupe de laïcs à Montverdun, dans une vieille maison du Forez. En 1942, ils fondent à Lyon un « Centre de recherches » qui aura pour but de trouver des remèdes à une situation angoissante, ce que le père Maurice Montuclard appelle « l'isolement de l'Église au sein d'un monde… qui en réalité lui échappe ». Le centre Jeunesse de l'Église a donc pour objet « l'étude des conditions de vie du chrétien et de l'Église dans le monde contemporain, au fur et à mesure de ses transformations ». *Jeunesse de l'Église* publie entre 1942 et 1945 quatre cahiers. Ils montrent la nécessité d'une « présence » au monde nouveau, par un effort de compréhension à l'égard des « valeurs authentiques » que celui-ci renferme. Ils affirment également la distinction entre le spirituel et le temporel. Le chrétien, disent-ils en substance, doit agir dans le temporel en chrétien, mais avec les autres, dans la cité commune. Ce qui suppose, à leurs yeux, la disparition des institutions chrétiennes, des œuvres confessionnelles qui créent le confusionnisme et alourdissent l'Église.

À des hommes qui viennent à lui parce qu'ils sont séduits par son vocabulaire communautaire et par son désir de retrouver les traditions communautaires du christianisme, le centre Jeunesse de l'Église répond donc que bien loin de recréer la chrétienté, il faut mettre un terme au confusionnisme entre l'Église et l'ordre établi, au confusionnisme de droite [1].

1. Il en poussera d'autres, mais plus tard, vers le confusionnisme de gauche.

Ceux-ci franchissent donc une première étape. La seconde sera constituée par le mouvement communautaire. Le terme est très employé par la Révolution nationale, et ces hommes en quête d'une doctrine l'ont saisi au passage. Divers groupes – qui ne sont pas tous catholiques – cherchent à préciser dans des livres, des colloques, des revues, une doctrine communautaire. François Perroux écrit un ouvrage sur « la communauté ». Avec Y. Urvoy, ancien officier qui est membre de la Légion des combattants, il cherche à faire passer ces idées dans la Légion. Ils publient une collection de brochures intitulée *Renaître* qui abordent les problèmes de « l'économie planiste », de la nation, de la communauté.

En avril et en septembre 1943 se tiennent au Mont-Dore deux congrès qui réunissent des personnages très divers : des doctrinaires farfelus, des anarchistes, des hommes de tendance socialiste, des syndiqués chrétiens partisans de la charte du travail comme Paul Hibout et Jules Mennelet, des hommes de Vichy. Paul Estèbe, du cabinet du Maréchal, préside la première réunion qui regroupe deux cents personnes. La seconde en rassemblera trois cents. Entre-temps, le Conseil permanent d'organisation a été reçu par le maréchal Pétain le 12 juillet, et a obtenu ses encouragements. Le premier acte de la réunion du Mont-Dore a d'ailleurs été d'adopter une « adresse au Maréchal ». Ces deux congrès se situent donc tout à fait dans la ligne de la Révolution nationale. Mais un ensemble de participants aussi disparates ne peut aboutir qu'à remuer des idées en tous sens et qui ne soient pas toutes conformistes. Elles ont ceci de commun qu'elles préconisent un profond bouleversement des structures économiques.

André Cruiziat et le petit groupe d'anciens scouts souvent anciens Compagnons de France avec lequel il travaille – les « éducatifs » – qui suivent de près toutes ces tentatives en tirent deux conclusions : la nécessité d'une analyse scientifique des phénomènes sociaux ; la confirmation de l'orientation communautaire. Mais à mesure que le temps passe, les tendances communautaires de la Révolution nationale leur paraissent de plus en plus verbales, et justement entachées de ce confusionnisme de droite que Jeunesse de l'Église leur a fait découvrir. Ils s'en séparent donc. C'est pour se rapprocher du personnalisme communautaire de Mounier.

À la même époque, ils retrouvent une préoccupation déjà

ancienne : celle de tous les anciens scouts maintenant dispersés par la vie adulte. Ils veulent lancer pour eux un mouvement, qui ne soit pas seulement un mouvement de foyers et de spiritualité conjugale, mais qui ait l'ambition de former des citoyens et des citoyennes actifs dans le sens communautaire, et de participer à un effort de renouvellement de l'Église. À la fin de 1942, André Cruiziat commence donc à sillonner la France pour y rencontrer d'anciens scouts à qui il propose ce nouveau mouvement, encore marqué alors par les tendances de la Révolution nationale, qui veut « saisir tout l'homme » et lutter pour une « civilisation nouvelle ». Ce mouvement s'appellera « Vie nouvelle » et fournira bien des militants au Parti socialiste de François Mitterrand. Par son intermédiaire, toute une génération d'anciens scouts passe ainsi de la droite à la gauche de l'éventail politique du catholicisme français.

Parmi les groupes qui favorisent cette évolution, il faut citer *Économie et Humanisme*. C'est à la fin de 1941 que se crée ce « centre d'études des complexes sociaux », qui a d'abord son siège à Marseille. L'animateur principal est le père Lebret, dominicain, qu'entourent René Moreux, François Perroux, Alexandre Dubois, J.-M. Gatheron et Gustave Thibon. Ils veulent étudier au moyen d'enquêtes détaillées « les réalités humaines, économiques et sociales dans leur complexité actuelle » et provoquer « des travaux scientifiques susceptibles d'aboutir à l'élaboration d'une doctrine économique spiritualiste remettant l'économie au service de l'homme. » Il s'agit, expliquent ses promoteurs, de remettre l'homme concret au centre de tout l'édifice économique, et non sur la surface par le biais du « social » ; ceci « impose le remplacement de l'économie du profit par l'économie du besoin ». Les animateurs d'*Économie et Humanisme* ont pris conscience de la « désespérance prolétarienne » et pour y porter remède ils rejettent aussi bien le socialisme étatique que le néolibéralisme, le néosocialisme et le corporatisme ; eux aussi choisissent la solution, ou plutôt « l'hypothèse communautaire », dit le numéro 1 de leur revue. Un an après, ils écrivent que, expérience faite, cette hypothèse est devenue pour eux une certitude. *Économie et Humanisme* publie en mars-avril 1943 un numéro spécial intitulé « l'ordre communautaire » contenant une sorte de long manifeste écrit par le père Lebret et J.-M. Gatheron qui présente la vision quelque peu idéaliste d'un État communautaire très décentralisé laissant aux diverses communautés naturelles (la famille, communauté de base, puis les communautés subordonnées : village ou commune, région, profession, entreprise) le maximum d'autonomie.

Même si une telle perspective paraît utopique, l'effort d'*Économie et Humanisme* a l'immense mérite de pousser les catholiques à considérer désormais avec sérieux les réalités économiques.

Dans le même sens, Y. Le Breton écrit en janvier 1944 dans *Positions :* « ... qui ne voit la duperie qui consiste à dire aux travailleurs : le social vous suffit ? Qui ne comprend que c'est parce qu'on leur a toujours tenu ce langage et qu'on les a constamment soumis à ce régime qu'il a été possible de leur refuser certaines améliorations sous prétexte que la situation ne le permettrait pas ? »

C'est aussi la constatation que font, « sur le tas », des prêtres et des laïcs que la guerre a mis au contact du monde ouvrier et de la vie ouvrière : prisonniers, travailleurs en Allemagne, clandestins de toutes sortes. D'autant que la classe ouvrière porte la plus grande part de la misère entraînée par la guerre et l'occupation.

Au début d'octobre 1943, monseigneur Pinson, évêque de Saint-Flour, « supplie les industriels, chefs d'entreprises et patrons, tous ceux qui emploient des ouvriers, de réviser le taux des salaires ou d'ajouter des rémunérations supplémentaires pour que le travailleur puisse améliorer sa situation ». Deux semaines plus tard monseigneur Du Bois de la Villerabel lance un appel analogue.

Mais, comme l'abbé Folliet, la plupart de ceux qui participent directement à la découverte de la misère ouvrière pensent que de telles mesures sont insuffisantes. On ne peut remédier à la misère ouvrière, estiment-ils, que par des « réformes de structures », une révolution. Les deux termes sont fréquemment employés et le second ne leur fait pas plus peur que le premier.

L'abbé Bousquet, aumônier de l'organisation catholique de Berlin, écrira : « Nous n'avons pas le droit d'ignorer (les) justes aspirations et revendications (des prolétaires). Demain, dans un monde réorganisé, il faudra bien, tout d'abord, travailler à supprimer cet immense prolétariat, objet du paternalisme des uns et de la charité des autres. »

Monseigneur Théas, après avoir fait l'expérience de la déportation au camp de Compiègne, dira le 10 septembre 1944 : « La classe ouvrière en a assez d'être la victime d'un régime économique injuste. La classe ouvrière a raison. Délivrés de la dictature nazie, nous voulons délivrer la classe ouvrière de l'esclavage capitaliste. »

Et en octobre 1944, monseigneur Saliège déclare à des syndicalistes chrétiens : « La plaie du prolétariat doit disparaître. Il faut qu'elle disparaisse. Cette plaie est due au régime capitaliste libéral pour lequel l'homme entre dans le prix de revient, pour lequel le rendement est tout. Tant que l'argent sera le roi du monde par les trusts, qui commandent tout : la presse, l'opinion, les propagandes, les États, la classe ouvrière sera opprimée et les guerres seront inévitables. »

La découverte de la condition ouvrière contribue donc, elle aussi, à pousser à gauche un large secteur – souvent le plus actif, le plus dynamique – du catholicisme français.

Elle tient également une grande place dans la réflexion que l'Église mène, pendant les années d'occupation, sur elle-même, sa mission spirituelle, et la manière de l'exercer.

CHAPITRE XIV

Le « petit concile » de l'Église de France

« Une bombe va éclater dans l'Église de France. »

En mai 1943, monseigneur Pierre Tiberghien, théoricien de l'Action catholique, parle ainsi à son neveu Bernard d'un manuscrit qu'il vient de recevoir. Un tout petit manuscrit : cinquante-huit pages sous une couverture beige rosé. Le titre : *Mémoire sur la conquête chrétienne en milieu prolétaire*. Deux noms d'auteurs : Henri Godin, docteur en sciences économiques et sociales, aumônier fédéral de la JOC et de la JOCF, Yvan Daniel, vicaire à Saint-Éloi, aumônier fédéral de la JOC.

Quatre-vingts exemplaires de ce « mémoire » ont été répandus à travers la France à la demande du cardinal Suhard. C'est le 26 avril, un lundi de Pâques, que le secrétaire particulier du cardinal, M. Lesourd, lui a parlé au cours du déjeuner d'un document qu'il venait de lire et qui l'avait profondément ému. Le soir même il le lui a passé et le cardinal l'a lu d'une traite, jusqu'à une heure avancée de la nuit. Monseigneur Suhard a voulu aussitôt rencontrer les deux auteurs et les a reçus le 1er mai à l'archevêché. Il les a encouragés et a fait ronéotyper le texte. Bientôt, le père Maydieu décide de le publier aux Éditions de l'Abeille, filiale des Éditions du Cerf installées à Lyon. Le titre choisi pour le livre est le sous-titre du « Mémoire ». Il fera choc : *La France pays de mission ?*

Henri Godin était le fils du greffier d'un tribunal de canton du Jura. Sa santé étant fragile, il a dû interrompre un moment ses études au petit séminaire et prendre une place d'employé chez un droguiste de Lons-le-Saunier. Expérience décisive. Lorsqu'il entre au grand séminaire, il ne veut pas être « prêtre pour cultiver un jardin, soigner des abeilles ». Il annonce qu'il veut servir dans la « banlieue rouge » de Paris, cette zone déshéritée et déchristianisée dont le père Lhande a révélé l'existence aux catholiques dans son livre *Le Christ dans la banlieue* paru en 1927.

Pour y aller, il faut quitter son diocèse. Henri Godin obtient l'autorisation d'entrer chez les Fils de la Charité, ordre religieux destiné à l'apostolat en milieu ouvrier. Ordonné prêtre en 1933, à vingt-sept ans, il est nommé vicaire à Clichy. Expérience décevante. Sa paroisse lui semble incapable de « ressaisir » la classe ouvrière qui s'est détachée de l'Église et lui est tout à fait étrangère. Encore s'agit-il d'une paroisse assez vivante. Ce qu'il voit dans les paroisses voisines, par contre, l'épouvante tout à fait : trop de curés y vivent comme des rentiers aux revenus confortables ; les vicaires comme des fonctionnaires qui se contentent de passer le soir à la sacristie pour savoir s'il y a des enterrements le lendemain. « Ah ! qu'on est naïf, note Henri Godin dans son journal, de s'étonner que le peuple, qui a l'esprit chrétien, ait abandonné la religion. » Il quitte la paroisse et les Fils de la Charité. Le père Desbuquois, directeur de *L'Action populaire*, à qui il demande conseil, l'envoie à l'abbé Guérin, aumônier national et fondateur de la JOC française, qui accepte de le prendre avec lui. Désormais, il consacrera la plus grande partie de son temps à la JOC.

Vêtu d'une soutane trop courte recouverte d'un manteau miteux, il va de réunion en réunion, l'air rêveur, l'allure désordonnée. On l'a surnommé le « fouillis ambulant ». Il observe et écoute, tente de saisir la réalité de ce monde ouvrier ; elle lui échappe comme aux autres, mais il a un avantage : il le sait. Une autre préoccupation l'obsède : comment présenter le message chrétien à cette masse, comment trouver un langage qui puisse l'atteindre, qu'elle puisse comprendre ? Il commence à écrire de petites brochures racontant l'Évangile dans le langage ouvrier de 1939, ou présentant la conception chrétienne de l'amour, et compose même un recueil de chansons, *Jeunesse qui chante*, qui sont autant de succès de librairie.

C'est au cours de l'exode, sur les routes encombrées de la France de juin 1940, que le constat décisif s'impose à lui : « La masse nous échappe, nous ne l'atteignons pas. » Et il s'interroge sur la JOC dont il avait cru, comme tant d'autres, qu'elle permettrait rapidement à l'Église de rechristianiser la classe ouvrière. Il l'écrit en 1942 : « Elle n'a jamais été adaptée aux grandes villes : à Paris et à quelques grands centres. » À cette époque, il a plusieurs conversations avec l'abbé Daniel, comme lui aumônier fédéral de la JOC, et leurs observations se rejoignent : « La JOC est emparoissialisée ; on n'en sortira pas si on veut vraiment atteindre la masse, c'est-à-dire le prolétariat. » L'idée germe de faire une expérience sur un arrondissement de Paris, et d'y installer une mission comme on fait en Afrique.

L'abbé Godin prend contact avec le séminaire de la Mission de France, installé à Lisieux, qui lui demande de consigner ses idées dans un texte. C'est le « Mémoire » que va lire le cardinal Suhard.

Le prolétariat urbain, huit ou neuf millions de personnes, constitue une classe sociale qui représente le quart de la France et vit et pense en dehors de l'Église. Telle est la constatation de départ du texte. Les abbés Godin et Daniel citent des exemples : « On a défié l'un d'entre nous de trouver douze vrais ouvriers manuels bons chrétiens dans la paroisse populaire de quarante mille habitants où il était vicaire, et il n'a jamais pu relever le défi. » À la SNCASO de Courbevoie, il y a une dizaine de chrétiens sur mille sept cents travailleurs. Et cette absence de pratique religieuse n'est que le signe extérieur d'un paganisme bien plus fondamental. « Devant ce paganisme déferlant de toutes parts » les chrétiens se sont refermés. La paroisse est une sorte de ghetto : « Son grand souci est de se préserver et de se garantir. » Tout ce qui est paroissial forme un monde à part qui ne peut accueillir les prolétaires ; c'est le drame de la JOC.

La paroisse doit certes subsister pour le milieu chrétien, estiment les abbés Godin et Daniel, mais il faut lui adjoindre un organisme nouveau : la mission. Celle-ci doit être autonome : il faut libérer des prêtres du milieu traditionnel pour les mettre à sa disposition. Surtout, la mission doit être « indigène ». La religion qu'elle doit présenter ne peut pas être liée à une culture bourgeoise, à un certain mode de vie. Elle doit être purifiée des apports étrangers qui la rendraient inassimilable au monde ouvrier. Saint Paul n'a-t-il pas proclamé qu'il était juif avec les juifs, païen avec les païens ? Et Pie XI n'a-t-il pas écrit dans *Rerum Ecclesiae :* « Non, il ne faut pas que se faire chrétien, ce soit sortir de son milieu : à besoins nouveaux, des positions nouvelles. Saint Grégoire le Grand recommandait à saint

Augustin, le convertisseur de l'Angleterre, de ne pas détruire les temples païens, mais les idoles qu'il remplacerait par la croix, de ne pas abolir les festins des fêtes païennes, mais les rites idolâtriques, en conservant l'usage de ces banquets reportés aux jours de fêtes. » Conclusion des abbés Godin et Daniel : « Donnons l'Évangile tout pur à nos prolétaires païens ; il entrera dans leurs âmes, puis, avec le temps, il s'épanouira en une culture merveilleusement adaptée ; elle ne sera pas semblable à la nôtre, elle sera vraisemblablement plus simple, mais ce sera une culture chrétienne. »

Comment faire ? Il faut accepter des militants très imparfaits, des « militants intermédiaires » proches de leur milieu qui soient, par exemple, « pas encore assez chrétiens pour éviter le bal, mais assez déjà pour y être apôtres ». Il faut prêcher l'Évangile, éventuellement de façon « quelque peu tapageuse, quoique toujours décente ». Il faut enfin créer de petites communautés chrétiennes dans les immeubles, les bureaux, les ateliers, les bandes de jeunes : « Si les individus peuvent avoir de l'influence, c'est la communauté qui est conquérante et qui s'agrège de nouveaux membres. Il est remarquable de constater combien la conquête chrétienne est relativement facile, même en plein pays païen, quand on arrive à constituer une petite communauté de chrétiens dans une communauté de vie naturelle. »

Le livre de l'abbé Godin fait grand bruit. Pour certains de ses lecteurs, qui ne soupçonnaient pas l'étendue de la déchristianisation, c'est une révélation. D'autres refusent de reconnaître cette réalité. Un curé de Paris, l'abbé Audoin, fait circuler en réponse une *Lettre ouverte* qui prend la défense des paroisses, énumère tous les moyens à la disposition du clergé paroissial pour « remplir son église », conteste l'efficacité des méthodes missionnaires – « avec des nègres, oui ; mais avec des Français, non » – et conclut triomphalement : « Inclinez-vous bien bas, très bas, devant nos clochers de France… »

Pour ceux qui ont suivi de près l'évolution du sentiment religieux dans la France du XXe siècle, en revanche, cette réalité n'est pas une surprise. L'analogie entre la France et les pays de mission a été maintes fois employée au cours des cinquante années précédentes. Et si l'abbé Godin a ajouté un point d'interrogation à son titre ce n'est pas pour poser une question, ou atténuer ce que son affirmation aurait de trop scandaleux. Dès la première page du livre il constate au contraire que ce slogan est devenu banal, « répété, imprimé, prêché, inscrit dans des rapports, proclamé dans des congrès » et il estime qu'il s'agit d'une « assertion aussi générale que simpliste ». Le point d'interrogation semble devoir s'entendre ainsi : « La France est un pays de mission ? eh bien, tirons-en les conséquences et comportons-nous comme en pays de mission. » Ce qui fait le succès de ce livre, c'est qu'il ouvre une voie, qu'il propose une solution.

La solution, avant la guerre, on avait cru l'avoir trouvée. En 1926 s'était créée la JOC. Dans les années suivantes, s'étaient lancés, au sein de l'ACJF, une série de mouvements d'action catholique spécialisée de jeunes. Le développement rapide de ces mouvements, leurs premiers succès avaient suscité une immense espérance. Au congrès jociste de 1937, réunissant plusieurs dizaines de milliers de jeunes, un évêque avait dit sa conviction qu'en dix ans l'Action catholique allait « transformer le monde ». Monseigneur de Solages, averti pourtant de l'étendue de la déchristianisation – « dans son mécanisme essentiel la société moderne n'est plus chrétienne, et ce qu'il y demeure encore de chrétien apparaît comme une survivance », avait-il déclaré en 1936 au congrès du cinquantenaire de l'ACJF – se montrait, lui aussi, optimiste : « Jamais, déclarait-il en 1938 dans une conférence au théâtre des Ambassadeurs, jamais pareil dynamisme n'avait traversé l'Église de France. »

Or, soudain jetés dans le peuple à l'occasion de la guerre, les prêtres constatent que l'on est encore loin du compte, que l'Action catholique, quels que soient les espoirs qu'elle a suscités et ceux que l'on peut encore placer en elle, est loin d'avoir influencé les foules païennes. La revue *Prêtre et Apôtre* lance en 1940 une enquête auprès de ses lecteurs devenus militaires pour recueillir leurs impressions. Elles sont concordantes : « Je connaissais la JOC, je ne connaissais pas la masse, écrit l'un d'eux. Révélation terrible ! En cinq mois et demi j'en ai acquis plus en connaissance de l'homme en général qu'en toute une vie. » Un autre : « Tout a été dit sur l'apostasie des masses, sauf ceci : on n'en avait pas mesuré la profondeur. » Un autre encore : « L'Église, l'Évangile, les prêtres, etc. Tout cela est classé depuis toujours. »

Le combat et la défaite de 1940 provoquent, comme il arrive souvent, un certain élan de religiosité. Le Grand Retour impressionne. Il n'est pas le seul indice. On cite des chiffres étonnants. Au camp de prisonniers de Pithiviers, le 23 juin 1940, il n'y a pas un soldat sur cent qui assiste à la messe en plein air ; le 4 août, la proportion est de 80 %. Un renouveau spirituel se produit dans les *Oflag*. Mais il n'est pas tel que les prêtres prisonniers (ils sont plus de quatre mille) ne puissent constater de près, surtout dans les *Stalag*, la déchristianisation dont ils avaient, au mieux, une vague idée.

Les prêtres prisonniers ont enfin un contact vrai avec les hommes qu'ils sont chargés d'évangéliser et beaucoup en sont heureux : « La plus grande grâce de ma vie, écrira l'un d'eux, a été les cinq années passées en Allemagne comme prisonnier de guerre. Ce séjour a *tout* changé en moi. » Enfin, le vieux « mur » s'est écroulé. Ils peuvent parler à ces hommes dont ils ont toujours été séparés, parce qu'ils vivent avec eux, travaillent avec eux, couchent dans les mêmes baraquements, mangent à la même table. Mais la réalité qu'ils découvrent les inquiète. « Pendant cinq ans, dira en 1945 au congrès des prêtres rapatriés de Rouen l'un de ces anciens prisonniers, nous avons été l'un d'entre eux, vivant dans la masse selon un mot à la mode. Cela veut dire : vivant parmi cette foule d'hommes de tous les milieux, qui se débattent dans des situations plus ou moins difficiles, auxquelles ils essaient de faire face avec un esprit plus ou moins éloigné du christianisme. Et nous avons senti à quel point la religion leur paraît être en dehors de la vie. »

Ce constat d'échec, ils n'attendent pas 1945 pour en faire part. Ils l'écrivent. Certes, d'autres apportent aussi les témoignages d'un renouveau spirituel, sur lequel on fondera un moment de grands espoirs. Toute une littérature évoquera les prisonniers comme la partie purifiée, assainie, de la nation, qui revifiera celle-ci et sur laquelle on pourra s'appuyer pour la tâche de christianisation. Il faudra assez rapidement constater que ces espoirs étaient vains. Les cadres sociologiques sont plus forts, les vieilles habitudes se reprennent, les anciennes séparations resurgissent.

En France, dans le grand brassage de population qui a accompagné et suivi la défaite de juin 1940, d'autres, comme l'abbé Godin sur les routes de l'exode, ont pris eux aussi un « bain de réalité » qu'ils n'oublieront pas. Ce ne sont pas seulement les hommes de la base. Une immense inquiétude saisit l'Église de France, à tous les niveaux – du moins dans sa partie la plus dynamique.

« Nous avons affaire à un monde infra-païen, dépouillé en majeure partie de tout sentiment religieux », écrit monseigneur Saliège dans une lettre pastorale d'août 1942. Il ajoute : « Attendre des mouvements spécialisés (d'action catholique) qu'ils remplissent nos églises, c'est ne rien comprendre à l'état actuel de nos populations. »

Et au conseil fédéral de l'ACJF, en mars 1943, à Avignon, Rémy Montagne constate : « Les événements actuels ont mis au jour une déchristianisation profonde. »

Souvent, ceux qui lancent ces cris d'alarme, ceux qui sont à l'origine de l'élan missionnaire, sont les mêmes qui s'opposent à Vichy, alors qu'une partie de l'épiscopat et du clergé pensent qu'un « bon » gouvernement, édictant de « bonnes » lois, accordant à l'Église divers avantages, pourra remonter le courant de déchristianisation dont ils attribuent uniquement les causes à l'action anticléricale des gouvernements de la IIIe République. Ces évêques et ces prêtres voient dans l'alliance de l'Église et de l'État une possibilité de retrouver bientôt un christianisme florissant. Les résistants, au contraire, sans doute parce qu'ils sont plus mêlés au peuple, aussi par tempérament, dénoncent volontiers la « collusion » de l'Église avec l'ordre établi, ordre injuste, qui creusera encore plus le fossé entre l'Église et le peuple, et créera après la chute du régime une vague profonde d'anticléricalisme. « Il est aujourd'hui des chrétiens, écrit le IVe cahier de *Témoignage chrétien*, qui veulent sauver d'abord le matériel : les écoles et les œuvres de toutes sortes... Malheur à nous si une certaine politique, qui se croit prudente et habile, l'emportait sur le sens chrétien et les exigences les plus claires de l'esprit du Christ ! »

Mais bien des prélats vichyssois sont en même temps les plus « progressistes » en matière apostolique. Ainsi le cardinal Suhard, ferme partisan du nouveau régime, et qui prend une part décisive à l'élan missionnaire. L'un de ses soucis les plus constants est la défense de l'enseignement catholique, et pour cette défense, il est prêt, on l'a vu, à aller très loin. Mais en même temps il encourage des prêtres comme l'abbé Godin qui viennent lui dire que l'alourdissement de l'Église par ses écoles et par ses œuvres contribue à l'écarter de la masse prolétarienne. L'homme n'est pas tout d'une pièce. Il est certainement peu formé à l'analyse politique, peu préparé au rôle politique que, bon gré mal gré, il doit jouer en ces années d'occupation. Mais il est hanté par le communisme, et pense que l'Église doit lutter, avec ses moyens à elle, contre ce danger. Il est hanté aussi par l'indifférence religieuse des masses. Depuis longtemps. En 1929, évêque de Bayeux, il a répondu à un séminariste qui lui demandait la permission de partir pour les missions lointaines : « Il y a toute une région aux environs de Caen où se trouvent nos grandes usines ; on n'y connaît vraiment pas le Christ. C'est une vraie mission chez nous ! » Nommé à Reims, il crée un « district rural », groupement de paroisses, dans une région où le taux de pratique ne dépasse pas 1 %. Et il écrit au prêtre à qui il en confie la responsabilité : « Qui sait si l'expérience que vous aurez réalisée sur votre sol, qui est vraiment pays de mission, ne pourrait pas servir à d'autres régions semblables. »

Le 20 mars 1943, quelques jours avant de recevoir le manuscrit des abbés Godin et Daniel, il note dans ses carnets intimes : « Je constate un fait : l'ensemble de nos populations ne pense plus chrétien ; il y a entre elles et la communauté chrétienne un abîme qui fait que, pour les atteindre, il faut sortir de chez nous et aller chez elles. Tel est le vrai problème. Jusqu'ici nos efforts ont été à peu près sans résultat ; même notre Action catholique ordinaire s'avère impuissante : elle est une « action des milieux catholiques », au moins de croyance, elle n'est pas « l'Action catholique des milieux païens. »

Le livre de l'abbé Godin ne constitue donc pas un phénomène accidentel, bouleversant le cours de l'histoire. Une profonde évolution des esprits l'a précédé et accompagné. Mieux, des réalisations ont déjà commencé.

Mission de France et Mission de Paris

1941 a été une « année tournante ». À la fin de cette année un jeune père dominicain, ancien élève des Sciences politiques, qui s'est converti à 24 ans et a été ordonné prêtre en 1939, Jacques Lœw, s'installe à Marseille. Il fait partie de l'équipe d'*Économie et Humanisme* qui vient de se constituer, et a été chargé de réaliser une enquête sociologique sur les dockers. Il commence à travailler parmi eux sur les quais, et compte à ce titre parmi les précurseurs des prêtres-ouvriers. Bientôt il est amené à considérer son travail ouvrier non comme un procédé d'enquête mais comme un moyen d'action apostolique. Il prendra, lui, une autre orientation que l'abbé Godin. À *Économie et Humanisme* il a connu Gustave Thibon qui a insisté sur l'importance des communautés naturelles dont l'éclatement a provoqué la naissance du prolétariat. La paroisse est, aux yeux du père Lœw, une communauté organisée qui doit retrouver sa place dans le monde ouvrier. Il faut donc que la mission n'en soit pas coupée, il faut que le prêtre missionnaire ne soit pas séparé de la communauté paroissiale. Le père Lœw s'orientera donc vers la formule de paroisses dont une partie des prêtres seraient des ouvriers, et qui réaliseraient « l'union du travail manuel et du ministère pastoral dans une équipe paroissiale… où chacun porte la responsabilité des âmes ».

L'expérience du père Lœw est encore, à ce moment, un acte individuel, qui passe pratiquement inaperçu, et dont les prolongements futurs ne peuvent être imaginés.

Plus spectaculaire et plus importante apparaît, dès le départ, la création de la Mission de France. C'est un projet déjà ancien du cardinal Suhard. Dès 1936, il a parlé à la prieure du Carmel de Lisieux, mère Agnès, de la création d'un séminaire national formant des prêtres à l'apostolat missionnaire en France. Il l'a écrit en 1937 en préface à un livre de Victor Bettencourt, président de l'Union catholique de la France agricole, sur l'apostolat rural : « Pourquoi n'aurions-nous pas, pour nos populations déchristianisées de France, un séminaire des missions intérieures ? »

Le lancement de cette idée dans un livre consacré à l'apostolat rural n'est pas accidentel : les enquêtes de la JAC ont montré que la déchristianisation ne se limitait pas à la classe ouvrière et que certaines zones rurales peuvent, elles aussi, être considérées comme des terres de mission. Le père Achard, aumônier national de la JACF, écrit en mai 1941 : « Il faut nous persuader que beaucoup de nos campagnes françaises sont redevenues des terres païennes, en dépit de quelques rites extérieurs – dont il ne faut cependant pas sous-estimer l'importance – et que, par conséquent, elles doivent, pour l'apostolat, être traitées comme des pays de mission. C'est là une vérité qui me paraît évidente depuis plus de vingt ans. » Un autre aumônier de la JAC, le chanoine Féron, a proposé en 1938 la création d'un Institut des missionnaires de France.

Le cardinal Suhard poursuit donc la réalisation de son projet, malgré les obstacles de tous ordres : chaque évêque étant maître dans son diocèse, la création de ce séminaire national qui réalisera ensuite une sorte de péréquation des prêtres au profit des régions les plus déchristianisées n'est pas acceptée par tout l'épiscopat avec un égal enthousiasme. Les affaires sont bientôt assez avancées pour que, le 7 septembre 1940, l'archevêque de Paris puisse se croire en mesure d'annoncer son projet à toute la communauté des carmélites de Lisieux. « Il faut bien avouer, dit-il, que la masse populaire est, par une triste et inéluctable conséquence du laïcisme officiel, presque entièrement paganisée » – et l'on retrouve dans ces paroles un reflet de sa mentalité politique. Il semble que, pour lui, à cette époque encore, la déchristianisation soit due essentiellement à la lutte anticléricale de la IIIe République. C'est seulement par la suite, avec le livre de l'abbé Godin et les rapports ramenés d'Allemagne par les prêtres aumôniers clandestins des jeunes du STO, que la responsabilité à cet égard de l'Église et de sa façon d'être lui serait apparue plus nettement.

Le cardinal présente son projet aux autres cardinaux et archevêques en janvier 1944. Il s'agit de créer un séminaire de cent vingt places, à Lisieux. Cette ville a été choisie parce que sainte Thérèse a été nommée par l'Église patronne des Missions. Avec un certain sens pratique, monseigneur Suhard pense aussi que le nouvel établissement pourra être en partie financé par les recettes du pèlerinage. Le principe est admis par l'Assemblée dans sa réunion d'avril. Enfin, le 24 juillet, une nouvelle réunion rend publique la décision de créer le séminaire de la Mission. Le cardinal Suhard l'annonce lui-même par une lettre-circulaire à tous les évêques français. Il précise que les prêtres ainsi envoyés dans les régions déchristianisées vivront en communautés.

La première rentrée au séminaire a lieu en novembre 1942. Entre-temps, le père Augros, son supérieur, a cherché à recruter des élèves volontaires, prêtres ou séminaristes, et à préciser sa mission. Dans l'esprit de son fondateur, le nouvel organisme semblait avoir une vocation surtout rurale. Or, il apparaît très vite que travailler à rechristianiser les campagnes sans songer aux villes serait faire œuvre partiellement vaine. Mais la question principale est : comment procéder ? Le père Augros n'hésite pas. « La formule du séminaire, écrit-il la même année au cardinal Suhard, apparaît toute simple. » À besoins nouveaux, remèdes nouveaux. « Pour faire que le Christ demeure présent et agissant dans ce monde dont la reconstruction est influencée par de tels courants païens, il faut des prêtres formés d'une nouvelle manière ; nouvelle non pas tant dans le cadre, le contexte intérieur, les exercices, mais par l'inspiration, l'esprit, la mentalité. »

Cette formation du prêtre nouveau, qui aura une grande influence sur l'évolution du clergé français, le père Augros en discerne déjà les axes principaux : vie spirituelle plus dynamique, « d'apôtre et non de moine » ; esprit d'équipe prédisposant à la vie communautaire ; esprit d'action catholique.

La Mission de France ne se limitera pas longtemps à être seulement un séminaire : quand les équipes de prêtres formés à Lisieux vont s'installer dans les diocèses, il faut les suivre. Elle devient donc une sorte de mouvement du clergé séculier sans statut juridique précis [1]. Elle est aussi, très rapidement, une sorte de centre de recherche sur la mission, la place de l'Église dans le monde nouveau, le rôle du prêtre parmi les hommes. Deux autres expériences vont aider à préciser ces questions : celle de la Mission de Paris, celle des prêtres clandestins en Allemagne.

L'initiative de la Mission de Paris revient à l'abbé Godin. En écrivant son livre, il avait eu l'idée d'installer une « mission » dans un arrondissement parisien. Et son livre est un moyen de faire aboutir son projet. Très rapidement, en mai 1943, il s'entend avec le père Augros : sans se limiter à un arrondissement, mais en se donnant comme champ d'expérience le diocèse de Paris tout entier, on créera des communautés missionnaires dans lesquelles pourront entrer, à l'avenir, des prêtres sortant du séminaire de Lisieux. Le 1er juillet 1943, le cardinal donne son accord. En septembre, le nom de « Mission de Paris » est adopté. Une équipe de six prêtres va se mettre au travail : outre les abbés Godin et Daniel, deux autres aumôniers jocistes de Paris, le père Rosi et l'abbé Lacour : un Lyonnais, l'abbé

1. Elle sera dotée d'un statut provisoire en mai 1949 seulement, et sera définitivement fondée par une Constitution apostolique du 15 août 1954.

Du Mont : et enfin l'abbé Depierre. Reste à leur trouver un supérieur. Six curés de la capitale, pressentis, refusent tour à tour. Ils sont trop attachés à la paroisse. Enfin, un septième, l'abbé Hollande, curé de Sainte-Anne de Polangis et ancien aumônier jociste lui aussi, finit par accepter, sur l'insistance du cardinal.

Il s'agit de se lancer dans l'inconnu. La Mission de Paris commence par un mois de réflexion à Combs-la-Ville (Seine-et-Marne) puis à Lisieux, réflexion à laquelle participent des théologiens (les pères de Montcheuil, Daniélou, Varillon, Chenu notamment), des aumôniers d'action catholique, et aussi des jocistes ou des foyers ouvriers amis de l'abbé Godin, venus dire ce qu'ils attendent du prêtre. Curieusement, mais de manière significative, au cours de ces mois d'enseignement et de réflexion, aucune conférence n'est faite sur le monde ouvrier, son histoire, sa situation. Tout se passe comme si on allait explorer une terre absolument inconnue.

Comment fera-t-on ? Les participants à la session élaborent un texte intitulé « Bases de notre action » qui constate que « des gens se sont tués à l'action catholique et pourtant elle n'a guère débouché. Il importe donc que nous cherchions et tracions un autre chemin. » Lequel ? Il s'agit de créer des « chrétientés de base », de petites équipes de laïcs au milieu des communautés naturelles : quartier, loisirs, usine, bureau. Il ne s'agit pas de lancer des organismes nouveaux mais, grâce à ces équipes, d'insérer le christianisme dans les communautés naturelles. Les prêtres qui animeront ces groupes devront vivre en équipe. Ils s'attacheront également à la prédication directe, parfois en utilisant des formes frappantes [1].

Le 14 janvier au soir, au cours d'une messe de minuit dans la chapelle du séminaire de Lisieux, les six premiers prêtres de la Mission de Paris prononcent le serment d'engagement : « Devant la Vierge Marie, selon le jugement de l'équipe et durant mon appartenance à la Mission, je m'engage à consacrer ma vie à la christianisation de la classe ouvrière de Paris. » Le 15, ils rentrent dans la capitale. L'abbé Godin pousse un grand soupir de soulagement : « C'est miracle comme tout s'est arrangé, confie-t-il à un ami. Désormais, je puis disparaître. La Mission peut se passer de moi. » Le 17 au matin, on

1. Il y aura, par exemple, quelques tentatives de prédications dans le métro. Et aussi un chemin de Croix sur les boulevards pour le vendredi saint de 1945.

le retrouve asphyxié dans sa pauvre chambre au 47 de la rue Ganneron : le mauvais tirage de son poêle à charbon est responsable de cette mort.

La Mission de Paris commence en dehors de tous les conformismes et de toutes les règles. Elle surprend beaucoup. Son existence sera quelque peu agitée. L'abbé Godin l'avait annoncé. Parlant des membres de la hiérarchie il avait dit : « Ils sont aux freins. Nous sommes au moteur. Je pense bien que je me ferai casser les reins d'ici deux ou trois ans. Mais cela n'a pas d'importance. L'idée aura fait son chemin. »

La Mission de Paris évoluera. Après avoir lancé des communautés, un certain nombre de prêtres de la Mission de Paris penseront que le travail en usine leur permettrait une action plus efficace. Cette formule n'était pas prévue par l'abbé Godin, ni par le mois de réflexion de la première équipe de la Mission de Paris à Lisieux. Celle-ci n'avait envisagé que des stages temporaires. Un mois après le démarrage de la Mission, l'un des six prêtres s'est fait embaucher comme manœuvre chez Panhard, pour connaître « de l'intérieur » la vie ouvrière. Ses premières conclusions, après six semaines d'usine, aboutissent à une remise en cause de la « manière d'être » de l'Église :

« Pour les ouvriers (qui ne voient que de l'extérieur, je le veux bien), l'Église est la plus matérialiste des institutions ; pour en faire partie, il faut payer, et plus on paie cher, mieux on est servi… De plus, l'Église est liée à la politique. Elle est toujours d'accord avec tous les gouvernements qui se succèdent… D'où il semble qu'une révolution chrétienne, qu'un esprit missionnaire ne doivent pas consister uniquement à présenter l'idéal aux masses païennes. Certes, il faut le faire, et la Mission de Paris est là pour cela ! Mais il faut une révolution parallèle dans le sacerdoce (qui atteindra les réformes de structure de l'Église) et dans la chrétienté existante… »

Il ajoute, concernant les méthodes de la Mission :

« Je commence à déchanter sur la possibilité de former des communautés en usine. Je crois qu'il est inexact, dans ces grandes boîtes, de parler de communautés naturelles de travail. Le travail est une source de haine, de divisions entre ouvriers ; c'est l'esclavage détesté… Communauté bien négative. »

Après la Libération, peu à peu, quelques-uns des prêtres de la Mission de Paris entreront en usine. Ils seront cinq au 1er janvier 1947, sur un total de dix prêtres-ouvriers.

Une autre expérience aura contribué au lancement des prêtres-ouvriers. Celle des prêtres clandestins qui ont accompagné les requis du STO en Allemagne et qui y ont découvert la classe ouvrière. La découvrant, ils ont également perçu combien elle vit hors de l'Église.

« Pour beaucoup, écrit le père Dillard, ma rencontre était la première occasion de leur vie – et peut-être la dernière – de parler avec un curé. Cela n'éveillait chez eux aucune espèce de curiosité. C'est comme s'ils avaient rencontré un architecte ou un agent d'assurances. « Drôle de métier. » Mais il en faut pour tous les goûts. Après tout, cela me regarde. Je n'ai jamais pu déceler chez eux la moindre inquiétude spirituelle, le moindre point d'interrogation. Leur vie se suffisait à elle-même, elle « bouclait ». Inutile, sinon impossible, de parler de l'après-vie. On verra quand on y sera. »

Le père jésuite qui a visité le monde et fréquenté les chefs d'État se montre désemparé, désarmé, devant l'étendue de la séparation :

« Comment faire ? Que leur dire ? J'avais le sentiment de leur être étranger, d'appartenir à une autre culture. Mon latin, ma liturgie, ma théologie, ma messe, ma prière, mes ornements sacerdotaux, tout cela faisait de moi un séparé, un curieux phénomène, quelque chose comme un pope ou un bonze japonais, dont il reste encore quelques spécimens provisoirement en attendant que la race s'en éteigne…

« Nous vivons en capitalistes, malgré nous, sans le savoir, nous pensons capitaliste. Je m'en suis aperçu pour ma part maintes et maintes fois. Combien de jugements ouvriers sur les événements et sur les hommes sont au rebours des nôtres, souvent même choquants, dont on s'aperçoit à la réflexion qu'ils sont plus pénétrés que les autres de sens chrétien. Notre manière de vivre, nos cérémonies, les susceptibilités de notre protocole, notre culture littéraire, artistique, philosophique, sont entachées de capitalisme, liées à une forme de civilisation bourgeoise. Notre prière est souvent, soit ecclésiastique, soit conservatrice, elle n'est pas populaire. »

Autre « clandestin », Henri Perrin – qui en publiant son *Journal d'un prêtre-ouvrier en Allemagne* sera le premier à populariser l'expression « prêtre-ouvrier » – tire l'une des principales conséquences de cette découverte : que les prêtres aillent vivre parmi ce peuple !

« Cette présence du prêtre parmi son peuple, écrit-il, vivant en famille avec lui, intimement mêlé à ses joies comme à ses souffrances et non plus dans une retraite que l'on croit hautaine, s'avère un besoin urgent et ferait la joie de milliers d'âmes. Comment ce fossé profond a-t-il pu se creuser entre elles et nous, alors que le Seigneur voulait des pasteurs au milieu de troupeaux, des pêcheurs d'hommes et des chefs de peuple, et non pas des fonctionnaires à leur bureau… Il est bien vrai que seule la présence du prêtre pourra rouvrir au Christ certains milieux absolument déchristianisés. »

Les prêtres enfermés dans les camps de déportés arrivent souvent à des conclusions identiques. Le jésuite belge L. de Conninck écrira à son retour de Dachau [1] :

« Unanimement, nous avons béni Dieu de nous avoir fait vivre la vie des prolétaires à Dachau. La vie dure, dans des conditions inhumaines, que nous avons menée, nous a fait vivre nous-mêmes tous les problèmes spirituels que posent à des millions d'hommes des circonstances semblables… Combien le prêtre gagnerait à pouvoir réaliser concrètement, par une expérience personnelle, les conditions de vie de ceux qu'il évangélise. Que de choses dirait-il autrement ! »

Ainsi cheminent peu à peu les idées qui vont amener, après la guerre, à « l'expérience » des prêtres-ouvriers.

Il y aura des prêtres-ouvriers, il y aura aussi des religieux-paysans. La prise de conscience de la déchristianisation des campagnes, qui a été en grande partie à l'origine de la Mission de France, et qu'étudie sur le plan de la sociologie religieuse l'abbé Boulard qui publiera après la guerre les *Problèmes missionnaires de la France rurale*, provoque une autre initiative. En 1943, un dominicain, le père Épagneul, crée une nouvelle congrégation religieuse, exclusivement destinée à l'évangélisation du monde rural : les frères missionnaires des campagnes. Elle recrutera surtout parmi les anciens jacistes et rassemblera dans ses « prieurés » des frères prêtres et des frères auxiliaires. Ces équipes prendront en charge des paroisses

1. Il y avait à Dachau, en juin 1942, 2 500 prêtres. Il en restait 1 100 à la libération du camp. Au début, par suite d'une convention entre l'Allemagne et le Saint-Siège, ils avaient bénéficié, on l'a vu, de divers aménagements (exemptions de lourds travaux, possibilité d'un service religieux, regroupement dans deux baraques spéciales, etc.).

déshéritées et, parce qu'ils travailleront avec les paysans, les frères auxiliaires auront un contact « vrai » avec les gens qu'ils veulent évangéliser.

Renouveau paroissial, liturgique, théologique

Ainsi l'Église prend-elle peu à peu conscience, à la faveur des circonstances, que le monde – et surtout sa partie la plus populaire – existe de manière autonome. En France et dans tout l'Occident, il y avait eu une époque où l'Église et le monde ne faisaient qu'un, où l'Église était la source de tout pouvoir, de toute culture. Puis l'Église avait connu un monde qui s'arrachait à elle : elle l'avait combattu ou s'était repliée sur elle-même. Voici qu'elle découvre le monde, qu'elle assiste en quelque sorte à la naissance du monde.

L'Église ? Peut-on parler d'Église alors qu'il s'agit seulement de quelques prélats, dont les initiatives effraient parfois les autres, de six prêtres à la Mission de Paris, de vingt-cinq prêtres clandestins en Allemagne, de quatre professeurs et de trente élèves au séminaire de la Mission de France ? Au regard de l'énormité des questions posées, ces chiffres paraissent dérisoires. Mais c'est l'avant-garde. Le gros de la troupe ne suit pas toujours. Une bonne masse d'indifférents continue de vaquer à ses occupations coutumières, et si une minorité se passionne pour les initiatives nouvelles, une autre minorité les repousse avec horreur. Divers signes montrent pourtant qu'une volonté de renouveau se manifeste.

En novembre 1943, l'Assemblée des cardinaux et archevêques ouvre une enquête auprès des diocèses sur les réformes à envisager pour permettre au clergé diocésain de remplir sa tâche de manière plus adaptée et efficace, après la guerre. Quatre-vingt-deux diocèses y participent et envoient cent quarante-huit rapports. L'ensemble est résumé dans une brochure de cent soixante-dix pages – « le clergé diocésain en face de sa mission actuelle d'évangélisation » – qui ne sera pas publiée. Elle étudie d'abord la crise des vocations et ses remèdes, mais déborde largement ce cadre. Elle montre le désir des prêtres d'avoir des relations plus étroites avec leurs évêques – dont ils sont souvent très coupés –, elle souhaite la constitution d'équipes de prêtres menant une vie plus communautaire, elle propose une réforme des grands séminaires dont l'enseignement devrait ouvrir aux réalités du monde moderne. Elle demande que les prêtres soient déchargés de tâches matérielles qui les accaparent, alors qu'elles pourraient être assumées par des laïcs, et puissent ainsi se consacrer plus directement à leur ministère apostolique. Elle exprime enfin le vœu d'un soutien des prêtres, après la sortie du grand séminaire, par l'organisation de sessions d'études et de « mois sacerdotaux ». Tous ces vœux ne seront pas entièrement satisfaits des décennies plus tard. Mais leur expression est déjà un progrès.

La paroisse, cette institution si attaquée, bouge. En réalité elle a commencé à bouger dès avant la guerre. En 1922, l'abbé Rémilleux a construit dans une banlieue misérable de Lyon connue sous le nom de « Transvaal » un petit baraquement en guise de chapelle. Il cède ensuite la place à une église « en dur » – Saint-Alban – qui fait bientôt les frais des conversations des catholiques lyonnais. En effet, l'abbé Rémilleux y a mis en pratique quelques idées qui apparaissent révolutionnaires.

Il a supprimé la question d'argent. Plus de quêtes : les fidèles doivent déposer leur contribution aux frais du culte sous une enveloppe anonyme dans une boîte située au fond de l'église. Plus de locations de chaises. Plus de rétribution pour les baptêmes, les premières communions, les mariages, les enterrements.

Mais la question d'argent n'est qu'un aspect d'une réforme plus profonde. L'abbé Rémilleux a voulu surtout faire de la paroisse une communauté. Chaque semaine, il a donné à ses fidèles un bulletin polycopié relatant les événements de la vie paroissiale et exposant brièvement l'esprit du temps liturgique. Il a voulu une liturgie communautaire. Ainsi le baptême devient-il un événement familial et communautaire, préparé par un enseignement donné aux parents du baptisé : il a lieu lors de la messe du dimanche, devant toute la communauté. Les autres grands actes de la vie chrétienne – première communion, mariage – sont célébrés dans le même esprit.

Mais l'expérience de l'abbé Rémilleux a été peu connue en dehors de la région lyonnaise.

Une autre paroisse a également fait parler d'elle, dans les années vingt, alors que l'on commençait à se préoccuper de la « banlieue rouge » : la paroisse des Moulineaux dont l'abbé Tronson est devenu curé en 1917. Il lui a donné une grande vitalité, mais, malgré des intentions missionnaires affirmées, cette paroisse a été quelque peu fermée sur elle-même, comme une « citadelle spirituelle ».

L'expérience qui fera le plus de bruit et qui aura le plus de conséquences se déroule sous l'occupation. C'est celle du père Michonneau, Fils de la Charité, qui devient au début de la guerre curé de la paroisse du Sacré-Cœur de Colombes, dans la banlieue parisienne. Avec l'abbé Godin, le père Michonneau a été vicaire à Clichy. Comme lui, la déchristianisation des milieux populaires l'angoisse, et il pense que la paroisse, avec ses méthodes traditionnelles, n'y peut rien. Mais à la différence de l'abbé Godin il n'en conclut pas que la paroisse est dépassée ; il pense seulement qu'elle doit changer de méthodes, accepter de se rénover hardiment. Elle représente une habitude ? C'est un handicap, mais ce peut être aussi un atout : c'est par elle que passent tous ceux qui ont affaire avec l'Église. Et au moins elle existe, elle est équipée. Nommé curé à Colombes, le père Michonneau s'efforce de réaliser une paroisse qui soit à la fois communautaire et missionnaire.

Premier principe : pour que la paroisse soit communautaire il faut que ses prêtres forment eux-mêmes une communauté, vivent en équipe. C'est déjà une petite révolution. Le clergé français a des traditions d'individualisme bien ancrées. « La communauté sacerdotale, dira le père Michonneau, donne vie à la communauté paroissiale. » Il a la chance d'avoir des vicaires d'une taille peu commune, comme le père Thivollier et le père Rétif.

Comment la paroisse peut-elle être missionnaire ? En devenant une communauté capable de faire choc par le style neuf de sa liturgie, de son apostolat et de son clergé. Côté liturgie, le père Michonneau a entendu parler de l'expérience de l'abbé Rémilleux. Et il innove lui aussi pour donner un style communautaire aux grands actes de la vie chrétienne. Il supprime également ce qu'il appelle le « bruit d'argent autour de l'autel » – la formule ne plaira pas à tout le monde.

Pour l'apostolat, le père Michonneau s'appuie sur les mouvements d'Action catholique. Il lance aussi un système nouveau : les réunions à domicile, les réunions de quartier. On invite les habitants d'un immeuble ou d'un quartier à se réunir périodiquement autour d'un prêtre, et l'on tente de former ainsi de petites communautés.

Des conditions particulières favorisent l'expérience du père Michonneau. Il est religieux, et jouit donc d'une plus grande liberté. Il peut poursuivre son travail sans être trop gêné par des interventions extérieures parce que le temps de l'occupation permet un relatif isolement, et parce que chaque commune, chaque quartier, ont tendance à se replier sur eux-mêmes.

En 1946, la collection *Rencontres* publiera le bilan de son expérience dans le livre *Paroisse, communauté missionnaire.* Celui-ci sera très discuté – au point que le cardinal Suhard jugera bon de lui donner son aval en préfaçant sa réédition – mais, grâce à lui, bien des paroisses françaises adopteront progressivement les méthodes du père Michonneau. Utilisant certaines d'entre elles, l'un de ses vicaires, le père Thivollier, lancera les « missions en roulottes » : quatre prêtres et deux stagiaires, se déplaçant en roulottes, se rendent dans les paroisses à la demande des curés pour prêcher des missions d'un style neuf et créer des petites communautés. Dans le Limousin des oblats de Marie en font autant.

Toutes ces initiatives insistent sur l'importance de la liturgie : une paroisse communautaire doit être rassemblée, nourrie, par une liturgie vivante. Le renouveau liturgique, lui aussi, est antérieur à la guerre. Le père Doncœur, par exemple, regrettait que la liturgie ne soit « pour la masse ni le véhicule ni l'aliment de la foi » et, avec ses jeunes, il avait tenté quelques expériences spectaculaires. Le scoutisme, par ses messes en plein air au camp, a contribué à la recherche de cérémonies moins individualistes, et plus dépouillées. Les mouvements d'Action catholique ont manifesté les mêmes tendances. L'Église catholique allemande, privée sous le nazisme de ses possibilités d'action extérieure, s'est préoccupée de revivifier la liturgie. Des bénédictins belges ont réalisé un considérable effort de traduction et de mise à la disposition des fidèles de missels adaptés. Ces diverses influences ont pénétré en France. En 1938, les pères dominicains ont lancé une revue populaire, *La Vie chrétienne avec Notre-Dame*, où le père Boisselot assurait une rubrique au titre significatif : « La liturgie vécue. »

Là encore les événements de 1940 à 1944 vont donner un coup de fouet décisif. D'abord dans les multiples « églises des catacombes » qui se créent par la force des choses. Dans les *Oflag* où l'on dispose de loisirs on prend le goût des belles célébrations. Certains y font une expérience dont ils se souviendront : au début, ils n'ont que des missels en latin ; ils s'aperçoivent alors que, sans textes français, il leur est pratiquement impossible de participer à la messe. Dans les *Stalag*, les prêtres prisonniers comprennent la nécessité d'une liturgie plus simple, accessible à tous les hommes avec lesquels ils vivent. Les jeunes catholiques du STO prennent l'habitude des messes célébrées dans des conditions invraisemblables – un coin de chambre, une cave, une clairière – et qui leur semblent d'autant plus ferventes qu'elles sont plus dépouillées.

Au camp de Buchenwald, des prêtres célèbrent la messe en se réunissant autour d'un tronc d'arbre sur lequel ils ont étendu un mouchoir qui, apparemment, est là pour sécher. Dans le même camp, le père Leloir, des pères blancs, prend l'habitude de cacher dans sa blague à tabac les hosties qu'il a pu se procurer, et les consacre pendant les appels interminables. Au camp de Melh, un jeune prêtre célèbre la messe caché derrière une porte, et conserve dans une boîte de pastilles Valda des miettes de pain consacré.

Les Françaises du camp de Ravensbrück se réunissent à une trentaine pour réciter la messe dans un block. C'est interdit et l'une d'entre elles fait le guet. Elles n'ont aucun texte et ont dû recréer de mémoire les prières liturgiques. À Torgau, l'une d'elles, Yvonne Baratte, a sculpté un Christ sur une planche et groupe ses compagnes le dimanche pour réciter la messe. Artiste de talent, elle a même improvisé dans le coin d'une baraque un petit autel où un Christ en mie de pain se détache sur un drapeau tricolore fait de chiffons.

Ces célébrations liturgiques exceptionnelles, dans lesquelles tous ont trouvé plus d'authenticité et plus de ferveur – favorisées il est vrai par leur caractère exceptionnel – ils ne les oublieront pas. À leur retour en France, ils en font part à leurs évêques, aux prêtres, aux laïcs. Les prêtres prisonniers, qui représentent le plus grand nombre, ont pour cette raison plus d'influence.

Le père Henri Perrin écrit dans son *Journal d'un prêtre-ouvrier en Allemagne :* « … Comment aurais-je la nostalgie des offices que nous connaissions trop souvent en France ?... La liturgie, expression vivante de la prière commune du peuple de Dieu, est, dans la plupart de nos églises, à peu près morte... Un jour, il nous sera donné de vivre une autre liturgie, jaillie du cœur du peuple sacerdotal serré autour de son pontife, offrant avec lui, pour toute la terre, dans un dialogue émouvant et dans un geste commun, l'humanité souffrante exprimée dans un peu de pain et de vin pour en faire le Corps du Christ qui purifie et sanctifie le monde... Je rêve à de nouveaux cantiques qui chanteront les merveilles de la terre et les plus grandes merveilles de l'Église. »

Dans le même sens, un militant jociste écrit au retour du STO : « Rentrant d'Allemagne où le christianisme était vraiment un christianisme adapté : messe dans une chambre, sur la table, et tous les gars autour, j'ai repris contact avec ma paroisse. J'ai eu du mal à me réadapter... Cette église si grande, ce prêtre si loin et tournant le dos, cette hostie qu'on n'aperçoit pas. »

En France cependant, le mouvement de renouveau liturgique s'est accentué. Autour des Éditions de l'Abeille, succursale des Éditions du Cerf, qu'une équipe de dominicains – les pères Montuclard, Duployé, Louvel, – a créées à Lyon, se développe un groupe de réflexion et de recherches sur la liturgie. Bientôt une sorte de consécration est donnée à tous ces efforts. Les pères Duployé et Roguet créent le 20 mai 1943 un « Centre de pastorale liturgique » (CPL) qui regroupera pour les recherches des compétences de tous bords (religieux, prêtres séculiers, laïcs) et qui en monnaiera les résultats dans de multiples sessions diocésaines et nationales, et dans des publications. Ce centre n'a pas un caractère officiel, mais un comité d'évêques le préside.

L'épiscopat, à cette époque, envisage d'ailleurs certaines réformes, partielles il est vrai, mais dans un domaine qui frappe beaucoup les esprits. L'Assemblée des cardinaux et archevêques émet le vœu de voir supprimer ou du moins modifier le régime des classes aux enterrements et aux mariages. « C'est le déploiement de pompes qu'il s'agit de supprimer, dit un rapport dont elle est saisie ; c'est l'apparat extérieur qui satisfait davantage la vanité que la piété, en même temps qu'il accapare un temps précieux, nécessaire, de nos prêtres, et en fait des fonctionnaires... Est-il admissible que l'on entoure d'honneurs le cadavre d'un homme qui n'était catholique ni d'esprit ni de pratique pour l'unique raison que sa famille, par gloriole mondaine, a demandé un service de « première classe » à sept ou huit prêtres ? »

En 1941, pour succéder à la *Vie chrétienne avec Notre-Dame*, les Éditions du Cerf et la société du Temps Présent se sont unies afin d'éditer une collection d'albums populaires, où l'image a autant d'importance que le texte, et qui présentent de manière intelligible à la fois les grands problèmes religieux et les grands moments du temps liturgique : Toussaint, Noël, Carême, Pâques, Pentecôte... Cette série intitulée *Fêtes et Saisons* connaît rapidement un vif succès et chacun des numéros est tiré à plusieurs centaines de milliers d'exemplaires.

Le mouvement qui se développe ainsi va se transformer en jaillissement à la Libération. Et la hiérarchie va donner un coup de frein – il est vrai que certaines initiatives individuelles sont assez hasardeuses. « L'autel face au peuple, déclarera l'Assemblée des cardinaux et archevêques en juin 1945, est chose licite en soi, d'ailleurs prévue et permise par les règles liturgiques, mais la réglementation de cet usage appartient aux seuls ordinaires. L'appréciation purement individuelle n'est pas recevable. Dans le moment présent, cet usage doit garder un caractère exceptionnel... L'Assemblée n'estime pas que la langue latine soit la barrière qui sépare le peuple de la liturgie. »

Parallèlement au renouveau liturgique, et avec le même souci d'éclairer les fidèles, on s'inquiète de l'enseignement religieux. Le « bain de réalité » dans lequel la guerre a jeté une partie du clergé a permis de constater combien l'enseignement du catéchisme, avec ses questions et réponses faites de formulations abstraites, a laissé peu de traces dans les esprits des adultes, ou leur a donné une vision déformée des vérités essentielles. Le mouvement qui s'était développé avant 1939 pour une réforme de l'enseignement religieux s'en trouve renforcé. En 1941, l'Assemblée des cardinaux et archevêques crée une Commission nationale du catéchisme « chargée d'étudier les méthodes de l'enseignement religieux à tous les degrés ». Pour s'informer, la Commission commence par organiser une enquête, d'où il résulte que la quasi-totalité des diocèses demandent la révision du texte du catéchisme national et celle des méthodes pédagogiques. Un nouveau texte est publié et, dans la préface, monseigneur Fillion, archevêque de Bourges, s'en prend aux « formules apprises par cœur », aux idées qui sont « au-dessus de la portée normale d'une intelligence d'enfant », aux mots qui « sont en dehors du vocabulaire courant ». La conséquence d'une telle présentation, souligne-t-il, est que les enfants nous échappent au lendemain de la communion solennelle.

Le mouvement de renouveau catéchétique est lancé. Lui aussi subira des coups de frein, parfois brutaux, mais il ne s'arrêtera pas.

Tout se tient. Si l'on veut mieux enseigner les fidèles, encore faut-il préciser le contenu de cet enseignement. Un mouvement très vif se marque pour dégager la vérité chrétienne du revêtement intellectuel que telle doctrine philosophique, telle influence historique, tel conditionnement sociologique, lui ont donné au cours des siècles. Il faut revenir aux sources, et d'abord aux Écritures. Les recherches sur la Bible se multiplient, bien que l'encyclique *Providentissimus* de 1893 ait cantonné les études bibliques dans des limites très étroites. D'ailleurs, en 1943, une nouvelle encyclique, *Divino afflante*, encourage ces études. Elle blâme le « zèle imprudent qui regarde tout ce qui est nouveau comme devant être par cela même combattu ou tenu suspect », et reconnaît qu'il reste beaucoup de points « et de grande importance sur lesquels peuvent et doivent s'exercer librement la pénétration d'esprit et la sagacité des interprètes [1] ».

Dans le même sens, on étudie les Pères de l'Église, et on redécouvre certains de leurs écrits. Le père Boisselot, dominicain, et les responsables lyonnais des Éditions de l'Abeille lancent une nouvelle collection de livres : « Sources chrétiennes ».

Les théologiens, dans cette sorte de retraite intellectuelle et spirituelle que leur imposent les circonstances, tirent déjà les premières conséquences des découvertes de l'action catholique et de la mission. Ils constatent un désaccord entre la théologie et la vie. Celle du monde, mais aussi celle de l'Église. Par exemple, les laïcs ont pris depuis quelque temps, par l'Action catholique, une place plus importante dans l'Église. Une réflexion sur l'Église comme communauté de salut et sur

1. C'est aussi à cette époque que Daniel-Rops présente au grand public *Le Peuple de la Bible*.

les rôles respectifs des prêtres et des laïcs s'impose. Sous l'occupation, le père Congar publie *Esquisses du mystère de l'Église*, le théologien suisse Ch. Journet commence à publier *l'Église du Verbe incarné*, le père Dabin *Le Sacerdoce royal des fidèles*, Dom Vonier *Le Peuple de Dieu*, Lucien Cerfaux *La Communauté apostolique*, et le père de Montcheuil écrit *Vie chrétienne et action temporelle* ainsi que *Rôle du chrétien dans l'Église*. Tous ces titres, parmi d'autres, sont significatifs. Ces idées inspireront le Concile Vatican II. Dans le même temps, les théologiens proches de la Résistance centrent leurs recherches dans le sens d'une théologie de l'histoire. Et le père Chenu publie – l'influence des événements est encore évidente ici – une étude sur le « travail » qu'il reprendra et développera ensuite dans sa *Théologie du travail*.

Les efforts pour sortir l'enseignement théologique de sa sclérose en des formes scolaires sans correspondance avec les besoins des hommes contemporains se heurtent parfois eux aussi à des coups d'arrêt brutaux. En témoigne la crise qui survient en 1942-1943 chez les dominicains. Ses origines remontent, il est vrai, à l'avant-guerre. Le père Chenu, prieur du couvent d'études dominicain du Saulchoir, très mêlé au mouvement missionnaire et à l'Action catholique (il rencontre très fréquemment l'abbé Guérin, aumônier national de la JOC et l'abbé Godin), a prononcé dans son couvent un discours sur les méthodes de cette école. Il y a critiqué certaines structures sclérosées de l'Église, et une certaine scolastique non moins sclérosée. Les élèves et les professeurs ont fait imprimer ce discours, sous le titre *Une école de théologie, le Saulchoir* en un opuscule hors commerce de cent dix pages, qui a provoqué quelques remous quoique sa diffusion ait été limitée. En 1942, en pleine guerre, ce texte est mis à l'Index. Et *L'Osservatore Romano* publie un article accusant le père Chenu de relativisme et de modernisme. Mais le cardinal Suhard le convoque pour lui dire : « Ne vous inquiétez pas, dans vingt ans tout le monde parlera comme vous. » Monseigneur Saliège lui adresse une carte postale interzone : « Bon travail, je vous aime bien. »

Cependant, cette mise à l'Index va entraîner une crise au sein de l'ordre. Le supérieur général, qui en a été averti lui-même en lisant le journal (telles étaient les méthodes du Saint-Office), décide d'envoyer en France le père Garrigou-Lagrange, pour une « visite apostolique » des couvents d'études et des maisons d'édition. Mais ce dernier se trouve bloqué en zone sud, ne pouvant obtenir le laissez-passer pour la zone occupée. Il se fait donc représenter en zone nord par le père Thomas Philippe[1], qui réunit la communauté du Saulchoir, y fait le procès public du père Chenu, et décide de l'éloigner de ce couvent avec interdiction d'y revenir.

Le « visiteur apostolique » se préoccupe également de la maison dominicaine du boulevard Latour-Maubourg où sont installées les Éditions du Cerf, et dont l'inquiètent les « positions avancées » comme les liens avec la Résistance. Il décide de retirer le père Boisselot de la direction des Éditions et de le remplacer comme supérieur religieux par le père Dorange. Il se heurte à une situation imprévue : les laïcs du conseil d'administration des Éditions font valoir que si l'autorité religieuse peut changer à volonté le supérieur religieux d'une maison, elle n'a aucun pouvoir sur la direction d'une société anonyme ; et ils refusent d'accepter le départ du père Boisselot. Finalement, le « visiteur » est obligé de céder. Le père Boisselot reste directeur des Éditions du Cerf, mais change de couvent.

La spiritualité évolue elle aussi. Depuis la naissance de l'Action catholique spécialisée, une spiritualité centrée sur l'individu, assidu dans ses dévotions, exact dans la pratique de ses obligations religieuses, remplissant avec conscience ses devoirs d'état, et respectant une morale excluant tout excès, paraît insuffisante. Le chrétien nouveau que l'on veut former n'est pas un « séparé » mais un homme affronté aux grands problèmes du monde, tourné vers les autres pour leur porter le Christ. On s'oriente donc vers une spiritualité plus communautaire, centrée sur le Christ incarné. On met l'accent sur le service des autres – la grande loi de l'Évangile étant la loi d'Amour – plus que sur des dévotions dont certaines paraissent désuètes. Et parce que l'on découvre « l'autre », parce que l'on veut considérer le monde avec compréhension et en découvrir les « valeurs », on insiste sur la grâce plus que sur le péché, sur l'action de l'Esprit-Saint dans le monde plus que sur celle du Malin. C'est une spiritualité optimiste – qui ne sera pas toujours exempte de déviations.

1. Celui-ci – et pour cause – ne peut présenter au père provincial des dominicains aucun papier l'accréditant pour cette fonction. Il la remplit cependant.

L'Action catholique et ses problèmes : des germes de crises

Tout le monde, même dans la partie la plus dynamique de l'Église, n'accueille pas avec un enthousiasme délirant la naissance du mouvement missionnaire. Quand l'abbé Godin présente son projet de Mission de Paris au comité national de la JOC, celui-ci refuse le préjugé favorable. Les dirigeants laïcs ont été tenus à l'écart de sa préparation, et ils y flairent des relents de cléricalisme, un « dédain affiché du laïcat ».

Leurs réticences ont d'autres raisons. D'une part, la Mission, à travers ses communautés, veut uniquement annoncer l'Évangile, sans se préoccuper beaucoup, du moins au départ, des conditions de vie concrètes des hommes auxquels elle s'adresse. La JOC, par contre, souhaite que ses membres, insérés dans le mouvement ouvrier, participent à la transformation de la société.

D'autre part et surtout, l'idée de mission est née d'un certain constat d'échec de l'Action catholique. Celle-ci a la volonté de christianiser tous les milieux. Admettre qu'il faille créer autre chose pour christianiser le milieu ouvrier, c'est reconnaître que l'Action catholique ouvrière ne peut y parvenir à elle seule. On comprend que la JOC de 1943 soit réticente : personne n'aime reconnaître ses limites ou partager sa place avec un autre, les mouvements pas plus que les individus.

L'Action catholique dans son ensemble admet d'autant moins d'être contestée qu'elle connaît, entre 1940 et 1944, un développement remarquable. À ses congrès régionaux de 1942 la JOC rassemble – uniquement en zone sud, c'est-à-dire dans des régions où ne se trouvent pas ses « citadelles » les plus solides – cent mille jeunes ; on estime alors qu'elle compte environ trois cent mille membres. La JAC de zone non occupée diffuse ses journaux à cent cinquante mille abonnés. La JEC, qui organisait quatre-vingts sessions de militants par an avant 1939, en monte plus de deux cents durant l'été 1942.

Ce succès doit quelque chose aux circonstances. Par suite des difficultés de communication, par suite des obstacles matériels de toutes sortes, les jeunes ont vu se restreindre beaucoup les possibilités de loisirs qui leur sont offertes ; pour satisfaire leur besoin d'activité, ils entrent donc plus nombreux dans les mouvements de jeunesse. Ceux-ci, d'ailleurs, bénéficient parfois, grâce au secrétariat général à la Jeunesse, de moyens matériels qui leur avaient fait défaut précédemment. Et les mouvements d'Action catholique, pour résister à la concurrence de nouveaux organismes comme les Compagnons de France, sont conduits à se donner des structures plus rigides, à insister plus sur leur aspect « mouvement de jeunes » que sur leur aspect « mouvement d'Église ». Leurs positions à l'égard de Vichy et de la collaboration suscitent également un courant de sympathie dans une fraction de la jeunesse. Le fait est sensible à la JEC : on y voit entrer de jeunes lycéens qui ont choisi ce mouvement parce qu'ils y trouvent en quelque sorte une atmosphère de pré-Résistance.

L'événement le plus remarqué n'est d'ailleurs pas l'extension des mouvements de jeunes. C'est ce qu'on pourrait appeler la « deuxième génération de l'Action catholique ». Les jeunes qui sont passés par les mouvements fondés à partir de 1926 sont devenus des adultes. Certains d'entre eux souhaitent retrouver dans la vie adulte ce qu'ils ont connu dans les mouvements de jeunes. Ainsi se fondent des mouvements d'action catholique adulte, spécialisés par milieux sociaux.

En 1938 se sont regroupées, autour de mademoiselle Monnet, des « Anciennes » de la Jeunesse indépendante chrétienne féminine. Le 14 juin 1939 elles ont fondé une Action catholique féminine des milieux indépendants. Le 24 juillet 1941, l'Assemblée des cardinaux et archevêques agrée l'ACI (Action catholique des milieux indépendants) comme mouvement « familial » d'action catholique à deux branches, l'une masculine, l'autre féminine.

En 1939, d'anciens jacistes ont créé la Ligue agricole chrétienne. En 1941, celle-ci se lance vraiment et adopte une nouvelle étiquette : Mouvement familial rural. À la différence de l'ACI il n'existe pas deux branches distinctes. Ce sont des foyers qui adhèrent au MFR. Le changement d'étiquette est motivé en partie par la concurrence de la Corporation paysanne qui prétend prendre en charge les intérêts des familles agricoles. De crainte d'être limitée à une action purement spirituelle, l'Action catholique insiste donc sur son aspect de mouvement familial, par conséquent apte à représenter les familles, et sur l'aspect rural, alors que la Corporation se limite aux seuls agriculteurs.

La création la plus importante – par les problèmes qu'elle va soulever, et les crises qu'elle va susciter – est celle du Mouvement populaire des familles (MPF), en 1942. Dès 1933, des anciennes de la JOCF avaient fondé une Ligue ouvrière chrétienne féminine (LOCF) ; en 1935 s'était lancée parallèlement une LOC masculine. Bien qu'ils aient enregistré quelques beaux succès, les deux mouvements n'avaient connu qu'un développement limité et étaient volontiers considérés dans le monde ouvrier comme « l'affaire du curé ». Ils avaient démarqué purement et simplement la JOC, jusque dans son appareil extérieur : insigne, chant, drapeau.

En 1942, sous l'impulsion notamment des militants de la zone sud animés par le Lyonnais Charles Bonnet, et par un aumônier, le père Magand, la LOC et la LOCF fusionnent pour créer le MPF.

L'étiquette chrétienne est donc abandonnée, malgré certaines réticences de la zone nord où l'on est toujours attaché à l'idée de « conquête » qui a marqué les premiers temps de l'Action catholique et où l'on croit plus à l'efficacité de l'action spirituelle – cette différence d'attitudes entre la zone nord et la zone sud se retrouve alors dans tous les mouvements sans exception ; la zone sud est plus politisée parce qu'elle affronte le problème de Vichy, la zone nord est plus consacrée à l'approfondissement spirituel parce que l'occupant gêne le plus souvent une action sur d'autres plans.

L'étiquette chrétienne est abandonnée parce que le MPF choisit la « méthode du plan incliné » : il faut faire évoluer lentement la masse ouvrière, non en lui prêchant directement l'Évangile, mais en lui faisant accomplir des actes de fraternité ; il faut en somme lui faire vivre le christianisme avant de l'amener à se reconnaître chrétienne.

Or, les circonstances imposent des actes de fraternité : le monde ouvrier supporte la plus lourde part de la misère née de la guerre et de l'occupation. Le MPF suscite donc dans les quartiers populaires mille actions diverses d'entraide : placement de jeunes dans les familles paysannes ; création de jardins ouvriers, aide aux sinistrés, réfugiés, expulsés, femmes de prisonniers ; centres familiaux, garderies ; achats en commun de ravitaillement. Mais le MPF ne veut pas s'arrêter là. Il souhaite que les familles ouvrières prennent en charge elles-mêmes la promotion du monde ouvrier – « pour nous, par nous, entre nous », tel est le slogan. Il se préoccupe donc d'une action éducative et crée des cours, des services d'éducation populaire, des réunions de parents, des institutions d'enseignement ménager… Enfin, il bénéficie d'une situation exceptionnelle : alors que toutes les organisations ouvrières ont été dissoutes, ou réduites à une faible activité, il a seul une existence légale parce que considéré comme mouvement d'action catholique. Il entreprend donc une action de représentation des travailleurs auprès des conseils municipaux, des comités sociaux d'entreprises, des commissions de ravitaillement, et des inspecteurs du travail.

S'agit-il encore d'Action catholique ? On ne se pose pas tellement la question, dans les premiers temps, parce que le MPF connaît un certain succès et apparaît comme le type même de l'organisation de masse qui « climatise chrétiennement » tout un milieu. Cependant, à l'intérieur de ce mouvement, des divergences se font jour. Le Nord veut limiter ses perspectives à l'action familiale, le Sud se préoccupe des problèmes politiques et veut ajouter à ses tâches l'éducation civique. Certes, le MPF ne souhaite pas, à ce moment, remplacer les partis ou les syndicats, mais il considère que ceux-ci ne prennent pas en charge toute la vie ouvrière, que leur champ d'action est fortement limité. Lui, le MPF, veut être « le mouvement de toute la vie ouvrière, de tout le milieu populaire, en même temps que mouvement de conquête chrétienne ». Son existence va donc poser, de façon extrêmement aiguë, surtout après la Libération, un problème qui provoquera de multiples crises : dans quelle mesure un mouvement d'action catholique doit-il se préoccuper des problèmes sociaux, économiques et politiques, dans quelle mesure peut-il prendre publiquement position à leur propos [1] ?

1. En janvier 1946, l'évolution du MPF dans le sens d'une prise en charge des problèmes « temporels » est si nette que l'Assemblée des cardinaux et des archevêques constate, à la demande de ses dirigeants, qu'il ne peut plus être tenu pour un mouvement d'Action catholique ; elle lui garde toutefois sa confiance « pour la transformation chrétienne du monde ouvrier ». En 1949, elle précise publiquement qu'il ne peut subsister que sous sa propre responsabilité. Les amarres sont donc rompues. En 1950, le MPF se transforme en Mouvement de libération du peuple (MLP). Une minorité moins soucieuse d'action politique et plus préoccupée d'action éducative le quitte en 1951 pour créer le Mouvement de libération ouvrière (MLO). Le MLP, dont l'influence a diminué depuis 1945, participera ensuite à la création de l'Union de la gauche socialiste (UGS) qui entrera au Parti socialiste unifié (PSU). Venu de l'Action catholique, il aboutit ainsi à l'action politique directe.

Sous l'occupation la hiérarchie paraît d'abord souhaiter que l'Action catholique ne se désintéresse pas du « temporel ». Bien au contraire, elle craint que l'Église ne se trouve limitée à une action purement spirituelle et veut garder la possibilité d'intervenir sur le terrain social. C'est pourquoi elle réaffirme en plusieurs occasions la vocation de l'Action catholique à le faire. En zone sud, en outre, il lui paraît que c'est surtout par l'Action catholique que l'Église pourra participer à « l'œuvre de redressement national entreprise par le maréchal Pétain ».

Le cardinal Gerlier le déclare expressément dès août 1940, lors d'un pèlerinage : « C'est l'Action catholique qui sera à la base du renouveau, par elle Dieu retrouvera sa place... la famille sera restaurée... La question sociale sera résolue. » Monseigneur Guerry reprend à peu près le même propos en juillet 1941, au cours d'une réunion de l'ACJF : « C'est le rôle propre de l'Action catholique de transformer les institutions et de collaborer ainsi au relèvement de la France. » En mai 1942, il s'en explique dans la circulaire diocésaine n° 4 de Cambrai : « L'être humain est un tout : on ne le découpe pas en plusieurs parts. Il n'y a pas, d'un côté, sa vie religieuse et spirituelle, et de l'autre, sa vie humaine et temporelle... L'action catholique c'est la christianisation de la vie dite profane, c'est l'insertion du spirituel dans le temporel, c'est la pénétration de l'esprit du Christ dans toute la vie humaine. »

Les organisations d'Action catholique sont effectivement engagées dans ce sens. Non seulement les mouvements d'adultes, mais aussi les mouvements de jeunesse. À ce moment, par exemple, la JOC lance un « service d'aide aux chômeurs » qui ouvre des chantiers de travail. Elle met sur pied une vaste organisation de formation professionnelle, « Moissons Nouvelles », qui dispose de nombreux centres d'apprentissage.

C'est cependant sur un autre plan que les mouvements de jeunesse découvrent « l'action temporelle ». L'ancienne ACJF, celle de 1922 avec Flory, Bidault, Pleven, était très orientée vers l'action civique et sociale – « sociaux parce que catholiques, civiques parce que sociaux ». Les mouvements d'action catholique qui étaient nés ensuite, orientés plus directement vers l'apostolat, avaient un peu abandonné cette perspective. Ils la redécouvrent à la faveur des événements. La manière dont les jeunes catholiques envisagent le problème de Vichy, celui du STO, de la Résistance, fait prendre conscience que leur formation civique est très insuffisante. Les mouvements de jeunesse comprennent qu'il s'agit là de l'une de leurs responsabilités et s'attellent à cette tâche.

Leurs responsabilités apostoliques, pensent-ils en outre, les amènent à une insertion toujours plus grande dans le temporel. C'est ce que l'on pourrait appeler la « théorie de l'aquarium » : pour assainir l'aquarium, on ne pêche pas les poissons un à un, on change l'eau. Autrement dit, pour rendre chrétien un milieu social, il ne suffit pas de convertir un à un tous ses membres, mais de transformer le climat de ce milieu, notamment en réformant ses institutions. En mars 1944, les dirigeants de tous les mouvements présents à Paris se réunissent pour étudier les lois de l'action sur les institutions, appelée « action institutionnelle ».

Cette orientation va s'accentuer encore avec la fièvre de réformes qui anime la France après la Libération. Dans le domaine qui les concerne, les mouvements de jeunesse en prendront leur large part : la charité, estiment-ils, impose aux jeunes chrétiens de travailler à l'amélioration des conditions de vie de leurs camarades. En même temps, ils fourniront au MRP naissant une bonne partie de ses cadres. Ils insisteront plus sur leur aspect « mouvement de jeunes au service des jeunes » que sur leur aspect de mouvement d'Église. Au congrès national de la JAC en décembre 1945, son président, A. Labardin, présentera ainsi les orientations de ce mouvement : 1° La JAC veut se préoccuper davantage des problèmes de vie des jeunes. 2° Elle veut exercer une action éducatrice de plus en plus marquée. 3° Elle veut se présenter à la masse comme un mouvement de jeunes au service des jeunes. Et il expliquera : « Dans le passé, la JAC a mis fortement l'accent sur le caractère religieux de sa mission… Cette orientation se révéla bientôt inadaptée. En la suivant encore, la JAC serait résignée en effet à n'atteindre qu'un nombre limité de jeunes… Dans la mesure où les jeunes sentent que la JAC n'est pas faite pour leur extorquer ou leur imposer plus ou moins adroitement certains gestes religieux extérieurs, mais bien pour se mettre au service désintéressé de tous leurs besoins, les aider à développer leur personnalité et obtenir des conditions de vie vraiment humaines, bien des préjugés tomberont qui les éloignaient de la JAC et les tenaient dans l'indifférence ou l'hostilité vis-à-vis de la religion. »

En mars 1945 encore, l'Assemblée des cardinaux et archevêques déclare désirer que les mouvements d'action catholique assurent « de plus en plus » à leurs membres « la formation civique, nécessaire à l'accomplissement parfait et consciencieux de leur devoir de citoyens ».

Mais bientôt elle va s'inquiéter de cette évolution. Elle avait compté sur l'Action catholique pour rechristianiser la France. Elle en avait vu les promesses dans de grandes manifestations : les milliers de communions distribuées en 1936 aux jeunes réunis au Parc des Princes pour le cinquantenaire de l'ACJF ; l'immense croix lumineuse couronnant le travail ouvrier qui avait marqué l'apothéose du congrès jociste de 1937 ; la grand-messe de la JAC en 1939 au Vélodrome d'Hiver. En 1937, au congrès du dixième anniversaire de la JOC, on chantait : « C'est nous la jeunesse nouvelle, nous voulons le Christ partout. » Mais en 1942, aux congrès régionaux qui marquent, en zone sud, le quinzième anniversaire du même mouvement, on chante : « Tous debout, jeunes travailleurs, pour bâtir un monde meilleur. » Dans le rapprochement de ces deux refrains, l'épiscopat croit percevoir le passage d'un idéal apostolique à un idéal purement humain.

L'expérience du MPF paraîtra bientôt concluante aux évêques : une action catholique qui se traduit surtout par une action éducative et des entreprises temporelles se transforme bientôt en action politique sans référence chrétienne et sans visées apostoliques. À ce moment, la hiérarchie de l'Église pensera qu'il faut distinguer entre action catholique d'une part, action « sociale et civique d'inspiration chrétienne » d'autre part : les militants catholiques peuvent agir dans le « temporel », mais à titre individuel, dans les organisations de leur choix. Elle appliquera cette formule à tous, y compris aux mouvements de jeunes. Ceux-ci, au contraire, feront valoir qu'un jeune doit d'abord réaliser l'unité de sa vie, et ne peut pas réaliser de telles distinctions, que l'on doit avoir à son égard une préoccupation éducative globale, une perspective d'éducation totale incluant le temporel, et qu'on ne peut donc lui appliquer les mêmes règles qu'aux adultes. Ce conflit se traduira par plusieurs crises[1].

Une autre querelle lui est liée. C'est celle du « mandat ». Elle

1. Et notamment la disparition de l'ACJF en 1956.

est également en germe sous l'occupation. Il s'agit, cette fois, de définir le type de relations entre les mouvements d'action catholique et la hiérarchie. Cette question n'avait pas suscité de grandes difficultés avant-guerre. Pie XI avait défini l'Action catholique comme « la participation et la collaboration du laïcat à l'apostolat hiérarchique ». Sous l'occupation, pour que les mouvements d'action catholique puissent poursuivre leur activité, l'épiscopat les présente, notamment aux autorités allemandes, comme des organisations « mandatées » par lui, dont l'action engage donc totalement l'Église. Cette présentation nouvelle, en partie due aux circonstances, va bientôt être érigée en doctrine. La plupart des mouvements d'Action catholique ne l'accepteront pas, de prime abord. Au conseil fédéral de l'ACJF en 1945, son secrétaire général, Maurice-René Simonnet, dira : « On parle beaucoup aujourd'hui de mandat conféré aux laïcs. Oui, les laïcs reçoivent un mandat et par deux fois : le jour de leur baptême et le jour de leur confirmation. Ce sont les deux seuls mandats que nous ayons reçus, que tout catholique reçoit normalement. Est-il besoin d'une sorte de huitième sacrement que la hiérarchie nous remettrait individuellement ou collectivement, à l'occasion de notre affiliation à un mouvement d'Action catholique ? » Ce que les dirigeants de l'ACJF reprochent au mandat, c'est d'aboutir à faire des laïcs les auxiliaires de l'apostolat du clergé, sans tenir compte des caractères propres de l'apostolat laïc, à en faire des « substituts de prêtres ». Alors, pensent-ils, les mouvements d'action catholique se présenteront comme travaillant non pas au service des milieux dont ils sont responsables mais « pour le compte et au nom de la hiérarchie » : aux yeux du profane, une œuvre apostolique se transformera ainsi en une entreprise de cléricalisation. Enfin, dans la mesure où le lien avec l'épiscopat est fortement marqué par un « mandat », toute action ou prise de position des mouvements dans des domaines contingents – y compris une entreprise aussi simple que la gestion d'un foyer de jeunes – apparaîtra comme engageant la hiérarchie. Puisque les mouvements entendent se soucier de questions temporelles, la hiérarchie ne doit pas y être compromise avec eux par l'intermédiaire du « mandat ».

Les mouvements de l'ACJF demandent donc à l'épiscopat de remplacer la formule du mandat par une autre : agrément ou approbation, par exemple, qui marque plus nettement l'initiative des laïcs. L'Assemblée des cardinaux et archevêques, par une déclaration de mars 1946, maintiendra la formule du mandat.

Si des crises de l'Action catholique se préparent ainsi, rares cependant sont ceux qui en ont conscience dès 1944. Au sein de l'ACJF les mouvements de jeunes sont apparemment plus unis que jamais par les luttes qu'ils mènent en commun et par les « campagnes de fraternité » qu'ils organisent (les jacistes collectent du ravitaillement pour les jeunes des villes). Il y a certes une faille : le travail forcé en Allemagne étant surtout supporté par les ouvriers, la JOC a pris une conscience plus vive de la singularité de son milieu ; elle a d'ailleurs adopté à l'égard du problème du départ au STO une position plus nuancée que le reste de l'ACJF. Mais cette faille n'est pas encore perçue clairement.

L'Action catholique semble promettre à l'Église autant de lendemains féconds que l'action missionnaire. Jouissant d'une liberté intérieure plus grande, l'Église de France a entrepris en pleine guerre un étonnant effort de renouvellement. Elle a tenu en quelque sorte son « Concile », grâce à quelques évêques, quelques prêtres et quelques laïcs, agissant comme une avant-garde souvent désapprouvée, voire combattue, par le gros de la troupe. Son bilan forme un étonnant contraste avec l'image que donne, entre 1940 et 1944, une Église défigurée par des compromissions politiques.

Conclusion

Comment l'Église de France a échappé à l'épuration

14 juin 1944. Le général de Gaulle, pour la première fois depuis quatre ans, retrouve la terre de France. À la sous-préfecture de Bayeux où il s'installe, la première personne qui demande à être reçue, et qu'il reçoit, est un évêque : monseigneur Picaud, de Bayeux et Lisieux, lequel, il est vrai, s'était gardé de prises de position trop politiques.

Ailleurs, la Libération va poser plus de problèmes à l'épiscopat.

Le 24 août, Paris achève de se libérer. Les FFI et les FTP attaquent la caserne du Prince-Eugène, place de la République, et le tunnel des Buttes-Chaumont où sont garés les trains allemands : ils y feront cent trente-sept prisonniers. On tiraille un peu partout, y compris aux alentours de Notre-Dame et de la préfecture de police, où s'est installé Alexandre Parodi, délégué général du gouvernement d'Alger en France occupée, accompagné de l'état-major de la Résistance. Les premiers chars de la division Leclerc sont dans la banlieue sud.

Les résistants ont demandé de faire sonner toutes les cloches de la capitale pour annoncer la Libération. Un fonctionnaire de la préfecture venu en avertir monseigneur Brot, archiprêtre de Notre-Dame, rencontre chez celui-ci monseigneur Beaussart, archevêque auxiliaire de Paris, naguère membre du Conseil national de Vichy et habitué des réceptions à l'ambassade d'Allemagne. Les deux prélats le raccompagnent jusqu'à la préfecture, où l'intention de l'archevêque est de rencontrer le nouveau préfet. Quand ils pénètrent dans les salons de la préfecture, où règne une agitation fébrile et joyeuse, c'est la stupeur. Les résistants qui sont là ne comprennent pas ce que beaucoup considèrent comme une provocation. Les conversations tombent. Chacun regarde l'autre, attendant. Monseigneur Beaussart, vêtu de noir, s'avance vers le père Bruckberger, que Parodi a nommé, sans qu'un quelconque mandat le lui permette, aumônier général des FFI et qui est en quelque sorte son conseiller pour les problèmes religieux. Il lui tend la main. Le père Bruckberger ne la saisit pas mais baise son anneau pastoral : c'est à l'évêque qu'il manifeste sa déférence, pas à l'homme. Un huissier amène monseigneur Beaussart jusqu'au cabinet de Parodi.

Immédiatement, on entoure le père Bruckberger. Celui-ci apprend que l'archevêque auxiliaire est venu sans y être invité. Il veut partir, mais Parodi sort de son bureau et vient vers lui, visiblement embarrassé :

– Que faut-il faire ?

– Expliquer à Monseigneur qu'après l'attitude de l'archevêché pendant l'occupation et sous le régime de Vichy vous ne pouvez pas prendre la responsabilité de le présenter au général de Gaulle ni de l'exposer à son affront.

Parodi répète ces paroles à monseigneur Beaussart, qui émet une brève réflexion sur la doctrine de l'Église quant à l'attitude à observer vis-à-vis du pouvoir établi, et repart, dans un silence glacial, toujours suivi de monseigneur Brot.

Depuis quelques jours déjà, les catholiques qui font partie des milieux dirigeants de la Résistance se préoccupent de la réception du général de Gaulle et des cérémonies qui marqueront la Libération. Chantera-t-on le *Te Deum* à Notre-Dame ? Et, si oui, qui accueillera le chef du gouvernement provisoire ? Ils ne souhaitent pas que ce soit le cardinal Suhard. Ils ont, bien entendu, mal accepté que celui-ci, quelques semaines plus tôt, préside les obsèques de Philippe Henriot en présence du commandant allemand du *Gross Paris*. S'il reçoit le général de Gaulle, pensent-ils, tous les assistants verront là une manifestation de l'opportunisme de l'Église, et rien ne prouve que l'un d'eux, ou même plusieurs, n'en feront pas la remarque de manière spectaculaire. Il leur paraît plus digne que le cardinal s'abstienne de paraître aux cérémonies de la Libération.

Mais le cardinal est maître en son église métropolitaine, Notre-Dame. Le père Bruckberger et quelques autres proposent donc que la cérémonie se déroule à Notre-Dame des Victoires. Elle y est préparée. Et, le 24 août au soir, tandis que les premiers chars de Leclerc font leur entrée dans le sud de Paris, le clergé de Notre-Dame des Victoires, une clique, et les habitants du quartier, attendent le chef de la France libre, qui ne vient pas.

Le 25 août, Maurice Schumann, arrivé à Paris avec la division Leclerc où il sert comme officier de liaison, déclare à Parodi que, de toute manière, le général de Gaulle, qui a le sens des gestes et le goût des symboles, n'acceptera pas que la cérémonie se déroule ailleurs qu'à Notre-Dame. Le même jour, un aumônier de la division Leclerc, le père Houchet, se présente à l'archevêché, où il est accueilli très froidement. Comme il évoque le *Te Deum*, le cardinal répond que cela lui semble prématuré.

Le lendemain, samedi 26 août, l'abbé Lesourd, secrétaire du cardinal, est prévenu par téléphone vers 9 h 30 que le *Te Deum* aura lieu à la cathédrale aussitôt après le défilé, donc probablement vers 16 h 30. Mais, à 11 h 30 se présentent deux adjoints de Parodi, Francis-Louis Closon et Segala, qui demandent à être reçus par le cardinal. Francis-Louis Closon fait partie de ces catholiques convaincus qui veulent éviter que l'on puisse accuser l'Église d'opportunisme, et c'est pourquoi il a accepté cette mission.

– Le gouvernement, dit-il au cardinal, vous demande de ne pas paraître dans la cathédrale, car il ne peut pas garantir votre sécurité.

– Mais enfin, que me reproche-t-on ? demande plusieurs fois le cardinal.

F.-L. Closon refuse de placer le débat sur ce terrain. Il invoque à nouveau l'argument de sécurité qui n'est d'ailleurs pas seulement un prétexte : les esprits sont échauffés et des incidents peuvent surgir – les faits le confirmeront puisqu'une fusillade dont les causes exactes ne seront jamais éclaircies va éclater dans la cathédrale.

– Nous sommes très chagriné, répète plusieurs fois le cardinal, qui paraît très abattu.

Au début de l'après-midi, des policiers en civil arrivent à l'archevêché avec l'ordre d'empêcher le cardinal de sortir, si besoin est. Le père Houchet, de la division Leclerc, veut forcer le barrage, mais monseigneur Suhard s'y oppose.

A 16 h 15, le général de Gaulle, qui vient de descendre triomphalement les Champs-Elysées, puis s'est rendu à l'Hôtel de Ville par la rue de Rivoli, arrive en voiture devant le parvis de Notre-Dame. Quelques coups de feu ont déjà éclaté. Le général descend de sa voiture, et deux Alsaciennes lui présentent un bouquet tricolore.

Pendant ce temps, à la sacristie, où les prêtres revêtent leurs ornements, on s'explique. Monseigneur Beaussart est là, entouré de presque tout le haut clergé parisien. Le père Bruckberger est l'un des rares représentants du clergé résistant, et il commence à être las de sa situation inconfortable d'intermédiaire entre l'Église et l'État en de telles circonstances. Monseigneur Beaussart s'avance vers lui :

– Mon Père, vos amitiés dans le gouvernement vous permettront de me répondre. Que signifie l'interdiction faite au cardinal de paraître à Notre-Dame ?

– Monseigneur, le gouvernement ne veut pas que le général de Gaulle soit reçu par le cardinal qui a reçu à Notre-Dame le commandant allemand du grand Paris.

– Que veut donc le gouvernement ?

– Le gouvernement veut que vous démissionniez.

– C'est un abus de pouvoir. Le gouvernement n'a pas le droit d'exiger cela du cardinal.

– Le gouvernement sait très bien qu'il n'a pas ce droit. Aussi bien, dès que le nonce arrivera à Paris, il mettra le Vatican au courant de la situation.

Le dialogue s'arrête là. Le général de Gaulle est en effet entré dans la cathédrale un peu en avance, si bien que personne n'était là pour l'accueillir, à l'exception de fidèles qui l'ont acclamé. Mais à peine avait-il fait quelques pas que de nouveaux coups de feu ont éclaté. Il a continué à s'avancer, impassible, tandis que certains assistants se couchaient à terre ou se cachaient derrière les piliers. Ceux des prêtres qui sont sortis de la sacristie quand la fusillade s'est déclenchée peuvent contempler un curieux spectacle. Le général de Gaulle est seul, à la place réservée aux chefs d'État et aux souverains. Près de lui, Parodi, André Le Troquer, le colonel Peretti, chargé de la sécurité, et un immense père franciscain. Derrière, des officiels et des généraux. Derrière encore, couchée, la foule.

Monseigneur Brot, archiprêtre de Notre-Dame, s'avance vers le général de Gaulle. Il lui transmet les protestations du cardinal Suhard. Le chef du gouvernement provisoire, qui a approuvé la décision prise par Parodi à l'égard de l'archevêque de Paris, répond très froidement en chargeant monseigneur Brot d'exprimer au cardinal « son respect en matière religieuse, son désir de réconciliation au point de vue national, et son intention de le recevoir avant peu ».

On tiraille toujours et André Le Troquer demande qu'on fasse donner les orgues pour couvrir le bruit des coups de feu. Mais il n'y a pas de courant. « Alors, faites chanter ! » Un chantre entonne le *Magnificat* que toute l'assistance reprend, y compris le général. La foule s'apaise, se relève, chante elle aussi. Mais les tirs continuent. On décide d'écourter la cérémonie. Le *Te Deum* ne sera pas chanté. Le général de Gaulle s'incline devant l'autel et, précédé par un superbe bedeau, sort au milieu des coups de feu et des acclamations. Il n'a eu aucun contact avec monseigneur Beaussart, pourtant présent dans la cathédrale. Certains assistants pensent que si celui-ci s'était avancé pour saluer le général sous la fusillade, le climat aurait pu être dégelé. Mais, conclut Parodi, « le clergé, nous avons eu l'avantage de le voir surtout de dos ». Encore ne l'a-t-il pas vu tout entier : les chanoines du chapitre sont restés dans la sacristie pendant toute la fusillade.

Cette cérémonie émouvante et étrange à la fois témoigne du malaise qui règne dans les relations entre l'Église hiérarchique et le nouveau régime de la France libérée.

Le 29 août, monseigneur Suhard adresse à ses curés un communiqué de l'archevêché à lire en chaire à toutes les messes du diocèse, le dimanche suivant :

« Des rumeurs calomnieuses ayant circulé au sujet de Notre absence à la cérémonie d'action de grâce célébrée à Notre-Dame, le samedi 26 août, nous croyons de Notre devoir de rétablir la vérité des faits. De Notre propre initiative, Nous avons décidé de chanter un *Te Deum* à la cathédrale pour remercier Dieu de la libération de Paris, de la victoire remportée par nos soldats, par les armes de nos alliés, par le peuple parisien. Averti des intentions du chef du gouvernement provisoire de la République, Nous voulions accueillir Nous-même le général de Gaulle à Notre-Dame, en cette heure historique. Une décision de l'ordre gouvernemental Nous a empêché par la force de sortir de l'archevêché et de Nous rendre à la cérémonie.

« Cette mesure que Nous ne voulons pas qualifier Nous a profondément peiné. Notre peine, Nous en sommes sûr, sera partagée par le clergé et les fidèles du diocèse.

« Cependant, pas plus que leur archevêque, ils ne voudront oublier que la France souffre, que l'ennemi n'est pas encore chassé de tout le territoire national, que l'union de tous les Français est plus que jamais nécessaire. C'est à fortifier cette union, condition du salut de la Patrie, que tendent inlassablement la prière et les efforts de l'archevêque de Paris.

Le 29 août 1944.
EMMANUEL CARDINAL SUHARD. »

Le lendemain, dans un but d'apaisement, monseigneur Suhard renonce à faire lire ce texte.

L'archevêque de Paris est très abattu par les événements. « Cette journée fut l'une des plus pénibles de ma vie », a-t-il écrit le 26 août dans son journal. Et le 30 : « J'apprends que les membres de la Résistance me reprochent d'avoir collaboré avec le maréchal Pétain surtout depuis 1942. » Phrase significative : le cardinal n'avait donc pas pris conscience des problèmes que posaient son attitude et celle de la plus grande partie de l'épiscopat pendant l'occupation !

Cependant, de divers côtés, on s'efforce d'établir le contact entre le général de Gaulle et le cardinal. L'abbé Pezeril provoque une rencontre, chez lui, entre monseigneur Rupp, proche collaborateur du cardinal, et Diomède Catroux. « Nous sommes prêts à reconnaître nos erreurs », dit monseigneur Rupp. Diomède Catroux croit pouvoir assurer que le général n'est pas opposé à un accommodement. Monseigneur Chevrot, le curé de Saint-François-Xavier, membre du Front national, s'adresse directement au cabinet du général pour demander que l'archevêque de Paris soit reçu.

Le 20 septembre, à 11 h 30, le cardinal pénètre chez le général. La garde de celui-ci lui rend les honneurs. L'accueil est courtois. Le général de Gaulle évite d'abord de parler du passé : il interroge le cardinal sur les services que la France peut attendre de l'Église.

Le cardinal lui promet ce service, du moins en ce qui le concerne, « en toute loyauté et sans inféodation ». Aux yeux de l'Église, explique-t-il, le général de Gaulle représente le pouvoir établi. Il a libéré la France au prix de la ténacité, d'un long et pénible labeur, et d'un sacrifice qu'il est juste de reconnaître. Enfin, le gouvernement représente pour l'Église la sécurité d'aujourd'hui, et il prépare des élections qui doivent donner la sécurité de demain. Le cardinal ajoute cependant que les services rendus à l'État par l'Église ne peuvent être effectifs que dans la mesure où ils lui seront facilités par l'État lui-même.

C'est poser le problème de la politique qu'entend pratiquer le gouvernement à l'égard de l'Église. Mais le général de Gaulle ne répond pas directement. « Le souverain pontife, fait-il observer, est surtout inquiet du communisme et m'a demandé de ne pas l'introduire en France. » Le chef de la France libre, pour sa part, juge le danger communiste en France moins pressant, pour le moment.

Le cardinal, qui a la hantise du communisme, se trouve là en terrain familier. Il expose que pour obvier au danger communiste, le clergé est décidé, au moins en partie, à organiser une activité missionnaire. Et il décrit à son interlocuteur les buts et l'organisation de la Mission de France. Le général exprime sa satisfaction. C'est lui, maintenant, qui aborde la politique religieuse et va d'emblée au plus brûlant : la question scolaire. Il indique que, sur ce point comme sur les autres, la législation de Vichy est abrogée, et qu'il a décidé de revenir à la législation de 1939. Mais il veut maintenir la liberté de l'enseignement.

Cette liberté, rétorque le cardinal, ne peut être envisagée de façon symbolique et théorique. Elle existe depuis la loi Falloux. Cependant, elle devient inopérante à partir du jour où les diverses classes de la société, et notamment les classes populaires, n'ont pas les moyens de l'exercer. Si l'enseignement libre jouit seulement de la liberté, sans que les subsides de l'État lui permettent de l'exercer, les deux tiers des écoles privées et chrétiennes devront disparaître. Une vraie liberté de l'enseignement implique que les écoles soient, sinon totalement subventionnées, du moins aidées par l'État et conservent leur caractère d'institutions libres. C'est à cette liberté, dit-il, que l'Église s'attache.

Le général, évasif, se contente de noter qu'il s'agit d'un « point crucial qu'il faut envisager » et ne prend aucun engagement, malgré l'insistance du cardinal qui souligne que le retrait des subventions créerait un malaise dans le pays.

L'entretien se termine par une évocation, dont le général prend l'initiative, des incidents du 26 août. Il les regrette, dit-il, mais il maintient ses raisons : la réception du Maréchal en avril, alors que le voyage de celui-ci à Paris était uniquement inspiré par les mobiles politiques, et la présidence des obsèques de Philippe Henriot. Le cardinal explique son attitude par la doctrine de l'Église sur le respect dû au pouvoir établi. Il dit que cette journée du 26 août lui a laissé une terrible impression : par l'injure faite en sa personne à l'Église, à cause de la méchanceté qu'il y a remarquée – un reporter de la radio présent dans la cathédrale n'a-t-il pas dit que le cardinal ne « daignait pas venir » –, à cause aussi du dommage qui en résulte pour un prestige dont il a besoin pour gouverner le diocèse.

Le général, qui veut mettre fin à l'entretien, ne relève que le problème de la radio. C'est une indignité, dit-il. Il indique qu'il s'efforcera de la réparer en faisant annoncer dès le lendemain la visite du cardinal. Celui-ci profite de l'occasion pour évoquer les attaques de la presse contre l'épiscopat : elle demande en effet le départ de plusieurs évêques. Les évêques sont nommés par le Saint-Père, rappelle-t-il, et c'est lui seul qui les maintient sur leur siège. L'épiscopat est prêt à rendre compte de sa gestion, mais au pape, car c'est seulement le pape qui a à en connaître.

Le général ne répond pas. L'audience est terminée [1]. Elle provoque une certaine détente. Mais une détente relative. Lorsque le ministre Lepercq se tue dans un accident d'automobile, le gouvernement lui fait des obsèques nationales, mais il « oublie » d'y inviter le cardinal, n'ayant pas oublié sans doute d'autres obsèques « nationales », celles de Philippe Henriot. Au défilé du 11 novembre, le cardinal Tisserant, de passage

1. Lapsus significatif : relatant cette visite dans son journal, le cardinal Suhard écrira « le Maréchal » en parlant du général de Gaulle.

dans la capitale, est invité par un carton adressé à l'archevêché de Paris, rue Barbet-de-Jouy. Le cardinal Suhard est encore ignoré.

Le gouvernement n'entend pas, en effet, passer l'éponge. L'attitude de l'épiscopat, qui a tellement gêné la France libre et la Résistance, lui semble devoir être sanctionnée. Les membres catholiques de la Résistance et du gouvernement ne sont pas les moins ardents à réclamer des sanctions. Ils estiment que l'autorité des évêques qui se sont compromis avec Vichy est considérablement diminuée, et que cela est très dommageable pour l'Église. Ils craignent que si ceux-ci restent en place, une puissante vague d'anticléricalisme ne déferle sur la France. Les évêques les plus compromis doivent donc céder la place. Joseph Hours, alors maître à penser des catholiques résistants lyonnais, l'a écrit dès janvier 1944, dans le numéro 5 des *Cahiers politiques :* « À une France renouvelée, il faut un épiscopat neuf. Pie VII, au lendemain de la Révolution française, l'avait compris et il a créé, au moment du Concordat, un précédent que nul aujourd'hui ne saurait effacer... Lorsqu'il sera clair pour tous que l'Église demeure même si certains prélats ont pris une honorable retraite et que l'institution n'était pas engagée par les fautes politiques des hommes, nul n'aura plus le droit de chercher à venger sur elle les fautes ou les faiblesses de ces derniers. »

Les non-catholiques attendent parfois que ce soient les catholiques de la Résistance qui « mettent de l'ordre dans l'Église ». À Alger, en 1943, André Philip a publié un article retentissant sur le thème : l'Église de France doit s'épurer elle-même. Les communistes ne sont pas tout à fait de cet avis. Au Conseil national de la Résistance, avant la Libération, ils laissent entendre qu'il faudrait emprisonner un certain nombre d'évêques. « C'est une affaire de gouvernement », répond Georges Bidault. « Nous avons nos dossiers », disent-ils. « J'ai les miens », répond le leader des démocrates-chrétiens.

À la Libération, les réactions des évêques sont diverses. Un bon nombre participeront aux cérémonies officielles ; ils n'y sont pas trop mal accueillis. Un précédent est ainsi créé ; leur position est consolidée. Le cardinal Gerlier organise à la basilique de Fourvière, le 8 septembre, un *Te Deum* d'action de grâces auquel assistent les représentants du nouveau pouvoir. Il y rend un vibrant hommage aux résistants, ces « vaillants qui ont affronté héroïquement tant de périls et subi parfois tant de tortures atroces ». Il lance un appel contre les représailles individuelles, et pour l'union de tous les Français.

Chez d'autres, c'est la grande peur. L'évêque de Grenoble fait ses valises. Puis, comme personne ne lui dit rien, il les défait. L'archevêque d'Aix, monseigneur Du Bois de la Villerabel, demande à des militants ouvriers chrétiens :

– Que dit-on de moi ?

– Monseigneur, on dit qu'il faut vous pendre. Il vaudrait mieux que vous partiez, sinon nous ne répondons plus de rien.

L'archevêque abandonnera son palais archiépiscopal et finira par démissionner.

L'évêque de Marseille, monseigneur Delay, n'assiste pas au *Te Deum* de la Libération. Mais il a « couvert » certains de ses prêtres résistants, sous Vichy, quand ils avaient des difficultés avec la police. À leur tour, ces prêtres le défendent.

L'évêque de Mende, monseigneur Auvity, est obligé de s'enfuir à la trappe de Bonne Combe (Aveyron) quand les FFI libèrent le chef-lieu de la Lozère. Celui d'Arras, monseigneur Dutoit, menacé d'incarcération, quitte également sa ville au moment de la Libération et se réfugie à Lille.

Le gouvernement se préoccupe évidemment de cette situation. En particulier Georges Bidault, qui est devenu ministre des Affaires étrangères. Il a ses dossiers, comme il l'a dit aux communistes du CNR. Il s'en sert pour dresser une liste d'archevêques et évêques « indésirables », et il en parle beaucoup autour de lui.

Il existe, en fait, trois listes, datées du 26 juillet 1944.

La première, la liste A, est ainsi composée :

Suhard	cardinal-archevêque	Paris
Beaussart	archevêque auxiliaire	Paris
Courbe	évêque auxiliaire, secrétaire général de l'Action catholique française	Paris
Du Bois de La Villerabel	archevêque	Aix-en-Provence
Feltin	archevêque	Bordeaux
Guerry	archevêque coadjuteur	Cambrai

Marmottin	archevêque	Reims
Auvity	évêque	Mende
Brunhes	évêque	Montpellier
Caillot	évêque	Grenoble
Challiol	évêque	Rodez
Chevrier	évêque	Cahors
Couderc	évêque	Viviers
Delay	évêque	Marseille
Dutoit	évêque	Arras
Fleury	évêque	Nancy
Martin	évêque	Le Puy
Piguet	évêque	Clermont
Rambert Faure	évêque	Saint-Claude
Rodié	évêque	Agen
Sembel	évêque	Dijon
Serrand	évêque	Saint-Brieuc

La deuxième, la liste A bis :

Gerlier	cardinal-archevêque	Lyon
Liénart	cardinal-évêque	Lille

Enfin, une troisième liste, dite liste B, cite les noms d'évêques « dont la promotion à un siège archiépiscopal serait souhaitable » (six, dont monseigneur Heintz, évêque de Metz, et monseigneur Théas, de Montauban) et les noms de prêtres « dont l'élection à un siège épiscopal serait souhaitable » (ils sont vingt-deux, parmi lesquels monseigneur Chevrot, monseigneur Bruno de Solages, les abbés Jeze et Garail, collaborateurs de monseigneur Saliège à Toulouse, le chanoine Flory, archiprêtre de Montbéliard, et un certain « X., curé de Cheddes (Haute-Savoie) [1] ».

La liste des « indésirables » est évidemment discutable, comme toujours en ce cas. On s'étonne notamment de ne pas y voir figurer les noms des évêques de Nîmes et de Poitiers, dont le comportement, écrira l'historien André Latreille, directeur des cultes du Gouvernement provisoire à la Libération, « avait été notoirement plus révoltant [2] ».

1. Aucun d'entre eux ne deviendra jamais évêque…
2. De Gaulle, *La Libération et l'Église catholique*, Éditions du Cerf.

Mais le gouvernement ne peut évidemment déplacer les évêques à son gré. Depuis la séparation de l'Église et de l'État, il ne dispose plus d'aucun pouvoir à cet égard. Il espère cependant faire comprendre au Vatican que la présence de ces évêques constitue un facteur de division et serait nuisible aux intérêts de l'Église. Le Vatican devrait donc obtenir leur démission. Encore faut-il qu'il accepte cette thèse. Encore faut-il aussi pouvoir le lui dire.

Le Saint-Siège est très vite averti des intentions du gouvernement français. Mais il n'a pas l'intention d'accéder à ses demandes. Le nonce, monseigneur Valerio Valeri, le fait savoir au cardinal Suhard dès le début d'octobre. Le nonce lui-même est dans une situation ambiguë. Il est resté à Vichy pendant les quatre années de l'occupation et n'en est parti qu'après que les Allemands eurent emmené le maréchal Pétain. Or, le général de Gaulle a décidé de n'accepter auprès de lui aucun diplomate ayant été accrédité à Vichy. On lui a fait valoir qu'il n'y a aucun reproche particulier à l'égard de monseigneur Valerio Valeri qui, au contraire, a plutôt empêché les évêques français de trop se compromettre avec la Révolution nationale. Mais il s'agit d'une question de principe.

Deux problèmes doivent donc être réglés : celui du nonce et celui des « évêques indésirables ». Et le deuxième ne peut l'être qu'après le rétablissement des relations diplomatiques normales. En attendant d'avoir un ambassadeur au Saint-Siège – ce sera Jacques Maritain – Georges Bidault décide d'envoyer à Rome une mission. Un laïc, Charles Flory, ancien président de l'ACJF, membre du comité général des Semaines sociales (dont il sera bientôt élu président) et l'un des fondateurs du MRP, accepte à la demande de Bidault et du général de Gaulle d'aller au Vatican poser le problème du nonce. Il part pour Rome dans la seconde semaine de novembre. À peu près à la même époque, le cardinal Tisserant arrive en France.

À Rome, Charles Flory n'est pas accueilli avec empressement. Il devra attendre six semaines avant d'obtenir une décision favorable sur la question du nonce. Au bout d'un certain temps cependant, monseigneur Tardini laisse entendre que si la personnalité de monseigneur Valerio Valeri était complètement mise hors de cause, une solution pourrait intervenir. C'est possible, du point de vue français, puisqu'il s'agit là d'une exclusive visant tous les diplomates accrédités à Vichy, et non d'une mesure personnelle. Mais le 19 décembre, le Vatican n'a pas encore pris position. Or, il y a une échéance : celle des vœux que le corps diplomatique doit présenter au chef de l'État le 1er janvier ; c'est traditionnellement le nonce, doyen du corps diplomatique, qui les présente. Le 20 décembre, Pie XII, qui ne veut pas prendre le risque d'une brouille avec la France alors que l'armée Rouge progresse en Europe, traînant le communisme dans ses fourgons, admet qu'un gouvernement peut toujours estimer indésirable la présence d'un diplomate. Le 22, *L'Osservatore Romano* annonce la nomination de monseigneur Angelo Roncalli – le futur pape Jean XXIII – âgé de soixante-quatre ans, qui a été en poste auparavant dans les Balkans et en Turquie, qui est donc presque inconnu en France, et qui n'est pas considéré comme une figure de proue de la diplomatie vaticane. Celui-ci va se livrer à une véritable course contre la montre : il arrive à Paris le 30 décembre, remet ses lettres de créance au général de Gaulle le 1er janvier à 9 h 45, et lui présente les vœux du corps diplomatique trois quarts d'heure plus tard. On évite ainsi que ce soit l'ambassadeur d'URSS qui le fasse.

Monseigneur Valerio Valeri a quitté Paris le 23 décembre. Pour bien montrer que la mesure ne le visait pas personnellement, le général de Gaulle l'a reçu auparavant en audience solennelle de congé à l'issue de laquelle les honneurs militaires lui ont été rendus ; il l'a fait commandeur de la Légion d'honneur.

Un évêque français, monseigneur Théas, se rend aussi au Vatican à la fin de 1944. Son voyage ne paraît pas directement lié au problème de l'épuration de la hiérarchie, mais c'est Pie XII lui-même qui, recevant l'évêque de Montauban, y a fait allusion. Le 10 septembre, après sa libération du camp de Compiègne, monseigneur Théas avait déclaré : « La sainte Écriture condamne les chefs qui sont « des chiens muets qui ne savent pas aboyer » (Isaïe, LV, 10). Je n'ai pas voulu être un chien muet et, devant le danger, j'ai aboyé. C'était mon devoir ; mon silence eût été une trahison. » De cette déclaration, on peut évidemment tirer la condamnation de bon nombre d'évêques qui, eux, se sont tus.

Le pape reçoit monseigneur Théas en audience privée à deux reprises. Il lui reproche une déclaration faite par lui à Castelsarrazin : « J'aime les communistes », avait dit l'évêque de

Montauban, en s'appliquant pourtant à bien distinguer entre la personne des communistes, et la doctrine condamnée par l'Église. Et il avait repris quelques jours plus tard, dans une lettre ouverte au président des jeunesses communistes du Tarn : « Oui, j'aime les communistes et je les aimerai toujours, quelle que soit leur position vis-à-vis de l'Église, de cette Église catholique sans laquelle il est impossible de construire un monde où règnent la justice et la fraternité. »

Pour le reste, Pie XII se scandalise de ce que l'on se permette en France de critiquer les évêques. « Nous mettons toute notre suprême autorité pontificale, dit-il, à défendre et à protéger l'autorité et les droits des évêques, à prêcher la soumission aux évêques. » Et il demande à monseigneur Théas de répéter publiquement et textuellement cette phrase à son retour.

Avant même qu'elle soit nettement présentée, la demande du gouvernement français concernant les « évêques indésirables » se heurte donc à une fin de non-recevoir. C'est au nouveau nonce, monseigneur Roncalli, mal reçu à Paris et à qui on fait faire antichambre, qu'il appartient d'arranger les choses. Il le fait avec son style particulier.

L'attitude qu'il adopte, lui-même l'expliquera plus tard à des interlocuteurs français : « Quand je suis arrivé ici, j'ai eu comme une inspiration du Saint-Esprit : mon petit Angelo, étant donné les circonstances, tu n'as qu'un moyen de t'en tirer, même si ça ne plaît pas à ton amour-propre ; fais l'imbécile, Angelo, fais l'imbécile. » Et encore : « Ma tactique, c'est celle de l'écrevisse. Lorsqu'on attaque, je recule. Je recule, mais je tourne, et je me retrouve au même endroit. »

Il applique cette tactique à la lettre, laisse sans réponse les questions trop précises, fait traîner et finalement s'engluer le débat jusqu'à ce que ses interlocuteurs soient lassés.

Du côté du pouvoir français est apparu un nouvel interlocuteur, l'historien André Latreille, un Lyonnais devenu à Paris directeur des cultes. Il juge, avec discernement, que la liste A, très longue et peu confortée par de solides dossiers, n'aura jamais l'aval du Vatican. Il suggère à Georges Bidault, en février, une liste d'une douzaine de noms (parmi lesquels les archevêques de Bordeaux, monseigneur Feltin, et de Reims, monseigneur Marmottin, mais non le Cardinal Suhard ; entretemps l'archevêque d'Aix, monseigneur Du Bois de La Villerabel, a démissionné de son propre chef).

Mais, constate André Latreille, cette liste est encore trop longue, et « il faudrait limiter la demande présentée à trois chefs de diocèse : Arras, Mende et Saint-Brieuc ». Le temps passe. En fin de compte, sept prélats seront écartés de leurs diocèses : outre monseigneur de La Villerabel, l'évêque d'Arras, monseigneur Dutoit, l'évêque de Mende, monseigneur Auvity, un évêque auxiliaire de Paris, monseigneur Beaussart et les vicaires apostoliques de Rabat, Dakar, et Saint-Pierre-et-Miquelon. L'évêque de Saint-Brieuc, monseigneur Serrand, reçoit un coadjuteur.

À l'automne, compensation accordée aux catholiques résistants et au gouvernement, Pie XII crée trois nouveaux cardinaux : NN. SS. Saliège, Petit de Julleville, et Roques.

Auparavant, le 28 février 1945, l'Assemblée des cardinaux et archevêques avait publié une déclaration : « Fidèles à notre doctrine traditionnelle, nous vous demandons de réaliser cette union autour du chef du gouvernement qui, après avoir incarné l'espoir de la délivrance, a tant contribué, avec nos alliés, à la Libération. » L'hommage ainsi rendu au général de Gaulle tendait probablement, dans l'esprit de ses auteurs, à compenser ceux qui avaient été prodigués, avec plus de chaleur, au maréchal Pétain. Les catholiques résistants ne pouvaient manquer de relever que plusieurs de ses auteurs, s'ils attendaient certes la délivrance, n'avaient pas placé leur espoir dans le général de Gaulle, mais dans le maréchal Pétain qu'ils imaginaient volontiers continuant à gouverner la France après la Libération.

*
* *

Que le problème des « évêques indésirables » ne soit pas résolu dans le sens souhaité par les résistants, par suite du refus du Vatican et de l'habileté bonhomme de monseigneur Angelo Roncalli, n'empêche pas une grave crise d'autorité, et un profond malaise, de régner dans l'Église de France. Les laïcs et les prêtres résistants n'ont pas oublié l'état d'abandon dans lequel ils se sont souvent trouvés pendant quatre ans. Les non-résistants, malgré tout ce qu'on peut leur dire sur le respect dû aux pouvoirs établis, jugent souvent sévèrement ce qu'ils considèrent comme l'attitude opportuniste de clercs et de laïcs qui, après s'être compromis avec Vichy, chantent la gloire du général de Gaulle, libérateur de la Patrie. Les uns et les autres estiment qu'une telle attitude manque de dignité, et ces retournements soudains contribuent à approfondir les fossés qui s'étaient creusés sous l'occupation.

Le ton des explications est souvent très vif. André Mandouze, rédacteur en chef de *Témoignage chrétien*, déclare le 6 juin 1945 à l'évêque de Marseille : « Monseigneur, humiliez-vous et reconnaissez vos erreurs. Si un certain nombre de vos fils, prêtres et laïcs n'avaient pas eu le courage de vous désobéir pendant quatre ans pour obéir à leur conscience, ni vous, ni la plupart de vos confrères n'occuperiez actuellement vos palais épiscopaux. »

Présentant en 1945, au Conseil fédéral de l'ACJF, un rapport sur la vie de l'association pendant le temps de guerre, Maurice-René Simonnet constate, à propos du STO, que « l'ennemi eut pour reprendre ses arguments des complices ou des naïfs parmi les plus hautes autorités politiques, militaires et religieuses ».

Dans son livre *Si grande peine* [1], le père Bruckberger expose en une très belle page le malaise qui règne alors :

« Catholiques de la Résistance, nous n'avons pas obéi. C'est ce qui a fait notre tourment. Les mandements des évêques ralliés à Vichy nous ont troublés, les affirmations solennelles de la légitimité du Maréchal nous ont plongés dans l'anxiété... Nous sommes passés outre, mais dans l'angoisse d'affronter tant d'autorités contre nous conjuguées... Ou bien les mots *légitimité, obligation de conscience, devoir d'obéissance* ont perdu leur sens à l'intérieur du christianisme et l'autorité qui les emploie est tournée en dérision ; ou bien braver cette légitimité, manquer à cette obligation et à ce devoir, c'était purement et simplement commettre un péché et risquer l'enfer.

« ... Si encore on avait laissé aux chrétiens la liberté individuelle de leur discernement politique, on eût très bien compris que les évêques s'accommodassent d'un gouvernement qui affectait de laisser à l'Église le minimum de ses droits. Mais

1. Publié hors commerce en janvier 1945 aux Éditions Gallimard par un groupe d'amis du père Bruckberger : Guillain de Bénouville, Georges Bernanos, Albert Camus, Alexandre Parodi, Jacques Couelle, Michel Gallimard, François Victor-Hugo, Jacques Maritain, François Parlier, Yvon Morandat.

on nous faisait une obligation, dans le domaine strictement politique, qui est en effet un domaine moral. Je supplie humblement qu'on me réponde. Le succès de la Résistance ne change rien à la question de droit : est-ce que, pour le passé, nous sommes absous, ou est-ce que nous devons nous en accuser ? »

Le cardinal Tisserant, quand il vient en France à l'automne 1944, peut constater l'ampleur du malaise, voire l'esprit de révolte qui règne dans certains esprits. Lui-même, d'ailleurs, porte des jugements sévères sur l'attitude des catholiques compromis avec Vichy. Et les hommes de la Résistance le savent. Le cardinal a en effet entretenu une correspondance, en 1943 et 1944, avec un animateur de *Témoignage chrétien* réfugié en Suisse, Louis Cruvilier, et avec un ami de celui-ci, Pierre de Leusse, diplomate français en Suisse. Il ne leur a pas caché son sentiment. « Vous savez sans doute que je suis lorrain, a-t-il écrit le 1er mars 1943. Je pense comme vous et votre ami sur l'attitude du clergé, et je n'ai pas cessé de parler dans le même sens, et au cardinal Gerlier en décembre 1940, et récemment au cardinal Suhard. » Et le 4 septembre 1943 à propos du STO : « Vous avez raison de trouver bien pâles les lettres épiscopales françaises, même celle de la province de Besançon. Le Saint-Père a noté devant moi combien elles étaient inférieures à celles des évêques étrangers... Ce sont les résistants qui sont estimés ici, et pas les autres. Combien de fois le Saint-Père et le cardinal [1] m'ont dit à propos de ces derniers : nous n'aurions jamais cru que la France pût descendre à une telle abjection. La déformation des consciences est un immense malheur ; je ne cesse de le penser et de le dire. Il était si simple de raisonner chrétiennement : Y a-t-il eu en 1939 une guerre injuste ? Si oui, comment peut-on devenir de plein gré le complice de l'injustice ? Mais le chef de l'État, lorsqu'il était dans la fleur de l'âge, était un agnostique total... » Ces lettres ont été reproduites à quelques exemplaires et ont circulé sous le manteau, encourageant alors les catholiques résistants.

Le cardinal Tisserant est donc parfaitement qualifié pour comprendre les sentiments qui animent ceux-ci. Mais il ne peut rien, sinon leur prodiguer ses encouragements. C'est ainsi

1. Le cardinal Maglione, secrétaire d'État.

qu'après avoir rendu visite au secrétariat général de l'ACJF il signale au pape l'attitude des mouvements de jeunesse d'action catholique pendant l'occupation et obtient l'envoi d'une lettre, signée de monseigneur Montini, substitut, les félicitant pour « la façon courageuse dont ils ont su affirmer leur foi en des temps difficiles ».

Gestes isolés. Ce que l'on entend surtout à ce moment, dans l'Église, ce sont des rappels à l'ordre. Le pape, lorsqu'il reçoit monseigneur Théas, déplore un « certain fléchissement de la discipline chrétienne » et lance cette consigne : soumission à l'Église, au pape et aux évêques. Il reprend ce thème dans la lettre qu'il adresse le 6 janvier 1945 à l'épiscopat français : « Notre ministère apostolique Nous fait également un devoir d'attirer l'attention de nos chers fils du clergé et du laïcat français sur ce que l'on peut considérer à bon droit comme la souveraine condition de toute légitime et fructueuse collaboration à l'apostolat hiérarchique, à savoir la dépendance filiale à l'égard de ceux que le Saint-Esprit a placés pour régir l'Église de Dieu. »

Le 1er janvier 1945, répondant aux vœux de son clergé, le cardinal Liénart déclare : « On insinue que les évêques ont été inférieurs à leur tâche et qu'ils ont perdu le droit de diriger. Toutes ces manœuvres ont un but facile à deviner : nous désunir ; mais nous ne nous y laisserons pas prendre. »

Le climat ne s'améliorera pas très vite. En effet, en juin 1946, l'Assemblée des cardinaux et archevêques croira de son devoir de rappeler que « tout ce qui énerve la discipline ou ébranle la confiance dans l'autorité est une atteinte grave à l'unité de l'Église ». Et en 1958 encore, dans sa lettre pastorale sur « obéissance et liberté », le cardinal Feltin notera : « Les douloureuses années de la guerre ont profondément marqué notre époque. En France et ailleurs, toute une génération a grandi dans une atmosphère de contestation du pouvoir établi, dans une ambiance de résistance à l'autorité constituée. Les événements ayant donné raison à ces positions concrètes, on oublie qu'elles avaient alors un motif aujourd'hui disparu et l'on garde, malgré le changement de circonstances, quelque chose de la mentalité adoptée. »

En effet.

Et c'est là la première conséquence notable des événements de l'occupation. Désormais l'autorité de l'Église enseignante est atteinte. Elle est atteinte non seulement parce que les clercs ont commis des erreurs de jugement politique – il ne leur est généralement pas demandé d'être des politiques – mais surtout parce qu'ils ont montré une incapacité à appliquer rigoureusement les principes chrétiens à une situation donnée. Ce qui est évidemment plus grave.

Sans doute, l'observateur du dehors peut-il émettre quelques remarques qui paraissent limiter la portée de cette constatation.

Par exemple, que la compromission aurait été plus grande encore si l'épiscopat de 1940 à 1944 n'avait pas été ce qu'il était, c'est-à-dire un épiscopat mis en place en grande partie par Pie XI dans une perspective de lutte contre l'Action française.

On peut noter aussi que si les évêques se sont trop souvent tus, le même reproche peut être adressé à la plupart des autres autorités religieuses ou morales. Mais si ses disciples doivent être jugés à la même mesure que les autres, quelle est la portée du message de Jésus ?

Reste le fait d'une crise d'autorité profonde. Les jeunes catholiques de 1943 attendaient l'avis de théologiens pour savoir s'ils pouvaient, sans péché, se soustraire au STO, mais on peut penser que les jeunes catholiques français d'aujourd'hui, placés dans une situation analogue, n'attendraient guère et se détermineraient uniquement en suivant leur conscience. Les événements de l'occupation n'expliquent pas seuls un tel changement d'attitude, mais ils y ont beaucoup contribué.

L'épiscopat a d'ailleurs tiré pour son compte les leçons de cette douloureuse expérience. Après 1945, il a manifesté, en matière temporelle, une réserve croissante.

L'Église de France, en fin de compte, a perdu, dans l'aventure, un peu de sa substance et beaucoup de sa cohésion.

*
* *

Si tels sont les sentiments des catholiques au lendemain de la Libération on pourrait s'attendre, au même moment, à une puissante vague d'anticléricalisme. Dans leurs conversations ou dans leurs écrits de 1943 à 1944, alors que se produisent les premiers assassinats de prêtres collaborateurs ou compromis avec Vichy, les résistants catholiques expriment parfois leurs appréhensions à ce sujet. Elles se poursuivront longtemps, d'autant plus que le renouvellement attendu de l'Église ne se produit pas. Le père Carrière, vice-président de l'Assemblée consultative, le note dans une interview accordée à *Temps présent* le 16 mars 1945 : « Les mêmes hommes sont demeurés aux mêmes postes, manifestant extérieurement une évolution qui n'est pas réelle. Les aumôniers de certains mouvements ou de certaines écoles qui avaient outrageusement appuyé Vichy, et lutté contre ce qu'ils appelaient la dissidence, sont toujours en place. Les mêmes qui conduisaient leurs troupes de jeunes gens au chant de « Maréchal nous voilà » président encore à leur formation... Quand on ne voit aucun signe de compréhension ou même de regret chez tant qui se sont si lourdement et si constamment trompés, comment voulez-vous que le crédit de confiance obtenu par la Résistance catholique ne s'épuise pas ! »

Quelques jours plus tard, le 28 mars, au cours d'un débat sur le problème scolaire, le communiste Georges Cogniot cite ce texte à la tribune de l'Assemblée consultative, pour y ajouter un commentaire habile et éclairant : « Si le père Carrière a sans doute raison de craindre une formidable vague d'anticléricalisme, il y a un seul point sur lequel je prends la liberté de démentir le vice-président de notre Assemblée. Le révérend père Carrière n'a pas à craindre que le crédit de confiance obtenu par la résistance catholique s'épuise. »

Si la vague d'anticléricalisme ne surgit pas, c'est grâce d'abord à l'importante présence des catholiques dans la Résistance, tellement importante qu'elle a surpris leurs partenaires. Si bien qu'au moment où se posent les problèmes de l'épuration, beaucoup de ceux-ci font confiance aux catholiques pour les régler en ce qui concerne leur Église.

Cette confiance n'est pas exempte d'arrière-pensées : les communistes, par exemple, craignant que les catholiques résistants ne prennent dans la France d'après-guerre une trop grande place, ne sont pas mécontents de les laisser se charger des besognes de l'épuration, qui sont toujours de sales besognes, dans l'espoir qu'ils se couperont ainsi de leur base sociologique.

En outre, la question de l'anticléricalisme évolue avec le temps. À l'époque de la Libération proprement dite, les

Français voient apparaître toute une série de comités – comités départementaux de Libération (CDL), comités locaux de Libération – qui prennent le pouvoir pour remplacer les anciennes municipalités, ou conseiller les nouveaux préfets et commissaires de la République. Ces comités issus de la clandestinité, et qui veulent faire reconnaître leur autorité en des circonstances troublées, ont le souci légitime d'apparaître comme très largement représentatifs. F.-L. Closon, qui a été chargé de préparer la mise en place des CDL, a prévu qu'ils comprendraient des représentants des « familles spirituelles ». Les catholiques sont alors très recherchés. Or, aux yeux des incroyants, le meilleur représentant des catholiques est toujours un prêtre. De nombreux comités locaux de Libération sollicitent donc la participation du curé, et leur souci de représentativité est si grand qu'ils veulent bien oublier, à l'occasion, les sermons prononcés par celui-ci en faveur de Vichy ; le curé, pour sa part, accepte souvent d'autant plus volontiers qu'il pense compenser par là le mauvais effet produit par ses anciens sermons. La plupart des comités locaux de Libération comprennent donc un prêtre qui ne dédaigne pas de se présenter, dans les manifestations de toutes sortes, côte à côte avec les plus révolutionnaires et les plus anticléricaux des résistants. Dans les comités départementaux, par contre, la représentation des catholiques est souvent beaucoup plus sérieuse ; elle est assurée par des laïcs et des prêtres – par exemple, le chanoine Lancrenon à Paris, l'abbé Glasberg dans le Tarn – authentiquement issus de la Résistance. Mais, de toute manière, les comités de Libération, qui veulent maintenir une autorité que le gouvernement du général de Gaulle cherche bientôt à limiter, n'ont pas intérêt à s'affaiblir encore en entrant en conflit avec les catholiques. La Libération se passe donc sans grandes manifestations d'anticléricalisme.

Quelques mois plus tard, l'existence éphémère des comités de Libération est pratiquement terminée. Mais qui a intérêt à provoquer un mouvement contre l'épiscopat, le clergé, les catholiques ?

Les communistes ? Ils appliquent encore à ce moment leur stratégie unitaire. La présence de catholiques, de prêtres et de religieux dans des organismes comme le Front national, leur est trop précieuse pour qu'ils songent à provoquer un conflit qui risquerait de les séparer d'eux, ou de leur faire perdre toute représentativité, désavoués qu'ils seraient par l'Église. À l'occasion ils lancent bien, dans leurs journaux ou dans leurs discours, quelques pointes contre « le haut clergé collaborateur et vichyssois ». Mais ils savent jusqu'où ils peuvent aller trop loin.

Les anticléricaux traditionnels ? Ils ont été souvent compromis avec Vichy, ou simplement attentistes, et s'ils s'avisaient d'attaquer l'Église, ils s'attireraient de vives ripostes des résistants catholiques qui les jugent disqualifiés pour une telle tâche. Il est probable d'ailleurs qu'ils pensent que la présence à la tête de l'Église de France d'un épiscopat dont l'autorité est contestée n'est pas, pour eux, une mauvaise affaire. Jean Lacroix l'écrit dans *Esprit* en juin 1945 : « Certains anticléricaux habiles, préférant un épiscopat discrédité ou du moins discuté à un épiscopat rénové, ont susurré aux évêques : « Ce sont des chrétiens excités qui demandent votre remplacement. Pour nous, qui ne sommes pas catholiques, nous ne voulons rien de tel. »

Le gouvernement ? Le gouvernement, c'est d'abord et avant tout le général de Gaulle. Or, s'il a été meurtri pendant les années sombres par l'attitude d'une grande partie des catholiques français, il a toujours veillé à n'en rien laisser paraître et à faire mettre en valeur par ses services les actes de résistance de l'Église. « Si la France doit connaître une vague d'anticléricalisme, disait-il à Maurice Schumann à Londres, ce ne sera pas de ma faute ni de la vôtre. » Il respecte en l'Église une puissance dont il a besoin pour combattre l'influence communiste. Il souhaite aussi l'unité, la cohésion nationale.

Ainsi, tous ceux qui pourraient soutenir une campagne anticléricale n'y voient guère d'intérêt.

Plus tard, ses efforts d'unité ayant été vains, le parti communiste pourrait déclencher une telle campagne. Mais il est alors trop isolé pour pouvoir se faire écouter. Et les mois ont passé. L'oubli a commencé son œuvre.

Ces explications, pour importantes qu'elles soient, ne suffisent pas. À qui s'efforce d'analyser les mentalités de cette époque, une autre constatation s'impose, décisive : les plus scandalisés par l'attitude d'évêques, de prêtres ou de laïcs compromis, sont des catholiques parmi les plus convaincus, les plus fervents. Les autres, les incroyants, n'ont pas été surpris de voir l'Église se ranger aux côtés de Vichy, de l'ordre établi, des puissants du jour. Cela leur a semblé conforme à la logique des choses, et osons le mot, à la nature profonde de l'Église. Au contraire, ils ont été surpris et favorablement impressionnés chaque fois que l'Église s'est rangée du côté des petits et des persécutés ; ils n'en attendaient pas tant et 1942, monseigneur Rémond, évêque de Nice, célébrait sur la place publique la grand-messe de la Légion ; à la Libération, il est acclamé par la foule : entre-temps il avait caché des enfants juifs. C'est cela seulement que la foule retient. Le reste, elle l'oublie, parce que ce reste lui paraît normal. Une telle attitude de l'opinion, qui n'est même plus capable d'anticléricalisme parce qu'elle a sombré, à l'égard de l'Église, dans l'indifférence et la résignation, porte condamnation moins peut-être du visage que s'est donné l'Église entre 1940 et 1944 que du visage qu'elle s'était donné auparavant.

*
* *

Il est un domaine, pourtant, où les vieilles querelles vont reprendre sans attendre : il s'agit bien entendu de l'école. Cette pomme de discorde avait été évoquée à plusieurs reprises dans les conversations et les travaux de la Résistance entre catholiques et non-catholiques. Mais sans aboutir à des solutions précises arrêtées en commun.

Maxime Blocq-Mascart, dirigeant de l'organisation civile et militaire et membre du Conseil national de la Résistance, s'y était particulièrement attaché : les groupes de l'OCM avaient, en effet, essayé de préciser ce que pourrait être la politique française de l'après-Libération en diverses études très détaillées. Dans cette perspective, M. Blocq-Mascart avait rencontré Albert Bayet, dirigeant de la Ligue de l'enseignement, qui lui avait dit être partisan d'une trêve de trois ans, après la guerre, pour permettre de reconstruire le pays sans être gênés par des querelles. Sous l'impulsion d'Albert Bayet, la Ligue de l'enseignement avait d'ailleurs diffusé clandestinement un « Message aux laïcs de France » qui se voulait fraternel et souhaitait que tous les Français, dans l'union, participent à l'œuvre de rénovation. Les groupes de l'OCM avaient établi un projet qui prévoyait que jusqu'à l'âge de 15 ans au moins, c'est-à-dire pour toute la scolarité du premier degré, *l'unifica-*

tion de l'enseignement serait assurée par l'État. Cet enseignement unique aurait manifesté une « neutralité active », irréprochable, démontrant « de façon éclatante la réalité de l'esprit nouveau dans lequel les Français doivent se retrouver et s'unir ». L'enseignement libre étant intégré dans l'enseignement d'État, l'école aurait été complétée par des œuvres éducatives par l'intermédiaire desquelles chaque famille spirituelle aurait pu compléter la formation de l'enfant. Au-delà de la scolarité du premier degré, la diversité des établissements d'enseignement se serait accompagnée d'un contrôle efficace de l'enseignement privé, particulièrement dirigé contre les « marchands de soupe ».

Son plan en poche, Maxime Blocq-Mascart avait cherché à se présenter à des interlocuteurs catholiques représentatifs. Il se refusait à prendre contact avec l'archevêché en raison de l'attitude de celui-ci. De la même manière, il avait récusé monseigneur Chappoulie, représentant de l'épiscopat à Vichy, qui avait offert ses services. Finalement, par l'intermédiaire d'Henri Bizot, il avait rencontré dans un local de l'Institut catholique le père Faure, jésuite spécialisé dans les problèmes de l'enseignement. Ils s'étaient vus trois fois, sans aboutir à des perspectives précises, et Maxime Blocq-Mascart avait même envisagé de faire participer Pierre Brossolette à ces contacts. Malheureusement celui-ci avait été arrêté peu après.

Les démocrates-chrétiens, de leur côté, s'étaient prêtés à diverses confrontations et leur position paraît être assez fidèlement résumée par le texte de Joseph Hours publié dans les *Cahiers politiques :* « ... en matière d'enseignement, l'État affirmerait, en admettant dans ses écoles primaires l'enseignement religieux facultatif, que les principes sur lesquels il se fonde, loin d'exclure la religion, peuvent au contraire fort bien s'harmoniser avec elle ; il conviendrait, d'autre part, d'affirmer que l'enseignement est donné non pas seulement dans l'intérêt de l'élève, mais dans celui de la société tout entière. Enseigner est donc participer à l'administration d'un service public. D'où il suit que l'enseignement confessionnel, comme tous les autres, devrait subir le contrôle de l'État quant à sa valeur professionnelle et à son esprit civique, mais en revanche être défrayé par l'État des frais qu'il assume pour la gestion d'un service public. Un État fort ne peut, en effet, laisser subsister sans surveillance l'enseignement dit « libre », tel qu'il a vécu jusqu'ici ; il ne peut d'autre part laisser gratuitement exercer par d'autres un service public. »

La distance entre une telle position et celle de l'OCM, qui ne représentait pourtant pas la fine pointe du laïcisme, est évidente. Mais les résistants, l'esprit envahi par d'autres préoccupations plus immédiates, n'avaient guère le loisir de rechercher une solution de compromis. Par ailleurs, même si un accord entre eux eût grandement facilité la solution du problème scolaire, ils n'avaient qualité pour engager ni l'Église ni l'État.

La Libération est donc survenue sans qu'aucune position commune soit en vue. Le programme du Conseil national de la Résistance lui-même, qui demande la démocratisation de l'enseignement, se garde bien d'évoquer cet aspect.

La querelle va surgir très rapidement. Une ordonnance prise par le gouvernement provisoire d'Alger et « portant rétablissement de la légalité républicaine » a rendu caduque la législation de Vichy, y compris ce qui, dans cette législation, concernait l'enseignement. Recevant le cardinal Suhard, le général de Gaulle lui a confirmé son intention de revenir à la situation de 1939, laissant cependant la porte ouverte à une étude de la question. Mais le débat est presque aussitôt porté sur la place publique, par la presse de la Résistance, qui se préoccupe beaucoup des institutions de la France libérée.

En octobre 1944, l'Union nationale des associations de parents d'élèves de l'enseignement libre publie un communiqué déclarant que « sous aucun prétexte, il ne saurait s'agir de remettre en cause le principe même de cette liberté (de l'enseignement) ». Le 12 novembre, le congrès du parti socialiste « affirme que la nationalisation de l'enseignement est une des conditions nécessaires au maintien de l'unité française ». Le 10, dans *L'Humanité*, Georges Cogniot a publié un article sans équivoque intitulé « Vive la laïque ». Le 15, à l'occasion de la rentrée de l'Institut catholique de Toulouse, monseigneur Saliège déclare : « La France se compose de familles spirituelles différentes qui peuvent coexister en plein respect, en pleine concorde… C'est une des raisons pour lesquelles nous n'accepterons jamais le monopole de l'enseignement. » À Montauban, le 28 décembre, le conseil municipal décide la suppression de la subvention communale aux écoles libres.

Une résistante catholique de la première heure, Marie-Rose Gineste, en démissionne aussitôt. Et monseigneur Théas réagit avec sa vivacité coutumière : « Je pensais qu'avec les Allemands le nazisme avait disparu. Il n'en est rien : l'esprit nazi souffle sur la municipalité de Montauban. »

En octobre, le CNR a désigné une commission pour étudier le problème scolaire. Le gouvernement, de son côté, a formé une commission présidée par André Philip, chargée de préparer un statut de l'enseignement. Mais ni l'une ni l'autre ne parviennent à des conclusions qui soient généralement admises. De même, des contacts entre le directeur des Cultes, André Latreille, et les dirigeants de l'Éducation nationale, se révèlent infructueux.

Dans sa déclaration du 28 février 1945, l'Assemblée des cardinaux et archevêques demande « une solution de justice ».

La question va rebondir encore le 28 mars à l'Assemblée consultative qui évoque le problème des subventions attribuées à l'enseignement libre par Vichy, subventions que l'administration continue à verser. La commission des Finances veut les supprimer à compter du 1er avril. Le révérend père Philippe, André Colin, Maurice Schumann adjurent l'Assemblée de ne pas « rompre l'unité morale née de la Résistance ». Albert Bayet répond : « Dans la Résistance, nous avons trouvé nos camarades catholiques, mais les évêques ont été un peu partout déficients... Nous avons décidé de renoncer au monopole de l'enseignement si les catholiques renoncent aux subventions. » La Consultative vote contre la reconduction des subventions. Mais elle n'est que consultative et le gouvernement décide de les prolonger jusqu'au 15 juillet. Le Parti communiste colle des affiches sur les murs de France : « Pour la défense de la laïcité, rassemblement. » Il va utiliser la querelle scolaire pour interdire un rapprochement socialiste-MRP.

Désormais, on attendra que les électeurs tranchent. Les positions de combat sont prises, même si certains gestes – au cours du débat de la Consultative le révérend père Philippe et Georges Cogniot se serrent longuement et spectaculairement la main – laissent croire le contraire.

François Mauriac s'en désole. « On reprend, écrit-il, la partie de belote interrompue il y a cinq ans. » Et monseigneur Chevrot note, le 30 mars 1945 : « Tous les soucis des catholiques, aujourd'hui, se limitent à réclamer le maintien de la loi Falloux. C'est tout ce que nous avons trouvé. Nous croupissons dans le conservatisme. C'est à en pleurer. »

*
* *

Les uns et les autres refusant d'innover, la question scolaire constitue un roc sur lequel vont se briser bien des volontés de rénovation et le beau rêve de Gilbert Dru : « Pour la première fois de l'histoire contemporaine les chrétiens peuvent être présents et influents dans une révolution nationale et populaire. »

Les chrétiens sont présents et influents, certes, et après les premiers succès du MRP aux élections municipales d'avril 1945, Maurice Schumann peut écrire dans *L'Aube :* « Voici que pour la première fois se dessine la « grande trouée » dont parlait naguère Marc Sangnier. » Les catholiques font irruption, en masse, dans la vie politique : l'ACJF comptera une cinquantaine de ses « anciens » parmi les membres de l'Assemblée constituante élue à la fin de 1945.

À l'intérieur du monde catholique, un transfert s'est opéré. Les démocrates-chrétiens, ceux que l'on considérait avant-guerre comme « la gauche » du catholicisme français, deviennent la force dominante. L'Action française, qui avait exercé naguère une telle influence, est pratiquement réduite au silence et ne retrouvera pas les positions perdues.

La démocratie chrétienne, aux succès électoraux rapides et étonnants, paraît désormais libre de promouvoir la politique de rénovation qu'elle a prônée. Libre ? Mais la plupart de ses électeurs lui sont attachés moins par volonté révolutionnaire ou réformatrice que par crainte de la révolution communiste contre laquelle, parti d'allure confessionnelle, elle apparaît comme le seul barrage efficace. La masse catholique française est de tempérament conservateur, et le MRP sera bientôt freiné par ses électeurs.

Jusqu'où lui-même veut-il aller ? Dans la Résistance, et dans les premiers temps de la Libération, il est certain que les catholiques sont prêts à envisager, ou à accepter, des réformes très profondes, en matière économique et sociale notamment. L'expression « réformes de structures » devient très en vogue, et les hommes politiques catholiques, les prêtres et les évêques déclarent que les catholiques ne les craignent pas, bien au contraire. « Avec tous les papes, déclare l'Assemblée des cardinaux et archevêques le 28 février 1945, nous condamnons le scandale de la condition prolétarienne. »

Il ne s'agit pas seulement de propos de circonstance. Dans le grand bouleversement des esprits qui suit immédiatement la Libération, l'occasion d'une social-démocratie à la française, débarrassée de la querelle laïque, s'offre peut-être. Mais personne n'ose la saisir. Le gouvernement a trop à faire. Le parti communiste laisse trop voir qu'il entend surtout établir sa propre domination. Le Parti socialiste rêve au passé et Léon Blum le lui dira dans un discours pathétique au congrès de 1946 où Guy Mollet prend la place de Daniel Mayer : « Vous avez peur de la nouveauté... Vous n'en voulez pas quand elle se présente comme un apport de forces fraîches que vous avez accueillies au lendemain de la Libération avec méfiance... Vous avez peur de la nouveauté jusque dans les alliances politiques. » Les hommes nouveaux issus de la Résistance et n'appartenant à aucune famille politique déterminée n'ont reçu dans leurs mouvements ou dans leurs maquis aucune formation politique. Ils ne peuvent également pas exercer d'influence notable. Les jeunes leaders catholiques, encore inexpérimentés en politique et subissant les pesanteurs de leur milieu, n'osent pas franchir le Rubicon.

La révolution nationale et populaire à laquelle rêvait Gilbert Dru ne se fait donc pas. De jeunes catholiques déçus passeront ensuite au progressisme, d'autant plus aisément qu'ils ont le sentiment dans la Résistance d'être des « enfants perdus » abandonnés par leur milieu et leur Église. D'autres s'orientent également dans ce sens, soit que, plus jeunes, ils se sentent frustrés de n'avoir pu participer à la Résistance, soit que, ayant pris parti pour Vichy et le regrettant, ils ne veuillent pas rater le second train, celui de l'autre révolution qu'ils croient proche. Mais ils représenteront des minorités sans grande influence ; les durcissements de la guerre froide et surtout la révélation des réalités du communisme stalinien dissiperont bientôt les illusions.

De l'occupation – période mêlée, riche en compromissions, en lâchetés et conformisme, mais riche aussi en courage et en audace – il restera sur le plan politique ce fait massif : le ralliement définitif des catholiques à la République. Dans le même temps, l'élan missionnaire pris par l'Église, encore timidement, paraît lui offrir la promesse de nouveaux lendemains, d'autres développements. Le Concile les ratifiera. Puis d'autres désillusions viendront.

BIBLIOGRAPHIE

Outre les témoignages oraux, les archives privées, les brochures, notes polycopiées ou dactylographiées et tracts, de nombreux livres ont été consultés pour la rédaction de cet ouvrage. Voici la liste des principaux :

Otto ABETZ, *Histoire d'une politique franco-allemande* (Stock).
ACJF, *Signification d'une crise* (Épi).
ACJF, *Sept ans d'histoire* (Épi).
Actes et documents du Saint-Siège relatifs à la Seconde Guerre mondiale (Libreria Editrice Vaticana).
Activité des organisations juives en France sous l'occupation (Éditions du Centre).
Gérard ADAM, *La CFTC, 1940-1958* (Armand Colin).
Denise AIMÉ, *Relais des Errants* (Desclée de Brouwer).
Amicale de Ravensbrück et Association des déportées et internées de la Résistance, *Les Françaises à Ravensbrück* (Gallimard).
Henri AMOUROUX, *La Grande Histoire des Français sous l'occupation* (Robert Laffont).
Charles D'ARAGON, *la Résistance sans héroïsme* (Seuil).
Robert ARON, *Charles de Gaulle* (Librairie Académique Perrin).
Robert ARON, *Histoire de Vichy* (Fayard).
Robert ARON, *Histoire de la Libération de la France* (Fayard).
Robert ARON, *Histoire de l'épuration* (Fayard).
Denyse AYMÉ et M. BRILHAC, *La Relève : la résistance des ouvriers français.*
Jean-Pierre AZÉMA et François BÉDARIDA, *Vichy et les Français* (Fayard).
Marcel BAUDOT, *L'opinion publique sous l'occupation* (PUF).
Paul BAUDOIN, *Neuf Mois au gouvernement* (Table Ronde).
Claude BELLANGER, *Presse clandestine, 1940-1944* (Armand Colin).
Guillain DE BÉNOUVILLE, *Le Sacrifice du matin* (Robert Laffont).
Guillain DE BÉNOUVILLE, *Vie exemplaire du commandant d'Estienne d'Orves* (Plon).

Georges BERNANOS, *Écrits de combat* (imprimé à Beyrouth en 1944, et diffusé clandestinement).
Robert BICHET, *la Démocratie chrétienne en France* (Jacques et Demontrond, Besançon).
Georges BIDAULT, *D'une résistance à l'autre* (Les Presses du siècle).
Maxime BLOCQ-MASCART, *Chroniques de la Résistance* (Corréa).
Georges BLOND, *Pétain* (Presses de la Cité).
Marie-Joseph BOPP, *L'Alsace sous l'occupation allemande* (Xavier Mappus).
B. BORDACHAR, *Un grand orateur, l'abbé Bergey, député de la Gironde* (Grasset).
Étienne BORNE, *De Marc Sangnier à Marc Coquelin* (Privat).
Michel BORWICZ, *Écrits des condamnés à mort sous l'occupation allemande* (PUF).
F. BOULARD, *Problèmes missionnaires de la France rurale* (Cerf).
Henri BOURDAIX, *La JOC sous l'occupation allemande* (L'Atelier).
Pierre BOURGET, *Un certain Philippe Pétain* (Casterman).
Hadrien BOUSQUET, *Hors des barbelés* (Spes).
Pierre BOUTANG, *Maurras* (Plon).
Robert BRASILLACH, *Journal d'un homme occupé* (Les Sept Couleurs).
P. BRUCKBERGER, *Si grande peine* (Gallimard).
Monseigneur BROT, *Carnets du cardinal Suhard* (Bonne Presse).
Philippe BURRIN, *La France à l'heure allemande* (Seuil).
Henri CADIER, *Le Calvaire d'Israël et la solidarité chrétienne* (Labor).
J. CALVET, *Témoins de la conscience française* (Alsatia).
Jérôme CARCOPINO, *Souvenirs de sept ans* (Flammarion).
François CHARLES-ROUX, *Huit Ans au Vatican* (Flammarion).
François CHARLES-ROUX, *Cinq Mois tragiques aux Affaires étrangères, 21 mai-1er novembre 1940* (Plon).
Jacques CHASTENET, *Histoire de la IIIe République : le drame final, 1938-1940* (Hachette).
CHOMBART DE LAUWE, *Pour retrouver la France* (École des cadres, Uriage).
Chronique des prêtres-ouvriers (Éditions Universitaires).
Francis-Louis CLOSON, *Le Temps des passions* (Presses de la Cité).
R. CLOSSET, *L'aumônier de l'enfer*, F. Stock (Salvator).
Asher COHEN, *Persécutions et sauvetages* (Le Cerf).
Daniel CORDIER, *Jean Moulin* (J.-C. Lattès).
Maurice CORTADE, *Les Preux* (Scorpion).
Michèle COTTA, *La Collaboration* (Armand Colin).
Jean COTTEREAU, *L'Église a-t-elle collaboré ?* (Spartacus, n° 6).
Jean COTTEREAU, *L'Église et Pétain* (Éditions de l'Idée Libre).
Aline COUTROT et François DREYFUS, *Les Forces religieuses dans la société française* (Armand Colin).
Credo à la France (Les autographes de la Revue Moderne).

Adrien DANSETTE, *Destin du catholicisme français, 1926-1956* (Flammarion).
Adrien DANSETTE, *Histoire de la Libération de Paris* (Fayard).
DARBON, *Le Conflit entre la droite et la gauche dans le catholicisme français* (Privat).
Jean DELAGE, *Espoir de la France – Les Chantiers de jeunesse* (Quillet).
Jacques DELPERRIE DE BAYAC, *Le Royaume du Maréchal* (Robert Laffont).
Henri DENIS, *La Corporation* (PUF).
André DEROO, *L'Épiscopat français dans la mêlée de son temps* (Bonne Presse).
Eugène DESCAMPS, *Militer* (Fayard).
Louis DIERICKX, *L'Abbé René Bonpain* (SILIC, Lille).
Victor DILLARD, *Suprêmes témoignages* (Spes).
Contre-amiral DILLARD, *La Vie et la Mort du R. P. Dillard* (Les Œuvres françaises).
Jean-Marie DOMENACH, *Gilbert Dru, celui qui croyait au ciel* (Éditions du livre français).
Paul DONCŒUR, *Péguy, la révolution et le sacré* (L'Orante).
François-Georges DREYFUS, *Histoire de Vichy*, Perrin.
François-Georges DREYFUS, *Histoire de la Résistance*, Perrin.
P. DRUJON, *JEC. 15 ans d'histoire* (Jeunesse Étudiante Chrétienne).
Pierre DUMAS, *Saint Jean Terroriste* (Delmas).
André ENCREVÉ, *Les Protestants en France* (Stock).
Michèle ESTÈVE, *Bernanos* (Hachette).
Équipe d'Uriage sous la direction de G. Gadoffre, *Vers le style du XXe siècle* (Seuil).
Jacques FAUVET, *Histoire du Parti communiste français* (Fayard).
Chanoine FÉRON, *Le Mouvement familial rural a vingt ans* (MFR).
Monseigneur FLEURY, *Le Renouveau religieux chez les PG.*
Fondation nationale des sciences politiques, *le Gouvernement de Vichy* (Armand Colin).
Joseph FOLLIET, *Pour comprendre les prisonniers* (Seuil).
Étienne FOUILLOUX, *Les Catholiques et l'unité chrétienne du XIXe au XXe siècle* (Conterton).
Henri FRENAY, *La nuit finira* (Laffont).
André FROSSARD, *La Maison des otages* (Fayard).
Stanislas FUMET, *Histoire de Dieu dans ma vie* (Fayard-Mame).
Charles DE GAULLE, *Lettres, notes et carnets* (Plon).
Charles DE GAULLE, *Mémoires de Guerre* (Plon).
Jean-Pierre GAULT, *Histoire d'une fidélité. Témoignage chrétien, 1944-1956* (Témoignage Chrétien).
Joseph GÉLIN, *Nuremberg 1943-1945, l'expérience d'un prêtre-ouvrier* (Les documents du Centre *Jeunesse de l'Église*).

Louis GÉRAULT, *Petit Catéchisme corporatif paysan* (Éditions des loisirs).
René GILLOUIN, *J'étais l'ami du maréchal Pétain* (Plon).
Louis-Dominique GIRARD, *L'Appel de l'île d'Yeu* (André Bonne).
P. GLORIEUX, *Un homme providentiel. L'abbé Godin* (Bonne Presse).
Henri GODIN et Yvan DANIEL, *La France pays de mission ?* (l'Abeille et Cerf).
Georges GRANDMESNIL, *Action catholique et STO* (Éditions Ouvrières).
Marie GRANET et MICHEL (Henri), *Combat, Histoire d'un mouvement de résistance* (PUF).
Alain GRIOTTERAY, *La droite était au rendez-vous* (Laffont).
Jean GUÉHENNO, *Journal des années noires* (Gallimard).
Louis GUÉRY, *Volontaire pour le Christ. L'abbé René Giraudet, curé en France, ouvrier à Berlin, 1907-1945* (H. Siraudeau, Angers).
Monseigneur GUERRY, *L'Église en France sous l'occupation* (Flammarion).
Jean GUITTON, *Le cardinal Saliège* (Grasset).
Gérard HELLER, *Un Allemand à Paris* (Seuil).
Philippe HENRIOT, *Éditoriaux* (Ministère de l'Information, Vichy).
Édouard HERRIOT, *Épisodes, 1940-1944* (Flammarion).
Robert HERVET, *Les Compagnons de France* (France-Empire).
Robert HERVET, *Les Chantiers de jeunesse* (France-Empire).
Hoover Institute, *La Vie de la France sous l'occupation* (Plon).
René HOSTACHE, *Le Conseil national de la Résistance* (PUF).
Jacques ISORNI, *Souffrance et mort du Maréchal* (Flammarion).
Jacques ISORNI, *C'est un péché de la France* (Flammarion).
Jacques ISORNI, *Hommes de Dieu et hommes du diable* (Flammarion).
Charles JOURNET, *Exigences chrétiennes en politique* (Egloff, Fribourg et LUF, Paris).
Jean KAMMERER, *La Baraque des prêtres à Dachau* (Brepols).
Serge KLARSFELD, *Vichy-Auschwitz* (Fayard).
Charles KLEIN, *Le Diocèse des barbelés* (Fayard).
Jean LACOUTURE, *Mauriac* (Seuil).
Philippe LANEYRIE, *Les Scouts de France* (Cerf).
André LATREILLE, *De Gaulle, la libération et l'Église catholique* (Cerf).
André LATREILLE et J.-R. PALANQUE, E. DELARUELLE, R. RÉMOND, *Histoire du catholicisme en France, IIIe tome : La Période contemporaine* (Spes).
Jacques LAURENT et GABRIEL JEANTET, *Année 40* (La Table Ronde).
Raymond LAURENT, *Le Parti démocrate-populaire, 1924-1944* (sans indication d'éditeur).
Ignace LEPPE, *Le Monde chrétien et ses malfaçons* (Aubier-Montagne).

Maurice LESAUNIER, *La Conscience catholique en face du devoir civique actuel* (Librairie Paillard).
Pierre LIMAGNE, *Éphémérides de quatre années tragiques, 1940-1944* (Bonne Presse).
Livre d'or des Congrégations françaises, 1939-1945 (DRAC).
M. R. LOEW, *En mission prolétarienne* (Économie et Humanisme).
Herbert LOTTMAN, *Pétain* (Seuil).
Henri de LUBAC, *Résistance chrétienne à l'antisémitisme* (Fayard).
Pierre MALLET, *Pierre Laval* (Amiot-Dumont).
Jacques MARTEAUX, *L'Église de France devant la révolution marxiste* (La Table Ronde).
Maurice MARTIN DU GARD, *Chronique de Vichy* (Flammarion).
Michael R. MARRUS et Robert O. PAXTON, *Vichy et les juifs* (Calmann-Lévy).
Les K. G. parlent, dans « Les prisonniers peints par eux-mêmes », collection dirigée par Pierre Mazars (Denoël).
Mémorial de France (Sequana).
Henri MICHEL, *Histoire de la Résistance* (PUF).
Henri MICHEL et Boris Mirkine GUETZEVITCH, *Les Idées politiques et sociales de la Résistance* (PUF).
Edmond MICHELET, *Rue de la Liberté* (Seuil).
Abbé MICHONNEAU, *Paroisse, communauté missionnaire* (Cerf).
Gérard MILLER, *les Pousse-au-jouir du maréchal Pétain* (Seuil).
Georges MONTARON, *Quoi qu'il en coûte* (Stock).
X. de MONTCLOS *et alii*, *Églises et chrétiens dans la IIe Guerre mondiale, la région Rhône-Alpes* (Presses Universitaires de Lyon).
X. de MONTCLOS *et alii*, *Églises et chrétiens dans la IIe Guerre mondiale, la France* (Presses Universitaires de Lyon).
Jean MONTIGNY, *Toute la vérité sur un mois tragique de notre histoire : 15 juin-15 juillet 1940* (Montlouis).
H. DU MOULIN DE LABARTHÈTE, *Le Temps des illusions, Souvenirs : juillet 1940-avril 1942* (À l'enseigne du cheval ailé).
Emmanuel MOUNIER (numéro spécial de la revue *Esprit*, décembre 1950).
Mounier et sa génération, lettres, carnets et inédits (Seuil).
Francine Muel-Dreyfus, *Vichy et l'éternel féminin* (Seuil).
Henri NOGUÈRES et Marcel DEGLIAME-FOUCHÉ, *Histoire de la Résistance en France* (Robert Laffont).
Peter NOVICK, *L'Épuration française* (Balland).
Cécile ORIOL, Marcel MONTCEL, *militant ouvrier chrétien* (Mémoire de maîtrise d'histoire, Université de Saint-Étienne).
Pascal ORY, *Les Collaborateurs* (Seuil).
Paul PARGUEL, *De mon presbytère aux bagnes nazis* (Spes).
Robert O. PAXTON, *La France de Vichy* (Seuil).

Jean PÉLISSIER, *Pour Dieu et la patrie ; prêtres et religieux victimes des nazis* (Bonne Presse).

Jean PÉLISSIER, *Si la Gestapo avait su ! Un prêtre à l'Opéra de Munich et dans la haute couture* (Bonne Presse).

Henri PERRIN, *Journal d'un prêtre ouvrier en Allemagne* (Seuil).

Ernest PEZET, *Chrétiens au service de la cité, de Léon XIII au Sillon et au MRP* (Nouvelles Éditions latines).

S. PIDOUX DE LA MADUÈRE, *L'Église a-t-elle résisté au nazisme ?* (Courrier du Témoignage chrétien).

Pierre PIERRARD, *Juifs et Catholiques français* (Fayard).

Monseigneur PIGUET, *Prison et déportation* (Spes).

L. POLIAKOV, *La Condition des juifs en France sous l'occupation italienne* (Éditions du Centre).

J. DE LA PORTE DU THEIL, *Les Chantiers de jeunesse ont deux ans* (Sequena).

Émile POULAT, *Naissance des prêtres-ouvriers* (Casterman).

Émile POULAT, *Une Église ébranlée* (Casterman).

Renée POZNANSKI, *Être juif en France pendant la Deuxième Guerre mondiale* (Hachette).

***, *Les prêtres-ouvriers* (Éditions de Minuit).

Louis PRUGNAUD, *Les Étapes du syndicalisme agricole en France* (Épi).

Lucien REBATET, *Les Décombres* (Denoël).

René RÉMOND, *L'Anticléricalisme en France de 1815 à nos jours* (Fayard).

René RÉMOND, *Les Catholiques, le Communisme et les Crises : 1929-1939* (Armand Colin).

Le Retour des prêtres, aspects d'aujourd'hui et de demain (1945, Seuil).

Michel RIQUET, *Chrétiens de France dans l'Europe enchaînée* (Éditions SOS).

Louis SALLERON, *Naissance de l'État corporatif* (Grasset).

Monseigneur SALIÈGE, *Un évêque français sous l'occupation*, extraits des messages de S. Exc. Monseigneur Saliège (Éditions Ouvrières).

Isabelle SANDY et Marguerite DUFAUR, *Le Cardinal Saliège* (Spes).

Maurice SCHUMANN, *Honneur et Patrie* (Éditions du livre français).

Monseigneur DE SOLAGES, *Discours interdits* (Spes).

Jacques SOUSTELLE, *Envers et contre tout* (Robert Laffont).

Lucien STEINBERG, *Les Allemands en France* (Albin Michel).

Cardinal SUHARD, *Vers une Église en état de mission*, textes présentés par O. de la Brosse (Cerf).

Jean THOUVENIN, *Pétain tient la barre* (Sequena).

Jean THOUVENIN, *Avec Pétain, une nouvelle page d'histoire de France* (Sequana).

Jean TOULAT, *Juifs mes frères* (Guy Victor).

Jean TRACOU, *Le Maréchal aux liens* (André Bonne).

François VARILLON, *Libération des Âmes* (Chronique sociale de France).
Paul VERGNET, *Les Catholiques dans la Résistance* (Éditions des Saints Pères).
Dominique VEILLON, *La Collaboration* (Livre de Poche).
Jean VINATIER, *Le Cardinal Suhard* (Centurion).
Jean VINATIER, *Les Prêtres-ouvriers, le Cardinal Liénart et Rome* (Éditions du Témoignage chrétien).
Alban VISTEL, *L'Héritage spirituel de la Résistance* (LUG).
Alban VISTEL, *La Nuit sans ombre* (Fayard).
Eugen WEBER, *L'Action française* (Fayard).
Michel WINOCK, *Histoire politique de la revue « Esprit », 1930-1950* (Seuil).

Études parues dans des revues

« Les Cahiers du Rhône », *Politique divine* (1943).
« Les Cahiers du Rhône », *Le Vrai Réalisme* (1943).
« Études », P. FESSARD : *Journal de la conscience française* (janvier 1945).
« Études », A. RÉTIF : *La Mission de Paris* (mars 1949).
« Études », J. SOMMET : *La Condition inhumaine, le camp de Dachau* (juillet 1945).
« Études », A. DE SORAS : *Le père Victor Dillard (octobre 1945).*
« France-Forum », *Un rendez-vous : La Résistance* (numéro spécial juillet-août 1964).
« Masses Ouvrières », P. BARRAU et S. RUEL : *Naissance des prêtres-ouvriers* (février 1966).
« Masses Ouvrières », A. VILLETTE : *La JOC dans la tourmente* (février 1966).
« Nouvelle revue théologique », L. DE CONINCK : *Dachau, bagne pour prêtres* (septembre 1945).
« Questions actuelles », *L'Enseignement en France* (Bonne Presse, 1941).
« Questions actuelles », *La Vie catholique* (Bonne Presse, 1942).
« Revue d'histoire de la Deuxième Guerre mondiale », R. JOSSE : *Les Chantiers de la jeunesse* (octobre 1964).
« Revue d'histoire de la Deuxième Guerre mondiale », François et Renée BÉDARIDA : *Une résistance spirituelle, aux origines de Témoignage Chrétien* (janvier 1966).
« Revue d'histoire de la Deuxième Guerre mondiale », R. JOSSE : *L'École des Cadres d'Uriage 1940-1942* (janvier 1966).
« Revue du Nord » : Actes du colloque « Églises et chrétiens pendant la Seconde Guerre mondiale dans le Nord-Pas-de-Calais » (avril-juin 1978 et juillet-septembre 1978).

« Vie Spirituelle », Cl. HUMBERT : *La Vie religieuse dans les camps de déportés* (octobre 1945).

Principaux journaux ou périodiques

Quotidiens
L'Action française
Aujourd'hui
L'Œuvre
La Croix

Hebdomadaires
La Croix du Rhône
Demain
Forces nouvelles
Le Foyer
La Gerbe
Témoignage chrétien
Temps nouveau
Temps présent
Voix Françaises
Voix Ouvrières
Les principales Semaines Religieuses

Bimensuels, mensuels, ou à périodicité irrégulière
Cahiers du clergé rural
Cahiers de la Jeunesse paysanne
Les Cahiers de notre jeunesse
Les Cahiers politiques
Cahiers du Témoignage chrétien
Le Chef
Combat
Construire
Courrier français du Témoignage chrétien
La Documentation catholique
Économie et Humanisme
Esprit
Études
France Forum
La France catholique
La France intérieure
Jeunesse de l'Église
Lettres françaises
Masses ouvrières
Messages du Secours Catholique

Messages de l'aumônerie générale des prisonniers
Positions
La Route
Soutanes de France
Vie intellectuelle
Vie spirituelle

TABLE

DEUXIÈME PARTIE

LA CONTESTATION

V. *Premiers refus et premières hésitations*

VI. *De Gilbert Dru à monseigneur Saliège : les regroupements de la Résistance*

COMPOSITION : INFOPRINT
IMPRESSION : MAURY-EUROLIVRES – 45300 MANCHECOURT
DÉPÔT LÉGAL : OCTOBRE 1996 – N° 29049 (96/09/55316)

Collection Points

SÉRIE HISTOIRE

DERNIERS TITRES PARUS

H11. Les Causes de la Première Guerre mondiale
par Jacques Droz
H12. Introduction à l'histoire de notre temps
L'Ancien Régime et la Révolution
par René Rémond
H13. Introduction à l'histoire de notre temps
Le XIXe siècle, *par René Rémond*
H14. Introduction à l'histoire de notre temps
Le XXe siècle, *par René Rémond*
H15. Photographie et Société, *par Gisèle Freund*
H16. La France de Vichy (1940-1944)
par Robert O. Paxton
H17. Société et Civilisation russes au XIXe siècle
par Constantin de Grunwald
H18. La Tragédie de Cronstadt (1921), *par Paul Avrich*
H19. La Révolution industrielle du Moyen Age
par Jean Gimpel
H20. L'Enfant et la Vie familiale sous l'Ancien Régime
par Philippe Ariès
H21. De la connaissance historique
par Henri-Irénée Marrou
H22. André Malraux, une vie dans le siècle
par Jean Lacouture
H23. Le Rapport Khrouchtchev et son histoire
par Branko Lazitch
H24 Le Mouvement paysan chinois (1840-1949)
par Jean Chesneaux
H25. Les Misérables dans l'Occident médiéval
par Jean-Louis Goglin
H26. La Gauche en France depuis 1900
par Jean Touchard
H27. Histoire de l'Italie du Risorgimento à nos jours
par Sergio Romano
H28. Genèse médiévale de la France moderne, XIVe-XVe siècle
par Michel Mollat
H29. Décadence romaine ou Antiquité tardive, IIIe-VIe siècle
par Henri-Irénée Marrou
H30. Carthage ou l'Empire de la mer, *par François Decret*
H31. Essais sur l'histoire de la mort en Occident
du Moyen Age à nos jours, *par Philippe Ariès*

H32. Le Gaullisme (1940-1969), *par Jean Touchard*
H33. Grenadou, paysan français
par Ephraïm Grenadou et Alain Prévost
H34. Piété baroque et Déchristianisation en Provence
au XVIIIe siècle, *par Michel Vovelle*
H35. Histoire générale de l'Empire romain
1. Le Haut-Empire, *par Paul Petit*
H36. Histoire générale de l'Empire romain
2. La crise de l'Empire, *par Paul Petit*
H37. Histoire générale de l'Empire romain
3. Le Bas-Empire, *par Paul Petit*
H38. Pour en finir avec le Moyen Age, *par Régine Pernoud*
H39. La Question nazie, *par Pierre Ayçoberry*
H40. Comment on écrit l'histoire, *par Paul Veyne*
H41. Les Sans-culottes, *par Albert Soboul*
H42. Léon Blum, *par Jean Lacouture*
H43. Les Collaborateurs (1940-1945), *par Pascal Ory*
H44. Le Fascisme italien (1919-1945)
par Pierre Milza et Serge Berstein
H45. Comprendre la révolution russe, *par Martin Malia*
H46. Histoire de la pensée européenne
6. L'ère des masses, *par Michaël D. Biddiss*
H47. Naissance de la famille moderne, *par Edward Shorter*
H48. Le Mythe de la procréation à l'âge baroque
par Pierre Darmon
H49. Histoire de la bourgeoisie en France
1. Des origines aux Temps modernes
par Régine Pernoud
H50. Histoire de la bourgeoisie en France
2. Les Temps modernes, *par Régine Pernoud*
H51. Histoire des passions françaises (1848-1945)
1. Ambition et amour, *par Theodore Zeldin*
H52. Histoire des passions françaises (1848-1945)
2. Orgueil et intelligence, *par Theodore Zeldin* (épuisé)
H53. Histoire des passions françaises (1848-1945)
3. Goût et corruption, *par Theodore Zeldin*
H54 Histoire des passions françaises (1848-1945)
4. Colère et politique, *par Theodore Zeldin*
H55. Histoire des passions françaises (1848-1945)
5. Anxiété et hypocrisie, *par Theodore Zeldin*
H56. Histoire de l'éducation dans l'Antiquité
1. Le monde grec, *par Henri-Irénée Marrou*
H57. Histoire de l'éducation dans l'Antiquité
2. Le monde romain, *par Henri-Irénée Marrou*
H58. La Faillite du Cartel, 1924-1926
(Leçon d'histoire pour une gauche au pouvoir)
par Jean-Noël Jeanneney

H59. Les Porteurs de valises
par Hervé Hamon et Patrick Rotman
H60. Histoire de la guerre d'Algérie, 1954-1962
par Bernard Droz et Évelyne Lever
H61. Les Occidentaux, *par Alfred Grosser*
H62. La Vie au Moyen Age, *par Robert Delort*
H63. Politique étrangère de la France
(La Décadence, 1932-1939)
par Jean-Baptiste Duroselle
H64. Histoire de la guerre froide
1. De la révolution d'Octobre à la guerre de Corée, 1917-1950
par André Fontaine
H65. Histoire de la guerre froide
2. De la guerre de Corée à la crise des alliances,1950-1963
par André Fontaine
H66. Les Incas, *par Alfred Métraux*
H67. Les Écoles historiques, *par Guy Bourdé et Hervé Martin*
H68. Le Nationalisme français, 1871-1914, *par Raoul Girardet*
H69. La Droite révolutionnaire, 1885-1914, *par Zeev Sternhell*
H70. L'Argent caché, *par Jean-Noël Jeanneney*
H71. Histoire économique de la France du XVIIIe siècle à nos jours
1. De l'Ancien Régime à la Première Guerre mondiale
par Jean-Charles Asselain
H72. Histoire économique de la France du XVIIIe siècle à nos jours
2. De 1919 à la fin des années 1970
par Jean-Charles Asselain
H73. La Vie politique sous la IIIe République, *par Jean-Marie Mayeur*
H74. La Grèce archaïque d'Homère à Eschyle
par Claude Mossé
H75. Histoire de la « détente », 1962-1981
par André Fontaine
H76. Études sur la France de 1939 à nos jours
par la revue « L'Histoire »
H77. L'Afrique au XXe siècle, *par Elikia M'Bokolo*
H78. Les Intellectuels au Moyen Age, *par Jacques Le Goff*
H79. Fernand Pelloutier, *par Jacques Julliard*
H80. L'Église des premiers temps, *par Jean Daniélou*
H81. L'Église de l'Antiquité tardive
par Henri-Irénée Marrou
H82. L'Homme devant la mort
1. Le temps des gisants, *par Philippe Ariès*
H83. L'Homme devant la mort
2. La mort ensauvagée, *par Philippe Ariès*
H84. Le Tribunal de l'impuissance, *par Pierre Darmon*
H85. Histoire générale du XXe siècle
1. Jusqu'en 1949. Déclins européens
par Bernard Droz et Anthony Rowley

H86. Histoire générale du xxe siècle
2. Jusqu'en 1949. La naissance du monde contemporain
par Bernard Droz et Anthony Rowley

H87. La Grèce ancienne, *par la revue « L'Histoire »*

H88. Les Ouvriers dans la société française
par Gérard Noiriel

H89. Les Américains de 1607 à nos jours
1. Naissance et essor des États-Unis, 1607 à 1945
par André Kaspi

H90. Les Américains de 1607 à nos jours
2. Les États-Unis de 1945 à nos jours, *par André Kaspi*

H91. Le Sexe et l'Occident, *par Jean-Louis Flandrin*

H92. Le Propre et le Sale, *par Georges Vigarello*

H93. La Guerre d'Indochine, 1945-1954
par Jacques Dalloz

H94. L'Édit de Nantes et sa révocation
par Janine Garrisson

H95. Les Chambres à gaz, secret d'État
par Eugen Kogon, Hermann Langbein et Adalbert Rückerl

H96. Histoire générale du xxe siècle
3. Depuis 1950. Expansion et indépendance (1950-1973)
par Bernard Droz et Anthony Rowley

H97. La Fièvre hexagonale, 1871-1968, *par Michel Winock*

H98. La Révolution en questions, *par Jacques Solé*

H99. Les Byzantins, *par Alain Ducellier*

H100. Les Croisades, *par la revue « L'Histoire »*

H101. La Chute de la monarchie (1787-1792)
par Michel Vovelle

H102. La République jacobine (10 août 1792 - 9 Thermidor an II)
par Marc Bouloiseau

H103. La République bourgeoise
(de Thermidor à Brumaire, 1794-1799)
par Denis Woronoff

H104. La France napoléonienne (1799-1815)
1. Aspects intérieurs, *par Louis Bergeron*

H105. La France napoléonienne (1799-1815)
2. Aspects extérieurs
par Roger Dufraisse et Michel Kérautret (à paraître)

H106. La France des notables (1815-1848)
1. L'évolution générale
par André Jardin et André-Jean Tudesq

H107. La France des notables (1815-1848)
2. La vie de la nation
par André Jardin et André-Jean Tudesq

H108. 1848 ou l'Apprentissage de la République (1848-1852)
par Maurice Agulhon

H109. De la fête impériale au mur des fédérés (1852-1871)
par Alain Plessis
H110. Les Débuts de la Troisième République (1871-1898)
par Jean-Marie Mayeur
H111. La République radicale ? (1898-1914)
par Madeleine Rebérioux
H112. Victoire et Frustrations (1914-1929)
par Jean-Jacques Becker et Serge Berstein
H113. La Crise des années 30 (1929-1938)
par Dominique Borne et Henri Dubief
H114. De Munich à la Libération (1938-1944)
par Jean-Pierre Azéma
H115. La France de la Quatrième République (1944-1958)
1. L'ardeur et la nécessité (1944-1952)
par Jean-Pierre Rioux
H116. La France de la Quatrième République (1944-1958)
2. L'expansion et l'impuissance (1952-1958)
par Jean-Pierre Rioux
H117. La France de l'expansion (1958-1974)
1. La République gaullienne (1958-1969)
par Serge Berstein
H118. La France de l'expansion (1958-1974)
2. L'apogée Pompidou (1969-1974)
par Serge Berstein et Jean-Pierre Rioux
H119. La France de 1974 à nos jours
par Jean-Jacques Becker (à paraître)
H120. La France du XXe siècle (Documents d'histoire)
présentés par Olivier Wieviorka et Christophe Prochasson
H121. Les Paysans dans la société française
par Annie Moulin
H122. Portrait historique de Christophe Colomb
par Marianne Mahn-Lot
H123. Vie et Mort de l'ordre du Temple, *par Alain Demurger*
H124. La Guerre d'Espagne, *par Guy Hermet*
H125. Histoire de France, *sous la direction de Jean Carpentier et François Lebrun*
H126. Empire colonial et Capitalisme français
par Jacques Marseille
H127. Genèse culturelle de l'Europe (Ve-VIIIe siècle)
par Michel Banniard
H128. Les Années trente, *par la revue « L'Histoire »*
H129. Mythes et Mythologies politiques, *par Raoul Girardet*
H130. La France de l'an Mil, *collectif*
H131. Nationalisme, Antisémitisme et Fascisme en France
par Michel Winock
H132. De Gaulle 1. Le rebelle (1890-1944)
par Jean Lacouture

H133. De Gaulle 2. Le politique (1944-1959), *par Jean Lacouture*
H134. De Gaulle 3. Le souverain (1959-1970), *par Jean Lacouture*
H135. Le Syndrome de Vichy, *par Henri Rousso*
H136. Chronique des années soixante, *par Michel Winock*
H137. La Société anglaise, *par François Bédarida*
H138. L'Abîme 1939-1944. La politique étrangère de la France *par Jean-Baptiste Duroselle*
H139. La Culture des apparences, *par Daniel Roche*
H140. Amour et Sexualité en Occident, *par la revue « L'Histoire »*
H141. Le Corps féminin, *par Philippe Perrot*
H142. Les Galériens, *par André Zysberg*
H143. Histoire de l'antisémitisme 1. L'âge de la foi *par Léon Poliakov*
H144. Histoire de l'antisémitisme 2. L'âge de la science *par Léon Poliakov*
H145. L'Épuration française (1944-1949), *par Peter Novick*
H146. L'Amérique latine au XXe siècle (1889-1929) *par Leslie Manigat*
H147. Les Fascismes, *par Pierre Milza*
H148. Histoire sociale de la France au XIXe siècle *par Christophe Charle*
H149. L'Allemagne de Hitler, *par la revue « L'Histoire »*
H150. Les Révolutions d'Amérique latine *par Pierre Vayssière*
H151. Le Capitalisme « sauvage » aux États-Unis (1860-1900) *par Marianne Debouzy*
H152. Concordances des temps, *par Jean-Noël Jeanneney*
H153. Diplomatie et Outil militaire *par Jean Doise et Maurice Vaïsse*
H154. Histoire des démocraties populaires 1. L'ère de Staline, *par François Fejtö*
H155. Histoire des démocraties populaires 2. Après Staline, *par François Fejtö*
H156. La Vie fragile, *par Arlette Farge*
H157. Histoire de l'Europe, *sous la direction de Jean Carpentier et François Lebrun*
H158. L'État SS, *par Eugen Kogon*
H159. L'Aventure de l'Encyclopédie, *par Robert Darnton*
H160. Histoire générale du XXe siècle 4. Crises et mutations de 1973 à nos jours *par Bernard Droz et Anthony Rowley*
H161. Le Creuset français, *par Gérard Noiriel*
H162. Le Socialisme en France et en Europe, XIXe-XXe siècle *par Michel Winock*
H163. 14-18 : Mourir pour la patrie, *par la revue « L'Histoire »*
H164. La Guerre de Cent Ans vue par ceux qui l'ont vécue *par Michel Mollat du Jourdin*

H165. L'École, l'Église et la République, *par Mona Ozouf*
H166. Histoire de la France rurale
1. La formation des campagnes françaises
(des origines à 1340)
sous la direction de Georges Duby et Armand Wallon
H167. Histoire de la France rurale
2. L'âge classique des paysans (de 1340 à 1789)
sous la direction de Georges Duby et Armand Wallon
H168. Histoire de la France rurale
3. Apogée et crise de la civilisation paysanne
(de 1789 à 1914)
sous la direction de Georges Duby et Armand Wallon
H169. Histoire de la France rurale
4. La fin de la France paysanne (depuis 1914)
sous la direction de Georges Duby et Armand Wallon
H170. Initiation à l'Orient ancien, *par la revue « L'Histoire »*
H171. La Vie élégante, *par Anne Martin-Fugier*
H172. L'État en France de 1789 à nos jours
par Pierre Rosanvallon
H173. Requiem pour un empire défunt, *par François Fejtö*
H174. Les animaux ont une histoire, *par Robert Delort*
H175. Histoire des peuples arabes, *par Albert Hourani*
H176. Paris, histoire d'une ville, *par Bernard Marchand*
H177. Le Japon au XXe siècle, *par Jacques Gravereau*
H178. L'Algérie des Français, *par la revue « L'Histoire »*
H179. L'URSS de la Révolution à la mort de Staline, 1917-1953
par Hélène Carrère d'Encausse
H180. Histoire médiévale de la Péninsule ibérique
par Adeline Rucquoi
H181. Les Fous de la République, *par Pierre Birnbaum*
H182. Introduction à la préhistoire, *par Gabriel Camps*
H183. L'Homme médiéval
collectif sous la direction de Jacques Le Goff
H184. La Spiritualité du Moyen Age occidental (VIIIe-XIIIe siècle)
par André Vauchez
H185. Moines et Religieux au Moyen Age
par la revue « L'Histoire »
H186. Histoire de l'extrême droite en France, *ouvrage collectif*
H187. Le Temps de la guerre froide, *par la revue « L'Histoire »*
H188. La Chine, tome 1 (1949-1971)
par Jean-Luc Domenach et Philippe Richer
H189. La Chine, tome 2 (1971-1994)
par Jean-Luc Domenach et Philippe Richer
H190. Hitler et les Juifs, *par Philippe Burrin*
H192. La Mésopotamie, *par Georges Roux*
H193. Se soigner autrefois, *par François Lebrun*
H194. Familles, *par Jean-Louis Flandrin*

H195. Éducation et Culture dans l'Occident barbare (VIe-VIIIe siècle) *par Pierre Riché*
H196. Le Pain et le Cirque, *par Paul Veyne*
H197. La Droite depuis 1789, *par la revue « L'Histoire »*
H198. Histoire des nations et du nationalisme en Europe *par Guy Hermet*
H199. Pour une histoire politique, *collectif sous la direction de René Rémond*
H200. « Esprit ». Des intellectuels dans la cité (1930-1950) *par Michel Winock*

H201. Les Origines franques (Ve-IXe siècle), *par Stéphane Lebecq*
H202. L'Héritage des Charles (de la mort de Charlemagne aux environs de l'an mil), *par Laurent Theis*
H203. L'Ordre seigneurial (XIe-XIIe siècle) *par Dominique Barthélemy*
H204. Temps d'équilibres, Temps de ruptures *par Monique Bourin-Derruau*
H205. Temps de crises, Temps d'espoirs, *par Alain Demurger*
H206. La France et l'Occident médiéval de Charlemagne à Charles VIII *par Robert Delort* (à paraître)
H207. Royauté, Renaissance et Réforme (1483-1559) *par Janine Garrisson*
H208. Guerre civile et Compromis (1559-1598) *par Janine Garrisson*
H209. La Naissance dramatique de l'absolutisme (1598-1661) *par Yves-Marie Bercé*
H210. La Puissance et la Guerre (1661-1715) *par André Zysberg* (à paraître)
H211. L'État et les Lumières (1715-1783) *par André Zysberg* (à paraître)

H212. La Grèce préclassique, *par Jean-Claude Poursat*
H213. La Grèce au Ve siècle, *par Edmond Lévy*
H214. Le IVe Siècle grec, *par Pierre Carlier*
H215. Le Monde hellénistique (323-188), *par Pierre Cabanes*
H216. Les Grecs (188-31), *par Claude Vial*

H225. Douze Leçons sur l'histoire, *par Antoine Prost*
H226. Comment on écrit l'histoire, *par Paul Veyne*
H227. Les Crises du catholicisme en France, *par René Rémond*
H228. Les Arméniens, *par Yves Ternon*
H229. Histoire des colonisations, *par Marc Ferro*
H230. Les Catholiques français sous l'Occupation *par Jacques Duquesne*
H231. L'Égypte ancienne, *présentation par Pierre Grandet*